湖北省公益学术著作出版专项资金
Hubei Special Funds for Academic and Public-interest Publications

中国语言文学
一流学科建设文库

刘守华故事学文集

第九卷

民间文学：魅力与价值

刘守华／著

華中師範大學出版社

新出图证(鄂)字 10 号

图书在版编目(CIP)数据

刘守华故事学文集.第九卷/刘守华著.—武汉:华中师范大学出版社,2022.1

ISBN 978-7-5622-9494-8

Ⅰ.①刘… Ⅱ.①刘… Ⅲ.①民间故事—文学研究—中国—文集 Ⅳ.①I207.73-53

中国版本图书馆 CIP 数据核字(2021)第 194307 号

刘守华故事学文集 第九卷

责任编辑:张 忠 责任校对:王 炜
封面设计:胡 灿
编辑室:学术出版中心 电话:027-67863280/7792
出版发行:华中师范大学出版社有限责任公司
社址:湖北省武汉市洪山区珞喻路 152 号
电话:027-67863426(发行部)
网址:http://press.ccnu.edu.cn 邮箱:press@mail.ccnu.edu.cn
印刷:湖北新华印务有限公司 督印:刘 敏
开本:710mm×1000mm 1/16 字数:415 千字
版次:2022 年 1 月第 1 版 印次:2022 年 1 月第 1 次印刷
印张:28 定价:140.00 元

欢迎上网查询、购书

刘守华偕夫人陈丽梅赴湖北长阳土家族自治县椿树坪访问土家族故事家孙家香

（1997 年 3 月）

故事书苑里的小客人——孙女刘怡忱（1997 年）

刘守华率研究生赴宜昌市夷陵区栗子坪访问故事家刘德方（1999 年 3 月）

在神龙架考察长诗《黑暗传》的刘守华及其采录整理者胡崇峻（2002 年秋）

陪同贾芝、杨亮才、祁连休、徐荣祥、王作栋等省内外学人
赴宜昌考察夷陵区下堡坪民间故事（2002 年摄于车溪）

主持湖北省民间文艺家协会第四次代表大会（2001 年 12 月摄于十堰）

参加民间文化遗产抢救工程研讨会的贾芝、陶阳和刘守华

（2002 年 2 月摄于北京）

2012 年于桂子山

海峡两岸民间文艺学研讨会代表合影 2003.11.14 于华中师大

全国高校民间文学教学研讨会暨刘守华教授从教五十周年纪念会合影留念 05.08.16

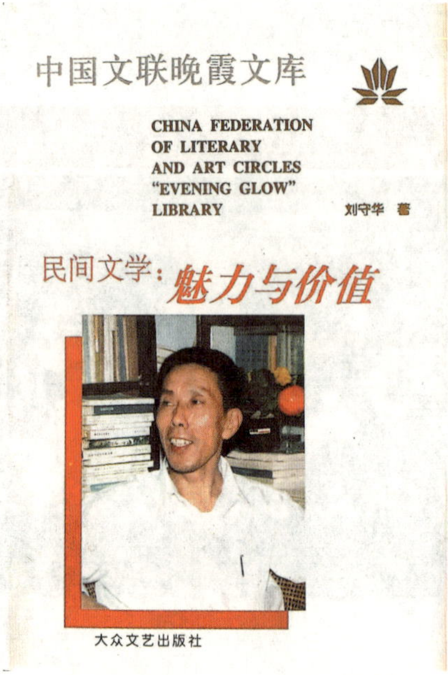

环球人物
GLOBAL PEOPLE

社会 · Society

刘守华把“求好运”故事编写成67万字的大部头。

人物简介

刘守华，1936年生，湖北仙桃人，华中师范大学文学院教授、博士生导师，民间故事研究专家，迄今已出版学术论著10余种。

追故事的人

刘守华60多年一心搜集民间故事，如今写成67万字专著

□本刊记者 龚新叶

《环球人物》记者联系上刘守华教授时，正值华中师范大学放暑假，除了招生办有人值班，其他部门早已人去楼空。刘守华仍然坚守在学校，“他不给自己放假，对自己的事业真是热爱到了骨子里。”一位校出版社的工作人员说。

作为中国民间故事的扛旗人物，从1953年进入华中师范大学至今，刘守华已潜心研究民间故事63年。81岁高龄的他，早就过了退休年龄，但由于在该领域独一无二的学术造诣，一直被学校返聘。

刘守华向《环球人物》记者透露，自己最近的工作是修订此前编写的《故事学纲要》，这是他专门为研究生准备的教材。几十年间，刘守华先后发表了400多篇关于民间故事的论文。

如今，再提起这项耗尽自己毕生心血的事业，他却谦逊地称“仍想为民间故事的研究尽绵薄之力”。

做中国版《格林童话》

虽然大半辈子在做同一件工作，但刘守华从没感到过厌倦和乏味。“我是非常幸运的，因为研究民间故事对我来说，不仅是工作，也是兴趣，还是社会责任的体现。”刘守华说。

如果一个人一辈子只能做一件事，刘守华一定会选择追寻流传甚广的民间故事“求好运”。在整个采访中，“求好运”总共被他提及31次，平均每5分钟一次。这个激

· 58 ·

民间文学：魅力与价值

《民间文学：魅力与价值》简介

《民间文学：魅力与价值》被列入中国文联晚霞文库，由大众文艺出版社 2007 年 11 月出版。本书选辑 70 多篇文章，“多棱宝石的光彩”从多侧面评说新中国开发民间文学的辉煌业绩，“荆楚民间文艺寻踪”展现湖北民间文学的丰富多彩。它们从著者 60 多年发表的 400 余篇文章中选录，以上世纪 90 年代著者出任湖北省民间文艺家协会主席前后期间，对家乡及全国民间文学的调查采录和见闻所得写成，具有近距离观察或直接体验的鲜活形态。它们是著者多年持续耕耘写成，内容和形式不拘一体，主旨都在于探寻这些民间口头文学从谜语到歌谣、从呆女婿故事到杰出人物传说，从人虎结缘故事到盘古开天辟地古歌等等的艺术魅力与文化价值。多篇文章是首次发现而产生了热烈反响，如《黑暗传》评说，受到学界的广泛好评。

再版前言

这本题为《民间文学：魅力与价值》的论文选辑，原是列入中国文联晚霞文库之内，于2007年由大众文艺出版社推出的，共选辑了70多篇文章。写于2006年底的自序中曾就这本书的特色作过如下说明：

这部论文集是我半个世纪在中国民间文艺园地（主要是在家乡湖北地区）采风掘宝的见闻和感受，多数文章写于20世纪八九十年代，而实地调查和资料积累则可上溯到50年代。

我喜爱这些文章，首先是由于它们所讲的都是湖北民间文艺和民俗风情的方方面面，是家乡父老乡亲的情感世界和智慧创造，因而写来备感亲切。其中的种种素材，并非主要来自馆藏典籍，而是来自乡野口头。同相关的故事讲述和即兴歌唱紧密相伴的鸟语花香、欢声笑语等等，至今难忘。传承口头文学的一系列泥腿子朋友，从20世纪50年代的文家沛、甘以香到八九十年代的刘德培、孙家香、刘德方、姚启华等，他们的形象常常亲切地浮现在眼前。这些文章不但记录了我的感觉和印象，还倾注着我四方奔波的汗水以及结交众多口头文学家的友情。

我喜爱这些文章的另一个原因，是它们大都来自和同仁的对话交流与集思广益。

本书所论除荆楚大地民间文艺的千姿百态之外，还涉及中国民间文艺的当代命运及其研究史的方方面面，我曾借用已故神话学家袁珂先生论中国神话的一个比喻："它如同一块多棱宝石，从不同的角度可以看出不同的光彩。在一种背景下，它的某一层面会黯然失色；可是在另一种背景下，转动另一层面，它又会溢彩流光。"从国家领袖到乡村男女，从中国学界的百岁老人到侨居海外的华人学者，他们钟爱民间文艺的万千事象，都是民间文艺魅力与价值的美丽折光。

本书收录的文章是在半个世纪的风风雨雨中陆续写成的，所论存有粗疏不当乃至谬误之处在所难免。为尊重学术史的本真风貌，对这些文章均原文照录，未作增删修改。学术的进步，正有赖于不断超越前人，超越自己，持续地吐故纳新。

本书的问世，得到了从湖北省宣传文化部门到中国文联和中国民间文艺家协会的大力支持。中国文联将它列入“中国文联晚霞文库”之内，由大众文艺出版社的陶然先生担任责编，我门下的两位博士研究生侯姝慧和李丽丹仔细校阅书稿。他们为此书的完美问世付出了宝贵心血，这都是著者难以忘怀的。

以上是《民间文学：魅力与价值》这本书于十多年前初版时所写的卷头语。现今需加说明的是，由于华中师范大学出版社在国家出版基金的资助下，决定编辑出版10卷本的《刘守华故事学文集》，除《中国民间故事史》《比较故事学》《民间故事类型研究》《故事学纲要》《道教和中国民间文学》《佛经故事与中国民间故事演变》这几种专论之外，还有《非物质文化遗产保护与民间文学》《中国民间文艺学百年耕耘录》和这本《民间文学：魅力与价值》均为内容各有侧重的论文选辑，这样在文集各分册的组编时，便不能不对收纳的论文篇目作适当的调整。因而本书的篇目和它的初版便略有出入，特在此予以申明。

在本书的初版序文中，曾引述百岁老人钟敬文先生于1993年在我笔记本上的题词：“吾侪肩负千秋业，不愧前人庇后人。”这既是他一辈子执着献身于民间文化事业的写照，也寄托着对我们这些后辈学人的殷切期待，现再次谨录于此，以寄情思！

2020年5月25日

目 录

多棱宝石的光彩

荆楚民间文艺寻踪

多棱宝石的光彩

毛泽东和民间文学①

作为一代伟人的毛泽东，不仅熟悉和喜爱中国古典文学，也熟悉和喜爱中国民间文学。他于 1942 年发表的《在延安文艺座谈会上的讲话》，从创造为工农大众服务的文艺，必须学习工农大众的思想感情，包括表现他们思想感情的民歌、民间故事等“萌芽状态的文艺”；必须“用工农兵自己所需要，所便于接受的东西”这一中心思想出发，积极倡导新文艺工作者深入群众，努力学习民间文艺，从而使解放区文艺在内容与形式上发生了划时代的转变。周扬 1949 年 7 月在第一次全国文代会上作报告回顾解放区的文艺成就时，就此特地指出：“解放区文艺的另一个重要特点之一，就是和自己民族的，特别是民间的文艺传统保持了密切的血肉关系。”民间文艺给予新文艺创作以如此巨大有益的影响，是和毛泽东对民间文艺的重视和提倡分不开的。

一

作为诗人的毛泽东，似乎特别喜爱民歌。

据马玉卿、张万禄著《毛泽东革命的道路（一九二一——一九三五）》(陕西人民教育出版社 1991 年版）一书介绍，1929 年 1 月红四军由井冈山向赣南进军途中，以军长朱德、党代表毛泽东的名义发布的《红军第四军司令部布告》，就是由毛泽东用歌谣体写成的，四字一句，四句一

① 原载《民间文学论坛》1993 年第 4 期；又见《毛泽东与中国传统文化》，武汉出版社 1994 年版。

段，共23段。这里列举几段为例：“土豪劣绅，横行乡镇，重息重租，人人怨愤”；“地主田地，农民收种，债不要还，租不要送”；“打倒列强，人人高兴，打倒军阀，除恶务尽”；“革命成功，尽在民众，布告四方，大家起劲”。语言形式通俗明快，生动活泼，能有力地鼓动民众的革命情绪。30年代各苏区传唱革命歌谣之风盛行，以致中共鄂西特委在给中央的报告中特地提到，“在工农群众中，最容易发生效力的，是歌谣及一些有韵的文字，因为最适合他们的心理，并且容易记忆”。毛泽东用歌谣体写布告，是具有代表性的一项创举。

在艰苦卓绝、震惊世界的红军长征途中，毛泽东依然诗兴勃发。如1934年至1935年写成的《十六字令》三首中有一首是：“山，快马加鞭未下鞍。惊回首，离天三尺三。”自注中录民谣一首：“上有骷髅山，下有八宝山，离天三尺三。人过要低头，马过要下鞍。”民歌把山势之险峻描绘得极为生动传神，使人如亲临其境。毛泽东信手拈来，巧妙地化入诗中。可是他没有套用原来的“人过要低头，马过要下鞍”，却翻造出新的诗句“快马加鞭未下鞍”，既切合当时的战斗情景，又衬托了红军健儿昂首挺进的英雄气概，由此可见诗人摄取民歌的创造性。

据李银桥《在毛泽东身边十五年》（河北人民出版社1991年版）一书记载，1953年春毛泽东到南京视察，在游玄武湖时，兴致勃勃地对陈毅说，他刚刚听到一首民谣：“唐宋元明清，匪盗未肃清。国民党当道，特务大横行。有了共产党，镇压反革命。社会大安定，人民享太平。”毛泽东抑扬顿挫地把这首民谣念得特别有韵。陈毅听了颇有感慨地说：“这是群众的心声嘛。”这是一首新编的时政歌谣。时政歌谣往往能迅速反映民众对社会现实的褒贬，为当政者所重视。《汉书·艺文志》称：“古有采诗之官，王者所以观民风，知得失，自考正也。”可见借采风考察社会动态在中国有久远的传统。毛泽东从这首民谣中感受到民众对镇压反革命这一举措的肯定，便不由得喜形于色了。

中国民歌既活在民众口头上，也有许多被前人记录载入典籍。中国第一部诗歌总集《诗经》中，约有一半采自当时各地民歌。毛泽东很喜爱《诗经》中的古代民歌，据权延赤《红墙内外——毛泽东生活实录》

（昆仑出版社 1989 年版）所载，他曾抄写下《诗经》中抒写男女青年约会时焦灼不安心态的一首情歌“静女其姝，俟我于城隅。爱而不见，搔首踟蹰”，送给身边工作人员中因有事耽误了同男朋友约会的女孩子。1964 年 8 月，他在北戴河同几位哲学工作者谈话时，还专门就《诗经》说过一段话：

司马迁对《诗经》品评很高，说诗三百篇皆古圣贤发愤之所为作也。大部分是风诗，是老百姓的民歌。老百姓也是圣贤。“发愤之所为作”，心里没有气，他写诗？“不稼不穑，胡取禾三百廛兮？”“不狩不猎，胡瞻尔庭有县貆兮？”“彼君子兮，不素餐兮！”“尸位素餐”就是从这里来的。这是怨天，反对统治者的诗。孔夫子也相当民主，男女恋爱的诗他也收。

（陈晋：《毛泽东谈文说史·“心里没有气，他写诗？”》，《瞭望》1991 年第 36 期）

他所举的诗句出自《魏风·伐檀》，民歌作者以愤怒情绪嘲讽剥削者不劳而获的可耻行径，为《诗经》中的名篇。从这里可以看出，毛泽东不仅熟悉《诗经》中的民歌，而且重视从社会政治角度，从表达阶级社会中被压迫民众心声的角度给予历代民歌以积极评价。

毛泽东也让自己的孩子读民歌。据华英《毛泽东的儿女们》（中外文化出版公司 1989 年版）一书介绍，毛泽东曾于 1962 年 3 月写信给儿媳邵华，劝她多读汉乐府民歌中的《上邪》：“上邪！我欲与君相知，长命无绝衰。山无陵，江水为竭；冬雷震震，夏雨雪。天地合，乃敢与君绝！”他自己对这首民歌读得非常认真仔细。《上邪》中“山无陵……”以下五句，分别以五种在现实世界根本不可能存在而是用想象构成的奇特景象来寄托主人公对爱情生死不渝的追求，因而显得意境壮阔，感情深沉。毛泽东用 1，2，3，4，5 的数字将五个句子或五个比喻一一标出，以示心领神会。古代情歌中这种别出心裁的构思，在现代情歌里也不乏其例，安徽就有一首：“长江里面长河藕，风吹石磙满江游，黄鳝长鳞蚊长角，铁树开花郎才丢。”中国民间情歌感情真挚而意境奇妙，又经人们千百年呕心沥血的锤炼而脍炙人口。从上述事例中可以看出毛泽东对这类作品的喜爱。

毛泽东也喜爱明清民歌。彭程、王芳著《庐山·1959》(解放军出版社1988年版)一书中，提到毛泽东曾于1959年8月2日“在一封信中抄了一首昔人咏疟疾的诗”，全诗如下：

> 冷来时，冷得在冰凌上卧，热来时，热得在蒸笼上坐，疼时节，疼得天灵破，颤时节，颤得牙关挫。只被你害杀人也么哥，只被你害杀人也么哥，真个是寒来暑往人难过。

其实这不是一首文人诗作，而是一首明代民歌，载于明人李开先编的《一笑散》中。在上海古典文学出版社1957年出版的《明清民歌选》甲集（蒲泉、群明编）中就可以看到，字面上和这里引述的小有出入，可能是抄写时的变动。疟疾的明显症状是时冷时热，这首民歌将极冷极热备受折磨的情状抒写得淋漓尽致，字里行间洋溢着诙谐幽默情趣。李开先以“一笑散”为书名，即标志着这部作品的特殊风格。它可以是个人病中自嘲，也可以是嘲讽社会生活中的冷热病。联系到前面的几个例子，可以看出毛泽东对不同时代、不同内容和风格的民歌的喜爱和出色鉴赏力。

由于毛泽东十分熟悉和喜爱民歌，便多次倡导搜集民歌，学习民歌。早在1938年在“鲁艺”作《怎样做艺术家》的报告时，他便说农民“他们不懂胡适的‘八不主义’，但常是诗人。民歌中便有好诗。我们过去在学校里让同学搜集歌谣，其中有许多极好的东西”。这里提到的“让同学搜集歌谣”，指的是他主持广州农民运动讲习所时候的事。1958年3月在成都的中央工作会议上，他又一次提出这件事，“希望各地方要注意收集表达广大人民创造热情的民歌”（陈晋：《毛泽东谈文说史·民歌中有许多好诗》，《瞭望》1991年第41期）。根据他的意见，《人民日报》1958年4月14日发表了《大规模地收集全国民歌》的社论，并由采录民歌发展到全面搜集各族的民间文学，对我国民间文学产生了积极而深远的影响。当时全国各地兴起了创作新民歌的热潮，郭沫若、周扬从“大跃进”新民歌里选编出一本《红旗歌谣》，毛泽东看后认为“水分太多，还是旧的民歌好”。后来他又以其真知灼见分析了用放“诗歌卫星”“人人写诗”的办法来推行民歌运动的弊端。但他仍坚持不懈地提倡民歌以解决新诗出路问题。在和诗人臧克家的谈话中，他提出“应该在古典诗歌、民歌基础上发展新诗”（臧克家：《毛泽东同志与诗》，《红旗》1984 年第 2 期）。这一主张在关于新诗形式问题的讨论中为许多人所赞同。随后他在《给陈毅同志谈诗的一封信》中又写道：“用白话写诗，几十年来，迄无成功。民歌中倒是有一些好的。将来趋势，很可能从民歌中吸收养料和形式，发展成为一套吸引广大读者的新体诗歌。”（《毛泽东诗词选·附录》，人民文学出版社 1986 年版）时间过去了 30 多年，我国新诗所面临的用吸引大众的民族形式表达时代精神这一重大课题仍没有解决。毛泽东关于新诗应向民歌学习的思想将继续给人们以重要启示。

二

毛泽东对民间故事（广义的民间故事包括神话、传说在内）的熟悉和喜好的程度并不亚于民歌。他在《矛盾论》这篇著名的哲学著作中，曾专门讲到神话和童话，说“这种神话中的（还有童话中的）千变万化的故事，虽然因为它们想象出人们征服自然力等等，而能够吸引人们的喜欢，并且最好的神话具有‘永久的魅力’，但神话并不是根据具体的矛盾之一定的条件而构成的，所以它们并不是现实之科学的反映。这就是说，神话或童话中矛盾构成的诸方面，并不是具体的同一性，只是幻想的同一性”。他是把“夸父逐日”“羿射九日”和《西游记》中的孙悟空、《聊斋志异》中的鬼狐精怪放在一起，即把不同类型的幻想故事合起来加以评说的，并未涉及古代神话同其他幻想故事区别的特殊本质。这些幻想故事也讲到事物的变化，但那些变化并不是在现实中根据一定的条件实现的，而是出于想象，体现着人们的某些主观愿望，有些还比较幼稚。所以它们不是现实变化之科学反映。毛泽东在《矛盾论》中插进这一段文字，强调了要把促成事物转化的美好的主观幻想同科学的认识及实际的努力区别开来，给人的印象十分生动鲜明，同时也丰富了读者的文学知识。尽管这些故事中的千变万化同现实有很大距离，可是它却招人喜欢，有的还具有永久的魅力，为什么？因为它们表达了人类企图征服自然和战胜邪恶等等的积极心态，从而使得不同时代的人们可以借此在精神上彼此沟通，互相感应。

毛泽东自己也喜欢这些幻想故事。他在1931年春写成的《渔家傲·反第一次大“围剿”》中，有“不周山下红旗乱”之句，在自注中他指出，这里用了中国古代神话中共工头触不周山的故事。他列举《淮南子·天文训》《国语·周语》和《史记》等几种关于共工的记载后说：“我取《淮南子·天文训》，共工是胜利的英雄。”中国古代神话没有严密的系统，不同古籍中的记载往往有所不同，这是民间文学中常有的变异性之具体表现。《淮南子》中的记载是水神共工和北方天帝颛顼争夺帝位宝座，“怒而触不周之山”，使得“天柱折，地维绝”，造成了天翻地覆的大变动。神话中没有说明最后的结局，然而从它所展现的共工之英雄气概来看，“共工是胜利的英雄”。诗人的心灵由此受到震撼和启迪，便将“怒而触不周之山”的共工和奋起反抗黑暗统治而“怒气冲霄汉”的红军联系起来，熔铸成了“不周山下红旗乱”的壮阔意境。1957年写成的《蝶恋花·答李淑一》，诗人再一次浮想联翩，在缅怀杨开慧、柳直荀两位烈士时，让神话中长住月宫的两位仙人——吴刚和嫦娥献酒献舞，盛情相待，巧妙地将神话与现实交织成感人肺腑的诗篇。

毛泽东对其他体裁民间故事的巧妙借用，有两个例子是人们所熟悉的，一是1945年在中国共产党第七次全国代表大会上以《愚公移山》为题发表的闭幕词。《愚公移山》见于《列子》，原本是一个表现征服自然主题的神话，“愚公”与“智叟”对比，愚公并不愚，他以挖山不止的精神感动天帝，天帝于是派了两位巨人把两座山背走了，这样就将神话改变成了一篇寓言。毛泽东借用它来表达中国共产党人团结全国人民决心推倒帝国主义和封建主义两座大山的坚强意志和胜利信心，比喻生动有力，曾给人民群众以巨大的鼓舞。

另一个例子是在以《将革命进行到底》为题发表的1949年新年献词中，毛泽东引用了一则《农夫与蛇》的古希腊伊索寓言，告诫我们“中国人民决不怜惜蛇一样的恶人”，应将革命进行到底。他把民间寓言中包含的宝贵哲理加以提炼发挥，成为启发和激励人们投入一场伟大斗争的精神武器。

实际上，毛泽东在即兴演讲和日常谈话中涉及民间故事的生动事例更多。直到他去世后这些事例才在许多回忆录中不断公之于世，给读者以深刻印象。

毛泽东十分喜爱和赞赏古代楚国大诗人屈原的作品。1954 年 10 月在送别访华的印度总理尼赫鲁时，不仅向他介绍了屈原的爱国诗篇，还说："后来中国人民就把他死的一天作为节日，这一天就是旧历五月五日端午节。人们吃粽子，并把它投到河里喂鱼，使鱼吃饱了不伤害屈原。"(陈晋：《骚怀楚屈平》，《瞭望》1991 年第 35 期）这里讲到端午节吃粽子的习俗，同时也涉及一个古老传说，据《续齐谐记》所载，汉建武年间，长沙人欧回在梦中见一位自称三闾大夫的人相告，乡亲们给他的祭品，"常苦为蛟龙所窃"，请以五色丝合楝叶缚之，以免蛟龙之患。此后吃粽子便相沿成习了。毛泽东对尼赫鲁讲的就是湖南民间广泛流传的这一传说。据闻一多考证，端午节将粽子投入江河，原来是以龙为图腾的吴越民族举行"图腾祭"，后来在怀念投身汨罗江的伟大诗人屈原这一民族心理的驱动下才演变成祭奠屈原。

中国封建社会曾有过风起云涌的农民起义，并伴生出许多悲壮感人的传说故事。毛泽东读史时，往往不大相信正史的记载，而神往于一些民间传说。如《明史纪事本末》第 45 卷《平河北盗》一节中，记叙了明中叶河北刘六、刘七及赵燧领导农民起义的始末，说他们三人失败后被杀。毛泽东在书页空白处批注道："吾疑赵风子、刘七远走，并未死也。""天津桥上无人识，闲倚栏杆看落晖。""得毋象黄巢么？"（陈晋：《毛泽东谈文说史·引诗证史》，《瞭望》1991 年第 39 期）宋人陶谷在《五代乱纪》中引民间传说，认为黄巢失败后落发为僧，并留下诗篇："三十年前草上飞，铁衣著尽著僧衣。天津桥上无人问，独倚危栏看落晖。"毛泽东相信这一传说，并认为明代的赵燧、刘七也和黄巢一样，并未被杀害。明代的李自成、清代的石达开等等，在失败后都有遁入空门的传说生于民间。李自成究竟是被害于湖北通山县的九宫山，还是在湖南石门县的夹山寺出家当了奉天玉大和尚，曾引起史学界的热烈争论。毛泽东在这方面深为民间传说所吸引，一方面可以启示我们要重视民间传说的历史价值，同时也鲜明地表现出他对这些农民英雄的景仰崇敬之情。

民间传说中不仅铭刻着历史的印记，尤其是蕴含着广大人民群众的丰富情感与期望追求。它们常常引起毛泽东强烈的共鸣。除以上两例外，还有一件突出的事例就是他对中国四大传说之一的《白蛇传》的欣赏。据人们回忆，1953 年到 1954 年，他看过几遍《白蛇传》戏曲的演出，每次看都要流泪。1958 年在上海又看《白蛇传》，老和尚法海一出场，他的脸色立刻阴沉，“似乎要将那老和尚咬两口”。当白娘子和许仙生离死别时，他完全进入到戏的情节中，先是“泪水一道一道往下淌”，后来“终于忘乎所以地哭出了声”，到法海要将白娘子镇压在雷峰塔下时，他竟然情不自禁地站起身来讲：“不革命行吗？”“不造反行吗？”最后同演员见面时，他只和演白蛇、青蛇、许仙的演员握手，而不理睬那个法海和尚。(权延赤：《走下神坛的毛泽东》，中外文化出版公司 1989 年版）从这里，我们鲜明感受到了人民领袖和创造传诵《白蛇传》故事的广大民众心心相印的赤子之心，民间文学的悠长生命力也由此得到生动显示。

还有些事例表明，毛泽东善于用他所熟悉的民间故事来说明社会和人生哲理，给人以巨大教益。据人们回忆，他在江西中央根据地曾给从事电讯工作的“红小鬼”们讲过《鲁班石》的故事。故事梗概为，一伙工匠在河上建石桥，快竣工时，却发现在桥洞脊梁处缺少一块石头。大家到处寻找，在一个打草鞋的老公公家里，发现那块垫着捶草用的石头挺合适。搬去用上，才把石桥修好。原来这是鲁班祖师有意给他们准备的。毛泽东讲完这个故事后说：“红军要大发展，这里要点火种，那里要点火种，一块块被分割的革命根据地，要靠你们从空中架起一座桥连接起来。大家想想，你们不是红军中的‘鲁班石’吗？”回忆者说：“从那以后，我们就常以要做革命的‘鲁班石’来鞭策自己的进步。”（刘泮林：《要做革命的“鲁班石”》，见《回忆毛主席》，人民文学出版社 1977 年版）

时间过了半个世纪，到他的晚年，仍不时给身边工作人员讲故事，并从故事中悟出新意，或赋予这些故事以新的涵义，使人们受到智慧的启迪。据郭金荣《毛泽东的晚年生活》（教育科学出版社 1993 年版）一书所载，1975 年 8 月，毛泽东同身边的几位工作人员一道看香港影片《云中落绣鞋》。这原是中国流行甚广的一个民间故事，在钟敬文于 30 年代初研究归纳而成的 45 个“中国民谭型式”中就有它。美籍华人学者丁乃通就这个故事在世界范围内的传播演变，写过一篇长达 8 万字的学术论文在西方发表，文章提到它被摄制成好几部影片，“其中有一部在美国许多城市、估计同样在世界各地都可看到的一部西班牙电影，就是人们对这一主题兴趣不衰的证明”。这个故事曾被改编成通俗小说、戏曲和弹词，香港凤凰影业公司摄制的《云中落绣鞋》也是由它改编而成。故事梗概为，两个青年前往山中营救被妖精抢掠陷入枯井的小姐，那个舍身相救并倾心爱恋小姐的年轻人首先下到井里，将小姐装到筐里让别人把她拉上去脱离险地。可是井上的青年却心怀鬼胎，用石头把井口封死，然后独自将小姐送回，妄图骗取荣华富贵。井下青年死里逃生，最后揭穿骗局。看完电影后大家不禁议论起来，都同情那个老实厚道的井下青年而憎恨奸猾的井上青年。毛泽东却发表了一番与众不同的议论：“我和你们的看法不一样。我觉得，那个井下青年，对问题的考虑太简单，他缺乏周密的思考，他早就应该想到井上的青年会使出这一招儿，他太愚蠢了。还是那个井上青年聪明噢。”他当然不是将这两个青年的是非善恶面貌颠倒过来，只是撇开感情因素，换了一个角度来看他俩谁更聪明，谁更有处世谋略。这样，井下青年就不及井上青年了。这个民间故事在表现善恶终将各有所报的主题时，实际上也借好人遭陷害的情节，概括反映了在险恶的社会环境中处世的惨痛教训。毛泽东兴趣很浓地同护理他的几位姑娘争辩，既是引导她们在思想方法上标新立异，也表现出他的诙谐幽默。

《毛泽东的晚年生活》这本书，还给我们留下一些关于他给身边护理人员讲故事时的生动情景：

“孟夫子，来，我给你讲个故事。”主席喜欢用这个名字来称呼她。

小孟把沙发椅向主席的身边靠近一些。主席操着难懂但还能让人听得懂的湖南话，给小孟讲起来。此时的小孟，就像几岁时，听爷爷奶奶讲那美丽动人的传说故事一样，听得那么专心，那么入迷。

“有一个人，从自己脖子上捏下一个虱子，害怕别人嫌脏，赶忙扔到地下说：‘我当是一个虱子呢，原来不是个虱子！’另一个人马上捡起来说：‘我当不是个虱子，原来是个虱子！’”

小孟听完这个简单得不能再简单的故事，瞪着她那清澈如水的大眼，像个不懂事的孩子似的发问了：

“这个故事有什么意思，一点也不好听。”

“傻丫头，你什么都不懂噢。这就是说，告诉我们要讲实话嘛，虚伪的人真是可笑。”

小孟听了恍然大悟，于是她也觉得这样的故事很有意思。

“主席，再给我讲一个，你看看我能不能猜出什么意思。”

主席又给小孟讲了另外一个故事：

“有一天，乾隆皇帝和一个大臣来到一个庙里，迎面是一个大肚子弥勒佛。乾隆便问大臣，弥勒佛为什么对着我笑啊。那大臣说，这是‘佛见佛笑’。乾隆听了很高兴。当他往佛侧面走几步之后，又回头一看，见弥佛勒正对着那大臣笑呢，于是便又问那大臣：弥勒佛为什么也对你笑呢？那大臣赶紧回答说：‘他笑我今生不能成佛。’”

小孟听到这里，咯咯地笑起来，急忙说：“我知道，我知道这个故事是什么意思，这是讲那个大臣会拍马屁。”

主席点头称赞：“进步很快嘛，好聪明的傻丫头！”

就是这样，主席高兴的时候，常常给小孟讲一些有趣的故事。这些故事讲起来是那样轻松、自然，透出一种强烈的幽默感。他们之间的相处，显得十分和谐。

这是毛泽东讲的两则笑话，前一则以《虱子》为题，见于清人陈皋谟所编的《笑倒》一书，原文为：“一人在朋友面前捉着一虱，欲装体面，故丢下地啐曰，我只道是个虱子！其友从容拾起看曰，我只道不是虱子。”毛泽东讲得更生动活泼。上述情景是依据当事人孟锦云的回忆写成的，真切可信。从中我们可以看出毛泽东对民间故事是多么熟悉和喜爱，还可以看出在他晚年生活中，给身边的年轻人讲故事给他带来多么丰富的乐趣。讲故事活动所具有的娱乐、教育以及在群体中互相沟通心灵等社会功能，不仅在古老乡村，而且在一位现代伟人那里也体现了出来，不能不令人深思。

《毛泽东的晚年生活》中关于他讲故事的描述虽然珍贵，毕竟不是实录。《湖南党史月刊》1993 年第 9 期刊载了他于 1960 年 12 月 25 日对身边工作人员的一次讲话，题为《人没有压力是不会进步的》，其中也讲了一个《汉口人不怕下油锅》的小故事。据同期发表的汪东兴所写短文介绍，这个故事是根据当时谈话记录整理出来的，可以说达到了我们采录民间文学提倡的“忠实记录”的要求，这就更显得难能可贵了。下面就是他所讲的故事：

从前有个八岁的小孩子，到了阎王老爷那里。阎王要把他下油锅，油烧得滚滚的。一丢进去，结果没有什么动静。阎王到油锅跟前一看，那个小孩子在油锅里游过来游过去，看样子倒舒服得很。阎王就问他：你是哪里人呀？他说我是汉口人。阎王一听，说：怪不得，你是汉口人噢，不怕油锅烫。原来汉口的夏天是很热的，汉口人是热惯了的，经受了锻炼。阎王拿他没办法，只好说：算了吧，放他回去。看来人就是要锻炼，不要怕。

这是一篇为武汉人所熟知的地道的民间笑话。毛泽东用它作比喻，说明人要锻炼，人没有压力，不吃点苦就不会进步，赋予它以新的深刻涵义。特别值得提出的是，他随口把这个故事讲得十分生动传神。不但口语化，而且寥寥数语，就把那个不怕下油锅的汉口小孩和阎王爷的神态及故事讲述人的诙谐口吻刻画得惟妙惟肖，具有引人入胜的魅力。对民间文艺家来说，这无疑是十分难得的研究资料。

同倡导诗人向民歌学习一样，毛泽东也希望小说家向民间故事学习。1938 年他在延安鲁艺向学员作《怎样做艺术家》的报告时就讲过：“农民讲故事，不用古典，用许多新典——口头上极美丽的言辞。”赞赏了农民以朴实生动的语言讲述故事的本领。（陈晋：《毛泽东谈文说史·民歌中有许多的好诗》，《瞭望》1991 年第 41 期）1939 年 5 月的一天，他去鲁艺看望萧三，谈到《聊斋志异》，不仅赞赏书中对鬼狐形象的刻画很有艺术性，还告诉萧三："蒲松龄很注意调查研究。他泡一大壶茶，坐在集市上人群之间，请人们给他讲自己知道的流行的鬼狐故事，然后去加工……不然，他哪能写出四百几十个鬼和狐狸精来呢？"（高陶：《天涯萍踪——记萧三》，中国青年出版社 1991 年版）关于蒲松龄怎样从采录民间故事入手来写作《聊斋志异》，清人邹弢的《三借庐笔谭》卷六有较为详细的记述，说作者当时为乡村童子师，"作此书时，每临晨，携一大磁罂，中贮苦茗，具淡巴菰一包，置行人大道旁，下陈芦衬，坐于上，烟茗置身畔。见行道者过，必强执与语，搜奇说异，随人所知"。毛泽东关于蒲松龄调查研究的一段话，应是由此而来。但他倡导作家学习民歌和民间故事，决不是基于文学史上的某些事实，而是基于他对中国农民的历史命运、现实生活及其精神文化（中国民间文学主要是乡村农民的口头文学）有着深刻认识和积极估价的结果。

三

以上材料虽然从多方面辑录而来，无疑还很不完全，有待我们今后继续搜求和补充。

从这些材料可以看出，毛泽东积累了丰富的中国民间文学知识。他在民间文学蕴藏深厚的湖南山乡度过童年，尔后又投身于农民运动之中，显然从乡民口中接触过许多口头文学。同时他也很注意在阅读古籍时吸取前人记述的神话、传说、故事、歌谣等等，以充实自己的知识宝库。

民间文学饱含着中国广大人民群众的情感和智慧，经历漫长岁月的传承磨炼，变得更加精美动人。毛泽东常被其中蕴含的喜怒哀乐之情所深深打动，情不自禁地以极强烈的方式表露出来。他也十分注意吸取这些民间文学作品所概括反映的人生智慧与斗争经验，把它融化在自己的讲话和文章中。从这些事例可以清楚地看出他作为一位人民领袖和广大民众心心相印的动人情景。

和一般研究者不同，毛泽东对民间文学着眼于运用。他把民间文学中的一些传统形象融化在自己优美诗篇的意境之中；他借用民间故事深入浅出地表达革命真理，以动员和组织民众；晚年他以轻松愉快的心情同身边的年轻人说说笑笑讲故事，在娱乐中又寄寓着殷切教诲。他不仅自己这样做，还大力倡导作家、诗人们学习民间故事和民间歌谣，使作品具有为广大民众所喜闻乐见的特色，表现出应有的中国特色和中国气派。对待中国传统文化，毛泽东主张“必须将古代封建统治阶级的一切腐朽的东西和古代优秀的人民文化即多少带有民主性和革命性的东西区别开来”，从而吸取其精华，剔除其糟粕。就他对待民间文学的一系列事例来看，我们有充分理由相信，他是把中国民间文学（自然是就它的主体而言）置于“古代优秀的人民文化”之列的。他对革命文艺工作者所讲的，“只有做群众的学生才能做群众的先生”，其中无疑也包括了学习广大人民群众直接参与创造的民间口头文学在内。

自然，对旧时代产生的民间文学，他没有全盘予以肯定，而是有分析有选择地吸取和创造性地予以改造利用。著名的《西行漫记》一书告诉我们，他童年时期对口头上和书本上记述的造反者的故事特别感兴趣，“关于这些故事，我们比村里的老人知道得还要多些。他们也喜欢这些故事，常常和我们互相讲述”。从我们现在获得的材料也可以看出，毛泽东最喜爱的是具有反封建意义的民间文学作品，倾向性十分明显。但这并没有影响他从多方面来吸收利用民间文学。民间文学往往有深、浅两个层面。旧时代产生的民间文学，其内容自然直接针对着旧的社会现实，这是它思想内容上较为浅近的一个层面。可是在历史的长河之中，人类的物质文化与精神文化既有吐故纳新的一面，也有延续稳定的一面，我们无法割断历史，尽弃故我。因而作为传统文化事象之一的民间文学，在其深层往往蕴含着具有延续稳定性的精神文化因子，可以纳入新时代的文化创造之中。《愚公移山》这个古老神话所表现的本来是中华先民对征服自然险阻的渴望，可是愚公那种子子孙孙挖山不止的不屈不挠的精神，也可以吸取来激励中国人民为推翻压在我们头上的封建主义和帝国主义两座大山而斗争，还可以激励人们进一步为改变贫穷落后面貌而奋斗不息。毛泽东赋予它以新的象征意义，使得《愚公移山》及其他许多民间文学作品获得了新的生命与光彩，乃至发生了化腐朽为神奇的效应。

毛泽东对民间文学的重视和利用，是同他高度评价人民群众的历史作用，在文化工作中强调群众化、民族化，以及有分析有区别地对待传统文化等思想分不开的，是马克思主义的历史唯物论和辩证法具体运用的实例之一。我国对民间文化的大规模的调查采录工作已基本结束，面对丰厚的积累，如何深入地进行研究和开发，从多方面加以利用，成为摆在我们面前的新课题，毛泽东留下的有关民间文学的论述，将给中国文化工作者以宝贵启示。

多棱宝石[①]

——关于中国民间文学命运的思考

中国的社会主义现代化建设事业正加快步伐向前迈进。文化领域内中西交汇，新旧冲突，处于急剧变革之中。中国民间文学工作走到了一个新的十字路口。民间文学向何处去？它在中国现代文化发展中的命运、前途如何？不能不引起人们的关注与思考。

一

中国当前的城乡文化市场，情况错综复杂，令人眼花缭乱。有人为民间文学的“衰亡”而忧心忡忡，因为通俗书刊和视听文学的普及，使得唱山歌、讲故事等传统民间文艺活动空前冷落起来。也有人认为中国民间文学正走向“复兴”，理由是许多刊载民间文学故事的报刊以几十万甚至几百万份的巨大数量畅销城乡，在前所未有的广大范围内获得了新的接受者。这种乍看起来显得很矛盾的现象怎样理解？近日读袁珂先生的《山海经校译》，序文中的一句话深深铭刻在我的脑海里，他说：“《山海经》是一部奇书，好像一块多棱的宝石，从不同的角度可以看出不同的光彩。”我们把民间文学作为一个整体来看待，它不也是一块焕发出奇光异彩的多棱宝石，可以从不同的角度或层面来认识和利用吗？

我们现在如果将民间文学还只是作为一种单纯的文学现象来考察，显然不够了。实际上，它如同多棱宝石，是一种融合多种文化成分的结

---

① 原载《中南民族学院学报》1988年第3期。

晶体。在一个时期、一种文化背景下，它的某一层面会黯然失色，可是转动另一层面，却又溢彩流光。到了另一个时期、另一种文化背景下，也会出现这样的情况。我国当前民间文学领域中出现的种种变化，就是这样产生的。这些变化大体表现在如下五个方面。

1. 从形态考察，原生态民间文学走向衰落，再生态民间文学空前繁荣。

过去我们笼统使用的“民间文学”一词，难以区别种种复杂情况。我主张把它区别为原生态、再生态和新生态三种类型。原生态民间文学，指仍然活在民众口头与实际生活中的传统民间文学；再生态民间文学，指经过整理或改编，转化成为书面或视听文学样式，以新的面貌向社会传播的民间文学；新生态民间文学，则指当代新产生的民间口头创作。

原生态民间文学之走向衰落，已是难以否认的现实和难以扭转的趋势了。这是由社会的大变动所促成的。新中国建立以来，农村里民间文艺的一统天下局面即开始被打破，近几年来从经济生活到文化生活的变化更为急速。农村实行家庭联产承包制，从一个侧面看，似乎回到了过去的小农经济时代。但这是和全面的改革开放，发展商品经济，进行社会主义现代化建设的大背景联系在一起的。因而它促成了人们生活形态与内心世界的深刻变化。封闭停滞、古朴宁静的生活形态被打破，生活节奏加快，人们没有从前那样多的余暇时间、精力来从事民间文艺活动；各种现实的发家致富的门路和信息有力地吸引着人们，民间文学中用浪漫主义编织的美好生活图景也就难以激动人心了；随着各种现代文化涌向农村，人们的文化生活变得更为丰富多彩，传统民间文艺的地盘大大缩小。根据我们的粗略调查，目前农村文化生活的状况可以说是“三分天下”，不到三分之一的地区仍保留着较为完整丰富的原生态民间文学；另外三分之一的地区已被新的文化生活，如通俗报刊、电影、电视等所取代；还有超过三分之一的地区则是新旧文化生活交错并存，处于过渡阶段。估计再经过半个世纪的时间，即可完成这种新旧文化的交替，那时原生态的传统民间文学也许就消亡殆尽了。

可是我们掉过头来考察再生态民间文学，却是一片繁荣景象。由于印刷出版事业的发展和影视文化的勃兴，大量民间文学作品以文字写定，通过书刊发表，加入到通俗文学热潮之中。还有一些大型的优秀民间文学作品被搬上影视屏幕。它们转变形态之后，重新走进千家万户，依然受到人们的喜爱。《民间故事选刊》的魅力并不亚于《小说选刊》，《故事会》更是风行全国，脍炙人口。《阿凡提的故事》《孔雀公主》《白蛇传》《格萨尔王》通过影视艺术再现，更加光彩焕发，引人入胜，和其他流行影片相比，思想艺术效果毫不逊色。它们的再生固然是凭借了新的传播手段，首先还是由于本身具有生存的活力。不论是它们所表达的中国各民族人民的丰富智慧与健康情趣，还是它们优美生动的语言艺术，在现时代都还没有失去光彩，只要做一番去芜存精的加工改造，采取适应现代生活的方式进行传播，就可以获得新的艺术生命而传之不朽。

至于新生态民间文学，从当代社会生活中自发产生的新的故事、笑话、歌谣、谚语等，仍将不断涌现，也许永无枯竭之日。近年出版的一部纪实文学《中国的乞丐群落》中，以两章的篇幅介绍了他们的“变形文化”——口头流传的歌谣、传说，甚至有“准神话”，大开了读者的眼界。在这样的特殊群落或阶层中，新的民间口头文学还很活跃。但总的说来，其社会影响越来越小，难以引人注目。

2. 从内容考察，与旧时代的阶级压迫阶级对立相关联的民间文学，因社会历史的变迁，其社会影响大大削弱，可是民间文学中歌颂美好爱情、叙说民族光辉历史文化等等的作品却备受青睐。

现在人们对长工、佃户同地主老财作斗争的故事不再津津乐道，而各族人民创作的优美情歌和爱情传说故事，却在现时代的青年男女心头激起强烈的共鸣，赢得了比过去更广大的读者。随着全民族文化教养水平的提高，以及人们对本民族、本地区历史文化兴趣的增长，过去受冷落的有关当地历史名人、传统习俗、文物古迹等的民间口头传说纷纷被发掘出来，并日益受到社会的珍视。

3. 从功能上看，民间文学的实用价值日益削弱，而审美、娱乐价值却反而不断增强。

近日钟敬文先生在《光明日报》发表《民间节日的情趣》一文，提出民间文化发展的自然法则之一，就是随着社会生活和人类智力的发展，“它的大部分不知不觉已经逐渐被净化”，“现在清明放风筝（南方），谁再想到‘放晦气’的古代法术呢?”这个道理也适用于民间文学。产生于旧时代的各种类型的民间口头文学，最初是有配合人们进行生产斗争、阶级斗争乃至宗教迷信活动的实际功能的。现在社会生活的各方面起了变化，民间文学的这些实际功能在不断减弱，但凝聚其中的民间智慧与生活情趣并没有消失，反而在人民物质生活获得改善的情况下，成为满足他们审美、娱乐需要的文化珍品，更为流行起来。那些在佛教和道教名山圣境流行的种种神奇传说故事，原本是向宗教信徒宣扬佛法和道法广大无边，为推行宗教信仰活动服务的。现在由于旅游热的出现，那些富丽堂皇的庙观，金碧辉煌的塑像，连同周围奇险的自然景物和优美奇幻的故事传说，都成为旅游者欣赏的艺术品，给人以赏心悦目的美感，不再具有激发对那些神圣偶像顶礼膜拜的宗教情感的效用了。那些嘲笑、讽刺地主老财、昏庸官吏及糊涂皇帝的笑话和故事，在失去讽刺对象之后，仍然活在民众口头上，不时逗引得人们开怀大笑，也是这种变化的表现。

中国民间文学领域由于社会变革的冲击而发生的这一变化，也引起了国外学者的注意。美籍华裔学者丁乃通曾对湖北大冶县的民间文学工作做过一番调查研究，以《民间文学民间办》为题，在《亚洲民俗研究》上发表了一篇论文，其中将中国的社会改革所给予乡村文化的影响和西方工业革命的情况做了很有意思的比较，热情肯定中国农民至今仍十分热爱和珍惜民间口头文学的种种表现，并说：“我认为，理解这一罕见现象的关键在于 1978 年以来中国经济的独特发展方式。中国没有出现农民大量拥入城市而使农村陷入一片衰败的景象，如戈德史密斯（《荒村》）、华兹华斯（《米迦勒》）、哈代（《德伯家的苔丝》）所描绘的那样。在中国，尽管他们可能受聘于制造业、采矿业、运输业和商业，但大多数中国农民仍留在他们的村子里，没有人离开家园在新奇的城市遭受穷困、纷扰和轻视，他们总是在熟悉环境中与朋友和邻居一道学习现代化，不需要经历激烈分化或根本变化。因此，大量保留了与这种生活方式相一致的传统的民间文学。他们文化中与现代科学和现代社会相抵触的成分，如迷信和陈腐的习俗，无疑正在失去其吸引力，仅留存在老人中而已。传统文化的其他成分，尤其是那些首先立意追求娱乐和教育的永恒价值的东西，比如故事、传说、笑话、儿歌和谚语等，因为现在的农民有了更多的闲暇时间而变得更为流行。”丁先生指出中国社会改革所给予乡村文化变革的影响是缓慢的、渐进的，在淘汰落后的同时，把那些具有永恒价值的东西保留了下来，甚至在新的条件下，显得更为活跃了起来，这一意见对我们是有启发的。只是他没有看到大冶县的情况，大约只能代表中国三分之一的地区；对现代生活现代文化所给予中国乡村文化的巨大冲击，估计得尚不充分就是了。

4. 民间文学作为一般文学读物对社会的影响有所削弱，而它在学术上的重要价值却与日俱增。

对民间口头文学进行搜集整理，把它作为一种优良文学读物向民众推广，这是中国民研会建立以来所做的一项主要工作。它显示出中国民间文学工作的鲜明特色，其巨大成绩是不容抹杀的。近几年来，由于改革开放，城乡人民的文化需求和文化市场的实际状况趋于多样化，虽然民间文学出版物的绝对数量在激增，可是在民众文化生活系统中的地位及其社会影响却在逐渐减弱，这恐怕是难以避免的趋势。然而另一方面，它在多种人文学科研究上的价值却一天比一天更加受到人们的重视。

许多年前，不少学人曾经对这样的现象大惑不解：为什么在号称劳动人民当家做主的社会主义中国，社会上偏偏不大重视劳动人民创造的民间文学和其他民间文化财富以及研究这些东西的学问；而在许多资本主义国家中，研究民间文化倒是蔚然成风？现在看清楚了，处在社会主义初级阶段的中国，由于经济文化的落后，对包括民间文学在内的传统文化，远远没有运用科学方法给予清理和估价。轻视下层文化的封建主义思想根深蒂固，至今在社会上还有很深影响。而且这种偏见，常常用“左”的革命词句作掩护，更具有迷惑人的色彩。近几年发生了可喜变化。由于贯彻“百花齐放、百家争鸣”的方针和加强中外文化交流，各种人文学科勃兴。译介给我国读者的许多西方学术著作，常涉及民间口头创作并给予重要评价。随手就可以拈来不少例子。心理学大师弗洛伊德著述中有专论神话和民间故事的文章[①]；法国列维—布留尔的《原始思维》，引用了大量民间文学材料[②]；德国恩斯特·卡西尔的《人论》，专节论“神话与宗教”[③]；美国流行的《当代文化人类学概要》，专节论“神话与仪式”[④]；甚至连一本美国流行的《妇女心理学》，开卷也要从“神话和宗教里的妇女形象”[⑤]讲起。至于美学和文艺学的译作里，涉及民间文学的内容就更多了。匈牙利学者写的《艺术社会学》，专章论述“民间艺术”[⑥]。作为“现代外国文艺理论译丛”出版的几本书中，出自苏联学者笔下的《文学原理》[⑦]与《艺术形态学》[⑧]，前者讲文学体裁，除“叙事文学的神话体裁”外，还把歌谣、史诗、叙事诗、传说、故事和小说并列，均包括在“叙事文学的民族历史体裁”之中。后者讲“语言艺术的样式和品种”时，将民间口头文学的语言风格和作家书面文学相比较，做了精辟的阐述。另一本由美国学者撰述的《文学理论》[⑨]，在“文学的内部研究”中，也论及狭义与广义的神话，并介绍了芬兰民俗学家从研究神话和民间传说中引出的“母题”概念。张隆溪在《二十世纪西方文论述评》中，介绍现代西方文学流派，其中几个流派与民间文学有关。“神话与原型批评”和“结构主义人类学”，都曾借助对神话的研究来建立自己的理论与方法体系。“结构主义叙事学”则以列维—斯特劳斯在《神话学》和普罗普在《民间故事形态学》中对神话、民间故事结构的研究奠定它的理论基石。这些反映西方现代学术成果的论著的大量

---

① 见《弗洛伊德论创造力与意识》中的《与幻觉对应的神话》《来源于童话的梦的素材》等，中国展望出版社 1986 年版。

② 列维—布留尔：《原始思维》，商务印书馆 1981 年版。

③ 恩斯特·卡西尔：《人论》，上海译文出版社 1983 年版。

④ 罗杰·M. 基辛：《当代文化人类学概要》，浙江人民出版社 1986 年版。

⑤ 珍尼特·希伯雷·海登等：《妇女心理学》，云南人民出版社 1986 年版。

⑥ 阿诺德·豪泽尔：《艺术社会学》，学林出版社 1987 年版。

⑦ 波斯彼洛夫：《文学原理》，生活·读书·新知三联书店 1985 年版。

⑧ 莫·卡冈：《艺术形态学》，生活·读书·新知三联书店 1986 年版。

⑨ 韦勒克、沃伦：《文学理论》，生活·读书·新知三联书店 1984 年版。

输入，打开了人们的眼界，大大提高了民间文学和民间文艺学在中国学术园地的地位。比较文学家指出："二十世纪以来，随着人类学、神话学、语言学等等学科的发展，民间文学和神话传说的比较研究日益成为重要的研究领域。"① 在这一学术潮流的启发推动之下，现在国内出版的几乎每一种比较文学论著，都包含着有关民间文学比较研究的内容。这类文章在比较文学领域较之它们在民间文艺学领域所引起的反响甚至更为热烈。近年我国出版的有关民俗学、民族学、社会学、宗教学、文化学等方面的新作，很少不与民间文学沾边的。我们欣喜地看到，《诸神的起源》《艺术前的艺术》《神话与民族精神》《空寂的神殿》《震撼心灵的古旋律》等一批出自年轻学者笔下的民间文艺学论著，已经走进"研究者丛书""文化哲学丛书"及"走向未来丛书"之列，赢得了广大读者的好评和学术界的重视。

5．就文学领域看，表层模仿民间文学的现象减弱，然而深层影响却更加突出有力。

现在，"向民间文学学习""向民歌吸取形式和养料"这样的呐喊声在文学界确实沉寂下来了。简单模仿套用民间文学格调样式的风气早已过时。但这并不表明民间文学已经丧失对当代文学创作的影响。撇开通俗文学创作同民间文学的血肉联系不说，即以所谓"纯文学"而论，自近两三年兴起"文学寻根"的浪潮以来，作为民族文化重要组成部分之一的民间文学对新文学创作的影响实际上更加深入有力，也更显得突出了。引用民间歌谣以抒写主人公的内在情怀，采取神话传说幻想故事的怪诞变形手法来写作小说，成为流行风尚。一些民间文学的古老"原型"，常自觉或不自觉地出现在小说家笔下（遭难男人遇淑女就是一例）。湘西几位土家族作家，视野开阔，甚至想"以现代人的想象试图重建楚文化的神话系统，以神话特征和魔幻色彩再现远古世界，寻求现代人的精神故乡"②。文艺界对这股文学潮流的评价毁誉不一，有人认为是复古

① 张隆溪，温儒敏：《比较文学论文集·编者序》，北京大学出版社1984年版。

② 尹虎彪：《从文化的归属到文化的超越》，《民族文学研究》1987年第6期。

倒退，也有人认为是走向成熟的探索。一位年轻评论者指出，大多数寻根派作家，如韩少功、郑万隆、阿城、王安忆等，他们在动乱岁月里曾长期生活在社会底层，直接感受到民族传统文化对群众意识和心态的深刻影响，所以在文学创作上，更倾向于从脚下厚实的民族文化土壤中挖掘生活的底蕴。目的并不是为了逃避现代文明向古昔“回归”，意在“吮吸民族文化的汁液来充实自己的创作”，是“审美意识中潜在历史文化因素的强化”①。我是赞同这一评述的。

向民族文化寻根的这一潮流，并非单纯“内省”的产物，实际上它也接受了外来文学潮流的刺激。在对外开放的初期，一些人竞相仿效西方现代派文学，鄙弃本国的民族民间文学，是把它们放在互不相容的对立位置上的。自哥伦比亚作家加西亚·马尔克斯的魔幻现实主义小说于1982年获得诺贝尔文学奖并为世界文坛所注目之后，人们才惊喜地发现，原来国外现代文学流派也是深深扎根于本民族文化土壤之上。下面让我们从马尔克斯和挚友门多萨的谈话中摘引两段，看看这位著名作家是怎样从民间口头文学中吸收滋养的。

> 门：你是什么时候开始对长篇小说感兴趣的？
>
> 马：那是大学一年级读法律的时候，我读到了《变形记》。我至今还记得开头第一句，是这样写的：“一天早晨，格里高尔·萨姆沙从不安的睡梦中醒来，发现自己躺在床上变成了一只巨大的甲虫。”“他娘的，”我想，“我姥姥不也这么讲故事吗？”我就是在那个时候对小说发生兴趣的。
>
> 门：在你漫长的写作生涯中，谁对你影响最大，你能对我说说吗？
>
> 马：首先，是我的外祖母。她不动声色地给我讲过令人毛骨悚然的故事，仿佛是她刚亲眼看到似的。我发现，她讲得沉着冷静，绘声绘色，使故事听起来真实可信。我正是采用了我外祖母的这种方法创作《百年孤独》的。②

---

① 曹钢：《文学“寻根”意识论》，华中师范大学《大学生学报》1986年第3期。

② 《番石榴飘香》，生活·读书·新知三联书店1987年版，第38、70页。

马尔克斯的魔幻现实主义吸引了许多中国作家，鼓励着他们把眼光朝向民族民间文学，作创造性的努力去推陈出新，藏族的扎西达娃就是取得重要成就的一位。

另外，苏联少数民族作家艾特玛托夫，也因创造性地吸取神话传说等民族民间文学素材，获得了具有世界影响的文学成果。他告诉我们：那些由过去时代遗留和保存下来的神话，都应该通过某种方式纳入我们的文学体系，应该在文学中保留下去，因为不这样做我们就不能保存它们。古老的神话和传说帮助我们用现代的眼光去看我们遥远的祖先，我们应当利用它们，应当使它们“适用”于当代的世界观。这使我们得到充实，使我们可以看到过去……就像一个人在宁静的天气里，坐小船在湖水里漂流，能看见湖底有一片屋顶和一座钟楼的塔尖一样。

他认为这是一种多结构层次的表现方法。学习和吸收神话、传说、民歌，可以把文学从单层次中解脱出来①。他的优秀作品与深刻见地，对中国作家，尤其是对少数民族作家，正发挥出重要影响。

现在，在人们的文学观念上，学习国外现代文学流派的优点和吸取民族民间文学优良传统，已经不再是彼此对立，倒是殊途同归了。正如一位青年作家所表示的：“创作上极为重要的是：现代观念和传统文化。有了这两个观点，中国文学方能走向世界。”② 写作《现代小说技巧》的高行健，创作话剧《野人》，把神农架居民歌唱《黑暗传》的情景写了进去，以加强它的民族文化色彩，就表现出这种追求的倾向。在这方面，民间文学巨大的潜在影响还远远没有发挥出来。

二

民间文学包含文学、语言、美学、历史、民俗、宗教、科学等多种文化成份，因而具有多重价值，这已是现在人所共知的常识，无须论证

---

① 《艾特玛托夫论神话创作》，《民族文学研究》1987 年第 5 期。

② 郑万隆：《中国文学要走向世界》，《作家》1986 年第 1 期。

了。本文在此基础上，拟再把它划分为几个大的层面，并置于动态之中，考察它在现时以及可以预见的将来这些层面的变化情况，从而估价民间文学的命运。

概括起来说，民间文学可以分为原生态和再生态，面向社会大众和面向作家学人，具有受一定时空限制的实用价值和不受时空限制的永恒价值等不同层面。大体说来，前一方面为浅层，后一方面为深层。这块多棱宝石随时代的变迁转换层面，从多方面发挥自己的社会影响。

在一般情况下，社会经济文化越发展，现代化程度越高，民众的物质文化生活越是趋于丰富多彩，原生态民间文学、民间文学在民众生活中的实用功能也会随之削弱退化。然而它又将刺激再生态民间文学，刺激具有娱乐、审美等永恒价值的民间文学的繁荣。

现代文明程度愈高，民间文艺学也将伴随其他各项文化学术事业得到发展。西方资本主义国家在海外推行殖民主义政策，曾促使以殖民地原始文化为对象的民俗学、民间文艺学走向兴盛。我们和其他发展中国家，则是为复兴本民族的文化而发展这类学科。在对本民族文化进行宏观、系统考察中，影响亿万民众的民间下层文化自然成为不可缺少的一环。为把握民族文化的未来走向而去探寻它的古老渊源，民间文化的价值更是显而易见。中国拥有丰厚而鲜活的民间文学资料，发展这方面的学术研究具有得天独厚的优越条件。原有的学术基础薄弱固然是一种缺陷，从另一方面看，又成为一块尚未开垦的处女地，更增加了它对于人们的吸引力。在中国编辑出版民间文学集成的宏伟工程完成之后，在国内外方兴未艾的“文化学”热潮的推动之下，学术界将兴起一个研究民间文化与民间文学的热潮，我以为是指日可待的事。

对民族民间文化是否珍视，固然反映出一个国家的文明程度和居民的文化教养水平，可是归根结底，还得主要依靠从事这项工作的学人的奋发努力。西方许多学术著作对民间文学的重视，正是民间文艺学的发展给他们提供了丰厚成果所致。中国许多领域的学人对民间文学知之甚少，同我们对民间文学的研究还不够深入，未能提供震撼学术文化界的成果显然是分不开的。在某些方面，例如我们对楚辞神话的研究比较充分，对作家文学的冲击也就较为有力。

民间文学领域的上述变化，只不过是在现代文化浪潮冲击下，由一个较浅的层面向较深较新的另一层面转折的开始，不论是转变形态以满足民众新的精神文化需求，还是向文艺学术园地扩展自己的影响，都大有文章可做，高潮远未到来。

我们这里研讨的民间文学，属于民族传统文化的一个组成部分。在中国现代化的进程中怎样估价传统文化，对待传统文化？近年引起人们的热烈讨论。最近读到旅居海外的著名历史学家余英时所写的一本小册子《从价值系统看中国文化的现代意义——中国文化与现代生活总论》，颇受启发。他的基本观点是“中国文化与现代生活不是互相排斥的实体”，“中国的价值系统是经得起长期挑战的”。他认为民族文化的核心与深层是与有形的制度、风俗习惯以及物质基础相区别的价值系统，它是不易变迁、较为稳固的。他说：

> 我在本文中将中国文化的价值系统与古代的制度、风俗以及物质基础等加以分别，但是这绝不表示我相信文化价值是亘古不变的，更不是说我把文化价值当作一种超绝时空的形而上实体来看待。事实上，我在分别讨论中国价值系统各个主要面相时已随处指出这个系统面临着现代变迁必须有所调整与适应。我并且毫不讳言在某些方面中国必须“西化”。但是整体地看，中国的价值系统是经得起现代化以至“现代以后”的挑战而不致失去它的存在根据的。这不仅中国文化为然，今天的西方文化、希伯来文化、伊斯兰文化、日本文化、印度文化等都经历了程度不同的现代化变迁而依然保持着它们文化价值的中心系统。这些古老民族的价值系统都是在文化定型的历史阶段形成的，从此便基本上范围着他们的思想与行为。
>
> 各大文化当然都经过了多次变迁，但其价值系统的中心部分至今仍充满着活力。

最后他希望在“世界大同”的梦想未实现之前，“中国人必须继续发掘自己已有的精神资源、更新自己既成的价值系统。只有这样，中国人才能期望在未来世界文化的创生过程中做出自己独特的贡献!”①

中国民间文学作为亿万民众世代传承的文化结晶体，就被这种价值系统所浸透。正如意大利作家伊·卡尔维诺在选编出版《意大利童话》时所体会到的：“前人从事这项工作，决非为了搜奇猎异，而是因为他们坚信：在民间文学的汪洋大海里，隐藏着一些与种族生存息息相关的基本因素，必须加以挖掘。”（在给此书的中文版题词中他写道：“民间故事是最通俗的艺术形式，同时它也是一个国家或民族的灵魂。”）② 19 世纪，格林兄弟出版德国民间故事，曾起过唤醒德国民族意识的作用；芬兰学者发掘史诗《卡勒瓦拉》，成为复兴芬兰民族文化的一块里程碑，就是明证。这些蕴含于民间文学之中的与种族生存息息相关的基本因素，或者是价值系统，自然有积极与消极的两重性，并非都是值得肯定发扬的精粹，在建设民族新文化时应有取舍，推陈出新。但它的活力是不会在文化变迁中丧失的，正如裹挟泥沙的江河不会停止它的浩荡奔流一样。

而且，人类文化发展进程常出现波澜曲折，物质生产的发展提高固然有促进精神文化的作用，在一定条件下却也可能导致精神生活的贫乏，那时就会出现“返朴归真”的倾向，借民间文艺的刚健清新来补益现代文化之不足，甚至原始古朴的神话有时也足以令今人振聋发聩。卡尔维诺将 100 多年前人们采录的民间故事资料加以选编改写，集为《意大利童话》，先后在本国和其他国家出版，竟成了 20 世纪 70、80 年代的畅销书。讲故事本是“人类文化发展的最初工具”，在美国现代文化的冲击下，其势已如日薄西山，可是近年，说书人又在美国东山再起，人们希望通过讲古老的和新鲜的故事把人类一些最重要的事情继续传诵下去③。

由此可见，民间文学和民间文艺学在中国现代文化建设中的前途是光明的。中国民间文学工作者理应有充分信心把这一事业推向前进。

---

① 译文载《文化：中国与世界》第一辑，生活·读书·新知三联书店 1987 年版。文中所论中国文化价值系统具体表现在人和天地万物的关系、人和人的关系、人对于自我的态度及对生死的看法四方面。

② 伊·卡尔维诺：《意大利童话·序言》，上海文艺出版社 1985 年版。

③ 《故事动人吗?》，1987 年 11 月 21 日《美国新闻与世界报道》。

民间文艺与农村文化发展[①]

我国农村面貌在迅速改变，农民文化生活也处于急剧而深刻的变化之中。文艺生活是文化生活的一个重要方面。在研讨农村文化发展战略时，如何对待民间文艺，如何估价中国农民创造的这一部分文化财富在建设农村新文化中的作用，是我们必须回答的一个重要问题。

新中国建立以来，我国农村面貌发生了深刻的变化。特别是近几年推行的经济体制改革，迅猛地改变着农村的经济文化生活状况。民间文艺作为一个完整的文艺生活系统，已被打破。农民的文艺生活越来越多样化、现代化，传统形式的口头文学创作与流传日益衰落，特别是在经济文化发达地区、在愈来愈多地接受现代文化影响的年轻人中间，更是这样。有的学者认为，随着社会主义建设的发展，人民群众经济文化生活的改善，作为他们自我表现的民间文艺也将越来越繁荣这一观点，显然脱离了客观实际。

但是民间文艺和现代文化并非势不两立。它不仅在日趋丰富多样的现代农村文艺生活中占着不可忽视的地位，而且将会长久地保持它的活力，并对建设中国农村的新文化给予有益的滋养。研讨农村文化发展问题，如果完全否定作为农村传统文化重要一翼的民间文艺，也是不恰当的。

那么，我国农村民间文艺的现状怎样？应如何因势利导，使之对建设农村的社会主义现代化有所补益呢？下面略陈管见。

---

① 原载《湖北省农村文化发展战略研讨》，湖北省文化厅 1984 年编印。

一

民间文艺是农民文化生活的系统表现，具有很强的稳定性。在目前或可以预见的将来，还没有一种新的文艺生活系统能够完全取代它。目前的状况是，民间文艺的发展很不平衡。许多地方口头讲故事的活动，已被看电影和听广播所代替，就是一个明显的事实。但仍有不少民间文艺活在农民中间，甚至有一些民间文艺形式接受现代经济文化的刺激后，获得了更旺盛的生机。南方壮族地区的“三月三”歌圩，西北地区莲花山的“花儿会”，这几年反而盛况空前，不见衰歇。随着旅游事业的兴旺，人们在游览祖国各地的奇险山川和名胜古迹时，也渴望欣赏以口头和书面形式出现的关于这些山川名胜的优美传说，于是刊印成册的风物传说故事畅销不衰。那些历史悠久的民间艺术活动，如玩灯、耍狮子等，因农民经济生活的改善，也是规模一年胜过一年。今年我到湖北潜江县去了解农民过元宵节的盛况，不仅看到了那些取材于民间传说的灯彩受到城乡居民的热烈欢迎，还看到表演传统节目的皮影戏，吸引着四乡的农民，以致连续几天场场满座。经济文化的现代化，实际上并不会导致完全抛弃自己民族和地区的传统文化，甚至会促使人们更加珍惜传统文化中的精华，从而运用现代化手段加以保存和发扬。湖北兴山县就是一个突出例子。这里是王昭君的故里，有悠久的历史文化遗迹，秀丽的自然风光，以及相伴而生的丰富优美的民间传说、民歌、戏曲等。过去自生自灭，并不为众人珍视，十一届三中全会以来，经济形势好转，社会安定团结，人民生活富裕起来，群众既迫切需要调剂精神生活，又愿在劳动工作之余，外出旅游，见见世面。具有当地“土特产”性质的民间文学读物格外逗人喜爱。该县搜集整理出版的《王昭君的传说》和《兴山县民间传说故事》，便成为供不应求的热门货了。它是当地群众喜闻乐见并引为自豪的乡土文学，又是外地旅游者所珍爱的纪念品。就这样在这个大山里掀起了一股“民间文学热”。这是一个很能发人深思的事例。

另一种更为普遍的情况，就是在农村口头文学活动衰落的同时，大量的口头文学作品被人们记录整理刊印，借助新的传播手段再生，获得了更为巨大的生命力。新中国建立后，我们就成立了从事民间文学工作的专门机构，致力于民间文学的搜集整理和推广研究。近几年这一事业得到迅猛发展，各族口头文学中的优秀之作，被记录整理和加工改编，以书面形式出版；有的还被搬上舞台，进入电影电视屏幕，在更大范围内和农民见面。由于农民要看书，看电影电视和听广播，他们围着火塘讲故事的机会少了，从这方面看，民间文学似乎衰落了。可是一些民间文学报刊，发行几十万，甚至上百万份，许多家庭故事化成印刷品之后，飞进亿万农民读者的心坎，像《金德顺故事集》就是一例。从这方面看，目前又可以说是民间文学的复兴，民间文学在现代文化背景上的再生。近年震撼文化界的所谓“通俗文学热”，实际上其中包括着一股“民间文学热”(民间文学较之一般通俗文学更为刚健清新)。西方发达国家也有这种情况。最近由上海文艺出版社翻译出版的《意大利童话》，就是由当代意大利著名作家卡尔维诺选编的一部意大利民间传说故事集，自1956年出版以来已发行两千万册，1980年在美国竟被评选为当年的畅销书。我国各民族间口头文学的丰饶宝藏还远远没有开发出来，随着广大农村文化教育的普及以及民间文学事业、印刷出版事业的发展，民间文学读物在农村中的影响还将进一步扩大，成为文学读物中的一个重要品种。

二

民间文学在农民生活中，并非作为一种纯文学，而是作为一种意识形态的综合体存在并发生影响的。如同一些著名学者指出的，它是“人民的科学、宗教和天文知识的备忘录”，是“人民的各种信仰、家庭与民族历史的储存处”(拉法格)。这就使它可作多种人文科学如历史学、民族学、民俗学、社会学、宗教学、美学等等的研究资料，具有重要的学术价值。在现代文化的冲击下，民间文学对农民直接的实际影响，总的说来愈来愈弱，然而它在学术上的价值，却愈来愈显得重要。正是在这背景上，民间文艺学作为一种现代人文科学便应运而生。即使在那些并不尊重劳动人民文化创造的西方资本主义国家，这门科学也有相当地位。在劳动人民已成为社会主人的社会主义国家里，更应受到重视。这种研究看起来似乎和农村文化发展并无直接关系，实际上却是有益于农村文化建设的一项重要工作。它可以帮助广大农民科学地认识和对待农村的各种文化现象，对包括民间文学在内的文化遗产，既不能盲目因袭，也不应粗暴摒弃。佛像寺庙，受宗教迷信支配的善男信女对之顶礼膜拜；而具有现代科学文化修养的人们则把它作为精美的雕塑与建筑艺术来欣赏品味。我们不但要把发掘整理的优秀民间文学作品向农民推广，还要普及民间文艺学知识，帮助农民正确地欣赏和利用这一部分宝贵精神财富。民间文艺研究还有一项重要任务，就是研究它的美学价值，吸引文学艺术工作者向民间文艺学习借鉴，创造具有社会主义内容和民族风格，为农民大众所喜闻乐见的文学艺术作品，从而有力地将各种腐朽庸俗的货色从农村文化市场中排挤出去。从这个更为广泛的意义上来说，对民间文艺发掘整理与研究，也是研讨农村文化发展战略问题所不能忽视的一个方面。

三

民间文艺是中国传统文化的一部分。近来学术界对如何认识和对待中国传统文化问题展开了热烈讨论，发表了许多有益的见解。在中国农村建设社会主义的现代文化，对传统文化自然须去其糟粕，取其精华，推陈出新。中国传统文化的特征是什么？我赞同这样的观点：中国传统文化不是一源分流，而是多种文化成分的融合。以儒家思想为核心的封建主义文化居于统治地位，这自然是不可否认的事实，我们却不能因此而忽视乃至抹杀与之相对立的农民的民间文化的存在，以及前阶级社会古老文化成分的传承。这两种文化成分，在各族民间口头文学中，有着深厚的积淀和鲜明的体现。许多民间文学作品唾弃自私自利者，肯定集体利益高于一切，赞颂为集体（部落、民族、家乡）而英勇献身的主人公，就是人类童年时期古朴道德的遗风。一些少数民族地区的居民私有观念淡薄，乐于助人，道德高尚，民风淳朴，即渊源于此。它们是不属于封建主义文化而是更接近我们所倡导的社会主义精神文明的文化成分。

封建主义文化用忠孝节义、“三纲五常”这类货色来毒害民众，借以维护其封建统治秩序。民间文艺却热情颂扬那些“犯上作乱”的农民起义首领的英雄事迹，传播抗争的火种；抒写为封建礼教所不容的男女私情，高唱“铁打链子九十九，哥拴颈子妹拴手，哪怕官家王法大，出了衙门手牵手！”以至历代封建统治者不得不用“禁歌”“禁戏”的高压手段来摧残民间文艺。

从更深层次来观察社会文化心理，讲求中庸之道，乐天知命，安于现状，这正是儒家思想的影响。而在民间文学中，却贯穿着勇敢进取、大胆叛逆的声音：“宁可皇上的江山乱，也不教我俩的路断！”“马摆高山高又高，打把火钳插在腰，那家姑娘不嫁我，关起四门放火烧。”抗战时期，这类南方民歌曾引起闻一多先生的深深赞叹，说我们国家文明得太久了，太斯文，所以受帝国主义的欺凌，现在就要凭借这“在人性的幽暗角落里蛰伏了几千年的兽性跳出来反噬他一口”（《西南采风录·闻序》）。这是说明两种文化不同性质的一个生动例子。

包括民间文艺在内的农民文化，和封建主义文化既相对立，又彼此渗透，并非井水不犯河水。尽管如此，它们却是性质不同的两种文化。鲁迅在《论“旧形式的采用”》中说：“既有消费者，必有生产者，所以一面有消费者的艺术，一面也有生产者的艺术。”两者具有相互对立的性质。毛泽东在《新民主主义论》中告诫我们：“必须将古代封建统治阶级的一切腐朽的东西和古代优秀的人民文化即多少带有民主性和革命性的东西区别开来。”他们这一论断的正确性，已为不断发掘的我国民间文艺的丰富成果所证实。考察中国传统文化的特征及其对建设社会主义新文化的作用，理应对它的各个组成部分加以分析，区别看待，不应囫囵吞枣，笼统地加以肯定和否定。过去有一些学者曾把封建社会的一切文艺，都视为封建主义的文艺，抹杀民间文艺的特殊价值。在当前关于文化问题的讨论中，又有人重申这一意见，抹杀农民民间文化和封建统治阶级文化的质的区别。这在理论上是难以立足的，在城乡文化建设的实践中，也是不利于我们吸取本民族传统文化的优良成分作为新文化的滋养的。

《意大利童话》一书的选编者卡尔维诺在给此书的中译本的题词中写道："民间故事是最通俗的艺术形式，同时它也是一个国家或民族的灵魂。我热爱中国的民间故事，对它们一向百读不厌。"民间文艺中有一部分是会被不断前进的历史文化潮流所淘汰的，而那些作为一个民族美好心灵结晶体的东西，则将保持不朽的生命力，融化在民族文化心理结构中。由于中外及新旧文化的交汇、冲突、融合，我国农村的现代文化必然呈现极为丰富多彩、新鲜活泼的姿态。对包括民间文艺在内的传统文化优良成分的发扬，又将使这种文化具有鲜明的民族特色和深厚的群众基础。

我们所面临的问题，在西方发达国家也同样存在。美国学者在介绍美国民间文学情况时就说："各个国家都有丰富的民间文学遗产，美国自然不例外。不过，美国有着高水平的普及教育和广泛的大众通信网。美国人阅读书本，听无线电，看电视的日益增多。结果，想知道凭记忆流传下来的民间文学的人就越来越少。正是由于这个缘故，在近五十年中，美国才对这个行将消失的文化遗产的兴趣愈来愈大。美国的搜集者加紧工作，趁国内的民间文学还没有被全部遗忘之前，争取尽可能较多地发掘和保存下来。如今，美国丰富多彩的民间文学，绝大部分业已印成书本，录入磁带和灌入唱片，或者记录在图书馆的档案资料之中。出版社编辑发行，各地广为推销，学校和研究所讲授、分析，作家们拿出改编润色。"① 这实际上是各国文化发展的一种总趋势。以中国民间文艺研究会为中心的我国各文化部门，正在大力从事各族民间文学的发掘与研究工作。作为一个拥有更加丰饶灿烂的民间文学遗产，而又是社会主义制度的国家，难道我们不应当把这项工作做得更好吗?!

1986 年 3 月

① 《美国民间文学》,《民间文学论坛》1984 年第 4 期。

民间文学与通俗文学[①]

近年来因通俗文学流行，许多人便对通俗文学与民间文学的关系提出了种种看法。究竟通俗文学和民间文学有什么区别？如果它们不是一种文学，两者有哪些联系？这既是一个需要弄清的基本理论问题，也是指导当前文化工作亟须回答的一个重要实际问题。下面是我对这个问题观察思考所得到的初步认识，写出来和有关同志共同研讨。

一

怎样确定通俗文学和民间文学的界限？有人认为，通俗文学和民间文学字面上虽有区别，实际上是一种文学；还有人认为，民间口头文学是通俗文学的一个品种，通俗文学中包括了民间文学。我以为这两种看法都不确切，应该把它们作为平行独立的两种文学来看待。

将通俗文学和民间文学混同起来的观点，可以举出郑振铎先生的《中国俗文学史》作为代表。该书开宗明义就写道："何谓'俗文学'？俗文学就是通俗的文学，就是民间的文学，也就是大众的文学。换一句话，所谓俗文学就是不登大雅之堂，不为学士所重视，而流行于民间，成为大众所嗜好，所喜悦的东西。"《中国俗文学史》打破传统偏见，将一向遭人鄙弃，不能登大雅之堂，而为大众所喜闻乐见的各种样式的俗文学做了系统整理而且给予高度评介，其学术创见与历史功绩不应抹杀。但它把通俗文学与民间文学混同起来的做法，却是我们今天不足取法的。

---

① 原载《湖北通俗文学论文集》，湖北省通俗文学学会1986年编印。

郑振铎先生的书写于20世纪30年代，它的内容不可避免地受着当时中国学术文艺发展水平的局限。按照长期流行的传统文学观念，“正统文学”的范围只限于诗和散文，其他不属正统文学范围之内的通俗诗歌、小说、戏曲、讲唱文学及游戏文章，郑先生便把它统统归属于俗文学。因此关汉卿、王实甫、马致远的杂剧、散曲便和明清时代的民间歌谣等，都作为“俗文学”在书中并列在一起。《中国俗文学史》出版以来，已过去了半个世纪，随着国内外文艺科学的长足进展，人们的文学观念起了巨大的变化，当时被“正统文学”所排斥的一些作家作品，如罗贯中、施耐庵、冯梦龙的小说，关汉卿等人的杂剧等，已成了中国文学史上的正宗杰作。至于原在民众口头流传，后经文人记录传世的历代民间歌谣等，则归入民间口头文学之列了。郑先生的“俗文学”，是一个在当时条件下和“正统文学”相对立的概念。现在的情况有了巨大变化，我们需要对文学作更深入、更精细的分类，再简单地沿用“俗文学”的概念就不合时宜了。

那么是否可以将“通俗文学”作为既包括作家创作的通俗文学，又包括民间口头文学的文学品类的通称呢？广义的通俗文学，是可以这样理解的，民间文学既然是群众喜爱，而且是众口传诵的文学，自然具有通俗浅易的特点。那些经过人们记录整理，以书面形式发表于报刊或辑印成册的民间故事传说及叙事诗等，如果不加说明，一般读者很难把它们和作家创作的通俗文学作品区别开来。因此有些人把民间文学作为通俗文学的一支，不严格划分它们的界限，是可以理解的。

可是在文艺科学高度发展的今天，我们应该而且能够把这两种文学区别开来，给予科学的界说。

对通俗文学的大规模研究，在我国只能说刚刚起步，还没有形成一门学科。而对民间口头文学的研究工作，在国际上已有一百多年，在国内也有了半个多世纪的历史，早已形成一门严整的学科——民间文艺学。而且兴起了一系列分支学科，如神话学、故事学（或童话学）、歌谣学、史诗学等。民间文学是劳动人民集体创作并以口头方式世代流传于民间的一种独特的语言艺术。它以集体性、口头性、变异性、传承性等作为自己的基本特征，和作家创作的通俗文学作品相比，从创作及流传的方式到内容与形式的特征，均有显著区别。

民间文学作品虽有许多以书面形式发表出来，它原来却是一种口头语言艺术。更大量的作品仍然存在于民众口头，成为我们取用不尽的工作对象与研究对象。

民间文学是在广大时空范围之内的劳动人民的集体创作，是劳动者自我教育自我娱乐的手段，是一个国家或民族的历史、习俗、信仰、心理的概括反映。

民间文学是劳动人民集体艺术智慧和艺术情趣的结晶。它在艺术上因经过千锤百炼显得极为精炼概括，因作为民众生活与斗争的伴侣而富有生机。其内容之包罗万象，艺术样式之丰富多样，都是任何作家文学所难以比拟的。

至于通俗文学，则一般指作家面向大众创作的通俗浅易的文学作品而言。它是一种书面文学创作，因其通俗易懂也可能被民众口头传诵，但和民间文学原本是口头文学不同。

通俗文学是作家的个人创作，富于个人独创性与个性色彩。优秀的通俗文学作品因饱含人民性而流传不朽，可是泥沙俱下，精粗混杂。以通俗生动的形式来传播剥削阶级的腐朽意识，毒害民众心灵的庸俗文学，以及借制作通俗文学来谋取不义之财的人，古往今来，屡见不鲜。这和民间口头文学作为集团艺术，格调之较为纯朴，也很不相同。

在艺术样式方面，作家创作通俗文学时，往往只是吸取民间文学样式之一或几种，加以发展提高，成为流行品种，并不完全袭用民间文学的传统样式。历史上，通俗文学作家吸取民间讲故事及说书成果，创作了《三言》《二拍》及《三国演义》《水浒传》《西游记》等长短篇小说。现在的通俗文学中，也是以借鉴民间故事传说创作的新传奇故事最为流行。大部分民间口头文学形式，仍以其活泼多样的姿态在民众口头存在发展着，和作家选取的通俗文学样式明显有别。

在某些情况下，通俗文学与民间文学之间存在互相转化的现象。有的作家将民间口头文学适当加工，成为书面化的通俗文学作品。有的最先确实是出于个人创作的通俗文学作品，由于在群众中广泛流传的结果，也可以完全融合在民间口头文学之中。对这些作品，有的很难确切判明它们的性质。著名的阿拉伯故事集《一千零一夜》就是这一方面的例子。湖北神农架地区流行的长诗《黑暗传》，既有手抄本和木刻本，又流传于人们的口头，究竟是吸取了民间神话传说的通俗文学，还是被人记录传抄的口头文学，尚须作进一步的考辨。

这种容易混淆的情况，在目前的故事园地，尤为突出。上海文艺出版社出版的《故事会》，畅销城乡，是得到广泛好评的一个优秀的通俗文学刊物。其中刊载的由人们搜集整理的故事，来自民众口头，属于传统的或新的民间故事。其他由个人创作或改编的新故事，则属于通俗文学之列，如何区别它们的不同性质，至今尚有争论。我以为，集体创作，口头流传，完全符合传统民间文学特征的故事，属于民间文学是毫无疑义的。至于个人书面创作的故事，则须分析其具体情况。有的虽采取了民间故事的表现形式，并未进入口头流传过程为群众所接受，只应作为一般通俗文学来看待。如果已被群众口头传诵，汇入口头文学行列，那就应作为新民间故事，即新民间文学的一种另眼相看了。《故事会》上发表的《三百元的故事》《如此恋爱》《王奶奶的小枕头》等篇，就属于这种情况。在民间文艺界，多数人都是主张采取科学态度，把属于通俗文学领域的一般新故事和属于民间文学范围的新民间故事区别开来，使之各得其所的。

我们主张把通俗文学和民间文学的界限划分清楚，是为了按照现代文艺科学的要求，认清它们的本来面目，并没有厚此薄彼的意思。从宏观上考察，二者并无高下之分。通俗文学作家吸取民间文学素材所加工创作的作品，不少已成为人类文学宝库中的珍品，其艺术魅力较之质朴粗糙的一般口头文学作品更为巨大。而民间文学除可供群众欣赏之外，还具有可供社会学、历史学、民俗学、民族学、语言学、美学等学科进行研究的宝贵价值，这又是通俗文学所不及的。将它们划分开来，有利于人们深入研究它们各自不同的思想艺术特征及发展规律，使它们在今天得到更好的发展和利用。

二

在强调通俗文学和民间文学的区别时，我们也不应忽略它们之间的紧密联系。

从文学史上来看，通俗文学和民间文学的关系是互相影响，互相依存，密切相关的。民间口头文学成为许多作家进行自己艺术创造的基础，这是中外文学史上的通例。鲁迅说：“旧文学衰颓时，因为摄取民间文学或外国文学而起一个新的转变，这例子是常见于文学史上的。”高尔基说：“各国伟大诗人的优秀作品，都是取材于民间集体创作的宝藏的，自古以来这个宝藏就提供了一切富于诗意的概括，一切有名的形象和典型。”这些吸取和借鉴民间文学而创作成功并给予广泛影响于社会的优秀文学作品，当时都是作为通俗文学而出现的。它们在很长一段历史时期之内和正统文学相抗衡，受到正统文学家的鄙薄。后来顺应文学发展的潮流，终于挤进文学殿堂，取得了崇高地位。中国的《三国演义》《水浒传》《西游记》，欧洲的《十日谈》等，莫不如此。民间文学以通俗文学作为中介和桥梁，给予伟大影响于整个人类文学创作，是难以否认的事实。

自然，优秀的通俗文学回到民间之后，又反过来起到了丰富提高民间口头文学的作用，这样的事实我们也不应忽略。《三国演义》的成书，吸取了许多当时的民间传说。它传开之后，人们又在它的启示下，口头创作新的三国故事或“反三国故事”。这些故事的内容和技巧，较之原来的素朴传说，都有较明显的进步。由于受书面化的通俗文学的影响，民间口头文学的艺术表现力也呈现出不断提高的趋势。

认清民间文学与通俗文学的区别和联系，对发展我国的民间文学与通俗文学事业，都有重要的现实意义。根据当前情况，以下两个问题应引起我们的特别注意。

一是通俗文学家要重视民间文学，研究并借鉴民间文学。在我国各族劳动人民中间，蕴含着民间文学的丰富宝藏。全面开发这一宝藏的工作，可以说刚刚开始。利用它来繁荣新文学创作，有着无限广阔的前景。文艺的现代化并不意味着完全摒弃传统文化，国内外的实际情况恰恰相反，一些最古老的文化成分常常同现代艺术奇妙结合，孕育出新的文学艺术花朵。

利用民间文学的丰富素材进行再创作，是发展健康有益的通俗文学的重要途径之一。发表于《今古传奇》的徐绪略的《秀才外传》，即依据湖北地方的民间机智人物故事编写而成。如制成电视连续片，其艺术效果决不在日本的同类型电视片《聪明的一休》之下。在西方现代资本主义国家中，这类作品也常常成为畅销文学，并没有被现代生活潮流所抛弃，例如意大利当代著名作家伊泰洛·卡尔维诺依据民间文学家搜集记录的两百篇民间故事，编写成《意大利童话》一书，1956 年出版后，即大受读者欢迎，曾获意大利著名文学家奖，到 1977 年为止，已先后印行十三次，发行二千万册。1980 年 10 月在美国出版，又成为畅销书，被《纽约时报》和《时代》周刊同时评为当年在美国出版的最佳文学作品（中译本于 1985 年由上海文艺出版社出版）。

但我们研究民间文学，还应有更广阔的天地和更深刻的要求，那就是深入开掘民间文学中具有普遍意义的艺术规律，以之作为发展通俗文学的有益借鉴。

以民间文学的内容而论，许多故事传说都曾以寻求幸福，摆脱贫困作为基本主题。旧时代民众所憧憬的幸福生活，不可避免地带有小生产者思想感情的局限性。可是在这些作品中，人们总是热烈赞扬那些勤劳善良、乐于助人的劳动者，并以高昂的调子，歌颂那些不惜牺牲个人幸福乃至生命换取他人幸福的英雄。而对损人利己的邪恶思想行为，则给予严厉的鞭挞。这些故事传说，深刻地触及到一切伟大民族的美好心灵，因而为世世代代的人民群众所传诵而生命不朽。这不是很值得通俗文学和一切新文学的作者好好研究，认真借鉴吗？

在艺术上，民间口头文学拥有极为多样化的艺术表现手段，它是世世代代人民群众艺术智慧的结晶，对丰富通俗文学及一切文学的艺术表现力具有重要借鉴作用，通俗文学中常见的几种样式，追根溯源，莫不来自民间文学。民间传说常以某些真实的历史人物和历史事件为依据而加以夸张虚构，渲染上浓厚的浪漫主义色彩，这正是通俗传奇文学的来源。

通俗文学的另一大类是演说神奇怪诞故事，这类文学实际上渊源于古代神话。神话中神奇的幻想，原本是人类童年时期从自己的原始思维出发，对自然与社会所作的一种不自觉的虚构。后来随着人类文明的演进，转变成自觉的艺术虚构，广泛用于童话等体裁之中，脍炙人口的《西游记》故事，便是吸取这一艺术手段编撰而成。

通俗文学中的滑稽幽默体裁，则从民间口头文学中的喜剧性作品演化而来。相声即是一个突出的例子。叙事文学中也不乏其例。《济公传》就是将神奇幻想和滑稽幽默结合起来，来塑造济公这个可敬可爱而又可笑的艺术形象的。他实际上是民间文学中仙人形象和机智人物的巧妙融合。

通俗文学中现在深受群众喜爱的推理小说，仔细考究起来，也与民间文学有关。《民间文学》1985 年第 9 期发表的蒙古族的《三个聪明兄弟》就是一篇很精彩的推理故事。它的特点是依据细心观察到的某些蛛丝马迹，来推断较为复杂的案情，借以表现主人公的丰富社会经验与卓越智慧。它是生长在人类智慧树上的文学花朵，很早就已在印度、阿拉伯国家、中国等地的民间故事传说中流行，后来才被现代推理小说家所吸收并加以发展提高，成为文学中的流行品种。

这些艺术表现手段已被通俗文学所广泛采用。而在民间，则以更生动活泼的形式，以同劳动人民的生活思想情感结合得更为紧密的形式被口头文学家所运用。通俗文学家如能多接触民间文学，直接吸取它们艺术表现形式的优点，对提高通俗文学质量定会有所裨益。我国著名中年作家冯骥才的获奖中篇小说《神鞭》，在艺术表现上大胆创新，“有意把荒诞手法与写实主义的社会风情画糅合一起”，“我用荒诞，因为荒诞是个橡皮口袋，可以装进写实的故事装不进去的东西；我又用写实，因为我国读者习惯不管多么荒诞的故事，也必须合乎人情事理，方能被读者接受”[1]。这里讲的荒诞与写实结合，就是属于民间，至今仍在民间童话和传说中广泛流行，曾被《西游记》《聊斋志异》的作者所取用过的艺术手段。西方流行的所谓“魔幻现实主义”，即属于这种类型的文学。

至于对民间文学进行深入的美学探索，从中寻求我们民族、我国广大人民群众的审美心理特征，作为文学创作的借鉴，更有着广阔的天地。例如，民间文艺植根于人民生活，可是它所追求的并非简单地“再现”生活，而是带着强烈的主观感受和对美好未来的憧憬来“表现”生活。它不满足于帮助人们清醒地认识眼前的现实社会，总是含蓄着一股巨大的精神力量，鼓舞人们去追求美好光明的人生。他们生活在黑暗贫困中，不需要在文艺里反复咀嚼自己的痛苦，而是要借文艺来摆脱痛苦，迈步向前。渗透在民间文艺作品中的这种特殊美感，无疑也是值得今天创作通俗文学的人们细心体会和吸取的。

由于在民间文学中，有着深厚的民族文化积累，所以我们应着重强调学习民间文学以促进通俗文学的健康发展。近年文学上正出现一种“寻根”热，所谓“寻根”，即在更深层次上寻求民族文化、民族心理的根基，使我国社会主义文学更富有民族特色。自然，通俗文学的发展，也有可能刺激新的民间文学的产生，并扩大传统民间文学的社会影响。

二是要明确两种文学活动的不同特点，区别对待。

前面谈了吸取民间文学以发展通俗文学的问题，作为文化工作者，我们还有一个不可推卸的责任，就是要努力开掘和保存我国的民间文学遗产，发展我们的民间文学事业。当前的主要任务是，按文化部、国家民委和中国民间文艺研究会的要求和部署，编辑和出版三套集成——《中国民间故事集成》《中国歌谣集成》和《中国谚语集成》，把中华民族文化宝库中这宗极其珍贵的文化财富保存下来，并传之永久。所有从事文化工作和文学艺术工作的人，都应当关心并以自己的实际努力推进我国的民间文学事业。通俗文学家应当做得更好。这是因为通俗文学和民间文学、通俗文学家和民间文学家本来就存在兄弟般的亲密关系。我们

---

① 冯骥才：《小说观念要变》，《光明日报》1985 年 4 月 11 日。

的许多刊物，对民间文学和通俗文学实行兼容并包的方针，甚至自称为“民间通俗文学双月刊”。我们的通俗文学家，也是一身而二任焉，既写通俗文学，又从事民间文学的搜集整理工作。这对发展我国的通俗文学与民间文学事业，本来是一件好事，但也须防止由此而产生的问题。

在通俗文学热潮中，我们要给民间文学以应有的地位，而不要迎合一时的社会文化浪潮，挤占民间文学的地盘，或听任通俗文学浪潮吞没民间文学。刊物兼收民间文学与通俗文学是广大群众所欢迎的，但民间文学报刊完全通俗文学化却是不可取的。

就个人写作活动而言，从事民间文学的记录整理和取材于民间文学进行通俗文学创作，其性质是不同的，应有不同的要求和方法。从民间文学家口头记录故事传说与诗歌，并把它们作适当整理，用文字写定，变成书面文学形式，就其性质而言，实际上是一项科学工作，一定要忠实于它口头流传时的本来面目，保存它的科学价值及特殊的文学与美学价值，切实做到文学性与科学性的统一。而不可按照流行的通俗文学格调，对民间文学材料进行乱改乱编。或以假乱真，将本来不属于民间文学的个人创作的通俗文学作品，随意贴上民间文学的标签向社会兜售。这样做，既不能向社会提供货真价实的民间文学，也难以提高通俗文学的质量和声誉。

编写民间文学读物，或者叫改编、改写，如苏联阿·托尔斯泰改写的《俄罗斯民间故事》，日本坪田让治改写的《日本民间故事》，我们前面提到的意大利卡尔维诺改写的《意大利童话》以及我国著名作家叶圣陶给中学语文课本改写的《牛郎织女》《孟姜女》等等，其性质如同卡尔维诺所指出的，则是一种“半科学”的工作。它可以对原作有所改变，可以加入某些个人创作成分，但须保持原作的基本面貌和民间口头文学的艺术风格。让我们看看卡尔维诺的做法：

> 在编选过程中，我亦采用半“科学”的方法，或四分之三的“科学”方法着手工作，另外的四分之一则加入了我个人的判断。……我从大量的口述资料中（总数约达五十种基本类型）选出最罕见、最优美的故事原型，将它们由方言译成意大利语。如果尚存的唯一

> 版本已由方言译成了意大利文，但没能体现其风格，我就干脆改写这个故事，努力恢复其本来面目。我努力充实故事的内容，但从不改变它的特征和完整性。同时，我力求使情节丰富，使其具有更大的可塑性。对故事中遗漏和过分粗略的部分，我尽可能予以精心增补。我还努力使故事的语言在不流于俚俗的同时，保留方言的清新和纯朴，极力避免使用过于高雅的词句。①

它是用严肃态度和科学方法编写而成的，既具有一定的科学价值，可列入民间文学范围，又是优美动人的通俗文学作品。我国许多熟悉民间口头文学的通俗文学家，完全可以在这方面作出自己的贡献。把它作为记录整理民间文学的科学范本是不合适的，但它对普及民间文学以及丰富通俗文学、儿童文学的品种都具有重要意义，值得好好提倡一下。

至于利用民间文学素材进行再创作，那完全属于文学创作活动，可以从自己的创作意图出发自由处理素材，按照作家个人的艺术风格予以表现。利用同一种素材可以写成好几种主题和风格不同的作品，云南的《望夫云》传说，就被四五位诗人写成叙事诗，都取得了成功。取材于民间文学的作品，并不全是通俗文学，其中也有不少纯文学作品，如歌德的《浮士德》。然而民间文学的确是通俗文学的重要素材来源之一。这已是人所共知的事实，无须多说了。

由此可见，尽管不少人可以同时从事民间文学与通俗文学，可这两种文学各有自己的特点和价值，因而从事这两种文学活动也是各有自己的要求与方法的。不应彼此混淆，也不能互相替代，否则，就会制造出一些不伦不类的作品，导致两败俱伤。

正在建设社会主义物质文明与精神文明的中国各族人民，既需要通俗文学，也需要民间文学。我们的任务是使它们各得其所，相辅相成，从而在社会主义方向下走向共同繁荣。

1986年12月10日

---

① 《意大利童话·序言》，上海文艺出版社1985年版。

民间文艺与新文艺的建设[①]

《在延安文艺座谈会上的讲话》（以下简称《讲话》），是一部发展了马克思主义文艺科学，曾经指导中国革命文艺发生巨大变革的光辉文献。《讲话》所提出的文艺的工农兵方向，对我国民间文艺的发展及革命文艺同民间文艺的结合起过巨大推动作用，至今仍有其重要的现实意义。

一

在《讲话》里，具体论述民间文艺的地方并不多，然而它阐述的许多理论原则和文艺方针，却直接关联着民间文艺工作。

《讲话》围绕着实践文艺的工农兵方向，阐发了文艺工作中普及与提高相结合的重要方针。指出在当时的情况下，要高度重视文艺普及工作，“普及工作的任务更为迫切”。用什么东西向工农兵普及呢？“只有用工农兵自己所需要、所便于接受的东西。”世世代代在劳动人民口头流传的各种样式的民间文艺，在工农大众“所需要、所便于接受的东西”中，占着十分重要的位置。《讲话》要求文艺专门家们注意群众文艺活动，帮助和指导群众文艺活动，其中不用说也包括了各式各样的民间文艺活动。

《讲话》要求革命文艺家注意群众文艺活动，一方面是为了帮助它们发展，使工农兵更好地掌握和运用文艺的武器，同时也是为了由此“吸收由群众中来的养料”，使自己的专门不致成为脱离群众、脱离实际的空中楼阁。其中就包括了学习民间文艺，从中吸取劳动人民的智慧、情感

---

① 原载《华中师范学院学报》1985年第4期。

与艺术创造经验。20世纪60年代，毛泽东同志与陈毅同志谈诗的那封信里，提倡吸取民歌的形式和养料，以促进新诗发展，重申了他关于革命文艺家应努力学习和借鉴民间文艺的主张。

《讲话》把文艺工作者同工农大众的结合，“我们的文艺工作者的思想感情和工农兵大众的思想感情打成一片”，作为实践文艺的工农兵方向的关键，尖锐地指出许多知识分子轻视民间文艺是同他们轻视劳动人民的思想感情相一致的，因为“他们的灵魂深处还是一个小资产阶级知识分子的王国”，所以在思想感情上和工农群众格格不入，“不爱他们的感情，不爱他们的姿态，不爱他们的萌芽状态的文艺（墙报、壁画、民歌、民间故事等）。他们有时也爱这些东西，那是为着猎奇，为着装饰自己的作品，甚至是为着追求其中落后的东西而爱的”。

我们自然不能把对民间文艺的不同认识，简单地一律看作是对劳动人民的根本态度问题。作为一个学术问题，应允许不同意见的争鸣，通过深入的讨论研究，求得科学的认识。但在当时，在轻视劳动人民及其文艺生活的剥削阶级偏见还在中国社会中居于支配地位，并在广大知识分子脑海中打上了深刻烙印的情况下，《讲话》的这一论断无疑是一语中的，揭出了问题的症结所在。

“为什么人的问题，是一个根本的问题，原则的问题。”“这个根本问题不解决，其他许多问题也就不易解决。”《讲话》把文艺同群众结合的关键归结为文艺工作者自身能否同群众结合，能否真正从思想感情上和群众打成一片。这个精辟论述，不但科学地解决了五四以来革命文艺发展上的根本问题，也促进了我国民间文艺工作的发展，使革命文艺同民间文艺的结合达到了前所未有的广度与深度。

《讲话》发表后，在陕甘宁边区和其他抗日根据地，贯彻文艺为工农兵服务的方向，普及与提高相结合的方针，兴起了采录、学习、利用、改造民间文艺的热潮。正如何其芳后来所回顾的：“一九四二年整风运动以后，我们对待民间文学的态度有了根本的改变。”①

---

① 《论民歌》，见《民间文艺新论集》，中外出版社1950年版。

延安最为活跃。一九四二年八月十五日延安文艺月报编辑出版的《文艺月报》第十六期刊出启事，“欢迎国内外各民族民间的传说、故事、歌谣等稿件”，表明文艺座谈会之后文艺界开始注意劳动人民的口头文学创作。延安鲁迅文艺学院文学系开设了民间文学课程，由何其芳、张松如（公木）共同任教，何其芳讲民歌部分。鲁艺文学系、音乐系曾下乡搜集民歌，何其芳、张松如等把这些材料编成《陕北民歌选》一书，一九四五年由晋察冀新华书店出版，以后多次再版，产生了广泛的影响。何其芳后来曾把当时鲁艺搜集的陕北民歌同五四前后北京大学“歌谣研究会”征集的歌谣做过这样的比较：

（北京大学“歌谣研究会”）他们搜集的歌谣在数量上的确不少。但凭我的印象来说，还是民谣儿歌居多。真正艺术性高的民歌还是较少。对于研究老百姓的生活、思想，民谣儿歌当然也有用处。但要新文艺去从民间文学吸取优点，则艺术性较高的民间作品尤可珍贵。而延安鲁艺所搜集的民歌，我觉得在这点上是似乎超过北京大学当时的成绩的。我曾经把鲁艺音乐系、文学系两系搜集的民歌全部读过一遍，觉得其中有许多内容与形式都优美的作品。这原因何在呢？我想，在于是否直接从老百姓去搜集。北京大学当时主要是从它的学生和其他地方的知识分子去搜集，因此儿歌民谣最多。鲁艺音乐系却直接去从脚夫、农民、农家妇女去搜集。深入到陕北各地，和老百姓的关系弄好，和他们一起玩，往往自己先唱起歌来，然后那些农夫农妇自然也就唱出他们喜欢唱的歌曲来了。①

鲁艺搜集民歌之所以有新的收获，正是由于他们学习《讲话》之后，放下架子，以尊重劳动人民的正确态度深入群众，热心搜求的结果。

鲁艺学习、利用、改造陕北流行的“秧歌”，所取得的成绩更为突出。他们删除了旧秧歌不健康的内容，利用秧歌生动活泼的艺术形式来歌颂新人新事，创作了《兄妹开荒》等节目，一九四三年春节演出时，收到了轰动一时的效果。鲁艺对秧歌的利用改造，发展为群众性的新秧

---

① 《从搜集到写定》（1946 年 11 月 10 日），载《民间文艺新论集》。

歌运动，到一九四四年下半年，陕甘宁边区的秧歌队，发展到994个，平均每一千五百人中就有一个秧歌队。秧歌队的演出，吸引了八百万观众。与此同时，民间诗歌、民间说唱、民间音乐和民间美术活动，由于得到热情的扶植，也空前活跃起来。一九四四年十月，陕甘宁边区召开文教大会，检阅和总结了自《讲话》发表以来开展群众文艺活动的成绩与经验。这期间，学习与研究各种形式的民间文艺，蔚成风气。丁玲写了《民间艺人李卜》，周扬写了《一位不识字的劳动诗人——孙万福》，艾青写了《汪庭有和他的歌》与《窗花剪纸》，萧三、安波写了《练子嘴英雄拓老汉》，陕甘宁边区文教会艺术组写了《刘志仁和南仓社火》《自乐班》《驼耳巷区的道情班子》及《吆号子》等文章①，对这些民间艺术和艺人，给予了热情赞扬和中肯评述。

周扬说孙万福“是一个很有诗意的人，他的讲话就像诗一样”，他心口涌出的是“真正老百姓的诗”！萧三、安波称拓老汉是“真正的民众艺术天才”！艾青赞扬农家妇女所剪的窗花，“比其他的美术品，都显得纯朴可爱，就像一曲一曲的民谣，很生动地写出了人民的感觉、趣味和希望”。在革命文艺家赞美民间艺术和艺人的这些亲切话语里，洋溢着他们被民间文艺的艺术魅力所吸引的惊喜之情。他们深入群众，接触各种生动活泼的民间文艺之后的强烈感受，如同《秧歌选集·序文》作者张庚所表白的：“原来中国民间文艺竟是如此有内容有艺术性!”感到其中“的确深藏着被压迫的劳动人民反抗剥削压迫的现实主义和适于他们劳动生活的朴实健壮的风格和技巧”。于是“把从前那种看不起它的心理完全翻了过来成了激赏了”②。这种如入宝山的感受是颇有代表性的。从这里，充分显示出《讲话》号召文艺工作者学习作为劳动人民的智慧、情感与艺术天才的光辉结晶的民间文艺所产生的积极而深远的影响。

---

① 1946年12月，东北新华书店把这些文章辑成《民间艺术和艺人》，作为“民间丛书”之一出版。

② 《秧歌选集一·序文》，张家口新华书店1946年出版。

在晋察冀边区，据曼晴在《春风杨柳万千条——回忆晋察冀边区的诗歌运动》① 中告诉我们："关于向民歌学习和注意民歌采集，以及吸收民歌营养，在这个基础上，探索新诗的道路，创造新的诗风，晋察冀边区的诗人从看到和学习了毛主席《在延安文艺座谈会上的讲话》以后就开始了。"带头采用和注意研究民歌的是诗人田间，他在一九四五年抗战胜利以后，就将自己搜集的材料编成一本《民歌杂抄》，由星火出版社出版。虽然这些活动的规模不及延安，在晋察冀边区的文艺园地中，还是催开了一枝新的花朵。

晋绥地区，则在民间故事的搜集整理方面取得了较丰硕的成果。李束为在《民间故事的采集与整理》② 中讲：

> 晋绥山区的农村里，也有很多故事、传说，在一九四二年就有少数文艺工作者注意采集。有计划的主动的采集整理工作，则是在延安文艺座谈会毛主席讲话以后。那时晋绥文艺工作者深入到农村，在农村工作中，逐渐地接近了民间故事，采集与整理工作才认真地搞起来。在一九四五年以后，就接续地出版了《水推长城》《天下第一家》《地主与长工》三个民间故事集子。这三个集子中所包括的故事大部分是在当地采集的，一小部分是从其他报刊上选来的。当地采集的故事全部在《晋绥大众报》上发表过。从在报纸上发表到后来出版集子，一直受广大读者（或听众）的喜爱，特别在群众交工互助组里，土改时的诉苦会上被朗读与讨论。它成了区村干部工作的有力助手。由此帮助提高了群众的生产热忱和阶级觉悟。……民间故事成了干部和群众的好朋友。

以上几个材料，远远不足以反映在《讲话》指导下各抗日根据地和解放区开展民间文艺工作的全貌。由于战争环境的限制，这一活动未能全面、持续地开展下去，然而这几个地区的民间文艺工作却创造了至今仍值得珍视的宝贵经验。

---

① 《新文学史料》第 5 期。

② 《民间文艺新论集》，中外出版社 1950 年版，第 180 页。

延安文艺座谈会以后，革命文艺工作者在深入工农兵火热斗争生活的基础上，吸取民间文艺的滋养，创造民族化和群众化的新的形式和风格，获得了丰硕成果。《白毛女》《李有才板话》和《王贵与李香香》等的出现，就是鲜明的标志。

贺敬之等集体创作的《白毛女》（一九四五年），是在陕北民歌的基础上创造中国新歌剧的一个最早的、成功的尝试。它的故事情节来自一个关于"白毛仙姑"的民间传说，创作者去掉了笼罩在它表面的神奇、怪诞色彩，抓住它所反映的尖锐的阶级矛盾进行深入开掘，生动有力地表现了"旧社会把人变成鬼，新社会把鬼变成人"的深刻主题。艺术形式的探索，"在忠实于生活的基础上，吸取民间形式的一切优点"，创造出了为群众所喜闻乐见而又新鲜活泼的新歌剧形式。

赵树理的《小二黑结婚》和《李有才板话》（一九四三年），是借鉴民间叙事文学（主要是说书）的优点，创造新颖独特的大众风格的小说的可喜收获，其主要特点是用群众语言生动活泼地叙述故事，使人物性格、社会背景、作品的思想倾向，在故事情节的发展中自然巧妙地显露出来。"群众爱听故事，咱就增强故事性；爱听连贯的，咱就不要因为讲求剪裁而常把故事割断了。"作者刻意创造为工农兵大众所喜闻乐见的小说形式的尝试取得了完全的成功。正如荒煤在《向赵树理方向迈进》一文中所肯定的，"他的创作明显地批判地接受了中国民间小说的优良传统，然而他以今天群众的活的语言描绘了当前的斗争现实，经过自己的提炼，他创造了一种新形式"①。

李季的《王贵与李香香》（一九四五年），则是利用陕北民歌信天游的形式来反映土地革命时期陕北人民斗争生活的优秀诗篇，是在《讲话》思想指导下学习民歌的杰出成果。他原来对民歌，也是瞧不起的，觉得"只不过是那么回事"。学习《讲话》后，提高了对劳动人民艺术创造才能的认识，随后在实际工作中，接触到民间文艺的丰富宝藏，不止一次地面对单纯易解，而又深刻动人的诗篇惊叹不已。他不是简单模仿信天

① 《人民日报》1947 年 8 月 10 日。

游的格调，而是“整套的学”，“学习劳动人民的思想感情，以及他们表达传述这些思想感情的方法”。他把两行一首，长于抒情的即兴民歌体，改造成为两行一节，抒情与叙事相结合的联唱结构形式；从自己采录的三千首信天游中提炼适于表现革命斗争生活的诗句，同时又在融会贯通信天游这种体裁的基础上，自铸佳句，达到通体和谐，浑然一体。长诗既保持了陕北民歌单纯质朴、委婉动人的特点，又显得气势奔放，豪迈雄健，创造了适应新时代人民斗争生活的民族化、群众化的新诗风。难怪我国民间文艺学家钟敬文称赞它是在中国新诗歌的进程上竖起的“一块纪念碑”了。

周扬一九四九年七月在第一次全国文代会上总结解放区的文艺成就时，曾说：“解放区文艺的另一个重要特点之一，就是和自己民族的，特别是民间的文艺传统保持了密切的血肉关系。”以上几部作品，就是其中的优秀代表。这一重要特色，正是延安文艺座谈会之后，贯彻文艺为工农兵服务的方向，提倡向民间文艺学习所形成的。

延安文艺座谈会之后开展的有关采集、研究和学习民间文艺的活动有什么鲜明特点呢？

1. 以历史唯物主义观点来观察民间文艺，把劳动人民作为创造世界物质文明与精神文化的主人来尊重，从而给予他们所创造的民间口头文学以高度的、科学的评价。“如同相信劳动人民创造世界一样的，相信劳动人民的艺术创造才能。只有基于这种认识，才能对人民的艺术，对民歌发生爱情。”李季在《我是怎样学习民歌的》这篇文章中所谈的体会，不仅是李季个人的，也代表了当时人们在学习《讲话》，学习马克思主义文艺观之后，对民间文艺的一种较普遍的认识。

2. 采集民间文学，如同从事其他群众工作一样，实行“从群众中来，到群众中去”的路线，没有把采集上来的东西束之高阁，单纯作为一种学术研究材料来利用。首先是给予适当的加工制作，再推广到群众中去，使它们继续在群众的日常生活与实际斗争中发挥积极作用，保持其生动活泼的本质。并且这个工作不是由少数文人关门来做，而是由文艺专门家和喜爱民间文艺活动的劳动群众结合起来完成的。轰动一时的新秧歌，就是这样出现的。民歌和故事活动，也有这样的特点。

3. 文艺工作者生活在群众之中，也生活在群众的文艺生活之中。他们在与工农大众结合的过程中，深刻体验了群众的生活与思想情感，因而对反映这种生活与思想情感的民间文艺也就有了深切的认识。不仅仅了解它的本质与特征，而且能熟练掌握，参与创造。赵树理说自己“和他们一道儿在这种自在的文艺生活中活惯了，知道他们的嗜好，也知道这种自在文艺的优缺点”①。他本身可以说就是一个多才多艺的民间文艺家。李季虽然离开家乡河南到陕北参加革命工作，由于和当地群众打成一片，爱信天游入了迷，驾驭信天游达到了娴熟自如的地步。如他自述的，“我不仅是一个单纯的收集记录者，我甚至能同农村工作干部，和同路相伴赶毛驴的脚户们，以及那些在崖畔上、沙滩里放牧羊群的放羊老汉，即兴地编唱新词问路、交谈”②。爱之切而又知之深，所以他们能够有机融化民间文艺成分于自己的创作之中，真正做到吸取民间文艺的滋养，而有别于那些简单套用民间文艺形式的所谓“旧瓶装新酒”之作。

4. 由于当时人们对劳动人民及其艺术创作所持的是极尊重的态度，所以搜集、整理民间口头文学很注意忠实慎重地保持它们的本来面目。何其芳在一九四六年和一九五〇年撰文介绍编选陕北民歌的情况，就告诉人们，他们对于民歌词句的“写定”（这里的“写定”即我们通常所讲的整理成文之意——引者）以及有关问题的注释，都“经过反复的考虑或再三的调查”。他根据鲁艺搜集整理民歌的经验，提出来“对于他们的作品要尊重。首先是忠实地记录”。“同一民歌或民间故事应该多搜集几种，以资比较参照。”“在写定民歌时，字句不应随便改动增删。”整理故事虽与民歌有别，“也应基本上采取一种忠实于原故事的态度”。“整理民间文学作品和利用民间文学的题材来写作是两回事情，不能混同”，“整理民间文学应该努力保存它的本来面目，绝不可根据我们的主观臆测来

① 《〈三里湾〉写作前后》。

② 《菊花石·重版后记》，湖北人民出版社 1978 年版。

妄加修改"[①]。李束为介绍晋绥地区搜集民间故事的经验，也是首先强调"必须作一个忠实的记录员，讲故事的人怎样讲，就要怎样记"。对于受剥削阶级思想影响的故事，须作适当修改加工，"以正确的观点还它本来的面目，重新交给群众"。至于"原来思想正确的故事就不必多此一举"。很清楚，他们是主张搜集整理民间文学应以保存它们的本来面目为目的，反对根据自己的主观臆测及某种狭隘观点来乱改乱编的。因此，当时开展这一活动的科学态度，也是值得人们称道的。

早在大革命时期，我党的政治宣传部门就十分重视利用各种民间文艺形式来通俗生动地宣传革命思想。后来的"左翼作家联盟"推行文艺大众化运动，也注意到了民间形式的利用改造。这些活动对促进文艺大众化，虽有一定的效果，却未能使文艺发生巨大转变。延安文艺座谈会之后，"不再是简单地'利用旧形式'了，而是对民间形式表示真正的尊重，认真的学习，并且对它加以科学的改造，从这基础上，创造新的民族形式出来"[②]。这不能不说是一个巨大的跃进。

由于五四新文化运动的激发，在我国学术文化界，曾兴起歌谣学、民俗学运动，把一向不登"大雅之堂"的民间歌谣、故事传说等，引进高等学府，作为人文科学研究的对象，对发展我国的民间文艺学，建立了巨大的历史功绩。但如同钟敬文先生近年回顾这个运动时所指出的，其代表人物没有运用马克思主义的立场、观点和方法去观察和处理这种科学对象。也没有把这种以人民创作为对象的科学工作，跟当时的社会运动——尤其是革命运动结合起来，没有跟创造这种文学的工农大众结合起来，只限于在一部分知识分子的狭小范围之内开展活动[③]。这样，其结果和影响也就存在很大的局限了。

延安文艺座谈会使我国发掘整理、学习民间文艺的事业跨进到一个新时期，其影响是深远的。一九五〇年春，在中国民间文艺研究会成立

---

① 见《从搜集到写定》，《陕北民歌选·重印琐记》。

② 周扬：《谈文艺问题》，见北京师范大学中文系编：《中国现代文学史参考资料》第2卷，高等教育出版社1959年版。

③ 《"五四"前后的歌谣学运动》，《民间文学》1979年第4期。

大会上，郭老致辞，一开始就讲：

> 说实话我过去是看不起民间文艺的，认为民间文艺是低级的、庸俗的。直到一九四三年读了《在延安文艺座谈会上的讲话》，这才启了蒙，了解到对群众文学、群众艺术采取轻视的态度是错误的。在这以后渐渐重视和宝贵民间文艺。

延安文艺座谈会在这方面的理论与实践成果，在从事文化工作的广大干部身上，培植了尊重劳动人民及其艺术创作的好风气，正是依靠他们，新中国成立后，在辽阔的祖国大地上，广泛地推进了这一工作。其中不少人，虽鬓发已经斑白，至今仍在这个岗位上为抢救各族民间文艺遗产，使之在新时代重放光彩而孜孜不倦地工作着。

中国民间文艺研究会成立以来，按照“全面搜集，重点整理，大力推广，加强研究”的方针，在全国范围内展开的活动，直接继承了在《讲话》精神指导下进行的民间文艺工作而又有新的发展。特别是一九五八年，根据毛泽东同志的倡议，《人民日报》于四月十四日发表《大规模地收集全国民歌》的社论，八月二日，又结合全国民间文艺工作者大会，发表《加强民间文艺工作》的社论，掀起了一个全国性的采风掘宝的热潮。其中大规模深入发掘少数民族的民间文学宝藏，影响更为深远。全国各族人民喜爱的壮族歌剧《刘三姐》，就是在这次采风活动的基础上创作而成的。在民族民间文学的肥沃土壤上，绽开了一朵又一朵少数民族文学的新花。但是这一工作的发展很不平衡，由于受整个思想文化领域“左”的倾向的干扰，蓬勃发展的民间文学事业受到严重挫折。随后在十年浩劫中，更遭到“四人帮”的肆意摧残。但与《讲话》精神一脉相承的毛泽东同志关于开展大规模采风活动的倡议，仍将作为一项影响深远的创举而载入文学史册。

二

我国现在的民间文艺工作，和四十多年前延安时代相比，无疑有了巨大的进展。为了贯彻文艺为人民服务，为社会主义事业服务的方向，我们应继续坚持在《讲话》精神指导下，重视民间文艺，努力学习民间文艺的好传统、好风气，使我国各族人民千百年来直接参与创造的这一部分宝贵精神财富，对社会主义新文艺的建设能给予有益的滋养。为此，就必须认真解决在今天新形势下出现的一些新的理论和实践问题。

民间文艺是一种具有多方面价值的特殊的文艺。《讲话》发表的当时，只是从发展革命文艺角度来强调学习与借鉴民间文艺，未涉及民间文艺的广泛的学术价值及民间文艺学本身的建设，这是受当时历史条件限制的结果。我们今天在有了发展民间的文艺学的需要和可能的情况下，自应全面推进发掘、利用、学习、研究民间文艺的事业。我国目前已开始重视利用已发掘出来的民族民间文学材料，进行历史学、民族学、民俗学等多方面的研究工作。它们在这些方面的宝贵价值，深深地吸引着许多学术工作者，这是十分可喜的现象。但民间文艺首先是作为人民群众喜闻乐见的文艺作品而存在的，我们在重视其学术价值的同时，决不应忽视对其文艺价值的研究和利用，而这恰巧是我国目前民间文艺工作的一个薄弱环节。文艺界，特别是在青年文艺工作者中间，存在着轻视民族民间文学传统的倾向。这一方面是由于轻视劳动人民及其艺术创作的剥削阶级偏见，在中国社会里有着根深蒂固的影响；同时也和我们对此所作的研究不够深入，所作的宣传不够广泛，以致人们存在一些错误认识有关。

有人认为，民间文艺都是比较古老的，甚至是原始的，因而也是艺术上比较低级的东西，其命运只能被现代文艺潮流所抛弃。这种认识当然是很片面的。民间口头文学并不像某些西方资产阶级学者所断言的，只是一种“文化沉积物”。在许多民间文学作品中，诚然以古朴形式保存着很古老的生产生活方式及有关习俗、信仰等，成为我们研究古代历史文化的宝库。但民间文艺又总是紧密伴随劳动人民前进的历史，在内容与形式上不断演进。它是生长在人民生活这棵常青树上的永不枯萎的花朵。正因为具有这样的特点，它才能在旧文学衰颓时，不断供给它以新的生命和养料，促使它发生新的转变，并且给我们发展社会主义新文学以宝贵启示。

以新诗形式问题为例，文艺界过去曾多次展开讨论。何其芳认为一般五七言民歌体都是以一个字或三个字收尾。这是它们在形式上的一个突出特征。现代汉语的发展趋势是双音节以及多音节的词语逐渐增多，这就造成了它反映现代生活的局限性。他主张打破这种单字尾或三字尾的结构，建立一种每行顿数整齐（不求字数一律），基本上以两个字来收尾的新格律诗[①]。现在，这种更接近人们口语，以双音节词收尾，以顿数的整齐对称来构成朗朗上口的诗歌节奏的新格律体或半自由体，已普遍流行开来。这个事实表明何其芳的主张是符合诗歌艺术发展客观规律的真知灼见。但他所说的民歌体的局限性，实际上只存在于五七言民歌体之中，并非所有的民歌都是如此。我国各兄弟民族和各地区的民间诗歌，种类繁多，各具特色。陕北的信天游，内蒙古的爬山调，西北各民族的花儿，藏族的鲁体，都不追求字句结构的一律化，而是以行与行、节与节之间结构同音律的对称来造成优美和谐的节奏感，于变化中表现出统一的风格，是一种适应现代口语特点，利于表现现代生活，既灵活自由又具有诗歌艺术动人节奏韵律的体裁。特别是花儿中的“河湟花儿”，单字尾与双字尾相间，早已构成严谨的格律。如“千万朵牡丹一条根，根儿深，牡丹花开的好看：各族人民一条心，把祖国，建设成千层的牡丹”。诗人们所探求的双字尾，几个世纪之前就已进入民歌格律之中(花儿的形成，可上溯到明代)。难怪研究者说这种现象具有“划时代的意义”了。它生动地表明民间诗歌形式具有随社会生活和语言的发展而不断演进的旺盛生命力。随着我国民间文学事业的发展，对各族民间诗歌宝藏的进一步发掘，其生动活泼丰富多彩的面貌，将大大超出人们的估计。创造社会主义新诗歌，在吸取民间诗歌的形式和养料方面，还是大有可为的。

又如，有些人一方面鄙薄本国的民族民间文艺，而对外国文艺却又盲目崇拜，把吸取外国文艺优良成果和继承民族民间文艺传统对立起来。他们不懂得吸取人民智慧成果进行自己的创造，乃是中外古今一切杰出

① 《关于现代格律诗》，见《关于写诗和读诗》，作家出版社 1958 年版。

文艺家取得成功的重要奥秘之一。高尔基曾说："口头创作对于书面文学的影响是特别重大和无可争论的。""文艺作品在形式上、情节上和教训意义方面对民间口头创作的从属关系，是完全毋庸怀疑的，是大可注意的。"[①] 欧洲文学史上的事例，我们只需举出写进《大英百科全书》中的这一点就足以说明问题了："在欧洲中世纪通向文艺复兴时代，民间文学在作家的作品中日益重要，以致有时很难在它们之间划一道明确的界线。"现在也仍然可以找到一系列这样的事例。一九八二年获得诺贝尔文学奖的哥伦比亚作家加西亚·马尔克斯，其代表作《百年孤独》，运用魔幻现实主义方法写成。所谓魔幻现实主义，就是将令人触目惊心的现实生活和来自印第安、阿拉伯民间创作中的鬼魂、飞毯、炼金术等神奇虚幻的形象交织起来进行描写，构成一幅幅虚实交错的画面，以实现其"变现实为幻想而又不失其真"的创作意图。这不是民间文艺给予巨大影响于外国现代文艺创作的明证么！

因而，学习借鉴外国文学的优良成果同继承本民族民间文艺传统并非如同某些人所以为的是水火不相容的两个极端，有时候倒是殊途同归。近年发表的老诗人卞之琳的《今日新诗面临的艺术问题》[②] 一文，就说到一些花儿民歌里结尾"放了""唱了""亮了""上了"互押，连带语气词"了"，押韵方式就是西方诗歌里所谓的"阴韵"。而四行花儿中一三行的"泉水浇"和"汗水浇"互押，二四行"嫩哩"和"俊哩"互押，一三行押一韵，二四行押另一韵，这正是西方诗歌里常用的"交叉韵"。"土生土长的事物不巧跟外国事物相似"，这是多么发人深思的现象！

还有人误以为，学习民间文学就是简单袭用民歌体、故事体，把民间文学的现成样式搬到新文学领域中来，因而将学习民间文学同提倡社会主义文艺形式风格的多样化对立起来。诚然，在过去关于诗歌形式问题的讨论中。出现过企图以民歌体来统一诗坛的简单化的"左"的倾向。但它早已为人们所抛弃。学习借鉴民间文学的天地无比广阔。民间口头

---

① 《高尔基与民间文学》，中国民间文艺出版社 1980 年版，第 116 页。

② 《诗探索》1981 年第 3 期。

文学的各种生动活泼的形式，至今仍受到我国各族劳动人民的喜爱，富有相当的生命力。利用民歌创作新诗，吸取民间故事传说的故事性写作小说，对于丰富社会主义文学的样式体裁，促进新文学在广大城乡的普及，还是有其积极意义，应该加以提倡的。经过整理或改编的民间文艺以及采用民间文艺形式的作品，在我国社会主义文艺百花园中，应占有相当重要的位置。但我们所面临的更为重要的任务，是从民间文艺中深入开掘它具有普遍性的艺术规律，以之作为建设社会主义新文艺的借鉴。

以民间文艺的内容而论，如寻求幸福，曾经是在巨大时间空间范围之内流传的民间故事的基本主题。旧时代劳动人民所憧憬的幸福生活的内容，自然难以超出小生产者的狭隘眼光，有其明显的局限性。可是在许多故事中，人们总是热烈赞颂那些勤劳善良，为了帮助和自己一样穷困的乡亲，不惜牺牲个人幸福甚至献出生命的主人公，而对损人利己的邪恶思想行为，则给予愤怒的鞭挞和严厉的惩罚。故事中主人公身上的传统美德，固然值得今天青少年吸取；由这类故事所体现的民间文学主题特征之一——注重表现渗透劳动人民高尚道德和人生哲理的行为，以唤起人们身上崇高的道德情感，即恩格斯所说的，企图“同圣经一样培养他的道德感”，不是也值得今天从事社会主义文学创作的人们加以借鉴吗？

至于艺术上可供吸取的东西就更多了。已故的我国著名诗人闻捷，曾对壮族歌剧《刘三姐》中的壮族民歌词句赞不绝口，他的注意力并不在那七言四句的格式上，却发现在“风吹云动天不动，水推船移岸不移，刀切莲藕丝不断，斧砍江水水不离”这类诗句具有一种特殊的美感，即“朴素而不单调，瑰丽而不雕砌，明朗而不浅露，含蓄而不晦涩。朴素和瑰丽，明朗和含蓄，这些看来似乎对立的概念，在这里，全为壮族人民熔于一炉，变成浑然一体，有如青与红染成了色彩鲜艳但却调和的苹果”①。我们写作新诗，如能得其神韵，不是只会使新诗的语言更加精美，艺术上更加富有民族特色吗？近年来，著名美学家王朝闻在许多民

① 《红装素裹》，《人民日报》1961 年 4 月 21 日。

间文学作品中进行美学探索，有不少宝贵发现。在评论东北的一本《镜泊湖民间故事》时，他就指出，这本故事“在艺术性方面，具备各种值得借鉴的好处。例如，强调人对自然的感受与情感，而不满足于被动地模拟自然现象自身的这种艺术才能和艺术手段，较之只会平铺直叙地记述客观现象，或者没有由衷的感情而硬挤感情，空洞地叫着前进口号的作品，显然更有可能吸引着愿意欣赏艺术的读者”，“我相信，这种民间文艺对于现代作家，也会像它对于古代作家那样，起着培养艺术家的感受与艺术才能的积极作用”①。他的观察比一般人看待民间故事的艺术性只停留在故事情节的结构等等上要深入得多，因而对文学工作者也更富于启发性。随着民间文艺研究工作的深入，人们将会在这个宝库里从美学、创作方法等方面发现更多值得今天文艺创作吸取借鉴的宝贵东西，纠正一些人的偏见和误解。民间文艺学家的发现，有助于提高认识，但作为文学工作者，要真正理解民间文艺的实质，那是必须到群众中去才能做到的。

我国的文艺事业，和四十多年前相比，已经发生了巨大而深刻的变化。由于中外文化交流的加强，人民群众文化水平及文艺欣赏能力的提高，他们文艺生活的内容和形式都极大地丰富起来了。社会主义文艺的形式和风格趋向多样化，是合乎文艺发展演进的规律的。但其主流仍将是由那些以鲜明独特的民族民间文艺形式来表达社会主义思想内容的文艺所构成。近年来《采风》《故事会》《山海经》等民间文学报刊，每种发行数量激增至百余万以至数百万，脍炙人口；采用民族民间文艺传统形式创作的通俗文学作品，畅销城乡。文学发展的这种大趋势，正以不可阻遏之势有力地冲击着当代文坛。民间文学在历史上曾多次给文学发展造成巨大影响，明清小说异军突起，揭开了中国文学发展史的新篇章；就其文学上的渊源而论，正是吸取宋元以来盛极一时的民间说话艺术的丰富成果所致。这种带有规律性的文学现象，是否又呈现在我们面前呢？这是颇值得人们注目和深思的问题。

---

① 《留有余地》，《民间文学》1982 年第 1 期。

因此，《讲话》关于重视学习民族民间文艺的思想并没有过时，社会主义实践将不断丰富和发展它的基本原则。今天重温《讲话》的内容，定会启发和鼓舞我们进一步做好民间文艺的发掘、利用与研究工作，进一步促进民间文艺同社会主义新文艺的结合。

1985 年 4 月

《王贵与李香香》和“信天游”[1]

《王贵与李香香》是在陕北民歌“信天游”的土壤上开放的一朵奇花。

周扬曾说，解放区文艺的重要特点之一，“就是和自己民族的、特别是民间的文艺传统保持了密切的血肉关系”（《新的人民的文艺》）。这一点在《王贵与李香香》中，表现得非常明显突出。作者李季在创作这部长诗的过程中，直接从“信天游”中吸取了丰富的滋养。它不但给我们回答了应该不应该向民歌学习，同时在回答怎样向民歌学习的问题上对我们有不少启示。在它出现后的将近 20 年中，似乎还没有一部作品在学习民歌上超出它的成就。它是一部永远闪耀着不可磨灭的独特艺术光彩的诗篇。

最近在重读《王贵与李香香》时，我把它和《顺天游》（李季编）、《信天游》（李微含等辑）、《“信天游”选》（严辰编）和《陕北民歌选》（何其芳等选辑）、《陕西歌谣》（中共陕西省委宣传部编）等民歌集作了对照，又把它的初版本和修改本做了比较，对这部长诗和“信天游”的“密切的血肉关系”，似乎有了进一步的体会和认识。这里愿意写出来，供诗歌工作者参考。

《王贵与李香香》的艺术构思包括主题思想的确定，题材的选择，故事情节的组织安排，人物性格的把握，等等，当然主要是来自丰富多彩的现实生活，但也可以看到“信天游”给予它的深厚的影响。根据我阅读将近五千首“信天游”所得到的印象，它表现最普遍而又最深刻的主

[1] 原载《民间文学》1964 年第 2 期。

题是爱情和革命。传统的“信天游”以情歌居多数，淋漓尽致地抒写了青年男女真挚纯朴的爱情，表达了他们对封建势力的强烈反抗，对自由幸福的热烈追求，感情委婉缠绵，大胆直率，感人至深。大部分是两句一首的即兴歌唱，也有少数作品采取了联唱的形式，具备了一定的情节和人物，如《陕西歌谣》中的《兰花花》《什么人留下走口外》。土地革命时期产生的“信天游”，则热烈地歌颂了人民革命，它们的内容更丰富，视野更开阔，或歌唱战斗的胜利，或抒写革命的情怀，或描述星火燎原的景象，如《我送哥哥当红军》《革命成功再回家》《红旗一展天下都红遍》(均见《陕西歌谣》)。据李季同志介绍，他在“三边”当小学教员时，最喜欢的事情之一，就是听人们唱这些革命的民歌，当“唱到歌颂红军胜利的歌曲时，歌声激昂奋发，真使你感到像是置身在千军万马的进军行列中。而当唱起那些在白色恐怖笼罩下，人们过着被侮辱、被压榨的日子，日日夜夜怀念着红军，思念着他们在红军里的亲人时，竟又是那样哀怨缠绵，充满着期待和希望”（《戈壁旅伴》)。这些民歌往往带着一种气吞山河的感情力量，洋溢着充沛的革命英雄主义和革命乐观主义精神。有的还具有一定的故事情节，能够看到比较完整的场面和人物的面貌。有的已开始把革命和爱情这两根线联系起来。在形式上也得到了相应的发展，由两行一节连缀成篇。“信天游”的这些特点，显然给《王贵与李香香》的构思以重大的影响。在主题思想方面，《王贵与李香香》把“信天游”中的爱情和革命结合得更紧，使它升华起来，有了全新的意义。借一对青年人的悲欢离合，说明“咱们闹革命，革命也是为了咱”的道理，歌颂了陕北人民进行革命斗争的壮丽史迹。在人物形象方面，李香香美好的外貌和心灵，王贵对爱情的坚贞，似乎“信天游”也给过作家以影响。某些情节和场面的安排，如第一部中王贵与李香香的定情，第二部的闹革命，游击队打进死羊湾和王贵与李香香的离别，第三部中香香对王贵的思念等，在“信天游”里也可找到一些蛛丝马迹。总之，“信天游”对《王贵与李香香》艺术构思的完成，起了推波助澜的作用。然而，作者在吸取民歌的滋养时，是通过创造性的劳动来实现的。作者在“陕北红了半边天”的时代背景上展开叙述，赋予长诗以强烈的革命时代精神。长诗正面写的是男女情爱，目的却在于让男女主人公的爱情在阶级斗争的暴风雨中经受重重考验，从而表现阶级斗争的复杂、尖锐性，说明个人幸福和革命斗争的正确关系，以激励人们的革命斗志。作品的故事情节曲折惊险，一波未了、一波又起，具有扣人心弦的魅力。结构单纯严谨，繁简得体。人物血肉丰满，栩栩如生。所有这些，都比“信天游”更深刻，更完整，更动人。作者把他从生活中吸取的素材，从文学遗产中学习到的艺术经验，以及他从“信天游”中发掘出来的宝藏，创造性地融为一体了。没有这种创造性的劳动，是不会有《王贵与李香香》的。

在语言形式方面，《王贵与李香香》所受“信天游”的影响比较明显、直接。在形式的采用上，据作者说，他经过了一段“痛苦的思索过程”。最初他把“信天游”的内容和形式，都看作是一成不变的，因此对运用民歌形式来表达新的生活和思想感情缺乏信心。后来，在实际接触和细心研究民歌的过程中，发现随着民歌内容的变化，形式也在不断地发展，例如“句子的构造也逐渐复杂，联唱的章句加多，意境也更深远，比喻、形象也都更生动更多方面了”，这样，便产生了用“信天游”的形式“来表达传述新社会现实生活的信心和勇气”(《我是怎样学习民歌的》)。于是他顺着“信天游”的发展趋势，全部采用联唱的章句，把两行一节，独立地表达一种情绪的抒情歌谣形式，发展为两行一节，连缀成篇的叙事诗形式。全诗700余行，虽不算长，然而浓淡相宜，抒情、叙事、写景、状物，各尽其妙，融合无间，可以说最大限度地发挥了“信天游”的艺术表现力。学习民歌，又没有被它捆住手脚。

《王贵与李香香》的语言一向为人们赞不绝口。从它对于民歌的学习和吸收来看，可分为三种情况。一是直接采用“信天游”原来的诗句(以两行为一个独立单位)。由于《王贵与李香香》所表现的基本内容——革命和爱情，同“信天游”有着深刻的联系，因此它能够广泛而直接地采纳“信天游”中有关的诗句来抒情、叙事、写景。根据我初步对照的结果，属于这种情况的有20余处。这些诗句从字面上说，大部分原封未动，只有一小部分对个别字句作了增减改写。但由于作者已将它们融化，变为自己语言的组成部分，能够极熟练地驾驭它们，使之服务于自己的艺术构思，因此它们所表达的思想情绪也就有了相应的变化，获得了新的生命。例如“天上下雨地下滑，自己跌倒自己爬”，本来是两句含意并不深的即兴民歌，李季同志却用来抒写王贵自己解放自己的革命胸怀。“马高镫短扯首长，魂灵儿跟在你身旁”，原意是写男女的刻骨相思，现在从落入敌人魔掌的香香嘴里唱出，就把她对革命的忠诚和对爱情的坚贞结合起来，有了全新的意义。

二是利用“信天游”的一部分（多半是用作比兴的上句）加以变化，表达一种新的思想感情。属于这种情况的有十余处。作者不拘泥于这些诗句原来的含意，而是把它们的形象和一种新的思想感情恰当地联系起来，构成美妙动人的新意境，例如“千里的雷声万里的闪”，本来是情歌中的比兴句，它的下句有的作“远路上想干妹子是枉然”，有的作“有心见面路太远”，或“过路朋友一阵烟”等，都是由雷鸣电闪的高远，联想到朋友相隔得远或去得远，让人兴起一种无可奈何的情绪。而到了李季同志笔下却变为“千里的雷声万里的闪，陕北红了半边天”，使我们由雷电的威力联想到革命的壮阔声势，受到了巨大的鼓舞。又如“有朝一日天睁眼，小刀子扎你没深浅”，原意只是被遗弃的女性咒骂负心男人，用无可奈何的诅咒（望天睁眼）来发泄内心的愤懑。李季同志却让它在自己的长诗中有了全然不同的意义：“有朝一日遂了我的愿，小刀子扎你没深浅”，用来表现香香对崔二爷的强烈仇恨，把革命女性对阶级敌人的反抗斗争精神，抒写得淋漓尽致。

三是根据“信天游”格调和“信天游”常用的比、兴手法，自造许多佳句。如“一杆红旗大家扛，红旗倒了大家都遭殃”，写革命利益和个人幸福的一致性；“三十里草地二十里河，哪一群牛羊不属他家?”在广阔的自然背景上表现财主的豪富；“大红晴天下猛雨，鸡毛信传来坏消息”，表现革命形势的急遽变化；所有这些诗句不但在格调上，而且在精神上都十分接近民间的“信天游”。

尽管《王贵与李香香》的诗句，看来有的直接来自“信天游”，有的是对“信天游”改造的结果，有的是以“信天游”为基础的创造，但在作品中，它们都自然和谐地融合在一起，形成统一的风格。它们是那样生动活泼，又是那样自然朴实，好像天然生成，毫无斧凿痕迹。作者对“信天游”的语言、格调如此感兴趣，这绝不是为了镶金嵌玉，装点门面，或单纯进行一种诗歌形式上的探求，而是出于表现长诗人物思想情绪和主题的内在需要。我们当然不能由此断言“信天游”的语言、形式就是最完美的，但对于表达“三边”儿女的思想情绪来说，“信天游”却是最合适的一种诗歌形式。因为“信天游”作为陕北世世代代劳动人民生活的伴侣，它的内容和形式已经镂刻在人们的心灵上了。人们的喜怒哀乐，往往自然而然地就通过“信天游”的语言形式流露于外，如果脱离了这种形式，王贵不是对香香唱：“大路畔上的灵芝草，谁也没有妹妹好”，而是唱南方的四句头情歌：“入山看见藤缠树，出山看见树缠藤，树死藤生缠到死，藤死树生死也缠”，他们的思想情绪就会立刻失去陕北人的韵味和风采，黯然失色。用陕北人民诗歌的语言、形式来表现陕北人民的生活斗争和思想情绪，使内容和形式达到高度的和谐一致；正是这，保证了《王贵与李香香》在学习民歌方面的成功。反之，如果脱离了内容的需要，孤立地探求某种形式，其结果一定会遭到失败。

《王贵与李香香》的成功，给了我们什么样的启示呢？

首先，它说明作为劳动人民“萌芽状态的文艺”之一的民歌，是人民“心声”的流露，智慧的结晶，是通向人民精神世界的一座重要桥梁。从民歌的宝库里，我们不但可以找到表现人民生活最恰当而又是他们所喜闻乐见的语言艺术形式，还能够看到人民生活和心灵丰富多彩的表现，可以作为我们创造反映人民文艺的一部分基础。民间文学曾经哺育了许多伟大作家作品的产生，无论外国的、中国的，古代的、现代的文学发展史都证明了这一点。

其次，它说明只有按照“推陈出新”的原则，通过创造性的劳动，才能真正把民歌的精华化为自己创作的血肉。鲁迅曾指出：“旧形式是采取，必有所删除，既有删除，必有所增益，这结果是新形式的出现，也就是变革。”他还打了一个比方：“恰如吃用牛羊，弃去蹄毛，留其精粹，以滋养及发达新的生体。”（《论“旧形式的采用”》）《王贵与李香香》就是根据这样的原则来吸收民歌的。无论在艺术构思上还是语言、形式上，它都不是简单地剽窃和模仿民歌，生吞活剥，而是去粗取精地把它们融化在自己的作品中，将零散的珠玉编造成美妙精致的艺术品。自然，它在这方面也不是尽善尽美。初版本的语言就欠精炼、纯洁。方言过多，像“一满高”(高又高)、“黑里”(夜里)、“迩刻”(而今)、“胡日弄”(胡作非为)、“粪爬牛”(屎壳郎)、“髏样子”(鬼样子)等，如果不加注解，其他地方的读者就不知所云。还有些诗句，夸张失去了应有的分寸，如写荒年的惨景，说“坟堆里挖骨磨面面，娘煮儿肉当好饭”；写王贵遭受拷打，说他“满脸浑身血道道，活像剥了皮的牛不老”等，给读者心灵上造成了一种恐怖的印象。作者努力吸收民歌的热情是值得肯定的，但没有把泥沙淘净。后来他在长诗的新版本已对这些地方作了修改变动。只有极个别的诗句意义尚有些含混不清。如“马枪、步枪、无烟钢”中的“无烟钢”，就很费解。《陕北民歌选》中有一首民歌曾提到“手提盒子枪，身背五洋钢”，编者对“五洋钢”注道：“可以上五颗子弹的步枪”。据我的推测，“无烟钢”大概就是“五洋钢”的讹音，而不是步枪以外的另一种武器。民歌的语言是纯粹的口语，它通俗生动，富于生活气息和地方色彩，但往往也存在粗糙、褊狭的缺点，我们应该很好地加以锤炼提高，从沙里淘出真正的金子。

第三，也是最重要的一点，《王贵与李香香》的成功，说明要真正把握民歌的精髓，把民歌学到手，必须到生活中去，和劳动人民在思想情绪上打成一片。李季同志把他学习的基本经验总结为：“学习劳动人民的思想感情，以及他们表达传述这些思想感情的方法。”(《我是怎样学习民歌的》)而这是只有到生活中去和劳动人民实际接触，和活在人民口头上的民歌实际接触，才能做得到的。李季就是这样做的，他在“三边”地区做过长期的地方工作，曾背着背包，跟在骑驴赶脚的脚夫们的身后，傍着一眼望不到头的万里长城，行走在黄沙连天的运盐道上，听他们时高时低地唱着“信天游”明朗轻快的调子，“觉得自己简直变成了一只飞鸟”；曾在运粮道上，听运送军粮归来的农民唱“大路上扬尘马嘶叫，咱们的队伍回来了”而感动得流下眼泪；也曾为那些普通农家妇女所唱的

“三姓庄外沤麻坑，沤烂生铁沤不烂妹的心”这类单纯而又深刻的情歌所惊呆，“好久好久地呆望着她”，惊叹不已。可以看出，作者在和民歌的实际接触中，已经完全陶醉在它的意境、气氛中，深刻地领会了它的美妙，所以运用起来能够得心应手，出神入化。民歌是劳动人民生活的伴侣，它的产生和流传决不是无缘无故的，总是出于生活中某种情景的刺激，和某种需要的推动。因此只有在生活中，才能真正理解它的意义，把握它的精神实质。也只有懂得生活，懂得劳动人民的心灵，运用和吸收民歌材料，才能做到自然妥帖，恰到好处；才能在民歌的基础上进行大胆的创造，“推陈出新”。不到生活中去，只是研究民歌的书面材料和理论文章，虽然可以说出一些学习民歌的道理，却永远也不能把民歌化成自己创作的血肉。人民生活永远是文学艺术的源泉，民间文艺由于它和人民生活的密切关系，可以起一种补充作用，却永远不能完全替代它。文艺的硕果要结在人民生活的大树上。而当作家把直接体验劳动人民的生活和思想感情同努力学习民间文艺结合起来时，就会使所结的果实更加富有民族、民间的色香味，更能够为劳动人民所喜闻乐见。

民间文艺的新生[①]

近几年来在中国兴起的现代文化潮流，正给予传统文化以猛烈的冲击。可是被一般人视作中国传统文化组成部分之一的民间文艺，却反而借着这股潮流翻波涌浪，以前所未有的势头扩展它在社会生活中的影响。几十种民间文学报刊畅销城乡；八仙故事、孔雀公主故事和格萨尔王传奇等被艺术家搬上影视屏幕，获得广大观众的喜爱；民间音乐、舞蹈，民间美术和工艺品大步跨进现代经济文化生活领域，已据有一席之地。书刊影视等等的普及，使城乡居民的文化生活趋于现代化和多样化，打破了过去火塘围坐讲故事和桑间濮上嬉游对歌的古朴习俗，使原生形态的民间文艺在大约三分之一以上的地区开始走向衰落。然而这些世代相传的民间文艺作品一经发掘出来，借书刊影视等手段转换形态之后，又获得新的生命，在更广大的范围之内获得了接受者。湖北鄂西民间故事讲述家刘德培，过去只不过在他家乡五峰县白鹿庄一带因善讲经而小有名气，近几年由于报刊发表他所讲述的故事，上海文艺出版社出版他的故事集《新笑府》，这位山林老汉竟成了全国知名的民间文艺家之一。

我们所说的民间文艺，主要是旧时代的产物。广义的民间文艺，包括神话等原始时代的艺术在内。它是贯穿于各个历史时代的广大民众的情感与智慧的结晶。意大利著名作家、《意大利童话》这部世界畅销书的编者卡尔维诺说："民间故事是最通俗的艺术形式，同时它也是一个国家或民族的灵魂。"可说一语中的，很好地概括了民间文艺的特点。因此，它和阶级社会中主要由贵族阶级创造的传统文化有很大区别。列宁曾提

---

① 原载《大别山采风》1991年第1、2期合刊。

出每个民族都有两种民族文化的学说，鲁迅认为中国封建社会有“消费者的艺术”和“生产者的艺术”的对立。尽管有人对此持有异议，民间文艺作为下层民众文化的重要组成部分，在许多方面不同于贵族上层文化，却是难以否认的事实。我国著名学者闻一多在国难深重的抗日战争期间，读到《西南采风录》中的一些山歌，如：“生要恋来死要恋，不怕亲夫在眼前，见官犹如见父母，坐牢犹如坐花园。”“吃菜要吃白菜头，跟哥要跟大贼头，睡到半夜钢刀响，妹穿绫罗哥穿绸。”深怀感慨地写道：“你说这是原始，是野蛮。对了，如今我们需要的正是它。我们文明得太久了，如今人家逼得我们没有路走，我们该拿出人性中最神圣的一张牌来，让我们那在人性的黑暗角落里蜷伏了数千年的兽性跳出来反噬他一口。”（《西南采风录·序》）这些话既是针对当时抗战时局而发，也深刻触及民间文艺的性质，即民间文艺往往是存在于社会文明底层民族精神和民众心理的表露，在野蛮原始的外表下，隐含着神圣的光辉。因而在一种新的文化运动兴起，扫荡腐朽的传统文化时，民间文艺不仅不在扫荡之列，反而被这种新文化运动吸取过来作为反传统的一种手段。五四新文化运动就是如此，它一方面以猛烈的姿态反对封建文化，提倡民主与科学，主张文学革命，同时由一批激进的文化战士在全国最高学府北京大学组织歌谣研究会，创办《歌谣周刊》，兴起歌谣学运动。当时推进歌谣学运动的一位代表人物说：“我们现在研究它和提倡它，那贵族的文化从此不攻而破了。”（《我们为什么要研究歌谣》，《歌谣》第 3 号，1922 年 12 月）这个说法虽不免显得幼稚，却由此可以清楚地看出在文化运动中民间文艺同正统封建文艺的对立地位。

1942 年毛泽东发表《在延安文艺座谈会上的讲话》，号召革命文艺家学习吸取民间文艺，创造为工农大众所喜闻乐见的新文艺作品，实际上是五四新文化运动重视民间文艺与平民文学的精神的发扬。

欧洲也有这种情形。著名的文艺复兴运动，就经历过“原始文艺复兴”阶段，为了对抗中世纪的封建文化，人们对民间文艺表现出强烈的兴趣。在文艺创作上，如同《大英百科全书》所指出的，“在欧洲中世纪通向文艺复兴时代，民间文学在作家的作品中日益重要，以致有时很难在它们之间划一道明确的界线”。

中国的民间文学事业，近几年呈现空前繁荣景象。特别是 1985 年以来，将编辑出版《中国民间故事集成》《中国歌谣集成》和《中国谚语集成》纳入政府文化部门组织编纂的十大民族文艺志书的宏伟计划之后，以科学方法对各地民间文艺进行全面普查、广泛采录，层层编选。据初步统计，全国已搜集故事 183 万余篇，歌谣 302 万余首，谚语 784 万余条，发现著名故事家和民歌手六千余人，出版地区、县市的三套集成初编本一千一百余册。湖北省各级文化部门正顺利地推进这一工作。这一浩大文化工程的进行，不仅是恢复被“文革”所中断的新中国的民间文学事业，也是对五四新文化运动精神的进一步发扬。联系世界文化史来考察，它也是复兴一个民族伟大文化的必由之路。民间文艺中自然也包含着随社会历史的变迁而必然消逝的传统，中国封建社会流行的民间文艺，不可能不打上封建主义思想意识的烙印，表现出享用这种文艺生活的广大小生产者的狭隘眼光。可是它作为一个国家和民族的灵魂的体现，其中又积淀着从神话时代以来作为一个伟大民族能够在世界上生存发展的精神力量或者“文化基因”，而这些精神财富，如同深海中的锰矿一样，只有当一个国家的文化科学发展到较高水平时才能发掘出来并加以合理利用，为建设本民族的现代文化服务。中国目前对民间文艺的开发，正顺应了这一世界文化潮流。

论中国民间故事史的建构[①]

由 56 个兄弟民族组成的我们这个伟大民族，在古老深厚的文化沃土上孕育出丰富多彩的民间故事。1966 年之前，我国积累的民间故事书面资料就已达到 10 多万篇。20 世纪 80 年代以来，在文化部统一筹划下，为编纂出版十大民族文艺集成和志书，开展了大规模采录民间文学的活动，采录到各族民间故事 183 万余篇。地方的故事资料本纷纷问世，湖北地区近几年编印的故事集就有 140 多种。精心编纂的故事集成国家卷（每省一巨册）也开始正式出版。在这种情势下，对中国民间故事进行宏观研究，编著一部故事史，就显得更为迫切了。

在民众口头讲述故事的传统文化生活中，孕育出后世的各类叙事文学。故事既以它通俗生动的形式满足着广大民众的娱乐与教育的需要，又概括反映出各个民族乃至全人类共通的深层心理。中国从古代到近现代的作家文学史（包括作家文学中的各类体裁史）已有多种著述问世，民间文学方面的神话史，也有了袁珂先生的开创之作，而故事史尚无人问津。在这个处女地上进行垦拓，既有助于全面认识我国的叙事文学传统，也有助于系统清理我国的民间文化宝藏，给偏重上层文化的文化史家以宝贵启示。研究和编撰中国民间故事史是笔者多年的意愿，现在这个项目在中华社科基金的资助下已经启动，令人无比欣慰和振奋。

---

① 本文为《中国民间故事史》一书绪论摘编，原载《华中师范大学学报》1994 年第 2 期，后全文载入《人大报刊复印资料——中国古代、近代文学研究》1994 年第 5 期。

故事史的研究对象与民间故事的多重形态

一般文学史的研究对象主要是作家及其作品，属于书面语言艺术范畴。民间故事史的研究对象属于口头语言艺术范畴。苏联一位著名美学家曾经指出："初看起来书面文学和口头文学之间的区别显得如此微不足道，以至对它们确定语言艺术的两种样式的合理性产生怀疑。不过，更专门的考察表明，这些区别极其深刻，而我们通常未能作出应有的评价。""这些区别既涉及文学创作过程，又涉及所创作的艺术作品的结构，也涉及这些作品的审美知觉的性质，以及这些作品在人类文化生活中的交际作用。"① 民间故事是由民众以自发方式世世代代口耳相传的口头叙事散文，其本来的或原初的形态是口头文学。我们把这类口述故事称为故事的原生态。

可是历史上的原生态故事早已灰飞烟灭，无法复原了。我们能够见到的故事材料都是由文化人记录下来，用文字整理写定，以书面形式留存至今的。它们是民间故事的转化或再生形态。它们忠实于原作的程度不一，如基本上保持了原作的风貌，仍可作为民间故事看待；如取其一点加以生发或改头换面另行制作，那就应归属于和民间故事只有某种联系的作家文学之列来看待了。再生形态的故事又有古代与现代之别。这里举见于晋人郭璞《玄中记》和干宝《搜神记》中的《毛衣女》为例：

> 豫章新喻县男子，见田中有六七女，皆衣毛衣。不知是鸟。匍匐往，得其一女所解毛衣，取藏之。即往就诸鸟。诸鸟各飞去，一鸟独不得去，男子取以为妇，生三女。其母后使女问父，知衣在积稻下，得衣，衣而飞去。后复以迎三女，女亦得飞去。②

---

① 〔苏〕莫·卡冈：《艺术形态学》，凌继尧、金亚娜译，生活·读书·新知三联书店1986年版，第343页。

② 干宝：《搜神记》，中华书局1979年版，第175页。

这里记述的是一个在世界上流行甚广的“天鹅处女”型的童话故事(亦称幻想故事)。讲一农民在稻田中见到六七位披着羽毛衣的天女，他偷走了其中一位脱下的羽衣藏起来，这位天女无法展翅升空，只好做了他的妻子，后来还生下三个女儿。有一天妈妈叫女儿从父亲那里打听到羽毛衣藏在稻垛下面，便穿上羽毛衣飞返故乡了。随后将三个女儿也带回娘家。将故事文本形态以及《玄中记》《搜神记》成书情况进行考察，可以断定《毛衣女》并非作家个人创作，而是用当时流行的简古文笔记述了一则口头流行的民间故事的梗概。豫章新喻县即今江西新余县，为故事流传的中心地区。联系这两位晋代作家的生平，可以看出这个故事早在公元 3 世纪时就已传诵于世了。这样，它在我们故事史所论析的早期作品中就占有了重要位置。不予鉴别区分，把古典文献中所有叙述故事的文字都作为民间故事看待，势必混淆研究对象，使民间故事史失去它独有的学术价值。反之，像某些西方民俗学家那样将前人用文字记述的民间故事材料一律简单地排除于民间文学之外，完全否定它的民间文化史价值，也是不可取的极端之见。

我们拟从中国三大系列古籍中搜寻民间故事，作为建构民间故事史的基础。这三大系列古籍就是：历代笔记小说，集大成者如《笔记小说大观》，道教的《道藏》，以及佛教的《大藏经》。

中国历代笔记小说数量众多，仅《笔记小说大观》一书所汇编的就有 217 种，未收录的还有许多。就笔者通读所得印象，在下列著作中含有丰富的故事资料，它们是：《列异传》《玄中记》《搜神记》《搜神后记》《异苑》《述异记》《酉阳杂俎》《宣室志》《夷坚志》《耳谈》《子不语》《坚瓠集》《咫闻录》《里乘》等。清同治十三年（1874 年）的一位文人许叔平（兰苕馆主人）在《里乘》自序中写道：

> 农功之暇，二三野老，晚饭杯酒，暑则豆棚瓜架，寒则地炉活火，促膝言欢，论今评古，穷原究委，影响傅会，邪正善恶，是非曲直，居然凿凿可据。一时妇孺环听，忽不自知其手舞足蹈。言者有褒有贬，闻者忽喜忽怒。事之有无，姑不具论。而借此以寓劝惩，谁曰不宜。余一介腐儒，幼习畎亩，喜听虆弄。又爱听野老丛谈，

择其事之近是者，编为《里乘》一书。[①]

作者生动地描述了乡间野老讲述民间故事的情景和故事的社会功能，说明自己记录野老丛谈，编撰这部笔记小说的旨趣。由此可以明显看出，这些作品的文本具有不同于纯粹出于作家个人书面创作的特征，可以视为再生形态的民间故事，进入故事史的研究视野。

历代笔记小说的作者大都秉持儒家立场，有些兼有道家思想。中国思想文化运行的轨迹先是儒、佛、道三教鼎立，宋以后逐步走向三教合流。在集佛教、道教文化之大成的《大藏经》和《道藏》中，也载有不少民间故事材料。一般宗教都有面向大众的特点，各种样式的民间口头故事传说，生动活泼，深得群众喜爱，所有著名的宗教家都乐于利用。佛祖释迦牟尼就是一个讲故事的能手，常用讲故事的办法来讲经说法，因此佛经中包含着大量的民间故事材料。法国汉学家沙畹，曾辑成《佛经中五百故事》一书。我国从20世纪50年代出版常任侠的《佛经文学故事选》开始，已有好几种同类书问世，选录故事近200篇。特别值得提起的是公元5世纪南朝梁武帝时代僧旻、宝唱等辑录改写了佛经中699则故事传说，编成《经律异相》[②]一书，在僧俗间广为流传，其中的许多故事，至今仍被编入《佛教故事选集》一类宗教文化通俗读物之中，在各地畅销。这些含有许多印度民间故事在内的佛经故事通过汉译传入中国，构成一次大规模的中印故事交流，促成中国民间故事风格的大转变，还有不少作品直接演化成中国民间故事。这一事实应构成为中国民间故事史的重要篇章。

道教是在佛教的刺激下兴起的民族宗教。在道教历史上虽然没有发现类似佛祖借故事讲经布道的事迹，可是从另外一些方面来考察，它同民间故事传说的关系实际上更为密切。我曾著有《道教与中国民间文学》[③]一书，对此做过一番系统清理。由于道教学说具有神秘主义的特

① 《笔记小说大观》第33册，江苏广陵古籍印行社1984年版，第205页。
② 僧旻、宝唱等撰集：《经律异相》，上海古籍出版社1988年版。
③ 刘守华：《道教与中国民间文学》，台北文津出版社1991年影印。

点，它的兴起，就曾从古代民间口头故事中吸取原始宗教信仰材料。道教信仰体系形成后，又常借中国民众喜闻乐见的故事传说样式予以形象的体现和进行通俗的宣传。道教以得道成仙、长生不死作为修炼的最高境界，纳入《道藏》的各种神仙传中描绘的神仙形象，成为道徒崇拜的偶像。而那些神仙事迹，大都是借用民间幻想故事的素材和艺术手法虚构而来的，如关于道教创始人张道陵“七试赵升”的传说，就脱胎于民间“解难题型”的流行故事。道教崇拜的神医孙思邈，传说其医术来自他因救护一条白蛇（龙子）而获得了一卷海上仙方。其实这不过是一则以“动物报恩型”流行故事为基础虚构的传说。道教吸收民间口头故事材料，民间故事又受到道教影响，形成了“你中有我、我中有你”，互相渗透融合的态势，由此显现出中国道教文化和民间文学的一大特色。这样，从《道藏》中搜寻清理有关材料，揭示道教文化与民间故事的特殊关系，自然也是建构《中国民间故事史》应予解决的课题。

民间故事大都是世代传承之作，但故事领域新的口头创作活动并没有止息。我们把新中国建立以来新产生的故事视为民间故事的新生形态。以上海地区为主推行的新故事活动，持续多年，成果丰厚，影响巨大。新故事的情况颇为复杂，既有个人书面创作的故事，也有来自群众口头而后经书面加工整理的故事，还有由书面创作转入口头流传的故事。第一类显然属于作家创作的通俗文学作品，另两类可以视为传统民间故事在社会主义时代的新发展。这类作品尽管数量不多，却是一种新的文学现象，民间故事史应对它的兴起、发展和未来走向给予必要的评述。

从微观到宏观：故事“生活史”的追寻

中国文学史包括民间文学史的写法，一般都是将有关作家作品分别列入不同历史时期作纵向考察，联系所处社会背景评析作品的思想与艺术成就，从而展现不同时代的文学风貌，揭示文学发展的脉络。这类研究与写作文学史的方法及其成就高下不等，难以一概而论。我们建构民间故事史，依据研究对象系口头叙事传承作品的特殊性质，拟在大体保持纵向考察格局的同时，引入世界故事学的新方法，开拓故事研究的新局面。这些方法的要点可以概述如下：

1. “母题”和“类型”研究

我们知道，口头讲述世代相传的民间故事有一个特异之处，就是同一故事在众口传诵的过程中，会自发地演变出大同小异的多种说法，这许多种说法能够在极广大的时间与空间背景上传播生根。故事学家把这些相类同的故事，归入同一“类型”之中。对那些小有差异的不同讲法，则称之为“异文”。越是引人入胜、众人喜爱的故事，它的异文也越多。如人们熟悉的《灰姑娘》《蛇郎》《找幸福》等著名故事，在世界各地记录成文的异文就达到几百篇之多，成为一个个覆盖广大地域的“故事圈”。这些故事包含一个或几个“母题”（motif)。“母题”是比较文学中常用的一个概念，指贯穿于同类型作品中的共同的稳定的因素，它可以是某种思想观念、形象或者意象，在民间故事中则常以程式化情节体现出来，如“寻宝物”“解难题”“人兽婚”“动物报恩”等。由于“母题”这个汉译名称容易产生歧义，任教于台湾中国文化大学的金荣华教授在撰述《六朝志怪小说情节单元分类索引》① 一书时，便大胆提出，将故事中“母题”的译名改为“情节单元”，为我国众多民间文艺学家所认可。“情节单元”既是贯通许多故事的共同情节，又是作品中难以再分割的最小叙事单位。简单的故事可以只有一个情节单元，复杂的故事则由若干情节单元构成。情节单元及其组合状况相类似的故事，便属于同一类型。一个多世纪以来，国外故事学家耗尽心力，将各国数量众多的民间故事材料立型归类，编撰成“故事类型索引”这样的学术著作，如同自然科学中的“动物志”“植物志”一样，成为对本学科浩繁的研究对象进行宏观考察的基础性研究成果。国际上以阿尔奈和汤普森两位学者编撰的《民间故事类型索引》最为著名，其分类法简称 AT 分类法。美籍

① 金荣华：《六朝志怪小说情节单元之分类索引》，中国文化大学中国文学研究所 1984 年版，序。

华人学者丁乃通付出十年心血，将 7340 篇故事分别归入 843 个类型之中，于 1978 年出版《中国民间故事类型索引》，在国际学术界得到广泛使用。中国民间故事的类型如归纳完全，自然不止 800 多个。最近我国著名民间文艺学家钟敬文教授和笔者讨论这一问题时说，只要归纳出 200 个主要类型，就可以窥见中国故事的基本风貌了。从“情节单元”(母题）和“类型”入手，已是国际学人研究民间故事的基本方法。《简明不列颠百科全书》在“民间故事”条目中，就特别指明：“在各种类型的民间故事里，都有母题（如受人喜爱的动物、介壳、死者的还魂）和情节梗概（类型）两部分。”它对我们处理数量巨大的故事素材，对民间故事作综合性、概括性的评述以展现故事史的风貌，具有十分重要的作用。

2. 故事文化意蕴的发掘

民间故事既是一种口头叙事散文，又是民间文化的重要载体，正如一位著名文化人类学家所指出的，民间故事“不论在原始或发达的文化中，往往都是艺术和知识的混合物”[①]。那些在广大区域之内世代相传的故事，往往积淀着巨大时空背景上的多种文化因子，含蓄着深厚的文化意蕴。文化人类学家十分注重民间故事研究，积累了不少有益成果。那种把民间故事简单地等同于一般叙事作品，以浮浅地评析作品的主题思想、人物形象和艺术表现形式为模式的研究方法显然已经过时。我们将努力在马克思主义历史唯物论的指导下，扩大文化视野，吸取文化人类学的有益方法及成果，充分发掘民间故事的文化意蕴，赋予故事史以民族民间文化史的特征。以我们上文列举的见于《搜神记》的《毛衣女》为例，用现代人的文学眼光，对它的神奇幻想情节很难作出合理的解析。吸取文化人类学成果及方法进行探讨，就可由表及里窥知这类故事的深层意蕴了。它是人类社会由母权制向父权制过渡这一特定历史时期婚姻关系的曲折反映。远方飞来的雀女，象征以飞鸟为图腾（族徽）的远方

---

① 〔苏〕马林诺夫斯基：《文化论》，费孝通等译，商务印书馆 1946 年版，第 68 页。

部落的女子下嫁本地男子。雀女失去羽衣被迫成为那个男子的配偶，表明了这种婚姻的强制性。当她找到羽衣，获得行动自由之后，又飞返家乡，隐含着女性对远嫁男方这种婚姻形式的抗拒。人类处在母系氏族社会阶段时，不稳定的婚姻关系以女性为中心，我国云南个别少数民族地区，至今还保留着这种奇特的“阿注婚”。后来进入父系氏族社会，婚姻关系相应地转变为男人娶妻，女方从夫居，以男子为中心建立家庭。这种转变对女性来说带有相当强制性，女性便产生了抗拒心理。我国东南和西南许多少数民族，直至现代，仍保留着在婚后几年内长住娘家“不落夫家”的习俗，便是远古婚姻习俗的遗存。在《搜神记》所载《毛衣女》中，很难用后世男女之间的爱情纠葛来解释两性结合与离异的情节，后来这一被称为“天鹅处女”类型的故事随人类文明的发展而不断演进，才把青年男女对爱情的共同追求与相互忠诚充实到古老的故事框架中去，获得新的文化内涵与艺术生命①。

对民间故事的这种文化解析，不仅有助于人们真正理解民间故事独特的内容和表现形式，也将提高民间故事史的文化价值。

3. 追索故事生活史的历史地理比较研究

20世纪初，芬兰学者在研究本民族和世界民间文学作品的过程中，兴起一个学派——芬兰学派或历史地理学派，摸索出一套研究民间故事的特殊方法。这个学派的代表人物汤普森在《世界民间故事分类学》一书里就这一方法的要点写道：

> 一个研究者使用这种方法所力求达到的最根本方法，莫过于完全弄清某一特定故事的生活史。他希望通过分析不同异文，研究有关的历史和地理因素，运用一些众所周知的关于口头传播的事实，找到该故事原型的某些东西，并能较合理地解释该故事在依次产生所有不同异文时所发生的变化。这种研究还将指出它的原型产生的时间、地点以及它发生变化的原因。
>
> 当民俗学家在找出故事生活史的所有事实上作出了最大努力后，

① 详见刘守华：《中国民间童话概说》，四川民族出版社1985年版，第252页。

他的成果就给心理学家、社会学家和人类学家提供了基础。①

这一学派研究故事的具体方法大体是：首先尽可能地搜集特定故事的各种异文；再从这些异文中提取作为最小叙述要素的情节单元，按情节单元的类同情况解析归纳出各种亚型；然后进行细致的比较分析，从纵向的历史演变过程中构拟出故事原型，从横向的地理流布途径中追寻故事的发祥地；在此基础上回头考察各种变文，了解这一故事在不同时间空间背景上的演变情况，从而勾勒出它完整的生活史，同时也给有关异文的文化内涵与价值作出相应的评判。用这种方法作出的有价值的成果，国际上已有几十个。丁乃通立足于中国民间故事，按它的基本要求就“蛇女”“灰姑娘”“人生如梦”和“云中落绣鞋”四个故事类型分别撰写的长篇论文，深得学术界赞赏②。

历史地理学派这种研究故事的方法并非尽善尽美，它属于比较文学中的影响研究，往往忽视了人类文化中更为常见的平行发展的事实。它对故事异文数量和忠实性的要求十分严格，解析方法过于琐细，运用起来有着很大局限性。然而把握其要领，根据所得材料进行灵活运用，是可以借助它来勾勒一些著名故事的生活史，由微观到宏观展现中国民间故事史的生动面貌，使人获得耳目一新的感受的。

中国民间故事史轮廓扫描

在现行的各种民族文学史中，均涉及故事。它们的基本写法是，将这些民族的文学发展过程大略划分为远古、古代、近现代三个历史时期，再按历史阶段分别评述几种主要民间文学体裁和重要作家作品。为上述格局和研究成果所限，在这些文学史中，很难看出民间故事史的清晰脉络。

---

① 〔美〕汤普森：《民间故事的生活史》，陈建宪译，见《故事研究资料选》，湖北省民间文艺家协会 1989 年编印。

② 〔美〕丁乃通：《中西叙事文学比较研究》，华中师范大学出版社 1994 年版。

1992年底，集中体现我国故事学最新成果的《中国民间故事集成》开始出版，首卷为吉林卷。卷首的《中国民间故事集成》总序，以精当的语言，不仅揭示了中国民间故事的特点及其多重文化价值，也就中国民间故事的历史发展阶段问题，提出了一个初步设想：

> 在这个漫长的历史过程中，民间故事口头讲述和流传的许多具体情况今天很难追寻，但在长期历史过程中也保存了有关这方面的许多文字记载和其他资料，这些资料反映了各种民间故事的基本内容和某些形式特点，因而，我们就有可能根据这些资料，对中国民间故事源远流长的发展做一些简略的推测性的追溯。为了叙述的方便，下面把中国民间故事整个历史发展，区分为“古代”和“近现代”两大时期（即大体上以1840年鸦片战争为界，此前统划为“古代”，此后划为“近现代”）。对于“古代”时期民间故事的发展，又大致分两个阶段。从远古至唐代，是古代各种民间故事产生发展，众多体裁逐渐齐备的历史阶段。唐宋至清代中期，是古代各族民间故事进一步繁荣发展的历史阶段。①

这一追溯对我们建构故事史有着宝贵启示。因编纂中国民间故事集成所使用的“民间故事”概念是广义的，它包含神话、传说在内，因而“总序”对史的追溯也偏重于神话、传说方面。而神话学、神话史，传说学、传说史，现已另立门户，我们所建构的民间故事史，限于狭义的“民间故事”，对它们作历史的追溯，就须另下一番工夫进行系统清理。我们拟采取纵横交错的结构方式来展现中国民间故事史的风貌。在纵向历史叙述方面，拟分作下列几个阶段：

1. 中国民间故事的起源。就中国情况论述神话、传说和故事三种体裁的联系及其分野。

2. 先秦寓言的民间文学渊源。先秦寓言被认为是中国寓言文学发展的一个黄金时期。散见于诸子著作中的寓言自然并不就是民间寓言，但确有一部分作品是由民间故事特别是民间口头流行的动物故事（如《狐

---

① 见《中国民间故事集成·吉林卷》，中国文联出版公司1992年版。

假虎威》）转化而来，值得和希腊、印度的古代寓言相比较，给予评述。

3. 魏晋“志怪”故事与“志人”故事及其影响。中国的叙事文学分为“志怪”与“志人”两个传统和历史线索。《搜神记》中有大量来自民间的志怪故事，它们和后世民间口头流行的各种神奇幻想故事一脉相承。“志人”小说的代表作为《世说新语》，但它主要从文人视角记述文人言行，和民间故事渊源不深，而邯郸淳的《笑林》，作为我国最早的一部笑话集，则大体是集录民间笑话而成，它代表了民间口头叙事中“志人”之作向喜剧性小品倾斜的传统风格。

4. 唐代民间叙事艺术的大转变。在这个重要历史时期出现的传奇小说、变文故事和《酉阳杂俎》等笔记中，都可以发现许多当时民间流行的动人故事。由于受印度故事的刺激，中国民间故事兴起“有意造作”之风，大大增强了故事情节的生动性和完整性，使叙事艺术发生了一次巨大转变。我曾以《舜子变》的演变为例指出：

> 到唐代变文阶段，传说向故事化方面演变，人们懂得了有意识造作故事的技巧，便不受原传说的限制，于是增添人物，扩充故事，设置波澜，描摹情态，将作者于此时此地所感受到的人情世态，移入彼时彼地发生的故事之中。艺术思想的大解放带来了艺术风格的变化与进步，作品更生动传神，更富于生活气息与人情味，从而获得了引人入胜激起人们情绪共鸣的艺术魅力。①

中国一些著名故事的完整形态，如灰姑娘型的《叶限》，两兄弟型的《旁㐌》，螺女型的《白水素女》，天鹅处女型的《田章》，此时均已有了生动的书面记述。它们在中国以至世界故事史上占有重要的位置。

5. 宋元说话艺术的繁荣与民间故事。宋元说话艺术繁盛一时，它的特征是由职业艺人在城镇讲说故事。艺人说话并不都是民间故事，可是和民间故事的关系十分密切。一方面这些艺人吸取民间故事素材加以扩充改编，使一部分故事获得新的艺术生命；另一方面艺人的说书又反过

---

① 刘守华：《试论〈舜子变〉的演变》，见《第二届敦煌学国际研讨会论文集》，台北汉学研究中心 1991 年编印。

来影响了民间故事；说书式的讲说故事此后便成为城乡故事讲述活动的一个重要类型，影响至今。

6. 明清时期民间故事的成熟与多样化发展。众多书面材料表明，中国民间故事在明清时期已完全走向成熟，各种题材、体裁、风格的故事获得了多样化的发展。现今从民间口头记录的丰饶优美的故事，大都定型或者形成于这一历史时期。故事对小说的影响（如《西游记》《聊斋志异》等），故事对其他通俗叙事文学如弹词、宝卷的渗透，也在这一时期空前有力地显示出来。

7. 20 世纪中国故事的采录与研究。民间故事具有很强的传承性，现今流行的故事，大都定型于上一时期。伴随 20 世纪英勇壮烈的人民革命斗争自发涌现的传说故事，新中国建立后经自觉倡导而开展的新故事活动，都是故事史的新篇章。但 20 世纪最伟大的事件是以现代人文科学的新观念、新方法对民间故事所作的采录与研究。从二三十年代《歌谣》《民俗》的出版，五六十年代《民间文学》《故事会》的刊行，到八九十年代《中国民间故事集成》的编纂，成果不断扩大和深化，成为中国民间故事史上的辉煌篇章。

以上是对中国民间故事史历时性的纵向评述。由于民间故事作为民间文化的一个重要组成部分，其内容与形式是在广阔文化背景上融合多重文化要素所构成的，因此还须作共时性的横向剖析。除重视特定历史时期之内物质生产、社会制度、道德习俗和社会思潮对故事艺术的制约之外，还须特别注意和民间故事发展有着直接关联的几种文化事象和文学样式。

一是和宗教文化的关联。民众的世俗生活和宗教生活息息相关。我们不仅把佛经故事和道教故事作为中国民间故事史的研究对象，而且在其相互影响、彼此渗透的过程中来考察故事内容与形式的演变。宗教在向故事输入因果报应、成仙得道等观念的同时，又以超越时空的幻想扩充了故事的艺术世界。随着文明的进步，人们在扬弃宗教观念时，却以艺术匠心把那些染有宗教色彩的形象、意趣保留下来，赋予新的象征意味，其风格也从严肃的叙述趋向活泼诙谐。

二是和通俗文学的关联。过去有的学人曾不恰当地把民间文学列入通俗文学之中或将二者混同一体（如郑振铎著《中国俗文学史》），现在越来越多的学人主张把文学分为三个层次，即上层雅文学、中层通俗文学和下层民间口头文学。这三个层次是就它们的接受对象、表达方式(民间文学属于口头传承)、艺术风格之不同来区分的，至于艺术价值的高低，则须就具体作品另作评判。由文人和职业艺人制作的通俗叙事文学，以戏曲和宝卷在民间的影响最为深远，并和民间口头讲述的故事之间有着互相交流融合的亲密关系。戏曲和宝卷不断吸取民间故事素材予以改编再创作，扩大了民间故事在社会文化生活中的影响；许多民间故事家又从这些通俗叙事文学中吸收养分，提高自己的艺术表现力。山东一位著名故事家胡怀梅，就因平时爱听戏、爱听说书，她讲故事的语言风格便自成一体。

三是和小说艺术的关联。文学史家公认，小说艺术就起源于民众讲故事。就中国情况而论，唐人传奇、明清短篇和长篇小说都和民间故事有很密切的联系。试以《聊斋志异》的成书过程为例，据熟知蒲松龄著述情况的清人介绍，他曾在大路边摆设茶摊，搜集民众口头传说故事，再粉饰加工成小说。《聊斋志异》一书中的 400 多篇小说，直接或间接来自这种“道听途说”的素材达到 160 多篇①。

小说家吸取民间故事素材，是把民间文学的新鲜活泼血液注入作家文学，促使文学风貌发生一定程度的转变，这是一方面。同时中国的民间故事家大都有一定的文化，他们阅读这些通俗生动的作品之后，又进行自己的再创作，编出自己的“聊斋杈子”“西游外传”“反三国”等，并在小说的影响下改进提高民间故事的叙述技巧。明清小说和明清时期的口头故事实在有着难分难解之缘。

人类文化史或民族文化史都不是按线型模式而是在纵横交错的网络上演进的。民间故事史的建构自然也应该体现出这一特点，避免只是按史的演进罗列堆砌材料。

---

① 汪玢玲：《蒲松龄与民间文学》，上海文艺出版社 1985 年版。

由于故事史的材料对一般学人来说既陌生，又零散（特别是古籍中的记载），写作故事史须力避空泛议论，而应以材料充实取胜，对那些著名的有较多异文的故事类型，尤应着力进行“生活史”的个案研究。这里试举被故事学家列为AT301型的“云中落绣鞋”为例：

它见于今本《搜神记》，原型为关于望夫冈的传说。本事又见于唐人所编《初学记》引《鄱阳志》，大约是唐以前地方志中记载的口头故事。全文如下：

> 鄱阳西有望夫冈。昔县人陈明，与梅氏为婚，未成而妖魁诈迎妇去。明诣卜者，决云：“行西北五十里求之。”明如言，见一大穴，深邃无底。以绳悬入，遂得其妇。乃令妇先出。而明所将邻人秦文，遂不取明。其妇乃自誓执志，登此冈首而望其夫，因以名焉。①

它讲的是一女子被妖怪掠入山洞之中，丈夫前往搭救，沿着悬空的绳子下到洞底，救得妻子先行出洞。可是同行的一个伙伴却将女人带走而把他扔在洞中不管。这女人忠贞不渝，总是望夫归来，构成一个激动人心的悲剧。后来它在民间继续流传，进入唐人笔下，成为《岩洞的故事》，生发出男人下洞杀死妖怪，救出女子后，接着又因救出洞中另一遭难精怪而得以出洞，终于同被救的女子圆满结合的情节。流传到明清时期，不仅《对山余墨》等笔记小说中有生动的记载，而且以“云中落绣鞋”（女主人被妖怪掠走，绣鞋从高空落下，成为搜寻妖怪的线索）的篇名，转换成各种艺术形式广泛流行于世，先后被改编成弹词《云中落绣鞋》，刻印成小说《云中落绣鞋全传》，改编成木鱼歌《井底结钗》，改编成戏曲《云中落绣鞋》（越剧）、《玉仙塔》（桂剧）、《黄恩负义》（闽剧）、《吕文龙》（莆仙戏）等。在民间口头，则多以《石义和王恩》的篇名流行不衰，各地异文多达数十篇。著名美籍华人学者丁乃通曾就这一故事在国内外的广泛影响写成一篇近8万字的论文《云中落绣鞋——中国及其邻国的301型故事群在世界传统中的意义》。文章告诉我们，这一故事早在13世纪即已传入西方，而且其生命力一直持续到现代，“其中一部

① 徐坚等：《初学记》卷八，中华书局1962年版，第188页。

在美国许多城市、估计同样在世界各地都可看到的西班牙电影，就是人们对这一主题兴趣不衰的证明”。又据人们回忆，毛泽东晚年就曾兴致勃勃地看过香港凤凰影业公司根据这个故事改编摄制的影片《云中落绣鞋》，并对其中一些人物的命运发表过与众不同的评论①。这个故事丰富的文化内涵、在世界传播的巨大影响和它在千余年漫长岁月里情节变异及转换成多种艺术样式的生活史，都是中国民间故事史的绝好内容。在纵横交错的宏观展示的同时，再汇入国内外学人对一些著名故事类型的微观研究成果，这样，中国民间故事史就会变得脉络分明，血肉丰满，从一个独有的侧面，给人们认识中国的民间文学宝藏和民间文化发展史以有益启示。

---

① 郭金荣：《毛泽东的晚年生活》，教育科学出版社 1993 年版，第 162 页。

《中国古代民间故事精选》总序①

从 1991 年开始直至 1998 年，这七八年时间，我的主要精力是从事中国古代民间故事的研究，编撰了一部《中国民间故事史》。这套《中国古代民间故事精选》，就是它的副产品。

我们知道，遍及世界各国的讲故事，既是一种和人类生存发展攸关的文化娱乐活动，又是一种口头语言艺术创造活动。就其内容之广博而言，它是民众生活的百科全书；就其思想感情深厚程度而言，它又是一个国家或民族乃至人类共同体心灵世界的窗口。由于现代文化生活的丰富多样性，原生形态的口传故事活动在许多地方越来越少见，可是借助现代传媒而获得再生，即以书面文字转述的民间故事或改编成影视作品的民间故事，仍受到成人特别是孩子们的喜爱，具有永恒的魅力。至于它作为一笔巨大精神财富对研究者的吸引力和对新文化创造的借鉴作用，更将历久不衰。

中国民间故事从萌生到发展、成熟，大约经历了 2500 年。先秦两汉是中国民间故事由萌生而成型的时期，“街谈巷语”“道听途说”中的一些故事已引起史官和文人的注意，开始用简单文字把它们记述下来。《山海经》和《汲冢琐语》中载有中国最早的民间故事梗概。诸子笔下的寓言有不少即由当时口头讲述的故事转化而成。汉代《风俗通义》所载故事，已具有较为完整的原初形态。

魏晋南北朝是中国民间故事的第一个繁盛时期。中国的叙事文学分为“志怪”与“志人”两个传统和发展脉络。《搜神记》《搜神后记》中

---

① 刘守华选译：《中国古代民间故事精选》，湖北教育出版社 2000 年版。

有大量来自民间的志怪故事，它们和后世民间口头流行的各种神奇幻想故事一脉相承。“志人”小说的代表作为《世说新语》，但它主要从文人视角记述文人言行，和民间故事渊源不深，而邯郸淳的《笑林》，作为我国最早的一部笑话集，则大体是由集录民间笑话而成，它代表了民间口头叙事中“志人”之作向喜剧小品倾斜的传统风格与民族特色。《经律异相》这部佛经故事集成的出现，表明借助佛经传入中国的印度故事正深入民间，酝酿着故事文学的一次大转变。

隋唐，特别是唐代，不仅是中国古代作家文学，也是民间文学发展的一个黄金时代。《酉阳杂俎》《广异记》和句道兴《搜神记》中载有丰富而且生动的故事资料。唐代的盛世雄风烙印在故事中，使其境界更趋开阔。由于受印度故事的刺激，兴起“有意造作”故事之风，大大增强了故事情节的生动性和完整性，使叙事艺术发生了巨大转变。中国一些著名故事的完整形态，如灰姑娘型的《叶限》，两兄弟型的《旁㐌》，螺女型的《吴堪》，天鹅处女型的《田章》等，此时均有了生动完整的书面文本，由此在中国和世界的故事发展史上占有重要位置。

宋元是中国民间故事集大成的时期，不仅有分类汇编古代各类传说故事的巨著《太平广记》500 卷出版，还有收录两千余篇宋代故事的《夷坚志》陆续问世。道教文化对故事的影响在这一时期有广泛的表现。唐代僧人的“俗讲”，演变成为宋元艺人的“说话”（说书），职业艺人在城镇讲说的并不都是民间故事，却和城乡普通民众讲说故事活动相辅相成，形成共同发展格局。

明清时期，中国民间故事已完全走向成熟，各种题材、体裁、风格的故事获得了多样化的发展，其中生活故事和笑话尤为发达。现今从民间口头记录的丰饶优美的各类故事，大都定型或形成于这一历史时期。随着封建社会显露出衰落趋势，民众的民主与革命意识逐渐觉醒，注入故事中的“离经叛道”精神给它带来了强劲生命力。故事对小说的影响（如《西游记》《聊斋志异》等）以及对其他通俗叙事文学如弹词、宝卷等等的渗透，也在这一时期空前有力地显示出来。

中国民间故事史从大约公元前 5 世纪战国时代的文字记述开始，而以 20 世纪大力倡导、采录与研究民间故事作为结束篇章。

《中国古代民间故事精选》就是从这两千多年积累的民间故事资料中选取精粹，译写而成的。

现在说一说我们选编的意图和这套书的特色。

一、本书由中国古代民间故事的精品所构成。

现今书市流通的各种民间故事集子，材料大都来自今人口头，经记录、整理或改编、再创作而成，以其贴近现实，具有鲜活形态为人们所看重。由于材料易得，各种本子，重见迭出，便引起了读者的厌倦。本书从古代民间故事中选取有代表性的精美之作而构成，如宋代大学者和大作家洪迈，用几十年的心血苦心搜求编撰了一部故事书《夷坚志》，收录故事达两千余篇，我们在反复研读该书的基础上，只选取了《解七五姐》等几篇。中国古代民间故事资料极为丰富，但长期未得到系统清理，一旦开掘出来，便给人以耳目一新的感觉。这些故事作为中国传统文化的一个侧面，不仅在文化史研究上具有重要价值，而且故事中蕴含的思想观念和生活情趣，往往古今贯通，一脉相承，如今天人们常提到的“缘分”，早就渗透在古代爱情婚姻故事中，其深邃内涵耐人寻味。我们相信，今天的读者会从中获得多方面享受。

二、本书选录的作品含神话、传说和故事三种体裁在内。

目前我国对“民间故事”名称有广义与狭义两种用法。广义的“民间故事”，含神话、传说及其他故事在内；列入十大民族文艺集成和志书之中正陆续出版的《中国民间故事集成》，就采用了广义概念。狭义的“民间故事”则指神话、传说之外的其他故事，如动物故事、神怪故事或幻想故事（亦称民间童话）、生活故事、笑话、寓言等。专门的“故事学”即以它们为考察对象。我们这套《中国古代民间故事精选》，所选录的是广义民间故事，按 5 册分类编排，即神话，传说，神怪故事（民间童话）和生活故事，寓言，笑话。

神话是一种最为古老的神奇幻想故事，它以神的活动作为叙说中心，具有原始性与神圣性，由原始思维支配下的人们以不自觉的方式虚构而成，并同人们的原始宗教信仰有着密切关联。

传说是以历史上特定的人物、事件，或留存的自然风物、人工景物等等为叙说对象的故事，以富于历史性、传奇性为特征。口头传说不同于信史，常有明显的虚构成分，但虚构总是围绕实有之物展开，以历史可信性吸引人们。

至于神话、传说之外的民间故事，则以现实世界中形形色色的普通人的生活遭遇及其理想愿望为叙说中心，以巧妙的艺术虚构方式编织而成，富于娱乐性与教育性。它们有的贴近现实生活，有的饱含神奇幻想，有的幽默滑稽，有的寄寓哲理，构成一个多姿多彩的艺术世界。

“故事”一词还可以推而广之，把历史上的真人真事包括在内，如“民族英雄故事”“古代科学家故事”等。本书收录的神话、传说等各类故事尽管风格各异，都属于非纪实性的艺术虚构之作。它们出现在文人笔下，虽有不同程度的加工创作成分，却都源于民众的口头叙说，不同于纯粹出自个人创作的书面文学作品。

从成千累万的古代民间故事资料中选取精粹，我们主要着眼于以下三点：第一，故事新奇有趣；第二，贴近大众生活心理，富于民间口头文学意趣；第三，思想文化内涵丰厚而且具有积极意义。

三、本书用现代汉语译写。

这些古代民间故事均用文言写成，即使是清代作家所使用的浅近文言文，也仍然同口语有很大距离。为了面向今天的广大读者，使它们具有可读性，我们不能不对这些故事用现代汉语进行“译写”。“译写”的原则是，既忠实于原作风貌，又在语言文字上略有修饰加工，以便传达出源于口头的那些故事的文学意趣。这样，就不是简单的白话翻译，也不是那种加工较多或随意掺水的改编了。我们希望以严谨作风提供一种“雅俗共赏”的古代故事文本，一方面可使广大读者从中领略中国古代民间故事的美妙动人之处，同时又可给研究者提供具有文化史价值的文本。

正在奋力从事社会主义现代化建设的中国人民，应当高瞻远瞩，面向世界，面向未来，扩大自己的文化视野。然而回过头来，从民族民间文化传统中吸取有益滋养，也是十分必要的。日本池田大作和德国狄尔鲍拉夫两位学者，近年以“走向 21 世纪的人与哲学”为主题撰写成一部对话录，在谈到跨世纪的教育问题时，他们竟然对怎样发挥民间故事的教育作用产生了浓厚兴趣，说这些故事“是超越代沟、维系精神联系的纽带”。还说：“越是在现实社会和生活形成急剧变化的时代，作为构成共同基础的因素，以往流传下来的童话（故事），才越有流传下去的巨大意义。”我们精选这一千多篇故事，所提供的也就是维系中华古今的一种精神纽带，对于迎接新世纪到来的中国人民，特别是青少年来说，我们相信它会发挥出积极的精神滋养作用。

最后要说明的是，本书是由我参照《中国民间故事史》框架进行总体设计，约请华中师范大学的几位中青年学人选取篇目并译写成书的。我们虽力求精选精译，限于学识和时间，势难尽善尽美，只好请读者予以谅解和批评。

本书的选题是由湖北教育出版社主动提出的。他们本着弘扬中华文化，提供图书精品的原则，对本书的出版给予大力支持，细心筹划。本书的问世，是我们之间又一次愉快合作的成果，不能不感到极大欣慰。

1999 年 4 月 20 日

口头故事的魅力[①]

——《中国民间故事精选》前言

一

我以喜悦的心情，将这部《中国民间故事精选》奉献给读者。

民间故事是人们十分熟悉和喜爱的一种口头语言艺术，讲故事和听故事是遍及世界每个角落的文化娱乐活动。许多优美故事伴随人们度过美妙的童年，在他们心灵上烙下终生难忘的印象。据有的学者推断，故事在远古时期就已经出现了，从新石器时代那些原始人的头骨形状，就可判断他们已听讲故事了。到 20 世纪临近结束的今天，口头讲述故事的活动仍然方兴未艾，甚至在那些因受现代文化的冲击而使口头叙事传统一度中断的西方国家，讲故事又呈现出东山再起的趋势。我于 1992 年 11 月访问日本，就在远野市耳闻目睹了该市将听讲故事活动纳入现代旅游观光事业的盛况。民间故事既以它通俗生动的形式为最广大的民众所喜闻乐见，又概括反映出各个民族乃至全人类共通的深层心理，正如意大利著名作家卡尔维诺在给《意大利童话》中译本的题词中所指出的："民间故事是最通俗的艺术形式，同时它也是一个国家或民族的灵魂。"故事具有雅俗共赏的多重价值，这已是现代学人的共识，无须赘述了。

什么是民间故事？民间故事是一种口头叙事作品，口耳相传为其本

---

① 刘守华、黄永林选编：《中国民间故事精选》，华中理工大学出版社 1993 年版。本书几次加印，并由香港明窗出版社出过简编本。

来的原始形态。文化人把它记录下来，用文字整理写定，以书面形式发表出版，是它的转化再生形态。见于书刊的民间故事，初看起来和作家写成的叙事作品似乎没有什么区别，实际上它们却分属于口头语言艺术和书面语言艺术的不同范畴，各有其特色。

民间故事这一体裁的划分有广义与狭义之分。狭义的民间故事包括幻想故事（或称为民间童话）、生活故事、寓言和笑话；也有人把它区分得更细致一些，还有动物故事、精怪故事、机智人物故事等门类。

广义的民间故事则将神话和传说也包括在内。但这三类作品的性质和特点是很不相同的。《盘古开天》《人是哪来的》等神话故事是远古时代初民不自觉的艺术创作，着重表现人们的原始心态；传说是对历史上实际存在的人、事、物的追忆，本书选编的《孟姜女》等四大传说就是中国人民家喻户晓的口头文学杰作；至于各式各样的故事则是对民众生活与心理的广泛艺术概括，以虚构性和娱乐性为其突出特征，饱含文学情趣。在世界学术园地中，一个多世纪以来已经兴起神话学、传说学和故事学三门人文学科，分别对这三种人类创造的口头叙事体裁进行深入研究。

我们选编的这本书，以故事为主体，包括《蛇郎》《狐狸媳妇》等神怪故事，《乌龟和猴子》《一只好胜的老虎》等动物故事，《巧媳妇》《梦二先生》等生活故事这几类。动物故事中大都包含较深的寓意，因而也是寓言一体。因受本书篇幅的限制，对民间故事中备受人们欢迎的喜剧小品——笑话就只好割爱了。

中国地域辽阔，历史悠久，民族众多。组成中华民族这个伟大群体的除汉族外，还有 55 个少数民族。因此作为口头文学主要体裁的民间故事也格外丰富和优美。

一位旅居美国的华人学者丁乃通，依据 1966 年之前的文字资料，积 10 年心血编撰成《中国民间故事类型索引》一书，收录故事 7340 篇。到 1985 年，据粗略统计，中国民间故事（包括神话、传说）的书面材料已积累至大约 10 万篇。1985 年以来，我国文化部门为编纂 10 部民族文艺集成志书（其中三部书是《中国民间故事集成》《中国歌谣集成》和《中国谚语集成》），对民间文学进行大规模的调查采录，到 1990 年为止，已采录到故事183万余篇。《中国民间故事集成》的省卷即国家卷虽然尚未正式出版，但各地的故事集成资料本却纷纷问世，估计书面发表的中国各族民间故事的数量已达到数十万篇。这实在是一笔巨大而宝贵的民族文化财富。从世界范围来看，只有另一文明古国印度的故事可以和它相比拟，这不能不使我们感到自豪。

面对中国民间故事的汪洋大海，要精选出一本20多万字、只能容纳七八十篇作品的故事集来，实在不是件容易的事。我们的做法，一是根据笔者多年从事故事学研究与教学所积累的材料，从中挑选出那些最为精美的篇章；二是借助国外故事学使用的科学方法，从类型中选优。

我们知道，口头讲述的故事有一个特异之处，就是同一故事在众口传诵的过程中，会演化出大同小异的许多种说法，故事学家把这些相类同的故事，归入同一“类型”之中，对那些小有差异的不同说法，则称之为“异文”。越是引人入胜，在广大时间空间背景上不胫而走的故事，它的异文也就越多。如人们熟悉的《灰姑娘》《蛇郎》《找幸福》等著名故事，在世界各地记录成文的异文就达到几百篇之多。为了便于研究，故事学家将它们分型归类，编撰成《故事类型索引》这样的专门著作。国际上以芬兰学者阿尔奈和美国学者汤普森合作编撰的《民间故事类型索引》最为著名，通称为“AT分类法”。它首先把各国的民间故事分作动物故事、普通民间故事和笑话三大类，再把那些基本情节类同的故事作为一个型式看待，分别编入国际通用的2000个代码中（他们的著作只收录540个类型，其余1000多个型式留待他人根据新发现的资料予以补充）。丁乃通于1978年出版的《中国民间故事类型索引》即依据AT分类法制作而成，将7340篇故事分别归入843个类型之中。此外，我国著名民间文艺学家钟敬文早在1931年就发表过《中国民谭型式》，虽然只完成了原计划写出的100个类型的一半，却是中国民间故事中最流行的作品。已有的这些类型自然还不完备，有待在新发现的基础上予以充实，它们却是我们筛选和研究中国民间故事的一个便捷方法。本书的编选过程便是抓住那些最有代表性的类型，从同一类型中选取一篇代表作，再按内容和形式的大体相近组合成若干单元。这样，书中所选的篇目便有了广泛的概括性，能够以一当十，以少胜多了。在这些故事中，既有对中华大地洪荒时代的追忆，也有对近现代各族风土人情的描绘；既有对英勇壮烈斗争事迹的讴歌，也有对美好爱情的追求。其主体自然是表现人类社会生活，也不乏对动物世界和想象中鬼神世界的巡游。故事中奇妙幻想与辛辣讽刺、浓郁诗意与深刻哲理相映成趣，同情善良和憎恨邪恶、痛苦呻吟和奋力抗争融为一体。可以说每篇故事都能给读者开启一个新的艺术境界。我们相信，这 80 篇故事，定会给读者以阅读几百篇甚至更多故事的愉悦和美感。

就故事这种特殊体裁而言，我们的选材特别注重故事情节好，即着力选取那些故事情节新奇曲折，扣人心弦，而又文化内涵丰厚，能给人以智慧启迪和美感享受的作品。由于这些故事原是以口头方式传承和传播，又经文化人采录写定的，其书面文本的质量，既取决于口头讲述的优劣，也离不开搜集整理者的劳作。本书的 80 篇故事，约有半数出自善于讲经说古的故事讲述家的口头和著名故事搜集家的笔下，它们既具有民间故事的普遍风格，又因各人所处文化背景和自身生活与艺术情趣的不同使故事染上了斑斓的色彩；故事基本面目来自前人的世代传承，又将个人的艺术创造巧妙地融注在字里行间。我们力求使本书成为民间故事精品的荟萃，这也是一个特点。

中国民间故事早有几种选本流行于世，如贾芝、孙剑冰编的三卷本《中国民间故事选》，中国少数民族文学学会编的两卷本《中国少数民族民间故事选》，祁连休、刘世华为少年儿童读者选编的《中国民间故事》，贺嘉、黄柏选编的《中国民间故事选萃》以及郑硕人、顾乃晴选编的《中国童话》等，它们都拥有广大读者。本书的体系和篇目力求避免和它们相重复，除很少的几篇是各书共同选取的外，我们的绝大多数篇目选自近几年问世的中国民间故事集成的地方卷本中，它们是在普查的基础上按忠实于口头讲述风貌的科学方法采录写定的，是我国民间文学工作的新成果，从而给本书大大增添了光彩。

由于民间故事本来就是极有趣味，寓教育于娱乐之中，为包括男女老幼在内的广大民众所喜爱的语言艺术作品，而对它的研究和利用，又极受现代文化学术界的重视。因此本书的选编原则便确定为兼顾趣味性、教育性和学术性，使它成为一本雅俗共赏的书，除了作为文学读物奉献给一般读者外，还给文化学术工作者提供一份研究民间文学、民族文化的科学资料。

二

上面讲了编选这部书的意图和方法，下面再谈谈对中国民间故事特点和价值的一些认识。

1. 中国民间故事的民族特色

我曾在一篇文章中把中国民间故事的特色简要地概括为三个字，一是“农”字。中国民间故事是封建社会农民群众的口头创作，以农业社会为背景，反映农民的生活与心理，农民的苦难与抗争、理想和追求、淳朴高尚的美德与小生产者的局限性等。它渗透到直接或间接表现人与自然关系及人际社会关系的种种故事叙说之中，使故事中散发出田园诗的意趣。由于故事富于传承性，因而存在于前农业社会漫长历史年代的中华民族的斗争经验和美好心灵，也积淀在故事里。

二是“儒”字。在中国封建社会中占统治地位的儒家思想，也渗透到民间故事中来，在它的内容和艺术表现形式上烙下明显印记。体现儒家思想的忠臣义士、清官贤相、孝子烈女，在民间故事正面主人公形象的艺术画廊里占有重要位置。故事表现社会关系，常常以儒家的道德伦理观念作为衡量是非、善恶、美丑的标准。故事讲述也具有注重道德教化的严肃风格，这和一些国家里民众讲故事完全是为着“好玩”，风格更为洒脱有所不同。但我们还不能说儒家思想已经完全支配了民间故事。民间故事对儒家思想常有自己的选择和扬弃，如颂扬犯上作乱的农民起义英雄和私订终身的青年男女，就充满离经叛道的精神。

三是“道”字。道教是中国固有的民族宗教，它创立至今已有近两千年历史，对中国历史文化、特别是对民间下层文化有过巨大影响。民间故事也染上了浓厚的道教文化色彩。故事中最吸引人的那个超凡脱俗的神奇幻想世界，就是民众借用道教的神仙观念和种种神秘方术构筑起来的。它包含着我们祖先对自然界及人与自然关系长期观察思索的成果以及对人类无限潜力的自信。同这一内容相适应，在故事的艺术表现上则以景象壮阔、意境幽玄、情趣丰富，透出一种雄健幽深之美。

许多学者认为，中国文化思想的特点是儒道互补，它也贯穿到民间文学之中。但民间故事的道教色彩更为浓重，同其他国家的民间故事相比较，艺术情趣迥然有别。

2．中国民间故事的民族性与世界性

中国民间故事既有鲜明的民族特色，又因在漫长历史年代里，中外故事通过多种渠道有过广泛的交流，因而许多故事也有世界性。前辈学人曾有印度是世界民间故事中心的说法，现在看来虽有些夸大，但世界各国的许多故事源于印度却是事实。佛教在传入中国的同时，就挟带进来了不少印度故事。如煮海求龙女型的《翠鸟》，报恩动物和忘恩的人型的《王小娶皇姑》，其基本情节就脱胎于印度佛经故事。同时中国的民间故事又借中日古代频繁交往的种种渠道传播到日本。日本著名学者关敬吾曾认为“中国民间故事有一半以上与日本民间故事相同或类似”，这种类同主要是日本接受中国故事的影响所致。我国著名民间文艺学家钟敬文所写的《中日民间故事比较泛说》一文，列出了中日相同的故事类型53个，并着重剖析了《灰姑娘》和《老鼠嫁女》两个类型。关于这两个故事的原型，学者们做过不少考证，初步断定《灰姑娘》源于中国唐人笔记《酉阳杂俎》中的《叶限》，《老鼠嫁女》则最先出自印度故事集《故事海》和《五卷书》之中。

对那些著名故事的世界异文进行比较，研究它们起源和演变的“生活史”，是一项具有重要学术价值而且饶有兴味的工作，它构成比较文学学科的一个重要组成部分。本书收录的许多故事类型，都曾被中外学者认真研究过，我在前面曾经提到的《中国民间故事类型索引》的作者丁乃通，他就以七八万字的篇幅，研究过由《公主的珍珠鞋》所代表的云中落绣鞋这一故事类型。故事讲述的是一位公主被妖怪掠走，从云中落下一只绣花鞋，英雄主人公跟踪前去搭救，却被自己的伙伴陷害；后在某种神奇力量的帮助下脱险并与被救的公主结婚，而那位狡诈险恶的伙伴则遭到了应得的惩罚。这个故事被列为AT301型，不仅在世界上有众多异文，而且还在现代西方保持着巨大活力，“其中有一部在美国许多城市、估计同样在世界各地都可看到的西班牙电影，就是这一主题不衰的证明”。丁乃通认为，晋代干宝《搜神记》中的《望夫冈》是本故事在中国最早的文献记载。到唐代，在中西文化交流热潮中因受胡人的影响，形成具有过渡性的异文《岩洞的故事》。从唐代著名传奇小说《白猿记》中也可看出这一类型的影响。中国现代口头传诵的这一故事，包括《公主的珍珠鞋》在内，其形态与上述文本一脉相承。西方关于这个故事的最早文字记录，见于骑士传奇《托切》之中。它可能是在此之前通过一个了解本故事的中国唐代异文的胡人故事讲述者从中国带到西方而传播开来的。

我自己对由《寻找太阳头发的小孩》所代表的AT461“求好运”这一类型的故事做过研究，发现其来龙去脉更为复杂。它原来是由两个相对独立的故事复合而成的，前半部称为“命运之子”，讲一个命运不平凡的孩子屡遭谋害而大难不死，它最早见于汉译佛经《六度集经》中，可以断定源于印度。其后半部为“异域旅行”，讲主人公去远方寻救解脱自身贫苦境遇的法宝，在热心帮助别人的过程中自己终于也获得幸福。这个故事的原型在中国和许多国家早已存在。它复合成为一个著名故事，可能是在南亚佛教文化的背景上完成的。

从这里我们可以看出，许多著名故事的深厚文化内涵及其悠长发展史是多么引人入胜，为世界学人所关注。我们相信，它也会激发出接触这些故事的广大读者的深思与遐想。

中国民间故事之所以格外丰富、格外优美，不仅是由于这些故事深深植根于中华文化的沃土之中，还由于它善于吸收融汇世界上其他国家民族的故事艺术，早就是一个开放的体系。同时中国故事的许多母题又流向海外，丰富了世界民间故事的宝库。

3. 民间故事的传统性与现代性

我们这本书选编的都是传统故事，至于“五四”以来直至新中国建立后涌现的革命传说和新民间故事，因篇幅所限均未收入。所以这本书应该称为“中国传统民间故事精选”。传统故事所表现的自然是民众在旧时代的生活与心理。但我们不能同意某些文艺理论家将封建社会的民间文艺等同于封建主义文艺的片面论断。这不仅是因为在每个民族里面，都有相对立的两种民族文化的存在，还由于创造现代经济文化的人们，无法完全割断同传统文化的联系。正如出自美国学者笔下的《论传统》一书中所指出的：“信仰和行为的传统范型具有极大的持久性，甚至比人类设计的人工器物还更为持久；对那些力图抛弃、废除或改造它的人来说，它们并不会完全失去制约他们的作用。”传统民间故事的主人公生活贫苦，处境艰难，可他们却对自己的力量与智慧充满信心，相信善恶各有所报，以同自然社会中邪恶势力的勇敢抗争来改善自己的境遇，在热心救助他人的过程中获取自己的幸福，还有许多主人公不惜以个人的牺牲将群体从巨大危难中解脱出来，这些都是中华民族世代相承的美好精神品格的闪现，永远不会过时。《灯花》这篇故事曾将一位遭遇不幸的日本妇女从绝望中唤醒，走向新的生活，就是中国民间故事对现代人仍有精神哺育作用的一个生动事例。在中国，当口述民间故事转换成书面形式之后，立刻又走进千家万户；在西方一些国家，讲述传统故事的活动又悄然兴起，在文学艺术领域，不仅将民间故事改编加工搬上影视屏幕成为一种时尚，还有不少作家借鉴吸收神话和民间故事的艺术经验来创造现代风格的语言艺术作品。因获得诺贝尔文学奖而促使他所代表的“魔幻现实主义”文学流派风靡世界的哥伦比亚作家马尔克斯，曾对友人讲，他就是用外祖母给他讲述那些令人毛骨悚然的神怪故事的手法来写作长篇小说的。我们在这部书里选编的蒙古族的《三个聪明的兄弟》这篇故事，所采用的完全是现代推理小说的叙述方式，它在古代印度故事中即已出现，我以为这一类型的民间故事，很可能是现代推理小说的先声。种种事例表明，传统民间故事的现代价值不容质疑，它在人类文化娱乐生活中将长久地保有自己的重要位置。至于它作为一部生动活泼的人民生活与民族文化的“百科全书”，对人文科学所具有的学术价值，则只会与日俱增，越来越受到世界学人的珍视。

中国古代的“神舟”传说[①]

近日我国神舟六号载人飞船顺利上天遨游太空，成为举世瞩目的壮举。有关新闻报道提及中国古代的飞天梦想，常以敦煌壁画中的飞天仙女为例。据我所知，真正体现中国古代卓越飞天梦想的是晋代作家张华《博物志》卷十所载《八月槎》，原文如下：

> 旧说云天河与海通。近世有人居海渚者，年年八月有浮槎去来，不失期。人有奇志，立飞阁于槎上，多赍粮，乘槎而去。十余日中犹观星月日辰，自后茫茫忽忽亦不觉昼夜。去十余日，奄至一处，有城郭状，屋舍甚严。遥望宫中多织妇，见一丈夫牵牛渚次饮之。牵牛人乃惊问曰：“何由至此？”此人具说来意，并问此是何处，答曰：“君还至蜀郡访严君平则知之。”竟不上岸，因还如期。后至蜀，问君平，曰：“某年月日有客星犯牵牛宿。”计年月，正此人到天河时也。[②]

这个故事不同于我们通常所见的飞天神话，其中的主人公就是一位住在海滨的凡夫俗子；他不是幻想借助于某种神奇法术或灵丹妙药飞天奔月，而是立下奇志，自制木筏，在木筏上搭载食物，然后从海上航行，穿越日月星辰到达天河；他也不是一去不返，而是每年八月准时一个来回；更奇的是，地面上还有博学多才之士能够从观测星象中推断“客星”抵达天河的准确时间。这个故事的最大趣味是主人公见到了天宫中的牛郎织女，由于同牛郎织女这个著名传说相融合而生发出引人入胜的艺术

---

① 原载 2005 年 11 月 3 日《湖北日报》。

② 见范宁校证《博物志》，中华书局 1980 年版，第 111 页。

魅力。但更值得我们注意的是它不同于在神话思维支配下构成的普通神话，已具有科学幻想故事的特质，正如我在1999年出版的《中国民间故事史》中所提到："我们可以把它当作一则富于浪漫主义精神的古代科学幻想故事来看待，和今天人们到外星探险的心态息息相通。"

《博物志》是作为怪异之事把人们口头传述的这个"八月槎"故事记述下来的。所谓"八月槎"就是一条古人建造的"神舟"。这篇写于近2000年前的神奇幻想故事，它对神舟的构想，竟然和当代中国发射的神舟载人飞船的设计有那么多相通及相近之处，不能不令人惊叹不已。

《八月槎》作为一则优美传说，在流传中又被人们添枝加叶，不断发生变异。最有意思的是，把这件事附会到汉代通西域的著名历史人物张骞身上，说"汉武帝令张骞使大夏，寻河源，乘槎经月而去"，遂至天河见牛郎织女，还带回织女用的一块"支机石"。这样就赋予故事以浓重的历史色彩，使它更具吸引力了。

《博物志》所载《八月槎》故事，在中古时期的文苑中具有广泛影响，除唐人赵璘《因话录》，五代杜光庭《道教灵验记》，宋代《太平广记》等书予以引录外，在杜甫、李义山等唐人诗中尤为常见，元明清杂剧中有多种作品取材于这一故事，如《张骞泛浮槎》《星汉槎》《银汉槎》等。值得提起的是，它在民间传流不息，重庆巴县著名故事讲述家魏显德所讲故事中，就有同《八月槎》一脉相承的《行船到天边》，那位叫张三的小伙子，自己弄了一只小船，从自家门口那条小河乘坐小船出发，不停地划呀划，"划到六十几岁，终于到了天上"，后来得到仙女赏赐的宝物又返回家乡①。从这个古今传流不息的"行船到天边"的优美传说中，可以看出中国人民对于飞向太空，探索天外奇迹，有着深远而又强烈的追求。

在神舟载人飞船登天的今天，重温这个著名的古代传说，将给我们以无穷的激励与遐想。

---

① 《行船到天边》，《魏显德民间故事集》，重庆出版社1991年版，第180～184页。

民间童话的特征和魅力[①]

童话体裁起源于民间口头文学。在脍炙人口的童话艺术中，民间童话占有重要的地位。我国古代没有“童话”这个概念，它是20世纪初从日本直译过来的。五四新文化运动前后，文化界出于对儿童教育问题的关注，译述外国“童话”蔚成风气。后来一些学者发现，这类故事不但在我国古代许多搜奇志怪的书中早有记载，而且至今在山野农民的口头上广泛流行，“到现在，到处还有民谣、山歌、渔歌等，这就是不识字的诗人的作品；也传述着童话和故事，这就是不识字的小说家的作品”[②]。于是“民间童话”就作为民间故事的一个类别沿用下来。近年也有学者把这类故事称作“幻想故事”或“传奇故事”，但多数民间文艺学家和儿童文学家还是用惯了“民间童话”这个概念，把它作为和民间口头散文中与“传说”“生活故事”“笑话”“寓言”相并列的一种体裁来看待。

童话是一种奇妙的艺术。它单纯而浅近的内容和形式，可以为幼儿园的孩子们所理解，然而富有文学创作经验的作家去试作童话，写出来的作品却往往不合格；儿童文学家为它的精美构思所倾倒；民俗学家烛隐发微，致力于剖析故事中古老怪异的习俗信仰；比较文学家们为探究它们在世界范围内突破种种限制而广泛流动的奥秘，不惜耗尽心力。凝聚着累代劳动者的智慧与情感的民间童话遗产，不仅是孩子们喜爱的精神食粮，也是学术研究的宝库。

民间童话中最常见、最吸引人的一种是以超人的神怪形象为主要角

---

① 原载《民间文学》1983年第6期。

② 鲁迅《门外文谈》。

色的神怪童话，人们也称之为“魔法童话”。另一种以拟人的动植物为角色的动植物童话，格外为年龄幼小的孩子们所喜爱。还有一种具有民间传说的传奇色彩，然而童话特征更鲜明的故事，如义和团故事中的《渔童》，鲁班故事中的《借龙宫》等，我们可以把它叫作传奇童话。

我国各族民间童话遗产丰富而精美。如果要从中挑选出十个流行最广、内容和形式较有代表性的作品，我以为可以提出如下各篇：《找幸福》《田螺姑娘》《灰姑娘》《蛇郎》《青蛙少年》《兄弟分家》《两伙计出门》《狼外婆》《十兄弟对敌》和《小鸡崽报仇》。以上篇名各代表一种类型，每个故事又有多种异文，以至构成一个系统。如《狼外婆》型就有《老虎外婆》《熊外婆》《野人家家》等。

民间童话的基本特征是什么呢？

民间童话的幻想性与象征性

民间童话是一种幻想性的故事。

提起童话，人们便很自然地想到那些具有优美幻想的艺术形象和故事情节。小鸡崽可以联合螃蟹、牛屎、棒槌等小伙伴，用计谋打败凶恶的野猫。这些有生命的动物和无生命的物件，居然可以扮演人的角色：养在水缸里的田螺，会悄悄地化身为美丽的少女，给小伙子烧火做饭；形体丑陋的蛇，脱去蛇皮，竟是漂亮的小伙子；小人的形象，小到只有枣核那么大，可以抓住县官的胡须荡秋千；而巨人的形象，则推山吞海毫不费力。故事中还充满神奇的魔法和宝物，它可以使人无翅而飞，随意变形，呼风唤雨，化出万物，达到无所不能的境地。作者驰骋幻想，把人们引入闪耀着奇光异彩的童话世界，使之受到强烈的感染。

然而归根结蒂，童话和其他文学体裁一样，也是社会生活在作者头脑中的反映的产物，童话中的幻想，不可能脱离现实生活的土壤。怎样理解童话艺术的幻想和现实生活之间的联系，这是解开童话之谜的关键。我们如果把幻想性和象征性结合起来考察，对童话艺术的本质也许会获得更明确的认识。这里引述一位研究者所写的关于人类艺术形式演变过程探索的颇有见地的文章中的一段话，我以为对于我们是有启示的，他将艺术形式上的“写实性”同“象征性”做比较之后说：

(象征性)常常综合艺术家对某些问题或事件的认识和理解，采用比喻手法，以象征性的形象来表达问题的实质。象征的形式更含蓄并更富于概括性，但也更具有抽象性。象征的形式更适合于表现富有想象性的内容。①

民间童话中的幻想正是这样一种象征性的艺术形式。小鸡崽为妈妈报仇这类鸟言兽语型的童话故事，就是用动植物世界来象征和比喻人类社会生活。在这些小动物、小物件集合起来打败野猫的故事中，概括了作者从现实斗争中吸取来的弱小者联合起来可以战胜强敌的生活真理。蛇郎变形也是一种象征，象征主人公由卑贱向高贵的转变，正是在这命运转变过程中，两姐妹美丑对立的心灵得到了淋漓尽致的暴露。顺风耳、千里眼、推山奴、吞水奴等巨人形象，象征性地表达出劳动人民对自己巨大创造力的信心。那些叙述主人公不畏艰险，寻取某种宝物，给人们带来幸福的故事，则象征着人们对美好理想的勇敢追求。文学作品所表现的，总括起来，不外乎是现实与理想两个方面。童话也是如此。但它不是以写实的手法来描绘现实生活情景，而是借幻想的角色和情节来实现象征性的反映，因而能使平凡的生活发出浪漫主义的异彩，而且更鲜明地表达出作者对生活本质的认识和理解，使故事带上哲理意味。

由于童话具有幻想性和象征性，所以它更适合于表达人们对理想世界的憧憬与追求。因受世界观的限制，民间童话作者不可能按照对未来社会发展的科学预见，描绘自己的理想王国，只能凭借简单幼稚的想象，象征性地勾画光明美好的远景。

明确了民间童话中的幻想乃是对于实际生活之象征性的反映，我们就不会对那些奇异的幻想形象和情节的含意产生种种误解了。这样的误解，常常妨碍着人们正确地领会许多流传久远的古老童话的精神实质。

---

① 王琦：《艺术形式的演变初探》，《文艺研究》1980年第3期。

有人以写实来要求民间童话，否则，便判定是歪曲实际生活。过去不是有人批评老虎报恩故事，把老虎刻画成懂得报恩的正面形象，是荒诞不经吗？他们不懂得故事中的老虎，其实是对现实生活中一类人或是人的一种品质的象征。一位童话作家说，童话就是既要使人们相信它所揭示的是一个真理，而故事本身则又是一个彻头彻尾的谎话①，这是深知童话艺术奥秘的精辟之论。

有的外国学者则认为民间童话中所出现的那些神奇的东西，并不是有意识的虚构，而是人们“心中根深蒂固的信仰”。因而将童话贬为一种原始艺术。民间童话中确实保留着许多人类古老习俗信仰的痕迹。动植物精灵形象的产生，最初即源于“万物有灵”的古老观念；人兽结合的幻想，则同原始的图腾崇拜有关；佛教和道教中的神魔形象，也常常在童话世界里活动。但这些形象和情节，已具备了新的象征意义，代表着人世间的各种社会势力及其矛盾纠葛。实际上它们只不过是人们借用来进行艺术虚构的一种幻想材料罢了，在古老的躯壳中，已注入新的生命。津津有味地给孙子们讲述蛇郎和田螺姑娘故事的老奶奶，决不会从“根深蒂固”的原始信仰出发，真的要孩子们成年后去嫁给一条蛇，或捡回一颗田螺做新娘。现在越来越多的学者认识到，即使是在那些古老的童话故事中，“有意识的虚构”也进入其中，使它们和不自觉的虚构造成的神话区别开来②。欣赏和研究民间童话，如不注意那些带有古老习俗信仰痕迹的形象和情节的含意的演变，它们的民俗学和美学意义的统一，那么就很难真正理解这些童话的思想和艺术本质。

由于民间童话是以幻想和象征的手法，按照作者的认识和理解，去着力反映社会生活的本质，所追求的是“神似”而不是“形似”，这就赋予它以广泛的概括性。许多出色的民间童话，能够在广大的时间与空间范围之内自由流动。中国唐代作家段成式笔下的《叶限》，是世界上最早

① 贺宜：《小百花园丁杂说》，少年儿童出版社 1979 年版，第 95 页。

② 《大英百科全书》选译《民间文学》，《民间文艺集刊》第 1 集，上海文艺出版社 1981 年版。

见于文字记载的灰姑娘型故事，距今已达一千多年，然而形态与之大同小异的故事，至今仍生动活泼地存在于我国南方许多民族的口头上，而且它在欧亚大陆广泛传播，异文多达五百余种。为什么它能在如此广大的背景之上脍炙人口？就因为它不但对继母虐待前娘子女这种根深蒂固的社会恶习做了深刻的揭示，而且通过这个故事，把善良战胜邪恶的主题，概括到哲理的高度，作了鲜明有力的表达。民间故事往往能冲破国界和语言的限制而流动，其中又以童话故事的流动性最强，成为一个令人难解之谜。其内容和形式之富于概括性，不能不说是一个重要原因。

民间童话的艺术性

我以为，在歌谣中艺术性最高的是情歌，在故事中艺术性最高的则要数童话。它不仅汇融着劳动人民编织口头散文故事的高度技巧，而且含蓄着充沛的诗意。

民间童话在艺术表现上具有许多不同于其他散文故事的明显特征，那些幻想故事的主人公没有确定的姓名，常常是张三、李四或樵夫、猎人之类；故事发生的时间、地点也是含糊的，常用“古时候，在一处很远的地方……”这样的交代来开始叙述。角色安排和故事的结构往往有些程式化，两姐妹、两兄弟或两伙计的形象，多是正反对比；表现斗争的曲折性，多为三个反复；赞美主人公的勇敢，则安排三回考验；善恶势力斗争的结果，总是以善良战胜邪恶，好人获得好报结束叙述，等等。童话艺术这些程式化的特点和我国戏曲艺术的程式化有其相通之处。但这只触及童话艺术的表面特征。民间童话之所以世世代代为人们所喜爱，在于它将虚幻和真实、单纯和丰富、哲理和诗情巧妙地结合在一起。

民间童话或者是叙述普通人在幻想王国里的奇险遭遇，或者是让各种神奇的角色闯入现实世界制造奇迹。故事里的一切一方面出人意料，令人惊奇，又贯穿着实际生活的逻辑，点染着富于当时当地生活气息的细节，显得真切动人。《兄弟分家》中，说小黄狗的坟上长出一棵楠竹，弟弟用竹子做成鸡笼，附近的山鸡都飞进来生蛋；老大借去用，却只留下满笼鸡屎。认为小黄狗的灵魂会附着于鸡笼上，懂得爱爱仇仇，这是同古老的“灵魂不灭”信仰有关联的一种幻想；然而劈了楠竹做鸡笼，有时招来山鸡也进笼下蛋，这又是山区人民劳动生活的写照。田螺姑娘型的《张打鹌鹑李钓鱼》中，说张打鹌鹑进龙宫要来一只哈巴狗，哈巴狗悄悄变成花似的一个闺女，做了他的媳妇，这自然是幻想；可是讲她会做饺子，“捏一个饺子往锅里撂一个，捏一个，撂一个，可快哩”，以及突然被男人抓住之后又哭又嚷，扭扭捏捏的情景，又活画出北方农村闺女的神态。民间童话作者就这样将神奇的幻想和真切的民众日常生活情景巧妙结合起来，构造出一种似真非真、似幻非幻、亦虚亦实的艺术境界，产生出如同被烟雨所笼罩的湖光山色一般的特殊魅力。

民间童话的故事情节是单纯的，又富于变化。它在人们所熟悉的那些程式框架之内，施展结构故事的高明技巧，常以不长的篇幅，将惊险曲折的斗争过程、悲欢离合的人生遭遇生动地展现出来。那些情节自然是含有象征性的一种概括，但又是从实际生活中提炼出来并精心予以结构的。勤劳而又善良的小伙子在旅行途中救活一群溺水的蚂蚁和一只受伤的蜜蜂，后来在讨亲遇到考验时，恰好是这群蚂蚁帮他把三斗三升黑芝麻同白芝麻分开；蜜蜂停在一乘花轿顶上，帮他辨认出了混在四十乘花轿中的公主。在各类散文故事中，童话的故事情节最丰富生动，构思十分巧妙，因而也最能引人入胜。高尔基在评论《一千零一夜》时，情不自禁地赞叹东方民族“狂放的绚烂的幻想力”，说他们创造的故事如同一幅幅“变化无穷的织物”，“它的五色缤纷的彩线伸到整个大地，用美丽得惊人的言辞的地毯把大地覆盖起来”①。用这段话来评价我国各族民间童话，也是完全适合的。

民间童话是一种既饱含哲理，又饱含诗意的体裁。许多童话故事在散文叙述中，常常穿插进一些声韵铿锵、短小优美的谣曲，这是一眼就

① 《高尔基与民间文学》，中国民间文艺出版社1980年版，第115页。

可以看出的。但它的诗意主要表现于：那些象征性的形象，既显得单纯而富有诗意，“三段式”的情节结构，使得故事的进展具有诗的节奏感；在语言上，比喻、夸张等等的广泛使用，也增强了它的诗歌情调。童话有着其他散文故事所没有的特殊魅力，同它融合了某些诗歌艺术的成分是分不开的。

民间童话的适应对象

我们现在还难以断定民间童话就是专为少年儿童而创作的，但它在发展过程中，确实和孩子们结下了不解之缘。只要是山野乡村长大的人，谁能忘记那些陪伴他们度过童年时光的动人童话故事呢?

童话凭借美丽的幻想，可以使普通人的平凡生活发出奇异的光彩，将人们对光明美好事物的渴望形象化，以满足少年儿童爱幻想、富于好奇心和求知欲的特点。

童话广泛而深刻地反映了人民的现实生活和理想愿望，颂扬勤劳善良、勇敢智慧、先人后己、舍己为群、热爱家乡和国家民族等美好品质，鞭挞懒惰自私、虚伪欺诈、损人利己等丑恶思想行为，渗透着劳动人们纯朴的道德伦理观念和人生哲学，从来是对孩子们进行人生启蒙教育的重要手段，是最富于教育性的故事。

童话在揭露旧时代黑暗丑恶的社会面貌时，总是满怀信心地展望光明美好的未来。在童话世界里，最后莫不是正义得到伸张，邪恶受到惩罚，善良的人们获得幸福，压迫者没有好下场。在那里，遭遇不幸的主人公会出人意外地获得各种神秘力量的帮助，遍地的宝物等待着自己的主人到来。童话是浸透了劳动人民乐观主义世界观的一种体裁，具有激励人们乐观进取的特殊作用。高尔基在回顾自己童年时期所受民间口头文学的影响时曾写道：

> 我从歌曲和故事里得到了什么呢？……在故事里，人们坐着“飞毯”在空中飞行，穿着“千里靴”走路，用死水和活水向死人洒一下，就会使他复活，一夜之间会把宫殿筑好，总之，故事在我面

前展开了对另一种生活的希望之光。在那种生活里，有一种自由的、无畏的力量在活动着，幻想着更美好的生活。①

高尔基这段话道出了许多人童年时期对那些从老人口中涌流而出的童话故事的共同感受。

童话在表现艺术上，形象单纯而富有诗意，情节曲折奇幻，语言生动活泼，叙述中洋溢着愉快幽默的儿童情趣，等等，这些也是它格外吸引孩子们的原因。

现在对民间童话的起源，人们还有不同的认识。但它和孩子们的关系特别密切，为孩子们所喜爱并适合于他们身心发展的需要，对这一特征的认识是基本一致的。日本著名民间文艺学家柳田国男说："不管在多久以前，孩子们总是要央求大人讲故事的"，大人"从许多故事中选那些适合于孩子的内容，而他们在选择时与其说注重故事的内容是否有利于孩子，倒不如说注重采用那些容易使孩子们理解的东西。我认为，把这一点说成今天童话的起源，大概是不会错的"②。这一认识颇有代表性。可见童话的起源同孩子有关，它是由成人讲述为孩子们所需要、所便于接受的故事，在内容和形式上逐渐形成自己的体裁特征的。

我国的民间童话源远流长、丰富多样。魏晋隋唐志怪笔记中的《毛衣女》《女嫁蛇》《叶限》《旁㐌》，是世界上最早见于文字记载的"天鹅处女""蛇郎""灰姑娘""两兄弟"型的童话故事。旧时代产生的民间童话，自然会有封建性的糟粕掺杂其中，并且表现出它在思想上和艺术上的局限性，然而总的说来，这些经过世代劳动人民智慧冶炼的民间童话，不但已成为今天孩子们的一份重要精神食粮，还具有不可忽视的文艺学学术价值。过去那些古典童话大师们的作品，常常是由民间童话脱胎而来。我国社会主义童话园地的许多优秀之作，如《宝葫芦的秘密》《金色

① 《苏联民间文学论文集》，作家出版社1958年版，第115页。

② 柳田国男：《桃太郎的诞生》，见1982年《湘潭大学学报·民间文学增刊》。

的海螺》《小鲤鱼跳龙门》《神笔马良》等，也都和我国民间童话的优良艺术传统保持着紧密联系。民间童话作为民间文艺学、比较文学、民俗学、民族学等等的研究对象，正日益受到人们的重视。在建设社会主义精神文明中，我们应当进一步努力发掘和充分利用这一部分宝贵的口头文学遗产。

1983 年 3 月 6 日

刘德培与金德顺[1]

民间文学虽是民众集体智慧的结晶和众口传诵的不定型的语言艺术，但它的传承又总是借个别口头文学家之口来实现的，不可避免地融合着个人的创造成分在内。因而对那些突出的个别口头文学家的研究，便具有十分重要的意义。1983 年底，湖北省民研会和群艺馆授予鄂西农民刘德培以“民间故事家”的光荣称号，他讲述的四百多篇故事即将选编出版。刘德培老人成了南方汉族故事家的代表。而《金德顺故事集》的出版，又给我们树立了一个朝鲜族女故事家的形象，具有首创意义。《民间文学》编辑部前不久召开了《金德顺故事集》讨论会，本期又发表了一组刘德培讲述的故事，这反映出民间文学界对故事家给予了充分的重视。将这两位故事家加以比较，不但可以更鲜明地看出他们各自的特点，还可以使我们对中国民间文学的传承特点和规律获得一些新的认识。

刘德培现年七十四岁，金德顺现年七十六岁，他们的生活经历都跨越了新旧两个时代，属于同时代的故事家。他们在旧时代都是含辛茹苦的劳动者，是鲜明地代表着中国劳动人民的智慧和情感的口头文学家。他们两人都初通文化，能从作家创作的书面文学中吸收一定滋养。他们的传承是口头传承与书面传承的结合。这是他们共同的特点。

他们的故事又有着各自不同的鲜明特征。

刘德培和金德顺属于不同民族，生活在不同地区，故事的内容和形式表现出不同民族的生活与文化色彩。刘德培讲崇祯测字故事，金德顺讲东明王的传说；金德顺面对大海驰骋美丽幻想，刘德培则以深山野岭

① 原载《民间文学》1986 年第 3 期。

为背景编织故事。但这些还不足以说明他们个人对民间文学的传承特点。

刘德培的故事，完全得之于社会性传承。他因家贫，不到十一岁便出外帮工，做过长工、短工、背伕，四处流浪，足迹遍及湘鄂西十来县，在这宽广的背景上从男性伙伴中吸收故事，因而他的故事不但数量多，而且内容形式复杂多样。在449则故事中，有历史与风俗传说，公案武侠故事、生活故事、童话故事、笑话等等，而以短篇生活故事与笑话最为精彩，透出男性的生活阅历和艺术情趣。金德顺为女性故事家，她的故事多是幼小时从祖母、外祖母、母亲和姑母那儿听来的，可以说是一种母系家族传承。因而她的故事，反映妇女生活的居多，占三分之一以上。故事带有浓厚的幻想色彩，给阴暗的生活涂抹上光明。对人们日常生活情景的观察和描述格外细腻，她讲请客情形，就一碗菜一碗菜地摆出来，可以摆到十来碗。这些都表现出女性的鲜明特征。

刘德培讲故事，多在辛劳之余或给人帮办红白喜事之际，以成年男人为主要对象，主要是为了娱乐身心，消愁解闷。正如他自己所说的："讲些经文，说一阵笑一阵，百无禁忌。那时不像现在，谁个晓得讲经格外起个什么大用？不过日子好打发些，又顺带晓得些做人理事的心窍。"由于他居住在鄂西偏僻山村之中，所讲故事在旧时代即已定型，新中国成立后又没有受到新的文化生活的巨大冲击，所以他的故事仍保持着较为朴野的面貌。金德顺的讲述对象，多是妇女儿童。这类故事多富于教育性。而她走东家串西家地经常给人讲故事，又是在20世纪50年代以后，在新社会里。新的思想和情感，很自然地渗透在故事里。因此这些故事情调比较明朗健康，所讲的虽是旧时代的人和事，在一定程度上已染上了新的时代色彩。

在艺术风格上，刘德培所讲的故事大都幽默诙谐，含有笑料，"包袱巧妙，智慧的传授和爱憎褒贬的交流往往不见形迹地深藏在包袱和引发的笑声里面"。他不大注意描写形容，而是苦心琢磨怎样把情节编排得更巧妙，人物对话（往往采取诗对形式）设计得更精彩。他讲故事的高明之处是，"比旁人讲得圆范些，又有嚼劲；把时间笑过去了，还不知不觉"，既令人发笑，又耐人回味。金德顺讲述故事的特点则是语汇丰富，善于描写形容，善于渲染色彩气氛，她可以把故事中的山川景物与人情世态，刻画得活灵活现，给人以无比亲切生动的感受。并常常从故事中跳出来，对有关的人和事加以评论，以增强其道德教育力量。他们的故事各有其特殊的魅力，可以使人获得不同的艺术享受。这里除反映出民族文化与性别的差异之外，还同他们个人的生活阅历、生活情趣有关。

这些都说明，不识字的作家和识字的作家一样，他们在民间文学传承活动中，也是有着个人的创造与个人独特风格的。

1986 年 3 月

今人之“原始思想”不能产生新神话[1]

在近年关于神话问题的争论中，常有人引述鲁迅于一九二五年写的一段话，论证有所谓“新神话”产生。鲁迅的这段话见于他给两位文学青年所写的信中，他说：

> 中国人至今未脱原始思想，的确尚有新神话发生，譬如“日”之神话，《山海经》中有之，但吾乡（绍兴）皆谓太阳之生日为三月十九日，此非小说，非童话，实亦神话，因众皆信之也。而起源则必甚迟，故自唐以迄现在之神话恐亦尚可结集……[2]

鲁迅关于民间文艺的许多真知灼见是人所公认的，但由于受当时民间文艺学发展水平的限制，也有个别论断值得商榷。关于“新神话”的这段话就是一个例子。

先从鲁迅信中提到的太阳神话说起。关于太阳的神话，各民族古已有之。《山海经》中说天上有十个太阳，它们是帝俊之妻羲和所生的十个儿子；居住在大海之中的扶桑树上，九个居于下枝，一个居于上枝，平时轮流照耀人间大地。这就是富有中国民族特色的远古神话之一。旧时中国农村以每年三月十九日为太阳神生日之传说，就与上述古神话有关。但说它是现今未脱原始思想的人们创造的“新神话”，则似乎并不符合实际，其演变较为复杂，它之所以为广大群众所信奉，实出自封建文化势力的宣传。

中国道家于宋代撰写了一个《太上感应篇》，宣扬天道会赏善罚恶。

---

① 原载《神话新论》，上海文艺出版社 1987 年版。

② 《鲁迅书信集》，人民文学出版社 1976 年版，第 67 页。

清代的信徒们为了扩大它的影响，又编纂了一部《太上感应篇注讲证案汇编》。在卷四中就载有“三月十九日，日宫太阳星君诞，犯者削禄夺纪”这一条。宋以后，儒释道三家合流，他们规定了许多“神圣诞日”。在这些日子里，须对有关神圣顶礼膜拜，并按封建伦理道德“行善积德”，否则，就会遭到天地诸神的惩罚，以至“削禄夺纪”。这种对太阳神的信仰崇拜，在南方一些地区，竟发展到不得在太阳下晾晒男女小衣及小孩屎尿裤裙，不得在大白天倾倒女人洗脚水等等，封建迷信和男尊女卑的思想相结合，形成了一套荒谬绝伦的习俗。民间崇拜太阳本是古老神话的遗留物，无“新”可言；被宗教势力所利用成为封建迷信的组成部分，又失去了“神话”的特质。

任何种类的文学艺术都是一定的社会生活在人们头脑中的反映的产物，而且这种反映都是在一定历史文化环境中完成的。神话是人类童年时期的语言艺术创作，它的特殊性不仅表现在它所反映的主要是原始氏族公社时期人与自然的关系及人们的社会关系，尤其表现在它是以基于原始思维的神奇幻想来反映有关内容。近年在神话研究中，人们越来越重视对创造神话艺术的原始思维——或者叫作神话思维的特征的探索，是十分有益的。现今人们的“原始思想”之所以不能创造出“新神话”，就因为它在本质上不同于人类童年时期的神话思维。

神话思维的基本特征是什么？它和后世人们的“原始思想”有什么区别？这两种思维方式的不同对他们的艺术创作产生了怎样的影响？

马克思对神话艺术有几个著名的论断，其中最重要的论断我以为就是他所说的神话是“已经通过人民的幻想用一种不自觉的艺术方式加工过的自然和社会形式本身”。“不自觉的艺术加工”，概括了神话艺术的本质特征。不自觉即其思维方式的特征之一。其具体表现，已包含在上面这段话里：当时人们因受物质生产及智力发展水平的限制，没有能力将自已感知客观事物所得的印象观念和客观事物本身区别开来，于是天真幼稚地将神话中的幻想形象作为“自然和社会形式本身”看待。干旱炎热，造成禾苗焦枯，稼穑艰难，这本来是气候造成的。远古人们却真的以为是“十日并出”所致，后请来一位英雄，弯弓搭箭，射落九日，才消除这场灾祸。人们对神话中所叙说之神之事，不仅传诵于口头，并“从而信仰而敬畏之”，“歌颂其威灵，致美于坛庙”。这些不同于后世一般文艺的特征都与神话思维的不自觉性有关。

这种不自觉性就其认识过程来考察，当时人们对客观事物的认识，还处于一种感性的表象认识阶段。心理学家指出，“表象是直觉的，又是概括的，所以表象是从感觉知觉进入概念的一个过渡，也就是从感性认识进入理性认识阶段的一个过渡”①。神话中的丰富想象，似属于直觉的表象活动。“日出，焦禾稼，杀草木”，来自对自然现象的感知。但远古时期的人们没有可能完成从感性认识到理性认识的过渡，对干旱炎热这种自然现象的成因及变化规律给予理性的科学的解说，只好采用和人类生活简单类比的方法编故事，依据有关表象推演出“十日并出”“羿射九日”之类的神话来。

神话思维还具有集体性，它是一种以“集体表象”为基础的思维活动。当时个体的自我意识十分微弱，人们还没有能力把个人同集体区分开来，神话艺术是“全体人民一齐思考”的结果，是一部落一民族集体意识和情感的结晶。这已是东西方哲人学士所公认的特征了。一位西方比较文学家指出：“神话则是全民族之希望、价值观、恐惧与殷望之象征投射。”② 高尔基说得好：“只有依靠集体的巨大的力量，神话和史诗才能具有至今仍然不可超越的深刻的美。”③ 一般口头文学都具有集体性的特征，神话艺术因其思维方式建立在“集体表象”的基础上，集体性的特征就表现得更为深刻了。

神话思维的上述特征，是与当时社会的低级经济发展相关联的。“这些关于自然界、关于人本身的本质，关于灵魂、魔力等等的形形色色的虚假观念，大都只有否定性的经济基础；史前时期的低级经济发展有关

---

① 陈孝禅：《普通心理学》，湖南人民出版社 1983 年版，第 230 页。

② 李达三：《比较文学研究之新方向》，联经出版公司 1982 年版，第 228 页。

③ 《高尔基与民间文学》，中国民间文艺出版社 1980 年版，第 133 页。

于自然界的虚假观念作为自己的补充，但是有时也作为条件，甚至作为原因。”① 神话不仅是人类童年时期生活与心理的反映，而且对当时的社会生活发挥过积极的组织和鼓舞作用，有时竟成为它存在发展的条件之一。

在人类文明大步迈进的情况下，神话艺术和神话思维发生了怎样的变化呢？

原来已被人们创造出来的古老神话，以口头和书面形式在大众中继续流传，保持着它不朽的魅力。它汇入积累日趋深厚的民族文化遗产之中，后世人们从中不断发现新的蕴含，还不断利用和吸收神话材料创造各种样式的文学作品。这些作品都充满神奇幻想，看起来似乎也是神话思维的表现。究其实质，却已跃进到自觉虚构的艺术天地，和神话思维分道扬镳了。以离神话时代最近的我国第一位伟大诗人屈原的作品来说，《九歌》中的《东君》，就是礼赞太阳神的，它刻画了太阳神在空中威武壮烈地巡游，俯瞰人间，歆享人们祭祀的情景，再现了楚国民众信仰的日神形象。可是结尾的“举弓矢兮射天狼”等诗句，以天狼影射强秦，借以寄托诗人因楚国遭受强敌侵略而产生的爱国激情，显然就不是什么神话思维了。早在四十年代，我国著名学者、诗人郭沫若在屈原研究中就曾揭示过这一特点，他说：“屈原一方面在极端的怀疑，一方面又在文字中多采用超现实的资料，这好像是一个矛盾。但这正表示着他是艺术家而非思想家。他在艺术家的立场上从事创作时，所有已成的具象化了的思想观念是乐得利用的。他是利用来做文章上的藻饰，而非信仰着以为实践上的规范。假使上帝、百神、天堂、地狱的那些观念他真正是信仰着，那他是绝对不会出于自杀的了。他之所以终于自杀，正是他怀疑精神的必然的结论。”② 这里所说的“利用来做文章上的藻饰，而非信仰着以为实践上的规范”，对利用神话而非神话思维的一般文学的构思特点，做了极好的概括，自觉与不自觉的艺术虚构之主要区别就在这里。

---

① 《马克思恩格斯书信选集》，人民出版社 1974 年版，第 473 页。

② 《沫若文集》第 12 卷，人民文学出版社 1960 年版，第 308 页。

民间创作的情况复杂一些，产生于遥远古代的传说和童话，不能说一开始就脱离了神话思维的不自觉虚构。这些体裁的发展，经历了一个同神话交叉或者说过渡的阶段。然而就其发展成熟的艺术体系而言，却无疑是基于自觉的艺术虚构，由进化了的人类思维所浇开的艺术花朵。我在一九六三年撰写的《民间童话和神话、传说》① 一文，就是以虚构的自觉与否来看待其界限的。近几年国内外的研究成果越来越明确地揭示出这一特点。苏联一九八一——一九八二年版《世界各民族的神话》中就写道："关于神话与神幻故事的区分，当代民间文艺学家作了下列论断：神话是神幻故事的先导；神幻故事较之神话，释源功能则有所减(或丧失殆尽)，对所述神幻事迹之真实性的笃信亦有所减，而自觉的构思则有增无已（神话创作具有不自觉的艺术的属性）。"② 后世民间童话及其他样式的民间文学作品中太阳形象之演变，即可说明。《找幸福》是一个流行全世界的著名童话，它在欧洲格林童话中的异文《有三根金头发的鬼》，及在中国甘肃的异文《太阳的回答》，都是由贫困的小伙子历尽艰辛去向太阳小伙子或太阳姑娘寻求关于幸福生活的答案。但故事的主题却在于称颂小伙子先人后己，在帮助他人寻找幸福的过程中自己也终于获得了幸福，它具有明显的教训内容，并不包含对太阳的原始的信任崇拜。故事中太阳的形象，和神话思维中人们对太阳的观念印象自然也有一些关联，仔细考察，它已成为关怀民众、通晓人世奥秘的智者之象征性形象。它在各民族的故事中，可以随人们的意愿而变换，或换成太白金星、观音菩萨，或变做凡间的哲人智者，召之即来，挥之即去，并非人们严肃信仰的对象。这样，就可以看出它是吸取神话材料进行自觉虚构之产物了。

后世文艺作品中的想象，属于自觉的表象活动。它是一种形象思维，却又要受到抽象思维的指导、配合、制约与渗透。现在有些研究者把

---

① 《中国民间文学论文选》，上海文艺出版社 1980 年版。

② 魏庆征译：《神话学》，《民间文学理论译丛》第 1 集，中国民间文艺出版社 1986 年版。

《田螺姑娘》之类的童话故事都包括在神话之内，只看到它们的神奇幻想和古代神话有其一致性，却撇开这种神奇幻想属于人类认识发展的不同阶段，有着自觉与否之区别，因而难以令人信服。

鲁迅所讲的和人们惯用的“原始思想”一词，是一个具有复杂内涵，含意并不十分确定的概念。有的民族，生活在和现代文明隔绝的特殊环境里，在广大地区的历史车轮已快走完封建社会路程的时候，他们还停留在古朴的原始社会，或者慢悠悠地在跨入阶级社会的门槛，因而在人们头脑中还保持着较完整的原始思维，有着创造神话的条件。他们创造和保存的并不是什么“新神话”，而是该民族的原始神话。这样的情况，在我们这个地域辽阔、民族众多、经济文化发展极不平衡的国家里，已发现不少实例。至于在一般情况下，现今某些人的“原始思想”之不能孕育出“新神话”，正如现今山林中的猴子之不能进化成新的人类是一样的道理。为什么？因为，整个社会历史文化环境变了，人们“原始思想”之实际内容及其和社会生活之关系也变了。

有的“原始思想”系古老神话观念的遗留。将某种动植物作为图腾来崇拜的观念就深刻影响着民族的心理，根深蒂固。它也就是西方心理学家所谓的“集体潜意识”。鄂西一带的人们对龙怀有亲切崇敬的心理，其来源可以追溯到长江中下游地区远古时期盛行的以龙为图腾的历史。这种心理反映在民间传说里，就生发出了关于贺龙本是一条龙，贺龙在战斗中能呼风唤雨，贺龙的手杖入水即化为打击敌人的手杖龙等神奇幻想情节。这类传说可否叫“新神话”呢？我以为不能。因为第一，尽管人们存有崇拜信仰龙蛇的心理，但他们并没有停留在把虚幻的观念和客观实际完全混为一体的原始思维阶段。即使思想愚昧的老奶奶，在讲述蛇郎和龙女的故事时，也决不会真的让自己的孙子孙女去同蛇类婚配，不会严肃信仰这类虚幻的东西并作为自己实践的规范。第二，因而在有关传说中，人们主要讲述的还是对贺龙其人其事的真实亲切的感受，关于贺龙化龙的幻想，只不过是一种艺术上的渲染点缀，借以表达出对英雄人物的崇敬之情。作品中的神奇幻想，已脱离人们的严肃神圣信仰，转化为夸张和象征的艺术手法，这同古今作家、诗人常用神话典故来抒情写意，其构思特点是一致的。

人类科学文化发达的结果，使无神论日益普及。旧中国广泛流行的机智人物故事，其常见主题之一就是嘲讽鬼神迷信。民间童话有下龙宫取宝的情节，机智的长工却利用那些真的相信龙宫里有宝，幻想不劳而获一举致富的财主的愚蠢贪心，给予无情揶揄嘲弄，受到人民群众的喜闻乐见。在现时先进人们已经摒弃种种原始神秘观念，口头文学主流已由清醒现实主义所代表的情况下，古老的神话艺术再也无法吸引民族的智慧和情感，使它继续获得新的发展。人类进一步改造自然和社会的幻想并没有终止，但他们所需要的已不是那种建立在原始思维基础上的幼稚幻想，而是融合着现代文明成就的科学幻想了。

人们的“原始思想”同宗教迷信观念，作为民间口头创作的神话同具有神奇色彩的宗教传说故事，往往容易混淆。有的学者提出了“佛教神话”“道教神话”的概念，我以为难以成立。宗教与神话有着密切关系，而它们又是截然异质的两种意识形态。宗教宣传常常要利用神话，有的虽经宗教家的涂抹，仍保存了古神话的基本面貌，自然应纳入神话艺术宝库。中国道家就保存了许多有价值的古神话材料，它们在群众中流传，却说不上是人们的“原始思想”生发而出的“新神话”。

有的故事虽有某些神话色彩，就整体而言却是宗教性质的传说故事，如关于某些宗教人物成仙得道、大显威灵的故事，它属于宗教文学范畴，不当与神话论列。宗教意识的结构可分为两个层次：群众的宗教意识和宗教思想体系。有关学者指出：“与由大多数劳动群众所形成的通常的群众宗教意识不同，宗教思想体系恰恰是以剥削阶级的观念来发展的。”①这是它们的区别。但每种宗教又都是用自己的宗教思想体系来支配群众的宗教意识，构成“实质上是虚幻的、歪曲的、毫无任何客观内容”②的统一体。被宗教意识所渗透的民众的原始思想，表面上虽具有神话思

---

① 〔苏〕乌格里诺维奇：《宗教意识的特征和结构》，载《宗教学研究》第3期，四川大学1983年6月。

② 〔苏〕乌格里诺维奇：《宗教意识的特征和结构》，载《宗教学研究》第3期，四川大学1983年6月。

维的不自觉性，实际上却被某种思想体系、某种剥削阶级观念支配着。中国道教造作的《太上感应篇》，宋以后流行甚广，封建文化势力觉得封建社会末期“世道不古，人心浇漓，礼教不能劝化，刑罚不能禁止。惟感应二字，可以动其从善去恶之心。人即不畏王法，未有不畏鬼神者”，于是围绕《太上感应篇》造作种种鬼神报应之说（也利用了不少神话材料），以“扶翼圣经”“补助王化”①。在下是不自觉的盲从，在上则是有意识的愚弄，由此生成的种种故事，其精神实质显然不同于神话。茅盾在给袁珂的信中，认为与道教有关的那些幻想故事不能算作神话，是很有见地的。我不赞成把旧时民间关于三月十九日为太阳神生日之说当作民众以自己的“原始思想”创造的“新神话”的实例，其理由就在于此。

总之，原始社会之后之所以不能产生出新神话，是由于神话思维的消失，使人们没有可能再以不自觉的艺术方式凝聚民族智慧对自然和社会进行艺术加工，继续创造神话这一特种艺术。后世在局部地区和一部分人身上，虽然还长久地保留着神话思维成分，但在历史进程中，由于不断受到人类文明的冲击和宗教意识的渗透，这种思维方式已变得支离破碎，难以再用它构造出属于神话范畴的宏伟艺术品了。神话只能是不可复返的人类美妙童年的产物。

1985 年 5 月

① 见刊印《太上感应篇注讲证案汇编缘起》。

试论《舜子变》的演变[①]

前　言

敦煌变文中有不少著名的民间传说与民间故事，如《孟姜女》《王昭君》《董永》《秋胡戏妻》《孔子项讬相问》《目连冥间救母》《田昆仑》以及本文所要论述的《舜子变》等[②]。它们大都取材于中国古代历史宝库，而又经过口头语言艺术家的锤炼修饰，构成了生动完整、引人入胜的形态，代表了民间叙事艺术发展史上的一个重要阶段，和至今尚活在中国广大乡民口头上的许多故事传说的形态十分接近。本文试就《舜子变》的构成及其演变作初步探讨。

舜的故事，以他屡遭后母及弟象的迫害而不死，反而极尽孝悌之道，因而被尧禅以帝位为主要内容。在《楚辞·天问》《孟子》《史记·五帝本纪》《列女传》等古代典籍中均有记载，被后世传为美谈。虽然一般史书免不了都要提到尧舜禅让事迹，但许多学人都已看出它并不是可靠的历史记述，而是饱含文学意味的传说。

---

① 原载《第二届敦煌学国际研讨会论文集》，台北汉学研究中心 1991 年版；又载入《华中师范大学学报》1991 年第 4 期，标题为《试论敦煌变文舜子至孝故事的形态演变》，有删改。

② 王重民等编：《敦煌变文集》，人民文学出版社 1957 年版。关于舜的故事，除《敦煌变文集》卷 2 所收的《舜子变》外，尚有该书卷 8 所录古本《孝子传》中的两则以及周绍良编、上海出版公司 1954 年版的《敦煌文集录》中之《舜子至孝》变文。它们的内容大同小异，为同一故事的变体，而以《舜子变》最为完整，故以此篇作代表。

这一传说系由神话演进而来。在不断的口耳相传中它没有止于传说，又进一步演化为民间故事。也就是说它经过了神话传说化和传说故事化两个阶段，《舜子变》就是它的最后完成形态。迄今我们还没有发现在内容和形式两方面比它更丰富生动的近现代异文。

同一民间故事常有多种异文分布于不同时间和空间背景之上，它们的存在并非是一团乱麻。历史地理学派或称芬兰学派的学者们尝试用一种科学方法清理这一团乱麻，发现许多故事构成和演变的脉络都是可以找到的，它们也有自己的“生活史”。斯蒂斯·汤普森在《民间故事概论》一书中告诉我们：

> 一个研究者使用这种方法所力求达到的根本目的，莫过于完全弄清某一特定故事的生活史。他希望通过分析不同异文，研究有关的历史和地理因素，运用一些众所周知的关于口头传布的事实，找到该故事原型的某些东西，并能较合理地解释该故事在依次产生所有不同异文时所发生的变化。这种研究还将指出它的原型产生的时间、地点以及它发生变化的原因。①

追寻口头故事的生活史是一项既使人感兴趣却又颇为困难的工作。本文对《舜子变》的研究即拟参照这种方法进行。

一

舜象争斗是这一作品的核心情节。如同许多渊源久远的作品一样，它也有自己的神话原型。数十年致力于中国古典神话研究的袁珂先生在1964年写成《关于舜象斗争神话的演变》② 一文，对此做了大胆的推论。他认为，尧是天帝，尧之二女也就是天仙女。舜即《山海经》中的帝俊，殷民族的始祖神。象原本是一头凶猛难驯的野象。舜象相斗的古神话的

① 引自该书摘译：《民间故事的生活史》，见湖北省民间文艺家协会1989年9月编印的《故事研究资料选》。

② 袁珂：《神话论文集》，上海古籍出版社1982年版。

本来面目，在流传至今的古典文献中已经很难追寻了，可是从这些古典文献的隙缝里透露出来的一鳞半爪，还是可以窥见这个古神话的大致轮廓："舜，这个生长于丛莽中的勇敢的古代著名猎手，在和野象的斗争中，由于野象的凶悍和狡谲，几番险遭它的毒手。后来靠了天女的帮助，才终于战胜野象，使它开始在农耕上为人类服役，而猎人的舜，也在人民的拥戴下成了他们的领袖。"在 1984 年修订重版的《中国神话传说》中，他仍然坚持这一说法不变："古代神话里的舜的弟弟象，或许就真是一头凶猛难驯的野象，曾经多次为害人民，后来终于被英雄而兼神人的殷民族的始祖舜驯服了。"① 袁先生的推论虽然新奇，却有相当说服力，我深表赞同。探讨舜象争斗情节的神话原型，不是本文的重点，我们不拟详说。

我们所感兴趣的，是它怎样从神话演变为传说？正是在这一基础上，故事化的《舜子变》才得以产生。

日本庆应义塾大学的伊藤清司教授，1982 年应邀到中国辽宁大学讲学，在题为《中国古代典籍与民间故事》的学术讲演中，就尧舜禅让传说与在中国西南民族中广泛流行的"难题求婚"型故事进行了令人感兴趣的比较，通过比较发现："舜所受考验的传说与那种以'难题求婚'型民间故事为原型的领袖就任的考验故事，结构相同，主要因素也相同。"② 长时期被人们作为信史看待的中国古籍所载的尧舜禅让史迹，竟然与现今民间口头流传的故事相通，或者说，有世代传承的民间故事作为依据，这一发现是极有意义的。但他对这些古代典籍中所载的传说本身，以"内容混乱"为由过分贬抑，笔者又难以赞同。他说：

> 其中最大的混乱也许来自古代执笔的那些文人学者。他们也许把舜经受考验的传说看作"不雅驯"，于是根据儒教的思想意识，对其内容巧妙地作了一番脱胎换骨的改造。然后，根据封建孝悌道德

---

① 袁珂：《中国神话传说》上册，中国民间文艺出版社 1984 年版，第 259 页。

② 〔日〕伊藤清司：《中国、日本民间文学比较研究——在华学术报告集》，辽宁大学科研处 1983 年编印，第 23 页。

观念，加以粉饰，致使传说的原来面貌有了明显变化。就这样，故事中出现了理想的圣天子像（这是捏造的），还出现了名为禅让，实则架空的所谓理想的王位继承的范例（这是创作）。

在另一处他又说：“‘难题求婚’型故事，后来改造变化为实际上根本不可能存在的所谓王位继承的禅让的政治故事。”①

具有儒家思想的文人对舜的事迹予以渲染加工，以宣扬他们的孝悌之道是毋庸讳言的事实。可是这个传说的基本情节不能说是出于儒家的“捏造”与“创作”，它是一件众口传诵的口头叙事作品，系由神话演进而来的传说。传说是人们对往事的一种模糊的回忆，虽有不少虚构成分，却又包含着许多实在的历史的因素。就见于秦汉古籍的舜的传说而言，我以为它是在舜象争斗的神话原型的基础上，融合原始社会末期实际存在的某些制度习俗和流行观念构造而成的，并非儒家思想的演绎。

下面让我们做一些具体分析。

1. 象的形象由动物转变成人，是神话向传说过渡的合理演进。原始神话中的许多形象常以兽形出现，这反映出人们的原始思维中存在人兽不分、万物有灵、物我一体的观念。迨社会文明逐步演进，造型艺术和语言艺术中的形象，也就经历了由兽形变成人兽合形，再到完全人形的转变。苏联汉学家李福清博士在他的著名论文《从神话到章回小说》②中对这一问题有很中肯的论析。象的形象从神话中凶猛难驯的野兽摇身一变成为性格凶悍的人，是符合艺术演进的这一规律的。

2. 本传说的中心情节是“难题考验”。综合几种古代典籍中的记述，舜曾经“纳于大麓，烈风雷雨弗迷”（《书·舜典》），又“舜以圣德，入于大麓之野，虎狼不犯，虫蛇不害”（《论衡·乱龙篇》）。瞽叟与象设计害舜，让他去修补仓廪，却放火焚仓；让他去淘井，却用泥土把井填死；又让他饮酒，想把他醉死。这些实际上也都是对他的考验。结果舜一一通过，安然无恙。伊藤清司教授将这一传说和中国西南地区的几篇“难

① 《中国、日本民间文学比较研究——在华学术报告集》，第24～25页。
② 〔苏〕李福清：《中国神话故事论集》，中国民间文艺出版社1988年版。

题求婚”型故事做比较，找出了它们情节结构上的一致性。但他意在说明中国古代典籍中“也还存在着不少本质上与民间故事相通的记载。因此要对中国古代典籍做这方面的研究，那人民口头流传下来的故事必然是不可缺少的数据”①，并未对古代传说与现今流传的口头故事中何以产生这种一致性作出说明。我以为，这种一致性应从实际存在“难题考验”这一制度习俗的社会历史背景上去搜寻。

民间叙事文学中的“难题考验”情节，源于世界上各民族普遍存在的“成年礼”。这是一种流行于部落社会的古老习俗。就男子而言，常常要强迫他接受一系列考验，如让他脱离家庭和部落，放逐森林原野之中，经受艰苦生活的磨炼，以象征他脱离童年而进入成年，成为本部落社会的正式成员，可以担当重任，并获得同异性交往的资格。其表现形式多种多样，因民族而异。美国纽约州北部的易洛魁人的做法是：

> 男孩子到达青春期以后要在森林里的一所茅屋里隐居一年，在那里受到一个老头或老太婆的照顾。他必须经历无数的忍耐和刚毅的考验，例如在冰水里游泳以及每天早晨用石刀割破自己的皮肤等等。他的未来在很大程度上决定于在这一考验中他的表现。②

秘鲁的印加人，这样举行男子的成年仪式：

> 在举行六天的斋戒以后，他们要举行一次四英里的赛跑。从圣山华纳考利到色克色华曼要塞。接着就分成两队，举行战斗演习，虽然是使用钝武器，但也经常发生伤死。其后还要比赛投石、射箭、舞矛、投标枪，以及忍苦、耐劳和自我控制的严格测验。在这种测验中，失败者就是国王的亲生儿子，也不能得到高级要职。③

在中国的许多少数民族中间，也可以找到这类实例。瑶族的成年礼叫作“度戒”。“度戒”时，当事人要翻云台（从一丈多高的台上跳下），上刀梯（赤脚爬上绑有利刃的梯子），踩火砖（赤脚踩过烧红的砖

---

① 《中国、日本民间文学比较研究——在华学术报告集》，第 25 页。

② 〔英〕乔治·彼得·穆达克：《我们当代的原始民族》，童恩正译，四川民族研究所 1980 年版，第 200 页。

③ 〔英〕乔治·彼得·穆达克：《我们当代的原始民族》，童恩正译，四川民族研究所 1980 年版，第 278 页。

头），捞油锅（将手伸入滚油锅中取物）等，经受种种严酷的考验①。上述考验有时要达到使当事人“死而复生”的地步，以象征从“死亡”到“再生”。

把人类古代社会的这些流行习俗和舜的传说联系起来进行思考，就不难明白，它的基本情节是由古代成年礼中的一系列考验所构成的。涂廪、浚井和饮酒，原本不是他人对舜的迫害，而是部落领袖按照传统礼俗安排的几场考验。后来在叙说中才演变成瞽叟和象精心设计的阴谋。舜则解脱危难而不生怨恨，从而成了儒家倡导的孝悌之道的楷模。

3. 关于禅让情节的构成。从民俗学所提供的材料以及许多学者对中国古史的考证结果来看，尧舜禅让是可信的，并非出自儒家文人的凭空杜撰。张光直教授在他的代表作之一《美术、神话与祭祀》中谈到尧舜实行的“禅让制”时就写道：“古代哲学家们以此作为行为的典范。这在一定程度上将道德权威赋予了统治者。然而，此类神话传说也有可能是古代王位轮流承继制留下的痕迹。”② 在我国东北地区保留原始社会形态的鄂温克人中间，其民族首领产生与更替的情况就是：“氏族长和副族长都是由全体氏族成员选举出来的，任期的年限没有一定，但都不能够终身任职，当然更谈不上世袭了。氏族长如不称职或道德质量不好，氏族成员就可以开大会来罢免他。”③ 这类实例也可以作为尧舜时代曾有王位不传子而传贤的社会习俗的一个佐证。在许多反映古代社会生活的传说和童话故事里，也常常可以看到这类叙述。我在《中国民间童话概说》一书中就提到，民间童话里常常讲到世界上有一种美好的国度：

> 在那令人神往的地方，国王并不是骑在人民头上作威作福的一国之内的最高统治者，而是由百姓推选出来管理国家大事的领袖。他办事公道贤明，年老体衰之后，就自动把王位让给聪明能干的年轻人，或放出宫中的神鸟，让它去选择新的国王。所以品德高尚或

① 陶立璠：《民俗学概论》，中央民族学院出版社 1987 年版，第 209 页。

② 张光直：《美术、神话与祭祀》，郭净译，辽宁教育出版社 1988 年版，第 105 页。

③ 秋浦：《鄂温克人的原始社会形态》，中华书局 1962 年版。

智慧超众的流浪汉，也可以登上国王的宝座。[①]

尧舜传说和民间童话内容上的这种一致性，应当看作是人类对上述古朴社会习俗的不约而同的一种追忆。

伴随社会文明的进化，神话中神奇怪诞的超人形象演变成某一历史阶段的杰出人物，又融合改造某些重要的制度习俗而构成历史性与传奇性兼备的故事情节（如难题考验、王位禅让）。关于舜的传说，似乎就是这样产生的。中国古代文人确有将古典神话历史化，把神话内容一一篡改或附会曲解为信史的癖好，使许多神话的本来面目受到了歪曲伤害。可是神话本身在口头流传中确有向历史性传说转化的趋向，这是人类文明进化的一个侧面，应予肯定。舜的故事由神话向传说的转变就大体属于后者。我们应将两种情况区别开来，不应笼统地一概加以否定。

二

本文所要论析的出自敦煌石室的《舜子变》，是在上述传说基础上的又一次演变，即传说的故事化。

舜的故事由神话转变成传说，从文献看，大体发生在公元前1世纪。变文盛行于唐代，《舜子变》的篇末注明抄写时间为“天福十五年，岁当己酉”，相当于公元949年，已是五代十国之时了。经历了千年沧桑，人们再来叙说舜的故事，不能不再起一个大变化。研究这种变化及其动因，是令人兴奋的一个课题。

《舜子变》的情节概要为：

A

舜子生于尧王理国之时。生母乐登夫人病故，父名瞽叟，更取后妻，生弟象，瞽叟去辽阳经商，后母起毒心欲加害舜子。

B

1. 后母用金钗刺破脚掌，诬陷舜子在桃树下多埋恶刺，有意将

① 刘守华：《中国民间童话概说》，四川民族出版社1985年版，第141页。

她两脚刺伤。瞽叟归家后，责打舜子，天神帝释化一老人相护，渡过危难。

2. 后母设计遣舜子修仓，四畔放火焚烧。舜子两腋挟笠投身飞下，安然无恙。

3. 后母又使舜子淘井，上用大石填塞。帝释化一黄龙引舜通穴从东家井中选出。舜不敢归家，去历山躬耕力作。

C

十年后天下饥荒，瞽叟一家贫困难以自主，后母负薪上市易米，巧遇舜子，舜子不念旧怨，予以周济。于是父子相见，家庭和好，天下传名。尧帝闻之，妻以二女，并禅位于舜。

和古代传说相比较，其内容与形式的变化表现在如下几方面：

1. 神话色彩的消退与现实性的增强。我们已经指出，舜的事迹是由神话演成传说的。但传说阶段仍有相当浓厚的神话色彩，如《楚辞·天问》洪兴祖补注引古本《列女传》：

瞽叟与象谋杀舜，使涂廪。舜告二女。二女曰："时唯其戕汝，时唯其焚汝，鹊汝裳，衣鸟工往。"舜既治廪，旋捐阶，瞽叟焚廪，舜往飞出。

复使浚井，舜告二女。二女曰："时亦唯其戕汝，时唯其掩汝，汝去裳，衣龙工往。"舜往浚井，格其入出，从掩，舜潜出。①

尧之二女，早就知道瞽叟和象要谋杀舜，并预先安排好了对付这种阴谋的法子，让舜穿上鸟衣和龙衣，到时候变成鸟和龙，从仓顶飞走，从井底潜出，轻易地就逃脱了这两场灾难。把两位仙女引入故事，神话色彩是相当浓厚的。《孟子》《史记》等古代典籍引述这一故事时，对以上神话情节作了删削。

到变文出现，情节设计更加现实化。如修仓时，"舜子闻道修仓，便知是后娘设计"，事先要了两个斗笠，等大火燃起，"舜子恐大命不存，权把二个笠子为翼，腾空飞下仓舍"，舜子靠自己的智慧脱离危难，故事

---

① 袁珂编：《古神话选释》，人民文学出版社 1979 年版，第 243 页。

情节按实际生活逻辑设计，显得合情合理。

变文中也有一定程度的神奇因素，来自印度佛经故事中的天神“帝释”两次出现，第一次是舜无辜挨打时，帝释“化一老人，便往上界，来至方便与舜，犹如不打相似”；第二次是“帝释变作一黄龙，引舜通穴往东家井出”。它表明了变文所受印度佛教文化的影响。可是神的作用有限，在故事中不过是一小插曲，整个故事的风格仍是现实化的。

2. 人物故事趋于复杂化。神话阶段只有舜与象争斗。传说阶段增加了瞽叟和后母，开始以一个家庭为背景展开叙述，但后母的作用并不显著。到变文故事阶段，增添人物，扩充事件，设置波澜，人物与故事都进一步复杂化了。

在情节 A 中，让舜的生母乐登夫人上场，有声有色地写到她病危时怎样叮嘱丈夫善抚孤儿，以及她去世后瞽叟怎样同儿子商量续娶后妻的经过。变文作者别具匠心地让瞽叟出门经商，把这个本来疼爱儿子的男人支使开，从而让恶毒的后母同忠厚善良的舜子直接发生纠葛。这样，故事情节更生动，正反面人物的形象也显得更为鲜明突出。

变文故事增添了情节 B1，对后母的狡诈进行了突出的描绘，而且和情节 B2、B3 相连续，构成跌宕起伏的三迭式结构。

变文故事的煞尾部分情节 C，将见于《孝子传》《列女传》中的叙述加以发挥渲染。作恶者与受害者的境遇，各向相反的方面转化，一家人分离之后又意外重逢，最后怨恨消除，皆大欢喜。情节几次逆转，曲折动人。

3. 充实细节描写，加强人物形象刻画。和古代典籍所载传说相比，变文故事在这方面向前跨进了一大步。试以情节 B1 中瞽叟责打舜子这一场面为例：

> 瞽叟唤言舜子：“阿耶暂到辽阳，遣子勾当家事，缘甚于家不孝？阿娘上树摘桃，树下多埋恶刺，刺他两脚成疮，这个是阿谁不是？”舜子心自知之，恐伤母情；舜子与招呼罪过，又恐带累阿娘。“已身是儿，千重万过，一任阿耶鞭耻。”瞽叟忽闻此言，闻瞋且不可瞋，闻喜且不可喜，高声唤言：“象儿！与阿耶三条荆杖来，与打

杀前家哥子！”后妻报言瞽叟：“男女罪过须打，更莫交分疏道理。”象儿取得荆杖到来，数中拣一条鹿筋，约重三两便不是。把舜子头发，悬在中庭树地，从项决到脚瞅，鲜血遍流洒地。

这一段主要为人物对话，从对话中可以看出不同人物的身份与神态，而且有了粗略的心理描写。舜子遭后母诬陷，又不便对生父说明，只好勉强认罪受责；瞽叟见儿子通情达理，既心痛又不得不责打儿子以抚慰后妻。人物的复杂微妙心理，在这里虽然说不上刻画入微，却已作了由表及里的生动勾勒。变文作者抓住一个极富戏剧性的场面，把几个人物的形象描绘得呼之欲出，表现出很高明的语言艺术技巧。

从艺术表现上总的来看《舜子变》，一方面增添人物，扩展故事，使作品容纳的社会生活内容与思想情趣更丰富，情节发展更曲折感人；另一方面笔墨又趋向细密，注重人物对话、心理与姿态的描写，使之更生动传神，从而显示出这一时期口头语言艺术在人类文化历程中的巨大进展。

《舜子变》和唐代许多传奇小说的风格是一致的。这不禁使我们想到鲁迅先生在《中国小说史略》中讲过的一段话：

小说一如诗，至唐代而一变，虽尚不离于搜奇记逸，然叙述宛转，文辞华艳，与六朝之粗陈梗概者较，演进之迹甚明，而尤显者乃在是时始有意为小说。传奇者流，源盖出于志怪，然施之藻绘，扩其波澜，故所成就乃特异。①

这里所揭示的从六朝志怪文字到唐代传奇小说的转变，对我们考察舜的事迹由秦汉传说到唐代变文故事的演变，是颇有启发的。它在传说阶段的形态也是粗陈梗概，因那时人们是把舜的事迹作为具有神圣意味的历史来传诵的，自然不敢越雷池一步，随意给予增删修饰。到变文阶段，传说向故事化方面演变，人们懂得了有意识造作故事的技巧，便不受原传说的限制，于是增添人物，扩充故事，设置波澜，描摹情态，将作者于此时此地所感受的人情世态，移入彼时彼地发生的故事之中。实际上将历史性的传说改造成为一篇家庭伦理故事了。艺术思想的大解放

---

① 《鲁迅全集》第8卷，人民文学出版社1957年版，第54页。

带来了艺术风格的变化与进步，作品更生动传神，富于生活气息与人情味，获得了更吸引人和激起人们情绪共鸣的艺术魅力。

三

《舜子变》所代表的口头叙事形态，在中国民间口头文学领域起了承先启后的作用，对语言艺术史具有重要研究价值。就舜的故事而言，似乎从此它就定型在《舜子变》。在这一作品的框架内，再也造作不出内容与形式更新的文本了。

就口头叙说的故事体裁而言，这也似乎成了一种比较稳定的类型，普遍流行开来，至今没有出现根本性的突破。让我们举例试做比较。

先看《舜子变》的结尾部分：

> 舜来历山，俄经十载，便将米往本州。至市之次，见后母负薪，诣市易米。值舜粜于市，舜识之，便粜与之。舜得母钱，佯忘安置米囊中而去，如是非一。瞽叟怪之，语后妻曰："非吾舜子乎？"妻曰："百丈井底埋却，大石挡之，以土填却，岂有活理？"瞽叟曰："卿试牵我至市。"妻牵叟诣市，还见粜米少年，叟谓曰："君是何贤人，数见饶益？"舜曰："见翁年老，故以相饶。"叟耳识其声音曰："此正似吾舜子声乎？"舜曰："是也。"便即前抱父头，失声大哭。舜子拭其父泪，与舌舐之，两目即明……

再看山东一位老太婆胡怀梅所讲的《香泉》的末段，讲的是新科状元寻找妻儿的经过：

> 新状元在京里定下状元府后，来家接夫人。……状元的人马在大街上正遇着这个小孩。小孩在地上划了一个圆圈，人马过来时，他就不叫过，就拦人拦马。状元问："你这个小孩做什么的？""我正要修座城，刚定了墙根，不幸你给毁了！"喳喳呼呼不叫过。
>
> 状元走过来，一看正是自己的小孩，虾腰忙抱起，说："玉儿，你娘呢？""在那里！""你娘是没有手吧？""俺娘有手，你娘没有手行吗！""你娘多暂有的手？""不知道！"

> 看来看去还是自己的小孩，他娘怎有手的呢？这就到茶馆了，一看，夫人正在拉风箱，有手。他也认得她，她也认得他。这就拉起从前事，哭了一大场……

这是1986年记录的，距离《舜子变》流行的年代已有千年之久，可是它们所描述的两个家庭里亲人间悲欢离合的情景同样具有动人心弦的魅力，其叙事技巧与风格惊人地相近似：都是按时间的自然顺序来展开连贯的叙述，但笔墨有粗有细，有的地方一带而过，有的地方则细致刻画人物的对话、神态与心理，造成鲜明的印象。情节发展一波三折，融合着意外、新奇的因素和平凡的日常生活情景，构成对实际生活又似又不似，同时蕴含现实与理想的艺术境界。而这种叙事手法的运用，又同它们采取的同一叙事体态①有关：基本上采取第一叙事体态，即叙述人以“全知”第三人称方式来叙述故事，同时又兼用第二叙事体态，叙述者常常情不自禁地和他所同情赞美的主人公“合二而一”，以贴近主人公的热烈情感来叙述故事、描绘情景，实际上转换成了第一人称的叙述方式。这就使得这些故事格外富有感染力，而不同于现代小说中那些隐蔽自己的观点与情绪，力求冷静客观地剖析人情世态之作。

这种叙事风格的长期稳定，同叙事文学的口头性有密切关系。一位苏联美学家在艺术形态学中，将口头文学与书面文学语言作对比之后指出：

> 有声语言作为口头文学创作的材料，可以说是这种创作所表现的理智——情感内容的“第一性符号”，而书面语言已经是“第二性符号”或者“符号的符号”；从而书面语言距离它所标志的精神内容，比有声语言要远得多。这就是比起书面文学中的语言来，口头文学中的语言所具有的情感信息要无可比拟地多的原因——因为音响能够使语言形象不借中介地、有语调地体现和传达人的感情、体验和情绪。②

---

① 刘守华：《故事学纲要》，华中师范大学出版社1988年版，第185页。“叙事体态”一词从法国结构主义叙事学家托多罗夫“叙事作为话语”一文中借用而来。

② 〔苏〕莫·卡冈：《艺术形态学》，凌继尧、金亚娜译，生活·读书·新知三联书店1986年版，第345页。

我们今天看到的变文虽是书面文学，它原本是以讲唱文学形态出现和写定的，因而和民间世代传承的口头故事之间有着深刻的联系。再加上由唐代变文形成的审美情趣，通过后世绵延不断的说唱艺术，长期积淀于民间，从而使它所代表的叙事艺术风格，受到中国民众的喜爱而稳定下来。

从民间文学、比较文学角度来研究《舜子变》这类变文，是极有意义的事。在中国大陆近几年兴起的比较文学热潮中出版的一本颇有代表性的《比较文学研究译文集》中，收有苏联汉学家康拉德的《现代比较文艺学》一文，其中就特别谈到要重视变文的研究。他说：

> 在这种为广泛的听众和读者极易了解而又在民间创作的自发性中产生的文学体裁里，强烈地渗入了中国的民间口头创作，难以胜数的中国传说、故事、口头传说，无论在其产生和发展上都是与佛教无关的一切东西。因而兴起了三种变文——佛教的题材，纯中国的非佛教的题材，以及由于佛教传说而丰富化的印度民间创作因素同由于中国历史传说而丰富化的中国民间创作的因素结合一起的题材。

关于变文在比较文学研究上的意义，他认为：

> 新材料的发现有利于阐明“媒介”与“传递者”的见解。“媒介”在这里不是西欧比较文艺学家所论证的“人物”“个人”或“团体”，而是佛教；传递者则是僧侣，但不是一切僧侣，而正是佛教界称之为“对俗家人宣教的僧侣”。因此有必要研究各种文学联系中这样的“媒介”和“传递者”。①

多侧面来研究变文，发掘它的文化学术价值大有可为，本文只不过是粗浅的试探罢了。(本文的写成，有赖中国文化大学金荣华教授的热心鼓励，特致谢忱)

1990年6月10日

---

① 《比较文学研究译文集》，上海译文出版社1985年版，第277～278页。

关于孟姜女故事的演变

——就《为孟姜女冤案平反》一文的补充[①]

钟敬文先生发表在《民间文学》上的《为孟姜女冤案平反》一文写得很好，材料充实，批驳有力，读后使人深受启发。但关于孟姜女这篇传说故事的演变过程和它的创作方法的特征，似乎讲得还不完全，这里想做些补充。

我以为孟姜女故事的演变，经历了三个阶段。关于杞梁妻善哭和哭倒城墙的传说，属于它的原始形态，形成时间在汉以前。《同贤记》中所记的孟姜女万里寻夫，哭倒长城的情节，是它的基本形态，形成时间在隋唐之前。《为孟姜女冤案平反》一文，讲了这两个阶段的演变情况。从流传至今的孟姜女故事的基本情节来看，并不是讲到孟姜女哭倒长城，找到丈夫尸骨就完了，还有她和秦始皇面对面展开斗争，投海而死的情节。我以为这是它演变的最后一个阶段，即完成的形态。钟先生的文章完全没有涉及这个阶段的演变情况，不免使人感到美中不足。

新中国成立后，直接从民间搜集整理的孟姜女故事，先后发表过两篇：一是李清泉整理的《孟姜女故事》，编在《中国民间故事选》第一集中；二是张紫晨整理的《孟姜女的传说》，刊于《民间文学》1963 年第 2 期。其中都讲到孟姜女万里寻夫，哭倒长城，找到丈夫万喜良的尸骨之后，秦始皇要霸占孟姜女，孟姜女死也不从。在无可奈何的情况下，孟姜女便提出了三个条件。《孟姜女故事》中的三个条件是：要秦始皇给丈

① 原载顾颉刚、钟敬文：《孟姜女故事论文集》，中国民间文艺出版社 1983 年版。

夫穿孝三个月；用好棺材安葬，念七七四十九天经；满朝文武都得披麻戴孝。《孟姜女的传说》中，前两条基本相同，第三条变成了要秦始皇跟她游三天海。秦始皇为了跟孟姜女成亲，把三个条件都答应下来，不顾人王帝主的尊严，作了一番丑态百出的表演。孟姜女用这种巧妙的办法一方面体面地安葬了丈夫的尸骨，另一方面又大杀了一下秦始皇的威风，最后便坚贞不屈地投江或投海自杀了。

在研究中国古代神话上作出了很大成绩的袁珂，根据过去的材料，整理了一篇《孟姜女》编入《中国神话》一书，作为“文学小丛书”之一出版，其中也有孟姜女向秦始皇提出三个条件的情节，只不过内容略有不同罢了：除要秦始皇和满朝文武披麻戴孝祭奠万喜良之外，还要造一座长桥，造一座十里长、十里宽的坟茔来埋葬万喜良的尸骨。最后孟姜女便从长桥上投江自杀了。

1978 年春天，北京大学的段宝林去山海关访姜女庙，当地的几个老大爷给他讲孟姜女故事时，也讲到秦始皇要娶孟姜女，答应了她提出的三个条件，最后孟姜女还是跳海而死的情节，说海中涌出一个高大的石岛，就是姜女坟等等。

从这几个例子可以看出，至今尚在我国民间广泛流传、家喻户晓的孟姜女故事，是由孟姜女万里寻夫、哭倒长城和面对面同秦始皇作斗争、壮烈投海这两部分构成的。这是它的基本情节，是故事的主干。至于孟姜女投海以后的各种说法，如有的说孟姜女投海以后并没有死，被龙王接到龙宫里去了；有的说秦始皇为寻找孟姜女，用赶山鞭赶山填海，弄得水府不安，于是龙女化作孟姜女的模样同秦始皇成了亲，然后将他的赶山鞭盗走了等等，则是在不同地方流传时所添加的枝叶，不代表这个故事的基本面貌，我们在这里可以不去管它。

如果说，从杞梁妻善哭和哭倒城墙变成孟姜女万里寻夫，哭倒长城，是这个故事形态的第一次大转变，那么，孟姜女和秦始皇面对面斗争，不屈而死，就是它在演变中的第二次大转变了。这个大转变是什么时候实现的呢？有两个材料给我们提供了研究的线索：一是前面提到过的《姜女庙记行》，其中所说的姜女庙、姜女坟这两样实物，显然是和关于孟姜女在秦始皇面前坚贞不屈的传说相互依存的，而姜女庙内，刻有许多明清以来的题诗、题词，可见这个传说在明代就流传开了。二是路工编的《孟姜女万里寻夫集》，在清康熙年间（约1680年左右）刻印的《佛说贞烈贤孝孟姜女长城宝卷》，清乾隆年间（1750年左右）刻印的子弟书《哭城》，以及清同治年间（1865年左右）刻印的《长城宝卷》中，都讲到秦始皇要娶孟姜女，孟姜女提出三个条件，最后不屈而死的情节。有的在三个条件之外，还加上要秦始皇把她的父母公婆宣进朝来加官赠职之类。总之说明这个时代民间广泛流传的孟姜女故事，已有了跟秦始皇作斗争的新情节了。这些通俗文学作品和姜女庙、姜女坟恰好可以互相印证，表明孟姜女故事在明清之前就有了新的转变。宋代郑樵在他的《通志·乐略》中说："杞梁之妻，于经传所言者，不过数十言耳，彼则演成万千言。"从演成万千言来看，孟姜女故事的情节一定比较丰富曲折。很可能就是在宋代，实现了这种转变，在《同贤记》所记的孟姜女故事的基础上，增添了揭露批判秦始皇的新情节。

孟姜女故事的这种进一步演变有什么意义呢？从艺术上来说，原来的故事只讲到孟姜女哭倒长城，找到丈夫尸骨为止，没有交代孟姜女往后怎么办，结局怎样，有头没尾，不够完整。增加新的情节之后，既有了曲折波澜，也变得完整了，具备了为群众所喜闻乐见的艺术特色。而最重要的，是主题的深化，将"反对残酷的筑城徭役"进一步扩展为揭露批判最高封建统治者的荒淫无耻，歌颂劳动妇女忠贞不渝的爱情，把反封建的民主精神与革命精神表现得更突出鲜明了。一个威威赫赫的皇帝，为了达到和孟姜女成亲的目的，竟恬不知耻地率领朝中文武百官，披麻戴孝给她的丈夫——一个民夫送葬，最后还是落得一场空，这是对最高封建统治者和整个封建政权的多么辛辣的嘲讽！孟姜女在丈夫被强征服役的情况下，不远万里亲自去送寒衣；丈夫死后，皇帝看上了她，然而她恨死了这个欺压百姓的皇帝，不愿到王宫里去做"娘娘"，却在捉弄那个暴虐无耻的皇帝之后毅然投海自杀，这种坚贞不屈的精神是多么感人！

在这个演变过程中，把秦始皇作为孟姜女的对立面来处理，当然是没有什么历史根据的，不过是人们的一种想象和虚构。但这种想象和虚构有它的合理性。第一，孟姜女故事最初是以秦始皇修万里长城，残暴奴役千百万劳动人民为历史背景的，孟姜女哭倒长城之后，再同秦始皇展开一场面对面的争斗是顺理成章的。第二，秦始皇是中国历史上最出名的皇帝。秦始皇的巨大历史功绩，自然是应予肯定的，但从他的阶级本质来说，作为一个最高的封建统治者，拥有至高无上的权力，是专制主义的封建国家的象征。民间传说故事不是历史教科书，人们是把秦始皇作为那些残暴、荒淫的封建帝王的代表人物来看待的。他在故事里是一个“箭垛式”的人物。民间故事里的许多人物形象都有这样的特点，鲁班是能工巧匠的典型，诸葛亮是智慧的象征，包公则是清官的化身。许多事情，实际上并不是他们干的，人们在传说故事里却偏要扯到他们身上。河北的赵州桥，本来是隋朝的一位工匠李春修的，他的名字清清楚楚刻在石碑上，可是《赵州桥》的传说却是讲“赵州石桥鲁班修”，把这个工程作为鲁班的创造来加以歌颂，这是民间传说故事取材于历史而又大量进行虚构夸张所采用的一种特殊手法。秦始皇这个历史人物就这样变成了一个艺术典型，一个封建暴君的代表人物。不仅孟姜女故事是这样，在《水推长城》（《中国民间故事选》第二集）和《十个奇怪的兄弟》（《群鸟学艺》，天津通俗出版社）这些故事中，秦始皇也是一个令人憎恶的反面角色。这两篇童话故事里讲到本领非凡的十兄弟是怎样为了搭救修万里长城的老百姓而同秦始皇作对。他们有的是钢脑袋，有的是长脚杆，有的是大眼睛。秦始皇怕他们造反，抓住他们要砍头，钢脑袋去顶，钢刀砍卷了也没砍掉他一块头皮；秦始皇要把他们丢到海里淹死，长脚杆去顶，他站在海里正好摸鱼；大眼睛老十因为几个哥哥受秦始皇的欺负而哭起来，泪水汹涌，发下大水，于是“一下子把万里长城给推走了。老妖秦始皇也被大水推到海里喂了鳖鱼”。用人们的泪水卷走秦始皇和他修筑的万里长城，比哭倒长城的幻想更为新奇和大胆。它热烈颂扬了劳动人民无穷的力量与智慧，表达出对秦始皇的极端蔑视。它们和孟姜女故事一样，看来也经历了一个漫长的演变过程。它们脱胎于古代的巨人神话，后来变为以财主、县官等为十兄弟的对手，如山东的《十兄弟》（《聪明的小三》，山东人民出版社），四川的《十兄弟》（《三峡民间故事》，作家出版社)，朝鲜族的《六兄弟》(《中国民间故事选》第一集)等。像《水推长城》和《十个奇怪的兄弟》这样，以秦始皇作为较量对手，则是在特定历史条件下进一步演变的结果。

钟先生在他的文章中很中肯地指出："这种新主题思想和相应的新情节，一定是传说改作的当时，社会的重大现实反映在群众的意志、感情和想象上的结果。"孟姜女故事的进一步演变，是怎样的历史变革促成的呢？我们只要回顾一下宋元明清这几个朝代的兴衰史，就不难明白了。这几个朝代的农民起义连绵不断：宋代有王小波、李顺起义，梁山起义，方腊起义，钟相、杨么起义，此伏彼起，震撼全国；元末刘福通、朱元璋等领导的农民大起义，推翻了元朝的黑暗统治；明末李自成领导的农民起义大军攻占北京，逼得崇祯皇帝在煤山上吊自杀；清代爆发的太平天国农民革命运动，声势更为浩大，影响更为深远。所有这些农民起义的风暴，不断冲击封建统治的旧秩序，一方面撕破了笼罩在封建皇帝身上的神秘外衣，打破了所谓"君权神授"、"天子"神圣不可侵犯的神话；另一方面提高了劳动人民同拥有千军万马的封建帝王作斗争的勇气与信心，使人民群众在斗争中充分意识到了自己的尊严、力量与智慧。总之，由于不断的农民起义，促使广大农民群众在精神上获得了一个大的解放。孟姜女等故事中把声威显赫的秦始皇作为对立面，让农民在力量与智慧上压倒他，对他极尽揶揄嘲笑之能事，正是这种思想解放在口头文学中的曲折反映。孟姜女故事是充满浪漫主义幻想的口头文学，高尔基曾这样讲到文学上的浪漫主义：

> 如果在从客观现实中所抽出的意义上面再加上——依据假想的逻辑加以推测——所愿望的、可能的东西，并以此使形象更为丰满，那么我们就有了浪漫主义，这种浪漫主义是神话的基础，而且是极其有益的，因为它有助于唤起人们用革命的态度对待现实，而以实际行动改造世界。

孟姜女等故事中关于主人公和秦始皇作斗争的那些幻想情节，乍看起来有些离奇，实际上是封建社会里身受残酷经济剥削与政治压迫的广大群众渴望推翻这种封建统治的理想愿望的反映。而这种理想愿望的产生，又是与农民运动日趋高涨，封建统治不断遭到沉重打击的客观现实紧密联系着的，浪漫主义的艺术花朵，植根于现实生活的肥沃土地之上。中国封建社会的历史很长，封建制度和封建意识在社会上的影响根深蒂固。孟姜女故事这样直接把批判的锋芒指向以秦始皇为代表的封建皇帝，表现出强烈的民主精神与革命精神，值得我们十分珍惜。

“四人帮”对广大人民群众所喜爱的孟姜女故事曾大肆攻击。江青在天津一手炮制的那份《儒法斗争史讲稿》中就气势汹汹地说什么：“万里长城怎么能哭倒呢？这是十分荒唐的。反动派为什么在这个问题上大做文章呢？说穿了，就是孔孟门徒为了攻击秦始皇，有意给秦始皇抹黑。”当 1974 年 6 月 19 日天津市召开大会宣讲这个材料时，江青还亲自插话帮腔，说：“那么远，她（指孟姜女）怎么去呀？那时候交通又不方便。”“四人帮”一伙发动所谓“评法批儒”，吹捧历史上的秦始皇等“法家”人物，不过是为自己阴谋篡党夺权制造反革命舆论，这个真相已经大白于天下，无须多说了。我们这里要指出的是，自封为“文艺旗手”的江青，居然振振有词地以万里长城哭不倒、古时候交通不方便、孟姜女不可能走那么远去寻丈夫等为理由，将“不真实”的帽子加在一个富于浪漫主义色彩的民间传说故事头上，其蛮横无知简直令人惊讶。如果他们的这套出奇的“理论”可以成立，愚公那时候没有推土机和炸药，却把一座大山移走了；嫦娥那时候没有宇宙飞船可以坐，却飞向了月宫，岂不是更加“不真实”、更加“荒唐”吗？在江青的“文艺学”里，一切古代神话和传说，一切富于幻想的浪漫主义文学，都将丧失它存在的理由而被一笔抹杀，“十分荒唐”的帽子不是正该戴在他们一伙人的头上吗？“风吹云动天不动，水推船流岸不流”，真正代表了劳动人民意愿的民间文学作品，其强大艺术生命力是任何人都扼杀不了的。它们将伴随着劳动人民的历史推陈出新，永放光彩！

孟姜女故事是一个经历了两千年演变过程，以故事、歌谣、戏曲等多种形式在我国广大地区内流传，并为外国学术界所注目的一件民间文学珍品，我们应对它从各方面做深入的研究，以丰富我国民间文艺学的内容。

1979 年 11 月于武昌

附录

钟敬文先生选刊本文时的“附记”

大约，《为孟姜女冤案平反》论文发展后几个月，我接到刘守华同志寄来的这篇稿子。当时草草看了一遍，觉得尽管他不大明了我写作那篇文章的主旨，但是却给它作了一个有益的补充。打算写点“后记”，把它转给刊物（例如《民间文学》之类）上去发表。但是，那时正忙于别的事情，没有动手办理，就这样一直搁下来。现在紫晨同志编这个论文集，把它收了进去，算是完结了我的一件心事。

至于我当时为什么只把故事转变写到唐代为止呢？（或者说只写到刘同志所说的第一次大转变为止呢？）除了限于时间等因素外，主要由于我写作的动机，是批驳“四人帮”这方面谬论的附和者、应声虫。而他们的所谓论点，主要是：从杞梁妻的拒效吊（或哭夫崩城故事，转为孟姜女哭崩万里长城）是“荒唐无稽”，是由于“孔孟之徒”别有用心的伪造。我针对这种论点，阐明这个故事从春秋到汉魏的不断变化和到隋唐前的大转变（这种大转变的迹象具现在唐代文献中），并评论秦始皇的功罪及长城作用的界限。从我的文章主旨说，这种论述，已经基本上完成任务。至于孟姜女故事在宋以来的发展情节和意义，我虽然也大略知道，但却觉得在这文章里并非论述不可。现在再看守华同志这篇文稿及紫晨同志的《孟姜女与秦始皇》，重新感到，从给一般读者以比较完整的故事情节和意义的角度说，这种补充是有益的和必要的。

钟敬文记

1981.12.20

泰勒的《原始文化》和文化人类学进化论学派①

一　泰勒生平

19 世纪下半期欧洲的文化人类学崛起于英国。爱德华·泰勒（Tylor，Sir Edward Burnett 1832—1917）于 1871 年出版的《原始文化》是这一学科诞生的一个标志，它也是文化人类学领域第一个流派——古典进化论的奠基石。此书中译本由连树声译出，刘魁立作序，1992 年经上海文艺出版社出版。

泰勒出生于富有家庭，年轻时准备从事工商业活动，没有受过高等教育。1856 年和考古学家克里斯蒂结识，共同参与人类学考察，从此跨入这一学术园地。1865 年出版《人类历史和文明发展研究》，1871 年出版《原始文化》，成为新兴的文化人类学权威。后被选为皇家学会会员，任牛津大学博物馆馆长及该校第一位人类学教授（1896 年—1909 年）。1881 年出版《人类学》一书，对其学说作了进一步的概括总结。

《简明不列颠百科全书》卷七介绍泰勒生平时指出，他是“英国最杰出的人类学家，公认的文化人类学的创始人”。

---

① 原载扬鬃、王良范主编：《苗侗文坛》第 50 辑，贵州大学出版社 2009 年版。

二 《原始文化》一书的结构

《原始文化》的副题为“神话、哲学、宗教、语言、艺术和习俗发展之研究”，中译本 77 万字。

共分为 19 章。

第 1 章：关于文化的科学，即本书导言。

第 2 章：文化的发展，概述文化史。

第 3、4 章：文化遗留，考察文化的特殊视角和方法。

第 5、6 章：情感语言和摹拟语言。

第 8、9、10 章：神话。考察神话的起源与特质，自然神话，哲学神话。

第 11、12、13、14、15、16、17 章：万物有灵观。包括灵魂，动植物精灵，图腾崇拜，从多神信仰到最高级神的出现，从民间信仰到宗教哲学等等，是本书的主体，篇幅将近全书的一半。

第 18 章：仪式和仪典。

第 19 章：结论。

本书从世界范围内摄取有关原始文化的种种事象，进行比较综合，引申出有关人类文化发展规律的论断。规模宏博，材料丰富，富于创见，在学术史上享有很高声誉，其影响至今犹存。

三 文化遗留物学说

《原始文化》一书中关于文化遗留物的论述，既是泰勒有关原始文化的重要学说，也是他研究原始文化，开创这一学术领地的独特方法。

人类文化的原始阶段早已消逝，现代人追溯原始文化状况，主要凭借两种手段，一是从地下发掘有关实物，由此形成考古学。二是从现今人类社会中搜寻原始文化遗留成分；早期文化人类学所从事的就是这一工作。现以原始宗教信仰中用杀死活人作祭坛牺牲的野蛮习俗为例，它曾在世界范围内流行，表明人对神的敬畏和软弱。但在现代文明社会和不发达地区，却并未绝迹。《原始文化》中就列举了一系列事例，如1843年，德国一个地方建桥，民间风传必须将一个孩子埋在桥基内。丹麦首都哥本哈根城墙几次倒塌，后将一个小女孩埋入地下作墙基，才完成这一工程。在加里曼丹的原始部落中，一位旅行者曾亲眼见到建大房子时用活埋女孩作柱基的残酷情景。我在湖北江汉平原农村度过童年，40年代前后也常听人讲起建桥、建闸、建庙需将生人魂魄摄去祭神，失掉魂魄以后，这个人就会死去的种种传说，因此家长严禁小孩到这些大工程的工地上去玩耍，特别是在工程将要竣工之际。西南少数民族地区的傩祭活动中，领头的法师要用刀在头上开一个口子，流出鲜血来祭神，俗称“开红山”。现今宗教祭祀活动中普遍流行的则是以宰猪、宰鸡来祭神。这些现今仍然存在的种种文化事象，追根溯源，都同原始时代的人祭习俗有着一脉相承的联系，也就是原始文化的遗留物。但它们又都发生了某种程度的变异，从中可看出人类文化演进的轨迹。这样，文化遗留物就成为人类原始文化和现代文明之间的中介物了。

原始文化遗留物即使在发达的现代文明社会中也并未绝迹，它们更是大量存在于那些因种种原因至今仍滞留在原始社会阶段的民族或部落中间。对这些文化事象进行实地考察，就可以再现人类文化发展的早期阶段，探索其演进历程，这就是文化人类学中普遍使用的“取今以证古”的独特方法。我们在当代学术园地中，常常可以看到，有关学人将某种发现称为古代文化的“活化石”，这一方法就是文化遗留物学说的运用。

《原始文化》中有关文化遗留物的学说集中体现在以下两段文字中：

> 随着世界社会的向前发展，最重要的观点和行为可能渐渐地变成为纯粹的遗留。它们的最初的意义逐渐消失了，每一代记得它的越来越少，最后，直到现在它还没有完全为人民所遗忘。后来，民族学努力把点点滴滴零散的或遗忘了的材料连在一起，或多或少有成效地恢复这种意义。儿童游戏，民间俗语，荒谬的习惯，可能在实践上是并不重要的，但是从哲学的观点来看，它们没有丧失意义，因为它们跟古代文化的最富有教益的阶段之一有关。某一种人的丑

恶而残酷的迷信可能是原始野蛮人的遗留……（115 页）

在那些帮助我们按迹探求世界文明的实际进程的证据中，有一广泛的事实梯阶。我认为可用“遗留”（Surrival）这个术语来标示这些事实。仪式、习俗、观点等从一个初级文化阶段转移到另一个较晚的阶段，它们是初级文化阶段的生动的见证或活的文献。（15 页）

怎样评价泰勒的文化遗留物学说？这里引用两段文字，一是日本学者集体编撰的《文化人类学百科辞典》中的评述：

（他们）这样做的目的，也在于利用这种残存形态从现在追溯到过去，从而认清进化的过程。总之，残存、遗留的概念已成为进化主义者研究历史的最有力的武器。

再就是我国著名学者刘魁立在《原始文化》一书序文中的论析：

（文化遗留物）这一学说被科学业发展的历史所继承，至今尚被许多学者称道，并在一定范围内所沿用。当然我们也应该指出，这种文化遗留物研究在某种程度上被其创始的人泰勒夸大了。文化学家不仅要研究文化现象当中的继承的因素并对它的本质有深刻的了解，同时也应该对新生的因素和这些因素的特点、原因、功能等等进行深入的探索，这也是他无可推诿的重要天职。

文化遗留物学说和方法的科学价值，已在一个多世纪的学术史上得到证实。在今后的文化史研究中也仍有其积极意义。但也有其明显的局限性。按此学说，文化人类学家努力搜寻原始文化遗留物的种种表现并恢复其日渐模糊的本来意义，类似于发掘和辨认早已毁弃的古建筑的遗址。然而现存的民间文化的性质并非古建筑的断垣残壁，它是生动活泼而不是静止僵死的，既有传承稳定的一面，又有蜕变更新的一面，它常常在陈旧的躯壳里注入新鲜血液，从而推陈出新。文化人类学家面对许多活生生的民间文化事象，如果只注重搜求原始文化遗留物，就很容易产生忽视民间文化新发展的片面性。以前面提到的人祭习俗为例，后世传说故事中的《李寄斩蛇》《李冰入水斗蛟》等，虽有用人祭祀蛇神、水神这种原始习俗的遗留，故事的主旨却在于歌颂英雄人物舍己为群、英勇无畏的崇高品质，表现人对异己力量抗争的胜利，其文化内涵已经大大跨进了一步，显然不宜作为纯粹的原始文化事象来看待。

四　论万物有灵观

提到泰勒的名字，人们还会想到他的另一重要理论发展，既“万物有灵观”。鉴于中国学界过去把它译为“万物有灵论”不太确切，此次出版《原始文化》，特把它译为“万物有灵观”。泰勒在这部巨著中，用将近一半的篇幅来论述“万物有灵观”，对它做了系统而深入的阐释。内容包括——人的灵魂可以分离和迁移，幽灵寄居的地狱或冥府，善恶报应与天堂地狱，由灵魂引申出精灵的概念，动植物精灵，自然物精灵，图腾崇拜，由众多精灵上升到多神信仰，然后是主宰一切的大神的出现，等等。

根据泰勒研究，处于低级文化阶段的人，在观察思考人的生与死、清醒与睡梦、健康与疾病等本相及其原因时，推导出人的第二个“我”即灵魂的存在，进而又推导出灵魂能够离开肉体，或者进入动物，或者进入其他物体体内影响控制它们，从而形成“万物有灵观”。由万物有灵再发展对众神或一神的信仰，宗教便出现了。

泰勒对这一过程作了如下论述：

> 我们常常发现，万物有灵观的理论分解为两个主要的信条，它们构成一个完整学说的各部分。其中的第一条，包括着各个生物的灵魂，这灵魂在肉体死亡或消灭之后能够继续存在。另一条则包括着各个精灵本身，上升到威力强大的诸神行列。神灵被认为影响或控制着物质世界的现象和人的今生和来世的生活，并且认为神灵和人是相通的，人的一举一动都可以引起神灵高兴或不悦；于是对它们存在的信仰就或早或晚自然地甚至可以说必不可免地导致对它们的实际崇拜或希望得到它们的怜悯。这样一来，充分发展起来的万物有灵观就包括了信奉灵魂和未来的生活，信奉主管神和附属神，这些信奉在实践中转为某种实际的崇拜。（415 页）

泰勒在考察“万物有灵观”的产生和进化扩展的过程之后，特别强调指出了它在原始文化中的重要位置：

万物有灵观构成了处在人类最低阶段的部族的特点，它从此不断地上升，在传播过程中发生深刻的变化，但自始至终保持一种完整的连续性，进入高度的现代文化之中。……万物有灵观既构成了蒙昧人的哲学基础，同样也构成了文明民族的哲学基础。(414 页)

他还雄辩地由此推断出宗教中对神的信仰即起源于万物有灵观，他说：

这些强有力的神是按照人类灵魂的型式形成的。……世界各民族的最高级的神都是人类自身的反映——这就是对它们进行研究的关键所在。(688 页)

应当“简单地把神灵信仰判定为宗教的基本定义”(412 页)。

刘魁立在中译本序文中对泰勒的这一理论成果作了如下评述：

把极为丰富的民族学资料运用到宗教史的研究当中，这在建立科学的宗教理论的历史进程中是有不可磨灭的功绩的。他对万物有灵观进行的十分详密而精微的考察，体系完整，思路开阔，分析精深，是本书最精彩的部分之一。然而由于他特别热衷于这一问题的研究，所以在一些场合便不无勉强地把万物有灵观认作是大量原始文化现象赖以发生、发展的认识基础了。

万物有灵观不仅贯串在原始文化的许多方面，还给予现代文化生活以深刻影响。文学作品中常见的将各类自然物体拟人化的艺术手法，即由此而来。泰勒的理论发现，给我们提供了理解人类文化的一把钥匙。但人类文化的构成演进十分复杂，不能全用万物有灵观来解释。以宗教中的神灵信仰为例，万物有灵观只能解释部分事实（如《原始文化》中提到的中国道教信仰中的玉皇大帝是人间帝王形象同人们关于天体有灵的原始观念复合的结果），还有更为重要的原因是它能满足处于不健全社会中的人们的精神需要，如同马克思指出，宗教不仅是人们在现实苦难重压下的叹息，也是对这种现实苦难的消极抗议。封建时代的中国民众渴求有一位至高无上的宇宙大神来维持世界的安宁，消除人间的苦难，才创造出了玉皇大帝的形象及其信仰。有关学者指出泰勒对万物有灵观的论述有过分夸大的地方，是切合实际的评语。

五　论神话

《原始文化》一书对原始文化背景上的各民族神话也极有兴趣，书中论述了神话发生的原理，研究了一系列自然神话与哲学神话。

他着重论述了神话产生于万物有灵观，因而神话论实际上是他有关万物有灵观的引申。

在泰勒之前的神话学，已积累了可观的成果。“用神话作为研究人类思想的历史和发展规律的一种手段，是一门科学，这门科学仅仅到本世纪才为人所共知。”（275 页）根据泰勒对前辈神话学家理论与方法的考察，过去主要是以唯理主义方法来阐释神话，其具体表现有二：

一是把神话看作是具有讽喻性的道德寓言。神话的讽喻性不能完全否定，“唯理论者的错误，就在于他们极端夸大了讽喻的意义，把讽喻作为普遍的手段来在暧昧不清的传说中探求明确的意义”（279 页）。

二是把神话看成是真实的历史。神话的产生虽具有一定的历史事实的基础，可是“神话学家们就动用了一系列的手段来把传奇变成历史。这样一来，他们就使本想加以解释的神话没有意味了，而把本来想加以丰富的历史给歪曲了”（279 页）。

这两种做法可以说都是“把大量新的臆断堆积到古代的虚构上面，对于探求古代虚构之基础的愿望，未必有所帮助”（279 页）。泰勒还尖刻地指出：“将神话合理化解释的诸旧派不论多么博学和聪明，毫无疑问，他们大部分不被理会的原因，不是他们的解释不够真实，而是神话仅靠推测来解释的可行性，如今已被看得一文不值。”（281 页）

泰勒力排诸说，从原始人的思维方式或哲学基础即万物有灵观方面来解析神话，其主要论点如下：

> 神话发生在全人类处于遥远的世纪里所经历过的蒙昧时期。它在现代那些几乎没有离开原始条件的非文明部落中仍然无甚变化。……同时，这个文明阶段不仅仅是以迁就的态度，而且是以尊

敬的态度继续保存了它。

神话的发生和最初的阶段，想必是在人类智慧的早期儿童状态之中。……

日常经验的事实变成神话的最初和主要的原因，是对万物有灵的信仰，而这种信仰达到了把自然拟人化的最高点。……对于原始人的部落来说，太阳和星星，树木和河流，云和风，都变成了具有人身的灵体，它们好像人或其他动物一样地生活，并且像动物一样借助四肢或像人一样借助人造的工具，来完成它在世界上预定的职能。（285 页）

由此出发，《原始文化》一书系统考察了许多地区的自然神话——关于太阳、月亮、星座、风雨雷电、地震的神话等等，接着又考察了哲学神话或解释性神话。他认为："全部神话的一半是关于每日生活之一般事实的发生及其原因的虚构故事，是对古老的、像关于世界的问题——它从何处来和为什么——的儿童般的回答，这是蒙昧人和文明人都同样不解的问题。"（392 页）泰勒所考察的这些哲学神话也就是我们常见的曲折表现人文历史的神话和古代传说。

《原始文化》一书以万物有灵观来解析神话，其理论成果至今仍被各种现代神话学著作所吸取。但也有其不足之处，主要是对神话在原始社会中满足人们生存发展之实际需要的积极社会功能未予重视。后来的一些神话学家指出："礼仪和神话起源于远古时期，它们是维持宇宙和社会秩序的具有决定性意义的重要行为的反复。因此，这种行为作为活动的礼仪和作为口头讲述的神话不断地在更新，这两者是密不可分地结合在一起的。"神话曾给予古代社会生活以积极有力的影响，这同现代儿童对周围事物的拟人化心理有着本质上的差异。

日本神话学家大林太良在《神话学入门》（中国民间文艺出版社 1988 年中文版）中接着写道："这个基本观点是欧洲大陆经过漫长的神话研究的历史所达到的结论，而且，为以后的神话研究奠定了基础。"（27 页）

现代神话学理论和方法在泰勒学说的基础上已有了巨大进展，构成为人文科学的显学之一。

六 论人类文化进化历程

在泰勒生活的年代，和先进科学相对立的是基督教神学理论，“根据这种理论，亚当及其子孙是人间的头一批人，已经拥有很高的文化；从这种原始的状态出发，一些族前进了，变成了文明民族；相反，另一些族则变得粗野，变得野蛮了，这就是当代的‘野蛮人’”（托卡列夫《外国民族学史》第39页，中国社会科学出版社1983年中文版）。泰勒的文化进化论，就是针对这种“把高级文化当作是最初状态，而蒙昧状态是自它退化的结果”的谬误而提出的。他吸取达尔文的生物进化学说，认定人类文化同样也是从低级到高级逐步进化的结果，从而奠定了以科学理论和方法研究人类文化的坚实基础，开辟了文化人类学研究的新时代。

泰勒在《原始文化》一书中提出的有关人类文化构成演进的基本观点如下：

> 文化的进步或衰退，不是按照想象的善和恶的标准来衡量，而是按照那种依据蒙昧状态、野蛮时期和文明时期（它们基本上是由于其现在的特性而产生的）的阶梯从一个阶段到另一个阶段的运动来衡量的。（31页）
>
> 承认蒙昧生活是远古的人类状态，而文化的高级阶段就是从这一状态随着时间的流逝而发展起来的。（36页）
>
> 文化的各种不同阶段，可以认为是发展或进化的不同阶段，而其中的每一阶段都是前一阶段的产物，并对将来的历史进程起着相当大的作用。（1页）
>
> 甚至在把蒙昧部落同文明民族进行比较的时候，我们也清楚地看到，文化落后社会的生活怎样一步一步地上升到比较进步民族的生活，而各种不同民族在发展过程中即使有所不同，其区别也难以看出，有时甚至完全一样。（7页）

他的文化进化理论要点可概述如下：

1. 人类文化史就是按照从低级到高级（蒙昧—野蛮—文明）的顺序不断进化的历史，生物进化学说也适用于人类文化研究；

2. 文化发展可划分为若干阶段，如同梯阶式的向前运动，每一阶段都具有承先启后的意义；

3. 世界上所有民族的文化发展都可以纳入这一进化模式之中，它们之间的形态差异并非实质性的，只是处于不同阶段的表现（阶段差）；

4. 世界上所有民族的文化进化进程，都是按照上述规律各自独立实现的。

5. 这种进化进程是一种直线运动，虽然在局部范围内有曲折，或单线进化论，总的趋势却不会改变，因此人们又将这种理论称为直线进化论。又因后来出现的新进化论，用人类生产技术的变革来解释文化发展的动因，人们便把泰勒的学说又称为古典进化论。

泰勒的其他理论，都是围绕上述文化进化论来展开的。万物有灵观在他看来是人类文化发展低级阶段和高级阶段文化的中介物，也是他用以探寻文化演进轨迹的特殊手段。

这一理论从宏观而言，符合人类文化进步的总趋势。它破除了神学迷误，将文化研究置于科学基础之上，奠定了这门新的重要人文学科的理论原则与方法论基础。其不足之处是将人类文化发展置于一个统一而简单的模式之内，未看到它的复杂多样性。后起的文化人类学的各个流派，可以说都是对它的理论、方法不足之处的修正和补充。

七　古典进化论学派的其他代表人物和著作

古典进化论这个学派最著名的代表人物还有英国的赫伯特·斯宾塞，约翰·弗格森、麦克伦南、约翰·卢伯克、詹姆斯·弗雷泽，德国的阿道夫·巴斯蒂安、西奥多·槐茨、奥斯卡·佩舍尔、尤利乌斯·利珀特、亨利克·舒尔茨，法国的查尔·勒图尔诺，美国的路易斯·亨利·摩尔根等。（据托卡列夫《外国民族学史》28 页）

其中摩尔根、弗雷泽两人的著作最为中国读者所熟知。

摩尔根（1818—1881），他长期同美洲易洛魁部落的印第安人保持着亲密关系，并在对其历史文化进行全国深入考察的基础上撰写成一系列学术著作。代表作为《古代社会》（1877 年），科学地阐述了人类从蒙昧时代，经过野蛮时代再跨入文明时代的进化历程，并发展了关于文化进化的理论。在论述人类社会的原始状态方面，它被称为是一种“像达尔文学说对于生物学那样具有决定意义的书”（恩格斯）。他对文化进化历程的研究，对社会变化的革命性质的思考以及对一种比较公平的社会制度的预言，受到马克思和恩格斯的高度重视。他是马克思主义文化人类学的先驱。

弗雷泽（1854—1941），被称为古典进化论文化人类学派的最后一个代表人物，其代表作为《金枝——巫术与宗教之研究》（1890 年）。所谓金枝，原是古罗马内米湖畔丛林中森林女神庙前生长的那棵圣树上的枝条，按当地世代相传的习俗，逃亡的奴隶只要折取到圣树上的金枝，就获得了同神庙祭司决斗的权利，能够取代他的地位而成为新的“森林之王”。弗雷泽用这部长达五千页的巨著（最后版压缩成 750 页），探索揭示了这个原始文化的奥秘。原来它起源于一种古老信仰，即社会和自然界的繁荣昌盛有赖于君王的生命力，一旦君王的精力衰退，就要把他杀掉而由另一个更为强有力的继承人来取代。书中还贯串着他将巫术—宗教—科学看作是人类思想历史性发展的三个阶段的基本观点，受到后世学人的重视。

民间文学的鉴赏与研究①

第一节　民间文学的鉴赏

一、幻想故事《张打鹌鹑李钓鱼》鉴赏

1954年，孙剑冰在内蒙古乌拉特前旗傅家圪堵村采风，从一位具有出色口头文学才能的汉族故事家秦地女口中，忠实地记录下她讲述的一篇穷小伙子娶龙女为妻的故事《张打鹌鹑李钓鱼》②，梗概如下：

张打鹌鹑李钓鱼，两人是拜把兄弟。

李钓鱼下河钓到一条像门扇那样长的金翅鲤鱼，张打鹌鹑见它眼中流泪，要过来把它放了。哪晓得这鱼是龙王的五小子，龙王便派巡海夜叉把张打鹌鹑请到龙宫里去做客。龙王要送给他一件宝物作谢礼。他金银珠宝一样也不要，只要了龙王面前的那只小哈巴狗回来看家。

张打鹌鹑出门做活，他心里想吃什么，回到家里揭开锅就摆着什么。他好生奇怪，有一天躲藏在房背后，终于看清了是那只哈巴狗变成一个花似闺女给他烧火做饭。原来她是龙女。张打鹌鹑把她脱下的狗皮烧了，两人结成夫妇。龙女叫男人去耕地种庄稼，男人舍不得离开她，龙女便用纸糊了四个美人，插到地里，一边耕地一

① 本文为刘守华、陈建宪主编之《民间文学教程》（全国高校“十一五”国家级规划教材）第16章，华中师范大学出版社2013年版，后多次再版。

② 孙剑冰：《天牛郎配夫妻》，上海文艺出版社1983年版，第13～24页。

边看，一点也不觉得劳累。

纸人被一阵风刮走，落到王员外院子里，他家恶小子查访美女，找到张家，千方百计想霸占龙女。他提出用打赌的办法换老婆。先要张打鹌鹑用鸡蛋碰他的石头碌轴，接着又要赛马，张从龙宫里取来宝物相助，比赛获胜。张随口说了个“没意思”，恶小子要他交出一个“没意思”来，借故刁难。龙女从龙宫里取来一个能变化的宝物——红疙瘩，作为“没意思”交给恶小子。“轰隆”一声，红疙瘩爆炸开来，把王员外家化成了一片灰烬。张打鹌鹑和龙女从此过上了安定日子。

本篇堪称民间幻想故事（或民间童话）的经典之作。从普通读者鉴赏民间文学着眼，对它的思想生活内容和艺术表现形式上的特征及其价值，试做如下评说：

1. 故事情节曲折生动，引人入胜

它讲述的是一个天天上山打鸟的穷小伙子的生活史，可以称之为“猎人奇遇”。主人公将朋友捕获的鲤鱼放生，想不到由此进入神奇的龙宫做了贵宾；要来一只哈巴狗，竟变成一个俊俏能干的媳妇；男耕女织，日子本来过得很舒心，却因大风刮走纸人，飞来横祸。按“三叠式”结构展开叙述的三次打赌，开始时主人公完全处于劣势，后来竟然一下子取得了胜利。最后由坏人无理刁难，给他自己招来无情惩罚，使这个故事以大快人心的结局收场。故事中主人公的生活遭遇，经历了六七次波折，一会儿喜从天降，一会儿乐极生愁，一波未平，一波又起。这样，听众对主人公的命运便不能不深为关注，激起了强烈共鸣。由于情节的曲折发展，使得主人公活动的背景不断更替，时而上山打鸟，时而水府做客，时而下地耕作，时而争强斗胜，大大扩展了故事的空间范围与生活内容，从而增强了它引人入胜的魅力。

至于故事的生动性，在本篇中主要表现为以神奇幻想构造情节：人们日常所见的鲤鱼和哈巴狗，竟然是龙子龙女的化身，它们的神奇力量一下子就改变了穷小伙子的命运；恶小子仗势欺人，要小伙子拿鸡蛋来碰他的石头碌轴，输了就得换老婆，这本来是一着死棋，想不到主人公从龙宫里借来一枚鸡蛋，居然把石头碌轴碰得粉碎；后来恶小子又要主人公交出一个“没意思”来，这不用说是胡搅蛮缠，谁知从龙宫里真的找到了一件叫“没意思”的宝物，惩罚了恶人。情节发展变幻莫测，令人惊奇神往，深受吸引。

2. 幻想与实际巧妙融合

本篇故事以想象丰富，贯串出人意料的一系列神奇幻想情节为特征，这正是童话艺术的魅力所在。可是出人意料的情节发展，又须在情理之中，符合实际生活的逻辑，不是越离奇古怪越好。就以上述故事为例，鱼龙变幻、龙宫得宝，虽出自大胆想象，却符合我们的民族文化心理。而且在幻想情景中，交织着生动活泼的农村生活细节。哈巴狗变闺女，把狗皮搭在门栓上，烧了狗皮，她就再也不能变形了，这是童话的幻想；可是接着描述闺女的神态：“‘你还我的袄，还我的袄！’闺女直嚷嚷，也不给他做饭了，坐在灶柴上哭去啦。”又完全从民众日常生活中提炼得来，亦虚亦实，虚实交融，既奇幻优美，又使人感到亲切可信。

3. 粗细结合，简洁明快的语言风格

作为一篇由著名故事讲述家口述而忠实记录的故事，它的语言格外出色，既朴实而又富于表现力。试看故事的后半截：

> 张打鹌鹑没答话。等恶小子的马跑开五十步了，张打鹌鹑才上马，他扬起鞭子没落上马身，那马已跑出一百步了。恶小子的马连九十步也没跑到，就急得跌倒摔死了。恶小子背回个空马鞍来。
>
> 张打鹌鹑说：“我说不跑吧，你说跑呀跑呀，跑下个没意思吧！”
>
> “没意思？我就跟你要这个‘没意思’！明天拿不来，你那老婆就是我的。”
>
> 张打鹌鹑回去跟媳妇一讲，媳妇说：
>
> “不怕，咱们有的就是‘没意思’。你去吼巡海夜叉，说我妈柜里有个红箧箧，我要嘞。”
>
> 第二天一早，张打鹌鹑去河畔畔吼：
>
> “巡海夜叉，巡海夜叉！他家三闺女说，她妈柜里有个红箧箧，她要嘞！”

话刚落音，他定眼看，从水里漂上来个红笸箩，他一把逮住了。心想："这就是个'没意思'?"

回家媳妇跟他说：

"一起走吧。"

老婆汉子相跟上，来到恶小子家了。恶小子一看，说：

"你手里那个红疙瘩就是'没意思'?"

"是呀，"媳妇说，"你要大要小?"

"嘿，它还能大能小嘞，我要个豌豆大。"

再看那个红疙瘩，变成像豌豆一样大了。

恶小子说："我要上个没!"

再看"没意思"没了。

王员外一家人都在院里看热闹来不是?! 恶小子乐得吼起来了：

"我要上个房大——好娶你呀!"

"'没意思'大!"

媳妇喊了一声，和张打鹌鹑齐跑出门外了。就听"轰轰隆隆"一阵子，王员外家烧起漫天大火，恶霸全家人都焖在火里了，没跑出来一个。

张打鹌鹑和媳妇回家了，人家回去过安生日子呀。

这一段故事里有叙述，也有描写。讲了两件事，描画了三个人物，叙述性的语句约占三分之一，描写性的语句约占三分之二。开头和结尾的两段叙述话语，都不到一百个字，却将赛马和火烧员外家这两个重要情节叙述得清清楚楚，有声有色。"恶小子的马连九十步也没跑到，就急得跌倒摔死了。""张打鹌鹑和媳妇回家了，人家回去过安生日子呀。"在客观叙述中，渗透着强烈的爱憎情感，表现出叙述人的鲜明立场。

它的描写属于我们通常所说的白描手法，即粗线条的勾画。故事场景从野外赛马，到海边要宝，又到员外家去送宝，变换了好几次，然而故事家并没有细致地去描绘环境特征；出场人物有好几个，故事家也没有具体介绍他们的相貌美丑；没有大段心理分析，但有简略的心理描绘，如“心想：‘这就是个没意思？’”有力地揭示出人物心理变化情况。故事家着力用朴实简练的手法刻画人物的行动和语言，尤其是人物对话十分精彩，不但成为情节发展的契机，人们还可以“听其声知其人”，从那三言两语中立刻想象出人物的声音笑貌与性格特征来。“我说不跑吧，你说跑呀跑呀，跑下个没意思吧！”活画出张打鹌鹑比赛获胜后的喜悦得意心情。“我就跟你要这个‘没意思’！明天拿不来，你那老婆就是我的。”恶小子的蛮横霸道，跃然纸上。“不怕，咱们有的就是‘没意思’。”龙女的胸有成竹，不畏强暴，活灵活现。

从这里我们充分感受到民间口头文学的巨大魅力和秦地女这位故事家高超的口头讲述才能。

4. 塑造了一位富有光彩的“女强人”形象

故事讲好心的穷小伙子娶上龙女为妻，寄托着下层社会民众对美好婚姻和幸福生活的渴望，这是龙女故事主题富于人民性和积极意义的明显表现。它还有一个令人称道的特色，就是塑造了龙女这个光彩照人的“女强人”形象。尽管故事是以那位好心的小伙子救助化身为鱼的龙子开始叙述，在随后展开的一系列纠葛冲突中，小伙子遇事却总是一筹莫展，而龙女则无所畏惧，无所不能，在用神奇本领给自己创造幸福生活的同时，又在抗击邪恶势力的斗争中捍卫了自己的权利。龙女这种强悍的性格，同她作为龙族来自龙宫的家庭背景有关。这一构想显然是中国尊崇龙族的民族文化心理的投射；其现实生活基础，又是出身于高门大户的女子的象征。但她却甘心情愿嫁给一个穷小伙子，成为具备完美品格的女性。正如著名民间文艺学家天鹰所评论的：“（龙女）这样一个具有诗意的完美的妇女形象，除了人民口头文学创作之外，是很少见到的，即使在人民口头文学作品中，也是难能可贵的。”① 在严重歧视妇女的旧时代，龙女故事的广泛流行，表现出传承这类故事的女性群体的强烈自豪感，它也是对被压抑的女性潜在力量的有力张扬。

鲁迅在《门外文谈》中写道：“到现在到处还有民谣、山歌、渔歌

① 天鹰：《中国民间故事初探》，上海文艺出版社1981年版，第214页。

等，这就是不识字的诗人的作品；也传述着童话和故事，这就是不识字的小说家的作品；他们，就都是不识字的作家。”① 《张打鹌鹑李钓鱼》的讲述者秦地女，就是这样一位不识字的小说家。劳动人民丰富的艺术智慧，在作品中有着充分体现，给我们留下了深刻印象。

二、怎样鉴赏民间文学

1. 充分注意民间文学的特殊性质

中国拥有丰饶优美的民间文学，它是广大人民群众直接参与创造的语言艺术杰作，又是民族文化、人类文化宝库中的珍品。但只有通过鉴赏和研究，它才能为新时代的人们所享用，其多方面价值才能为社会所认识而得到发挥。

在通常情况下，人们很难接触到原生态的民间文学。作为鉴赏对象的，大都属于再生形态，经记录写定的书面文本。读者鉴赏时，便常常把它作为一般书面文学作品来对待，这样，自然难以显现其庐山真面目。钟敬文先生一再指出：“民间文学作为一种艺术创作，在各方面都存在着自己的特点。它的创作者、接受者、传播者、表达媒介、传布过程、艺术传统以及作品的内容、形式等，都与一般专业作家的书面文学存在着各种性质和不同程度的差异。”② 总之，民间文学是一种以集体性、口头性、变异性、传承性为主要特征的特殊的文学，这是我们鉴赏和研究民间文学时必须牢牢记住的。即使面对书面文本，我们也须联系它本来的传承和表演情况来领会它的特征与魅力。以上述《张打鹌鹑李钓鱼》为例，由于它原本是一篇口述故事，所以我们特别注意到它在叙述、描述、对话中的口头语言艺术特征。又因为它是口头文学中富于幻想性的故事体作品，我们便着重就它对故事情节的精心结构和幻想实际的巧妙融合予以评说。关于龙女形象的“女强人”特征及所反映的社会文化心理，也是着眼于民间文学集体性，而不是将它作为一般作家书面文学的个性烙印来审视所得的结论。

---

① 《鲁迅全集》第6卷，人民文学出版社1958年版，第76页。

② 钟敬文：《新的驿程·自序》，中国民间文艺出版社1987年版，第3页。

作家书面文学和民间口头文学在思想艺术上各有其特点，以小说和民间故事为例，小说要求用精雕细刻手法来描绘典型环境中的典型性格，故事则着重借编织奇幻曲折的情节来表现人物和主题；小说技法以隐藏作家主观倾向，客观再现对象本来面貌为高手，而故事讲述家却总是带着热烈的爱憎情感走进自己的艺术世界；小说的内容和形式追求作家艺术个性的鲜明展现，故事则受着群体审美情趣的支配。这两种艺术传统和风格各有其优越性与局限性，给人们提供了丰富多样的艺术享受，我们在鉴赏中应客观公正地给予恰当评价。现在轻视和贬低民间文学的传统偏见在社会上还根深蒂固，我们在鉴赏和研究中应注意摆脱这些偏见的影响。

2. 鉴赏与研究的不同要求

民间文学鉴赏就是研究的起点，独具慧眼的鉴赏性评论也是有价值的研究成果，鉴赏和研究并没有严格的界限。我们这里所讲的民间文学鉴赏，主要就广大普通读者（特别是青少年）理解和接受民间文学文本，从文学角度欣赏和吸取其思想与艺术成果而言。至于从多学科角度来研究民间文学，深入发掘其多重学术价值，则是另一课题。

这里仍以“龙女”故事为例。在刘守华主持的“中国民间故事类型研究”这个大型项目中，包括了60个常见故事类型的解析，其中所论析的就有由《张打鹌鹑李钓鱼》等篇所代表的“龙女”类型①。

这篇论文搜求到关于龙女故事的异文100余篇，它们分布在中国30多个民族（以南方诸民族为主）居住的广大地区，按它拥有的母题和母题组合情况，区分为龙女报恩、龙女与凡人婚配、煮海宝和乐人与龙女4个亚型，大部分属多个母题串接的复合型故事。以上是对龙女类型的形态描述。

论文接着将中国龙女故事和印度同型故事做了比较，认为它是在口头传承与书面传承交相融合中发生变异，从佛经中走出来，逐渐世俗化

① 熊和平，龚浩群：《龙女故事解析》，载《湖北民族学院学报》（社会科学版），2001年第1期。

与中国化的。

最后作者抓住龙女曾被人们取名叫“如愿”，“求如愿”不仅作为戏文演出，还演变成一项民俗的有趣事例出发，结合阐释故事中的龙女性格，论述了龙女作为“女强人”的特征及其社会文化内涵。文章的结语写道：

> 龙女故事在现实生活的基础上，编织出奇幻曲折的故事情节，将吉凶祸福、悲欢离合、正义与邪恶交织在一起，波澜迭起，动人心魄。其中既充溢着人们对个人幸福生活理想的美好憧憬，又将它和对社会邪恶的抗争结合在一起，反映了普通民众抗争意识的觉醒和对自我力量的肯定，从而使龙女故事获得了深刻的社会现实意义。

这篇论文不过是对龙女型故事的综合性初步研究成果，它以占有大量异文，运用母题、类型解析和跨国跨民族比较方法，以及将宗教学、民俗学、社会学等多学科知识相结合为特征。限于篇幅和体例，还有许多问题来不及进行深入探讨。就龙女故事的某一侧面进行更精细更专门研究的文章另有许多篇，如英人杜德桥的《〈柳毅传〉与其类同故事》、阎云翔的《论印度那伽故事对中国龙王龙女故事的影响》、白化文的《龙女报恩故事的来龙去脉》、刘守华的《中印龙女报恩故事之比较》等。研究工作涉及民间文艺学、故事学、民俗学、宗教学、比较文化学、社会学、文化史等诸多领域。

民间文学的本体毕竟是文学，因而鉴赏着重在理解和吸取其文学价值。但必须充分考虑到它作为口头传承之作的特殊性质。至于研究工作，则在于深入发掘其多重学术文化价值。鉴赏和研究不宜截然分开，而应由浅入深地展开。研究须以鉴赏为基础，研究成果的普及又有助于提高人们对民间文学的鉴赏水平。

第二节　民间文学的比较研究

一、比较研究的兴起及其意义

关于民间文学的比较研究，钟敬文先生在为 1982 年《中国百科年鉴》撰写的专稿《民间文学理论的发展》一文中作了精到的评述。他写道：

> 比较方法，是近代科学（不管它是自然科学或人文科学）广泛使用的方法。因为比较能使事物更容易显露出它的性质或特点，在民间文艺学的领域中更是一贯被采用的、有效的一种研究手段。从中国现代民间文艺和民俗研究的历史上看，这种情形极为明显。不管北大《歌谣》周刊时期，或中大《民俗》周刊时期，这种方法，都相当流行过。自然，从我们今日的立场、观点看来，它不是科学研究的主导方法，而是一种次要的、技术性的方法，但也决不是可有可无的方法。
>
> 建国后，由于种种原因，在民闻文艺研究领域中这种方法很少被采用。近年来因为“比较文学”的热潮流入，民间文学研究方面，也有人在新的学术思想基础上采用了这种科学方法。现在尽力进行这种工作的学者还不多，但是，预计不久它将会热闹起来。
>
> 世界学术不断前进，对于研究方法的运用，也提出了较高的要求。今天在民间文学研究领域里使用比较方法，除了首先必须服从于先进的观点和基本方法（辩证法）之外，还须精细地检查所比较作品相同点或差异点的大小、轻重，并考虑作品流传地域的社会、文化、民俗等有关情况，特别要严格考察那些作品中的相同点或差异点，跟流传地人民的思想及民间文艺的特点是否有亲密的关系。这样才能使我们的论断安放在比较可靠的基础上。

比较研究对民间文学有着特别重要的意义和作用。比较研究能更好地发现民间文学的性质和特点。通过比较，还可发现不同国家、民族之间的民间文学的联系，找出它们发展演变的普遍规律。我国著名学者肖兵写道：“所谓‘比较文化学’的目的，在于揭示两项以上事物的异同、优劣和可能的交流、影响，从而探索其间的本质联系和发生发展的规律。”① 这段

① 肖兵：《中国文化的精英——太阳英雄神话比较研究》，上海文艺出版社1989年版，第339页。

话完全适用于民间文学研究。

二、比较研究方法的运用

1. 跨国跨民族比较

比较方法可以广泛而灵活地运用在各类民间文学的研究上，参照比较文学的学科规范，作为比较民间文艺学，其研究重点应定位为对民间文学作跨国跨民族和跨学科的比较。

比较文学的传统含义就是国与国之间的文学比较。20 世纪 80 年代中期，我国著名学者季羡林先生提出，在像中国和印度这样的多民族国家中间，“民族文学之间的差别不下于欧洲国与国之间的文学。因此，在中国和印度，民族文学之间是可以而且应该进行比较研究的”[①]。现在世界上的国家，有的由单一民族构成，有的由多民族构成。在前一种情况下，跨国和跨民族研究是一致的；在后一种情况下，跨国研究包容不了跨民族研究。因此有必要在比较文学和比较民间文艺学中，把跨民族研究明确地提出来。

关于跨国研究，以日本伊藤清司的《日中两国民间故事的比较研究》为例[②]，他在论文中对流行于中国、日本、朝鲜三国口头文学中的《狗耕田》故事作了精细比较，认为这个故事是由狗在农耕生活中起重要作用的神话中分离出来，然后演变成为劝善惩恶型的幻想故事的。它源于中国，故事情节及其内涵在三国大体一致。因三国的社会制度及有关习俗不同，而呈现大同小异的形态。中国的《狗耕田》故事由兄弟分家讲起，因中国从汉代起，就实行兄弟均分遗产制；可是长子常利用自己的特权欺负年幼的弟弟，造成纠纷。故事中弟弟只分得一只狗的情节即由此而来。朝鲜故事中的狗则是从父亲墓后走出来的。朝鲜十分重视孝道。先获得一定比例遗产、承担了祭祀祖先义务的长子不去祭祀，一只神奇的狗便从墓后走出来给精心扫墓、极尽孝心的弟弟带来种种好处。日本

① 季羡林：《比较文学与民间文学》，北京大学出版社 1991 年版，第 324 页。

② 〔日〕伊藤清司：《日中两国民间故事的比较研究》，载《中国、日本民间文学比较研究》，辽宁大学科研处编印（内部资料），1983 年，第 46～60 页。

中世纪以后，父母遗产大多由长子单独继承，次男以下一般在长子手下劳动。所以从中国传入日本的《狗耕田》故事，兄弟分家的情节便逐渐消亡了。那只神奇的狗来自海上，这反映了日本作为岛国对大海彼岸的憧憬。在这项研究中，伊藤清司以开阔的文化视野，揭示了《狗耕田》故事的异同之处及其构成奥秘，并由此展现出三国历史文化的风貌。

中国是一个多民族国家，对民间文学作跨民族比较有着广阔的天地和特别重要的意义。这里试举一例。云南有关学人于1960年编撰第一部《白族文学史》时，曾将《黄氏女对金刚经》这部民间叙事长诗作为白族口头文学代表作来看待，并断定它为白族聚居的云南剑川地区的产物，形成于当地佛教鼎盛的元明清时期。20世纪80年代初经有关学人用比较研究眼光加以考察，发现在明代著名长篇小说《金瓶梅》第70回中，就载有尼姑被邀请到居民家中宣讲《黄氏女》宝卷情节。至今在川鄂一带的汉族地区流行的善书《女转男身》，所叙说的就是《黄氏女对金刚经》的故事。在湖南汉瑶杂处地区发现的“女书”中，有一部长篇唱本《王氏女》，也由上述故事构成，只不过“黄氏”在口头传承中讹成“王氏”，在情节细节上小有差异罢了。由此可以断定，它原是渊源于唐宋时期的变文、宝卷，是曾流行于南方许多地区的一部佛教通俗文学作品。白族唱本只不过是它的多种民族异文之一①。可见只有通过跨民族比较，才能对各个民族在口头文学领域的独特创造以及文化上的相互关联给予科学阐释。

人们在比较研究中发现，在地球村许多国家、民族居住的广大区域之内流行的神话、故事，在主题、情节上大同小异的现象十分普遍。除对其异同之点进行精细比较外，更以浓厚的兴趣追溯它的成因。这成为比较研究的主要内容。苏联《大百科全书》概述了这方面的研究进展情况：

世界各民族口头民间创作的作品，虽然具有鲜明的民族色彩，

① 刘守华，刘晓春：《白族民间叙事诗〈黄氏女〉的比较研究》，载《民族文学研究》，1993年第3期。

但其中许多主题、形象甚至情节是彼此雷同的。例如欧洲各民族童话的情节，约三分之二与其他民族的童话相重合。这种情况的产生，或是因为起自同一本源，或是因为文化上的交互作用，或是因为在社会发展共同规律的土壤上产生了雷同的现象。①

人们曾将这种现象概括为“同源”说和“同境”说，同源即它们出自同一本源；同境即由于人们所处的境遇相同、心理状态一致导致故事情节的不谋而合。深入考察其成因，区分为三种情况较为合适，即同出一源、交流影响和不谋而合。前两种情况表明相类似的作品之间存在着直接联系。后一种情况难以找到彼此间存在的这种直接联系，属于人类文化发展的平行类同，例如在原始宗教信仰和古代神话中遍及全球的对太阳的崇拜，就是基于全人类普遍感受到太阳的恩惠，不谋而合所构成的意象。对文化事象由表及里的这种研究，揭示出人类文化构成演变的规律，给人以有益启示。

2. 跨学科比较

最常见的是将宗教、民俗和民间文学进行比较。这几种民间文化事象各有其特质，考察它们的异同之处及其联系，属于跨学科比较，也是跨文化比较的一种形式。

民间传承的神话、传说、故事，常从人们的宗教生活中吸取素材，将宗教文化中的正反面人物形象纳入自己的艺术世界，两者互相渗透、彼此融合，甚至达到“你中有我，我中有你”的地步。这种密切联系显而易见。但作为世俗文化的民间口头文学，又表现出和宗教文化截然不同乃至鲜明对立的特质。美籍华人学者丁乃通，读到湖北省大冶市的许多篇土地菩萨故事之后，被它们丰富的人情味所深深吸引，认为“土地神显然是农民根据自己的形象创造的，在关于他的故事中常常表现出农民阶级的思想感情”②。这些土地神的形象和纯粹宗教信仰中的偶像相

---

① 译文见《湘潭大学学报·民间文学增刊》，1982 年。

② 〔美〕丁乃通：《民间文学民间办》，载《中南民族学院学报》（社会科学版），1988 年第 3 期。

比，已是形似而神离，获得了新的艺术生命。还有另一种情况，民间文学中有歌颂玉皇大帝、张天师等为民消灾赐福的传说，表现出和尊崇这些偶像的民间信仰相一致的倾向；同时人们也编了不少故事，来抨击他们昏庸霸道、祸害百姓的行为，把他们作为现实社会中邪恶势力的代表，由此流露出怀疑和叛离宗教信仰的倾向。我们不必讳言宗教对民间文学的影响，但又要看到民间世俗文化对宗教因素的改造与背离，不应被其某些表层色彩所迷惑而将它们混同一体。刘守华所著《道教与中国民间文学》（台湾文津出版社 1991 年），系统阐述道教信仰和民间口头文学之间的复杂联系，成为这个领域引人注目的一项学术成果。

关于就民俗和民间文学这两个领域所作的跨学科研究，万建中的《解读禁忌——中国神话、传说和故事中的禁忌主题》（商务印书馆 2001 年）是一项出色成果。例如，作者将民间叙事中的禁忌主题，划分为完全式禁忌主题、非完全式禁忌主题和故事外的禁忌主题三种情况。完全式禁忌主题，指的是故事中的禁忌情节和民间的禁忌习俗相一致，它们起着强化现实禁忌的作用；非完全化禁忌主题，指的是人们所叙述的禁忌只是古代某种禁忌习俗的遗留（如对某些动植物的图腾崇拜）；故事外的禁忌主题，则是指先有故事叙述，然后才在民间由附会而生成相关的禁忌民俗。可见故事叙述和真正的禁忌民俗同样存在着既一致又不一致的情况，随着人类不断文明与进步，口头文学禁忌的叙说已从禳灾避祸的准宗教信仰中分离出来，进入艺术文化层面，获得了新的意义。

跨学科研究，能够在比较对照中，更好地揭示出相关文化事象的不同特点，又从其相互关联中探求文化演进的轨迹，是一个亟待大力开拓的新领域。

在通常情况下，文学研究的对象是那些各自独立的单篇文本。对口头传承、富于变异性的民间文学作品而言，学人的研究对象常常是拥有若干篇异文的类型，而又以解析类型中所含的母题为重点。这样，比较研究也就不是单篇文本的情节、主题、人物的比较，而是就类型、母题所作的跨国、跨民族和跨学科的比较了。如刘守华对 AT461 “求好运”这个故事类型的研究，贯通其中的核心母题是对“命运”的探求。它在古代文学艺术作品（如希腊悲剧）中的表现，是命运的力量无法抗拒；西方近现代流行的这类故事，也仍有命运之神对穷孩子一生境遇的安排无法用人力改变的叙说；中国的《八代穷》《问活佛》等篇目，却突出地表现了穷孩子离开家乡，偏要改变自家“穷八代”的命运，最后终于如愿以偿的积极进取精神。由此使中国故事的思想艺术闪现异彩①。

第三节　历史地理学派的民间叙事文学研究

一、历史地理学派的兴起

一位研究中国民间故事的著名美籍华人学者丁乃通指出，19 世纪研究民俗和民间文学的方法大都是从别的学科借来的，“一直到 19 世纪晚期，研究民间文学都没有自己的方法。研究民间文学的自己的一套方法，是芬兰人发明出来的，这就是历史地理学派的方法”②。

芬兰原附属于他国，1917 年才获得独立。为复兴本民族的文化传统，有关学人采录整理了一部长篇英雄史诗《卡勒瓦拉》，由此兴起采录和研究民间口头文学的热潮，后逐渐转向对民间故事的比较研究，并在研究中使他们创立的历史地理方法不断完善。他们研究了几十个故事类型。由阿尔奈编撰，经汤普森增订的《民间故事类型索引》（简称 AT 分类法），现已成为检索世界民间故事的通用工具书。汤普森还编纂了一部《民间文学母题索引》，从大量素材中提取了两万多个母题。这个学派于 1909 年创办的学术刊物《民间文学工作者协会通报》（FFC），现已出版 200 多期，成为推进民间文学研究最有影响的国际学术园地。他们的成果在世界各国享有盛誉，其研究方法不仅具有民间文学特色，而且被各国学者竞相采用，具有广泛的国际影响。

他们的研究目的在于弄清一个又一个故事类型完整的生活史。研究工作大体分为如下几个步骤：①尽可能搜求同一故事的丰富异文，把它

① 刘守华：《比较故事学》，上海文艺出版社 1995 年版，第 468～489 页。

② 转引自刘守华：《比较故事学》，上海文艺出版社 1995 年版，第 50 页。

们汇聚在一起，作为一个类型进行考察；②从这些异文中提取作为最小叙事单元的母题或情节单元，并按照母题的排列组合情况，解析归纳出若干亚型；③寻求这些亚型包含的历史地理因素，构拟出它的原型和发祥地；④将原型同相关异文进行比较，分析这些异文在不同时空背景上的变化情况，这样就可看出一个故事类型的生活史，也可由此评判相关异文在故事演变过程中的地位及其特征与价值了。

二、历史地理方法的运用

下面试以丁乃通撰写的长篇论文《云中落绣鞋——中国及其邻国的AT301型故事群在世界传统中的意义》为例①，看看历史地理学派方法在故事研究中的体现。

《云中落绣鞋》是这个故事最流行的中国篇名。它的故事梗概是：一位公主被妖怪掠走，从云中落下一只绣花鞋；英雄主人公跟踪前去搭救，下到洞穴深处，救出公主后他自己却遭同伴陷害被困于洞中，后被洞中的神奇动物相救脱险，出洞后同公主结婚，而那位狡诈险恶的伙伴最终受到了严厉惩罚。这个故事的众多异文流行于东西方许多国家和地区，具有世界影响，被编列为AT301型。丁乃通撰写学术论文，就是为了探求这个著名故事在东西方文化背景上构成演变的历史。其研究方法的特点是：

第一，作者参照《民间故事类型索引》，又经过自己的多方搜寻，汇集了中国及其邻国的现代口头异文共50篇，对它们所含母题和结构特点一一予以解析；然后把它们归纳成为4组或4个亚型：301、301A、301B、301F。文章将每篇异文形态用代码一一标出，如异文44的形态为：Ⅲf＋Ⅱ1＋Vah＝301B。其中301A是中国故事的主型。

第二，按照在异文中出现频率较高的即属构成原型要素的通例，经过对全部异文的比较综合，构拟出301A型。

原型如下：

① ［美］丁乃通：《中西叙事文学比较研究》，陈建宪等译，华中师范大学出版社1994年版，第150～269页。

英雄在山上砍树时，突然看到一个妖怪或可怕的动物经过（可能在一阵可怕的风暴中），他向它扔出武器。从飞行物中掉下血，同时也可能还有一只女人的鞋子。他沿着血迹追寻到一个很深的地下洞口。后来，他听说一个公主在这阵风中被劫走，并悬赏让人去营救。他带着他的一个亲密朋友来到那洞口，用绳子下到洞内。在公主的帮助下，他趁抢劫者视线模糊或眼睛被蒙住时，杀死了它。公主感恩地将一个首饰一分为二，送了一半给他作为信物。恶人吊上公主后，封住洞口，冒领了奖赏。然而，英雄在地下世界救了一条被缚的龙，在龙的帮助下，他回到了地面。他可能从龙那儿得到了一件具有魔力的礼物。总之，他赶到了宫殿，当他拿出信物时，公主认出了他。结果是恶人受到惩罚，英雄同公主结了婚。

由于这是从众多异文中构拟出来的“原型”，即故事的起源形式或者标准形式，所以在现存口头异文中，很难找到完全具备它的每一个情节的文本，或多或少总有些差异。

第三，构拟原型是历史地理方法的关键所在。以原型为依据，再回头来同相关异文做比较，并结合故事所含历史地理因素进行分析，就可以看出这个故事在不同时间、空间背景上流传并发生变异的情况，从而展现出它的生活史。

如丁乃通参照301A中国故事原型对异文26的评述。异文26是一篇苏州弹词《云中落绣鞋》。丁乃通将它和口传故事原型即标准型进行比较之后，发现它在情节细节上的一系列变异，同说唱弹词的职业艺人进行有意识的艺术加工有关。“职业故事家有精心编织情节的习惯，使情节更复杂，细节变得拖沓等等。”这成为本故事生活史的一部分，丰富了我们对这个著名故事的形态多样性及其广泛影响的认识。

第四，丁乃通又从中国古典文献中搜寻，发现了10余篇相关记载。其中都含有见于301A型故事的母题。最值得学人注意的有两篇，一是唐代地方志《鄱阳记》所载的《望夫冈》：

鄱阳西有望夫冈，昔县人陈明与梅氏为姻，未成，而妖魅诈迎妇去。诣卜者，决云：“西北行五十里求之。”明如言，见一大穴，深邃无底。以绳悬入，遂得其妇。乃令妇先出。而明所将邻人秦文，遂不取明。其妻乃自誓执志，登此冈首而望其夫，因以名焉。

这里的记叙虽然很简略，但包含的情节却较为复杂：妖怪诈迎梅氏，未婚夫陈明同邻人秦文结伴出门寻妻，陈明攀绳下洞将梅氏救出，而秦文却将陈明抛置洞中，企图强占梅氏，梅氏不从，常登冈望夫归来，人们便称此冈为望夫冈了。地方志中的这段文字，是为说明“望夫冈”这个地名的由来，所以对情节的记述较为简略。但它已是包含一系列母题的完整故事，同 301A 型的原型很接近。因此丁乃通在论文中写道：“（它）尽管不及现代口头异文那样成熟丰满，但据我们所知，它无疑是最早含有姑娘凭绳得救和主人公被同伴出卖等特殊情节的异文，因此它可以被称作世界上最早的 301A 型故事的异文。”它没有外来影响的痕迹，“这个故事在起源上可能完全是土生土长的”。

还有一篇经清人笔记小说《墨余录》转述的唐代故事《石洞绣鞋》，叙事生动，其形态也接近原型。这两篇唐代异文构成中国故事的基础，经宋元时期的传承与充实，演进成为现代口头传承中的流行文本。

第五，301A 还是一个世界性的著名故事，它最早的西方异文载于 13 世纪的骑士传奇《托切》之中，故事梗概如下：

国王的女儿被一侏儒抢走，朋友们决定营救她。梅隆斯用一条绳子下到地洞，在那儿找到了公主——托切爱着的一个姑娘，和其他女子。他听从托切恋人的建议，用妖怪的剑一下子杀死了那个妖怪。姑娘被拉上去了，但梅隆斯被留在了下面。他发现了一匹马、两条狗和两只鹰，它们帮助他找到了出路。奸诈的朋友受到了惩罚，梅隆斯和公主结了婚。

丁乃通将它和中国唐代故事进行比较之后认定，两者情节结构相近，特别是一个重要方面也十分一致：“主人公是一个公主，英雄力图去救出公主的动机不是爱情而是骑士气概。它从中国向东流传的时间也很容易被推测，大约是在公元 800 年至 1100 年之间。”联系到唐代来到中国的胡人甚多，“它可能是通过一个了解中国最近异文（可能是原型或接近原型的异文）的胡人故事讲述者从中国带入西方的”。在西方流传自然会发生一些变异："在这个变体中，由于他们不具有中国听众的欣赏习惯，绣花鞋情节单元被删去了；动物营救者也不是一条龙（这样的特征只有中国才有可能出现），因为在西方，龙很少作为慈善的化身。"

丁乃通所考察的这个故事至今仍富有生命力，正如他在文章中提到的："当今 AT301 故事仍十分活跃，其中有一部目前在美国许多城市，估计同样在世界各地都可看到的西班牙电影，就是人们对这一主题兴趣不衰的证明。"学人关于这个故事可能源于中国，大约在唐宋时期传入西方的推断，给东西方文化交流增添了又一个有趣话题。

丁乃通以 AT301 故事的古今中外丰富异文及其历史地理背景为基础，所作的精细分析与大胆推论，代表了历史地理学派研究民间叙事文学的传统风格和优点。

三、历史地理方法的中国化

历史地理方法也有其不足之处，一是对故事异文的数量要求过严，如在相关的历史地理背景上找不到适当材料，缺失某一环节，便无法完成构拟故事原型的工作，造成一系列推论的失误。二是它以所有同类型故事均同出一源为前提，而学界公认的事实是，人类文化包括民间口头文学在内，平行类同发展的情况更为常见，把世界各国所有类同故事都用"同源"说来解释显然难以成立。三是他们对故事的解析，主要从外部形态着眼，而对故事中有关情节和细节中所蕴含的思想生活内容，以及传承这些故事的人们的心态等则很少涉及。因而我们在借鉴这一方法时，应从实际需要出发，加以改造，为我所用。

刘守华在主持"中国民间故事类型研究"这一大型研究项目时，有意识地吸取和改进历史地理学派的方法，选取 60 个中国民间故事常见类型进行解析，其主要做法是：

第一，参照 AT 分类法及有关学者依此编撰的《中国民间故事类型索引》，按类型汇集尽可能多的故事异文，以之为基础进行综合概括性研究，而不是随意抓取一些单篇故事文本给予评说。

第二，故事类型在结构上由单一或复合母题连接而成。母题是最小的叙事单元，因而类型研究的重点也是解读或剖析贯串于众多异文中的母题。由母题和母题的排列组合情况，来考察故事的文化内涵和叙事美学特色，帮助人们更深入地理解故事的文化价值。以 AT433 “蛇郎” 为例，它由蛇郎提亲，七妹嫁蛇，大姐谋占妹夫，蛇郎害死妹妹，七妹变形复仇这几个母题构成。从表层看，它是一个荒诞不经的人兽婚故事；深入考察其构思特点与文化内涵，却是以蛇之变形来象征人的境遇变化，将蛇郎塑造成为由贫贱走向富贵的男子，在他命运急剧转变的过程中，将两姐妹——实际上是两种女性的思想性格进行鲜明对比，称颂善良抗击邪恶的胜利。这正是它得以在民间世代相传激动人心的魅力所在。一般历史地理学派研究成果对揭示故事的这种内在素质往往比较忽视。如何帮助读者解读和鉴赏民间文学，由表及里地剖析这些作品的思想文化内涵及其社会艺术价值，应成为我们研究的重点。

第三，由于“构拟原型”这种方法在理论和实践上所存在的问题，因此不宜简单套用。但清理故事的来龙去脉，追寻其生活史，仍是一项吸引学人而且富有价值的工作，可以在一定范围内有所变通地进行。做法是将众多异文的叙事形态进行比较，联系与之相关的历史地理因素，确定某种异文为其原型或祖型，借以探求故事的生活史。但只能做到大体看出故事传承演变的线索。以 AT400 天鹅处女型故事为例，载于晋人《玄中记》和《搜神记》中的《毛衣女》，形态古朴，年代久远，而且出自南方民族的重要发祥地江西，我们就可以把它作为本类型故事的祖型看待，来清理它传承演变的谱系①。这样做是切实可行而有价值的。

关于历史地理学派成果及方法的详细情况，可参看美国学者汤普森的《世界民间故事分类学》② 和中国学者刘魁立的长篇论文《世界各国民间故事情节类型索引述评》③，本节不过是对其研究民间叙事文学的独

① 刘守华：《孔雀公主故事的流传和演变》，载《比较故事学》，上海文艺出版社 1995 年版，第 386～401 页。

② ［美］斯蒂·汤普森：《世界民间故事分类学》，郑海等译，上海文艺出版社 1991 年版，第 14～343 页。

③ 刘魁立：《刘魁立民俗学论集》，上海文艺出版社 1998 年版，第 354～394 页。

特方法给以粗略介绍罢了。

第四节　文化人类学与民间文学研究

一、文化人类学发展态势

文化人类学（cultural anthropology）是研究人的科学，它试图依据人类的生物特征和文化特征综合地研究人。它兴起于地理大发现时代欧美学者对现代西方工业文明之外的所谓“未开化社会”的研究，于19世纪进化论出现之后才真正成为一门科学。人类学包括体质人类学和文化人类学两个分支，分别研究人类的生物特征和文化特征。

我们所熟知的文化概念，学界使用时有广狭两种不同含义。将社会结构划分为政治、经济、文化三大组成部分的文化，属于文化的狭义概念。文化人类学所研究的文化是广义的，它指人类为求生存发展所进行的社会活动的多种方式及所取得的物质与精神成果的综合体，包括物质、制度、行为模式与精神生活多个层面。早期文化人类学主要以原始文化为研究对象，泰勒1871年出版的《原始文化》即其代表作。现在它也将视野由“未开化社会”转向西方现代文明社会。

文化人类学在美国较为发达。这门学问在英国通常称为社会人类学或社会学，在欧洲大陆特别是德国称为民族学。20世纪初，又有一些学人将文化科学从人类学中分离出来，成为独立的文化学。如撇开文化人类学的早期体系，就现代情况而论，文化人类学和文化学的研究对象实际上没有多大区别①。

《原始文化》问世以来，文化人类学迅猛发展，流派众多，研究领域也不断扩展：或研究文化演进历程，或研究文化传播规律，或研究文化的社会功能，或研究文化的内在结构，或研究原始文化遗留，或研究西方现代文化特征。诸多现代科学，如考古学、语言学、社会学、历史学、政治学、经济学、心理学、民俗学、神话学等，都和文化人类学有密切

① 刘守华主编：《文化学通论·绪论》，高等教育出版社1992年版，第20页。

联系，甚至互相渗透，彼此融合。我们所熟悉的民俗学，实际上就是文化人类学的一个分支。

文化人类学是一门在国际上具有广泛影响的现代人文学科。它包容广博，理论庞杂，至今尚未形成一个统一而严整的理论体系，但它能随时代进步不断调整自己的研究对象和方法。随着人类对研究自身的关注，这门学科也日益受到各国学人的重视，而显出旺盛生机。

我国著名学者李亦园就文化人类学的发展态势作过较为中肯的评述：

> 人类学是一种冷门的学问，一般人大致都不明了人类学是干什么的，即使对它略有所知的人，也都以为这是一门研究原始人或野蛮文化的学问，距离我们生活的社会非常遥远，有的甚至认为这是一种消遣的东西，专门研究奇风异俗以满足好奇的心理。其实这些都是误会，人类学以研究不同人群的行为与文化为目的，在他们以全世界不同民族为对象的研究过程中，经常有一些原理原则可提供作为现代社会生活准则，或可帮助解决现代社会的问题。何况，人类学者现在并不以研究原始民族为满足，他们经常扩大研究的领域及于现代的乡村社会甚至于城市社区，他们也经常参与对策的决定以及各种经济开发的计划，他们甚至投身于公共关系与教育机构之中，这些行动已使人类学成为现代社会所赖以存在的知识的一环。其实并不仅如此，人类学家致力于研究人类的过去与现在，不分轩轾地分析处理原始和文明的文化……使人类不但知道过去的自己，知道自己种族所有的子孙，同时也使他们知道这个种族将来应该走以及可能走的方向。①

就目前中国总的情况而论，文化人类学还是一门引进不久的新兴学科，亟待在同中国固有学术传统相结合的过程中实现其中国化。

二、文化人类学与中国民间文学研究

西方文化人类学的理论和方法早在“五四”新文化运动时期就开始传入我国，并影响了我国用现代人文科学方法研究神话、民俗的第一代

① 李亦园：《人类的视野》，上海文艺出版社1996年版，第13～14页。

学人。著有《中国神话研究初探》的茅盾，在写作该书的1928年就承认他是“处处用人类学的神话解释法以权衡中国古籍里的神话材料”。当时他所吸取的主要是人类学古典进化论的方法。

他以英国安得烈·兰的研究成果为例：

兰的方法是“取今以证古”。这就是研究现代野蛮民族的思想和生活，看他们和古代神话里所传述的，是否有几分相吻合。果然研究的结果，证明凡古代神话中一切怪异的记述为吾人所怀疑惊诧者，在现代野蛮民族中方且以为理之固然，日行之而不疑。例如古代神话中一切人兽易形的故事，皆起于万物皆有精灵一观念，而现代野蛮民族正有以为凡物皆有精灵故奉为“图腾”而崇拜之者……①

古典进化论人类学派学者用“现代野蛮民族”中存留的原始习俗信仰来证实古代神话的现实基础，至今对神话研究者仍有启迪，成为破译神话内涵的一把钥匙。但他们在研究中往往忽略神话依附于特定时空背景上民众生活心理而构成演变的特点，又存在明显的缺陷。

到改革开放大潮汹涌澎湃的20世纪八九十年代，随着西方文化人类学论著的大量评介，借鉴吸收文化人类学的理论和方法来从事中国民间文学研究的情况就更为常见了。一批中青年学者还倡议成立了“文学人类学学会”，提出“文学人类学是用文化人类学方法探讨文学艺术，同时，通过文学艺术及其所包含的深层文化内容，进一步研究文化人类学”。对民间口头文学的研究，在其中占有重要地位。据有关学者辑录的1985年—1997年国内文学人类学研究论文汇目，在其中的400余篇论文中，民间文学研究文章就有130余篇，达到三分之一，研究对象主要是神话和故事，如肖兵的《神话是人类与自然斗争的原始性幻想故事》，叶舒宪的《黄帝四面的神话哲学》，宋兆麟的《洪水神话与葫芦崇拜》，刘锡诚的《民间故事的文化人类学考察》，郎樱的《北方民族鹰神话与萨满文化》，张岩的《对孟姜女传说的再认识——我国母系制遗存现象的一次

① 茅盾：《神话研究》，百花文艺出版社1981年版，第12页。

大规模破坏过程》，刘守华的《“羽衣仙女”故事的中国原型及其世界影响》，陈建宪的《中国洪水神话的类型与分布》，黄永林的《“诺亚方舟”与“努哈方舟”——〈圣经〉、〈古兰经〉中洪水神话的比较研究》，刘晓春的《灰姑娘故事的中国原型及其世界意义》，向柏松的《水生型创世神话在现代民族习俗中的沉积》，杨利慧的《始母神：女娲神格的基点和中心》，等等①。从这里可以看出，运用文化人类学理论方法来研究中国各族民间文学，已有许多人做过尝试。还有不少人在自觉运用中有所创造，不是简单袭用某一西方学派的成果和方法，而是融会贯通，开始显现出中国民间文艺学的特色。

下面试以杨利慧的博士论文《女娲的神话和信仰》为例：在中国神话和民间信仰中，女娲是一位声威显赫，具有多种神格的古老女神。其神格的基点和中心何在呢？作者将古典文献记载、口头衍生传说和民间信仰结合起来，进行深入考察之后写道：

> 女娲神格的较基本性质是始母神，其神格蕴涵的较核心内容是繁衍、滋生。这可能是女娲比较原初的神格性质。从现代资料来看，它也是广大民众情感和想象力之所系。女娲的其他神格，往往始终不同程度地保持着始母神的色彩，甚至以其为基点和中心，衍生出了众多的神话传说。②

文化人类学关于母系社会、母性崇拜和生育信仰等的研究成果，构成为上述论断的理论前提，使这一关于中国古代神话的研究成果具有文化人类学的鲜明印记。

在研究方法上，文化人类学十分强调田野调查或田野作业，这种方法除了能搜集宝贵的第一手资料之外，更为重要的一点，“在于它们能借着亲身实地的观察与无拘束的深入谈话，使研究者摆脱自己文化先入为

---

① 叶舒宪主编：《文化与文本》，中央编译出版社1998年版，第265～289页。

② 杨利慧：《女娲的神话和信仰》，中国社会科学出版社1997年版，第81页。本文是在钟敬文先生指导下写成的博士学位论文，其中《始母神：女娲神格的基点和中心》一节曾在《民间文学论坛》1996年第2期刊出。

主的偏见，而从当地人的观点来看待事物”①。

关于女娲神话的古典文献材料虽然不少，但这位研究者还是先后两次深入河南、河北两省的乡村进行实地考察，除搜集到有关女娲的大量“活态神话”外，还“亲眼看到当地妇女们的虔诚行为，也深刻地体味到她们的内心活动，从而形成了自己的某些重要学术论点”②。

《女娲的神话和信仰》的作者认为，她虽然主要使用的是“文化人类学（包括民族学与民俗学）”的方法，但“方法的使用往往不是单一的，而需要交叉并行，多学科综合”。如运用文献学知识来处理古文献，运用宗教学知识来考察有关女娲的民间宗教信仰，运用社会心理学知识来分析民众心理等。她还对人类学派古典进化论的“文化遗留物”学说以及功能主义忽视历史演进的理论缺陷采取分析批判态度，坚持用历史的辩证的观点看待民间文化演进的复杂过程。因而能从纷繁的资料分析中引申出较为科学的结论，成为一篇优秀博士学位论文。

西方文化人类学由于长期关注现代不发达地区的原始文化研究，因而积累了关于民间口头文学和民间艺术的丰富研究成果，其中有不少东西值得中国学者借鉴。文化人类学的各种学派有关民间口头文学的原理，虽有许多歧异，但从人类文化发展演进的广阔视野来考察民间文学，从中探求具有普同性的人类文化、民族文化要素，并尊重不同文化形态的价值，这些方面却是一致的；他们所坚持的“田野调查”方法，也特别适合于从事民间文学研究。这就使得文化人类学成为同民间文艺学有着密切关联的相邻学科。

第五节　从事民间文学研究评论的基本要求

民间文学原本是一种口头语言艺术，它以口头传承方式在各族民众

① 李亦园：《人类的视野》，上海文艺出版社 1996 年版，第 12 页。

② 钟敬文：《女娲的神话和信仰·序言》，中国社会科学出版社 1997 年版，第 8 页。

中间世代相传，存活至今。作为一种文化学术事业，对它进行搜集整理和研究评论，是这项工作的两翼。现在的中国民间文艺家协会，于1950年成立时就叫“中国民间文艺研究会”，可见研究评论工作在其中所占的重要位置。我们学习民间文学，不能只限于个人欣赏民间口头文学的美感，还要积极投身于民间文学的研究评论活动。这里讲一下研究评论民间文学的基本要求。

作为现代新兴的民间文艺学学科，以北京大学于1922年创办的《歌谣》周刊为标志。1954年创办的《民间文学》杂志和1982年创办的《民间文学论坛》则是它在新中国诞生以及跨入改革开放历史新时期以后推进民间文学事业的重要标志。《民间文学论坛》在1982年创刊号上曾刊出《稿约》道：

> 本刊为民间文学理论研究刊物，欢迎下列稿件：1. 关于民间文学基本理论和实践中重要问题的研究；关于民间文艺学方法论的探讨；搜集、整理工作的经验介绍和讨论；民间文学作品（包括神话、传说、歌谣、故事、童话、寓言、笑话、民间小戏、谜语、谚语等）的欣赏，札记，评论和专题研究；民间文学史的专题研究；关于国际民间文学研究的现状与历史，流派与著作的评价，关于民俗学的研究与介绍；民间文学书刊的评价；有关民间文学和民俗学的文献与资料；关于民间文学工作情况与活动的消息、学术动态以及民间美术欣赏等等。
>
> 2. 本刊特别欢迎言之有物、旗帜鲜明、生动活泼、短小精悍的理论文章。

《民间文学论坛》创刊于1982年初，终刊于1998年底，在17年间共刊出长短文章1600余篇，成为具有广泛影响的中国民间文学理论宝库①。从这份《稿约》中可以看出最具学术活力的中国新时期民间文学研究的概貌。进入21世纪后，由于国家实施非物质文化遗产保护工程，

---

① 《民间文学论坛》于1999年初改为《民间文化》，后来又于2004年改为《民间文化论坛》。

民间文学和民间艺术被纳入其中，使这项事业获得了更迅猛的发展。但上述《稿约》中所列举的那些研究课题，仍值得我们继续深入探究。

现今除《民间文化论坛》持续出版外，《民俗研究》《民族艺术》《民族文学研究》等刊和各省市、各高校的社会科学学报都经常刊出民间文艺评论文章。从华中师范大学文学院主持编纂、华中师范大学出版社出版的《中国民间文艺学年鉴》近6年的态势来看，每年均有1000多篇民间文学评论问世。从2004年开始推行的非物质文化遗产保护工程，更是将民间文艺事业推向一个百年未有之高潮，民间文艺研究评论的广阔天地正展现在我们面前。

写作关于民间文学的研究评论文章，应该怎样着手呢？以下是一些最基本的写作要求：

一、材料的搜集和参考书的利用

民间文学作品和相关语境材料是我们的研究对象，要从多方面去搜求。围绕论题占有的材料越丰富，文章就越可以写得内容充实，富有说服力。发现一些重要的新材料，可以说就是一种学术贡献。材料要从古今中外的文献中去细心搜求，以牛郎织女传说为例，长时期以来人们以为它最早出现于《诗经·小雅·大东》中，可是近年却在湖北省云梦睡地虎出土的战国秦简《日书》中，发现了“牵牛以取织女不果”的文字，不仅将这个传说的形成期大大提前，而且对《大东》所涉及的神话缺环，提供了重要补充①。中国浩繁的古典文献中蕴涵着极其丰厚的民间文学材料，具有十分宝贵的研究价值。

此外，“五四”以来的百年民间文学事业也积累了大量民间文学素材，特别是20世纪八九十年代，在全国普查基础上编纂的中国民间文学三套集成《中国民间故事集成》《中国歌谣集成》和《中国谚语集成》，按全国每个省市各一卷出书；还有大量三套集成资料由各地自行编印成书，它们堪称中国各族民间文学的宝库，给民间文学研究提供了极为宝

① 刘锡诚：《牛郎织女传说的时代命运》，载《中国社会科学院院报》，2008年7月31日。

贵的科学资料。

但我们不能以此满足。由于中国从农业文明社会向现代工业文明社会转型的速度比较迟缓，还有众多地区仍保留着农业文明时代的活态民间文学。进行田野考察，搜寻这些鲜活的民间文学素材及直接了解相关生存状况，是中国民间文学研究者的莫大幸运。近年发表的许多优秀民间文学论文，正是以它有机融合中国古典文献记述和田野调查素材而显示出文章的独特魅力。

民间文学研究涉及广泛的人类文化和社会生活领域，研究时要善于利用各种类型的工具书与参考书，除通行的《辞海》等工具书之外，还有《民俗学辞典》《宗教学辞典》《文化人类学辞典》以及《民间故事类型索引》等等。那些出色的民间文学论著，常以内容的广采博纳引人入胜，即由此而来。

二、观点和材料的统一

确定论题，占有相关材料之后，首先要对这些材料去粗取精，去伪存真，加以鉴别取舍；然后进行由表及里、由此及彼的分析与综合比较，从中引申出有关科学结论来。这就是我们在写作学中通常所讲的观点和材料相结合。

学术研究的生命就在于创新。民间文学与民间文化是蕴藏文化财宝最丰富却又开发得最晚的一片沃土，有着进行原创性、开拓性研究的广大空间。我们在选取论题时，首先就要认真梳理相关领域的学术史背景及当前趋势，从而在确定论题时，对怎样吸取他人成果又超越他人提出自己的构想，树立明确的创新意识。

民间文艺学作为现代人文学科之一，创新应以马克思主义的辩证唯物论和历史唯物论为指导。但这种指导作用不是简单贴标签，而是作为研究人类社会生活的一种科学方法论，用来启发和帮助我们从剖析具体研究对象中有根有据地引申出相应科学结论来。

钟敬文先生多次强调指出，由于民间文化艺术的特殊性质，对它的考察、研究，“必然是多角度的，用各种社会、人文学科的观点、方法去进行”。正是由于运用多学科方法从多角度、多侧面研究民间文学，才带来了新时期民间文艺园地的硕果累累。

观点和材料结合的方式应该多样化，或归纳，或演绎，或列举典型例证，或做概括叙述，或做比较对照，务求内容充实，具有说服力。

三、培养优良学风

优良学风的养成，对于作为新兴人文学科的民间文艺学来说，显得更为重要。不论是从古典文献中搜求资料，还是到多民族定居的广阔乡野进行田野调查，都需付出艰苦的努力。撰写的评论研究文章，既要有新鲜的构思立意，又须严谨求实，以追求学术真理为要旨，坚决摒弃剽窃抄袭他人成果，杜绝粗制滥造、哗众取宠的恶劣作风。

《中国民间故事》前言[①]

民间故事是人们十分熟悉和喜爱的一种口头语言艺术。讲故事是古今贯通、遍及世界每个角落的文化娱乐活动。许多优美故事伴随人们度过美妙的童年，在他们的心灵上烙下终生难忘的印记。《意大利童话》的编者、著名作家卡尔维诺在该书中文版题词中写道："民间故事是最通俗的艺术形式，同时也是一个国家和民族的灵魂。我热爱中国民间故事，对它们一向百读不厌。"我多次引述这段精妙的题词，作为吸引人们关注民间故事艺术的导引。

中国作为一个包含 56 个民族，且幅员辽阔、历史文化悠久的大国，拥有丰饶优美的民间故事。2017 年 6 月中国民间文艺家协会第九次代表大会鲜明指出："民间文艺是传统文化遗产中最基本、最生动、最丰富的组成部分，印刻着中华民族独特的文化记忆和审美风格，值得我们礼敬和传承。"这其间的三个"最"字，本是中国文化巨匠郭沫若先生 1950 年 3 月在中国民间文艺研究会成立大会上，评价民间文艺的宝贵价值时所特意强调的，60 多年后被郑重引述，更觉意味深长。中国民间文艺的样式绚丽多彩，美不胜收，其中民间故事（其广义则含神话、传说、童话、笑话等在内）又格外丰饶优美。新时期在实施编纂民间文学集成这一浩大文化工程时，普查所得的民间故事达 183 万余篇，被誉为故事讲述家的达 9000 多人。2009 年全套问世的《中国民间故事集成》30 卷，所选录的各类故事近两万篇。除省卷，即国家卷本外，由此衍生而来的地方卷本、资料本及各种品位的选编本等广泛问世，构成一项十分珍贵的文

① 刘守华，陈丽梅选编：《中国民间故事》，长江文艺出版社 2019 年版。

化财富。许多出色的故事村落、故事讲述家，近几年又被列入不同层级的非物质文化遗产保护名录之中，而彰显异彩，载誉中华。我们同长江文艺出版社合作，选编《中国民间故事》，就是由此而来的。

在中华“故事海”中精选故事书，实非易事。我们的意图与做法可以大体归纳为如下几点：

按故事的广义，选取神话、传说、故事（其中又含有幻想故事即童话、生活故事、动物故事、寓言、笑话等）中的代表作。主体为现代人的口头叙说，而后经另一人记录写定的文本。这些代表作来自东西南北、古今贯通的中华沃土之上，以期全景式展现中华口头故事百花竞艳的美妙。

民间故事的艺术世界宽广无涯、绚丽多姿，或机智幽默、沁人心脾，或驰骋神奇幻想、奇妙动人。许多故事以神仙宝物、精灵鬼怪等构造超人世界来吸引读者，这些角色、母题往往同民间的古老习俗、信仰等相关联，却已经历史地演进为曲折表达民众美好意愿的诗学手段。在现代的文化语境中，我们须加科学分析、合理看待。

现代民俗学和故事学对世界民间故事的研究已获得丰硕成果。由于民间故事的流传具有大同小异、多种说法并存的生态特点，将众多故事异文划分为若干类型和母题进行清理、评说，已成为学科共识。因而本书选编故事也据此方法，力求在对同一类型故事如“巧媳妇”“求好运”等所拥有的多种异文作精细比较之后择优选定。这样，一篇故事就常常成为一个故事类型的代表性文本，从而使本书中的百篇故事，更能彰显中华故事百花园的魅力了。

这里还须特别指出，许多年来，由于人们在学理上对民间文学创作与传承的集体性的误解，从而导致对相关口头传承人的个性特征、个人创造性的漠视，以致许多“不识字的作家”的姓名在出版物中均被湮没。《中国民间故事集成》这部大书的编纂，坚持民间文学作品采录写定的科学性，将所有文本的讲述者、采录者，乃至采录的时间、地点均翔实列出，受到学界一致好评。我们在编选这套故事书时，也按照这一规范，一一注明故事口述者及采录者（或搜集整理者）的姓名。这些人中，已有相当数量在国家实施的非物质文化遗产保护工程中，被列入地方非遗传承人或国家非遗传承人名录之中，受到前所未有之保护与尊重。因而这不只是编排体例的变更，而是透出社会对这些民族、民间文化传承者的礼敬。

还须说明的是，本书对中国各族民间故事的精选，力求达到学术性与可读性的结合，即雅俗共赏。在吸取相关领域研究成果与共识的同时，着力使这些故事为大众、特别是青少年所喜爱，而滋润其心田。怎样选取那些既有奇巧意趣、读来津津有味，而又蕴含良知美德的故事，使之能成为一份有益于大众，特别是青少年的宝贵精神食粮，成为我们反复琢磨的课题。作为中国传统文化的重要组成部分，又是大众日常生活伴侣的民间故事，其开发利用，正越来越受到人们重视。这份宝贵文化遗产的创造性转化有多种方式，除去粗取精的选编而外，按照读者审美需求“改写”或“改编”为阅读、视听文本，以更灵活便捷的方式走向大众心田，也是值得提倡的。本书就此特地选取了儿童文学家一苇“改写”的两篇故事，以添色增彩。

我们夫妇俩是华中师范大学从事民间文学和心理学教学与研究，现已年逾八旬的老教师。我们合作选编过几种民间故事，2004 年还同日本、韩国的学人合作编纂《中国、日本、韩国民间故事集》，以三种文字对照的特殊体例出版发行，由一位日本政府前首相写作序文，认真推荐，他热切期望，以民间故事书在“亚洲儿童的心上架起巨大的桥梁”。今年在武汉市空前的高温与酷暑中，我俩受约新编中国民间故事选集，虽竭尽心力孜孜以求，仍觉力所不逮，未遂己愿，更难尽人意，只好期待成书后得到读者的批评和谅解了。

2017 年 8 月 8 日

走向故事诗学[①]

在中国民间文学的学科史上，无论是1920年代《歌谣》周刊创刊之际或是1950年代中国民间文艺研究会成立之时，都申明这项事业有“文艺的”和“学术的”两个目的。延安文艺座谈会的召开，也延续了这种“双重的目的”，在其影响下，此后一个相当长的时期内，文艺界学习和重视民间文艺蔚成风气，并由此奠定了新中国成立以来的七十年里，在全国范围内推进民间文学事业的思想基础。中国民间文艺家协会作为新中国负责民间文艺工作的主体机构，工作方针是“全面搜集，重点整理，加强研究，大力推广”，看起来它是把“文艺的”与“学术的”这两个目的都包括在内，实际上还是着重于文艺方面，在学术研究上很难有大的作为。笔者在近六十年的学术生涯中，积极参与了中国民间文艺学的探索与建设工作，对学科发展中的故事诗学问题有较深入的感受，希望以自己的学术观察点为基础，尝试讨论故事诗学的几个问题。

一、中国民间文学的价值重申

立足于中国国情，充分认识中国民间文学的民族特质，是中国民间文学学科真正走向成熟的首要标志。例如，由于中国地域辽阔、历史悠久、民族众多，因而孕育生成的民间文学不论在生活内容还是在艺术表现上都格外丰富多彩；又如，民间文学的普遍形态本是口头传承，而中

① 原载《湖北大学学报》2020年第4期，又刊于《中国社会科学文摘》2020年第12期。

国丰厚的上层文化、繁复的中层通俗文化和扎根泥土的下层民间文化却保持着密切的互动关系，既相对独立又彼此融合，显得十分复杂纷繁；再如，民间文学主要是农业文明的产物，20 世纪初期和中期的中国社会，民间文学正保持着它最鲜活的姿态，散发出最旺盛的生命力，因而这期间采录得来，以《民间文学集成》为代表的这些作品特别光彩照人。尤其是民间文学中所饱含的下层民众要求挣脱黑暗、渴求光明的心声，正应和了一批民族精英立志改天换地的宏图大略，于是才有了五四时期北京大学征集歌谣、知识分子到民间去这些破天荒之举。关注民俗和民间文学，虽然是 20 世纪初叶随着西学东渐而兴起的，其根底却深深扎在中华大地的沃土之上。这同西方列强伴随殖民主义扩张而兴起民俗学之类学科实有天壤之别。这也就是中国民间文艺学很早就受到共产党人的青睐，以至于成为左翼文化一个侧面的历史机缘。笔者无意就此问题泛泛而论，只想谈谈近期阅读刘锡诚先生《双重的文学——民间文学＋作家文学》所得的一点感想。曾长期担任中共中央宣传部部长，后来又被推举为中国民间文艺家协会主席的周扬，既是著名的马克思主义文艺理论家，又是中国文艺战线的卓越领导人，堪称中国民间文艺学的主帅，刘锡诚撰写的长文《周扬与我国民间文学事业》，对他组织领导新中国民间文艺事业作了翔实而全面的回顾与评说。最引人注意的是此文引录了毛泽东 1939 年 11 月 7 日读到周扬刊登在延安《中国文化》杂志上的《对旧形式利用在文学上的一个看法》一文后所写的一封信，信中既肯定周扬此文“写得很好，必有大影响”，又对一些“不大妥当的”地方作了修改，进行讨论。毛泽东认为周文“有把古代中国与现代中国混同，把现代中国的旧因素与新因素混同之嫌”，他特别强调指出：

> 现在不宜于一般地说都市是新的而农村是旧的……所谓民主主义的内容，在中国，基本上即是农民斗争，即过去亦如此，一切殖民地半殖民地亦如此。现在的反日斗争实质上即是农民斗争。农民，基本上是民主主义的，即是说，革命的，他们的经济形式、生活形式、某些观念形态、风俗习惯之带着浓厚的封建残余，只是农民的

一面，所以不必说农村社会都是老中国。在当前，新中国恰恰只剩下了农村。[①]

毛泽东的这封信，直到2002年才被收入《毛泽东文艺论集》正式发表。刘锡诚说，“毛泽东给周扬的这封信，对于理解周扬这篇文章的一些观点以及如何理解农民，都极为重要”；而作为标志，周扬的这篇文章“完全改变了他本人以及‘左联’朋友们曾经的贬低和忽视民间文学的偏见，同时也为两年后毛泽东《在延安文艺座谈会上的讲话》中对民间文艺的重视和提倡做了铺垫”[②]。可见在中国，民间文艺学的兴起，特别是20世纪40年代延安文艺座谈会之后，重视和提倡民间文艺学之风渐入文学主潮，新中国成立后又作为国家文化建设的一个重要侧面持续发展，是同共产党人重视乡村、重视农民的历史创造作用分不开的。我们不能只是简单地从西学东渐和少数学人对新学的探求来解释。笔者曾以《走向成熟，走向世界——中国民间文艺学百年历程》为题撰文，在1999年12月出版的加拿大华文学刊《文化中国》刊出，文章开头写道：

行将结束的二十世纪，在中国历史上是一个风雷激荡、翻天覆地的历史时期。千百年来紧密伴随民众生活，真实记录他们历史足迹，直接书写他们爱憎苦乐与梦想追求的民间口头文学，也相应地倍受文化界的关注，终于成为一门现代人文学科——民间文艺学，并获得了长足发展。从“五四”时期北京大学成立歌谣研究会，创办《歌谣》周刊，到九十年代末规模宏大的民间文学三套集成陆续问世；从鲁迅称道众多的民间故事讲述人为“不识字的作家”，到毛泽东亲自倡导采集民歌，向民间文艺学习以补益新文艺之创作；从《故事会》这样的刊物每期发行几百万份，到一系列口头文学家的口述作品专集纷纷问世，享誉全国并走向世界，等等，诸多事例构成

---

① 龚育之：《首次发表的毛泽东致周扬的一封信》，《学习时报》2002年6月10日，第1版。

② 刘锡诚：《双重的文学——民间文学+作家文学》，百花洲文艺出版社2016年版，第54～55页。

百年中国文化史上别开生面的崭新篇章。①

笔者个人从 20 世纪 50 年代起，投身于民间文艺学园地耕耘不息，也是从新中国诞生后在洪湖师范学校就读，被安排参加土地改革运动，搜求洪湖革命歌谣，由珍爱这一草根艺术的社会氛围所吸引而以之为业的。新中国诞生后，国家即组织成立了第一个半官方的群众文艺社团——中国民间文艺研究会，作为推进全国民间文艺事业的核心部门持续至今，尔后的少数民族地区民间文艺调查，民族民间文艺集成志书的编纂，一直到非物质文化遗产的保护等等，被誉为采录研究民间文艺的几个黄金季节接踵而至，所获成果蔚为壮观。不论是少数民族的多部史诗，被誉为“文化长城”的民族民间文艺十套集成志书，还是现今列入国家规划的中国民间文学大系出版工程，都是在国际上超群出众，值得引以为豪的文化珍品。而这些都是在共产党和人民政府的重视和推动下，作为新中国社会主义建设中的文化工程强劲实施所取得的。由于民间文艺“出身低微”，长时期受到上层封建文化的压制和社会的轻视，直到五四新文化运动浪潮汹涌，北京大学成立歌谣研究会和创办《歌谣》周刊，才使得民间文艺学进入新兴人文学科的殿堂，并且在新中国成立后获得长足发展。但民间文艺学受到漠视的境遇并未完全改变，至今在高校的学科目录中，它还没有获得独立位置，而是在“社会学”的二级学科中，以“民俗学（含民间文学）”这样的方式来处置，严重地影响了这门学科及民间文艺事业的发展，亟待引起有关方面的关注和解决。现已有人建议在“艺术学”门类中列入“民间文艺学”分支，或恢复 20 世纪 80 年代学科设置中将“民间文学”同“中国古代文学”、“中国现代文学”并列的体制，笔者以为都是可取的。

由于民间口头文学及其采录研究活动在世界各国具有普同性，中国现代民间文艺学从五四时期发端之日起，就深受日本、苏联和欧美学界的影响，在一定程度上以同国际接轨为前进趋向，其间有利有弊。在建

---

① 刘守华：《走向成熟，走向世界——中国民间文学研究百年历程》，《文化中国》1999 年第 4 期。

设中国特色社会主义现代经济文化大潮汹涌澎湃向前的今天，深入体察中国各民族创造传承的民间文学的特质和百年来中国几代学人奋力耕耘所取得的辉煌成就，无疑具有十分重要的意义。

二、“求好运”故事类型研究三十年追踪

笔者长期追踪研究“求好运”故事属 AT461 类型。笔者从 1979 年刊于《民间文学》杂志的《一组民间童话的比较研究》① 开始，直至 2012 年在《光明日报》② 发文讨论，先后公开发表了七八篇学术文章，已有 30 余年历史。2016 年，北京大学东方文化研究院将笔者 30 余载研究“求好运”故事汇集的中外学术论文和故事异文集《一个蕴含史诗魅力的中国民间故事》③ 列入“东方文化集成”丛书出版，篇幅达 60 多万字，为学界所关注。此书已有多篇书评刊出，特别是人民日报社主办的《环球人物》杂志记者龚新叶远程专访，写成《追故事的人》④，尤为引人注目。

经多年的研究，笔者认为，“求好运”故事“以高度概括的象征方式，集中表现人类在历史长河中由屈从命运到逐步主宰自己命运的心路历程。在世界民间故事海洋中，它的各种样式的单篇异文，并不特别耀人眼目；可是当把它作为一个覆盖地球上多数居民的故事圈来考察，就显露出史诗般的宏伟特征”⑤ 了。搜求中国故事异文 200 多篇（全文索引约 80 篇），把它们联结成为一个口头叙事作品整体来看，再联系中国大地为“求好运”而涌动的民工潮来深入体察它的文化意蕴，其史诗魅

---

① 刘守华：《一组民间童话的比较研究》，《民间文学》1979 年第 9 期。

② 刘守华：《一个蕴含史诗魅力的中国民间故事——“求好运”故事解析》，《光明日报》2012 年 2 月 27 日，第 15 版。

③ 刘守华：《一个蕴含史诗魅力的中国民间故事》，北京大学出版社 2016 年版。

④ 龚新叶：《追故事的人》，《环球人物》2016 年第 24 期。

⑤ 刘守华：《一个蕴含史诗魅力的中国民间故事——“求好运”故事解析》，《光明日报》2012 年 2 月 27 日，第 15 版。

力与诗学价值得到显著昭彰。

关于“求好运”故事研究的大致情形，学界多从故事起源、流变、类型及文化内涵几个方面展开研究。笔者在此拟着重就这类以神奇幻想为突出标志，惯常被称为“民间童话”的叙事体裁的研究方法进行讨论，以求对提高中国故事学的诗学水平有所裨益。这一论题可从李丽丹的评论文章《刘守华与“故事诗学”评说——以AT461型故事研究为中心》说起。她认为，“AT461型故事之研究方法的不断发展也代表了中国故事学的文本研究历经‘个案·对话·整体·诗学’的多重建构，逐渐形成故事诗学的研究范式”①。在这篇文章中，李丽丹多次引述刘锡诚先生的相关评说，特别强调以笔者为代表的中国民间故事研究“具有的‘故事诗学’的特征”，认为“民间文学是中国传统的‘文以载道’精神的体现，对民间文学进行诗学研究，应该是最基础也最重要的”；肯定笔者的研究方法“逐渐从单一到多元综合，不仅打破了对民间故事学的文艺学研究，也打破了西方来源和背景的类型学研究，在多重文化纵横交错的历史背景上审视中国民间故事的构成演进，揭示各族民间故事丰厚的文化内涵与多姿多彩的艺术特色，从而以自己独有而深入的学术成就推进了国际民间叙事研究”②。

这里，拟从故事诗学的角度，对“求好运”故事的认识再作几点必要的补充：

其一，列入AT461型的这个“求好运”故事的研究，是笔者在美籍华人学者丁乃通教授的直接指导下完成的。丁乃通教授是芬兰历史地理学派中著名的中国故事研究家，曾以独立编著《中国民间故事类型索引》而蜚声国际学苑。他曾于1985年应邀前来华中师范大学讲学，其间，他热心鼓励并手把手地指导笔者用芬兰学派方法研究这个世界著名的巨大故事圈，引导笔者步入这个有着“千年故事，百年追踪”宏大背景的故

① 李丽丹：《刘守华与“故事诗学”评说——以AT461型故事研究为中心》，《外国文学研究》2016年第5期。

② 李丽丹：《刘守华与“故事诗学”评说——以AT461型故事研究为中心》，《外国文学研究》2016年第5期。

事学研究园地，使我眼界大开。可惜由于学力及条件的限制，未能完全达到他的要求，但在借鉴历史地理学派方法的同时也融入中国以历史唯物论为主导的文艺学、美学方法即本文所讲的故事诗学方法，对中国民间文艺学的新开拓还是有所裨益的。

其二，《光明日报》“国学版”2012 年刊发的《“求好运”故事解析》作为本项研究的代表性成果，其亮点主要有三个方面：一是搜求到 200 多篇故事异文，梳理它在中国故事海中的完整存活状态；二是勾勒出它在中国以“做好事不问前程”和“问三不问四”为标志的精美而独特的叙事形态；三是联系中华大地涌动的民工潮，把握到本故事的巨大生命力；四是联系古代墨子“兼爱”学说，探求到本故事深厚的中华文化根基。现今习近平总书记提出建设“人类命运共同体”的理念已被联合国大会所吸纳，可以说又进一步丰富了这个中国传统民间故事的文化内涵。故事的主人公本来就被人们称为“命运之子”，故事的核心母题就是去远方寻求好运道，故日本学者称之为“运命谭”。每一篇异文都包含着困扰大众、妨碍人们生存的几个难题，现已采录成文的全球 400 多篇故事所提到的几百个难题，大体不出自然灾害的破坏、疾病的侵害以及贵族阶级的欺压等，实际上它们都延续至今，世界人民为求解这些难题而奋斗的功业也生生不息。童话故事中的美满结局不过是浪漫主义的虚构，可是贯穿其中的思想红线——在互相救助中求好运却震古烁今，撼动人心。再联系到《墨子》讲的“兼相爱，交相利”、“天下兼相爱则治，交相恶则乱”，“求好运”故事完全可以称得上是中国古典和民间智慧熔铸而成的民间叙事经典之作。作为一个巨大故事圈来看，“求好运”故事无疑具有史诗般的艺术魅力；进一步审视，其深含的民间智慧和情感，竟然还有着可供世纪伟人们治国理政和建设“人类命运共同体”的重要借鉴价值，这不能不使我们感到惊奇和振奋！

《一个蕴含史诗魅力的中国民间故事》出版后于 2018 年 12 月获湖北省文联颁发的湖北文艺评论二等奖。北京大学东方文化研究院陈岗龙教授在书评中指出：“刘守华教授的《一个蕴含史诗魅力的中国民间故事》正好用追踪三十年研究的学术成果及丰富多彩的故事文本向读者们展示了把世界连接起来的人类命运的神奇故事。”① 这一事例正是故事诗学愈益受到中外学人关注的生动佐证。笔者曾在“学术期刊与民俗学学科建设”学术研讨会上发表故事诗学方面的主题发言，《中国社会科学报》记者在会议综述中写道：“‘故事诗学’的提出，并非单纯就民间文艺学方法的开拓而言。民间故事是一种最为大众化且富于魅力的口头语言艺术，进行诗学解读，有助于向大众展示其优美动人的特质……有助于发掘其中华文明的优良基因。”②

三、《中国民间故事》经典文选的当代魅力

笔者数十年投身于中国民间文学主要是民间故事的研究，先后发表过400多篇文章，出版过十几本论著，其间也陆续选编过十几本故事集走向书市，并于2004年同日本、韩国的学者合作，编选了《中国·韩国·日本民间故事集》在东京出版，其中精选中国民间故事7篇。日本前首相森喜朗写作序言：“希望这套书在亚洲儿童的心上架起巨大的桥梁。”③ 笔者又合作精选了《中国民间故事》④，被纳入教育部统编语文教科书指定阅读书系。这套书系按年级排定，其中有《安徒生童话》、《格林童话》（小学三年级），袁珂编写的《中国古代神话》（小学四年级），以及《一千零一夜》《列那狐的故事》和《中国民间故事》（小学五年级）。作为通俗文学读物推出的民间故事小册子遍及书市，而受到社会关注的民间故事选本并不多见，因此寻求中国《格林童话》的呼声甚高。这部以华中师范大学民间文学专业长期致力于民间故事研究所积累的丰

---

① 陈岗龙：《一篇讲述人类命运的故事能把世界连起来——简评刘守华教授〈一个蕴含史诗魅力的中国民间故事〉》，《集成二十年：纪念〈东方文化集成〉创办二十周年专辑》，《东方文化集成》编辑部2017年版，第179页。

② 高莹，明海英：《加强民俗学与学术期刊良性对话》，《中国社会科学报》2017年7月4日，第2版。

③ 小泽俊夫，刘守华，金和经：《中国·韩国·日本民间故事集》，（东京）国立奥林匹克纪念青少年综合中心2004年版，第87页。

④ 刘守华，陈丽梅：《中国民间故事》，长江文艺出版社2019年版。

厚成果为基石而精选的《中国民间故事》，以鲜明的中华民族的口头叙事艺术特色引人注目。

《中国民间故事》按广义民间故事的范围来选材，含神话、传说、幻想故事（民间童话）、生活故事等体裁，来自多个民族的代表性文本；从盘古开天地、禹王治水到神鱼送屈原、鲁班修赵州桥，从藏族的阿初王子寻找青稞种子到白族杜朝选下洱海斩杀妖蟒及维吾尔族阿凡提智斗国王，虽只有30篇故事却触及大千世界，贯通古今。故事在妙趣横生的叙说中激浊扬清，启人心智；许多篇目以神仙宝物、精灵魔怪构成超人世界来吸引读者，这些角色、母题往往同民间的古老习俗、信仰有关，却已经历史地演进为曲折表达民族美好意愿的诗学手段。

这个选本中的许多故事，只能说是从中华民族故事海中撷取的几朵浪花，但其绚丽多彩已给我们留下鲜明印象。下面我们以几篇具有代表性的作品来鉴赏其艺术品格。

先以来自河北的《赵州桥》① 为例。这是一篇叙说赵州桥这一著名景观的民间故事。赵州桥本为隋代工匠李春主持兴建，作品中不但传为鲁班所建造，而且驰骋童话体裁的奇妙构想，说它是鲁班、鲁姜兄妹打赌，用一夜时间造成。打赌比试手艺高下，洋溢着乡村儿童情趣。而发端却是出于他们在洨河渡口急人所难对乡亲的关怀，故事叙说中以鲁班驱赶羊群化作石料的壮观情景来突显其神奇技艺，又引出八仙中的张果老、铁拐李车载日月及四大名山来试行并引发险情，使情节跌宕起伏；在叙说这些古人古事之时，讲述者灵活穿插当地一些保留至今的遗俗，如说小姑娘常从石桥雕花中取花样绣花，使之生动活泼亲切可信。最后用当地流行的“小放牛”中的几句唱词来结尾，显得韵味绵长。鲁班传说本属中国盛传的名篇佳作，这篇出自工匠之口又经著名作家汪曾祺写定的《赵州桥》，将依附实有景观的传说体裁和童话的奇妙幻想相融合，在活泼诙谐情趣中叙说宏大工程建设，融虚实古今为一体，不论其主题、

① 刘守华，陈丽梅：《中国民间故事》，长江文艺出版社2019年版，第102～106页。

人物和叙事艺术，均深具魅力与价值，完全可列入中国文学经典宝库。

再如出自湖北伍家沟故事村的《梁山伯与祝英台》①，本为中国家喻户晓的四大传说之一，但是由山村故事家葛朝宝讲述、经文化馆干部李征康写定的这篇梁祝故事却别具风采。它以封建礼教严酷统治下的旧时乡村为背景，一对少男少女结伴去远方求学，不但日间同桌攻书，夜里还共睡一铺，却纯真无邪。只是师娘见到英台的裹脚布得知真相，在先生面前巧妙掩饰才未生风波，纯真而又亲密的同学、师生情谊沁人心脾。"十八相送"时，英台送山伯返家，情不自禁地用一连串妙语暗示自己的女儿身份，并以给小妹提亲的曲折方式来表露爱情，山伯却木然不觉，既表现出他书呆子的愚痴，又从另一面显出他的憨厚可爱。故事以山伯病逝、英台跳坟的大悲剧结束，却把深沉情感化作震撼人心的余波：英台下轿拜坟时，头一拜，天上起乌云；第二拜，地上刮怪风；第三拜，在"轰隆隆"一阵炸雷过后，山伯坟墓闪开一道裂缝，于是英台冷不防跳进墓中，而马秀才则在无限怨愤中变成了扒在坟头的蚂蚁虫。

在梁祝故事的多种异文中，梁祝死后化蝶双飞也是广为传诵的。伍家沟故事却另生一说，到梁祝下一辈子，他俩变成《兰桥会》中的魏奎元和蓝玉莲，因相爱受阻双双投水自尽。再到第三辈子，他俩又化身成为《玉堂春》中的王三公子（王金龙）和妓女玉堂春，历经重重磨难之后终获大团圆。这是民间受佛教轮回再生之说影响的结果。将不同年代爱情悲剧中的男女主人公的命运串接起来，附会成"三世姻缘"，从而更深沉有力地表达出讲述人对婚恋中忠贞不渝的男女主人公的爱怜与赞许。

中国民间文学并非单纯的口头语言艺术，在创作和传承中，常常表现出民间文学、通俗文学和作家文学"三位一体"、彼此融会的特色，饱含深厚的文化底蕴。伍家沟村的许多故事都有这样的特色与魅力。因此我们提倡立足于中国文学的宏大背景进行诗学解读。这篇梁祝故事虽以才子佳人的婚恋为主旨，其艺术构思却别出心裁。在封建礼教严酷统治下，大姑娘只身出远门攻读诗书，能否保持贞洁是深受社会关注的大节，

① 刘守华，陈丽梅：《中国民间故事》，长江文艺出版社2019年版，第85～93页。

因此本故事以“红绫压猪槽”开篇，即祝英台嫂嫂以迷信习俗将红绫埋入地下是否霉变来测试贞洁，由此也显示出英台的坚毅开朗。在叙说梁祝同桌攻读且同睡一铺时，英台以“扣子钉了两百多”，不便脱衣裤和衣而睡来搪塞山伯，点染两人一智一呆的可爱形象；又插入师娘明知英台女儿身份却巧妙掩饰，将师生情谊洋溢于生动叙说之中。此后的“十八相送”，巧女和憨包的对答调笑情趣丰满，接下来的山伯情死和英台哭坟却又情节急转、震撼人心，并以“三世姻缘”的神奇结局留下绵长余韵。讲述者葛朝宝本人就是一位多才多艺的民间艺人，他口述的这篇梁祝故事，充分显示出他将说唱和戏曲中那些精彩片段融会于故事讲述之中的出色艺术才能。梁祝婚恋故事经岁月的淘洗早已褪去耀眼光彩，伍家沟故事中的这一篇，至今读起来依然透出雅俗共赏的刚健清新之美。

在这部《中国民间故事》选本中，我们还选取了一些出自少数民族民间文学宝库之作，如新疆哈萨克族的一篇生活故事《同路青年》[①]。它讲的是一位老人在归家途中和一个小青年结伴同行，面对旅途的寂寞、口渴和炎热，小青年提出种种建议意图改善旅途艰辛，却被老人斥之为荒唐行径一一予以拒绝。归家后谈及此事，不料女儿却反过来予以肯定赞赏。如荒凉寂寞的路程是否可以缩短，女儿讲：“您为什么不给他讲故事呢？要是一边讲故事，一边走路的话，路虽然长，不是不知不觉地就缩短了吗？”再如青年人见路上有人抬着死尸，他问老人这人是全死了呢，还是只死了一半？女儿讲，这问的其实是打听死人有没有后代，有后代就只死了一半。还有年轻人问老人路旁绿油油的麦苗被人吃光没有？女儿说，他问的其实是这块田是不是穷人租种的麦地。“活的岁数大，不一定知道的多，走的地方多，才知道的多”。由此交往，这对聪明的年轻人后来便结成了一对令人称羡的伴侣。旅途中的随意对话，乍听之下似觉荒唐，实则饱含智慧；一对聪明可爱的小青年，经由智慧的碰撞而萌生爱意最终结成美满夫妻。虽以日常生活为题材，却智慧洋溢，富有魅

① 刘守华，陈丽梅：《中国民间故事》，长江文艺出版社 2019 年版，第 165～170 页。

力。哈萨克族民间故事常于情节构造上闪耀智慧光彩，由此给读者留下深刻印象。

本书中我们还选编了云南白族的《蝴蝶泉》[①]。五颜六色的蝴蝶在龙潭水面彼此衔接飞舞，本是云南的一项自然景观，常使人惊叹称奇，本篇却借此道出了一则英雄传奇。它讲述的是古代的一位猎人杜朝选，下洱海去同妖蟒苦斗，斩杀妖蟒为民除害后，却不愿同主动以身相许来报恩的两位美女成亲，于是女子饮恨投身龙潭，猎人接着也投潭相报，随后变成三只彩蝶，在此结伴飘飞，后来又引来众多五颜六色的蝴蝶定期来龙潭飞舞不息，构成一道美丽而又深含悲壮意韵的奇特景观，使人惊叹称绝。云南白族盛行本主信仰，许多地方将历史上那些有着盖世功业的人奉为本主而加以尊崇信仰，猎人杜朝选就是周城这个地方的本主。《蝴蝶泉》本是一则风物传说，人们将这一则叙说自然奇观的故事吸纳进本主信仰传说之中。在故事家的叙说中，英雄为民除害的壮烈和美女报恩投海的深情融为一体，眼前彩蝶纷飞的奇景和古代英雄的壮举交相辉映，使这篇白族故事脍炙人口世代相传。这里还要特地声明，本篇故事是由云南白族山村的瑞青老妈妈口述，经李大钊同志的长女李星华(1911—1979)于1956年赴云南采风时采录整理写定的。李星华将多篇故事辑为《白族民间故事传说集》，于1959年由人民文学出版社推出，广受好评，值得我们列入中华文学经典予以珍视。

在中国浩瀚无涯的故事海中，以上所述只不过是几朵浪花。面对这笔宝贵财富，怎样选取那些既有奇巧意趣读来津津有味，而又蕴含良知美德有益于少年儿童身心的文本，成为编辑者反复琢磨的课题。现已成书的这本故事选集实则难以尽如人意，今后还大有文章可做。

这里还须特别指出，许多年来，由于人们在学理上对民间文学创作与传承的集体性的误解，从而导致对相关口头传承人的个性特征、个人创造性的漠视，以致许多“不识字的小说家”的姓名在出版物中均被湮

① 刘守华，陈丽梅：《中国民间故事》，长江文艺出版社2019年版，第60～67页。

没。《中国民间故事集成》这部大书的编纂，坚持民间文学作品采录写定的科学性，将所有文本的讲述者、采录者，乃至采录的时间、地点均翔实列出，受到学界一致好评。我们在编选这套故事书时，按照《中国民间故事集成》的规范，一一注明故事口述者及采录者（或搜集整理者）的姓名。这些讲述人，已有相当数量在国家实施的非物质文化遗产保护工程中被列入国家非遗传承人名录，受到前所未有的保护与尊重。因而这不只是编排体例的变更，也透视出社会对这些民族、民间文化传承者的礼敬。

在反复阅读体味这些优美故事时，笔者不得不为创造传承它们的那些故事家的才能所折服。正如笔者在《中国民间童话概说》中所惊叹的：

> 人们编织故事的材料都是取自日常生活里极普通平凡的事物，它们就在孩子们的周围，可是经说故事的人加以夸张渲染，就在眼前呈现出一个闪耀着奇光异彩，隐藏着无穷奥秘的童话世界，简直是点石成金！①

不久前，《光明日报》刊出黄永林教授评议笔者几十年研究中国民间故事学术历程的长文，以《刘守华：把中国民间故事“点石成金”》为题②，文章标题正是取意于此。然而，这真正的点石成金者并非我们这些学人，而是置身于乡野泥土间的故事家，即鲁迅所称道的“不识字的小说家”。

笔者撰写过一系列关于民间故事的评论文章，或做思想文化价值评估，或做母题、类型解析，或做传承、传播脉络的搜寻，均有所涉猎。而对故事艺术世界的探求，却是笔者一直努力以赴的重点。近年有学人称之为“故事诗学”。五四以来新兴的民间文艺学，特别是改革开放以来新时代民间文艺学的蓬勃发展，多学科方法的运用乃潮流所向。可是作为中国文学遗产中最基本、最生动、最丰富的组成部分的民间口头语言

---

① 刘守华：《中国民间童话概说》，四川民族出版社 1985 年版，第 367～368 页。

② 黄永林：《刘守华：把中国民间故事“点石成金”》，《光明日报》2019 年 1 月 21 日。

叙事之作，只从人类学、民俗学等视角上来审视其价值，显然是难见其真谛与精神文化价值的。由此笔者倡言应将民间故事等口头语言叙事之作纳入中国文学大宝库之内，给予诗学解读，赋予它们以文学经典的适当位置，使之光辉永存！

四、故事诗学：中国故事学的新方向

所谓“故事诗学”，俄罗斯著名学者叶·莫·梅列金斯基（1918—2005）所著《神话的诗学》的论述特别精彩，笔者深受启迪。该书对神话向神幻故事的转变做了精辟论述：

> 神话之转化为神幻故事，须经历下列主要阶段：非仪典化和非虔敬化、对神幻“事例”真实性之笃信的减弱、有意识的构想之发展、民族志具体性的消失、神幻人物为常人所取代、神幻时期为那种见诸神幻故事的非既定时期所取代、推本溯源之有所减弱或不复存在、从对集体境遇的关注转向对个体境遇的关注、从对宇宙范畴的关注转向对社会范畴的关注；正因为如此，一系列崭新题材和一些结构限定则应运而生。①

这里所说的“神幻故事”，就是我们通常提到的作为民间故事主体的民间童话或幻想故事。梅列金斯基考察它由神话体裁向另一种叙事体裁转化所运用的诗学方法，实际上就是我们并不陌生的文艺学、美学方法，而有别于人类学、民俗学研究模式。

笔者研究民间故事，是从撰写和出版《中国民间童话概说》起步的，1983 年刊于《民间文学》的《民间童话的特征和魅力》是它的压缩篇，文中提出：“民间童话之所以世世代代为人们所喜爱，在于它将虚幻和真实、单纯和丰富、哲理和诗情巧妙地结合在一起。”② 认为这类深受民众

---

① 叶·莫·梅列金斯基：《神话的诗学》，魏庆征译，商务印书馆 2009 年版，第 280 页。

② 刘守华：《民间童话的特征和魅力》，《民间文学》1983 年第 6 期。

喜爱的传统故事，其艺术魅力在于诗意与哲理的巧妙融合。而其叙事艺术的奥秘则在于将大量神话中的神奇幻想转化成了现实社会中广大民众理想意愿的象征性表达。笔者特别注意到美学论著中对艺术象征性的下列论述：

> “象征性”偏于从一般的概念出发，不以某一特定的事实为根据，常常综合艺术家对某些问题或事件的认识和理解，采用比喻手法，以象征性的形象来表达问题的实质。象征的形式更含蓄并更富于概括性，但也更具有抽象性。象征的形式更适合于表现富有想象性的内容。①

在民众口头传承的民间童话或幻想故事，实际上就是由古老的神话艺术转化而来、以饱含哲理与诗情的象征性表达为特征的口头语言艺术作品。由此笔者尝试运用这一方法来解读民间童话。以《蛇郎》故事为例，蛇郎变形就是一种象征，象征男主人公的命运由卑贱向高贵的转变；正是在这男人命运转折的过程中，两姐妹美丑对应的心灵得到淋漓尽致的展现，善恶各有所报的社会伦理也给人们以强烈的感染。而民间故事的这一美妙构想和中国传统戏曲中的《姐妹易嫁》竟然不约而同地契合一致，更加表明它们有着共同的民族文化根基。笔者本着这一构想写出《蛇郎故事比较研究》②，获得学界认可。

笔者做故事学研究，先后出版了十多本论著，尝试过历史地理学派的故事类型研究方法，以及跨国跨民族和跨学科的比较研究方法，自然也借鉴了人类学、民俗学方法，可是惯常使用的似乎还是脱胎于文艺学、美学的这种诗学方法。由于学力所限，还够不上什么“范式”，只能说是不拘一格的尝试与探索。刘锡诚先生是笔者敬重的挚友，他在给笔者的自选集序文中说得十分中肯：

> 探索民间故事的艺术世界，几乎是守华至今故事研究的最重要的选择。他一直恪守“民间故事是人民群众的口头语言艺术”这个

① 王琦：《艺术形式的演变初探》，《文艺研究》1980 年第 3 期。

② 刘守华：《蛇郎故事比较研究》，《民间文学论坛》1987 年第 3 期。

学术理念，探索用不同的手段和方法，包括文艺学的研究、比较研究、类型研究；不论用什么方法和手段，目的在从不同的通道切入或进入民间故事的艺术世界。也正是这一理念及其探索，把他的研究与其他流派、其他学人区别了开来。①

关于“故事诗学”这个话题，笔者的自选集《民间故事的艺术世界》收录的那些文章，较为集中地反映了笔者在这方面的探索印迹。

这里须加申说的是，故事诗学的提出，并非只是单纯就方法论的开拓而言。首先，民间故事是一种最为大众化而且富于魅力的口头语言艺术，致力于诗学解读，有助于向大众突显其优美动人的特质；其次，正如罗永麟先生所揭示的，中国民间故事传说多是在口头文学、通俗文学和作家文学“三位一体”的格局中发育成熟的，做诗学探索，有助于发掘其所蕴含的中华文明的优良基因。笔者尝试过以比较文学方法和类型研究方法研究故事，受到学界肯定。近几年揣摩中国民间故事艺术魅力之奥秘，尝试用吸纳文艺学、美学成果，以诗学眼光来解读“求好运”这类民间故事经典，似乎对笔者体味这份口头文学珍品的美感与价值有了进一步的收获。笔者倡导“改写”民间故事，又尝试用“故事诗学”眼光来解读民间故事，都是为了让民间故事回归文学，回归更吸引大众特别是青少年的中华精神文化家园。

故事诗学强调故事类型研究的文艺美学方法，也强调在故事传承的文本精选上的审美原则。2016 年 6 月，中国民间文艺家协会举行第九次全国代表大会时，时任中宣部部长刘奇葆同志致辞中的这一段话特别受到笔者的关注：

可以说，民间文艺是传统文化遗产中最基本、最生动、最丰富的组成部分，印刻着中华民族独特的文化记忆和审美风范，值得我们礼敬和传承。②

---

① 刘守华：《民间故事的艺术世界——刘守华自选集》，华中师范大学出版社 2009 年版。

② 刘奇葆：《在中国民间文艺家协会第九次全国代表大会开幕式上的讲话》，《中国艺术报》2016 年 6 月 15 日。

这三个“最”字是对民间文艺价值的高度赞赏与深度评析，这一深刻而简明的文化论断，是否具有某种来源呢？笔者按自己的记忆线索，查找到1950年3月29日中国民间文艺研究会成立时，首任会长郭沫若先生的讲话。他开宗明义讲道：

> 如果回想一下中国文学的历史，就可以发现中国文学遗产中最基本、最生动、最丰富的就是民间文艺或是经过加工的民间文艺的作品。①

原来关于民间文艺的这三个“最”的卓越见识，是这位文化巨匠从中国文学发展史中概括而来的科学论断。1950年3月在新中国刚刚建立、百废待举之际，党和政府就在北京率先组建第一个群众文艺团体“中国民间文艺研究会”，并推举郭沫若为首任理事长，郭沫若在那篇著名的讲话中给中国民间文艺所做的包含三个“最”字的著名评价及所确定的致力于学术研究和推动新文艺发展两个主要目标，构成了中国民间文艺学诗学传统的雏形。

反思中国民间文艺学发展的不充分、不成熟，也正是表现在对其中华文学特质的认识与开掘尚不深入，还未能把这一口头语言艺术财富作为“最基本、最生动、最丰富”的中国文化宝藏来对待。笔者致力于“故事诗学”的倡言和耕耘，用意即在于此。近日读到刘锡诚先生的《民间文艺学的诗学传统》② 一书，深受启迪。新中国成立七十年特别是改革开放新时期以来，中国民间文艺学虽然具有多学科交叉融合的特点，而着力于民间文艺学诗学传统的探求仍拥有坚实基础和显著成绩，刘锡诚先生的《民间文艺学的诗学传统》，就是以“诗学传统”为中心对自己学术成果的系统展现和进一步倡导。几十年来他对牛郎织女、白蛇传、梁祝、八仙、灶王、金鸡、陆沉诸多故事传说以及故事家、故事村专题的研讨，就贯通了鲜明的中国诗学传统，并常常给笔者的故事学研究以

---

① 郭沫若：《我们研究民间文艺的目的——在中国民间文艺研究会成立大会上的讲话》，《人民日报》1950年4月9日。

② 刘锡诚：《民间文艺学的诗学传统》，上海文化出版社2018年版。

有益启示。

在中国民间文艺学的几个分支学科中，笔者以为神话学、史诗学的成果最为显著，民间故事学也是深受学人青睐而拥有丰硕成果的一个领域。继万建中所著《20世纪中国民间故事研究史》① 于十年前问世后，其弟子漆凌云又于近年推出一本更为厚实的《中国民间故事研究史论：1949—2018》②，深深地吸引着我这个“追故事的人”。此书不但将民间故事的采录与改写、类型研究、比较研究、故事形态学研究、故事文化人类学研究等进行多侧面的广泛评述，而且收录了好几位故事研究家的长篇访谈实录，还有关于中国故事研究论文与专著在学界“高被引”的数据展示，以突显其实际影响（如“高被引”民间故事论文列出53篇，其中笔者有9篇；另列出“高被引”在70次以上的民间故事著作中，笔者的《中国民间故事学》两种版本分别达到273、315次）。由此可见漆著用功之精细，不能不使人深表赞许。

在这部著作的结语中，作者从“眼光向外：故事学的开放性”、“眼光向内：夯实故事学学科基础”、“眼光向下：关注民间故事的多重生存样态”以及“本土话语、术语体系、研究体系与中国学派”这四个侧面，阐述了故事学学科建设的中国路径，他写道：

> 但当下中国故事学术话语体系化不足，未出现在学界具有广泛影响力的研究范式、未能形成一系列理论命题是短板。唯有利用好本土材料提出具有阐释力的中国故事学话语体系，故事的中国学派才得以成立，中国故事学才能在国际民间文艺学界发出“中国声音”。③

作者的精细观察和深入思考，是对中国故事学建设的有益启示。

关于“眼光向外”、“眼光向内”之说，实际上已成为学界的共识。这里仅就笔者见闻所及，略述一些动态。

---

① 万建中：《20世纪中国民间故事研究史》，北京师范大学出版社2011年版。

② 漆凌云：《中国民间故事研究史论：1949—2018》，中国社会科学出版社2019年版。

③ 漆凌云：《中国民间故事研究史论：1949—2018》，中国社会科学出版社2019年版，第217页。

以“眼光向内”而论，新中国成立七十年来持续开展的民间文学采录工作，已成为人类文化史上的壮举，而以民间文学三套集成为代表的书面写定文本及音像资料的出版整理和数字化，后期工作还远远没有完成，亟待付出巨大努力将这项根基性的文化工程做好。笔者近期读了山西省张余、范金荣所著《山西民间故事情节类型索引》①，他俩花费10多年功夫，将105个山西民间故事资料本中的所有故事做了13500余张情节卡片，归纳出1205个类型，并一一注明其原初出处，这就是一种眼光向内、筑牢根基的故事学建设工程，也是对构建中国民间文艺学具有深远价值的著作。

再以“眼光向外”而论，笔者所在的华中师范大学民间文学专业从20世纪80年代开始，即邀请美国学者丁乃通和邓迪斯、俄罗斯学者李福清、日本学者野村纯一等前来讲学，并由陈建宪翻译《世界民俗学》，从而开启学科发展新天地。新时期以来的中国民间文艺学以多学科方法的运用为特征，这些学科从历史地理学派、文化人类学派、比较故事学、故事形态学、口头诗学程式、表演理论等，经由相关学人引进，用于中国民间文学研究，均有成效。时至今日，放眼全球，时势巨变，尤其是新时代中国特色社会主义建设的伟大成就和人类命运共同体理念之深入人心，给民间文艺学这个小学科的吐故纳新带来新的挑战和机遇。有鉴于此，作为华中师范大学一流学科的中国语言文学学科便和上海文艺出版社于近期协商，制定了一个汉译世界民间文学研究论著的合作协议，其中第一本就是美国杰克·齐普斯这位著名学者的童话论集。齐普斯的童话理论立足于社会历史视角，强调童话与社会文明的互动关系，倡导童话在不断改写与转化中发挥其乌托邦的批判精神，兼顾童话的外部关系和外部研究，具有动态性、系统性和批判性的理论特色，为中国的故事学提供了重要借鉴价值。这本书的中文译者为美国西部民俗学会会长张举文教授，译稿已完成，即将交付上海文艺出版社，进入出版流程。对齐普斯童话理论的初步介绍，《民间文化论坛》2019年第5期已刊发

① 张余，范金荣：《山西民间故事情节类型索引》，商务印书馆2019年版。

3篇文章。齐普斯本人、张举文教授和华中师范大学民间文学专业博士生雷娜的论文各一篇[①]，相信会激发中国故事学家的研读兴趣。

笔者于20世纪50年代起投身于民间故事学苑耕耘已达六十余年，十余种论著获国家出版基金资助，将辑成《刘守华故事学文集》于近年问世。学界反响较大的《中国民间故事史》列入中华学术外译规划项目，正译成英文、日文，将在国外出版。《光明日报》2019年1月21日“光明学人”专栏发表评论，称道笔者初步建构了中国民间故事学的理论体系，实属过誉。笔者相信，不论是将神话、传说、故事融为一体建立民间叙事学，还是在民间口头文学、通俗文学、作家文学三位一体的大文学史，乃至中国文化史的宏大背景上来考察民间故事，或在人类命运共同体的广阔视野中来审视这些口头语言艺术奇葩，都有待于“故事诗学”的新开拓，因而“故事诗学”具有广大而无比诱人的学科前景。

① 杰克·齐普斯：《迈向文学童话的定义》，张举文译，《民间文化论坛》2019年第5期；张举文：《一位改变英语世界对格林兄弟童话认识的学者：杰克·齐普斯》，《民间文化论坛》2019年第5期；雷娜：《齐普斯童话理论的新视野》，《民间文化论坛》2019年第5期。

荆楚民间文艺寻踪

渔民闹革命的故事[①]

——洪湖采风纪实

去年秋天，我同几个同志被组织上分配到洪湖边的一个渔村里去搞工作。

到村里的第二天，热情年轻的李村长就告诉我：这里是头次革命时候的老根据地。有一位搞过头次革命的张大爹，现在还健在。村里的小伙子们，一有空就喜欢围住张大爹的船，听他讲说当年革命斗争的故事。

一天，工作完毕，我就抽空同村长一路，到湖边看望张大爹去。在一个凹进来的小湾里，泊着几只小渔划子，船尾还冒着一缕缕的炊烟。村长指着打头的一只船告诉我，那就是张大爹的渔船。这时一位老人抱着一副“撒网”跨上岸来。他瘦精精的个子，脸上筋肉像小山包一样突起，黑中带红；下身围一个旧棉布的“围裙”，老远他就笑嘻嘻地同我们打招呼，又叫孙女拿了两个小板凳上岸来，我们坐下就和老人拉呱起来。

他微笑着说：“洪湖真是个鱼米之乡，我这大半辈子就没离过它，这地方就是好哇！可是，同志，你不要以为我们生活一直是蛮好咧！在国民党的时候，我们真比水里的小鱼虾也不如！那时湖水被前面村子里的大恶霸万明阶霸占了，”张大爹用手指着老远的湖对岸一堆屋影子对我说：“他仗他叔叔在国民党里做县长有狠，把洪湖的湖水‘插帜为标’，他把标插到哪里，哪里的湖水就成了他的。到湖里打了鱼，还非卖到万明阶行里不行。有一年冬里，我手都冻紫了，弄了七八斤鱼，他往四十八两的大秤上一钩，说只有两斤多鱼，换得升把米。我恨不得一下把那狗日的

① 原载《展望》1953年第23期。

秤杆摔断。老婆和几个娃们都望着哭起来了，升把米做胡椒也不辣呀！

“在那种日子里，我们不闹革命，行吗？那时候，老早我们就听说江南（指湖南）那边出了共产党，专门帮穷人打天下，我们好喜啊！日也望，夜也望，到底把共产党望来啦。一天夜里，湖里来了三四条船，都是穿的便衣，背的大斗笠，说是‘红军’。红军同志就老在我们船上过夜，还叫我们组织苏维埃，组织赤卫队，打倒土豪劣绅。要翻身了，哪个不喜？年青小伙子们个个成天都是手里拿着矛子，乐滋滋的。杀豪绅啊，杀湖霸啊，真有劲头！

“那时，离湖那边十几里路的峰口，住着几十个‘白狗子’。一听说湖里有共产党，狗日的万明阶就跑去躲起来了。他们还三天两天到左近乡里打鸡子吃。老百姓老早就恨不得把他们连鸡子一锅下，就是自己没枪，矛子再狠些，也总打不赢人家的枪炮呀！大家后来就琢磨想办法，把枪壳子绑在木头做的假枪头上，枪壳子肚里放上硝，用香把引线一点，‘拍’的一响，就和真枪没有两样，很可以吓一下人哩！我们另外又准备了几十个火把，十几面锣。一个乌七八黑的夜里，我们坐了几只划子过湖去。到大半夜，我们都在四面伏好了，一声枪响，四面八方都‘噼噼啪啪’响了起来。火把照得半边天都是红的，就同过旧年腊月三十夜里放鞭炮点火把柴一样。锣声、喊声震天响。‘白狗子’吓慌了，以为是红军大队伍到了，从床上爬起来，打赤脚，朝天上乱放枪，又不敢向外面跑。我们几十人就从一个一个的小巷子里涌进街，把匪军杀的杀，捉的捉，一个也没漏网。万明阶也被我们从床底下拉出来杀了。真算便宜了他，一点没叫他受罪。

“后来，红军开到北方去了。蒋介石派了什么‘新三旅’呀，‘警备旅’呀，来‘围剿’洪湖，到的地方连三岁小娃也杀光。我们越发气愤不过，白天里下湖，夜里就上坡去‘摸椿’。（注：即夜里用刀子杀人的意思。）有一回夜里，湖里伸手不见五指，我们约了五个人，划了一只划子就到湖对岸柳林村里摸那个叛徒陈筱阶的椿。我们把他门敞开，他还睡在床上像猪打鼾。他以为我们是国民党的便衣，喊我们：‘兄弟们喝茶，有什么事小弟一定帮忙！’我们把他拉到湖边僻静地方就揍了。第二天，驻在大峰口的一连白狗子听了信，大清早就到这里来‘剿共’，一个影子也没找到，望着一片白的湖水干瞪眼。我们都到湖里打渔去了。

“受苦受难熬到了头，听说红军又回到洪湖来了，我真是喜得有半个月未睡着。同志们真的来了！我握着同志的手，千言万语挤在喉咙里说不出来。我看看同志的身上，看看同志的脸上，还是和从前的红军一样，只是胸前加了个‘中国人民解放军’的牌子。我哽了半天才说了两句话：‘同志真辛苦了，我们望你们来真把眼睛也给望穿啦!’

“解放后政府照顾真周到！发优抚粮啊！贷款啊！去年十月间毛主席又派了代表来慰问我们。我一见代表，就像见了毛主席一样。我跟代表说：‘我们这真是见了太阳，政府照顾真周到，叫毛主席莫挂牵!’”

张大爹还打算说下，村长就插嘴说：“现在我们这里还成立水产公司，收鱼的价钱公道，秤又平，我们有鱼总是先让水产公司挑。银行里还派同志贷了三百万块钱把我们发展渔业。现在湖水又是自己的，吃了喝的真还有落的。”这时，张大爹忽然想起了一件事，抬起头来问我：“刘同志！听说将来种田用拖拉机，打渔也用机器呀!”我说：“将来都用机器的，苏联老大哥现在打渔还不是都用机器?”“那时我这网也不消补得了!”老人脸上立刻显出无比喜悦的神情来。他兴致勃勃地为我们唱了一首渔民的歌谣，我们听罢就回来了。歌谣说：

洪湖水，浪打浪，
太阳出来发红光。
渔船翻翻把湖下，
男女老少齐歌唱。
歌唱领袖毛主席，
歌唱救星共产党。
歌儿越唱越响亮，
鱼儿打得满船舱。
青山高来流水长，
毛主席恩情永不忘。
毛主席啊！我们渔民永远跟着你！
幸福的光景万年长！

洪湖老革命根据地人民对红军的歌唱[①]

洪湖老革命根据地，歌颂红军的诚挚动人的歌声，虽然被国民党反动派压抑了十几年，但歌声永远不曾熄灭！

大概是在戊子年（一九二七年）左右，广大农民正被国民党匪帮、豪绅地主压迫剥削得透不过气来的时候，望来了贺龙红军，正像要枯死的禾苗望来了大雨一样，他们该是如何喜爱红军啊。

睡到半夜深，门口在过兵，又不要茶水，又不惊百姓，只听脚板响，不听人做声，伢们不要怕，这是贺龙军，媳妇你起来，门口点个灯，照着大路上，同志们好行军。

地米菜，开白花，红军哥哥到我家，不是百姓故意夸，红军哥哥太好啦！不是你抢挑水桶，就是他把扫帚拿，处处总是帮百姓，对待我们像一家，南兵北兵见多少，从未见过有这话！

接着农民革命运动就像暴风骤雨似的起来了，在洪湖的每一个角落里，都展开了翻天覆地的斗争，红军帮助他们打倒了压在他们头上的豪绅、地主；分了田地；农民武装起来，成立了赤卫队、少年先锋队，配合红军给了周围敌人以严厉的打击，当时农民在红军赤卫队打下了黄蓬山及峰口以后兴奋地唱道：

红军士兵真可夸，争先又恐后，勇敢把敌杀，向前进，喊冲锋，号声不住嘀嘀哒！敌人胆吓破，连滚又带爬，不敢回头望，心里乱如麻，上天无路，入地无门，腿软脚又滑，就把长官骂，怨恨咬齿

① 原载《湖北日报》1952年9月29日，署名刘毅。

牙，从今后，再饿死，也莫当“丘八”（丘八是国民党的兵），我军集合后，一人也不差，民众都欢迎，挑水来烧茶，刀枪林立，旌旗飘扬，赤色映紫霞。

红军赤队少队多（少队系少年先锋队），去把峰口破，土豪劣绅们，死得多又多，尸骨堆成山，血水流成河。红军抬头看，民众一多半，一个个都拍手，高喊要杀完。

以后，由于国民党匪帮疯狂地对洪湖根据地进行连续不断的“围剿”，红军只好暂时告别了亲爱的洪湖人民。这时，农民们是多么恋恋难舍啊！请听这一首歌吧：

红军说声要开差，伢儿大人把衣拉，红军哥哥几时来，再来一定到我家，我们没有么招待，还望同志包涵下。

他们相信：“红军总有一天会回来的。”在红军走后的国民党黑暗统治的艰难岁月里，他们仍旧和敌人进行着抗粮、反对投诚等不屈不挠的斗争。

终于，他们望到了这一天：

一九四八年人民解放军解放了洪湖，他们兴奋得眼里涌出了热泪，千言万语挤在喉咙里一时说不出来。他们该是多么高兴啊！

一九五〇年，中央又派了访问团向他们进行了热情的访问，并把毛主席的话带来了：“发扬革命传统，争取更大光荣！”

现在洪湖老根据地人民在人民政府大力扶持下，今年又加已完成了土地改革，已经恢复了生产，正为争取更大光荣，创造自己美好的将来而奋斗。

人们永远不会忘记红军。这些歌声将永远深深印在每个洪湖老根据地人民的心里。

漫谈洪湖革命歌谣的特点与价值①

30 多年前，我曾经在洪湖师范学校读书，下乡参加土改运动，采录洪湖革命歌谣，并用“刘毅”作笔名发表过一小部分。1953 年我进华中师范大学中文系攻读，当时我已读到了钟敬文先生主编的《民间文艺新论集》，开始懂得保持民间文学作品原始面貌的重要性，便将直接搜集的这些歌谣再行抄录和整理，保存下来。它是我这半辈子从事民间文学专业的起点，我永远忘不了洪湖水和洪湖革命歌谣。

随着岁月的流逝，这些材料显得更为珍贵起来。这次应《洪湖革命诗歌选析》编写组之约，把那未曾发表过的十多首抄出来供大家欣赏研究。并就我的实际感受，谈谈洪湖革命歌谣的一些特点和价值。

洪湖是第二次国内革命战争时期湘鄂西革命根据地的中心。当地土生土长的民间文艺本来就很丰富多彩，特别是各种民歌、小调，十分流行。大革命时期，党组织很注重运用这些传统民间文艺形式宣传革命，鼓动民众。1929 年鄂西特委给党中央的工作报告中就写道：“在工农群众中，最容易发生效力的，是歌谣及一切有韵的文字方面的宣传，多有仿用十二月、十杯酒、闹五更、孟姜女等调，或用十字、六字句的韵文。在许多环境较好的地方，都可以听见农民把这些歌词提起喉咙高唱。”这里就包括了洪湖地区。洪湖革命歌谣的流行，是在当地民间文艺的肥沃土壤上，由我党大力扶植倡导的结果。当时的党组织虽以组织发动武装斗争为中心任务，却又很注重文化宣传，并取得了良好效果。到 20 世纪 40 年代，毛泽东发表《在延安文艺座谈会上的讲话》，主张在文艺上用

---

① 原载谢作华主编：《殷红的诗篇》，中国民间文艺出版社 1988 年版。

工农兵群众所需要、所便于接受的东西来为他们服务，其实是对我党多年来所做工作的总结，并非凭空提出的意见。在洪湖地区传唱的有一类是其他苏区共同流行的革命歌曲，除了所熟知的《国际歌》之外，就我采录到的，还有《工农革命军》《妇女革命歌》《辛苦农友们》《放脚歌》等；另一类是就地取材，利用当地流行的民间小调，自编新词之作，如《打黄蓬山》《破峰口》《打藕池》《贺龙军》《月清哭夫》《放牛娃歌》等，能够归入“洪湖革命歌谣”之列的应当是这类作品。所以洪湖革命歌谣的主要特点就是就地取材、推陈出新。它们的艺术形式是民间流行的苏武牧羊、孟姜女哭夫、十二月等小调，用这些调子传唱，按这些调子所要求的字句规格编词。

作为“歌谣”，人们所珍视的是它的歌词。在内容上，有的直接引用革命口号，如“推翻一切旧军阀，不怕牺牲要自由”“掉转枪头杀长官，参加红军来革命”，虽在当时起过宣传鼓动作用，但缺乏文学欣赏价值。而大多数作品却是表现了丰富生动的革命斗争生活与思想情感内容的。大体包括如下四方面：

1. 倾诉旧社会遭受阶级剥削与阶级压迫的痛苦。诉苦歌本是民间歌谣的传统内容，这一时期因受革命风潮的激发，阶级意识和革命情绪变得更加鲜明强烈，如《贫民歌》。

2. 歌唱红军、抒写军民之间的鱼水深情。如《贺龙军》《红军哥哥到我家》。洪湖人民接触到中国历史上第一支新型的人民子弟兵，对他们唱出了深情的赞歌，至今读来仍觉感人肺腑。

3. 歌唱战斗的胜利。当时似乎有一种风气，每取得一次战斗的胜利，人们便情不自禁地要编歌来唱，记述战斗的经过，表达胜利的欢欣。《打黄蓬山》《破峰口》《打藕池》等便是其中的一些代表作。主要内容是纪实性的，具有珍贵的史料价值。有些词句如“尸骨堆成山，血水流成河”之类，则是借用旧词对激烈战斗所作的一种夸张形容，实际上这些战斗并没有达到那样的规模。

4. 亲人牺牲后的慷慨悲歌。如《刘绍南殉难词》《月清哭夫》《十二个月》。广为传诵的《刘绍南殉难词》，一般认为是刘绍南就义时所作，据参加大革命的一位老人对我讲，那是刘绍南牺牲一周年后同志们悼念烈士之作。《月清哭夫》和《十二个月》则是妻子悼念死难丈夫的歌谣，据说月清是刘绍南的妻子，其实是人们的一种艺术虚构。洪湖地区的民间歌谣受戏曲唱词的影响，喜爱假托某种角色来叙事抒情，这类借革命烈士和烈士妻子的身份、口吻来慷慨悲歌的作品便流行开来。它们情真意切、催人泪下，却又慷慨壮烈、正气凛然，将洪湖人民在革命失利遭受巨大牺牲痛苦时所具有的顽强不屈的精神生动有力地展现出来了，虽不免有些哀伤，却感人至深。

洪湖革命歌谣在语言艺术上是很精美的。中国诗歌的传统表现手法，大体都可以归纳在赋比兴之内。一般人都推崇比兴，认为用比兴手法写成的诗才情景交融，意味深长，这当然是不错的。可是因此而贬抑赋体，认为用直陈其事的赋体写诗，一定都是味淡如水，那就有欠公允了。洪湖革命歌谣中很少比兴之作，大都是直叙其事，借景抒情，将真挚热烈的情感倾注在鲜明生动的画面之中，使情景融会，激动人心。《贺龙军》就是代表作之一：

睡到半夜深，门口在过兵，
婆婆坐起来，顺着耳朵听。

在兵荒马乱的岁月，半夜三更门口过兵，老人莫不心惊胆战，害怕灾祸临头，殃及子孙。这里勾画出一幅极生动的又富有典型意义的生活小景。

又不要茶水，又不惊百姓，
只听脚板响，不听人做声。

这位饱经忧患的老人凭自已的耳朵，一下子就判明是什么军队了，于是由骇怕转为惊喜，连忙把儿孙唤醒：

伢们不要怕，这是贺龙军，
媳妇你起来，门口点个灯，
照在大路上，同志们好行军！

不但赞扬了贺龙红军的严明纪律，还表达了劳苦群众热诚拥护红军、军民亲如一家的动人情感。寥寥数语，不足一百个字，却包含有呼之欲出的人物、急剧转折的情节和跃动流溢的情感，用语是那么朴实又那么精当。不但是革命歌谣中的珍品，也是我国各族民间诗歌宝库里千古不朽的佳作。

洪湖革命歌谣过去多散见于报刊。1956 年湖北人民出版社编辑出版过一本《洪湖革命诗歌选》，早已停版，而且那个本子所搜集的材料也不完全。我们现在既要广泛搜集，还要以科学的态度和方法加以校订考核，还其本来面目。20 世纪 50 年代初期，人们的民间文学知识比较贫乏，不懂得对待民间文学要忠实记录、慎重整理的道理和方法，报刊发表的作品一般都不注明来源（口述人、流传地区及有关情况），也不注意分辨忠于原作的记录、改编或新创作的界限。时间一久，就真伪莫辨、来历不明了。例如：

老子本姓天，家住洪湖边；
要想捉到我，除非是神仙。
枪口对枪口，刀尖对刀尖；
有我就无你，你死我见天！

此歌谣现已收入《历代民歌精华》一书，成为洪湖革命歌谣的代表作，只可惜其出处不明。以“洪湖水，浪打浪”起头的那一组《洪湖渔歌》，许多人把它作为洪湖革命歌谣来看待，50 年代初期在洪湖地区流行很广，我曾经从乡下农民口头记录过。但它是在洪湖解放后流行的，从歌词到曲谱显然由新文艺工作者做过加工，甚至完全是新创作的，它的来历也须加以考究。现在洪湖革命歌谣已不单纯是一种供人欣赏的艺术品，还成为研究洪湖地区革命斗争历史的一份宝贵资料。尽管许多作品在语言艺术上尚显粗糙，但作为历史资料的价值今后将越来越显得突出。

总之，我们要重视洪湖革命歌谣的美学与科学价值，要更好地搜集、保存和研究洪湖革命歌谣，使这遗响绝唱伴随洪湖地区的光荣革命史迹长留人间。

慎重地对待民间故事的整理编写工作[①]

人民教育出版社不久以前整理了民间流传的关于牛郎织女的故事，把它编进了初级中学文学课本第一册。8 月号的《北京文艺》上李岳南同志写的《由〈牛郎织女〉来看民间故事的思想性和艺术性》一文，在论述民间故事的思想性和艺术性的同时，也谈到了这篇故事的整理编写工作。作者认为这篇故事的整理编写工作是做得比较成功的，成功的主要表现，就是整理者“对于牛郎、织女形象的描绘上，内心的刻画以及一些必要的细节（如织女在天宫时的苦恼情况和牛、女的家庭生活等）和必要的伏线（如老牛会说话等），不但没轻易放过，而是达到了刻画入微、合情合理的要求”。和李岳南同志的看法相反，我认为这正是整理编写工作失败之所在。

首先，我认为这些“描绘”和“刻画”与整个故事情节的发展并没有什么有机的联系，因此显得可有可无，甚至画蛇添足。我们都知道，民间故事在表现手法上有一个很明显的特点，就是通过引人入胜的故事情节的发展来刻画人物形象，引起读者的共鸣，使读者受到感染和教育。情节的主线突出，结构单纯，凡是一切和情节发展毫无关联或可有可无的细节描写，都是不允许存在的。因此讲起来方便，听起来清楚，容易突出主题，在读者心灵上造成鲜明的印象，没有头绪纷繁和一团模糊的感觉。整理后的《牛郎织女》的主要情节为牛郎、织女大胆的结合，王

---

① 原载《民间文学》1956 年第 11 期，副题为“从人民教育出版社整理的《牛郎织女》和李岳南同志的评论谈起”。曾被选载于中国民间文艺研究会编辑的《民间文学搜集整理问题》一书，上海文艺出版社 1962 年版。

母娘娘对他们的迫害——被隔在天河两岸化为牵牛、织女二星，和他们的反抗精神。歌颂他们反封建、争取婚姻自由的叛逆精神，应该是这篇故事的主题所在。其他一切交代、照应、描写，都必须紧紧地围绕着这条主线，根据它的要求来进行适当的剪裁。文学课本的编者却忽略了这一特点。他们为了扩大故事的教育效果，企图使学生不仅从作品的主要情节所显示出来主人公的某些优秀品质所反映的社会现实中受到教育，还要认识到“牛郎的善良和勤恳”，“织女的勤劳”，“牛郎兄嫂的贪婪和自私”等等。所以就加进了一些不必要的“描绘”和“刻画”，如李岳南同志所形容的“不厌烦地”写了牛郎兄嫂如何待他很不好，他照看那头牛如何挺周到，那头牛如何由不会说话而“转化”到会说话，以及哥嫂如何把他赶了出去，和牛郎在这些事件中的心理活动，等等。这样的描写达一千三百字左右，约占全文的三分之一。然后才言归正传。牛郎的善良和勤恳，他的悲惨的遭遇，是获得老牛的帮助和织女的爱情的必要条件，否则，情节的发展就会显得不合情理。但它不是故事的主线。故事的主题并不在于表现牛郎的善良勤恳等优秀品质和牛郎兄嫂的贪婪自私，像许多兄弟分家的民间故事一样，因此对这几点只需用精练的语言，简略地叙述一下就够了，显然不必作“入微”的“刻画”，弄得主次不分。至于老牛如何由“一个动物性格后来转化为人的性格”的描写，李岳南同志认为这种“新的创造和加工”，“更发挥了这个故事的人民性和艺术性的光彩，更符合于群众的要求和艺术上的真实性”。我认为也是画蛇添足。谁都知道，将动植物人格化的这种手法，早已被固定下来，成了民间故事的艺术特点之一。动植物说人话或具有某种神奇的本领，在民间童话、故事中已是一种司空见惯的现象，读者并不觉得有什么“突然”之处。把它们如何由动物的性格“转化”为人的性格这样一个“转化”过程详详细细地向读者交代，完全没有必要。

由于这些描写是作者凭主观的意图和爱好加进去的，自然毫无民间的气息，在风格上和故事的本来面目极不协调。正如酒精里掺进去水一样。

前面已经谈过，民间故事主要是通过故事情节的逻辑发展来刻画人物形象、突出主题的，一般不作静止的心理描写。这种艺术手法曾有力地影响了中国许多古典小说的创作，鲁迅的小说也保持和发扬了这种优点。但经过编者整理之后的《牛郎织女》，在人物“内心的刻画”方面，却达到了“入微”的程度。这一特点在原文描写他们兄弟分家的那一段更为突出：

> 哥哥嫂子想独占父亲留下的家产，现在牛郎长大了，要是他提出分家，怎么办？牛郎从小控制在自己的手心里，干脆说不分给他，想他也不敢说什么，可是左右邻居不免说闲话，独吞家产的恶名声传出去，怎么办？想来想去，只恨爹娘多生了个牛郎。
>
> 一天，哥哥把牛郎叫到跟前，装作很亲热的样子说：“你如今长大了，也该成家立业了。老人家留下一点儿家产，咱们分了吧。一头牛，一辆车，都归你，别的归我。”
>
> 嫂子在旁边，三分像笑七分像发狠，说：“我们挑顶有用的东西给你，你知道吗？你要知道好歹，赶紧离开这儿，去成家立业。天还早，能走就走吧。”
>
> 牛郎听哥哥嫂子这么说，想了想，说：“好，我这就走！”他想哥哥嫂子既然扔开他像泼出去的水，他又何必恋恋不舍呢？那辆车不稀罕，幸亏那头老牛归了他，亲密的伙伴在一块儿，离开家不离开家有什么关系？

这种“入微”的“内心的刻画”显然和民间故事的艺术风格是不相容的。

而且这种描写所用的语言也是极端缺乏民间色彩的。民间语言的精练、形象、铿锵、和谐、强烈的节奏感和韵律感、夸张和比喻的经常使用等特点在这儿一点也看不到，完全是道地的现代文学语言，如果不加说明，谁都会以为它是从一篇什么现代小说中摘录下来的一段。

由于这种描写的性质完全是现代化的，所以就破坏了故事中人物形象的完整性。牛郎织女的形象本来是具有很浓厚的幻想色彩的，这并不影响他们对读者的感染作用。作者却用现代的文学语言和表现方法来描写他们，赋予他们以现代人的思想感情，于是他们在某些地方，比如在分家的场合中，也变得现代化了，以致前后判若两人。刚才所引的这段文字就可以说明这一问题。

这种现象不仅存在于“牛郎织女”的整理编写工作中，也普遍存在于整个民间文学领域。例如在搜集整理民间故事方面比较有成绩的董均伦、江源、肖甘牛等同志，的确整理出了许多成功的作品，但也有些作品充满了现代小说中的细节描写，有的只是一个故事框子。因此看起来不像民间故事，倒像是短篇小说。有的甚至连一般的小说还赶不上。由肖甘牛同志整理、湖北人民出版社出版的《宝盖山》一书中的许多“民间故事”“民间传说”就是较突出的例子。其中像“四凤慢慢抬起头来，望着妈妈满是皱纹的脸孔。她想到以前爸爸交不起恶霸地主的田租，在监牢里给关死了。哥哥被抓壮丁抓走后，在匪军官的枪头下折磨死了。……”这样拙劣的描写，俯拾即是。许多地方文艺刊物上发表的民间故事，有些整理工作做得更糟，往往弄得一篇民间故事面目全非。比如今年 4 月《广东文艺》上发表的吴启彦整理的《幸福的柏耀》，其中就有竟拙劣到如此地步的描写：

> 仙女穿好了衣服，走上了水塘的堤上，她看见站在她面前的是一个诚实而又英俊的青年，也看着青年人的那一对火热的爱恋的乌溜溜的眼睛，她顿时觉得这个青年很是可爱，一种年轻人应有的爱情之火，也在她的内心里燃烧起来。她投进了柏耀温暖的怀抱，她答应了柏耀的要求，做了柏耀的妻子，做了一个欢乐人间的凡人。

民间故事的许多艺术特点是在长时期的口头流传中形成的，它和这些故事所表达的内容有机地结合在一起，形成一个内容与形式高度和谐完美的整体。对这些艺术特点的忽略，必然会破坏故事中人物形象的真实性和完整性，损害到内容的表达和民间故事的思想教育意义。

产生这种现象的根本原因，我认为主要由于我们许多从事民间文学搜集整理工作的同志对这种工作采取了一种简单的、粗暴的态度，忽略了整理民间故事最基本的一个要求，即保持民间故事原有的风格和艺术特点。他们想“丰富”民间故事，扩大民间故事的教育效果的主观意图是无可非议的，但由于他们没有更深入地进行搜集工作，掌握足够的资料，没有认真地研究民间故事的艺术特点，因此就不可能像阿·托尔斯泰那样“从无数主题相同而手法不同的故事当中，先挑选出最有趣和基本的一种，再用别的语言和情节生动的故事来丰富它”。他们不能根据原来的风格用民间的手法和民间语言来增添、改变，或补足故事的某些地方，把民间故事的一切清新和自然保存下来，只好用一些拙劣的描写、廉价的形容词像写小说那样把故事的框子填满。

再没有谁比阿·托尔斯泰对这种现象批评得更为中肯的了，他说：“编这种故事集的人常常担任故事的改写工作，并且常常不是用民间语言，不是用民间的手法来复述它们，却是文学地，那就是用老一套的语言，用文绉绉的语言来复述它们，这种语言，和民间语言没有丝毫相同的地方。

“用这种方式复述的故事，常常失去一切意义——这些故事里面，优美的民间创作，就只剩下了一个主题，而最主要的东西——像民间语言、机智、清新、特色、叙述和谈话的方式，换句话说，就是民间的风格——全都失去了，这正好像蝴蝶翅膀上美妙而脆弱的图案，碰到了人的粗笨的手指给毁坏了一样。”这篇写在《俄罗斯民间故事》前面的序言，经常被我们许多从事民间文学整理、研究工作的同志们引来引去，但似乎很少有人想到用它来作为镜子，检查一下我们工作中的存在的问题和工作中的缺点。

在这篇文章里，阿·托尔斯泰也介绍了他整理俄罗斯民间故事的宝贵经验，其中有一条最重要的原则，就是要“根据原来的风格”增添、改变、补足故事的某些地方，“把民间故事的一切清新和自然保存下来”。而这一点，只有在对这种工作采取审慎的态度，艰苦深入地进行搜集工作，掌握丰富的资料和认真地研究民间故事的艺术特点的基础上才有可能做到。

作者不是专门做民间文学整理研究工作的，以上意见是否恰当，希望能得到专门从事这项工作的同志的指正。

1956年9月15日，武昌

桂苑春花长相忆[①]

华中师大校报举办“岁月如歌”征文，已经刊出了许多篇内容精彩的文章，勾勒起我自己对50多年来在桂子山校园生活往事的种种回忆。现在只讲大学毕业前夕所经历的“向科学进军”那一段日子的难忘记忆，也就是桂子山学苑里的一朵浪花吧。

在新中国历史上，1956年是全面开展社会主义建设，全国上下奋发有为、意气风发的一个年头。我是1953年由洪湖师范学校选送至华中师范学院中文系攻读的，刚上学住武昌昙华林，两年后就搬到桂子山新校舍里来了。上大学本来就是年轻人的美梦，恰逢1956年，党和政府又向全国青年学生和知识分子发出了“向科学进军”的庄严号召，在这一浪潮中，山东大学中文系的李希凡和蓝翎向研究《红楼梦》的学术权威挑战，武汉大学中文系的壮族学生韦其麟发表载誉全国的长诗《百鸟衣》，报刊上对这些同辈人的热情鼓吹，如同声声战鼓在广大青年学生心头敲响。为适应这一形势发展的需要，华师中文系高年级学生纷纷建立各门学科的“课外学习小组”，同学们在按教学计划学好各门功课的前提下，各自选择喜爱的一门课，在有关教师辅导下自学钻研，以求拔尖。这些课外学习小组的积极分子，大都成了四五十年之后在华中师范大学或其他高校任教的教授、博士生导师等等，对人才培养产生了深远影响。

我早就对民间口头文学有着浓厚兴趣，便以刚刚从北京师范大学钟敬文先生门下进修归来的何奇雄作为辅导老师，如痴如醉地埋头钻研起

① 原载《岁月如歌》，华中师范大学出版社2003年版。

民间文学来。这一年试写了两篇论文，一篇是《谈民间讽刺故事》，8000字，竟然发表在当时中南地区的大型文艺刊物《长江文艺》1956年第6期上，随后又被长江文艺出版社选编在新中国第一本《儿童文学论文选》中广泛发行。这一年春季，著名作家姚雪垠受系主任王凤先生聘请，来华师中文系讲授“中国现代文学”专题，我作为中文系学生会学习部长，担任联络员，在接待过程中就这篇论文的写作向他请教，他热心指点，提供了元杂剧中吸取民间讽刺故事素材的宝贵事例。我还写了一篇5000字论文《慎重地对待民间故事的整理编写工作——从人民教育出版社整理的〈牛郎织女〉和李岳南同志的评论谈起》，投寄给当时全国唯一的民间文学刊物《民间文学》编辑部，出人意料地在该刊第11期以显要地位发表出来，《编后记》还特地指出：“我们十分欢迎这样比较简短、切实，结合当前的实际问题的文章。”

在文章刊出之前，主办这个刊物的中国民间文艺研究会有关同志专门给我来信告知此事，信中写道：

> 我们十分希望你能常写一些这样的针对实际问题而发的文章。你想全面地对民间文学作专题研究，这是很好的。但是，这样的研究需要多花一点时间，才会有成绩，要真正对丰富的材料深入、反复地考察分析，对有关的各个问题都考虑周到，方能得到比较科学的、概括的结论；否则，很容易流于空泛。我们觉得你是有敏锐的头脑的，文字也较活泼生动，建议你一方面做那样全面性的专题研究，逐渐形成自己的体系；一方面多涉及民间文学范围内当前存在的现实问题，写一些带批评性的文章，这样是对于读者有好处的。(1956年11月6日)

这封来信密密麻麻写满了两页纸，既有热情鼓励，又有坦诚告诫。这些杂志的编辑实际上也是我专业上的启蒙老师。

我的对手李岳南是一位小有名气的编辑，关于《牛郎织女》的这篇评论发表后，很快引起热烈反响，有的学人赞成，有的反对，《民间文学》杂志接着便就此展开了关于怎样从事口头文学搜集整理工作的大讨论。我强调“慎重”对待的意见被多数人认可，后来中国民间文艺家协会制订的工作方针中有“忠实记录，慎重整理”这一条，可能就吸取了这次讨论中的合理意见。由于我的名字和在华师中文系大三时发表的这篇文章紧密地联系在一起，后来我就把它作为我这一辈子跨进民间文艺这块学术园地辛勤耕耘的起点了。

这篇出于中国大学生之手的学术文章还引发出一系列趣事。首先是它受到国际学界关注。后来成为苏联科学院通讯院士的李福清（B. Riftin）居然也注意到了这篇文章和相关讨论，他在为新中国成立十周年撰写的一篇长文《现代中国民间文艺学》中，专就此事写了一段话，对我的成果表示支持：

> 《民间文学》杂志展开了关于牛郎织女传说的整理问题的讨论（刘守华的文章和李岳南的答辩）。争论主要是关于故事主人公的心理描写特点。刘守华认为故事中没有什么心理描写，李岳南不同意，举了许多例子，特别是古代民间作品的例子来给读者证实他与刘的相反意见。不过，我们很难赞同李岳南的意见，因为民间创作（特别是故事）里，这样一些特点（指心理描写特点）是并不突出的。

可惜他是用俄文写成的文章，发表在《苏联民族学》1960 年第 1 期上，当时我还蒙在鼓里，直到 20 世纪 80 年代当李福清成为著名汉学家，足迹遍及全球之时，我们才建立起直接联系。中国推行改革开放政策的八九十年代，这位李福清博士和我有了亲密而频繁的来往。当他的第一本中文书《中国神话故事论集》问世，立即从莫斯科托友人给我捎来一本。我在中国撰文给以评论推荐，他不赞同我的某些论点，我们在通信中进行磋商，后来经他提议，作为讨论学术的公开信在刊物上发表。他应聘到台湾的几所高校讲授中国古代文学与民间文学，并赴欧美访问，还作为戈尔巴乔夫的随员参加苏共中央代表团来中国访问，经常给我赠书和交流学术信息；我邀请他来华中师大讲学，帮他搜集有关中国民间文学的研究资料。当苏联解体，他正处于困境之时，我帮助他在中国发表文章，所得经费全部用于购买图书和稿纸。这种深厚情谊其实都源于大学时代的那段文字之交。

还有一件事也值得一提，人民教育出版社于20世纪80年代开始恢复统一编印全国中小学教材，在中学语文课本中，又选进了《牛郎织女》那一篇。课本编者告诉我，那是人民教育出版社于20世纪50年代专门约请著名作家和教育家叶圣陶先生改编的，我那篇文章所批评的课文原来就出自叶老之手！事隔30年，怎样看待这件事？我向全国中学语文教材编写组表示，我当时强调对民间传说故事的文字写定要采取慎重态度，以便充分保持民间口头文学的朴野风貌，从学理上说是完全正确的。但有关作者对民间文学素材的处理可以区分为几种不同类型，有的是科学记录，有的可作适当整理，还有的是改编或再创作。就中小学语文课本而言，选编慎重整理、忠实于原作口头文学风貌的故事传说和经过作家较大幅度加工改编的作品，各有其不同作用与价值。我那篇论文把“整理编写”混为一谈，不加区别地给予一律要求，在科学性方面论述是不够周密的。我在20世纪80年代之初专门写文章申明此事，以最后了结这场笔墨官司。随后我与对手李岳南先生取得了谅解，我们之间的友好交往至今犹存。

由于上面说的在“向科学进军”时就确定了自己的专业方向，因此1957年毕业时就留校从事民间文学教学与研究直至现在。而且我的学习研究一直以民间散文叙事为中心，于八九十年代接连出版了《中国民间童话概说》《比较故事学》《中国民间故事史》等10多种论著，它们都可以看作是自己在这条道路上拾起的几个接力棒。

1956年在华师中文系大学毕业时的许多情景，在记忆中已逐渐淡化，然而“向科学进军”这件事却难以忘怀。除1956年发表的几篇文稿之外，还留下一首毕业歌，刊于1956年6月编印的《师院歌声》第3期上，歌名是《为祖国献出青春》，署名为“中文系刘守华词，音乐系邱刚强曲”。现摘录歌词如下：

> 我们是未来的灵魂工程师，我们是人民教师的后备军，掌握着祖国的未来，抚育着孩子的心灵。我们的生活道路宽广又美丽，我们的任务艰巨又光荣；让我们记住“三好”的号召，向科学堡垒进军！我们时刻准备着，为祖国献出青春！

我们两人同属大三，均于 1957 年毕业。邱刚强后来成了著名作曲家，在湖北教育学院音乐系任教授，现已退休。大学毕业前后我们曾联手作过几首歌曲，而留下最深印象的却是这首毕业歌，它抒写了 20 世纪 50 年代桂子山学子的心声，在过了约半个世纪之后的今天，重新聆听温习依然倍感亲切!

幻想与现实[①]

——读义和团传说札记

张士杰同志搜集整理的《义和团传说故事》，可以说是我国民间文学园地上的一束奇花，无论是作品的思想内容和艺术风格，都异常刚健清新，在我们面前展示出了一个和许多古老的传说故事迥然不同的新的境界。它继承了我国各族民间传说故事反映劳动人民的生活和斗争，表达他们的憧憬和期望的人民性的传统，吸取了许多古老的民间传说故事中的幻想材料、表现手法和用语；然而它有自己独特的风格和鲜明的色彩，在继承传统的基础上，根据反映新内容的要求，有许多新的创造，标志着我国民间传说故事的发展向前跨进了一大步。

下面试就一九五八年《民间文学》上发表的《安次县为什么是土城》《铁金刚》《小黄牛》《渔童》《洪大海》和《白母鸡》这一组幻想色彩比较浓厚的传说故事，从幻想与现实的结合这个角度谈谈自己的看法。

这六篇故事又可以分为两类。《小黄牛》《渔童》《白母鸡》是一组幻想故事。故事情节的发展从开头到结尾都是幻想性质的。都以某种宝物的得失为展开冲突的线索，基本上属于幻想故事中好人得宝享幸福、坏人盗宝受惩罚这种类型。它的来源颇古。在中国封建社会里，劳动人民总是受着各种各样的迫害，生活在重重的苦难与贫困之中，但他们坚信未来是美好的，便把这种理想用幻想形式反映在民间传说故事中，使勤恳、善良的主人公由于获得了某种神奇的、万能的宝物而摆脱贫困和迫害，得到了幸福。财主、官家、皇上自然不会让他们

① 原载《民间文学》1959年第4期。

平安地过日子，这是一切黑暗社会严峻的生活逻辑。他们千方百计不择手段地进行盗窃哄骗，以至抢夺。为了保卫自己的幸福生活，主人公进行了坚决的反抗。在当时的历史条件之下，这种反抗当然不会得到胜利，只能以悲剧收场，广大劳动群众自然是不满足于这一点的，他们坚信“恶有恶报”，敌人的贪婪和残暴总有一天会得到应有的惩罚。于是这类神奇的宝物落到他们手里以后，不是失掉灵性，变成废物，就是反过来自动地给他们一顿严厉的惩罚，例如宝磨被一阵大风吹上天了，然后落下来把贪心的财主砸成了肉酱，等等。这就是原来产生这类幻想故事的现实基础。

鸦片战争以后，随着帝国主义侵略势力的深入，激起了中国人民的反抗和爱国意识的觉醒。早在义和团运动兴起以前，人们就开始利用这类幻想故事的结构来反映帝国主义的侵略和中国人民的反抗。这种利用一开始就不是简单的、形式上的抄袭模仿，而是在新的基础上，对过去的东西创造性地予以吸收。如根据深入内地进行侵略活动的帝国主义传教士的特点，利用民间传说故事有意识地夸张这种传统的表现手法，创造了新幻想故事中阴险狡诈、在进行宗教活动的掩护下与中国人民为敌的帝国主义传教士的形象。或者是在旧的幻想形式中注入了新的内容：“宝物”变为国家经济命脉和民族主权与尊严的象征，它的得失，不仅决定着个别人和个别家庭的幸福，而且关系着一国或一方的兴衰。因而由此产生的一系列冲突的意义也就变得更为重大了。随着帝国主义侵略的步步深入，人民对帝国主义面目的认识日渐清醒，反帝的呼声日渐强烈，这类传统故事的情节结构、人物形象和它所反映的思想内容也逐步变得更丰富、完美起来。我小时候常听老人们讲，某地有一条金牛，下蒙蒙细雨时往往跑到河坡上吃草，人们丰衣足食，日子过得挺太平，挺和美。可是后来来了一个外国神甫，他看中了这块地方，说要在这儿盖教堂，偷偷地使法术把这条金牛偷走了，于是下蒙蒙细雨时再也看不到金牛出来吃草，人们的日子也就一天不如一天起来……这是比较早期的传说，人们只是隐隐约约地感受到了帝国主义魔爪的威胁，对帝国主义传教士险恶的骗子的嘴脸和如何进行侵略活动还缺乏清醒的确定的认识。在

“神甫”的身上，多少笼罩着一些神秘色彩。后来进一步加以发展和丰富，传教士的形象和野心便更明朗化了，不是暗中使法术盗宝，而是公开地从中国人民的手中诈骗和抢夺宝物，故事的基调也变得更为乐观和开朗了，帝国主义传教士的阴谋最后总是遭到彻底的失败。他们被关进宝山永远出不来了（《宝山》，流传山东，董均伦、江源搜集）或者想从宝石里取出金鸭儿来，结果被石头炸瞎了双眼，金鸭儿却走到自己主人的怀抱里来了（《金鸭儿》，流传四川，丹陵整理），等等。发展到张士杰同志搜集的义和团传说故事，由于它产生在民族危机日益深重，人民群众和帝国主义进行面对面斗争时期，现实基础变了，因此在幻想与现实的结合上更具有了许多新的特点。首先是传教士的形象有了发展，更飞扬跋扈，不再像《金鸭儿》里面的传教士那样亲自出面从小姑娘手里诈骗、抢夺宝石，并心虚地吓唬小姑娘：“不许乱说，知道吗？”而是通过官家来“断”，“不给鱼盆就犯王法！”“不光要他把鱼盆还给我，一定要他招出口供，贴出告示，定了罪，这才完事呢——我们是讲究说理的呀！”或者是通过卖身投靠他们的奴才——财主流氓大言不惭地欺骗和威胁群众献宝：“献出来，洋大人得了宝贝就回国，咱们过好太平日子；献不出来，要把村子平了，杀个鸡犬不留！”这正是对当时帝国主义在我国横行霸道，无法无天，甚至连朝廷当局也觉得“无理已极，情实难言”的黑暗现实的反映。从出现在这些传说故事中的中国人民的形象来说，也更为高大和光彩四溢了。他们已经明确地意识到帝国主义传教士为什么要抢夺这些宝物；这些宝物的得失不仅关系到个别人的幸福，而且意味着一国主权和民族尊严的存亡，所以不再像《金鸭儿》里面的小姑娘那样，宝石被传教士抢走之后，“心里七上八下地怎么也猜不透：他要这块石头干啥呀？……我……再也找不到这样好的石头啦！”“中国的宝贝永远是中国人的，你就是霸了去也白费心血！”《白母鸡》里面的媳妇与洋毛子的这两句话就是觉醒了的中国人民的民族意识的自然流露。《渔童》里的老渔翁在公堂上理直气壮地驳得县官和洋毛子哑口无言：“这鱼盆是中国河里出的，是中国人冒着生死捞上来的，为什么要献给洋毛子？”“洋毛子说是他们国出的鱼盆，既是外国出的鱼盆，为什么这个小渔童是中国人的打扮，中国人的模样!?”最后竟气得昏倒在地下，更表现了当时中国人民清醒的民族意识和坚贞不屈的民族气节。这些热情的语言，直到今天依然能激起我们的爱国主义情感。故事的结尾也很别致，例如《小黄牛》的结尾，金疙瘩自动地从刘栓怀里向洋毛子滚去，炸死了卖身投靠洋人的财主王大清和许多洋毛子，只有洋毛子军官摔坏了一条大腿，还有口气，“他一看，那些不给金疙瘩的中国人，一齐举着拳头朝他奔来，他吓得连滚带爬，一边朝村外滚，一边嚎：‘好厉害的中国人！好厉害的金疙瘩！我这就退出中国，饶命——让我留个活气回家吧!’”再如《渔童》的结尾，让渔童用钓竿把牧师钓在半空中，“他把鱼竿上下一抖，牧师悬在半空手刨脚蹬，‘呜噜呜噜’直叫唤!”然后猛地把鱼竿一甩，“‘日——’牧师立刻上了天，跟斗趔趄地滚到天边去了!”这时人民已经在同帝国主义的较量中逐渐认识到了自己的力量和帝国主义分子欺软怕硬的本质，所以不满足于完全凭借幻想的力量来战胜敌人，让宝物自动地置敌人于死地就了事，而要求在故事中充分显露出自身的力量、民族自豪感和对帝国主义的蔑视。于是对故事的结尾作了这样巧妙的、出色的处理。

《铁金刚》《洪大海》和《安次县为什么是土城》属于另一种类型，只是结尾具有幻想性质。原来这类故事的结构是这样的：主人公是一个普普通通的人，但他们有着不畏强暴为民除害的雄心大志，英勇地和凶恶强大的敌人（魔王、财主、县官、皇上）展开了搏斗。但在现实生活中，他们依靠自身的力量还不足以战胜敌人，于是最后凭借某种宝物的帮助战胜了凶恶强大的对手。例如牧童用一颗神奇的骰子把牧主全家定在一个地方几天不能动弹，使牧主最后不得不答应了牧童提出的全部要求等等。这几篇故事的结尾迥然不同。由于他们已经在现实斗争中充分意识到了自己伟大的潜在力量，因此不仅不满足于实际斗争的悲剧性的结局，也不满足于凭借某种仙人赐予的宝物来战胜敌人，而是将自己的力量予以夸张，让主人公最后挺身而出，杀得敌人落花流水。白莲“小脚一跺，‘轰隆’——平地飞起一片迷人的烟土，往四处一散，整个县城都坍了！攻城的洋毛子一个没剩，都被城墙砸死了！”洪大海从火海里站出来，一下子就长了三四十丈高，“这大汉赶上去，拳头像山，脚像支天柱，连赶带打，洋毛子和官兵死的就海啦！一见活着的洋毛子和官兵四处逃散，正好道旁有一棵一搂粗的大叶杨，这大汉抓住大叶杨‘扑吃’连根拔下，举着一搂粗的大叶杨连扫带打呀——大叶杨一扫，洋毛子和官兵滚成了人疙瘩；大叶杨朝人疙瘩一打，洋毛子和官兵像蚂蚱一样，被打得连蹦带飞！”“不一会儿，这人山人海的害人精都被大汉扫光打净。大汉抬头一看——洋毛子马队跑得快，已经跑远了。大汉双手叉腰，把眼一瞪，‘呸’地朝马队狠狠啐了一口唾沫！这口唾沫不要紧，落地就成了一个大‘唾沫坑’——洋毛子的马队一个没剩都淹死在‘唾沫坑’里了！从这以后，就留下了一个话把：洋兵多，官兵多，中国人吐口唾沫就成河！”结尾多么生动有力，把当时中国人民的民族自豪感和对帝国主义的轻蔑表现得多么淋漓尽致！《铁金刚》里面的铁二怔子虽然是由于龙王的帮助才使自己成了一个力大无穷、刀枪不入、没人敢欺侮的人，成了抗击洋毛子的“铁将军”，但这种帮助不是龙王由于怜悯他的遭遇主动赐予，或铁金刚在走投无路时向龙王祈求的结果，而是他蔑视龙王，大胆提出自己的要求，并以扒庙相威胁争取来的。让我们来听听他对龙王说的那段话吧：“龙王，龙王！我来跟你说两件事——头一件，限你三天下透雨；二一件，你要让我变成一个没人敢欺侮的人。你！答应了还则罢了，要不应呀——三天以后我就扒你的庙！”多么大的口气！实际上在这时他就成了一个顶天立地的英雄的形象了。于是龙王三天以后服服帖帖地答应了他的要求。人民群众在这个历史时期所表现出来那种觉醒的、奋昂的精神状态，和“天上没有玉皇，地下没有龙王，我就是玉皇，我就是龙王，喝令三山五岭开道，我来了！”这种豪迈的主人翁思想感情可以说是一脉相承。

义和团运动是自鸦片战争以来四十多年蕴藏在中国人民心中的反帝爱国热情的总爆发。人民群众这种奋昂的精神面貌和英勇行为不仅反映在那些直接反映义和团斗争的现实性的故事中，也反映在这组幻想故事中。由于这类故事中的幻想是植根于这一历史时期的新的现实和人民群众新的觉醒的意识的基础之上，所以异常健康、清新、优美。这就告诉了我们：只有在现实斗争最尖锐，人民思想感情最奋昂的时刻，才能产生最新最美的幻想。

1959 年 1 月 30 日

谈动物故事的艺术特点[①]

上海文艺出版社最近出版的《中国动物故事集》是一部优美、清新的民间故事选集。

尽管产生这些故事的时代一去不复返了，而它们所表现的劳动人民的思想感情、经验、智慧等等，不仅能为今天的我们所理解，还能陶冶我们的情感，增长我们的智慧，丰富我们的知识。它们是古老的，也是新鲜的。

在艺术上，这些故事质朴、清新，富有鲜明的民族特色，表现了劳动人民惊人的创作天才和智慧。阅读它们时，宛如置身百花园中，令人有目不暇给、美不胜收之感。那些深刻而富有教育意义的思想内容，正是通过优美生动的艺术形式表达出来的。它不仅使读者在美的享受中受到了潜移默化的教育作用，也为我国儿童文学工作者创作新的童话、寓言提供了宝贵的借鉴。

这里只谈几个最主要的艺术特点。

首先是形象生动，神形兼备，栩栩如生。故事的主角都是一些虫鱼鸟兽，甚至还有一些是没有生命和感觉的物体。但作者却能通过精心的构思，巧妙的联想，将它们化身为人，让它们装扮着社会上各种人物的角色，串演着人类的悲喜剧。其所作所为，莫不与人惟妙惟肖，而又保持了其本来的特点。人与物的特性自然而巧妙地糅合在一起，构成了一系列神形兼备、生动完整的艺术形象。在这里，真使人不能不叹服劳动人民在创作这些故事时拟人手法的高妙。例如《小白兔的故事》（壮族），

① 原载《民间文学》1962年第3期。

讲小白兔去偷瓜吃。在糯米捏成的守瓜人面前，先是看见有人守瓜，掉头就跑；可是回头一看，守瓜人却一动也不动，就走拢去戏弄他：守瓜人还是不动，小白兔的胆子更大了，抓了两把泥沙抛过去，想试探一下守瓜人的反应；守瓜人仍旧不理会，这时小白兔便得意忘形起来：“嘎，你不认得我吗？那我就打你一下！”于是伸出右“手”向守瓜人肚子一拳打去，结果反被守瓜人紧紧粘住了。这只逗人喜爱的小白兔，一方面反映了儿童天真淘气的性格特征与好奇心理，同时也写出了小白兔所扮演的角色的要求，用富有诗意的想象，合理地“发展了”它的自然特征，所以人与物的特点结合得自然而巧妙，不露斧凿痕迹。作者运用拟人手法的高妙，尤其表现在用同一动物来扮演不同的角色以及用各种不同的动物来象征和影射同一对象上。例如骄傲自大的这种品质，就可以体现在五灵子鸟（《鸟王做寿》）、黄花鱼（《黄花鱼和鳖鱼》）、天鹅（《骄傲的天鹅》）、老虎（《一只好胜的老虎》）等身上。兔子可以用出众的智慧和口才惩罚凶恶狡猾的狼（《兔子判官》），也可以因为自作聪明，结果反被聪明所误而留下笑柄（《兔子的尾巴》）。狐狸大多是干坏事，扮演着反面角色，但《狐狸与大龟》（藏族）这篇故事里的狐狸却又是智慧的象征，它设法让鹿能够安全地到海子边去喝水，而不被大龟所害，后来又巧妙地识破了大龟陷害它的种种圈套，避开了敌人的锋芒。老鼠在这些故事里也是一方面干着坏事，受到了人们的鞭挞与讥笑，但在《猫和老鼠》（藏族）的故事里，它们受欺骗受残害的不幸遭遇，又引起了人们的同情，最后不能不为它们识破敌人的伪善面孔而高兴。这就决定了尽管这本故事里的主要角色，总是那么一些，如狐狸、野狼、黑熊、老虎、狮、兔、鼠、猫等，但展示出的社会生活的图画却丰富多彩。在这里，包含着运用拟人手法的一系列宝贵经验。以物拟人，目的在于用自然物的形态、习性及活动特点等来比喻和象征社会上的某种人和某种社会关系，揭示人类生活的真理。作者在塑造它们的形象时，既要尊重它们本来的特性，又要把这种特性通过巧妙的联想，和作者所要影射象征的对象的特点联系起来。但这并不意味着一种动物只能扮演一类角色。既然是以物喻人，显而易见，人与物不能完全等同，作者所利用的只是它们身上某一点或某一部分特征。它们的特性是多方面的，往往既有美的一面，也有丑的一面；对人既有利，也有害。由于各民族的生活、习俗、心理的差异，人们对各种动植物的情感和态度也不尽相同，而且随着时间、地点、条件的转移，随着这些动植物和人们利害关系的改变，人们对它们的态度也会有所改变。这就决定了一种动植物在不同民族、不同地区、不同作者的笔下，可以被描绘成类型不同的甚至思想性格相反的角色。此外，不同题材也要求对选取的物类作不同的处理，使角色的特点和题材的性质相一致。如《猫和老鼠》这个故事所影射的社会内容就只有借猫和老鼠的特点及其本来的关系才能恰当地表现出来。如果把老鼠换成兔子，或者是把两个都换掉，改成狼和兔子的故事，显然都不及用猫和老鼠在内容和形式上结合得这样妥帖，甚至会弄得不伦不类。认真地吸收这方面的艺术经验，可以帮助我们打破童话创作中曾一度流行的老鼠不能充当正面角色以及老虎在童话世界里只能吃人等清规戒律的束缚，促进童话形式和风格的多样化。

其次是故事引人入胜，结构单纯、严谨。这些故事并不曲折，但引人入胜，十分生动。结构上，条理清晰，主线突出，删除了一切枝蔓，显得异常单纯。但这种单纯不是单调，千篇一律，使人看了开头就知道结尾，味同嚼蜡；而是一种朴素美，是要有高度的艺术技巧才能做到的。

在这里，我觉得要特别提到的，是作者善于运用大胆、新奇的想象，根据对象生活习性的特点，来安排它们的活动与遭遇，构成合情合理、引人入胜的故事。例如《为妈妈报仇》（苗族）这个故事里的角色：野猫、鸡崽、缝衣针、牛屎、棒槌、板栗、螃蟹等等，有的是动物，有的是水族，有的是家具，除野猫和鸡崽原来保持着某种自然的关系外，其他都是“素昧平生”，毫不相干的。但作者却别开生面地用新奇的想象让小鸡崽联合它们一道去打败了凶恶的野猫。小鸡崽把野猫引起床；野猫取火点灯，被蘧在火里的毛栗把眼睛炸了；接着去舀水洗眼睛，又被躲在缸里的螃蟹咬得叫苦连天；它站立不稳，想去坐一会，插在板凳上的缝衣针刺得它昏了过去；它醒过来想逃出门，脚踩着牛屎，滑倒在地下；这时躲在门枋上的棒槌，便狠狠地打下来，压住它，于是小鸡崽们围上来你一啄、我一抓，把它撕得稀烂。作者一方面注意了尊重事物的特点，而又不拘泥于生活的真实，能够巧妙地从它们的特点出发，根据作品的艺术构思，来安排故事，展开纠葛，最后表达出作品的主题思想。禽言兽语，物物相仇和相亲，这当然是一种虚构。这种虚构在童话和寓言创作中是被允许的。如果要求作者所描写的动植物的生活情景必须和它们实际的生活习性、相互关系一模一样，那也就没有了童话，取消了幻想在童话中合法存在的权利。但这种虚构决不能不受任何约束地信口胡编，凭空杜撰，必须遵守一定的逻辑性，也就是要做到使读者相信。虽然作者所讲的故事，并不是真实的存在，但在童话所假定的那个环境底下，根据事物的规律，发生这样或那样的事却是可能的，合乎情理的。从而为作品里的人物和事件所吸引，自然地接受了它们的教育和感染。小鸡崽敌不过野猫，缝衣针、棒槌等等，更不是野猫的敌手，这是尽人皆知的。但《为妈妈报仇》所讲述的这些物类联合打败野猫的故事却能使人信服。原因何在呢？因为作者提供了合理的假设，根据它们各自不同的特点，把它们安排在足以展其所长的特定岗位上，而这种安排，又正好符合了野猫在那个特定环境中行动的必然规律，所以故事的发展就显得丝丝入扣，毫不牵强生硬了。读者明知是假，却又不得不信以为真。正是在这里，表现了这些故事沁人心脾的艺术魅力。

第三是语言简洁生动，富于诗意和美感。这些作品主要是通过叙述故事来刻画形象、表达主题的。作品中动人的叙述就像清亮的小溪在春天的草滩上流淌，是那样的平易自然，活泼生动。作者是把对象放在紧张尖锐的斗争中的一定位置上，来刻画他们的神态动作和心理活动，揭示他们的特点。用语简洁，不堆砌辞藻，也不作过分渲染，而在艺术效果上却能做到准确传神。如《猫与老鼠》中，猫宣称自己做了大喇嘛，“今天我要像活佛那样讲经”，并对那些存有戒惧之心的老鼠讲：“我早就不吃肉了，我只吃山坡上的嫩草，只饮草上的露水。”看来好似信口开河，实际上也是从猫的特点出发的，所以才获得了强烈的讽刺效果。这样的例子举不胜举。它们看起来好像都是漫不经意，敷衍成篇，仔细品味，却又如珠玉在掌，晶莹闪亮。这是一种积累了对事物的精细观察，胸有成竹，而又具备驾驭语言的纯熟技巧才能做到的功夫。在这里，使人很容易联想到齐白石老人笔下的那些小动物。虽然在我们面前是两种不同的艺术品种，它们运用笔墨的经济、自然、传神却是一致的。这些叙述还有一个特点，就是作者不是以纯客观的、冷漠的态度来讲述故事，而是怀着热烈的情感叙述着这个动物世界里所发生的一切。作者对故事里的角色与事件有着强烈的爱憎情感和鲜明的褒贬态度。而且巧妙地做到了寓爱憎褒贬于客观叙述之中，不是作者自己出面评长论短，采取生硬、笨拙，教训读者的口吻。如《鸟王做寿》最后讲："五灵子鸟又成了光棍了，身上一根毛也没有，缩头缩脑的躲在角落里。"《熊的尾巴哪里去了》最后讲："熊轻信了狐狸的话鱼没有吃到，尾巴却丢了大半根!"《蚯蚓和虾子》最后讲，虾子偷来的两只眼睛"总是鼓在额角两旁，又难看，又好笑……虽然有了眼睛，心里却从此没得快乐，他提防被蚯蚓撞见，一天到晚躲躲闪闪"。《螺蛳和兔子》讲兔子自恃聪明伶俐，瞧不起螺蛳，结果在一次比赛中滚进水塘，输给了螺蛳。最后螺蛳对兔子说："兔先生，到底是你笨，还是我笨?"《虎和人》讲老虎不相信人的力量和智慧，最后遭到人的惩罚。这时"马在一边看见了，大笑着说：'我说人的计策多得很，你不信嘛。现在，你相信了吗?'水牛也在一边笑着说：'你不信我的话，现在，安逸了吧?'……"这些故事中的生动叙述和语言的感情色彩，都是很值得我们借鉴的。

1962 年 3 月

鄂西古神话的新发现[①]

——神农架神话历史叙事长歌《黑暗传》初评

位于鄂西北的神农架，古称方圆八百里（现在的神农架林区面积为3200平方千米），山势险峻，林海茫茫。在它那长时期处于封闭状态，笼罩着一层神秘色彩的怀抱里，不仅生长着大量奇花异木，珍禽异兽，而且保存和流传着许多古老优美的民间口头文学作品。神农架宝贵的自然资源已开发多年，神农架蕴藏的丰富民间文学作品，也于近年开始发掘。林区文化馆于1983年编印的《神农架民间歌谣集》中，就选编了不少有价值的作品。其中神话历史叙事长歌《黑暗传》（胡崇峻搜集整理），最为引人注目。

一

这部珍奇诗篇是何时产生，怎样流传的呢？据初步调查得知，《黑暗传》是一部过去曾在神农架地区以多种口头和书面形式广泛流传的大型诗篇。现在发表的篇幅约三千多行的本子，是60多岁的农民张忠臣所藏抄本。农民邓美成家的抄本，篇幅长达一两万行。据现在70多岁的农民曹良坤说，他过去藏有一部《黑暗传》木刻本，内容分为四大部，即《先天》（天地起源）、《后天》（盘古开天）、《翻天》（洪水泡天，人类再

① 本文于1984年7月首次在中国少数民族神话学术讨论会上发表。后在《江汉论坛》1984年第12期刊出。长诗《黑暗传》于2007年经评审列入湖北省首批非物质文化遗产保护名录。

造）和《治世》（三皇五帝）。可惜这个本子因藏在岩洞里，年深日久，早已毁坏了。但他还能口述开头部分。

《黑暗传》靠手抄本留存至今，而它原来却是供人们口头吟唱的歌本，由歌师演唱。神农架地区民歌盛行，由来已久。在田头演唱的多为散歌，人们称为“薅草锣鼓”。《黑暗传》则主要为“跳丧鼓”时所唱。人们为悼念死去的亲人，边歌边舞，常常通宵达旦。在这样的场合，最适宜演唱像《黑暗传》这样内容严肃而篇幅巨大的作品。

《黑暗传》产生于明代的可能性最大。它是当地流行的“四游八传”长篇山歌中的一种。“八传”为《黑暗传》《封神传》《双凤奇缘传》《火龙传》《说唐传》《飞龙传》《精忠传》《英烈传》，“四游”为《东游》《南游》《西游》《北游》。它们多据明代成书的通俗历史小说与神怪小说编成。明中叶到明后期，由于统治阶级的提倡和推崇，道教盛行一时，鄂西北武当山的道教宫观，即于此时集全国财力兴建而成；在文化领域，神仙怪异之说流行于世，刺激了古神话的整理改编，至今仍为神话学界所注目的《开辟演义》，即为明人周游所作。《黑暗传》用山歌联唱形式来演绎古神话，多半也是这个时期的产物。它最初形成的时间目前还难以明确断定，但在清道光九年即公元1829年刻印的一本《纲鉴歌》中，有“唱歌莫唱《黑暗传》，要把《纲鉴》看一看”这类从儒家立场反对唱《黑暗传》的话，可见在此之前许多年，《黑暗传》就已盛行于民间了。我们把它认定为18世纪流行的一件民间口头文学作品，当是可信的。

《黑暗传》长达三千多行，从盘古开天辟地一直唱到明代，其独特之处是用民间诗歌形式叙述了一系列古老而不同凡响的神话传说，特别是关于盘古创世的神话，更属珍贵难得。它被人们称作《黑暗传》，即由此而来。

下面摘出关于盘古开天辟地的一节：

久闻歌师有学问，能知地理与天文，今要与你论古今。什么是黑暗与混沌？什么时候盘古来出生？盘古拿的什么开天斧？日月又怎么上天庭？歌师如果知道这根古，今在鼓上拜师尊。

歌师问起黑暗和混沌，我今与你说分明。说的是远古那根痕，无天无地又无日月星，一片黑暗和混沌，天地茫茫无一人。乾坤暗暗如鸡蛋，迷迷蒙蒙几千层。盘古生在混沌内，无父无母自长成。那时有座昆仑山，天心地胆在中心。一山长成五龙形，五个嘴唇往下伸，五个嘴唇流血水，一齐流到海洋内，聚会天精与地灵，结个胞胎水上存，长成盘古一个人。

不知几万几千年，盘古昏昏如梦醒，睁开眼睛抬头看，四面黑暗闷沉沉，站起身来把腰伸，一头碰得脑壳疼。盘古心中好纳闷，定要把天地来劈分。……

盘古奔波一路行，行到西方看分明。西方金星来变化，变一石斧面前存。盘古一见喜十分，不是金来不是银，也不是铁匠来打成，拿在手中万斤重，笑在眉头喜在心。开天辟地有了斧，拿起斧子上昆仑。

盘古来到昆仑山，举目抬头四下观，四下茫茫尽黑暗，黑水沉沉透骨寒。手举斧头上下砍，声如炸雷冒火星，累得浑身出大汗。观看清气往上升，那就成了天；浊气往下坠，那就成了地。天地空清风云会，阴阳两合雨淋淋。……

盘古开了天和地，缺少日月照乾坤，谁个出世立功勋？后山又把盘古请，差他咸池走一程，相请日月上天庭。

盘古忙忙往前行，一路逍遥喜在心。来到咸池把话论，相请二神上天庭。二神听罢全不理，叫声盘古你是听，我们不肯上天庭。盘古连忙念咒语，日月二神无计生，夫妻只得上天庭，一月夫妻见一面，普照乾坤世上人。

盘古已把天地分，世上独有他一人。过了一万八千年，盘古一命归了阴。死于太荒有谁问，浑身配与天地形。头配五岳巍巍相，目配日月晃晃明，头东脚西好惊人，头是东岳泰山顶，脚在西岳华山岭，肚挺嵩山半天云，左臂南岳衡山林，右臂北岳恒山岭，三山五岳才形成。毫毛配着草木枝枝秀，血配江河荡荡流，江河湖海有根由。

中国古籍中的盘古神话，不出袁珂先生《古神话选释》中所引，见于《三五历纪》《五运历年记》和《述异记》三书中的片段记载。已整理发表的汉族民间口头流传的盘古神话，情节较完整的仅有安徽的《盘古分天地》、河南的《盘古山》等寥寥几篇。少数民族中间流传的盘古神话，分别见于瑶族的《过山榜》、苗族的《盘古》、白族和侗族的《开天辟地》之中，内容均比较简略。《黑暗传》中对盘古神话的叙述，既完整而又想象奇特，别具一格。叙述人以昆仑山为“天心地胆”，认为是昆仑山嘴里的血水流到海洋内，“聚会天精与地灵，结成胞胎水上存”，再从这个神奇胞胎内生出盘古。盘古奔波到西方，找到一把石斧，便在昆仑山下举起石斧，完成了他开天辟地的伟业。随后他又去咸池这个地方半请求半强制地让日和月这一对夫妻上了天庭，普照大地。这些地方都和现有诸说不同，对流行说法有许多丰富和发展。诗篇以古朴超拔的想象，将盘古塑造成由昆仑和大海孕育而生，完成开天辟地安排日月的伟业之后，又化身为巍巍五岳、荡荡江湖的巨人。作者似乎是立足于从西北到东南的整个中华大地来构造盘古形象，使之具有充分代表中华民族的雄伟气魄，因而别有奇趣。

二

《黑暗传》的发现，在中国神话学和楚文化的研究上都颇有价值，值得我们重视。

1. 它表明在汉族地区也有神话史诗一类作品在民间口头流传。

中国古籍中所载的汉族神话材料比较零碎，所以学术界长期流行着“中国神话不发达”的片面性观念。新中国成立以来在我国南方许多少数民族地区，发掘出了一系列神话史诗（或称创世史诗、原始性史诗）。如苗族的《金银歌》《古枫歌》《蝴蝶歌》和《洪水滔天》，瑶族的《密洛陀》，彝族的《梅葛》，彝族阿细人的《阿细的先基》，纳西族的《创世纪》，白族的《开天辟地》，壮族的《布伯》，拉祜族的《牡帕密帕》，阿昌族的《遮帕麻和遮米麻》等。过去人们认为在汉族地区，已经没有远古神话，更没有神话史诗在民间口头流传。神农架《黑暗传》的发现，便填补了这一空白，以新的事实丰富了人们对中国神话、中国民间文学的认识。

《黑暗传》按照过去的断代习惯，系统地歌唱古人古事。在原来的四部中，就有三部是以远古神话传说为内容。从篇名《黑暗传》及篇中"《黑暗传》，第一传，盘古开砍无人烟"来看，也可看出这部分内容在全诗中所占的突出地位。其性质和兄弟民族的"创世纪"是完全一致的。它所透示出来的南方各兄弟民族之间在文化上的密切联系和相互影响令人极感兴趣。李子贤发表的《略论南方少数民族原始性史诗发达的历史根源》一文①，告诉我们，在南方30多个少数民族中间，都有被人们称为"古歌"的原始性史诗流传，它和我国北方许多民族中间广泛流行的以战争为题材的英雄史诗，构成一个鲜明的对比。该文对造成这种特殊文化现象的社会历史根源作了很好的说明。《黑暗传》的发现，表明这种文化现象已延伸到了汉族地区。而在鄂西，其根底可能更为深厚。这类作品表现了南方民族对世界和人类起源那种寻根究底的丰富想象和探索精神；还寄托了人们对祖先的深沉怀念和敬仰。但人们着力歌颂的并不是这些先辈东征西讨的赫赫战功，而是他们在洪荒时代和奇险山川间艰难创造的功业。它们是这里各族人民自古以来友好合作，共同开发南方蛮荒疆域的写照。作为世代相传的艺术珍品，又深刻有力地影响着各族人民的心理，促进着南方广大地区的民族团结和进步稳定。在对南方各族民间文学和历史文化的比较研究中，《黑暗传》具有不可低估的价值。

2.《黑暗传》保存了不少有价值的古神话，提供了这些神话历史演变的重要线索。

除了盘古神话之外，《黑暗传》中还叙述了好些著名的古神话。其中关于伏羲女娲的神话就很珍贵：

> 七月七日夜，人民尽淹绝。只有女娲伏羲兄妹二人在萌蒿，天下无主无人苗。伏羲问妹道："我俩配夫妻，重把世界造。"女娲听了心大怒，说出难题有三条。须弥山上去焚香，香烟果然合拢了。

---

① 《民族文学研究》1984年第1期。

> 女娲藏到须弥山，伏羲到处找不到。有一金龟道人说："你妹在松梅树下躲。"……

后来兄妹终于婚配，生下一个肉袋。袋中有50对男女，传下后代，于是形成百家姓。现在，关于伏羲女娲兄妹成婚之说，已经不算新奇了。但关于这两个神话人物是否既是兄妹，又是夫妇，长期是神话学中的一个悬案，闻一多先生于20世纪40年代写成的《伏羲考》中就指出，古代文献中虽有他们为兄妹或夫妇之说，可是"文献中关于二人的记载，说他们是夫妇的，也从未同时说是兄妹，所以二人究竟是兄妹，或是夫妇，在旧式学者的观念里，还是一个可以争辩的问题"，"直到最近，人类学报告了一个惊人的消息，说在许多边疆和邻近民族的传说中，伏羲女娲原是兄妹为夫妇的一对人类的始祖，于是上面所谓可以争辩的问题，才因根本失却争辩价值而告解决了"①。《黑暗传》中的上述内容，给这个古神话提供了又一件具有重要学术价值的作品。由于它在一两百年前就已汇入这部长诗，其文献价值比一般口头传说更宝贵。

《黑暗传》中关于颛顼的神话也颇为生动。《搜神记》中载："昔颛顼氏有三子，死而为疫鬼：一居江水，为疟鬼；一居若水，为魍魉鬼；一居人宫室，善惊人小儿，为小儿鬼。于是正岁，命方相氏帅肆傩以驱疫鬼。"这一传说被多种古籍所转述。《黑暗传》中的颛顼一节，即演此事然而又有丰富发展：

> 颛顼高阳把位登，多有鬼怪乱乾坤。东村有个小儿鬼，家家户户要乳吞，东村人人用棍打，打得骨碎丢江心。次日黑夜又来到，扰得东村不安宁。将一大树挖空了，放在空树里面存。铜钉钉得不透风，又将酒饭来祭奠，又绑大石丢江心。西村又出一女鬼，领了八十余鬼魂闹西村，西村有一大空树，女鬼空树躲其身。忽见一人骑甲马，身穿黄衣腰带弓，一步要走二十丈，走路如同在腾云，空树之中捉妖精。

古时多鬼，是楚地流行的古老神话传说。而捉鬼情景的描述，则反

---

① 闻一多：《神话与诗》，古籍出版社1957年版，第4页。

映了后世人们同疾病和自然灾害作斗争时的力量与智慧的增长。令人感兴趣的是，这里讲到了鼓的起源。鼓是一种神奇的乐器，起源很早，在黄帝与蚩尤进行的涿鹿大战中，就出现了“以像雷霆”的鼓声。鼓在古时的作用之一为“以祀鬼神”。《黑暗传》中说颛顼时代人们捉鬼，把这些疫鬼放在空树筒里，再蒙上皮革，用钉钉紧，即成为鼓的起源。这一传说自然是出自虚构，却说明鼓的产生同祭祀鬼神有关，同人们企图借助于鼓声来征服原始时代与人为敌的邪恶自然力有关，这就给民俗学研究提供了一件有意义的材料。

关于神农的神话传说，《黑暗传》中的记叙也十分可贵。神农架这个地名，据说由神农氏到此搭架采药而得名。当地人们在口头上盛传“神农疗病尝百草，为民除病费精神”的业绩，也就不足为奇了。《淮南子》载，神农“尝百草之滋味”，“一日而遇七十毒”。《黑暗传》由此敷衍出一段生动故事：

七十二毒神，布下瘟疫阵，神农尝草遇毒药，腹中疼痛不安宁，急速尝服解毒药。七十二毒神，商议要逃生：“神农判出我姓名，快快逃进深山林。”至今良药平地广，毒药平地果然稀。

把今天药材的生长分布情况，用七十二毒神逃避神农的古代神话传说来解释，富有民间口头文学的情趣。

《黑暗传》中叙述的有关神话的独特形态，同它的创作构成密切关联着。一般民间神话史诗，多是演绎当地人们口头世代相传的民间故事。《黑暗传》中的内容，却和中国汉文典籍上的记载那么接近，将当地的口头传说材料和文献记载融会在一起，既有文献依据，又有口头文学特色和乡土风味。看来有不少粗通古典文献、熟悉通俗小说的乡村知识分子参加了这些歌本的编写和传抄，那些具有相当文化素养的歌师们在演唱时又有所丰富。以书面形式传播的历史文学读物和世代相传的民间口头文学的奇特融合，使神农架地区的《黑暗传》和其他民间长诗，具有格外丰富的内容和与众不同的风格，成为中国民间文学的一个特殊品种。

3.《黑暗传》中的神话传说具有鲜明的楚文化特征。

《黑暗传》能把一些古老而奇特的神话传说保存下来，同神农架地区的特殊自然与社会条件是分不开的。神农架地区包括原来属于兴山、巴东、房县的高山边沿地带。这里山峦起伏、地形复杂，交通闭塞，过去同外界长期隔绝，处于封闭状态。而在古代，这里属于楚文化的发源地，其文化发展在南方曾遥遥领先。屈原的故乡秭归，就在神农架脚下。楚立国伊始的都城丹阳，也有学者认定在秭归。这里的古代文化，曾孕育光耀千古的《楚辞》。后来在文化发展进程中，楚文化和中原文化相融合，具备了新的特质，而在包括神农架地区在内的鄂西一带，却还保留着楚文化的许多古老成分。考古工作者据考古发现指出，商周时期“在汉水以东的江汉平原地区，中原文化的影响有加强的趋势……与此相反，由于历史条件，乃至地理环境的不同，在汉水以西的鄂西地区，土著文化却得到了保存，并以其自身的明显特点逐渐发展起来……这种土著文化承续和发展的结果，就成为具有重要历史地位的楚文化的直接源头之一”①。这一文化特色，自商周时期一直延续下来，甚至在今天，依然可以在鄂西的民间文艺、民间习俗信仰中，找到一些痕迹。《黑暗传》就是一个实例。

关于颛顼时代多鬼的记述，便具有楚文化特征。楚俗“信鬼而好祀”，前人已有定论。湖北随县擂鼓墩出土的战国早期曾侯乙墓内棺漆画上，有驱鬼的方相氏及神兽，更以实物印证了秦汉古籍上关于楚人“信巫鬼，重淫祀”等记载的可靠性。近年有一些学者探究楚俗尚鬼的成因，认为这种习俗除源于原始氏族社会的巫术迷信之外，可能还同楚人因处于蛮荒之地，把“野人”等类人动物当作鬼物有关，我以为颇有道理。而颛顼这个人物，曾被学者称为“荆楚民族所崇奉的皇天上帝”②，屈原也自称是颛顼高阳氏的后代。因此《黑暗传》中关于颛顼的这一节，把人们同鬼物的斗争叙述得那么具体生动，应是从鄂西地区保存的古老神话传说脱胎而来，同楚文化有着直接联系。

特别令人感兴趣的是《黑暗传》中的盘古神话同楚文化的联系。这

① 王劲：《对商周时期文化的几点认识》，载《江汉考古》1983年第4期。

② 丁山：《中国古代宗教与神话》，上海文艺出版社1988年影印版，第311页。

个神话的突出特征是以昆仑为背景。在创作、信仰这个神话的人们看来，中国西北的昆仑山乃是“天心地胆”之所在，因此昆仑山的血水流入东海孕育出的盘古，身上便聚会着“天精地灵”，不同凡俗了。既然昆仑乃天地之中心，他当然只有到昆仑山下去完成那开天辟地的伟业。昆仑的形象，不独见于《黑暗传》，仅在已编印的《神农架民间歌谣集》里就多次出现。《歌师唱歌我来解》中，唱天河里的铁牛，说它“吃了昆仑山上的草不长，喝断长江的水不流”；《棋子歌》里说：“棋子本是沉香木，昆仑山上长成树”；《秤杆歌》中说：“秤杆本是茶条树，昆仑山上长，昆仑山上出”；《一步唱进歌场中》说：“昔日昆仑山一座，老君山前支锅炉”，等等。这里的人们对昆仑的形象是这样熟悉，又是这样亲切，只要提到古人古事，就会搬出昆仑来，把它作为古老、崇高、神奇的形象，从不同艺术角度运用于民间口头文学中。这种“特异现象”源于何处？追根溯源，只有屈原的《楚辞》和被许多学者认定为楚人所作的《山海经》中，才赋予昆仑以这样的地位，这样的姿态。昆仑形象最早见于《山海经》，为“帝之下都”，“百神之所在”，神异非凡，景象壮观。《楚辞》中也有几次提到昆仑，如《离骚》中的“邅吾道夫昆仑兮，路修远以周流”，《河伯》中的“登昆仑兮四望，心飞扬兮浩荡”，《天问》中的“昆仑悬圃，其居安在?”还有些地方，字面上虽没提到昆仑，实际上所咏的是昆仑地区的神话传说。《楚辞》中的昆仑和《山海经》中的昆仑含义完全一致，只是《楚辞》不过借昆仑形象以咏怀，因而保存了昆仑神话材料，并非神话的直接传承就是了。神农架地区流传至今的《黑暗传》及其他民间文学作品中的昆仑形象，和《山海经》《楚辞》中的昆仑形象的一致性，很难用巧合来解释，只能说前者是后者的遗响，它们是深深植根于这一地区的楚文化源远流长的表现。

就神话形态来说，它们属于中国古代两个著名神话系统的融合。我国著名学者顾颉刚曾发表过一篇很有见地的论文《〈庄子〉和〈楚辞〉中昆仑和蓬莱两个神话的融合》①。他认为：“昆仑的神话发源于西部高原

① 《中华文史论丛》，1979 年第 2 期。

地区，它那神奇瑰丽的故事，流传到东方以后，又跟苍莽窈冥的大海这一自然条件结合起来，在燕、吴、齐、越沿海地区形成了蓬莱神话系统。此后，这两大神话系统各自在流传中发展，到了战国中后期，在新的历史条件下，又被人结合起来，形成一个新的统一的神话世界。”昆仑神话于战国时期传入楚国，因“这时的楚国疆域，已发展到古代盛产黄金的四川丽水地区，和羌、戎的接触也很频繁，并在云南的楚雄、四川的荥经先后设置官吏，经管黄金的开采和东运，因而昆仑的神话也随着黄金的不断运往郢都而在楚国广泛传播。”屈原《离骚》《河伯》《天问》三篇里昆仑形象的出现，就是昆仑神话传入楚国的明证。至于在昆仑神话之后形成的蓬莱神话之被楚文化所吸收，顾文认为是在秦将白起拔郢，楚迁于陈，及又徙寿春之后。“从此，《楚辞》家抒写情怀，总把昆仑、蓬莱两区的文化合并在腕下”，两大神话系统的形象便融合在楚文化之中了。《黑暗传》以昆仑为天下之中心来构造盘古形象，所受昆仑神话影响自不消说，从它讲的昆仑山五龙的血水“一齐流到海洋内，聚会天精与地灵”来看，它的神话观念又是在两大神话系统融合之后的果实了。《郧阳府志》称当地“民多秦音，俗好楚歌”，过去就已有人注意到了这一地区民间文学所受楚文化的深刻影响，《黑暗传》不过是其中突出一例罢了。

飞腾的想象，大胆的探索，贯穿在《楚辞》中的这种浪漫主义精神，也可以在《黑暗传》中发现它的余韵。这些歌师们不但就前人著述中已有的神话寻根究底，追索盘古的出生，日月的由来，还就盘古之前宇宙间的种种奥秘探奇发微，如就中国上古神话中只闪现过一下身影的“混沌”发问：“仁兄提出混沌祖，我将混沌问根古，不知记得熟不熟？什么是混沌父，什么是混沌母，混沌出世那时候，还有什么在里头？”由此使人不禁联想起屈原的《天问》来。屈原不是就传说中混沌初开的情景，追问过“上下未形，何由考之”吗？听了女娲造人的故事不满足，不是还要问一个“女娲有体，孰匠制之”吗？一般学者都认为《天问》是屈原个人怀疑精神的表现，读过《黑暗传》等民间文学作品之后，我怀疑《天问》这类体裁，很可能本来就是楚地民间诗歌的一种；神农架地区和南方一些地区的“盘歌”，就是它的余韵。它是由楚国人民天马行空式的精神生活所生发出来的文学奇葩，不一定为屈原个人所首创。

《黑暗传》的神话传说被染上了某些道教文化色彩，因而它与道教的关系引起了人们的注意。道家崇敬昆仑，对昆仑形象之普及于民间是有作用的。太白金星本来是道家信仰的玉皇大帝手下的著名星官，却走到了盘古的身边。指点伏羲寻找女娲的本是乌龟，长诗中却成了“金龟道人”。那座山原是无名的，现在却给加上了道家传说中“须弥山”的名字。这些地方，都留有道教文化的烙印。但道教文化中的昆仑等神幻形象，却又从中国古代民族神话的宝库中取来。道教作为中国土生土长的宗教，和南方民间的原始信仰，和《庄子》《楚辞》中的思想观念本来就有深刻的渊源关系，它实际上是楚文化的一个侧面。道家出于对神奇事物的追求，在保存和传播中国古代神话方面，作出了世所公认的积极贡献。道教文化同民间文艺的复杂关系，可以用“你中有我，我中有你”这几个字来形容。《黑暗传》的神话传说尽管在某些方面受到了道教文化的浸染，却仍保持了它作为古老民间创作的古朴风貌。我们不能因它表面上具有一些道教色彩，而抹杀它同神农架地区固有的荆楚文化传统的联系。

最后还要说一点，关于盘古神话的来源，学者们做过许多考证，近年陶立璠在《试论盘古神话》[①] 一文中，认定“盘古神话是瑶族先民的神话”，文中做了一些富有启发性的论证。《黑暗传》的发现，使我们感到对这个结论有了更正或补充的必要。盘古神话之书面记载，最早见于三国时期吴人徐整的《三五历记》和《五运历年记》。最近我浏览宋代张君房所辑的一部道教类书《云笈七签》，在卷三《天尊老君名号历劫经略》中就多次见到盘古的名字，先有一盘古真人“成天立地，化造万物”；过了许多年之后，在伏羲氏之前，又出来一个神人氏，“其状神异，若盘古真人，而亦号盘古。”“以己形状类象，分别天地日月星辰阴阳……”这部道书虽把盘古列入道家神仙谱系，却仍然保持着古神话中以盘古为

---

① 《山茶》，1985 年第 5 期。

创世之祖的基本面貌，显然源于民间。《黑暗传》有的本子中，将创世过程按上中下之盘古来叙述，可能同道家对这类神话的传播有关。它同当地固有的文化因子相结合，经人们的不断创造，盘古形象就变得更为丰满了。《黑暗传》中的盘古神话，由于它形态完整，流行在神农架这样一个保存着许多古老神奇文化因子的特殊地区，又同古老的楚文化有着联系，在学术研究上应受到人们的重视。

今天的苗族、瑶族和居住在鄂西一带的古代楚族后裔的汉族，共同传诵着盘古神话，这正是他们在历史上有着亲密关系而留下的文化遗迹。说盘古神话是瑶族先民所创是不错的，如果说它是几个民族的先民所共创，也许更符合实际。

《黑暗传》追踪[①]

一、前　　言

《黑暗传》是叙述汉族神话、历史的一部民间长诗，由湖北神农架文化馆的胡崇峻发掘整理，在1983年底出版的《神农架民间歌谣集》[②]中首次刊出。经有关学者作为汉民族罕见的“神话史诗”给予评说，新闻媒体多次报道，引起社会各方面的热烈关注。十多年来，胡崇峻一直在神农架地区坚持不懈地从事《黑暗传》多种文本的搜集整理工作，为保存这一份宝贵民族文化财富而饱尝艰辛。海内外学术界就其文化价值与来源所发表的不同意见，促使研究工作更加深入[③]。近来，由于胡崇峻

---

① 原载台北《汉学研究》第19卷第1期（2001年6月）。

② 胡崇峻编辑，作为“历史神话叙事长诗”节选的《黑暗传》，《神农架民间歌谣集》湖北省神农架林区文化馆，1983年8月，第195～206页。

③ 有关《黑暗传》的重要报道和评论可列举如下篇目：

《神农架发现汉族首部创世史诗》，载《湖北日报》1984年9月21日。

《我国汉民族第一部创世纪史诗〈黑暗传〉在神农架发现》，载《人民日报》1986年12月18日。

刘守华：《鄂西古神话的新发现——神农架神话历史叙事长歌〈黑暗传〉初评》，载《江汉论坛》1984年第12期。

刘守华，胡崇峻：《〈黑暗传〉的发现及其价值》，《春秋》1996年3月。

袁珂：《喜读神农架〈黑暗传〉》，载《中国文化报》1987年2月4日。

郑树森：《〈黑暗传〉是不是汉族长篇史诗》，《上海师范大学学报》1992年第1期。

郭睿：《〈黑暗传〉曦光初照》，载《中国青年报》1995年12月17日。

陈炎：《〈黑暗传〉：汉民族的史诗?》，载《粤港信息报》1996年1月13日。

钱玉林：《头朝下生长的树——神农架“史诗”漫议》，载《文汇读书周报》1996年3月2日。

刘守华：关于《〈黑暗传〉的神话史诗说》，载《中国艺术报》1996年5月24日。

对此诗的整理工作已告结束，加之《黑暗传》的手抄本和相关书面文献资料又有新的发现，在此基础上，笔者扩展文化史视野探寻《黑暗传》的来龙去脉，揭示它的庐山真面目，终于有了可喜的收获。

二、《黑暗传》的文本及其演唱

《黑暗传》是一部怎样的作品？至今没有一个本子正式出版，而民间流传的多种文本在内容、文词上又有较大差异，这就给研究者带来了困难。评论《黑暗传》，首先就要对它现存的文本做一番清理和鉴别。

1. 1983 年底首次在《神农架民间歌谣集》中刊出的《黑暗传》节选，原是神农架敬老院老人张忠臣家藏抄本，原标题为《黑暗大盘头》。1986 年湖北省民间文艺家协会编辑《神农架〈黑暗传〉多种版本汇编》（以下简称《汇编》）一书时将它作为"《黑暗传》原始资料之七"[①]全文收入，共一千一百余行。采取歌师对答即"盘歌"形式来展开叙说，从盘古开天辟地一直唱到禹王治水定乾坤，是一个内容较为完整，而且没有佛道思想掺入的较好的本子。和它内容基本相同的还有李树刚、宋从豹、危德富、王凯等人所藏的四个抄本。可见其流传之广。它也是笔者评论《黑暗传》所依据的主要文本。

2. 《汇编》一书收录的"黑暗传原始资料之三"[②]，原是清同治七年（1868 年）5 月 20 日甘入朝的手抄本，经胡崇峻借来转抄载入此书，有残缺。另有"黑暗传原始资料之一"[③]，由神农架歌师曾启明于 20 世纪 40 年代转抄；"黑暗传原始资料之二"[④]，为神农架老歌师唐文灿家藏抄本。这两个本子均只存片段，内容同甘入朝抄本相近，可看作是它的补充。歌本中的神话有昆仑山聚化成盘古巨人开天辟地，女娲将天干地支

---

① 胡崇峻，李继尧编辑：《神农架〈黑暗传〉多种版本汇编》，中国民间文艺研究会湖北分会 1986 年 7 月编印，第 93～137 页。

② 胡崇峻，李继尧编辑：《神农架〈黑暗传〉多种版本汇编》，中国民间文艺研究会湖北分会 1986 年 7 月编印，第 21～47 页。

③ 胡崇峻，李继尧编辑：《神农架〈黑暗传〉多种版本汇编》，中国民间文艺研究会湖北分会 1986 年 7 月编印，第 7～13 页。

④ 胡崇峻，李继尧编辑：《神农架〈黑暗传〉多种版本汇编》，中国民间文艺研究会湖北分会 1986 年 7 月编印，第 14～20 页。

神配合成夫妻等新奇叙述，染有道教色彩。

3.《汇编》一书收录的“黑暗传原始资料之五”①，为神农架黄承彦所藏，本子上注明“光绪十四年孟月李德樊誊录抄写，字丑见笑”。笔者藏有它的复印件，全文共一千一百余行。以洪水泡天开头，禹王开河安天下结束。歌本中有释迦如来、太上老君、昊天圣母出场，着重叙述二龙相斗、洪水泡天、兄妹婚配、盘古召请日月升天等故事。叙事也较为完整生动。

4.《汇编》一书收录的“黑暗传原始资料之四”②，为秭归县熊映桥家传抄本，从盘古开天辟地唱到夏朝结束，开头有佛祖派遣他的弟子皮罗崩婆去东土开天辟地并请日月升天，还有弘钧老祖用三支铁笔定乾坤，画出世界万物等情节。《汇编》一书收录的“黑暗传原始资料之六”③，也是神农架张忠臣老人家藏抄本。原题为《黑暗纲鉴》，开头比较杂乱，后来叙述佛祖差遣盘古下山劈开天地，又去咸池召请孙开、唐末日月二神升天。这两个文本均染有佛教色彩，同周游《开辟演义》小说的内容相近。

5. 宜昌县《新三峡》于 1999 年第 4 期刊出的西陵峡刘定乡家传抄本《黑暗传》④，笔者藏有它的复印件。以二龙相斗、洪水泡天开始，禹

---

① 胡崇峻，李继尧编辑：《神农架〈黑暗传〉多种版本汇编》，中国民间文艺研究会湖北分会 1986 年 7 月编印，第 70～79 页。

② 胡崇峻，李继尧编辑：《神农架〈黑暗传〉多种版本汇编》，中国民间文艺研究会湖北分会 1986 年 7 月编印，第 48～69 页。

③ 胡崇峻，李继尧编辑：《神农架〈黑暗传〉多种版本汇编》，中国民间文艺研究会湖北分会 1986 年 7 月编印，第 80～92 页。

④ 此抄本刊于湖北宜昌县文联主编的《新三峡》1999 年第 4 期，第 4～8 页。本文据原抄本复印件引述。《湖北日报》2000 年 1 月 12 日就此刊出报道：《三峡地区发现〈黑暗传〉手抄本》。家住宜昌县小溪塔镇庙坪村（西陵峡口）的民间艺人刘定乡在 1999 年 12 月 14 日所写的《自述》中称：“我的祖父刘国才是个民间艺人，会坐夜打丧鼓，唱孝歌，他手抄有不少唱本，还买了一套锣鼓家业，都传给了我们。到现在祖父的那些东西大都丢失了，我只把光绪元年的《刘氏族谱》和《黑暗传》留住了。我认为讲历史，讲孝道，不会错。只是那时管理严，没有人唱。1979 年后，慢慢管得松了，为亡人唱丧鼓的风气又兴起了，我就把《黑暗传》传出让人们作丧鼓词。我也会唱丧鼓调，但记不全，只能照着本子唱。1998 年 9 月，我参加宜昌县文代会，成了县民间文艺家协会会员，我在开会期间把《黑暗传》唱给文联主席黄世堂老师听，他说这有价值，别失传了，我就把祖父的手抄本复印了一份，经他整理评注，发表在《新三峡》上。”

王治水结束，神奇色彩淡化而历史性、文学性则有所增强，结构完整，文句畅达，接近明代另一部小说《盘古传》。

此外，胡崇峻近年还搜求到一个兴山抄本，宜昌市从事文化工作的彭宗卫藏有一个出自保康县的光绪年间抄本，他们都将书页照片寄给了我。现在能够唱出全本《黑暗传》的老歌师已很难找到，但有不少人记得《黑暗传》的片段，笔者在武当山下的吕家河民歌村就听到过。这些口述唱段均未作为主要研究材料使用。

从以上介绍可以看出：作为叙述汉民族神话历史的长诗《黑暗传》，在历经沧桑巨变之后，仍有十余种手抄本被发现，抄录的时间从清代到民国时期，流传的范围以神农架为中心扩展到鄂西北、鄂西南广大地区。现存文本可以归纳为四五个彼此接近的系列，但还没有找到一个集大成的文本。尽管学人对其价值的评说见仁见智，高下不一，而这一系列抄本的真实可靠性却无可置疑；文本的多姿多彩及其流传地域之广，正表明它生命力之强旺和影响之深远，值得人们倍加珍视。

这些手抄本自然也有可读性，有一个清代抄本上就写道："此本传下常常看，清闲自在有精神。"就其本来面目而言，原是作为歌师演唱《黑暗传》这部大歌的底本而存在的，最合适的称呼是"歌本"。这一特点已经十分明显地烙印在它的语言和结构上，如："鼓打三阵把歌叙，别的闲言丢开去，《黑暗传》上唱几句，从头一二往前提。""仁兄莫要打枝椏，听我来唱根由话。别的事情我不叙，就讲日月来出世。"既然不是作为书面文学而创作的，篇章结构和文词也就比较质朴粗疏，没有传统诗文那样的精细优雅。

《黑暗传》作为叙述神话历史的一首大歌，通常在居民办丧事时，由大歌师演唱。鄂西南和鄂西北一带，老人逝世后，灵柩停放家中，亲友乡邻聚会，要请歌师"闹夜""打待尸"。或坐唱，或围绕灵柩打转唱，或边唱边跳，常常通宵达旦，以慰藉死者及孝家。《黑暗传》就是在这种场合下作为"孝歌""阴歌""丧鼓歌"来演唱的。有一支"歌头"对此做了十分生动有趣的叙说：

董仲先生（民间传说为董永之子，即汉代的董仲舒）三尺高，挑担歌书七尺长。这里走，那里行，挑在洞庭湖里过，漫了歌书几多文。一阵狂风来吹散，失散多少好歌本。一本吹到天空去，天空才有牛郎歌；二本吹到海中去，渔翁捡到唱渔歌；三本吹到庙堂去，和尚道士唱神歌；四本落到村巷去，女子唱的是情歌；五本落到田中去，农夫唱的是山歌；六本就是《黑暗传》，歌师捡来唱孝歌。[①]

演唱均有锣鼓伴奏，且通宵达旦不停，这就不是一两个歌师所能胜任的，常常要请一个乃至几个歌班子参加，采取彼此盘问对答的方式来演唱，实际上是一种赛歌。这从歌本中也可以看出，如《黑暗大盘头》中就写道："歌师你且慢消停，我把仁兄称一声，盘古怎么来出身？盘古怎么来出世？怎么来把天地分？""歌师听我说分明，我把根由说你听，今日鼓上遇知音。混沌之时出盘古，鸿蒙之中出了世，说起盘古有根痕。"因为它是就中国历史（人们把有关神话传说也作为一部分历史来看待）和祖先功业盘根究底，民间也称它为"根古歌"。丧事属红白喜事，歌师开口唱起来并无严格限制，娱乐逗笑的"荤歌"也是不可缺少的。《黑暗传》篇幅长、内容古朴庄重，实为"歌中之王"，只有资格老、才学高的大歌师才能演唱。演唱全本《黑暗传》为盛举，乡村并不常见，抢先唱《黑暗传》被认为是"巴大"即逞能的表现，常引起纠葛。旧时，妇女是不能开口唱《黑暗传》的，有一首民歌就唱："各位歌师都请坐，我忙架火烧茶喝。奴家爹妈嘱咐我，你到孝家去唱歌，莫唱《黑暗传》，唱了挨家伙。"[②] 正因为如此，民间才把《黑暗传》歌本精心传抄，并作为"传家宝"世代珍藏。也正因为它不同于那些在日常场合可以即兴唱出的短歌，演唱的机会少，能够把全本唱下来的老歌师也就越来越少了。

作为一种口头文学，变异性是它的重要特征之一。《黑暗传》以多种文本流传于世，正是这种变异性的表现。它有一个大致相同的模式，即从混沌黑暗、开天辟地唱起，到三皇五帝安定乾坤，黎民百姓安居乐业

---

① 胡崇峻，李继尧编辑：《神农架〈黑暗传〉多种版本汇编》，中国民间文艺研究会湖北分会1986年7月编印，第5页。

② 引自胡崇峻于神农架红花乡采录资料。

作结。不同的歌师在演唱时不仅可以有所发挥，由于歌场上的盘问对答具有比试高低的竞赛性质，还迫使歌师不得不广采博收，别出心裁：张歌师唱盘古是天精地灵在昆仑山聚化而成，李歌师则唱盘古是佛祖从西天差遣而来。他们并非简单传承，而是在传承中有所创造，在因地制宜的变化中显出地方风土人情和歌师个性特色。

三、《黑暗传》的构成与明代通俗小说

《黑暗传》是什么历史时期的作品，它是怎样构成的？笔者在 1986 年写成的一篇文章中，初步推断它产生于明代。所依据的线索是《神农架民间歌谣集》中所载的《四游八传神仙歌》。它是用老歌师的口吻唱出的："来到丧前靠里转，手拿书本看一看，想唱四游并八转。"接着介绍"四游八转"一共 12 部叙事长歌的篇名和梗概：

> 第一传，《黑暗传》，盘古开砍无人烟；第二传，《封神传》，姜子牙钓鱼在渭水边，春秋列国不上算；《双凤奇缘》第三传，说的昭君去和番；第四传，《火龙传》，伍子胥领兵过昭关；第五传，《说唐传》，秦琼保驾临潼山；第六传，《飞龙传》，存孝领兵定江山；第七传，《精忠传》，大鹏金翅鸟临了凡；第八传，《英烈传》，朱洪武登基往后传。
>
> 这八转数出头，车转身来说四游。第一游，是《东游》，王母娘娘把行修，张果老骑驴桥上走，……第二游，是《南游》，观音老母把行修……第三游，是《西游》，唐僧取经多辛苦……第四游，是《北游》，祖师老爷把行修……①

查考文学史，这"四游八传"的歌本，都有同名同内容的神话历史小说流行于明清时期，它们大多刊刻于明代中后期。在《中国通俗小说总目提要》② 中，除歌本《火龙传》尚未找到相关的小说外，其他 11 种

① 《神农架民间歌谣集》，第 181～182 页。

② 江苏省社科院明清小说研究中心、文学研究所编：《中国通俗小说总目提要》，中国文联出版公司 1991 年版。

歌本均可与相关小说相对应，这就是《封神演义》（《提要》页119），《双凤奇缘》（一名《昭君传》）（《提要》页612），《说唐演义全传》（《提要》页490），《岳武穆精忠传》（一名《大宋中兴通俗演义》）（《提要》页200），《飞龙全传》（《提要》页530），《英烈传》（《提要》页53），以及《四游记》（《提要》页615）。① 由此可以推断，歌本《黑暗传》的构成也应有相关的小说作为参照，并非纯粹的民间口头文学创作。但前些年未能找到具体佐证。现在循此线索，终于找到了同《黑暗传》相关的两部神话、历史小说，这就是署名竟陵（湖北天门）人钟惺编辑的《盘古至唐虞传》（简称《盘古传》），以及署名周游编撰的《开辟衍绎通俗志传》（简称《开辟演义》）。② 将歌本同小说相比较，不但有助于我们认识《黑暗传》的特征与价值，而且可以基本解开这部罕见的民间长诗构成演变的谜团。

1. 《黑暗传》和《开辟演义》相比较

《开辟演义》共80回，叙述从盘古开天辟地起到周武王伐纣为止的古代历史，署周游编撰，著者生平不详，大约刊刻于明天启、崇祯年间，有多种版本传世。它是作为讲史小说来写的，但事涉上古，正如王黉在序言中所写，“因民附相讹传，寥寥无实”，于是著者“搜辑各书，若各传式，按鉴参演，补入遗阙。……而识开辟至今有所考，使民不至于互相讹传矣”。实际上它是综合正史记述，按正史框架，再吸取神话传说加以补充的一部小说。中国著名神话学家袁珂在《中国神话史》中评述它的价值时，特别提到此书对盘古“左手执凿，右手持斧”，完成开天辟地伟业的描写，是对三国时吴人徐整在《三五历纪》中所述盘古神话的发

---

① 它们原是四种书，即《八仙出处东游记》《西游记》《华光天王南游志传》及《北方真武玄天上帝出身志传》，后由书商余象斗把它们集合在一起，以《四游记》书名印行。

② 署名钟惺编辑的《盘古至唐虞传》，上海古籍出版社《古本小说集成》1990年据明代书商余季岳刊本影印。原书国内失佚，现藏日本内阁文库。周游撰《开辟衍绎通俗志传》，上海古籍出版社《古本小说集成》1990年据明代王黉刊本影印，齐鲁书社新版于1988年印行。

展，“可以说是根据民间神话的精神，恢复了古神话的本来面貌”①。把它和《黑暗传》相比较，撇开共同叙述的天地人三皇治世、女娲炼石补天、炎帝神农尝百草、黄帝战蚩尤等流行神话传说不论，更为明显的联系是关于盘古出世、日月升天的新奇构想。

盘古本来是首次见于三国时期《三五历纪》一书、出自虚构的神话人物，其身世是一片空白。《开辟演义》借用佛教传说来构造盘古形象，说释迦牟尼佛见南瞻部洲鸿蒙久闭，同观音大士商议，派遣弟子昆多崩娑那来到南瞻部洲大洪荒处开天辟地，“成万世不朽之功”。盘古用斧凿开辟天地之后，因没有日月照耀，不分昼夜，佛祖又令昆多崩娑那即盘古去咸池召请日月升天。“太阳星君，姓孙，名开，字子真，乃男身；太阴星君姓唐，名末，字天贤，乃女身。二人自天地消闭之后，阴阳相混，隐避于咸池，出居不离。”他俩最初不愿出山，因升照必然夫妻分离。后佛祖交代：“汝若去到咸池，将此真言念动，先分其阴阳，次伸出左手招日，又伸出右手招月，诵心经七遍，送上天宫，则阴阳自分而成昼夜矣。”盘古照此办理，从此日月相照，昼夜分明。

《黑暗传》的熊映桥抄本（资料之四）和张忠臣抄本（资料之六）的部分内容与之相关。张本的开头部分，讲“混沌初开出盘古，身长一十二丈五，手执开天辟地斧。佛祖差他下山来，来到太荒山前存”。他念动“心经咒语”劈开天地之后，又奉佛祖之命，前去咸池相请日月上天庭，日月二神开始不予理会，盘古“心经七字念分明”，于是“孙开唐末无计生，夫妻只得上天庭，一月夫妻会一面，普照乾坤世上人”。不仅情节一致，而且所出现的人名、“心经咒语”的字音也相同，可以有力地证明，《黑暗传》的这一文本在创作过程中参照过《开辟演义》。② 但这一抄本

① 袁珂：《中国神话史》，上海文艺出版社1988年版，第287页。

② 《开辟演义》中佛祖授予盘古的心经是：“唵嚒呾哆嗷喱啰”，《黑暗传》张忠臣藏抄本中简化或讹写为“暗夕妲多拨达罗”，见《神农架〈黑暗传〉多种版本汇编》第91页。又《开辟演义》中盘古分天地后立一石碑，镌字为：“吾乃盘古氏，开天辟地基，亥子重交媾，依旧似今时。”《黑暗传》熊映桥抄本中简化为：“亥子交始终，依然今似昔。”见《神农架〈黑暗传〉多种版本汇编》第62页。

并非照搬小说情节，在佛祖之上有混沌老祖，和佛祖平起平坐的还有洪钧老祖，因而混杂着佛道影响。

关于盘古召请孙开、唐末升天成为日月二神的情节，由于它富有人情味，被《黑暗传》的三个抄本所采用。有趣的是，在一本民间流传的《鲁班经》中，也载有日月姓名为孙开、唐末之说，可见其影响之广。①印度佛经中的日月大神均为男性天子。将日月姓名定为孙开、唐末，且说他们为一对夫妻，在中国其他众多神话典籍中尚未见到，其来源有待查考。

2.《黑暗传》与《盘古至唐虞传》相比较

《开辟演义》只不过是《黑暗传》构成时所参照的小说之一。契合之处更多，联系更为紧密的是另一部小说《盘古至唐虞传》。此书共七回，分上下两卷，从“盘古氏开天辟地，定日月星辰风雨”开始，叙述到舜帝南巡，崩于苍梧之野结束。中间按三皇（天皇、地皇、人皇）、五帝（伏羲、神农、黄帝、尧、舜）系统叙说中华文明的肇始，穿插着女娲炼石补天、神农尝百草、黄帝战蚩尤、颛顼捉鬼、尧舜禅让帝位等神话传说。将《黑暗传》抄本和这部小说相对照，立刻发现了一系列相同之处。且不说三皇五帝这个大的历史序列相吻合，还有好些出自想象虚构的生动情节乃至细节渲染也惊人地相似。

关于盘古开天辟地：《盘古传》写盘古氏在天地将分未分时节生于太荒之野，他想将混沌不分的天地劈开，因西方为金乡，土最坚刚，便朝西行走。“行至西方，觅了一块尖利的石，他认得是西方金精化就，这石如斧，能大能小，能扁能圆。”可是没有敲斧的椎；他又继续前行，在铁山下找到由铁石之精所化的大椎，这椎同样如斧一般可以自由变化。他“拿椎并斧，见有粘带不得开交的，把斧一凿，滑喇喇的一声响，天拔上

① 笔者于80年代在湖北咸宁市地摊上购得民间翻刻的《鲁班经——鲁班匠家镜上下集》一册，内容以“供泥水匠师参考实用”的营造法式、吉日择定、咒语祭文为主，也间杂有关神话传说，在第24页所载《九星姓名》中写道：“太阳星姓孙名开字子贵，太阴星姓唐名末字天贤。”

去，地坠下来，于是两仪始奠，阴阳分矣”①。

在新发现的西陵峡农民刘定乡家传《黑暗传》抄本中，所叙述的盘古氏开天辟地的情景，其构想与之完全一致：“你看庚辛金是西方，盘古来到西方上，见一金石放毫光，重有九斤零四两，要重就重，要轻就轻，好似斧头一般样。又见山凹里放毫光，见一铁树二丈长，要长就长，要短就短，要圆就圆，要方就方，好似把子一般样。金斧铁把自相当，劈开天地分阴阳。”②

关于黄帝战蚩尤：黄帝与蚩尤之战是中国古代的一个著名神话故事，《盘古传》把它加以历史化，叙述轩辕黄帝访贤，以风后为相，力牧为将，排出一个神奇古怪的“握机八门阵”，遂擒杀蚩尤。“不是握机奇上奇，刀头难取蚩尤血。”“杀蚩尤时，颈血一带，冲天而起，飞向（山西）解州一带地方一大池内。其池周旋有八十里宽，蚩尤之血落在其中，便将池水化而成卤。自后到六月炎热时候，池上结成盐板，今解州盐池是也。这州因蚩尤故名解。”③ 这里关于蚩尤血化成解州盐的传说，取自宋代沈括的《梦溪笔谈》一书。至于“握机阵”，看来就是小说作者的杜撰了。

从西陵峡《黑暗传》抄本中，我们看到下列唱词：“领大兵来去相争，排下一个握机阵，捉住蚩尤一个人。他把蚩尤来捉倒，一刀两断就斩了，颈项鲜血往上冒。颈项鲜血从头起，招盐板成咸汁，后人将来作盐池，熬出盐来传后世。”④ 神农架李德樊光绪年间转抄《黑暗传》中也有内容大同小异的叙述：“蚩尤弟兄人九个，困住轩辕难脱身，风后力牧为大将，摆下握机八门阵，蚩尤血飞三千里，飞在山西盐田城。”⑤ 歌本同小说的关联十分明显。

---

① 《盘古至唐虞传》影印本第 6～7 页。

② 刘本原件第 4 页。

③ 《盘古至唐虞传》影印本第 92～96 页。

④ 刘本原件第 11 页。

⑤ 胡崇峻，李继尧编辑：《神农架〈黑暗传〉多种版本汇编》，中国民间文艺研究会湖北分会 1986 年 7 月编印，第 77 页。

关于神农尝百草：神农架张忠臣家藏抄本《黑暗大盘头》中将毒草人格化，使故事叙述新奇生动："神农治病尝百草，劳心费力进山林，神农尝草遇毒药，腹中疼痛不安宁。急速尝服解毒药，识破七十二毒神，要害神农有道君。神农判出众姓名，三十六计逃了生。七十二种还阳草，神农采回救黎民，毒神逃进深山林。至今良药平地广，毒药平地果然稀。"① 想不到在小说《盘古传》中，也有相类似的描写："神农未尝药前，有七十二种毒药毒神商量道：'明日神农来尝百草，自然辨出我们毒性，世上便晓得我们名头了。不如大家集作一伙，一日里使诸毒并作，他便不能自治，岂不为妙。'商量已定，神农氏果然尝百草，一日遇七十二毒神，肠翻腹痛。而皆得服解毒草木之药，力化之，遂作方书……那七十二毒神，知他著方书把他毒性毒名都疏明出来，商量道：'我和你诸人却作恶不得，不如躲在深山中藏身。'所以毒药多生在深山里。"②

关于颛顼治鬼：颛顼为黄帝之孙，即帝位后传说民间鬼怪肆虐，上述《黑暗大盘头》有一段专唱此事："颛顼高阳把位登，多少鬼怪乱乾坤……东村有个小儿鬼，每日家家要乳吞。东村人人用棍打，打得骨碎丢江心。次日黑夜又来了，东村人人着一惊。将他紧紧来捆绑，绑块大石丢江心，次日黑夜又来了，东村扰乱不太平，将一大树挖空了，放在空树里面存。上面用牛皮来盖紧，铜钉钉得紧腾腾。又将酒饭来祭奠，这时小鬼才安宁。"③ 小说《盘古传》就同一故事叙说得更为细致："东村里捉得一个小儿怪……要乳吃，家人以棒乱击小儿骨头，节节解散，散而复合者数四。叫家人以布囊盛住，提去三五里远，投入一枯井中。次夜又至，手擎布袋，在庭上抛来掷去，跳跃自得。众人又拥出擒住，复以布囊如前盛之，紧紧绑缚。又把布囊悬个大石头沉在河水深处去了。次夜又来。……家人预备大木，凿空其中，待他来擒于空木中藏之，以

① 胡崇峻，李继尧编辑：《神农架〈黑暗传〉多种版本汇编》，中国民间文艺研究会湖北分会1986年7月编印，第113页。

② 《盘古至唐虞传》影印本第80～81页。

③ 胡崇峻，李继尧编辑：《神农架〈黑暗传〉多种版本汇编》，中国民间文艺研究会湖北分会1986年7月编印，第121～122页。

大铁叶压住它两头，以钉钉之，把酒肉同往，悬巨石流之大江。……今不复来矣。”① 祸害人类的鬼怪，不过是我国古代先民对与人为敌的自然界异己力量的一种幻想虚构形象。在这一背景上，人们想出了将树挖空做成鼓来震慑鬼怪和以酒食来祭奠鬼神的对策，它成为后来广传于世的习俗。就这一故事来看，歌本和小说的关联也是很明显的。

还有一个值得提起的例子，《盘古传》在写到日月风雨生成时，撇开神话传说，由作者直接出面，介绍一年四季风雨的名称及其变化：“天地氤氲之气，自然寒温冷暖。春有和风，夏有熏风，秋有金风，冬有朔风。又有东西南北之风。有了风，天地之气疏通，自然有雨。……清明有杏花雨，三月有榆荚雨，四月有黄梅雨，五月有分龙雨，六月有濯枝雨，七月有洗车雨，八月有豆花雨，九月有黄雀雨。然雨生于云兴，冬至有泛阳云，立春有春阳云，谷雨有太阳云，立夏有初阴云，夏至有少阴云，寒露有正阴云，霜降有太阴云。”②

在西陵峡《黑暗传》抄本中竟然也有这样的穿插，只不过是用歌师对答的方式来表现：“老仁台听从容，不知风有几多风？春有和风，夏有洞风，秋有金风，冬有雪风，又有谷风岩风烈风，又有东南西北风，各样风色大不同。风里根由讲清楚，满天又有云和雾，……不知云有几样云？一年四季有云星。立春有春阳云，谷雨有太阳云，立夏有初阴云，夏至有少阴云，寒露有正阴云，霜降又有太阴云，又有浮云和妖云，五色祥云照乾坤。云里根由说与你，后来兴云必下雨，不知雨有几样雨？……正月梅花雨，二月杏花雨，三月榆桃雨，四月黄梅雨，五月榴花雨，六月为妖雨，七月洗车雨，八月豆花雨，九月黄雀雨，十月耳露雨。天下从此有了雨，万物从此皆生起。”③ 彼此间的血肉关系一眼即可看出。

在比较文学研究中，文本的近似有几种不同情况，既有彼此存在直接联系，互相影响的，也有不谋而合平行类同的，还有共同源于第三者

① 《盘古至唐虞传》影印本第110～112页。

② 《盘古至唐虞传》影印本第11～12页。

③ 刘本原件第8页。

的，不能一概而论。就我们所列举的实例而言，《黑暗传》歌本中的有关内容，可以断定是受小说影响所致，看不出存在相反的情况。因小说的内容与形式更完整充实，当时刊刻成书影响也更为广泛。从“四游八传”的构成来看，将小说内容简化和通俗化，改编成便于口头歌唱的长篇叙事歌本，在明清时期已蔚成风气，《黑暗传》也未能例外。但《开辟演义》和《盘古传》两部小说对歌本的影响又有不同的特点。《开辟演义》以盘古为佛门弟子，属于外来佛教文化对民间口头文学的渗透。《盘古传》中的有关情节，如盘古以斧劈开混沌，毒草畏惧神农逃入深山，颛顼用鼓来制服鬼物，以及给四季风雨命名等，看来都不是出于小说作者个人的随意杜撰，而是吸纳相关民俗和民间传说所致。《盘古传》署名竟陵（天门）钟惺编辑，苏州冯梦龙鉴定，史家对明代署名钟惺的小说多视为伪托，但也无实据加以否定。小说作者在“遵鉴史通纪为之演义”的主旨下，吸取一些民间口头传说予以充实，实为当时小说创作的风尚。面向大众的《黑暗传》又将小说中富有泥土气息的有关叙说吸收进来化为歌本，正是顺理成章的事。通俗小说的创作努力吸取民间口头文学素材，民间文学又在小说刺激下更趋活跃兴盛，两者互相刺激相得益彰，成为明代社会文化的一大特征。其影响延伸后世，历久不衰。

研究《黑暗传》同两部小说的关联，有助于我们了解它的创作过程和产生背景。同时我们还须指出，《黑暗传》在内容和形式上又明显超越了小说，表现出它构思奇妙、大胆创造的特色。特别是围绕盘古所构造的宏伟创世情景：

古时乾坤黑暗如鸡蛋，迷迷蒙蒙几千层。后来有一个叫江沽的大神出来造水。在一片荷叶上，滚动着一颗巨大露珠，“露珠原是生天根”，浪荡子误食露珠，被江沽咬死，尸分五块，抛入海洋，长成昆仑神山。由昆仑山孕育出盘古：“海里长出昆仑山，一山长成五龙样，五龙口里吐血水，天精地灵里头藏，阴阳五行来聚化，盘古怀在地中央。怀了一万八千岁，地上才有盘古皇。”昆仑山为天心地胆，盘古在山下用斧椎劈天地，又去咸池相请日神孙开、月神唐末升天，光照乾坤。“太阴太阳儿女多，跟着母亲上了天，从此又有满天星。”随后盘古将自己身躯化成山河草木。女娲出世，把自己身边的两个肉球剖开，一边跳出十二个女子，另一边跳出十个男子，原来它们是天干与地支，“天干为男又为阳，地支为妻又为阴”，从此阴阳配合繁衍出众多子孙后代。

天地开辟后发生过一次大洪水，“洪水滔滔怕煞人，依然黑暗水连天”。在洪水中，五条龙捧着一个大葫芦在海上漂流，葫芦里躲藏着两兄妹，出来后由乌龟做媒结成夫妻。兄妹成婚三十年，生下一个肉蛋，“肉蛋里面有百人，此是人苗来出世，才有世上众百姓”。《黑暗传》有三个文本唱到兄妹成婚，并认为这兄妹俩就是伏羲、女娲：“说起女娲哪一个？她是伏羲妹妹身，洪水泡天结为婚。”

以上内容，均为两部小说所未载。而《黑暗传》则在洪荒时代的大背景上给予突出表现，成为独具特色、扣人心弦的篇章。

这里应当特别提到关于伏羲、女娲的神话。在备受学人重视的从湖南长沙楚墓中出土的帛书神话中，就已将雹戏（伏羲）、女娲两位创世大神确定为夫妻关系[①]，汉代画像石刻上人首蛇身的伏羲、女娲作交尾扭结之状，也是夫妻身份的象征。宋代罗泌《路史后纪》注引汉代《风俗通》也称：“女娲，伏希（伏羲）之妹。”那么，他俩究竟是夫妻还是兄妹呢？唐代李冗《独异志》中载有“女娲兄妹二人”，因当时“天下未有人民”，便用熏烟方式占卜天意，以兄妹关系结成夫妻。但故事中并未点明其兄是伏羲。这成为引起学人争议的一个神话学悬案。40年代闻一多写作《伏羲考》，就当时南方苗瑶等少数民族口头神话的发现写道：“直到最近，人类学报告了一个惊人的消息，说在许多边疆和邻近民族的传说中，伏羲、女娲原是以兄妹为夫妇的一对人类的始祖，于是上面所谓可以争辩的问题，才因根本失却争辩价值而告解决了。总之。‘兄妹配偶’是伏羲、女娲传说的最基本的轮廓，而这轮廓在文献中早被拆毁，它的复原是靠新兴的考古学，尤其是人类学的努力才得完成的。”[②] 而在

① 阮文清：《楚帛书与中国创世神话》，见《楚文化研究论集》，河南人民出版社1994年版，第601页。

② 马昌仪：《中国神话学论文选萃》，中国广播电视出版社1994年版，第685页。

《黑暗传》这部明清时代即已形成，以口头和书面两种方式传承的长诗中，就有伏羲、女娲在洪水泡天人类灭绝后兄妹成婚的故事。近年在武当山一带发现的一部《娄景（敬）书》的手抄本，对这一故事更有十分细致生动的叙说：洪水淹天七日七夜，伏羲、女娲兄妹二人从葫芦中走出，占卜天意成婚。须弥山一“金龟道人”热心撮合此事，被女娲用石头砸碎身躯。后经伏羲“捡来兜起”，形体遂成今日样子。这位金龟道人后来成了真武大帝手下镇守北方的一员大将。《黑暗传》中关于伏羲、女娲的叙说同这部民间刻印的小书以及武当山真武信仰可互相佐证。在人类学上具有重要意义的伏羲、女娲兄妹成婚的故事的传承显然不限于少数民族地区。这样，它就对中国神话史的一个重要论题给予了补充。

由此可见，《黑暗传》不仅作为歌唱的本子，体裁上不同于小说，是对散文叙事作品的再创造；它在吸取小说内容的同时，又用民间口头传承的神话说给予补充丰富，从而使它超越小说，成为内容与形式都奇特不凡的一件民间叙事诗歌珍品。

四、《黑暗传》与中国“神话史诗”

将《黑暗传》视为“汉民族神话史诗”，是由笔者最先提出的，我写的《鄂西古神话的新发现——神农架神话历史叙事长歌〈黑暗传〉初评》，先在1984年7月于贵州举行的中国少数民族神话学术讨论会上发表，后在《江汉论坛》1984年第12期刊出。文章中最重要的一段话是：“它表明在汉族地区也有神话史诗一类作品在民间口头流传。五十年代以来在我国南方许多少数民族地区，发掘出一系列神话史诗（或称创世史诗、原始性史诗）。如苗族的《金银歌》《古枫歌》《蝴蝶歌》和《洪水滔天》，瑶族的《密洛陀》，彝族的《梅葛》，彝族阿细人的《阿细的先基》，纳西族的《创世纪》，白族的《开天辟地》，壮族的《布伯》，拉祜族的《牡帕密帕》，阿昌族的《遮帕麻和遮米麻》等。过去人们认为在汉族地区，已经没有远古神话，更没有神话史诗在民间口头流传。神农架《黑暗传》的发现，便填补了这一空白。”①

拙文发表前寄给中国神话学会主席、著名神话学家袁珂审阅（并附有关原始资料），他于 1984 年 1 月 31 日回信说：“你说《黑暗传》是汉民族的神话史诗也不错，不过毋宁说它是广义的神话史诗更为妥切。广义神话史诗，还是应该列入神话研究考察范围。我看这当中有古老的风格独特的民间传说，也有农村知识分子（三家村学究）根据古籍记载串联而成的艺术加工，它是二者的结合体。但也极为珍贵，贵在数百年前就有人将神话、传说、历史联为一气，作了初步的熔铸整理。”后来他在阅读资料汇编本后，又写了一篇短文发表。袁珂先生当时没有把《黑暗传》同《开辟演义》《盘古传》联系起来，但他从手抄文本中，已经洞察出它的构成及特征。十多年追踪研究的结果，完全证实了他的真知灼见。因此他在阅读一些争议文字之后，于 1996 年 3 月 15 日来信说：“关于《黑暗传》的评价问题，如果从前报道偏高，自可作适当纠正。至于我从前神话史诗的提法，至今检讨，尚无异议。”

有些学人认为把《黑暗传》作“史诗”看待评价过高，主要是由于对“史诗”概念的理解不同所造成的。美籍华裔学者郑树森的评论最具代表性：“史诗的观念源自西方……史诗一定要长篇叙事，而主角必须为英雄豪杰，出生入死，转战沙场。”“《黑暗传》徒有神话，没有英雄历劫征战，是不能称为史诗，而仅可视作长篇神话故事民歌。”② 一般学人均以希腊史诗《伊利亚特》《奥德赛》为范本，这样，《黑暗传》自然难以与之相比。殊不知中国民间文艺学家对“史诗”类型已做了新的区分。将民间口头流传的史诗作品区分为英雄史诗和创世史诗（或称神话史诗、原始性史诗）两大类，并将中国南方少数民族的一系列长诗归属于神话史诗之列，起始于著名学者钟敬文主编的高校文科教材《民间文学概论》。③ 著名学者杨堃主编的《民族学概论》中也持同样观点，文字表述

---

① 《江汉论坛》1984 年第 12 期，第 43 页。

② 郑树森：《〈黑暗传〉是不是汉族长篇史诗?》，《上海师范大学学报》1992 年第 1 期，第 128 页。

③ 钟敬文主编：《民间文学概论》，上海文艺出版社 1980 年版，第 281～294 页。

更为简明："根据内容的不同，史诗可分为创世史诗和英雄史诗两大类。创世史诗是较早期出现的，具有浓厚神话色彩的史诗。故也有人称之为原始性史诗或神话史诗。我国许多少数民族中，就流传有许多这类史诗。"① 中国社科院文学所集体编撰、由毛星担任主编，于 1983 年问世的大型著作《中国少数民族文学》，以及现正陆续问世的国家社科重点项目多卷本《中国少数民族文学丛书》，都是据此基本理论来评判有关民间长诗。这在民间文艺学和少数民族文学研究领域，已成为普通常识。中国北方多产英雄史诗，《格萨尔》《玛纳斯》和《江格尔》就是代表；而南方则多产神话史诗，存在一个"神话史诗群"。② 最先人们只看到这类神话史诗在少数民族中间传承，《黑暗传》的发现，表明南方汉族地区，也有相同类型的神话史诗存在，它们是"多元一体"的中华文化之共同展现。

《黑暗传》和南方少数民族的一系列神话史诗相比较，其共通之处是以远古创世神话为主体，由大歌师在神圣场合下用古朴庄重的格调演唱，怀着深沉情感追忆那些创世大神与文化英雄实即本民族先祖艰苦缔造文明的功业，使民族文化传统得以深刻烙印在子孙后代心头而世代延续，由此显示出它的巨大价值。国外人类学倡导用关注口头沟通方式的"展演"（performance）说来研究民间口头文学③，对我们正确估价《黑暗传》极有启发。如脱离演唱过程，单纯从抄存书面文本的篇章字句给以肤浅评说，势必难以认识它的宝贵价值。

《黑暗传》和兄弟民族的神话史诗的主要相异之处，是它有文人直接和间接参与创作，从汉族深厚的书面史传文化包括神话历史小说中间吸取了滋养，历史序列和正史相一致，神话历史化色彩较为浓重。它是一种次生态而非原生态文本。这一鲜明特征既表现出它的优越性，也有它的局限性。因而把它作为"广义神话史诗"而不是典范的神话史诗来看

① 杨堃主编：《民族学概论》，中国社会科学出版社 1984 年版，第 300 页。

② 详见李子贤：《探寻一个尚未崩溃的神话王国》，云南人民出版社 1991 年版，第 285～301 页。

③ 详见李亦园：《民间文学的文化生态——人类学的研究》，《文学与治疗》，社会科学文献出版社 1999 年版，第 3～19 页。

待更切合实际。

《黑暗传》的有些文本中，杂着佛教和道教影响，但没有占据主导地位，掩盖其主体面貌。有学人提出，它是否属于历史上白莲教的经卷，是不是就是白莲教支派魔公教的《佛说黑暗经》？笔者经友人大力协助，找来《桂西民间秘密宗教》资料本中附载的《佛说黑暗经》，好在篇幅不长，现照录全文如下：

如是我闻，一时佛在舍卫国树底给孤独园与大比丘众一千二百五十人说法。俱尔时世尊举大梵音放大光明，照见一十八重地狱。各重门间狱中罪人受苦恶道、黑暗道中慈人，有钱若前劫，若五劫，不得见三光一切人等俱皆大欢喜曰。一切信之。尔时地狱弥陀观音金刚药王一切菩萨，尔时伏告大众不敬日月三光，不信佛道造重罪孽。尔时诸大菩萨此经不可思议，功德善哉。白伏说此经，一切世间之人死后三年，家中勿忘举行，作礼而退。

这里讲的是世间不敬日月三光，不信佛道之人，因罪孽深重而双眼失明，受黑暗之苦。念说此经乃可消灾。它同叙说盘古在远古混沌黑暗中开天辟地功业的《黑暗传》风马牛毫不相干。此外，据多年研究民间宗教的学者指出，“白莲教的信仰基本上是围绕无生老母的创世以及三期末劫和弥勒佛的救世展开的”，“无生老母是明清白莲教的最高崇拜，也是区别于其他宗教如佛、道教的主要标志”①。无生老母信仰必然导致对中国历史序列的完全否定。《黑暗传》流行地区虽有白莲教的巨大影响，却并未打上无生老母信仰的印记，它依托“按鉴参演”的神话历史小说而又同采自民众口头的神话传说来糅合成篇，就整体而论，仍不失为一件质朴清纯的民间口头文学之作。

五、结　语

笔者就《黑暗传》这部奇特的民间长诗进行了长达 15 年的追踪研

① 王兆祥：《白莲教探奥》，陕西人民教育出版社 1993 年版，第 133～137 页。

究。最初引起传媒关注的，主要是这部长诗是否属于汉民族罕见的“神话史诗”；因学界对“神话史诗”概念的理解不一，便引起争议，这是正常而合理的现象。其实它归属于何种文学体裁，并不能决定其价值之高低，关键还是要对作品本身的各个侧面进行深入考察，方能恰当评估其价值。这正是笔者追踪的重点。有的评论者既未读到相关原始资料，也不去了解作为一件口头传承之作所依附的民俗文化背景（如全文将“神农架”错写成“神龙架”），只就他人文章中引述的几段唱词，觉得“文词粗俗”，和经典史诗的风格迥然有别，便简单地对整个作品加以否定。这自然难以使人信服，也是学界浮躁之风的一种表现。

《黑暗传》不同寻常之处，不仅在于它拥有多种大同小异真实可靠的手抄文本，还在于它以口头演唱方式楔入当地民俗文化之中，赋予那些古朴神话以鲜活姿态。

在《黑暗传》流行的鄂西南地区，有楚国大诗人屈原的故乡。屈原《楚辞》中包含着丰富的古神话，《天问》就一系列神话穷根究底，同歌师在演唱《黑暗传》时的盘问对答一脉相承。就《黑暗传》的具体内容而论，还看不出同楚辞神话有直接关联，但楚地自古以来，有“信巫鬼，好淫祀”的传统，《楚辞》中的《九歌》，就是对南楚民间祭神歌的加工，作为“阴歌”“孝歌”在丧礼上演唱的《黑暗传》，实际上也是祭神歌的延伸。本来秦汉以来南方就有对创世大神盘古的信仰，宋代文献还载明“荆湖（洞庭湖）南北以十月十六日为盘古生日”，但未见对其事迹做系统叙说。《开辟演义》和《盘古传》这两部书首次将盘古、女娲、三皇五帝事迹演绎成白话通俗小说，《黑暗传》参照小说，将以盘古为中心的创世神话编成具有宏大规模、史诗风格的叙事长歌，面向广大民众演唱，融合到民间丧事习俗之中，让这些远古创世英雄的辉煌形象长久地活在后世子孙心头，使民族传统绵延不衰。它不仅是民族文化史上的光辉篇章，也是对现代文明建设具有借鉴补益作用的文化珍品。《黑暗传》的构造与传承特点，还有它的文化功能与学术上的价值就在这里。

通过对《黑暗传》的追踪研究，我们还得到这样的启示：中国（尤其是汉族）典籍所载的精英文化和口头传承的民间文化，它们之间的关系并非井水不犯河水，截然对立。常常互相渗透融合，“你中有我，我中有你”。精英文化成果借助通俗文学和学术的中介，传播到山野小民中去，往往促使民间口头文学得到充实或产生变异，滋生出新的文化成果。《黑暗传》就是一个突出实例。

在笔者十余年对这部民间长诗的追踪研究中，中国神话学会主席袁珂老人多次给予学理上的昭示；现今仍在神农架林区群众艺术馆潜心研究当地民间文化的胡崇峻对我一直给予热情支持，每有发现，即欣喜相告。在结束此文时，是不能不向这两位师友深深致谢的。

《黑暗传》中的盘古神话及其传承特点[①]

被有关学者认定为汉民族广义神话史诗的《黑暗传》，于2002年由长江文艺出版社推出了第一个完整文本。整理者是20多年来一直在神农架地区从事民间文艺工作的胡崇峻。我国台湾地区的云龙出版社，很快推出了它的繁体字版，印制更为精美。我对这部民间口头文学的珍奇之作怀有浓厚兴趣，写过几篇评论文章，最近的两篇一是关于《黑暗传》整理本的序言，刊于《中华读书报》2002年4月3日；二是《〈黑暗传〉追踪》，刊于台北出版的《汉学研究》19卷1期。因关于这部长诗的来龙去脉，还是一个未能完全解开的谜团，并有所争议，我便在2002年11月参加湖北卫视举办的穿越神农架科考活动的基础上写成本篇文章，继续对这部闪耀奇光异彩的长诗进行追踪考察。

本文不拟重复对《黑暗传》整理本及其文化价值的评说，由于《黑暗传》的主体在歌唱盘古开天辟地、结束混沌黑暗的伟业，本文便以盘古神话作为探讨中心；又因《黑暗传》主要以多种文词大同小异的手抄本传世，歌手的演唱均有所本，因此本文对《黑暗传》的引述均出自民间收藏的手抄本，严格依据有关原始资料进行评说。

在我已经发表的《〈黑暗传〉追踪》那篇文章里，提到湖北省民间文艺家协会于1986年编印的《神农架〈黑暗传〉多种版本汇编》中，共收录了8个手抄文本，它们用"黑暗传原始资料"之一到之八分别标明。其中原始资料之五，篇幅达1400行，文本上写有"光绪十四年孟月李德樊誊录抄写字丑见笑"，我存有它的抄本复印件。

---

① 原载《华中师范大学学报》2003年第6期。

此外，笔者手头还存有宜昌市夷陵区小溪塔民间艺人刘定乡家藏《黑暗传》手抄本复印件，抄录时间为光绪元年（1875年）。本文将它列为《黑暗传》原始资料之九。

另有从神农架胡崇峻处借阅的两个抄本，一是注有“乾三拙手蠢笔誊录”，篇幅达800余行的清代抄本；二是称盘古为“赖子”，篇幅达1500余行的民国时期抄本。本文将它们列为原始资料之十和之十一。

以下本文主要依据这11份原始资料，来看看长诗《黑暗传》所传承演绎的盘古神话的古朴形态。这一神话虽然以人们所熟悉的开天辟地为中心，经过口头文学家的世代传承与积累创造，实际内容相当丰富。借用民间文艺学中的母题分析方法，长诗中的盘古神话大体由盘古出生，劈分天地，斩杀雾神，设置日月和死后化生万物这五个母题构成。现分述如下：

1. 盘古出生

原始资料之一：

海洋里长出昆仑山，一山长成五龙样，五龙口里吐血水，天精地灵里头藏。阴阳五行来聚化，盘古怀在地中央。怀了一万八千岁，地上才有盘古皇。①

原始资料之二：

自从昆仑它长成，不知过了多少春。昆仑生出五条岭，生成一个五龙形，曲曲弯弯多古怪。五龙口中流红水，聚在深潭内面存，就在此处结仙胎，盘古从此长出来。②

原始资料之九：

鼓打三阵把歌论，再唱盘古来出世。若是说他父母生，混沌初开没得人；若要说他无父母，到底他从何处来？老仁台来歌先生，

① 神农架林区松柏镇堂房村曾启明家藏手抄本，摘引自《神农架〈黑暗传〉多种版本汇编》，湖北省民间文艺家协会1986年编印，第11页。

② 神农架林区朝阳乡水果园村唐义朝转抄，摘引自《神农架〈黑暗传〉多种版本汇编》，湖北省民间文艺家协会1986年编印，第15页。

盘古出世在昆仑，太荒之野长生身，五山相逢五龙形，五个嘴儿往下生。五个嘴儿流下水，五条沟儿甚分明。一齐流在深潭内，聚会天精并地灵，结一仙胎水上存，长出盘古一个人。①

这几个本子的相关文词虽然略有出入，它的意思却是明显一致的。盘古是昆仑山伸出的五个龙爪流出的血水，流入东海大洋，聚会天精地灵之后所结成的胞胎；后来又回流到作为“天心地胆”的昆仑山下降生人间，成为创世巨人。这里有几点很值得我们注意：第一，这是最为新颖的一种说法，我多方考察，在其他文典文献和口述资料中均未发现类似记述。第二，昆仑神山的形象最早见于《山海经》，后来被道教信仰所吸取，成为众仙栖身的十洲三岛之一。鄂西北、鄂西南地区的民间文化为道教信仰渗透，许多珍奇事物均来自昆仑山，如神农架民歌中就唱：“棋子本是沉香木，昆仑山上长成树”；“秤杆本是茶条树，昆仑山上长，昆仑山上出”。《黑暗传》以“天心地胆”的昆仑山为盘古出生之地，鲜明地标志出这一神话形象的中华文化特质。第三，这里的盘古巨人不像某些帝王那样，在家庭之内的狭小空间由某一普通女子孕育并降生人间，而是在昆仑血水流向东洋大海的广大空间聚会天精地灵孕育而成，这奇伟构想正体现出盘古形象立足于中华大地的伟大品格。

2. 开天辟地

对这个盘古神话的核心母题，《黑暗传》的几个文本都作了生动活泼的叙说。先看原始资料之七：

盘古奔波一路行，往东方，天不明；往北方，看不清；往南方，雾沉沉；往西方，有颗星。盘古摘来星星看，西方金星来变化，变一石斧面前存。盘古一见喜十分，不像金来不像银，也不像铁匠来打成。原是西方庚辛金，金精一点化斧形。盘古连忙用手拎，拿在

① 宜昌市夷陵区小溪塔镇民间艺人刘定乡家传抄本，摘引自《新三峡》1999年第4期。

手中万斤重，喜在眉头笑在心，拎起斧子上昆仑。……盘古来到昆仑山，举目抬头四下观，四下茫茫尽黑暗……手举斧，上下砍，东边砍，西边砍，南边砍，北边砍，声如炸雷冒火星，累得盘古出大汗。眼看清气往上升，那就成了天；浊气往下坠，那就成地元。天地空清风云会，阴阳两合雨淋淋。盘古石斧化雷电，千秋万代镇天庭。盘古根痕说你听，不知知情不知情。①

原始资料之九：

盘古来在西方上，见一金石放毫光，重有九斤零四两。要重就重，要轻就轻，好似斧头一般样。又见山窝里放毫光，见一铁树丈二长。要长就长，要短就短，要圆就圆，要方就方，好似把子一般样。金斧铁把自相当，劈开天地分阴阳。非是学生扯里谎，唱得不全请原谅。②

盘古于洪荒中抡起石斧，劈开天地，这一雄奇壮美的构想早在古典神话中即已出现，并非《黑暗传》所特有。但长诗将这一情景演绎得那么具体生动，而又未失古神话的朴野本色。盘古在洪荒中西行，西方金星相助，“金斧铁把自相当，劈开天地分阴阳”；“天地空清风云会，阴阳两合雨淋淋”。这些关于开天辟地的大胆构想，既有民间生活情趣的流露，也是中国传统文化中阴阳五行相生相克这一流行理念的形象体现。这一理念固然常常被封建迷信活动所歪曲，成为一堆陈谷子烂芝麻，但渗透在古神话叙说中，却仍保持着它原初具有的朴素唯物论与辩证法的内涵，由此渲染出长诗的中华文化特色。

3. 盘古杀雾神

这也是长诗中一个十分新颖别致的插曲。但未见于手抄歌本，而是

① 神农架林区敬老院张忠臣家藏抄本，摘引自《神农架〈黑暗传〉多种版本汇编》，湖北省民间文艺家协会1986年编印，第96～97页。

② 宜昌市夷陵区小溪塔镇民间艺人刘定乡家传抄本，摘引自《新三峡》1999年第4期。

由歌手凭记忆讲述，载于《神农架民间故事集》中：

原来地上只有一座山，被汪洋火海包围着。那山中间有一个大坑，坑里有一个怪物，龙不像龙，龟不像龟，好像一个大癞蛤蟆，口吐雾气。这雾气把整个天地盖严了，天地一片混沌，那时又无日月星辰，整个处在黑暗中。

这怪物不但口吐雾气造成了一片混沌黑暗，还把太阳和月亮也吞吃了。盘古出世后，太阳（男）和月亮（女）的母亲——马桑树和梭罗树向盘古申说此事，恳求盘古为他们报仇，盘古答应下来。

盘古又坐在火坑旁边等那怪物出来，终于那怪物又出来了，盘古一斧头砍下去，正中那怪物脑袋，怪物受伤，从大坑里跳出来与盘古厮打搏斗。盘古一斧头照它肚子砍去，那怪物就倒在地上，盘古用石斧划开肚子，太阳和月亮都从它肚子里钻了出来，放出万道金光，腾空起来，天地顿时亮了起来。①

这一母题令人感到奇特新颖之处，一是口头文学家按山区常有大雾遮天蔽日的情形，推想洪荒时代混沌黑暗的成因，创造出雾神这一怪物形象；想象既朴实幼稚，却也合情合理，新鲜生动。二是长诗将盘古劈分天地、消除混沌黑暗作为人类始祖战胜邪恶势力的一个斗争过程来表现，由此使盘古主宰世界的巨人形象更为鲜明突出。

4. 设置日月

创世神话中，均有创世英雄设置日月的母题，这是因为，不设置日月，就无法结束洪荒时代的混沌黑暗景象，从而创造出人类赖以生存的这个世界。有一些民族的创世神话中，是由人类始祖自己造日月，《黑暗传》的所有文本，唱的都是日月本已生成，却处于幽闭状态，由盘古相

① 胡崇峻主编：《神农架民间故事集》，神农架林区群众艺术馆，1990。原注：这篇《盘古杀雾神》故事是盘水乡70岁的歌手贺久恒于1988年6月口述，胡崇峻采录。他是根据早年看过的《黑暗传》歌本讲述的。按录音记述成文。

请他们上天，才成为今天日月普照世间这个样子。试看原始资料之七：

盘古分了天和地，天地依然是混沌，还是天黑地不明。盘古想得心纳闷，要找日月众星辰，来在东方看分明。见座高山毫光现，壅塞阻拦不通行。盘古用斧来砍破，一轮红日现原形。里面有个太阳洞，洞里有棵扶桑树，太阳树上安其身。太阳相对有一山，劈开也有一洞门，洞中有棵梭罗树，树下住的是太阴。二神见了盘古的面，连忙上前把礼行："天地既分海水清，缺少光明照乾坤，你今来意我晓得，要叫我们照乾坤。"盘古听了心欢喜，"请了请了我相请，要请二神上天庭。"太阳太阴儿女多，跟着母亲上了天，从此又有满天星。夫妻二人相交和，阴阳相合雨淋淋。①

在这里，日月是一对夫妻，他们对于出山和登天似乎早有准备。盘古一声相请，就顺利地上天了，还带去众多儿女，成为灿烂辉煌的满天星斗。

但有的长诗文本在这里给盘古设置障碍，使神话叙说有了一定的曲折波澜。如原始资料之五就唱道："昆仑有个太阳洞，洞中孙开天子身"，"昆仑有个太阴洞，洞中唐末太阴星"，"盘古便把星君叫；请你东土照万民"。可是这姊妹俩都因害怕受到妖魔的伤害而不敢出山。直到盘古给他安排好护卫保驾之后才放心升天：

太阳天子将言说，恐妨妖魔伤我身，天地初分妖魔广，又怕伤坏宝殿门。盘古便把星君叫，你且升天照万民。我今去到昆仑地，去请鹰雷保驾星；又到蓬莱孤竹岛，去请红旗电母身，他有八个照妖镜，妖怪不敢上天庭。说罢一声雷震响，太阳升上九重天。……姊妹二人升上界，照化万国九州人。②

另一个文本即原始资料之六，将日月设想为夫妻俩，他们本来朝夕相伴，现在要他俩分别照耀白天黑夜，难得相见，于是他们就不愿出山了。后来还是佛祖指派盘古口念七字真经，才迫使他们不得不出山执事：

① 神农架林区敬老院张忠臣家藏抄本，摘引自《神农架〈黑暗传〉多种版本汇编》，湖北省民间文艺家协会 1986 年编印，第 98～99 页。

② 清光绪十四年李德樊抄本，神农架林区黄承彦收藏。

日神月神尊一声，我今领了佛祖令，要请二神上天庭。日月不理半毫分，盘古一见怒生嗔，心经七字念分明。……孙开唐末无计生，夫妻只得上天庭，一月夫妻会一面，普照乾坤世上人。[①]

日月在原始宗教和佛教、道教信仰中均已被神化，并形成日神、月神崇拜的种种习俗。这里更进一步将它们人格化，将其设想为夫妻或姐妹身份，具有亲切和善的品格。在有的文本中，他们不经任何曲折就欣喜地升天照耀人间；另一些文本则富有人情味地构想出他们怕妖魔伤身或不忍夫妻别离而不愿升空照耀的消极心态。这样的叙说和早期神话相比较，更富有人情味和民间生活情趣。作为盘古神话的母题之一，由此也赋予盘古以更为积极生动的品格。苗族古歌中的创世英雄，以自己动手在山野间铸造日月来显示其英雄气概，《黑暗传》则以盘古出面相请日月上天来成就其创世伟业，大胆想象中有着历史佳话中帝王礼贤下士的影子，分别显现出它们的不同民族文化特色。

在《黑暗传》的好几个文本中，都提到日神姓孙名开字子贵，月神姓唐名末字子贤。除在署名周游撰《开辟演义》中有此一说外，遍查其他古籍，均无此说。然而在我收集的一本民间印制的《鲁班家镜》中作为木匠必备知识的“九星姓名”中明白注出：“太阳星姓孙名开字子贵，太阴星姓唐名末字子贤。”可见此说在旧时民间流行甚广，并非无所依据的随意杜撰。

5. 化生万物

这也是盘古神话中最震撼人心的母题之一，试看原始资料之七：

盘古得知天皇出，有了天皇治乾坤，盘古隐匿而不见，浑身配与天地形。头配五岳巍巍相，目配日月晃晃明，毫毛配着草木枝枝秀，血配江河荡荡流。头东脚西好惊人，头是东岳泰山顶，脚在西

① 神农架林区敬老院张忠臣家藏抄本，摘引自《神农架〈黑暗传〉多种版本汇编》，湖北省民间文艺家协会1986年编印，第91页。

岳华山岭，肚挺嵩山半天云，左臂南岳衡山林，右臂北岳恒山岭，三山五岳才形成。[①]

我在神农架大九湖地区听一位歌手在冬夜篝火旁放开嗓子唱过这一段。后世的江河湖海、三山五岳，其实都是盘古的身躯所化。面对今天的花花世界，怀念先祖的无私奉献与伟大创造，不能不使听众心潮激荡，久久难以平静。

以上我们将《黑暗传》中的盘古神话分解为五个母题作了初步评说。总起来看，它是既古朴而又鲜活，既有古神话的风采，又蕴含着活态民间文学的丰富意趣。

那么，长诗《黑暗传》中的盘古神话在构成演变上有哪些特点，能否理清楚它的来龙去脉呢？对此，目前我们还难以作出简单明了的回答，但已有了一些发人深思的线索值得追寻。这里且说三点。

第一，口头与书面相交错的多渠道传承。

长诗《黑暗传》是作为口头传唱的“丧鼓歌”或“孝歌”而存活下来的，但它并非一件单纯的口头文学作品，它又以手抄本在鄂西南、鄂西北一大片地区传承至今。经历几百年风风雨雨之后，于20世纪八九十年代发现的手抄本还有十几种。这些抄本本来是作为歌师歌唱的底本来使用的，同时又可以供人们书面阅读。如在我看过的几个手抄本结尾处就写有这样的句子：“此本传下常常看，清闲自在有精神”；“看书是君子，偷书是舅子，借书不还，男盗女娼”。可见它具有口头与书面传承相结合的特征。现有抄本有好几种都保留了传抄者的姓名和抄录时间（多为清道光、同治、光绪年间），给我们的研究提供了宝贵线索。

我就这些抄本的来源进行考察，又发现了三件与之密切相关的古典文献。一是署名明代钟惺编辑，并由冯梦龙鉴定的《盘古至唐虞传》。《黑暗传》原始资料之八所歌唱的盘古出世，找到西方金精所化之石斧与铁锥，将天地劈分等情景，还有介绍四季风雨名称之类的细节穿插，一

① 神农架林区敬老院张忠臣家藏抄本，摘引自《神农架〈黑暗传〉多种版本汇编》，湖北省民间文艺家协会1986年编印，第100页。

眼即可看出取自这部通俗小说。二是明代周游编撰的《开辟演义》（全称为《新刻按鉴编纂开辟衍绎通俗志传》）。《黑暗传》原始资料之四、五、七中，佛祖释迦牟尼上场，由他差遣一位弟子前来东土开辟天地日月，其间还有观音大士相助，这一情节构想及有关文词即出自《开辟演义》。以上内容我在 2001 年台北出版的《汉学研究》杂志发表的《〈黑暗传〉追踪》一文中均已论及，不予赘述。

本文要揭示的是在神农架一带新近发现的一个民间秘本《娄敬书》。

由胡崇峻主编，于 1988 年编印成册的《神农架民间故事集》附录中，载有关于《娄敬书》的介绍，它是 1988 年 12 月，时年 45 岁的岳文哲讲述的。这是一本民间收藏的历法书，以汉高祖手下的大臣张良（子房）同娄敬相对答的方式来写成，含有一系列关于天文历法的奇妙内容，其中也讲到盘古开天辟地的事：

> 高祖叫来子房。子房开始就问："盘古分天地，日月时辰不明，昼夜不分，无东西南北，无阴阳世界，更无四时八节，请先生讲给我听听。"娄敬说："盘古开天辟地，才分混沌，才有日月星辰。盘古死了没有安葬，头朝东，面朝北，脚向西，手指南，身在中央，两眼如日月，两耳起风，牙齿列星斗，毫毛成树林草木，两乳成山峰，左肩为东岳，右肩为南岳，左脚是西岳，右脚是北岳，身为中央黄土，大肠为长江，小肠为黄河，肚为湖海，肉为牛马猪羊飞禽鱼虾，骨为金玉，睁眼为白天，闭眼为夜间。"子房问道："这与历法有什么关系?"娄敬回答说："盘古开天地，创日月，造万物，是我们历法的依据。"

故事集的编者胡崇峻在《附记》中告诉我们："岳文哲讲述后，发现岳有一本《娄敬书》，此书为历法书，原手抄者为武昌王家铺街王树森抄于道光十二年（1832 年）。《娄敬书》的开头部分从开天辟地到日月星辰，在民间广为流传。"① 以上内容并非照录原文，但因有原书相对照，

① 胡崇峻主编：《神农架民间故事集》，神农架林区群众艺术馆 1990 年印。原注：这篇《盘古杀雾神》故事是盘水乡 70 岁的歌手贺久恒于 1988 年 6 月口述，胡崇峻采录。他是根据早年看过的《黑暗传》歌本讲述的。按录音记述成文。

内容是大体可信的。此书我一直在四处搜求，后来在鄂西北武当山官山乡文化站，终于找到了一本石印的《娄景书》（略有残缺）。两相对照，可以断定，它们就是同一种书的不同版本，对盘古开天辟地及此后的洪水淹天，伏羲女娲兄妹成婚等古代神话传说，均有简明而系统的叙说。关于盘古神话的文句和上文所引略有不同：

……乃是盘古王管天下，混沌过于后，盘古王身死之后，头往东方青帝甲乙木，德面向南方赤帝丙丁戊己土火，脚往西方白帝庚辛金，手往北方黑帝壬癸亥子水，身镇中央黄帝戊己辰戌丑未土，两眼如日月，两耳如风扇，齿如星斗，毫毛如山林树木，两乳如山峰堆尖，左眉为东岳，右眉为南岳，左脚为西岳，右脚为北岳，身镇中央为黄帝之主，肠为黄河，肚皮为湖海，血为黄河。水曲为禽兽麒麟昆虫之物，骨为黄金皇家之宝，开眼为阳，闭眼为阴。盘古初分出世，亦无衣服遮身，体长一丈八尺，口吃草木树皮过日……①

这类历经风雨被人们精心保存下来的秘本，不仅是关于中国最为著名的古神话流行文本，还作为民间关于天文历法阴阳五行等神秘文化知识秘传经典而发挥其作用。这样，我们就有理由把它作为《黑暗传》的根基之一来看待了。张良、娄敬均实有其人，《娄敬书》的来历尚待考证，但它透示的神话信息却有十分重要的价值。

由此可见，《黑暗传》所唱内容看似荒唐无稽，却并非无根无源。神农架这一大片地区长时期被一片神秘色彩所笼罩，但它地处荆楚和中原地区的边沿，有着丰厚的历史文化积淀。据研究，它毗邻的房县，从秦朝开始，就先后有 14 位失宠的王侯将相和上万名达官显宦被流放到这里，成为封建社会非主流、反主流文化的重要集散之地。在当地看似粗俗的民间口头文学之中，往往融合着历代精英文化的成果，显现出奇特不凡的风采。据此，《黑暗传》的源头也就多样而深邃，仅就一两个手抄本很难真正断定。这不仅是《黑暗传》之谜，也对揭开中国民间文学史的许多奥秘具有启示作用。

---

① 《娄景书》（有残缺），民间秘本。

第二，宗教文化与世俗文化的杂糅。

民间口头文学与民众的宗教信仰常常互相渗透，你中有我，我中有你。作为丧鼓歌来演唱，又由一系列具有神圣意味的神话传说所构成的《黑暗传》，同当地民间的佛、道等宗教信仰相融合的情况也值得我们关注。

就其地位而言，在中国古神话中本系首屈一指的盘古神话，却不见于秦汉古籍，如《山海经》之类，直到三国时吴人徐整的《三五历纪》和《五运历年纪》中才首次出现寥寥数语；同时或随后的相关记述，均由此而来。对这一谜团，很早就有学人企图用外来说给以阐释，如吕思勉先生于1939年写成的《盘古考》就断定："《五运历年纪》《三五历纪》之说，盖皆佛教东来之后、杂彼外道之说而成。"[①] 其依据是在汉译《摩登伽经》中，就已有了自在天"头以为天，足成为地，目为日月，腹为虚空，发为草木，流泪成河，众骨为山，大小便利，尽成于海"的奇妙构想。道教兴起之后，把这份开创世界的功业归于太上老君，才有了北周《笑道论》中所提及的"太上老君造立天地"说，及宋代《云笈七签》所录《太上老君开天经》。近年来，几位知名的海外学者如柳存仁、饶宗颐等，对盘古形象外来说再次作了申述[②]。

本文不拟对盘古形象早期记述进行考证。就《黑暗传》而论，它的佛教文化色彩，在原始资料之五、之七这两个抄本中，表现为盘古出世后，"佛祖差他下山林"，并派观音大士相助；盘古劈分天地之后，又是佛祖指示他到咸池请日月二神上天。在原始资料之四，则构想为佛祖释迦牟尼差遣昆多崩娑那，并赐予斧錾等物前往东土开启天地设置日月。明代周游所撰《开辟演义》小说，即对佛祖派遣昆多崩娑那去南赡部洲大洪荒处开天辟地，"成万世不朽之功"，用小说笔法作了详尽描述；《黑暗传》有关抄本中的类似记述，极有可能是从《开辟演义》而来。但在

① 马昌仪编：《中国神话学文论选萃》上册，中国广播电视出版社1994年版。

② 柳存仁：《道教的〈创世纪〉》，摘引自《道教史探源》，北京大学出版社2000年版；饶宗颐：《论道教创世纪》，摘引自陈鼓应主编《道家文化研究》第16辑，生活·读书·新知三联书店1999年版。

神话人物化生万物这一母题上，《黑暗传》中那段关于盘古化身为三山五岳、江河湖海的深情唱词，同众多学人关注的《摩登伽经》关于自在天的空洞叙说，两者之间意趣倒是相去甚远，看不出有什么内在关联。

《黑暗传》多种抄本的道教文化色彩更为浓重。其中的洪钧老祖、太昊圣母、金龟道人、黄龙天师等角色上昆仑山修行、仗剑斩妖魔等情节，显而易见，同渗透道教信仰的仙话或小说有关。但也没有达到能构成“道教创世纪”的完整地步。

在盛传《黑暗传》的神农架及其周边地区，民间宗教信仰特点是以道教为主、佛道杂糅，迷信众多鬼神精灵及神秘法术，从而给古老神话艺术留下了生存演变的巨大空间。《开辟演义》这部通俗小说的明代版本中，曾载有一篇附录《乩仙天地判说》，全文如下：

> 天地合闭，……就像一个大西瓜，合得团团圆圆的，包罗万物在内，计一万零八百年，凡一切诸物，皆溶化其中矣。只有金木水火土五者混于其内，硬者如瓜子，软者如瓜瓤，内有青黄赤白黑五色，亦溶化其中。合闭已久，若开不得开，却得一个盘古氏，左手执凿，右手执斧，犹如剖瓜相似，劈为两半。上半渐高为天，含青黄赤白黑，为五色祥云。下半渐低为地，亦含青黄赤白黑，为五色石泥。硬者带去上天，人观之为星，地下为石。星石总是一物，若不信，今有星落地下，若人掘而观之，皆同地下之石。然天上亦有泉水，泉水无积处，流来人间，而注大海。前贤云：黄河之水天上来，今黄河中水是也。①

1988年齐鲁书社重刊此书时，在《校点后记》中写道：“将原目后附录纯属扶乩谶语、愚昧无聊文字的《乩仙天地判》说删除不用。”这一附录除为个别神话研究家所关注之外，今天已很难见到。乩仙确是旧时民间的迷信活动之一，至于乩仙留下的有关判语，则应对其复杂情况予以清理判明，不应简单否定。以上述关于盘古叙说为例，它其实是将盘古神圣化，借民间宗教活动而传承下来的一则古神话。湖北神农架一带

① 袁珂，周明编：《中国神话资料萃编》，四川省社会科学院出版社1985年版。

伴随丧葬活动来演唱《黑暗传》，其实也是同民间宗教信仰紧密结合的一项传统习俗，这从当地流行的打丧鼓的开场锣鼓词中就可以看出：

一根竹竿软溜溜，孝家请我起歌头；歌头不是容易起，未曾开口汗长流……说罢一场又一场，再表神明放毫光。一请天兵天将，二请鬼神赤精，三请魔老邪道，四请四位尊神，五请五百元帅，六请家眷六亲，七请七百诸神，八请八大金刚，九请九龙天子，十请十殿阎王。……①

总之，《黑暗传》作为民间长诗，总体而言，自然源于民间世俗文化之列，但它又和民间的宗教信仰活动密切相关。其宗教文化特色既不是纯粹的佛教文化，也不是纯粹的道教文化，而是佛道杂糅的民间普同信仰。神农架一带山川林木的奇险景观同"信鬼而好祀"传统习俗的融合，构建出适合于古神话长久存活的特殊语境；宗教信仰上的混杂和约束力之松弛，又促使民众可以自由驰骋想象，构造奇丽的口头语言艺术作品。这些正是《黑暗传》在当地得以长远传承的有利背景。

第三，长诗演唱形式的特点及其变异翻新。

民间文学作品因在口头传承中富于变异性而使它的众多的文本显露出大同小异的特色。《黑暗传》在这方面更为突出。它作为"丧鼓歌"和"孝歌"演唱，演唱风格具有庄重肃穆的一面，然而演唱方式又十分灵活自由。按当地丧事习俗，打丧鼓的歌师都是满怀盛情自由参加，不请自来。试看这两首歌头：

半夜听到丧鼓声，手里捏一根漆木棍，不顾生死往前奔。一不怕高山出猛虎，二不怕水深起蛟龙，三不怕长虫来拦路，四不怕山林起妖风。一步跳进歌场中，要会歌场众弟兄。

仁兄唱歌声音长，好比笙箫与琴簧，我想前来陪歌郎，又怕才学跟不上，五黄六月晒太阳，烤得我来热难当，放开胆子闯一闯。你有你的杀手锏，我有我的回马枪，大风吹倒梧桐树，自有别人论短长。②

这些主动前来参与办理老人丧事的歌手，迫不及待地跳进歌场，既

---

① 《神农架民间歌谣》，神农架林区文化馆 1983 年编印，第 142、145 页。

② 《神农架民间歌谣》，神农架林区文化馆 1983 年编印，第 148、151 页。

是为了表达对乡邻和亲友的盛情，同时也是为了显露自己的歌才，借此比试高下。演唱《黑暗传》这样囊括古今的长诗，正是他们放开歌喉，大展才学的好时机。加之《黑暗传》的演唱又常常是采取歌手对答的方式，下面就是手抄本中的两段："歌师既知书中窍，我有一言问根苗，只怕仁兄未看到。伏羲姓甚母何人，他在何处生其身？生他下来如何形，后来何处建都城，坐了几十几年春？八卦名儿说我听，不枉同场把歌论。""仁兄唱歌莫逞能，果然书中记得清，棋逢高手定输赢。哪一个构木为巢穴，树叶为衣襟？哪一个结绳记其事，钻木取火星？"这种互相对答比试高低的演唱方式或氛围，使歌场显得十分活跃，由此迫使歌手们不得不竞奇争巧，在歌海里大显身手，在依据书面与口头传承的神话传说的基础上，自己再花样翻新，即兴变化，吸引听众，压倒他人。众多《黑暗传》在广泛流传的过程中，并没有达到使众多文本浑然一体的地步，至于细节和语句的众多歧异那就更不用说了。当地歌师所夸耀的正是这些大同小异、各有所长的本子，而极力避免文本的彼此蹈袭。这种情况，我以为正是同《黑暗传》的上述演唱特点分不开的。

长诗《黑暗传》自20年前被发掘以来，即受到学人的广泛关注。其主要原因之一，就在于它对盘古创世伟业的有力展示。正如文化史家冯天瑜在《中国上古神话纵横谈》中所评述的，这一神话"不仅具有较为质朴的风格，而且，其气魄之宏伟壮阔，意象之纵横时空，堪与世界各国神话精品相媲美。所以，这个故事后来居上，当之无愧地登上了中国开辟神话的宝座，在整个中国神话系统中占据崇高的地位"。这里是就中国神话史、文化史而言。当我们联想到，这些神话巨人艰难创造的世界在给他们子孙后代享用亿年之后，今天正面临诸多劫难有待克服，甚至需要再造乾坤，那么，我们咏唱《黑暗传》，再次与这位创世的盘古大神对话，就更加耐人寻味了。

夷陵盘古文化的珍贵价值[①]

湖北宜昌市夷陵区旧时建有多座盘古庙，民间盛行祭祀盘古的习俗，并有《盘古传》这样的长篇唱本在口头演唱。当地文化部门在省民间文艺家协会的支持下，积极开展田野调查，已获得可喜的初步研究成果。近日读到这些鲜活的资料，不胜喜悦，便随手写下这篇短文给予鼓吹。

“自从盘古开天地，三皇五帝到如今”，这已是众所熟知的中国历史常识，盘古开天辟地虽是古神话，却又成了中国历史的开篇。于是盘古就坐上了中华远祖的神圣宝座。可是对盘古神话的来龙去脉，人们却是知之甚少。通常都以三国时期徐整笔下《三五历纪》和《五运历年纪》中的两段话为原初记述：

> 天地混沌如鸡子，盘古生其中，万八千岁。天地开辟，阳清为天，阴浊为地，盘古在其中。一日九变，神于天，圣于地。天日高一丈，地日厚一丈，盘古日长一丈，如此万八千岁。天数极高，地数极深，盘古极长。后乃有三皇。数起于一，立于三，成于五，盛于七，处于九，故天去地九万里。
>
> 首生盘古，垂死化身，气成风云，声为雷霆，左眼为日，右眼为月，四肢五体为四极五岳，血液为江河，筋脉为地理，肌肉为田土，发髭为星辰，皮毛为草木，齿骨为金石，精髓为珠玉，汗流为雨泽，身之诸虫，因风所感，化为黎甿。

经一些学人探求，它的渊源更为古老，如著名学者饶宗颐就指出，东汉末年四川的文翁祠堂壁画就已开始刻画盘古像，宋人见过它的拓本，

① 原载杨建章主编：《夷陵盘古文化论》，中国文联出版社 2019 年版。

可见中国多地早已有盘古神话流行。至于盘古神话形象最初来自何处，至今尚无共识，有待学界探明。

现在回到夷陵区的盘古文化话题上来，我对这些鲜活资料的价值，试作如下探讨：

首先，它是现代盘古神话的丰厚遗存。鄂西南、鄂西北地区，都有盘古神话的口头传承历久不衰，神农架和保康县的长篇唱本《黑暗传》，已作为汉民族广义的神话史诗列入国家级非遗保护名录。它就是从混沌黑暗中盘古出生手执双斧，开天辟地并安置日月照耀乾坤开始叙说的，后来才是洪水滔天，兄妹结婚，大禹治水，造成花花世界。除了将《黑暗传》作为“丧歌”“孝歌”来演唱之外，还有许多单篇的盘古神话传说，如《盘古杀雾神开天辟地》之类在那一带口头传诵，我就此写了一篇专论神农架地区盘古神话的文章发表。

夷陵区的盘古文化资料，大大充实了这一份宝贵文化财富。令人惊奇的是，这一区域内的盘古庙竟有 6 座之多，现今完整保存下来不多，却有清代建筑修缮的遗迹尚能辨认。特别是许多老人还保留着对庙会盛况的鲜活记忆以及祭祀盘古获得善报的种种传说，因而使得这一远古时期的神圣形象还生生不息地活在民众心头。

特别值得提及的是《盘古传》这部长篇唱本的流传。据有关资料介绍，“《盘古传》是由雾渡河镇张定虎、苗大雁采集整理的神话长诗。起初是盘古庙用以祭祀盘古神的唱词，近代逐渐演化为祭奠亡人的丧鼓词”。从唱词的内容以及由歌师答问的演唱结构形式来看，它和《黑暗传》属于同一类型的古歌。可是它同当地遍布四方的盘古庙的祭祀庙会活动相结合，相辅相成，便有了不同于神农架、保康等地的同型古歌的文化意韵了。

其次，它具有盘古庙、《盘古传》相融合的盘古文化独特内涵。我对神农架《黑暗传》做过多年研究，因对夷陵《盘古传》知之不多，现在还不便将两部长诗做深入细致的比较。以下只是粗略比较之后的一些感受。

《盘古传》中唱：

说起远古那时期，无天无地无星辰，
一片黑暗和混沌，天地茫茫无一人。
乾坤如同圆鸡蛋，迷迷蒙蒙几千层，
阴阳相凝太极内，结个胞胎里面存。
盘古生在混沌里，汇聚天精与地灵，
两仪精会伴着他，长成盘古一个人。

经过一万八千年，盘古长成一个巨人。遇见黄白二龙，二龙化身为一把巨斧和斧柄，盘古将天地劈开，从此天地清空风云会，阴阳两合雨淋淋。《黑暗传》的几个异文中也有大体相同的叙说：昆仑山长成五龙形，五龙嘴里流血水，一齐流在深潭内，聚会天精并地灵，结一仙胎水上存，长出盘古一个人。神圣广大无比能，开天辟地定乾坤。不同歌本的词句表述虽不完全一致，可是以昆仑为中华神山，在昆仑山下的深潭内聚会天精地灵，然后生长出盘古巨人，完成开天辟地伟业却是完全一致的。

在昆仑山聚会天精地灵，化生成盘古巨人开天辟地，这共同的核心母题，值得高度关注。2017 年 9 月 1 日的《中国社会科学报》曾刊出一篇《昆仑崇拜》的专论，认定昆仑神山乃是中华子孙神圣家园的化身。《黑暗传》和《盘古传》均以昆仑神山为盘古的根基，使盘古文化之中华文化基因得到深刻有力的体现。

关于盘古的由来，受佛教、道教影响，在民间唱本和通俗小说中有不同说法，有说是西天佛祖同观音菩萨会商，派遣盘古来东土开天辟地并相请日月二神上天照耀乾坤的。但夷陵的《盘古传》不这样唱，而是按道教经书中的道教神谱，将“盘古真人”与“元始天尊”形象合二为一，并和“太上老君”即老子的神圣化身并列。正如《太上老君开天经》中所写：“自斯盘古以道治世，万九千九百九十九载，白日升仙，上昆仑登太清天中，是曰元始天王。”

《盘古传》的唱词中有黄白二龙出洞见到盘古，“开口便把盘古叫，叫声元始老天尊”，看来这并非歌手的信口开河，而是以道教神谱作依据的。在盘古山宏伟的盘古庙中，鳌头上所敬立的左边是太上老君，右边是元始天尊即盘古，其他众神则排列左右。相传农历七月十四是盘古的生日，每年举行盘古庙会时盛况空前，使这位既是中华远祖又是道教真神的盘古氏永垂不朽。这些庙宇既供奉太上老君、元始天王即盘古，又供奉观音菩萨、送子娘娘乃至土地爷、财神等等，佛道杂糅。但作为本土信仰的道教文化因子在这里更为厚重。这些庙宇也以道士来住持居多。围绕这些庙宇，还生出一些风水故事，人们认定盘古庙坐落于风水宝地，在此下葬老人遗骨，后人即可富贵发达乃至登上帝王宝座，可是那些投机者均未得逞。这些附会传说更增添了盘古信仰的神圣性，也透出这一文化事象鲜明的中华本土特色。

盘古庙、盘古歌、对盘古的信仰等在国内其他地方并不罕见，而宜昌市夷陵区将它们串接在一起，交叉重合，民众对盘古的信仰怀念如此浓烈，神人之间的对话交流还如此鲜活，不能不使人震撼。在国家正进行非物质文化遗产保护的今日，我们应当将“夷陵祭祀盘古习俗”列入地方非遗名录给予切实保护。中国各地的寺庙宫观及民众信仰祭祀，长时期一律作为“封建迷信”之举给予否定，现在到了将它们作为传统文化多样构成的一个侧面，按去粗取精原则给予科学分析区别对待的时候了。

湖北机智人物故事的特点及其价值[①]

近几年来，在湖北省兴起了一个搜集整理民间故事的热潮，省民研会已编印民间故事传说资料集 11 种。县文化馆编印故事传说资料集 30 余种，汇编各类故事约四千篇，总字数近四百万。其中格外引人注目的，除关于历史人物的民间传说之外，就是机智人物故事了。

口头文学中涌现的一项奇观

湖北各地，大都有自己土生土长的机智人物故事，活跃在口头文学中。下面就是我整理出来的一个初步名单：武汉市——贱三爷，汉川——何三麻子，孝感——熊春高、陶三爹、张世谋，黄陂——江二伢、韩光斗，大冶——张衡益、柯月亮。应山——明聪，应城矿区——盛老九，大悟——蒋满爷、淳癞痢，咸宁——钱六姐、冷金球，嘉鱼——吉二爹、肖德儿，通山——谭振兆、焦四银，蒲圻——赵老二，崇阳——黄天育、高陵、毛篾匠，阳新——成仙物、石文斗，通城——张十伢，红安——卢世运，麻城——喻良、汪有才，英山——闻筱缉，蕲春——陈细怪，广济——肖光际，天门——徐荀三，沔阳——费散人、柳炳元，京山——谢安三，荆门——苏高德，公安——魏国贞，松滋——周结巴、李机明、张代刀，宜昌——徐三爹，五峰——杜老幺，长阳——向远耀，兴山——文三猴子，秭归——邓仕堂，光化——庞振坤，宜城——董叫，

① 本文于 1984 年 6 月在中国机智人物故事学术研讨会（咸宁）首次发表并载入《笑的艺术——中国机智人物故事论文集》，广西民族出版社 1985 年版。

随州——张德、胡三麻子，保康——于而温，南漳——刘文相、王左宾，谷城——王老二，郧西——金不换，建始——陈贤方、李大怀、樊老三、罗兰娇，恩施——孙宝，咸丰——陈二郎、杨滑二，鹤峰——周三甲、陈阳盘、罗二娃，来凤——覃二……

这六七十人是影响较大，故事较多，也是被发现较早的。目前这个名单已扩大到 100 多人。

他们中间，有半数以上是给地主帮工的农民，其中最有光彩的两个人物是鄂西的杜老幺和鄂南的张十伢（张老十）。其他劳动者中间的机智人物，则以武汉市的贱三爷、应城膏矿的矿工盛老九和松滋的剃头匠张代刀的形象最富有特色。咸宁的钱六姐，以吟诗联对充分表现出女性的机智幽默，可以说是湖北的刘三姐。特别值得我们注意的是一大批富有正义感和谋略的文人形象涌进这个行列。其中鄂东的陈细怪、肖光际、卢世运等几个人物的故事最为出色。

机智人物形象的构成，大都有自己的生活原型，这里略举数例：

杜老幺，据说是清康熙年间或乾隆年间人，出生于五峰县红渔坪、白谥坪一带。生父家贫，过继给大户人家，因遭歧视，从九岁开始就自谋生路，先后干过各种活路，走南闯北，到过许多地方。爱说公道话，打抱不平，后来参加当地的农民起义军，下落不明。

张十伢，生于通城爆竹岭，以流浪帮工为生。死后埋在太平坳石山脚下，坟前是条大路，来往行人不断。由于他生前聪明机智，专为穷人说话，跟权贵作对，人们路过坟前便铺上几块石头，以示怀念，所以至今留下一个满是石头的大坟堆。

谭振兆，通山县大畈白泥乡人，生于清康熙二十年（1681 年），卒于乾隆十六年（1751 年）。胆子大，爱打抱不平，替穷人打官司，一共打过 13 场官司，留下许多故事。

费散人，据《沔阳县志》提供的材料，本名费中权，明末生于沔阳。祖父费尚伊，在明万历年间，官至“兵部给事中”，因不满朝政，辞官回乡隐居。费中权受其祖父影响，“性任诞不羁”，自号“散人”。

闻筱缉，英山县金铺孔家坊人。生于清咸丰癸丑年（1853 年）二月三日，父兄均为官吏。他应试落榜，不满官场黑暗，“日以诗酒怡情”，于是和费散人一样，逐渐演变成民间口头文学中的一位机智人物了。

肖光际，据《肖氏宗谱》记载，生于1781年，卒于1864年，本是一位才华出众，“优于才，邃于学”的才子，却因出身贫贱，屡试不中，终致名落孙山，便回乡办学堂，“远近争师之，一时知名士，多出其门下”。他作的许多具有民主思想的通俗诗文，一直流传至今。

钱六姐，据《咸宁县志》《钱氏宗谱》记载，她出生于三代官宦世家，因在兄弟姊妹中排行第六，故名六姐，生于明弘治己酉年（1489年），卒于明嘉靖甲辰年（1544年），以对诗方式嫁河南光山县举人李宗乾为妻。《钱氏宗谱》称她“七岁能诗，名与兄齐”，“生有奇才，诗词歌赋无不通晓”。宗谱上至今保留着她的五首诗，钱家大湾还存有“六姑妆楼”等遗迹。

他们的生平，或有文字记载可考，或有口头传闻及尚存遗迹予以证实，实有其人，是可信的。关于他们的故事，有的在一县或几县之内较大范围中流传，艺术概括的程度较高。如徐苟三的故事流行在江汉平原，陈细怪故事流行于鄂东皖西，贱三爷的故事流行在武汉市及其周围城镇。有的则在较小范围之内流传，如柯月亮的故事，主要流行于大冶县西北角的保安、曙光、黄金湖一带。至今还没有发现一个为湖北全省或大部分地区人们所熟悉的机智人物典型，如同阿凡提之在新疆地区一样。人们所津津乐道的是他们当地土生土长的机智人物的言行。尽管是明显出自虚构的流行故事，也要把它归在自己所熟悉的人物身上。

这些故事的主人公大都实有其人，而故事内容却并非实有其事。考察这些作品的创作过程，大体可区分为实有其事、真假掺和及纯属虚构这三种情况。

第一、二两种情况在实际上是很难区分的，但从机智人物故事的特点来看，第一种情况很少。第二种情况较为普遍。和一般传说的构思方式不同，人们并不是以尊崇的心理、严肃的写实手法来记叙主人公的显赫功业与崇高言行，而是以诙谐幽默的调子来讲述他们种种机智不凡而又有些滑稽可笑的故事。从人物的实际言行中取其一点，加以放大渲染，强烈夸张，合理想象，不仅是允许的，也是保持它为人们所喜闻乐见的艺术特色所必需的。钱六姐能诗善对实有其事，但像“稻草捆秧父系子，竹篮装笋母抱儿”“劈园竹，箍扁桶，装东装西；锯直木，打弯船，行南走北”这样俚俗生动的对子，难以设想是出自一个大家闺秀之口。至于讲钱六姐在公堂上推开自己的丈夫，女扮男装去审状元，并用下面四句诗：“小小状元郎，临死还嘴犟，打发见阎王，阴间告老娘”，将践踏人命的状元打进死牢，就更明显是出自口头文学家的生动想象了。像这样真假掺和、虚虚实实的故事，实际上构成了湖北机智人物故事的主体。它们在艺术上最生动活泼，富于湖北地方特色。它们既摆脱真人真事的局限，进行了一定程度的艺术概括，具有较深厚的思想生活内容和生动完整的艺术形式；在艺术加工时，又依据了人们所熟悉的原型，吸取了人们感到亲切的地方实际生活与历史文化材料，因而显得新鲜活泼，不落俗套。

纯属虚构的故事，最明显的例子是将一些在广大时间空间范围内流行的故事附会到某一个机智人物身上，形成真人假事。这样的流行故事有“扯谎架子”“半文铜钱告县官”“被角写字打官司”“夏天穿皮袄写状词”“给东家看门”“两头哭”“论斤买缸”“改磨整石匠”“整驼子”“猫和瓢”“一生用不完的破篾箩”等。

“扯谎架子”见于兴山文三猴子故事、汉川何三麻子故事、随州胡三麻子故事、鹤峰陈阳盘故事和贵州的阿方（或阿谎，即谎张三）故事之中。

“半文铜钱告县官”的故事，我是从王作栋记录的杜老幺故事素材中第一次看到的。当时曾为它的精巧构思赞叹不已。后来才发现，它是一个流行很广的故事，同时又见于秭归邓仕堂、建始李大怀、保康于而温、沔阳柳炳元和通山焦四银等人的故事之中。

“被角写字打官司”见于兴山的文三猴子故事、阳新的石文斗故事和松滋的李机明故事中。

“改磨（或改石磙）整石匠”的故事，见于兴山的文三猴子故事、广济的肖光际故事和嘉鱼的吉二爹故事中。

"夏天穿皮袄写状词"，见于红安的卢世运故事、应山的明聪故事和公安的魏国贞故事中。

像这样把同一故事归于许多人名下的事例，在机智人物故事中是很普遍的现象。

上述故事从何而来呢？目前还难于作出准确的回答。但可以指出一个重要事实：它们大多早已见于中国著名的徐文长故事中。1938 年王忱石编的三本《徐文长故事》中所收的《被角写字》① 《玩弄石匠》②，即"被角写字打官司""改磨整石匠"。1960 年以来，浙江的几位民间文学爱好者搜集整理的《徐文长的故事》中，《该当何罪?》③ 那一篇，基本构思和"半文铜钱打官司"相同。徐文长（1521—1593），名渭，浙江绍兴人，是我国明代杰出的文学家和书画家。他多才多艺，但生活道路坎坷，备受迫害歧视，所以晚年蔑视权贵，同情平民，诗文中流露出对世道愤恨不平的情绪。由于他言行奇特，便有不少关于他的趣闻轶事生于民间。久而久之，人们把许许多多情趣健康或情趣低下的滑稽故事都附会在他的身上，把他变成了一个汉族机智人物的艺术典型。他的故事，经过口头与书面形式的广泛传播，在我国城乡达到家喻户晓的地步。《被角写字》《玩弄石匠》《该当何罪?》等篇，放在徐文长名下，显然不可能是实有其事，只能是出于附会。但早已作为徐文长故事流行于民间，它不大可能由湖北的某一个机智人物身上跑到徐文长身上去，倒极有可能由湖北的口头文学家把它从徐文长那里搬到杜老幺、文三猴子等人身上来。

那个"夏天穿皮袄写状词"的故事，最早见于一个清代笔记《虫鸣漫录》中，主人公是一个恶讼师，因贪贿而生出狡诈伎俩。民间文学中却借来以之赞颂民众所喜爱的人物。

还有一个"两头哭"的故事，流行的范围更广大。它讲一个在财主

① 《徐文长故事》第一、三集，上海经纬书店发行。
② 《徐文长故事》第一、三集，上海经纬书店发行。
③ 《徐文长的故事》，浙江人民出版社 1982 年版，第 5 页。

家帮工而富于机智的人物，为了报复财主的虐待，便谎称东家捞鱼淹死在河里，骗得他家里老婆孩子哭天喊地下河搬尸；回头又谎称家里失火烧得精光，骗得东家也号啕大哭起来。接着两方见面，哭笑不得。这个故事在湖北广泛流行，见于沔阳的徐苟三故事，嘉鱼的吉二爹故事和肖德哥故事，汉川的何三麻子故事，咸丰的陈二郎故事，鹤峰的周三甲故事之中。它也流行在与湖北邻近的一些省份之内，如河南庞振坤的《劝父》[①]，把上述基本情节用在父母身上。贵州布依族中有两个机智人物，一个叫甲金，一个叫卜当，甲金故事中的《总有一天要对着哭》[②]，卜当故事中的《哭笑不得》[③]，所讲的就是上面这个故事。云南哈尼族把这个故事附会在他们的机智人物阿拜身上，故事题目叫作《谁使我落泪?》[④]；云南傣族的著名机智人物艾苏和艾西两兄弟，也用这种方式捉弄过一勐之主，只是以上山打猎为背景，故事题目叫《又哭又笑》[⑤]。美籍华人学者丁乃通在他编撰的《中国民间故事类型索引》中，给这个故事命名为"虚惊"（1635A），共收 23 例。[⑥]

越南也流行这个故事，篇名叫《骗人精》[⑦]，说的是一个善于说谎捉弄人的男孩，一天他到地里对叔叔讲，婶婶从梯子上摔下来了；回来又对婶婶说，叔叔在地里被水牛角扎穿了肚子，让叔婶虚惊了一场。

更为奇妙的是，在世界著名的阿拉伯故事集《一千零一夜》中也可以找到这个故事。《一千零一夜》中译三卷本第一卷的《白侯图的故事》中，就有这么一节：白侯图是个被人当牲口一样买卖的奴隶，善于说谎。有一次他被转卖到富商家当仆人，在陪主人出外饮酒作乐时，回家取东西，谎称酒店墙倒屋塌，把老爷压死了，骗得太太小姐大哭大叫去收尸；

① 《河南民间文学》第 4 辑（1982 年 10 月）。
② 《贵州民间文学资料》第 44 集，第 293 页。
③ 《贵州各民族机智人物故事选》，贵州省群众艺术馆等 1982 年编印，第 43 页。
④ 《山茶》1983 年第 4 期。
⑤ 《艾苏和艾西的故事》，云南人民出版社 1981 年版，第 12 页。
⑥ 《中国民间故事类型索引》，中国民间文艺出版社 1986 年版，第 440 页。
⑦ 出自《亚洲民间故事》，湖南少年儿童出版社 1986 年版。

回头又对商人讲，家里墙壁倒下来压死了太太小姐，骗得主人哀痛欲绝。两头哭叫，一家人丑态毕现，演了一出闹剧，它和中国的《两头哭》故事多么相似！

这个故事源于何处？不同国家、民族和地区之内流传的各种异文，互相之间有什么联系？就中国和阿拉伯之间的同一故事来说，目前还找不到它们彼此间存在交流影响的线索，只能放在比较文学“平行研究”的范围内加以考察，用社会生活、社会心理相近似，因而不谋而合地生出情节相近的故事来做解释。中国的徐荀三、甲金、艾西，阿拉伯的白侯图，都是受欺凌的被压迫者，他们积蓄了满腔怨恨，便想方设法要去捉弄主人以泄愤。这样的阶级对立，是世界范围之内普遍存在的社会现象；而在偶然事故中遭逢不幸，引起亲人的悲痛，更是到处可见的人之常情。人们从彼此相通的某些生活素材与心理状态出发来编织故事，形成不约而同的相似之处是完全可能的。至于在湖北省内以及在河南、贵州、云南等邻近省区之内流行的同一故事，我以为主要是口头文学交流影响的结果。可以作为比较文学中“影响研究”的对象。庞振坤是河南邓县人，他的故事主要在豫西南流行，也是我省光化一带民众所熟悉和喜爱的一个机智人物。贵州布依族甲金、卜当的故事，均以下河捕鱼为背景，和我省流行的《两头哭》故事，连细节也那么一致，完全可以断定是同出一源。至于究竟哪一个地方的故事是它们的源头，那就难以确定了。目前我们只能说，它是一个具有很强流动性的故事。国内外的机智人物故事，在创作流传上都有这样的特点，著名的新疆维吾尔族机智人物阿凡提的故事中，有一些“基本的传统笑话”，如《锅生儿》《请皮袍子吃》《淋雨》《三次讲经》等，原出自十世纪阿拉伯的朱哈笑话中；后流传到土耳其，变成了纳斯列丁的笑话；再后流传到新疆又归到纳斯尔丁·阿凡提名下①。因此赵景深先生在给《徐文长的故事》作序时便写道：“古人的故事，往往不一定就加在一个固定的人物的头上。它像蒲

① 戈宝权：《从朱哈、纳斯列丁到阿凡提》，见《朱哈趣闻轶事》，中国民间文艺出版社 1982 年版。

公英的种子一样，被风吹到哪里，就在哪里生根。”湖北机智人物故事中，这样的故事占了相当的数量。但人们在吸取借用这些故事时，不是简单照搬，常常利用它的基本情节加以丰富改造，使之别具一格。关于主人公利用一文钱或半文钱告县官的故事，在徐文长故事的《该当何罪?》中，讲的是徐文长抓住知府大人公子脚下的毽子做文章。因做毽子的铜钱上有“嘉靖通宝”字样，徐文长便用“手提毫毛，脚踢万岁”的罪名来责问知府“该当何罪?”吓得他只好低头认输。湖北杜老幺故事中的《半文钱》，从县老爷主动提出同杜老幺打赌去打官司讲起，杜老幺装出无可奈何的样子奉陪：

杜老幺说：“没得盘缠钱哩！打官司得到荆州府，我半文钱都没得，怎么敢上路呢?”

糊涂老爷得意地嘿嘿直笑：“半文钱？你有半文钱就敢上路啊?”

杜老幺答：“那当然啰！有了钱就少为难啊。”

糊涂老爷一拍胸：“本县给你半文钱!”一掉头吩咐手下：“来人哪，跟他斩个半文钱来!”

快得很，钉锤凿子“砰”地一下，一文铜钱斩成了两半边。糊涂老爷朝杜老幺甩了半边，“拿去!”

杜老幺接过半文钱就走。两人一走走到荆州府，杜老幺果然告了枝江县大老爷一状，你猜是怎么告的？四句话——

身为百姓父母官，
目无王法好大胆。
乾隆通宝劈两半，
不斩也得先撤官！

那个糊涂老爷的乌纱帽当时就被摘啦![1]

从杜老幺叫穷连半文钱路费都没有，引出县官劈铜钱的情节，而这件事正好成了杜老幺告倒他的绝妙凭据，情节发展自然而巧妙。县老爷表面上气势汹汹，实则糊里糊涂，被杜老幺牵着鼻子走而不自觉；杜老

① 《杜老幺》，长江文艺出版社1982年版，第38页。

幺表面上软弱可欺，实则深藏机智，以守为攻，两人的性格恰成鲜明对比。叙述既朴实而又生动，四句诗传神有力，语句中饱含幽默情趣。这篇故事的精美动人，固然同整理者懂得保持民间口头文学的艺术风格有关，主要还是口述者刘德培善于讲故事——立足于当时当地的生活实际，能够把故事讲得脉络清晰、结构严密，生活内容丰富的结果①。因此，即使是借用流行故事的情节来塑造人物，湖北机智人物故事也仍然在艺术上具有自己的创造，表现出为湖北人民所喜闻乐见的特色。

机智人物故事：一个卓然独立的故事类别

湖北机智人物故事的大量发掘，对中国故事学的研究提出了一些有意义的新课题，具有重要价值。

湖北省民间文艺家协会于 1980 年开始培训民间文学骨干，搜集整理民间故事传说时，并没有有意识地以何种故事作为重点，完全是从民间文艺生活的实际状况出发，放手让大伙采录，择其善者进行整理加工。涌来的机智人物故事数量这样多，以致在编印故事传说资料集时，不得不把它专门列为一类。后来又单独出了一个机智人物故事集《杜老幺》。这都是出乎意外，非始料所及的。它表明这类故事在实际的民间文艺生活中，占有重要位置，而我们的民间文学基本理论著作，却还没有把它的特点及其重要价值实事求是地反映出来。现有的几本民间文学论著，对这类故事的处理，有的归入笑话或笑话里的“民间逸闻”之中；有的归入生活故事里的“劳动阶级人物故事”或“长工和地主故事”，“官和民故事”等等之中，均没有集中加以论述。我以为，从我国民间文学的新发现出发，应在生活故事里，把“机智人物故事”单独作为一类加以处理。

生活故事中的长工故事、巧媳妇故事等，以不相连续的单篇形式存

① 参见王作栋：《机智人物故事〈杜老幺〉的传承人及其传承特点》，《湖北省民间文学论文集》，中国民间文艺研究会湖北分会 1983 年编印。

在；如果以某个机智人物为中心，把他的许多斗争事迹贯串起来，变成一种系列故事，就可以作为生活故事中的一个独立类别来看待了。就其中的某些故事以历史人物真实事迹为基础而构成来说，把它们归入历史人物传说也未尝不可。在历史人物传说和机智人物故事之间，很难划出一道截然异质的界限。但民间口头文学家已把这些真实存在的历史人物，“泛化”成为一类特殊典型，打扮成人们所喜爱、所期望的机智人物了，其内容和形式均表现出不同于一般传说故事的特点。把它们另作一类故事来处理，似乎更符合它在民众文艺生活中的实际位置，也有利于人们对它的美学特征和社会价值进行深入的探讨。这种由传说向故事转化的现象我们在各族民间文学中常常会遇到，并不稀罕，不过在我们研究的这类故事中表现得更为普遍和突出就是了。

机智人物故事不但可以作为民间故事的一个类别卓然独立，它的繁荣，还应看作是中国故事文学在近代获得新发展的一个明显标志。

湖北民间流传的故事，主要有三大类：一是幻想性的童话，二是历史性的传说，三是包括机智人物故事在内的各种喜剧性的生活趣事。前两类作品产生在比较古老的年代，为人们所世代传承。机智人物故事则大量涌现于封建社会没落解体的近现代。

机智人物故事的产生，有其特定的历史背景。将杰出人物的勇武有力予以夸张或神化而构成的传奇性故事，代表着口头文学发展的一个阶段；颂扬杰出人物的智慧，编织新的传奇，则是故事创作上伴随人类文明的进展而发生的一个新的转折。那么，中国的机智人物故事究竟发端于何时呢？我以为可以追溯到诸子百家争鸣，各种政治与学术流派的人物才智迸发的春秋战国时期，晏子就是当时一位著名的机智人物。《晏子春秋》一书所载的几篇“晏子使楚”的故事，完全可以进入我们所说的“机智人物故事”之列。请看《晏子使楚楚为小门晏子称使狗国者入狗门》这一篇：

> 晏子使楚，以晏子短，楚人为小门于大门之侧而延晏子。晏子不入，曰：“使狗国者，从狗门入；今臣使楚，不当从此门入。”傧者更道从大门入。见楚王，王曰：“齐无人耶？”晏子对曰：“临淄三

百闾，张袂成荫，挥汗成雨，比肩继踵而在，何为无人?”王曰：“然则子何为使乎?”晏子对曰：“齐命使，各有所主，其贤者使使贤王，不肖者使使不肖王。婴最不肖，故直使楚矣。”①

楚人见晏子形体短小，欲加羞辱，结果晏子以巧妙的答对给予还击，反使楚王陷入难堪境地，自讨没趣。它已具备了后世机智人物故事的基本特征和魅力。据今天的学者考证，《晏子春秋》一书可能是齐亡于秦之后，淳于越之类的齐人在秦国编写的，距今已有两千多年了。书中关于晏子的事迹，一方面来自古书里的零星记载，另一方面来自民间流传的故事②。以上几则晏子使楚的故事，显然来自民间，是艺术虚构而非历史记载。所以它们又以大同小异的文字，载于《韩诗外传》《说苑》等古籍中。有趣的是晏子的一系列故事中以他出使楚国，用唇枪舌剑反击楚王企图羞辱他的几场斗争最为精彩动人。几场智斗都是由楚王挑起的，想必在当时的楚国，有一种以自己的丰富智慧来愚弄讥笑他人的风气，而这又是同楚文化的发达分不开的。此外，晏子故事中的《景公问天下有极大极细晏子对》③，它的基本情节又被句道兴本《搜神记》中《田章》一篇的作者所借用，以表现“天女之子”田章的“聪明广识，甚事皆知”。这位田章实际上也是一千多年前民间文学中的一位机智人物。总之，就汉族情况而论，机智人物故事古已有之，并不是近现代才突然出现的一种文学现象。

然而机智人物故事以新的姿态大量涌现，盛传于城乡人们的口头，则同近现代的社会历史与文化发展密切关联着。

首先，这些故事具有浓厚的喜剧性，由此透出鲜明的时代特征。马克思主义美学观告诉我们，旧世界历史的最后形式是喜剧。旧事物的残余在历史进程中已暴露出它内在的虚伪、丑恶、腐朽，丧失了它合理存在的现实根据。可是它不甘心退出历史舞台，还要装模作样地表演，在

① 《晏子春秋集释》，中华书局1962年版，第389页。

② 吴则虞：《晏子春秋集释·序言》。

③ 《晏子春秋集释》，中华书局1962年版，第514页。

觉醒的人们的心目中，便显得十分荒唐和滑稽可笑了。中国封建社会末期的社会冲突正具有这样的特点。在农民革命运动的沉重打击下，在以儒学异端出现的民主主义启蒙思潮的强大冲击下，封建主义的旧秩序和旧传统丧失了它往日神圣不可侵犯的威严地位。如同一些封建卫道士所惊叹的，“世道不古，人心浇漓，礼教不能劝化，刑罚不能禁止”①。酷虐的地主被长工的有力报复所压倒而无可奈何，县太爷同乡村小民打官司输得威风扫地，黄泥巴腿子的才智盖过了舞文弄墨的秀才、举人，和尚、道士装神弄鬼的把戏被人们揭穿大出洋相。这形形色色的喜剧，莫不是从当时的实际生活中吸取来的。在封建统治者深感痛心疾首的世道中，正蕴含着足以使被压迫民众开心的丰富笑料。这样的历史文化发展，必然要在民间文艺中得到反映，促使故事文学推陈出新，造成喜剧口头文学作品的繁荣。关于悲喜剧的特征，鲁迅做过最简明有力的概括，他说，“悲剧将人生的有价值的东西毁灭给人看，喜剧将那无价值的撕破给人看”②。笑话是喜剧艺术的一种，由作者直接出面将反面人物假恶丑的嘴脸撕破给人看，造成以滑稽可笑的形式嘲讽邪恶势力的喜剧效果。但人们并不以此为满足，他们还希望将“卑贱者最聪明”和“高贵者最愚蠢”进行鲜明对比，希望由自己喜爱的正面人物出场撕破敌人可憎可笑的面孔，以表现出在阶级斗争中劳动人民优势的增长。于是机智人物故事繁荣兴盛起来。它以下层社会的普通人物为主角，让他们用意想不到的锐利眼光洞察旧时代趋于没落的人情世态，并将敌对势力假恶丑的面孔撕破给人看而造成喜剧效果。广大民众以欣赏这类喜剧艺术为乐事，并积极参与这类口头文学的创作，由此获得愉悦身心、振奋精神的美的享受。因此，包括机智人物故事在内的各种喜剧性口头文学作品的盛行，正是人们在爽朗笑声中和旧时代诀别的表示。被压迫民众在口头文学中推出自己的代表人物，同支撑旧世界的种种角色进行较量，使对方计穷力竭，威风扫地，而自己则扬眉吐气。这不是颠倒的历史又由劳动人民

① 见清乾隆年间刊印的《太上感应篇注讲证案汇编》。

② 见鲁迅：《坟·再论雷峰塔的倒掉》。

自己再颠倒过来的一种象征性的反映吗？因此机智人物故事这种体裁虽渊源久远，但作为一种重要文学现象，却是在中国封建社会末期新旧时代交替时得到发展的，有着鲜明时代特征。

其次，从它的内容和形式的多样化中反映出人们智慧的高度发展。如果说，从斗力为主转向斗智为主，是社会文化发展的一个阶段，那么，从以自己的智慧应付紧迫的生存斗争，发展到用溢出的智慧浇灌文学的花朵，则意味着社会文化发展到了又一个新阶段。远帆的《喜剧中的智慧》① 一文的内容，对我们研究这个问题颇有启发。他写道：

> 它们并不是人类智慧的主干，而只是这个智慧之树上的一个旁枝。它们主要只是人类智慧中具有奇巧特点的那一部分。……从历史发展的角度看，它们是人类生活和精神发展到较高水平的一种标志。它们那种极端的奇特巧妙，那种汪洋恣肆，说明人们的智慧已经成熟到那种得心应手，运用自如的程度，以致它们可以超越一般的常规，而以一种似乎是全无规则的、违反常规的、极端“自由”的形式表现出来；说明人们的智慧已经丰满到那样一种程度，即在它们应付生存斗争的必须外，还有某种“余力”，以致它们有时看起来像是某种智慧的“游戏”。在某种意义上我们甚至可以说，它们是人类智慧的某种“溢出”，——所谓“才智横溢”的“溢”。

“才智横溢”这一特点，在湖北机智人物故事中表现得格外突出。主人公们的机智不仅表现在和压迫者及其帮凶的较量中，还溢向广泛的日常生活领域；这些斗争有时是为了争取生存的权益，但在更多情况下，并不具有上述实际意义，只是为了显示自己才智的优越，从精神上压倒对方。即斗争的胜利具有象征性，有些类似于“智力竞赛游戏”。劳动者智慧的积累如同江河奔泻，因而不得不以极其多样化的奇妙方式表达出来；精巧的谎言、别出心裁的诗对、精彩纷呈的智斗故事即由此而生。在中国人民智慧之树上生长出来的这一艺术花朵，无疑是经过社会历史文化发展的长期培育，直到近现代才竞相怒放，蔚为壮观的。

---

① 《文艺研究》1983 年第 5 期。

在湖北农村，过去还广泛流行着宣讲“善书”的文艺活动。它以写实手法和说唱结合的形式，广泛反映近现代社会生活中善良与邪恶势力的斗争，表达劝善惩恶的主题。借因果报应造成大团圆结局，却掩盖不住斗争中主人公命运的悲剧性，和机智人物故事的艺术风格迥然有别。“善书”也是旧时农村具有较大影响的一种故事文学形式。但它因具有较浓厚的宗教色彩，便随着社会历史的前进趋向衰落了。从这一对比中，更可以看出机智人物故事的旺盛生命力。

建设中国马克思主义的民间文艺学，须牢固立足于中国社会历史土壤上，十分重视对中国所特有的民间文学现象的考察研究，从中引申出理论来。中国近代历史所孕育的机智人物故事如此发达，其影响如此巨大，这一突出现象实在值得我们中国的民间文艺学家们加以重视，进行认真探讨！

谎 张 三

——中国南方机智人物的杰出典型[①]

连休同志：

读了你在《民间文学》上发表的关于机智人物故事给两位同志的复信，很受启发。为了把搜集整理与研究中国机智人物故事的工作做得更好，现就你信中未涉及的我国南方好几个民族共同创造的一个出色的机智人物典型——谎张三，谈谈我的浅见。

《山茶》近年曾发表一组《谎张三的故事》，把它作为汉族机智人物故事来看待。实际上他并不只是汉族故事中的机智人物，我把谎张三故事和另外几组故事——湖南贵州苗族的反江山故事和阿方故事，贵州彝族的恍张三故事，云南傈僳族的黄江桑故事和光加桑故事，云南思茅等地区的款章三故事以及最近湖南《楚风》发表的《谎江山的故事》从故事内容、风格到主人公姓名的语音进行比较对照的结果，发现“谎张三”“反江山”“阿方”“恍张三”“黄江桑”“光加桑”“款章三”以及“谎江山”，其实是一个人，即谎张三。在一些地方的方言中，“谎”“反”“黄”“款”不分，主人公的姓名在口头流传中就有了差异。在我们这个地域辽阔、民族众多、语言错杂的国家里，这是不足为怪的事。问题出在翻译上，由于将这些少数民族故事译成汉文发表时，译者缺乏民间文学素养，彼此间又缺乏交流，于是就硬译成各式各样的名字了。这同外文翻译中的同名异译是一样的情形，“斯大林”过去不是也有人译成“史太林”么?

一些直接从事少数民族民间文学搜集整理与翻译的同志是已经觉察

① 原载《民间文学》1984年第4期。

到了这个问题的。燕宝在《苗族民间故事选》的“后记”中就写道：

> 这一组故事是湖南首先搜集整理的，湖南方言口音，“谎”“反”不分，可能是搜集整理者将“谎”字改成了“反”字，“谎张三”变成了“反张三”。这也不妙，名称与故事的含义相反了，最后就改成了“反江山”。“张三”与“江山”湖南口音相近，而且“反江山”这名字还有点“革命性”。所以，这一组故事，湖南称为《反江山的故事》。
>
> 现在贵州用的这个“阿方”的名称，大致也经历了这样的演变过程。不同的是“反江山”的翻译整理者是汉族同志。他按汉族的称呼“谎张三”来改造；“阿方”的翻译整理者是苗族同志，他按苗族的称呼“阿谎”来改造。

《反江山的故事》是一九五八年“大跃进”年代翻译整理发表的，在主人公名字所用的字眼上渲染一点“革命性”，反映了当时的风尚，不必责备整理者。时至今日，本民族的民间文学工作者已经说明真相，“反江山”这样不准确的译名，我以为不应再沿用下来。最近湖南把“反江山”改为“谎江山”，可见已意识到原名不妥。“阿谎”“阿方”的称呼作为一种亲切的简称，是可以的。“反江山”与“谎张三”的意思就相差太远了。

把这个人物的姓名一律订正为“谎张三”，是否有损于这个人物在不同民族故事中出现时所具有的民族色彩呢？我以为不必有此顾虑。“谎张三”是一个极富于中华民族独特历史文化色彩的名字。我在一九八二年第一期《文史知识》上，读到一篇小文章《谈“张”姓》，其中引述了一个统计材料，说中国的张姓，是世界上人口最多的姓，它占中国人口的9.7％～12.1％，至少有七千五百万人，即每十个人中就有一个人姓张。它已演化成为对中国人的一种泛指，这在汉语词汇中就有反映，如“张三李四”“张王李赵”“张冠李戴”“张家长李家短”，不是常挂在人们的口头吗？这种情况，同英国人的“约翰”、德国人的“汉斯”类似。我国南方许多少数民族中，姓张的也很普遍。我们不能简单地把张三看作是一个汉族人的姓名。在张三之前加一个“谎”字，表示主人公的思想性格特征，这也是中国口头文学与书面文学传统手法的反映，“智诸葛”“莽张飞”不就是我们所熟悉的文学典型吗？因此，谎张三这个名字，改用其他谐音字眼，很难将它所包含的中国风味表达出来。“黄加桑”“反江山”语音虽相近，书面化之后，就差之毫厘，失之千里了。由此我感到，在记录翻译整理民间文学时，对语言运用的准确性，有必要提醒大家切实加以注意。20 世纪 40 年代，凌纯声、芮逸夫两先生在湘西对苗族的社会情况进行调查，所记录的苗族神话，将“张古老”（即姜央）译记为“张果老”，传到国外，一些学者便误以为汉族道教八仙传说中倒骑毛驴的张果老，成了苗族神话中的人类始祖。记录翻译不准确，以讹传讹，就会导致这样的消极后果！不仅将少数民族口头故事译为汉文要注意，汉族民间文学工作者记录僻远方言区的故事，也同样要注意准确性。湖北整理发表了一批《洛阳秀才的故事》，“洛阳秀才”何许人也，令人难解。最近我把它同南方一些地区发掘的“罗隐秀才故事”加以比较对照，才知道“洛阳秀才”即“罗隐秀才”之讹传！

谎张三的故事，现已发表上百篇，流行于南方湖南、云南、贵州一带的汉、苗、彝和傈僳族中间。如加以评述，肯定会有更多的发现。看来他是一个完全可以和西北地区几个民族的机智人物故事中的纳斯尔丁·阿凡提相媲美的机智人物典型。在他身上，闪耀着中国南方文化的独特光彩，他以“谎”制敌，善于利用敌人的弱点乘虚而入，以巧妙的言辞打击嘲弄敌人，显示出无比的机智。他的形象具有广泛概括性，是南方几个民族的民间文学互相交流的成果，是他们共同艺术智慧的结晶。谎张三这个名字，将毫无愧色地进入世界民间文学艺术形象的画廊之中，为世人所注目。

连休同志，在《汉族机智人物故事选》问世之后，听说你又在努力编选《中国机智人物故事选》，你在这方面的劳绩，受到许多同仁的赞赏。以上意见，提供给你进行这一工作时参考，并就教于你和民间文学界的朋友们。

敬礼！

守　华

1983 年 9 月 1 日

一则古代传说的民俗依据[①]

——“石狮口内出血，地陷为湖”传说试解

我国南方多湖，这些湖泊常由地面陷裂构成。突然爆发的自然灾害惊世骇俗，震撼着人们的心灵，便生出有关的神奇传说。它们的故事情节大同小异，基本内容为：贫困而善良的主人公（多是一老一小）热心救助为饥寒所困的穷人，被救者原是仙人的化身，便将此地不久会陷落成湖的天机告知主人公，以作报答。灾难临近的标志是：守卫县衙门或城门的那只石狮子口内出血。老汉或老妈妈天天派孩子去察看动静，被一屠夫探知原委，屠夫遂将猪血泼洒在石狮口内，意在戏弄。哪知弄假成真，即刻天崩地裂，城陷为湖，只有那早有准备的一家人及其邻舍得以幸免于难。

这类故事近年在湖北已发掘出好几篇，如《湖北民间故事传说集·咸宁地区专集》中的《梁子湖的传说》、《湖北民间故事传说集·黄冈地区专集》中的《石头狮子口里流血》、《松滋县民间故事传说集》中的《王家大湖的来历》等。我在采风活动中还听人讲过一些，未整理发表。

北方也有。一九五九年人民出版社所出的一本有关保定地区的《民间故事选集》中，有《狮子红眼冲军城》一篇，即叙此事。所不同的是，小主人公用自己身上的血抹红了石狮子的眼睛，因而天降猛雨，附近河水暴涨，冲走了为非作歹的财主一家[②]。

一些业余民间文艺爱好者曾问我：为什么这类故事都以石狮口内或

---

① 原载《楚风》1984年第2期。

② 此篇在整理时，似从突出阶级斗争上做过较大加工。

眼内出血作为自然灾害将临的预兆？这种奇特幻想是怎样形成的？它有没有什么特别的寓意？我一时答不上来。后来带着这个问题向钟敬文先生求教，钟老启示我，这可能是一种古老的民俗信仰的遗留，并鼓励我把这个谜解开。经过这两年的探求，终于有了一点眉目，现在就把它写在下面。

石兽窍孔“出血”意味着什么？原来古时人们以鲜红的血液作为生命的象征。《中国原始社会史话》引述我国考古学成果写道：

考古发现表明，山顶洞人在人死后，要把死尸埋进本民族的公共墓地（山顶洞的下室），并举行一定的仪式，他们在尸骨上撒赤铁矿粉末。这种习俗在世界上许多古老民族中很流行，他们也许用赤铁矿代表红色的血液，作为生命的象征。动物和人一旦失去鲜血，生命即告完结，这是原始人经常看到的现象。在死者身上撒红，似乎是希望死者能够继续保持生命力。①

郭老主编的《中国史稿》第一编“原始社会”部分，讲到山顶洞人的上述葬俗，也告诉读者，当时有一种原始宗教观念，“认为红色代表鲜血，是生命的来源和灵魂的寄生处”②。关于世界上现存原始民族中亦有“灵魂与血液相关联之说”，早见于英国著名人类学家泰勒所著《原始文化》一书③。

据此，可见石兽口眼出血，即获得生命、获得灵性的表示。它们活动起来，是为了向善良无辜的人们告警，一场严重的自然灾害即将来临，须预做防范。

这种由动物来预兆灾异的情节，又同中国古代流行的前兆观念和前兆迷信有关。原始社会的先民，在长期的生产实践过程中，逐步注意到事物之间的联系，认识到事物发展过程中常出现一种前期现象——前兆。注意前兆的目的在于企求预知将来可能发生的事情，以便采取措施趋吉

① 黄淑娉等：《中国原始社会史话》，北京出版社 1982 年版，第 56 页。
② 郭沫若主编：《中国史稿》第 1 册，人民出版社 1976 年版，第 31 页。
③ 见林惠祥：《文化人类学》，商务印书馆 1934 年版，第 354 页。

避凶。如能够正确地把握前兆，自然是有积极意义的。但当时由于社会生产水平和知识水平的低下，人们常产生错觉，把那些无关的现象也当作某种事物将发生的前兆，并盲目加以信仰，这就形成前兆迷信，并导致占卜等迷信活动的流行了。这种前兆迷信的表现之一，是以“不寻常的动植物的出现，常见动物的不寻常表现”来预兆暴风雨和洪水等灾害的来临①。以石兽口眼出血作为洪水侵袭或地陷为湖的预兆，我以为就是从古代的前兆迷信发展而来的。然而在人们的这种原始观念中，也包含着某些实际的生产斗争经验。人们观察到动物的异常表现，常常是地震等自然灾害的前奏，这又是同现代自然科学的结论相一致的。一九七六年在美国曾举行第一届研究动物地震前反常举动的科学讨论会，“虽然会议上列举的实例不一定完全符合科学要求，但是动物震前反常举动是不能否认的。越来越多的动物表现出预报员的惊人才能”②。在古人的前兆观念中所包含的对自然界奥秘的可贵发现，我们应予合理肯定。他们不能用科学知识加以说明，把动物的异常表现作为神的启示来看待，于是演成迷信了。

为什么有关传说都要在“石狮子”身上来显示预兆呢？这是因为石狮子在我国是一种既普遍而又具有神秘感的石兽。据历史记载，自汉武帝派张骞出使西域，我国同西域各国发生交往之后，西域各国即纷纷献狮子于汉。最早的一起为公元八四年安息国献狮子。石狮子在我国出现的历史比真狮子更早，其原因大概同佛教的传入有关，佛家认为狮子是高贵尊严的“灵兽”，有护法避邪的作用。受佛教文化的影响，狮子石雕在我国得到了广泛的发展，成为随处可见之物③。雄踞柱头的石狮可以鸣吼活动，使俗人惊骇，作为佛法无边的验证，这样的记载早见于晋代高僧法显的《佛国记》中④。中国民间传说以石狮子口眼出血，获得生

① 参见朱天顺：《中国古代宗教初探》第五章《前兆迷信和古代占卜》，上海人民出版社1982年版。

② （苏）《今日亚非》1983年第5期文章《地震的大陆》。

③ 陆晟：《石狮子的历史》，见《广闻博录》，人民日报出版社1982年版。

④ 《太平御览》卷八八九引《佛国记》。

命与灵性这一奇特景象来预告劫难将临，和上述佛家传说具有相类似的意义。

这类传说的构思很特别，它们各有自己的生动背景，讲述人们熟悉的一座县城被洪水冲毁的经过，或一个湖泊的由来，所表达的似乎是对遥远过去曾经发生的严重自然灾害的记忆。这样的地理变迁，古今中外均屡见不鲜。可是它的基本情节结构又是程式化的、雷同的。人们把真实存在的自然灾害的侵袭，用“善恶报应”的佛家哲学来解释，并造出屠夫的恶作剧增加故事的波澜，这就使它和一般的风物传说不同，被渲染上了浓厚的宗教色彩。把客观存在的天灾，归之于老天对邪恶的惩罚，自然是一种唯心主义；但提倡人们多行好事，表彰慷慨仗义、甚至不惜舍己济人的主人公，又表达出劳动人民的善良美好愿望，因而这类故事能在人们口头世代相传，产生教化世俗的作用。

这类传说的现代异文，均有石狮子口眼出血的情节，然而它的古代异文，如《搜神记》卷十三之《长水县》，《太平广记》卷一六三引《独异记》中之《历阳媪》，基本内容和《梁子湖的传说》等相同，可是没有石狮子出现，而是由守卫城门或县衙门的吏卒戏以鸡血或犬血涂门，即发生城陷为湖的巨变。《长水县》以秦时为背景，并引始皇时童谣：“城门有血，城当陷没为湖。”又故事没有善恶报应色彩，它不仅见于文字记载的时间最早，故事本身的形态也最为原始，可以看作是这类故事中最古老的一种。作品中看不出佛教文化影响的痕迹，但情节发展仍建立在前兆迷信的基础上，臆造出城门出血作为地陷的征兆。血是生命的象征，具有神秘感，这在所有的传说故事中是一致的。但这两篇古代传说里城门或县衙门出血，很难用石刻奇兽通灵报警来解释，其含义大概和《墨子·非攻》中所载的三苗大乱时有凶兆出现，曾“雨血三朝”相一致（所谓“雨血”，不过是挟带着红土的一种雨），象征着在将临的战乱或灾变中，将有千万人丧失生命。后来出现了石狮子和信仰这种“灵兽”的习俗，民间传说的古老情节便随之发生变异，用石狮口眼出血来代替原来的以血涂门，这样更有生活情趣和艺术感染力。它们前后演变的过程，对传说学的研究是很有意义的。

写这篇短文，我还没有把握说已经解开了这个谜，只是提出问题来和大家讨论，并对传说故事的微观研究作一点提倡。

1984 年 2 月

民间故事传说札记[1]

中国浩如烟海的传说和故事，实际上是汇聚着各种知识的百科全书。古时人们讲故事和记录故事，并不是作为一种纯粹的文艺活动来看待的，在故事中也讲历史，讲科学技术，讲可以理解和难以理解的种种奇闻异事。这些故事里，除了那些反映劳动人民的生活、心理，颂扬他们种种美德的优秀之作，可作为一份重要的精神食粮提供给青少年之外，其中还包含着对我们今天研究文艺学、历史学、民俗学乃至科学技术等等具有参考价值的重要资料。也许在那些被目为荒诞不经之说的古老传说里，还潜藏着某种我们至今尚未认识的关于自然与社会的奥秘，如同未被发掘的地下文物一样。英国李约瑟博士多年来撰述《中国科学技术史》，就很注意运用民间文艺方面的材料，对我们深有启发。

这里随手写下几篇札记，主要谈民间故事传说的多方面价值，意在引起人们对它们的重视，不仅重视现有材料的利用，更要注意从老年人的口头上把许多有价值的故事传说资料抢救下来。

这是一次鸟兽预报地震的奇迹吗

在《蒙古族民间故事集》（上海文艺出版社一九六二年版）中，有一篇由甘珠尔扎布记译的故事《猎人海力布》，它讲猎人海力布因救白蛇（龙女）而得到了一颗宝石，含在嘴里就能听懂鸟兽的语言。有一天他听见一群飞鸟议论说："我们快到别处去吧！明天这里附近的大山都要崩

---

① 原载《山茶》1981年第1期。

裂，涌出的洪水，泛滥遍野，不知要淹死多少野兽哩！”海力布听了这个消息，十分焦急，但是老龙王曾经叮嘱他，他自己知道的事绝对不许告诉别人，如果泄露了天机，就要受到神的惩罚。海力布不顾这一切，下定决心：“宁肯牺牲自己，也要救出大家。”于是他把自己得宝的经过和飞鸟的议论以及它们“忙着逃难的情形”一一告诉大伙。人们立刻“赶着牛羊马群，把家迁走”。果然“到第二天早晨，在轰轰的雷声中，忽然听见一声震天动地的响声，霎时山崩水涌，洪水滔滔”。大伙逃脱了这场巨大的自然灾害，海力布却英勇地献出自己的生命，“渐渐变成了一块僵硬的石头”。人们至今还把它叫作“海力布石头”，并子子孙孙祭祀着这位舍己救人的英雄。

这篇故事歌颂了一位具有崇高献身精神的猎人，他“明知山有虎，偏向虎山行”，以高度的自觉性来牺牲个人拯救大伙。他是劳动人民在民间故事中塑造出来的最动人的一类艺术典型，至今仍在我们面前闪耀出英雄主义的光芒。

我觉得这篇故事还有另一方面的价值，它生动地叙述了一次由鸟兽来预报地震的过程。其中讲的一声巨响，山崩水涌，显然是在内蒙草原上发生的一次相当强烈的地震。飞鸟像人一样议论，海力布因口里含着宝石而能听懂它们的特殊语言，这是故事文学的艺术虚构。可是那些鸟雀因对即将发生的地震有预感而纷纷逃离，则是可信的。那位熟悉鸟兽生活习性的猎人，对此反常现象十分惊奇，便以关怀集体的强烈责任心通知大伙转移，以防某种自然灾害的突然降临。大伙平安得救了，可敬的猎人大概是由于某种原因来不及转移而被洪水吞没。当洪水退落，人们在那些被巨大的水力裹挟而来的乱石堆中，发现了一块近似人形的石头，便形成了猎人因泄露天机而遭天谴变成石块的幻想。于是大伙“把它搁在一个山顶上”，作为这位英雄的象征而永志不忘。人们编织故事往往采取虚虚实实的手法，透过虚幻的外衣，可以发现极富于历史真实性的内容。从故事的结尾讲的人们世代祭祀“海力布石头”的习俗来看，更说明这篇故事不完全出自虚构，而保留着人们对于过去实际发生过的这场自然灾害的记忆。由于自然科学的发达，我们现在已能测知地壳运动的奥秘，对某些飞禽走兽能敏感到震前的预兆不仅不感到神秘，还把它作为预报地震的一种手段加以运用。在许多世纪以前，劳动人民不能科学地解释这一切，便把实际发生的事和天真的幻想混合在一起，给它蒙上一层神奇色彩。我们不能苛求于前人，应该感谢他们不但以这次地震灾害为背景，编出了一个富有教育意义的故事，还给我们保留下了从观察鸟兽的活动迹象而预测到了一次地震灾害的珍贵资料。限于故事的特点，当然只能是非常粗略地反映这次地震的情形。但这对我们今天的科学研究工作来说，也是很难得的了。

另外，在许多民间幻想故事中，常常以能听懂鸟言兽语作为主人公的一种神奇本领。这种幻想可以追溯到公元前十二世纪的埃及古代故事《赛特那和魔术书》（见作家出版社一九五七年出版的《埃及古代故事》）中，其中把听懂鸟兽的语言和控制天地、山岳、大海并列，作为人们追求的一种至高无上的魔法。那时当然谈不上什么“仿生学”，可是人们已经感觉到在飞鸟走兽的机体里潜藏着值得人类加以探究利用的奥妙，从这个意义上来说，表现出一种朴素的唯物主义。可见对故事里的所谓“魔法”，也须加以分析探究，说不定神奇之中有科学哩！

蚕桑起源和外传的历史线索

我国是世界上著名的丝绸之国，养蚕、缫丝、织绸的历史最悠久。在民间文学中，对此有许多优美动人的故事传说。

《搜神记》等书中所载的《太古蚕马记》，是人们所熟悉的。它讲古时有一男子出门远行，其女思念父亲，对马戏言道：“尔能为我迎得父还，吾将嫁汝。”这匹公马居然脱缰奔驰而去，把她父亲迎了回来。但父女两人均以这头婚事为耻辱，父亲伏弩射杀了马，把马皮剥下来晒晾在庭院里，女儿还用脚去踢马皮，边踢边骂：“汝是畜生，而欲取人为妇耶？招此屠剥，如何自苦？”话未说完，马皮突然从地上跳跃起来，将小姑娘包裹着朝野外跑去。后来人们发现她已经变成在树上吐丝的蚕了。因形如马头，所以后世称她为“马头娘”，把她作为蚕神来看待（见中华书局一九七九年出版的《搜神记》173页）。

在古代神话和童话中，有许多关于人兽结合的故事，古时人们认为“万物有灵”，人与兽是平等的，所以产生了人兽可以通婚的原始观念。后来随着人类文明的发展，才把它作为不合情理的东西予以否定。至于有些故事里仍然流行着人兽通婚的情节，则是沿用传统形式而赋予它以新的象征意义。唐玄奘在《大唐西域记》中记述印度关于一位落难公子和龙女结合的故事时，就已明确地把它作为社会上尊贵者与卑贱者的结合所造成的矛盾纠葛来看待了。这篇蚕马记，和民间流传的蛇郎故事，在艺术构思上是一致的。蛇郎故事中的少女，不嫌弃那条外形丑陋，住处寒伧的蛇而与之结合，后来蛇立刻幻化成为英俊富有的王子，终于过上了幸福美满的生活。蚕马记的少女和她的父亲却背弃了诺言，认为嫁给马郎有辱门庭，并对之加以迫害羞辱，于是遭到了惩罚；也可以说，马郎终于实现了自己的愿望，和那位少女合为一体了。干宝称这一故事发生于“太古之时”，可见蚕桑事业在我国起源之早。《太古蚕马记》的情节出自想象，流传至今的《蚕姑姑养蚕》（《民间文学》1963年第3期）的故事，则比较实际地反映了蚕桑的起源。它说蚕姑娘姓万，是个勤劳、善良，又肯动脑筋的姑娘。她见人们披树叶、兽皮，很不方便，便想法子织布做衣服。“她开始用草皮捻线，一捻就断了；她又用树皮捻线，还是捻捻就变成两截了。最后她发现了蚕，见蚕吐出的丝很结实，便把她们抓到家里养活。”她把一些蚕放养在柞树上，成为柞蚕；把一些蚕放养在桑树上，成为桑蚕；还让一些蚕爬到蓖麻上，成了蓖麻蚕。一般史书均认为蚕丝系黄帝轩辕氏的妻子嫘祖所发明，而家蚕肯定是由树林里的野蚕驯养而成。上述两篇故事情节虽异，却都以女性为中心，而且从野蚕讲起，因此对我们研究蚕桑的起源也还是颇有价值的。

蚕桑事业在我国是从黄河流域发展到长江中下游地区的。湖北有一篇民间童话《美丽的姑娘》（载《展望》1954年第32期），它属于在世界范围内流传的寻找“三根金头发”这个类型的童话故事之列。这类故事的基本情节是，主人公为了寻求幸福生活，出门去寻找三样东西，他在先人后己帮助别人的过程中，恰好获得了这三样给他带来幸福的东西。

这是一个表现了劳动人民高尚情操与美好理想的美丽故事。在德国、俄国和蒙古等地均有流传，我国流传的几十篇同类型故事，遍于西北、西南、东北和中南地区。不同地区的人们，把各自不同的生产与生活方式编入故事。《格林童话》中的《有三根金头发的鬼》，那位少年帮城里人打听，怎样多产葡萄酒；甘肃回族的《太阳的回答》，主人公问太阳姑娘，羊毛长得太长了怎么办；东北的《魏小与王桂花》，小伙子帮工匠们询问，为什么佛塔盖起就倒。而《美丽的姑娘》中，年轻人却到东海大洋的仙人那里去，寻找四两金蚕丝、夜明珠和金针这三样东西送给心爱的姑娘，以便结婚后，女主人公可以在夜明珠的照耀下，用金针穿上金丝线，绣出他们所渴求的美好生活图景。小伙子一直朝东走，来到一个桑园里，老汉托他问一问仙人：为什么自己养的两条蚕长了整整十年还不吐丝？年轻人回来把仙人的答话捎给他：将两条蚕分开就吐丝了。老汉送一条给他，在路上就吐出了他所需要的四两金蚕丝。这古老而优美的童话故事，不仅说明长江流域中下游一带的蚕桑事业发展之普遍，从它和人们所憧憬的幸福美好生活紧密联系着这一点来看，蚕业在人民生活中已占着很重要的地位了。

中国的蚕桑是怎样传到欧洲去的？这是学者们多年探究的一个问题。英国李约瑟博士在《中国科学技术史》中，就蚕种引入欧洲问题写道：

> 关于此事有各种不同的记载。普罗科匹乌斯说，它是某些印度僧人受雇从“赛林达”带来的；西奥法内斯说，是一个波斯人从产丝之国将蚕蛾的卵放在中空的竹竿里偷运出来的。胡特生在调和这两种不同的说法时，认为前者所说的僧人可能是以前曾到过印度的波斯景教徒，而“赛林达”即是柬埔寨或查娜帕；另外的说法则认为“赛林达”是和阗或喀什噶尔。
>
> （《中国科学技术史》中译本第一卷第二分册406页，科学出版社一九七五年版）

唐玄奘所撰《大唐西域记》中，就蚕桑传入瞿萨旦那国的经过，记述了如下传说：

> 昔者，此国未知桑蚕，闻东国有之，命使以求。时东国君秘而

不赐，严敕关防，无令桑蚕种出也。瞿萨旦那王乃卑辞下礼，求婚东国，国君有怀远之志，遂允其请。瞿萨旦那王命使迎妇，而诫曰："尔致辞东国君女，我国素无丝帛桑蚕之种，可以持来，自为裳服。"女闻其言，密求其种，以桑蚕之子置帽絮中，既至关防，主者遍索。唯王女帽不敢以检，遂入瞿萨旦那国，止鹿射伽蓝故地，方备仪礼，奉迎入宫，以桑蚕种留于此地。

（《大唐西域记》301 页，上海人民出版社一九七七年版）

这篇传说故事多么富有戏剧性！桑蚕种本来是不许外传的，瞿萨旦那国王为了引进它，想出了同产丝国的公主联姻的主意，可谓用心良苦。而那位聪明智慧的公主也不负国王的委托，将桑蚕种藏在自己的帽中，顺利地通过关防的检查，终于把桑蚕种巧妙地带了出去。这和历史上的文成公主进藏，把中原地区的谷物种子和先进农业手工业技术带进西藏一样，成为人们千古传颂的佳话。瞿萨旦那国即今新疆和田一带。"东国"没有指明，可能是它东西相邻的一个小国，或者是北魏。这个传说是玄奘去天竺取经回来，途经瞿萨旦那国时，看见当地祭祀蚕神的寺院，根据人们口头讲的"先王妃"的事迹记述而成的。推断起来，蚕桑种的传入时间就在隋唐之前了。把这一传说和《中国科学技术史》中引述的有关材料结合起来看，以中国桑蚕种由中原地区传入古和田一带，再由印度僧人从和田带走进一步外传的说法比较可信。至于通过另一途径，如说波斯人在产丝国将蚕种放在竹竿里偷运出国境，也不是不可能的。蚕桑外传的渠道也许有几条，而不限于一种。

以上几篇故事，只不过是随手翻到的，如果致力搜罗，反映这一内容的传说故事一定还可以找到许多，其中定有不少可供研究中国蚕桑事业发展史的宝贵资料。

富有奇趣的神画传说

《墨龙腾空》和《农夫的斗笠》（见《语文教学与研究》一九八三年第一期）是湖北沔阳的两位民间文学爱好者搜集整理的当地关于费散人

的两篇传说。

这是劳动人民以历史上的真人真事为基础编成的民间传说故事。费散人何许人也？据《沔阳州志》提供的材料，他本名费中权，明朝末年生于沔阳。祖父费尚伊，在明万历时期，官至“兵部给事中”，颇有权势。当时的“给事中”可以辅助皇帝处理政务，兵部给事中负责监察兵部，纠弹兵部官吏，大约相当于皇帝派到“国防部”的特派员。可是他不满朝政，三十岁左右就辞官回乡，过起隐居生活。在这个家庭里长大的费中权受其祖父影响，“性任诞不羁”，自号“散人”，不求仕途显达，却把自己的才华用在咏诗作画上，并藐视权贵，同情民众疾苦，深受一方百姓爱戴，于是变成了当地民间口头文学中一位富于传奇性的人物。人们根据他会画画的特点，说他得了狐仙赠送的一支“神笔”，画出来的图像都可以变成活的、真的东西。画出来的炭火能燃烧，画成的枯树会生出青枝绿叶，招来喜鹊筑窝，等等，而且这些神画多半落在老百姓手里，给他们带来实际利益，带来生活的欢欣。费散人这个形象，经过人民群众的艺术创造，就在很大程度上离开他的原型，成为体现中国人民的无穷创造力，融合人们美好理想愿望的一个出色典型了。

这两篇故事情节简短，然而构思新奇，叙述委婉生动，充满诗情画意。前一篇本来讲的是费散人给皇上画画，但故事的重心不放在皇帝赏画上，却着重渲染送画途中发生的奇迹，墨龙临江跃跃欲动，浸湿画幅，差人不明原委，拆开画卷，墨龙即冲天而去。后一篇讲画上的农夫会自己把头上斗笠取下或戴上，给人们预报晴雨，设想更为美妙，洋溢着农民的幽默感，散发出农村生活的泥土气息。它们的情节构成虽具有浓厚的神奇色彩，可是神奇而不荒诞，因为其中并没有出现什么鬼神精灵形象和魔法情节，不过是以中国书画艺术的高度成就为基础展开大胆幻想，所以显得格外优美清新。这是地道的农民的口头文学，又闪耀出高度发达的我国民族文化的光辉。“惟楚有才”，故事的作者们也像他们所赞颂的那位费散人那样，显得才气横溢。把这些民间文学作品作为近年正引起全国学术界重视的荆楚文化的投影来看，是很有意义的。

别具一格的老虎报恩故事

《樵哥》这篇民间童话故事（载《布谷鸟》1981年第三期），属于动物报恩型故事。讲的是一个山中打柴少年，因帮一只猛虎拔出口里的刺，急人之难而得到老虎的报答，不但娶上媳妇，还统率老虎兵击退了敌人的入侵，为国立功的故事。它除了像一般民间故事那样，赞扬劳动人民勤劳善良，乐于助人的优秀品质，表达人们渴求美好生活愿望之外，还进一步表现了历史上人民群众高涨的爱国热情。为国立功本来是可以享受荣华富贵的，可是主人公偏偏要辞官回乡，去过粗茶淡饭的生活，这样的思想境界已超出了一般民间故事，闪耀着古代劳动人民美好思想品德的光芒，因而显得不同凡响，格外引人注目。

它在艺术上也十分精美，构思新奇，想象丰富。老虎本来是一种吃人的猛兽，在一般故事里，多扮演着凶猛残暴的角色。在《樵哥》里则不然。它把老虎塑造成慷慨懂事，很富有人情味的可爱形象，并利用老虎威猛无比的特殊本领来创造出抢新娘、闯公堂、冲敌阵等种种奇迹，构成富有戏剧性的故事。老虎这样通人情，岂不是胡编乱道吗？须知，作者是把老虎作为人来描写的，运用的是拟人手法，使人看了耳目一新。不仅如此，《樵哥》还将离奇的情节同丰富的人情味、浓郁的现实生活气息融合在一起。三个主要角色中，老妈妈是瞎子，老虎是具有愣小子性格的哑巴畜生，只有樵哥具备普通人的语言、行动能力，然而作者巧妙地把他们——人与兽、健康人与残废者组织在一个家庭中，将母子兄弟之间的关系，表现得是那样亲切融洽，真切生动，入情入理。真像鲁迅说的，这是些“不识字的作家”，其本领并不亚于大文豪！

这篇故事还具有一定的学术研究价值。它不同于讲述屈原、昭君等真实历史人物事迹的传说，是具有浓厚幻想色彩的童话。但以樵哥揭榜，领兵抗击辽兵入侵的情节来结尾，又具有一定的历史真实性。据历史记载，在北宋，辽兵曾多次南侵，杨家将的故事就发生在这个时期。到南宋末年，金兵和元兵又大举南侵，在鄂北的枣阳、襄樊等地有过激战。

宋朝统治的三百多年间，中原地区不断遭受外族入侵，人民保家卫国的斗争风起云涌，英勇壮烈。《樵哥》的故事显然是以这个时期的斗争作为历史背景，曲折地反映了当时中原地区人民可歌可泣的爱国斗争。

如果追根溯源，它的基本情节大概应该产生于唐朝，很可能受过唐僧玄奘带回的印度古代民间故事的影响。玄奘很注意在当地采录各式各样具有幻想色彩的民间故事，并把它作为自己的新奇见闻写进《大唐西域记》一书，进呈唐太宗阅览。其中有一篇《病象求医》，所讲述的就是几只象把一个和尚驮到山里去，和尚从病象脚下拔出枯竹，病象后以贵重的象牙相报偿的故事。在《聊斋志异》中也有一篇故事叫《二班》，讲的是两只虎请一有名的医生用针灸给母虎治病，后来医生遇狼为虎所救的故事。《樵哥》和它们属同一类型，不同的是以抗击外族入侵的爱国主义情节结尾，从而显出它自己特有的光彩。我省地处中原，民间文学中有许多文学价值与学术价值很高的珍品，把它们发掘整理出来，是很有意义的。

1981 年 5 月

三国旅游文化与民间传说[①]

旅游文化资源的新开拓

许多优美奇丽的自然与人文景观，往往伴生出一系列动人的传说故事。它们相映生辉，构成旅游文化的重要内容。正如一些从事旅游资源开发的同志所说的："自然景观是死的，有了相关的民间传说，它们在游客心目中才能活起来。"1992 年湖北省旅游局游先胜同志主编《湖北旅游景观鉴赏辞典》（次年由新华出版社出版），聘我和李悔吾教授为常务编委和特邀编审，参与此书设计与编审工作。经研究确定，每处景观选取四方面的材料进行鉴赏：一是景观本身的介绍，二是诗词赏析，三是游记散文，四是民间传说。本书收录湖北省的著名旅游景观 230 多处，绝大多数都附有一篇民间传说，以充实其文化内涵。如蒲圻赤壁，就选了冯金平搜集整理的《赤壁山的由来》。这部书发行后受到广泛好评，它把民间传说作为旅游文化的一个重要侧面来看待的做法，既适应了旅游业发展的客观趋势，也是旅游文化学上的一个创见。

蒲圻市既有许多关于三国时期赤壁大战的遗迹，还有一系列给这些遗迹注入生命和血液的传说故事。这些传说故事见于 1990 年、1992 年编印的《蒲圻市民间故事集》一、二集和 1996 年出版的《蒲圻风物传说》这几本书中，数量已积累至四五十篇，其中故事情节较为完整生动的也有一二十篇，如《诸葛亮的羽毛扇》《诸葛亮买泥鳅》《子龙滩》《金

① 原载《蒲圻三国赤壁文化论文集》，蒲圻市 1997 年编印。

狮观》《陆逊金城戏金蛙》《黄盖神湖》《丁奉抛金印》《吕蒙城》《吕岱打城隍》等。

我曾给张海涛同志主编的《蒲圻风物传说》写过一句话："江山奇景与人文壮观的艺术结晶"，现在就围绕这句话来评说一下有关传说故事的独特旅游文化价值。

一般来说，口头传说都是历史真实和艺术虚构相融合的产物。赤壁作为一个著名的古战场，人们面对这些留存至今的山川遗迹，不禁回忆起当年金戈铁马、龙争虎斗的种种人和事，传说中所包含的这些历史地理因素是实在的，它是构成传说故事的核心。而民间传说用故事对这些景观由来所作的解说则往往具有艺术虚构的特征，不能完全信以为实。这种虚构是由两方面原因促成的，一是年代久远，人们口耳相传的历史难以做到准确无误；二是由于这些传说本来就是一种口头文学创作，人们会很自然地把他们的情感和想象渗透到自己的叙说之中，不可能采取纯客观的立场来纪实。传说的虚构使有关的自然景观的美感具有多重性，人们在旅游中除直接领受景观外在的自然之美以外，还可从传说中进一步领会过去人们将自己的心灵投射在这些景物上所形成的人文之美。游客面对那些没有民间传说给以进一步美化的自然景观，觉得索然无味，就是这个道理。

异彩迸发的赤壁传说

现在回到有关赤壁的传说上来。

关于诸葛亮的传说有《诸葛亮的羽毛扇》《诸葛亮买泥鳅》《孔明车》等。这里有"拜风台"的遗迹，孔明借东风助火攻一事传为千古美谈，于是种种传说生于民间。它们大体分为两个类型，一是将孔明神化，如《三国演义》就称他"曾遇异人传授奇门遁甲天书，可以呼风唤雨"。民间传说中的《诸葛亮的羽毛扇》就属于此类。它讲的是诸葛亮家里三代开酒馆，一位白胡子老人在他家喝了几十年酒不付钱，原来他是一个修炼成精的老鹰的化身。诸葛亮小时候陪同他玩，偷偷地将他吞进吐出的那颗宝珠吞下肚去。老人对他说："我修炼三千年，才炼成这颗能知过去未来的宝珠，被你吃了，就算是我喝了几十年酒给你家的酒钱。我死后，你将我的羽毛拔下，编成一把扇子，日后对你有好处。"诸葛亮吞了宝珠，又有了这把宝扇，从此就能呼风唤雨，料事如神了。这是从诸葛亮总是羽扇不离手这一生活习性附会虚构而成的故事。它是对诸葛亮奇才异能的夸张性解说，在许多地方都有流传。它明显出自想象，而这一想象又和中国道教文化的影响有关。道教讲求修炼之术，认为动物经过修炼以成人成仙，修炼成果的结晶就是"外丹"和"内丹"。老鹰精口中的宝珠就是"内丹"的具象化，获得它就会具有超人的能耐。道书称："道无形，因术以济人；人有灵，因修而会道。"道家认为作为万物之灵的人，可以通过修炼掌握通达宇宙玄妙的"道"，成为无所不能的强者。在这神秘幻想背后，寄寓着一种积极浪漫主义精神。

至于《诸葛亮买泥鳅》，则属于现实性较强的一种传奇故事。它讲诸葛亮平时就十分注意观察积累有关风云变化的知识，从江边渔夫口述的天气谚语中懂得了"冬日泥鳅翻肚皮，不等鸡叫东风起"的道理，便买了几条泥鳅养在身边，表面上说他自己想吃泥鳅，实际上是借泥鳅来预测天气。他在拜风台上作法念咒、祭拜天地等等，不过是做出一副神秘莫测的样子来迷惑人们罢了。这一则传说显然也是出于虚构，它没有将诸葛亮神化，而是从精通民间的天气谚语、善于吸取民众的生活经验这方面来刻画诸葛亮的足智多谋。以研究中国古代科技史而饮誉世界的英国学者李约瑟十分看重民间谚语的科学价值，认为在古代，"天气预测始终未超过农谚的阶段。欧洲在文艺复兴以前，自然也是如此"。《诸葛亮买泥鳅》的艺术构想已具备一定的现代性与合理性，它被《三国演义》电视剧所吸取而广为人知，给诸葛亮形象增加了新的艺术光彩。这两篇诸葛亮传说的历史真实性均较为淡薄，却蕴含着另外的历史文化信息而受到民众的喜爱，在口头上存活至今。

其他传说也大都是赞美赤壁大战中的风流人物，在艺术构想上都是紧扣当地特有的一些风物来生发情节，故事并不复杂却富于民间口头文学优美情趣。如《黄盖神湖》讲，赤壁大战后，孙权论功行赏，将黄盖练兵的大湖赏给他，赐名为黄盖湖。黄盖去世后，人们给他建立了一座黄公庙，后来湖里出现泥鳅精兴妖作怪，黄盖又显灵出来镇压泥鳅精，“从此老百姓又过上了好日子”。《陆溪口丁奉抛金印》则讲东吴大将丁奉退居故里，眼见东吴被司马氏击败而忧愤填胸，一气之下将自己的金印抛入江中，随后自己也投江身亡。落入江中的金印后来变成一个小山包，人们便把它称为印山，以至于今。《子龙滩》讲的是孔明借东风后、赵子龙前来接应的故事。赵子龙一箭就射落了追杀孔明的东吴战船上的风帆，那风帆落水竟然变成一大片沙滩挡住前进的水路。后来人们便一直把它叫作“子龙滩”。《孔明车》讲当地有一种用牛拉的四轮大平板车，特别适宜于运送江滩上生长的芦苇，据说是赤壁之战时诸葛亮给当地人设计的，人们便把它叫作“孔明车”，一直沿用至今。《陆逊金城戏青蛙》也是从当地特有的一种赤头青蛙讲起，说东吴小将陆逊为夺取荆州而思谋良策，见关公派人来探听消息，便故意在水缸里养了许多青蛙，一只一只地捞起来用朱笔在它们头上加上红点，以做游戏。关公见他还是个如此爱玩耍的孩子，完全不把他放在眼里，后来便造成了大意失荆州的惨痛后果。“现在在金城一带，还有赤头青蛙，人们都说它们是当年陆逊用朱笔点过的。”这些子虚乌有的故事，却又事出有因。其中的历史人物或为当地人，或为当地民众所喜爱，人们便把某些地名、某些特殊的风物（如赤头蛙、大平板牛车等）的由来附会到他们身上，由近及远，以表达对这些古代风流人物的仰慕追怀之情。在《三国演义》和一般传说中，由于深受尊崇汉室的正统观念的影响，对刘、关、张和诸葛亮所代表的蜀汉一方多寄予深切同情，而蒲圻赤壁一带因古属东吴，民众对故国的英烈表现出为他处所罕见的热情，这在当地传说中可以得到有力的验证。

另有《吕蒙城》和《吕岱打城隍》两篇传说，故事情节神奇荒怪，却又扣人心弦，值得特别加以评说。

《吕蒙城》讲的是曾任东吴大都督的吕蒙舍子筑城的故事。传说有一年长江的洪水冲垮了赤壁的石头关，使得洪水泛滥成灾，百姓叫苦连天。吕蒙带领百姓决心修复石头关，为民造福。可是“关隘缺口的地方白天修好了，晚上又陷下去了”，吕蒙夜里前往那里巡查，听见地下发出一种神秘声音："不怕你千人万人挑，只怕那儿子压断腰"，吕蒙懂得了故事的玄妙，"第二天，吕蒙借故将他七岁的儿子杀了，将儿子埋在缺口的正中，那土再也不塌了。百姓们后来知道吕蒙杀了亲生儿子填缺修关隘，感动得不得了，冒着风雨奋战，石头关终于修好了，江边坚实的大堤筑成了，百姓从此过上了安乐的日子。他们为了铭记吕蒙的功德，就把石头城改为吕蒙城"。吕蒙是否真的有过杀子筑城的事，已难以考证。但口头传说的这一情节并非出自人们的随意虚构，它是遍及世界的一种以活人作为牺牲来祭祀鬼神的原始信仰的遗留。1871 年出版的英国人爱德华·泰勒所著《原始文化》中，曾对之做过专门考察，说这种用活人献祭的血腥的野蛮仪式，"不仅在古代实际存在，而且在欧洲历史上也曾长期保持。假如我们观察一下文化较低的国家，我们就会发现，这种仪式保持到现在并且十分明显地具有这样的目的：或者用牺牲来慰解地上的妖魔，或者把牺牲本身的灵魂变为庇护的鬼神"。《吕蒙舍子筑城》的情节就是基于这样的原始信仰而生成的：石头关被冲毁以及后来难以修复，是由于某种邪恶精灵在地下与人作对施行破坏的结果。只有儿童的灵魂才能把它们镇压住，于是发生了故事里的那幕惨剧。有关在长江沿岸建闸或者修复水毁垸坝的传说故事中，往往都有这类情节穿插其间，甚至有某些朝廷官员自动投入江中才使大堤得以合龙的动人传说流行至今。它具有野蛮和迷信色彩自不待言，却又折射出我们的先民和自然灾害作斗争的严酷性以及他们的勇敢牺牲精神。因而这类故事具有震撼人心、激励后人的强烈感染力。

《吕岱打城隍》讲的是陆逊大败蜀军之后，东吴大将吕岱驻守蒲圻所发生的一个富于喜剧性的故事。那时蒲圻西洲常遭洪水袭击，十年九涝，有一天，吕岱便把城隍的塑像掀翻，来一个"审城隍"。他讲道："这个城隍爷不能保境安民，却枉食民脂民膏，枉受民间香火。本官今天公审城隍，办他一个失职枉法之罪。"经过一番审问拷打，大快民心。后来又修堤挡水，这儿就由十年九不收变成十年九熟了。老百姓便说："城隍爷是贱命，不打不知好歹。"城隍是道教神谱中和地方官吏相对应的一位重要俗神，人们相信他主宰着一个地方的吉凶祸福。对城隍的信仰遍及中国各地。这里讲的是吕岱借审问和拷打城隍来破除鬼神迷信，显示出社会文明的进步，故事中洋溢着蔑视神权的诙谐幽默情趣，闪耀着特有的思想与艺术光彩。

口头传说的历史价值

这里所评述的只是几篇具有代表性的作品。由此可以看出，民间传说虽然是以实际存在的某一风物为核心编织而成的，它所蕴含的历史文化信息却远远超出对象本身，显得更为生动更为丰富。旅游景观本身在历史长河中是变动很小或者完全不变的，而活在人们口头上的传说故事，则随着社会历史的变迁在不断延伸扩展其内容，经常处于变动状态。国外民间文艺学家称民间传说是“架通历史与文学的桥梁”，它一端通向历史，一端通向文学，“随着时间的推进，传说的两极，总的趋势是越来越拉开了，联系的纽带也越来越变细了”。这就意味着距离传说产生的年代越近，它的文学性的叙述越接近历史真实；反之，距离传说产生的年代越远，它的历史真实性变得逐渐稀薄起来，而以文学手法概括反映的后世社会生活与民众心理的成分变得越来越丰厚。就民间传说的传播而言，讲述者总是极力强调它的历史可信性，对那些世代相传的故事的真实性深信不疑；可仔细加以考究，它们则是虚实参半的产物，文学虚构成分往往更重。对民间传说的内容完全信以为实或者要求民间传说同历史记述完全一致，显然都是不适当的。真正的历史知识，应该到历史博物馆里去寻求。至于人们在一般旅游景观中所寻求的，则是更为生动更为丰厚的自然与人文之美。那些与旅游景观相关的民间传说，固然一方面不能脱离原有的景观，同时它又具有相对独立、超越景观本身的旅游文化价值。因而注意搜集整理这类民间传说，也是开发旅游资源的一项极有意义的工作。蒲圻市近几年编印了好几册故事集，取得的成果引人注目。

最后还要说一说关于新编风物传说的问题。有些地方的民间文学爱好者告诉我，他们那里新发现了一个山洞，原来并没有什么传说，没有相关传说也没有名字，没有名气，旅游部门找到他，他只好自己新编了一个龙洞的故事加以应付。这种情况在各地都热心于推进旅游业发展的今天具有一定普遍性，值得好好研究。我以为，对于旧时代遗留下来的自然与人文景观，应该注意搜集相伴而生的有关传说故事，可以深入群众采录口头传说，也可以从过去的地方志等书面典籍中去搜寻前人的记述。对原始材料作适当整理加工时，应力求保持民间文学的本色，这样，它才能和那些景观协调一致地提供特有的美感享受与文化陶冶。

至于新发现、新开辟的景观，本来就没有什么民间传说，我们可以凭借今人的文化视野给以梳妆打扮，不必生编硬凑一套所谓的传说故事来哄骗游客。如果是纯粹的自然景观，借用一点神仙或龙虎之类的幻想故事来渲染其神奇色彩也未尝不可。如果是有关历史的，则应据历史学成果给以解说，切不可任意糟蹋那些著名的历史人物，随心所欲地编造他们的故事。旧时代的民间传说，是在特定的历史地理范围之内构成和演变的，和许多古代文物的特质有相通之处。今人胡编乱造的赝品，则和其他领域的“水货”一样，只会被民众所唾弃。但这已是本文的题外话，这里就不详加讨论了。

论“善书”[①]

中国的故事文学有多种样式，“善书”是至今似乎尚未引起人们充分注意的一个重要品种。

郭沫若在《沫若自传·少年时代》中曾回忆他童年在家乡——四川乐山县沙湾镇听讲善书的情景道：

> 我们乡下每每有讲“圣谕”的先生来讲些忠孝节义的善书。这些善书大抵都是我们民间的传说。叙述的体裁是由说白和唱口合成，很像弹词，但又不十分像弹词。这些东西假如有人肯把它们收集起来，加以整理和修饰，或者可以产生些现成的民间文学吧。
>
> 在街门口由三张方桌品字形搭成一座高台，台上点着香烛，供着一道“圣谕”的牌位。在下边的右手一张桌上放着一张靠椅，有时是两人合演的时候，便左右放一张。
>
> 讲“圣谕”的先生到了宣讲的时候了，朝衣朝冠的向着“圣谕”牌磕四个响头，再立着拖长声音念出十条“圣谕”，然后再登上座位说起书来。说法是照本宣科，十分单纯的；凡是唱口的地方总要拖长声音唱，特别是悲哀的时候要带着哭声。有的参加些金钟和鱼筒[②]、简板之类，以助腔调。
>
> 这种很单纯的说书在乡下人是很喜欢听的一种娱乐，他们立在“圣谕”台前要听三两个钟头。讲得好的可以把人的眼泪讲出来。

---

① 本文以《“善书”——中国农村故事文学的一个重要品种》为题，原载《民间文艺集刊》第4集（1986年5月）。

② 即“渔鼓”。

在我未发蒙以前，我已经能够听得懂这种讲“圣谕”先生的善书了。①

湖南也有这种宣讲善书的习俗，作家谢璞回忆道：

我的童年时代，在一个上万人居住的集镇度过，它素有“小南京”之称，街巷、桥头上，常常可以听到卖艺人卖唱，有三棒鼓、渔鼓、地花鼓、板凳戏、木偶、皮影子戏。也有初一十五插烛点香在“善恶台”上的“宣讲”，这是带表演性质坐下来叙述的善恶故事。②

在湖北的山区、平原和水乡，宣讲善书也是普遍流传的一种民间文艺形式。我是在江汉平原的沔阳农村度过童年的。这里宣讲善书的习俗和四川、湖南大体相似。秋后的农闲时节里，人们在空旷的稻场上搭起一个高高的台子，燃点香烛，请专门从事这一活动的先生照着本子宣讲。黑压压的人群，在肃穆的气氛中被那些悲欢离合的故事所深深吸引。穿插在说白里的咏唱调子，哀婉动人，不时激起台下农民，尤其是妇女们的唏嘘感叹之声。旧时湖北农村的大型民间文艺活动，据我记忆所及的有三种：一是唱地方戏，二是演皮影，再就是讲善书了。“善书”的名称是从农民口头来的。其实它就是讲故事，是一种以劝人为善为主题，面对听众，照着本子，登台宣讲的民间艺术。在内容和形式上，同不拘形式、即兴讲述的传统民间故事有显著区别。

在中国北方农村，是否有善书流行，未敢臆断。但它的流行范围，决不限于四川和两湖，有些善书本子，常以江浙为背景，很可能在江浙农村也有，大约它是在长江流域一带的南方农村广泛流行的一种故事活动。对这种曾经影响过亿万民众而且内容和形式颇为独特的故事文学，我们实在有加以认真研究之必要。

一

小时我是见过说善书先生手中的手抄本的，还从亲戚家借过几本来

① 《沫若自传》第1卷《少年时代》，上海新文艺出版社1952年版。

② 谢璞：《这里有芬芳的“奶汁”》，《楚风》1982年第1期。

看，然而印象已经模糊了。近几年多方搜求，承一些热心于民间文学事业的友人赞助，在鄂西山区竟然弄到了三部木版印刷的善书，共有二十个本子，真是喜出望外。先把它们的篇名写在下面：

1.《思亲感神》；2.《苦节受封》；3.《争死救兄》；4.《息讼获福》；5.《以德报怨》；6.《谋产绝后》；7.《五世轮回》；8.《欺兄逼寡》；9.《安常是福》(以上见《宣讲金针》，光绪戊申——1908年春巴蜀义成堂刊印)；10.《士珍醉酒》；11.《刻薄受报》；12.《杀身救父》；13.《女转男身》；14.《方便美报》；15.《估嫁妻报》；16.《铁匠君子》(以上见《翼道集》，刊印时间和书店不详)；17.《姻缘巧配》；18.《贤妇承恩》；19.《孝子还阳》；20.《忠厚获报》(以上见《宣讲福报》，1921年汉口崇文堂刊印)。

这二十个本子，数量自然不能算很丰富，但可以大抵说明善书的特点了：

1. 反映当时当地的社会现实，表达人民群众的意愿。

在叙事体的民间文学和通俗文学中，常见的作品有三类：一是讲述神奇幻想故事，二是讲述古人古事，三是叙述现实生活故事。

以上二十个善书本子，除两三本外，绝大多数都是取材于当时当地的现实生活，反映了中国南方农村在清王朝封建统治末期黑暗腐朽、动荡不安的社会现实。有九个故事以四川为背景，发生在川东、川北、重庆府、嘉定府、遂宁府、叙州府、潼川县、安县，有两个故事发生在湖北枣阳和当阳，有三个故事发生在江苏的六合县、吴江县和浙江的定海县，其他几个故事则以山东曹州、河南、福建福安等为背景，也牵连到广西、云南。出场的主要人物都是从实际生活中来的，有长工、牧童、自耕农、铁匠、屠夫、店铺伙计、病人、妓女、败家子与作奸犯科的和尚、为富不仁的财主、贪赃枉法的县官以及被污蔑为“盗匪”的农民起义军等。由这些人物串演的故事可以大体上分为两类：一类以表彰善行为主，如《忠厚获报》《贤妇承恩》《方便美报》《铁匠君子》《以德报怨》《安常是福》《争死救兄》《杀身救父》《孝子还阳》；另一类以鞭挞邪恶为主，如《刻薄受报》《谋产绝后》《欺兄逼寡》《士珍醉酒》《估嫁妻报》。

用我们现在的话来说，前者属于歌颂光明，后者属于暴露黑暗。然而在豺狼当道、鬼蜮横行的社会里所产生的这些作品，自然只会以暴露黑暗邪恶为主。

从这些善书中，我们看到了地主对农民怎样巧取豪夺；为了争夺家产，富豪之家兄弟妯娌之间怎样钩心斗角；奸狡者不惜将无名尸体移置兄弟门前，再以杀人之罪进行诬告，整得骨肉弟兄家破人亡。我们从中还看到了社会道德的沦落和政治的腐败；赌博成风，输红了眼可以将妻子作赌注；妇女竟然被人装在麻袋里像牲口一样来买卖，以致小伙子买到的是白发老媪，老汉买到的却是妙龄少女，老少错配，令人啼笑皆非。官位也可以买卖，“督府司道合县令，状元宰辅与翰林，还有封侯挂帅印，举人秀才齐争荣，任随世主买那等，议价成交凭你行，世俗贿赂价不定，一千八百列青衿……”二十个本子中就有五起冤案，都是老实人、好心人遭到诬陷，由昏官屈打成招，而作恶者则逍遥法外，为所欲为。

虽然善书中对被压迫者的反抗斗争反映得很微弱，也还是有四个本子中提到农民起义对封建统治的冲击，《铁匠君子》以广西“长毛”造反作背景，说当地太平军兴起后，“州县官员束手无策”，又借一个落难的大家闺秀之口道出她家被“仇人”所抄的经过：“请的雇工马夫等，当年我父并责惩，数日传书又带信，不抄我家枉为人。”原来是在太平天国农民起义浪潮中，愤怒的雇工农民理直气壮地抄了这个大地主的家！从这里可以看出，这些善书虽然说不上怎么深刻，却相当广泛地反映了清末黑暗动荡的社会现实，它主要不是使用传承材料，而是从现实生活中吸取人物和事件来编织故事。有少数本子以宋代为背景，细心体会它的构思特点，不过是为了在结尾时让包公出场而假托一个年代，实际内容并非讲古人古事。至于在湖北、四川印制的善书也讲山东、河南及江浙的故事，恐怕是互相交流的结果。以四川、湖北为背景的故事，显然分别出自四川人和湖北人的笔下，这从作品中所反映的风土人情和使用的方言土语就可以得到证实。着重反映当时当地的社会生活，这不能不说是善书在内容上一个突出的特点。

善书深受道教的影响，有人把它归入道教文化范围加以研究。善书中，精华和糟粕往往杂糅在一起，须谨慎加以辨析。它们的思想倾向可以用八个字加以概括：劝善惩恶，因果报应。通过对渗透在具体作品中的善恶观念和因果报应思想的细致剖析，就可以区分它们的精华和糟粕。

在善书作者的善恶观念中，烙印着当时居于统治地位的封建道德伦理观念，这就使得作品中的善恶标准，和劳动人民的是非观念，与我们今天社会主义的道德观有时适得其反。受苦受难的农民起来造反，这本来是正义的行动，善书中一律视为大逆不道之事，污蔑他们是“犯上作乱”的“盗匪”，加以攻击，这就是颠倒是非善恶标准的一个突出例子。但作品所表彰的种种行善积德行为，在多数情况下，还是劳动人民纯朴道德观念的表现，或两者兼而有之。《忠厚获报》中的主人公张云发，是一个客栈伙计，临终时教训儿子道：“父死后，儿当要，守己安分。去帮人，须当要，忠心耿耿。更不可，起奸诈，欺哄主人。”“添饭菜，当看顾，下力之人。”“还须要，行方便，恤孤怜贫。若客病，无银钱，远方受困。留一宿，赐一饭，大有功勋。”临终遗言中所展现的朴实善良本色，亲切动人。其子后来当伙计时，就因为热心照顾一个贫寒落魄、身染重病的书生，在书生发迹当官后得到了好报。《方便美报》《贤妇承恩》《铁匠君子》《以德报怨》等都是讲述主人公善良仁爱，富于同情心和正义感，急人之难，从而获得好报。在深重苦难中挣扎的劳动人民，希望别人向自己伸出救援之手，他们自己也富于热烈的同情心，表现出同舟共济的精神。这样的美德，在今天也还是值得发扬的。其他如《争死救兄》《杀身救父》中的男女主人公在父兄无辜遭人诬陷、身陷牢狱的情况下，愿意以身代父兄受刑，虽无补于事，其精神仍然值得称道。《苦节受封》的女主人公，为死去丈夫守节的行为不可取，在族长和婆母等人种种凌辱下坚贞不屈的品格又令人钦敬。

作品中的因果报应思想，来自佛家说教。《方便美报》中插入的一段唱词，就是讲说因果报应的妙文：“今生富贵为何因，前生利物并济人。今生贫贱为何因，前世刻薄困穷人。”“今生享福为何因，前世仁慈忠厚心。今生困苦为何因，前世残忍不怜贫。”“为恶不报为何因，都为前世有善根。为善不报为何因，总是夙世恶孽深。”“今生作福来生受，今世作恶来生贫。”《五世轮回》《苦节受封》《女转男身》和《息讼获福》这四篇，就贯穿了这种因果报应思想。现实的阶级压迫和其他种种遭遇，全由善恶有报生成：女子长得漂亮，是前世给庙里的罗汉装修了金身；因贪吃鳅鳝，伤害生灵，便成了寡妇受尽凌辱；借债无法清偿的人，死后被阎王变作牛马还债；念经拜佛感动了阎王，阎王便让这位女主人公年轻轻的抛下丈夫儿女，转世投胎，女转男身，做了状元。这位年轻的状元公不享荣华富贵，又看破红尘，辞官不做，进山修行，最后“功德圆满，登仙而去”。这几个本子借因果报应情节，将贫富贵贱等等，都归结为由命中注定，要人们安于现实的苦难，在不合理的社会秩序下心甘情愿做顺民，当牛马，寄希望于虚妄的来生，甚至遁迹空门。这既是宣扬荒唐可笑的封建迷信，又是为封建统治旧秩序进行辩护的反动说教，当然属于封建糟粕之列。至于其他本子，虽有因果报应的色彩，所表达的主要还是劳动人民的意愿。《忠厚获报》《方便美报》中的主人公做了好事获得好报，这种好报来自获得救助的对象后来的报恩，是有现实生活依据的情节，也是劳动人民美好意愿的体现；《刻薄受报》《谋产绝后》中的坏人遭恶报，实际表现了被压迫人民对巧取豪夺、作威作福的地主恶霸一类人物的愤怒诅咒；而富家子孙不务正业，嫖赌浪荡，把祖先的家产败尽，这本来是实际生活中司空见惯的事，有其客观根据。纵令作者把这种“恶有恶报”的故事附会为鬼神报应，也不能完全抹杀它的积极社会意义，应和《五世轮回》等出于纯粹主观附会的本子区别开来。

说善书往往同宣讲“圣谕”相结合，善书中又常常穿插大段的“经云”，讲说佛家或道家的经文。封建道德伦理和宗教迷信混杂，构成毒害人民意识的封建性糟粕。这表现了中国思想文化领域，“经过隋唐时期三教（儒佛道）鼎立，走向宋明以后的三教会同”[①]，封建主义意识加强对人民群众精神统治的特点。但宣讲善书作为一种深深植根于民间的故事活动，不是靠封建道德和封建迷信说教所能维持的。它的生命力在于表现活生生的社会现实，倾吐劳动人民对遭逢不幸者的深切同情和对邪恶

① 任继愈：《佛教与中国思想文化》，《世界宗教研究》1981年第1期。

势力的憎恨诅咒，表达出他们惩恶扬善的积极愿望。我们不能以穿插其中的封建主义说教词句来全盘否定这些故事的积极意义，而要具体剖析它所反映的社会生活内容以及作者对这些人物、事件的褒贬爱憎来把握作品的基本思想倾向。善书的封建性糟粕较重，不及民间口头传述的故事那样刚健清新，这是应当看到的。但善书中的多数本子，这些本子的基本内容，我以为是反映社会现实，表达人民意愿的。

2. 故事曲折，细节生动，注意刻画人物性格。

善书在艺术表现上，既有一般传统民间故事的优点，又有自己的特殊风格，它丰富了我国故事文学的样式，在利用故事形式反映社会现实上有自己的创造，十分值得我们重视。

善书的篇幅比一般民间故事要长一些，但它仍是一种短篇故事。二十个本子的篇幅长短并不一律，其中篇幅短的两千字左右，篇幅稍长的五千字左右，篇幅最长的达七八千字。艺术上比较生动完整的几个本子，为五千字到八千字。

这些善书中比较出色的本子有《姻缘巧配》《贤妇承恩》《士珍醉酒》《方便美报》《忠厚获报》《估嫁妻报》《欺兄逼寡》等，约占三分之一，多以主人公悲欢离合的遭遇构成曲折动人的情节，既注意故事性，又很注意生活细节的点染，因此刻画了不少栩栩如生的人物形象。

《姻缘巧配》的故事情节就富有曲折波澜。主人公是个叫金水生的少年，他父亲原来开铺子，家道兴旺，富户争着上门联姻。一旦父母去世，家财即被人强占一空，以致衣食难保，不得不乞讨度日。后遇岳父，喜出望外，然而嫌贫爱富的岳父母却百般虐待，最后被诬告吃官司，差点送了性命。案情大白，死里脱身，却因在社会上走投无路，被逼得吊颈投河。幸遇渔翁相救，才得以长大成人。在战乱岁月里，不少妇女被坏人拐卖，他去买妻，经过一番周折，原来买回的正是自己幼小时订婚的对象！于是故事以大团圆收场。这样曲折完整的故事当然不可能是真人真事的反映，而是出于艺术的虚构。在虚构中，有城隍显灵的插曲，却与故事的发展关系不大；作者主要是吸取实际生活素材，以巧合的方式编织故事，它不是“曾有的实事”，却是“会有的实情”，既出乎意料之外，又在情理之中，因此能引起人们的共鸣。作品中有许多生动的细节描写，水生走投无路去上吊，先把腰里的丝带子套在一棵矮树上，遇见牧童。牧童喊道："使不得，那树太小了，前面有大的，快走，快走!"他走到土地庙角去上吊，又遇到一个汉子把他解下，打了几个耳巴，骂道："你这杂种，吊颈都找不到地头，跟我滚远些!"（平白无故死在这里，会给人们惹来灾祸。）因此，"水生心想：我的命就这么苦吗，连吊颈都冇得地头!"这些笔墨渲染了社会的冷酷，把主人公的悲惨境遇和哀痛心理刻画得淋漓尽致，读来令人心碎。

《贤妇承恩》的故事情节不及《姻缘巧配》这样曲折离奇，只是讲述了一个贤惠妻子的故事。下面这一段，即使放在现代小说里，也不失为精彩笔墨。它写的是妻子给做庄稼活的丈夫送饭，路遇饥困的旅客，热心周济客人之后引起丈夫猜忌的情景。

> ……客人遂饱食一顿，凤英收起便走，哪知大德早已看见，心中大怒。候妻近身，一耳巴打去，凤英卖脱曰："夫君做啥？要打把饭放下，慢慢的打，不要把汤倒了，拿啥来吃?"大德曰："你这贱人，岂不闻男女授受不亲，瓜李之下避嫌，大路之上与人交言、递食，为夫脸面何存?"凤英曰："夫君呀，家中有剩饭，路上有饥人，当怜行路苦，要把方便行，妻子虽然错，夫君得美名。"大德曰："好个龟名!"凤英曰："不要乱讲，快些用饭，倘若冷了，吃下肚去不好。"大德听得妻言，也打不下手。那客人见凤英挨打，知为与饭之故，便有不平之心。遂坐下，看他还打骂不打骂。只见凤英恭立奉饭，吃了又添。饭毕奉茶，许久并无倦容。心想此人不愧夫妻二字……忽见凤英转来，问曰："尔夫打你与饭么?"凤英心想直言，又怕扬夫之短，乃曰："非也。夫君打奴不会处事，说君子是客，正宜请到家中，酒菜款待，路上待客不成恭敬，有慢君子，此奴夫之所以打奴也。"客人心想，天下有如此聪明女子，丈夫打她，不惟不怨，而且隐恶扬善，真是有德有才之妇。若使置之朝廷，必能忠君爱国……

作者巧妙地通过三个人对那一碗饭的不同反应，具体生动地揭示出他们的不同身份与性格特征。凤英的聪明“贤惠”，大德的狭隘鲁莽，以及那位微服私访的客人——乾隆皇帝对民间生活的好奇心理，都跃然纸上。不但写了人物的语言动作，还勾勒了他们的声音笑貌和微妙的心理活动，简直可以作折子戏来演出，难怪这个故事为人们津津乐道，至今不衰了。这种从人们日常生活中提炼出富有戏剧性的故事情节的手法，在其他善书本子中也常常可以见到。从这里可以看出现实主义文学艺术的写实手法在民间文艺、通俗文艺中得到加强的趋势。它构成善书在艺术表现上的一个显著特征。

正因为善书运用写实手法揭示了当时社会生活的面貌，着重反映了人民的苦难，刻画了不少活生生的人物形象，所以穿插其中的种种封建意识的说教，掩盖不住它们的思想与艺术光彩。

由于写实手法的运用，这些善书本子便给我们保留了许多地方的中国封建社会末期的特殊社会风貌与风土人情特点，成为我们今天研究历史学、民俗学等等的宝贵资料。

《刻薄受报》中，揭露川北一富户陈大才以种种刻薄贪婪的手段盘剥农民，因而发家致富的丑史。其中写道：

> 如要买人田地，中证来说，他又推无钱，“我实不能买”，卡得人莫可如何，将价值减少，然后认承。及成买交价时候，或以谷子抬价，或以孬银算数。如有人与他借钱，必要三分重利，方才应允。人亦迫不得已，将借据立了。又捱至三五场，然后给钱与他。及到还钱的时候，过期一二日，他便不收。至于收租，每年定要握足，稍有升斗未清，便要立账认利。迨至退佃时，将押佃钱折算扣除。不顾佃户一家生死，只要他算得到手。

《刻薄受报》这个本子并不怎么出色，但它却把旧时川北地主挖空心思残酷盘剥农民的几种方式做了十分具体的描述，也借此勾画了一个常常被农民称作“剥皮老爷”的地主形象。

《女转男身》是一个宣传封建迷信思想的本子，但其中记述了不少民间习俗：

> 赵令芳道：“你说我杀猪有罪，你们妇人家罪还多些，像那灶房

里，那一些禁忌，未必你能一一忌之得完。虽说你读书明理，念经拜佛，未必常把灶房打扫得洁净，不拿秽污柴草去烧火煮饭，不高声大气咒骂儿女。我且问你，像你生产以后，就要拿水去洗倾地下，岂不得罪了上天？又或把屎尿裤裙晒在地坝面上，这又不是污秽了太阳神圣？”王氏说：“夫君呀，莫说产后洗的水，妻未当天倾过；就是平常洗脚水，都是倾在猪栏粪池内。莫说小儿屎尿裤片，妻未曾放在太阳坝晒；就是平常洗你我大人的小衣，亦是放在背里阴干。”

这个本子虽然在开头说明故事发生在山东曹州府南华县，实际上它是四川人根据一个流行全国的传统本子改编的，这些细节反映了四川的习俗。崇拜太阳神这种古老习俗信仰，不仅在西南一些少数民族地区保留着，对四川的汉族居住地区也有很深的影响。灶房里的许多禁忌，东北的达斡尔等民族是因敬畏火神而产生的，南方则多由崇拜灶神引起。这些是很生动的民俗学材料。社会习俗作为社会环境的一个组成部分，常常给予人们的精神生活以深刻影响，联系有关的风俗习惯来刻画人物的思想性格，值得借鉴。

3．说唱结合，哀婉动人。

善书是一种有说有唱、以说为主的故事。它的唱词部分，既不用于叙述故事情节，也不用于描绘景物场面，而是主要用于抒情，多半是在主人公的命运发生急剧转折、陷入巨大不幸之际，由他们自己感叹身世，对天抒怀，或向有关亲人诉说苦衷。最常用的调子是三三四结构的十字调，也有七字调和三五结构的八字调。在本子上，咏唱部分标明“歌”或“讴”作为起首。下面摘录《谋产绝后》中张氏哭夫的一段唱词为例：

见夫死，不由奴，咽喉哽哽，
好一似，刀割胆，五脏皆疼。
千声喊，万声叫，全不答应，
抛别了，妻与子，亏你忍心。
想夫君，自幼来，为人本分，
日耕田，夜做活，劳苦一生。

为什么，老天爷，不加怜悯，
年轻轻，得绝症，一命归阴。
夫一死，你倒把，双眼闭紧，
丢下了，为妻的，身靠何人？
永福儿，才七岁，人事未醒，
哪一年，才长大，替得父亲！
吴氏嫂，平素来，居心太狠，
大伯伯，又是个，泼皮性情。
夫在世，他还要，百般咒恨，
你死了，难道他，不起毒心。
你叫我，从今后，靠谁照应？
你叫我，两母子，怎样为人？
…………
老天爷，你为何，生奴丑命，
生也难，死也难，受尽苦情！

全段四十行，一口气唱到底。也有不少本子在唱词中插进对白，以求生动活泼，但那是在对人哭诉陈情的环境中，如《杀身救父》中黄氏向包公哭诉冤情道：

大人哪，我有个，玉姬女，极把孝尽。（哦，你还有女儿，你的女儿又怎么样呢？）每日里，送饭食，问候夫君。（哦，你的女儿每日里送饭食给你的丈夫吃，这乃是孝女，他问你女儿，你丈夫又怎样向女儿说呢？）夫说道，有头首，可救他命……

二十个本子中，最少的有一段唱词，多的达四五段。其所占篇幅常常达到全文的四分之一或三分之一。《姻缘巧配》八千字，五段唱词，一千九百字。《铁匠君子》三千字，四段唱词，一千一百字。《士珍醉酒》两千四百字，一段唱词，七百字。唱词中，也有偏重说理，以劝说口吻进行说教的，以及悔过自叹、责骂恶人的，但都不及倾诉苦情的这样普遍而有影响。

善书如以好人为主角，其故事总是悲欢离合，“善有善报”，结局多是大团圆：不是鬼神护佑、绝处逢生，就是清官断案、昭雪沉冤。也有落魄书生考取功名，富贵显达的。这些结局体现了人们积极善良的愿望，使听众多少可以获得一些精神上的安慰，冲淡悲苦的感受。但它们并没有什么客观现实根据，不免流于公式化，因此感染力也是有限的。真正打动人心的还是主人公苦难的经历和倾诉苦情的那些唱词。它咏唱的不仅是彼时彼地主人公的悲苦，同时也道出了旧中国在苦难中挣扎的广大劳动人民的心声。过去乡村里说善书，常常在妇女中激起一片哭声，这说明了善书内容和形式的一个突出特点。马克思说："宗教里的苦难既是现实的苦难的表现，又是对这种现实的苦难的抗议。"① 借用这句话来说明具有宗教色彩的善书，我以为是很恰当的。农民们从善书中深切体味了现实人生的苦难，但他们并不绝望，从中也养成了他们承担现实苦难的坚毅性格，他们对结束苦难的光明的企求是同对这种现实苦难的抗议情绪结合在一起的。

由于善书的教训意味较浓，悲剧色彩较重，所以它是一种风格比较严肃的故事，它没有民间笑话、生活故事中那样的诙谐幽默，也不像这些体裁容易接受庸俗低级趣味的浸染。这是它的局限性，也是它的特点。每种文艺形式都有自己的特殊功能。人们在生活中固然离不开笑，有时也需要哭，需要通过欣赏悲剧性的作品来体会人生，陶冶心灵。从这个意义上说，善书体裁有其特殊的美学价值。

二

善书在中国文学史上应占有一定地位。

善书不是民间文学，而是具有民间文学色彩的通俗文学样式之一。中国的通俗文学形式多样，源远流长。它们可以大体上分为三类，一类是韵文体，一类是散文体，还有一类是韵文和散文相间使用的说唱体，

① 《马克思恩格斯列宁斯大林论宗教》第346页，中国社会科学出版社1977年版。

人们把它称为“讲唱文学”。善书就是讲唱文学的一种，它和明清时代的“宝卷”有着密切关系。

关于宝卷的来龙去脉，陈汝衡在《说书史话》中告诉我们：“自元明以来直到清末及现代为止，在祖国各地却存在着大量的刊本和抄本的宝卷。这些宝卷，从它们的内容及结构去看，和唐代变文实在没有多少差异。它们一般都以佛教故事为题材，并且正和变文一样，它们中尽有非佛教故事而属于民间传说的。它们显然是继承变文传统，带有宗教性和化俗作用的一种说唱形式的文艺。”有些宝卷原名为经，“可见它们原出宋人的‘说经’，是可以作为旁证的；而‘宝卷’二字乃是后起的名称，更是显而易见的事。说经既是根据唐代俗讲而来，宝卷又源出说经，大家都说宝卷是变文的嫡派子孙，这句话自然可以成立”[①]。“善书”应是由宝卷演化而来。它在内容上具有宗教色彩，有些本子即由佛教故事改编而成，如《女转男身》，就是根据《黄氏女对金刚经》的故事改编的。在艺术形式上有说有唱，说唱结合。内容和形式均与宝卷有联系，但它又不同于宝卷，不仅是名称不同，内容和形式均有自己的特点。首先在内容上，宝卷讲唱的主要是佛教故事、道教故事及“孟姜女”“白蛇传”等传统故事；反映现实生活的故事也有，如《还金得子宝卷》《还金镯宝卷》等，但为数很少。所以人们认为从它的基本思想倾向来看，不过是宣传宗教迷信的工具。善书中固然也有一些宣传宗教迷信的作品，其基本倾向已转变为广泛反映社会现实，表现被压迫者的苦难和期待，鞭挞种种黑暗邪恶，具有较多人民性的一类通俗文学了。它已基本上摆脱宗教羁绊，变成了世俗文学，起了如同和尚还俗一般的转变。其次，在艺术上，也被人们锤炼得更加精美，成为很生动完整的一种短篇故事。宝卷中的韵散相间，缺乏严谨的规格，“韵文的句子有七言的，有十字的，而且叙事体和代言体夹缠在一起，不甚分清。即在散文中也有类似韵语和偈语的，比较弹词体例尤为混乱。”[②] 善书则不然，它用散文来作叙述

---

① 陈汝衡：《说书史话》，作家出版社 1958 年版，第 124 页。

② 陈汝衡：《说书史话》，作家出版社 1958 年版，第 126 页。

描写，而由主人公用整齐的七字句或十字句一气呵成地来感叹抒怀，这已构成严谨和谐的规格。总之，从内容和形式两方面来考察，善书和宝卷比，演进之迹甚为明显，应作为另一类体裁看待。现在的文学史在介绍中国传统的讲唱文学时，都是讲到宝卷为止，完全没有注意到对群众具有广泛影响的另一种讲唱文学体裁——善书。实际上，它才是中国传统讲唱文学的最后形式。

善书和民间故事的关系也是很值得人们注意的。它不属于民间文学之列，作者按照通俗文学特点，编写成善书本子宣讲，书面文学的特色很鲜明，但它又和民间口头故事在内容与形式上保持着密切联系。如它常常吸取民间故事传说材料加以改编，《方便美报》就借用了广泛流行于民间的“求好运”故事中“三问”的情节，把它作为框架扩充内容，并采取讲唱结合的形式，变成了一个新的善书本子。另一方面，善书中一些出色的故事，则长久地活在人们的口头上，经过集体智慧的回炉加工，汇合到民间故事的海洋中去。《湖北民间故事传说集》十堰市专集中收录的《贤惠媳妇》，就是从《贤妇承恩》这篇善书脱胎而来的，除将乾隆皇帝改为“知府大人”之外，基本情节都保留了下来，风格更为清新明快。人们说那位贤惠妻子给丈夫“遮丑反为美”，一语传尽精神。它们互相渗透，互相影响，在研究中国民间文艺发展史时，对此是不可不加以注意的。

三

善书和其他传统文艺形式一样，也是可以推陈出新的。湖北省一些地方的文化部门，已开始注意到对善书的改造，并取得了初步成果。《布谷鸟》在 1981 年底用两期篇幅连载了汉川县刘德谦等创作的新善书《匕首案》，并在湖北省举行的“百花书会”演出，受到了人们的好评。这些地方把善书和鼓书、评书放在一起，作为群众喜闻乐见的“三书”——三种曲艺形式来抓，是有见地的。

善书对新故事创作的借鉴作用，颇值得我们重视。

它着重反映当时当地的社会生活，具有浓厚的乡土味。它重视故事的道德教育作用，努力把引人入胜的故事性和劝善惩恶、化导世俗的明确教育目的统一在作品中。它的故事情节曲折跌宕而又注意生活细节的点染和人物性格的刻画，听来亲切感人。在叙述故事的基础上既有适当的说理，讲说做人的道德，又以突出的笔墨，让主人公倾吐情怀，把叙事、说理和抒情结合起来，显得格外生动活泼。

它的篇幅短小精悍，以一人一事为主构成完整的故事，适于以机动灵活的方式向群众宣讲。

它出于通俗文学作者的笔下。这些作者既有相当的书面文学修养，又十分熟悉群众的口头文学和语言。所以他们书面写成的本子，同时又是生动活泼的口头文学，在口头宣讲时能为文化落后的乡村民众所接受。他们显然从传统民间故事中吸取了滋养，也借鉴了中国书面叙事文学，主要是白话小说的优点，于是创造出了这一种具有独特风格的通俗文学新体裁。

以上几点，我以为都是可以作为创作新故事的借鉴的。自然，这些优点，是从善书这种体裁总的特点中概括出来的，在那些出色的本子中体现得比较鲜明，至于那些思想和艺术都很拙劣的本子，可取之处就甚少了。

借鉴是吸取其优点，加以融化，不是生吞活剥地模仿。善书中充斥着封建道德和封建迷信的说教，自然须以社会主义思想来替代。它的悲伤情调是旧时代人民苦难生活的反映，反映今天劳动人民新生活的故事，自然会具有乐观开朗的情调。不搞庸俗低级趣味，具有严肃的道德教育内容的故事今天仍然是需要的；也应从笑话、相声等喜剧性文艺体裁中吸取幽默风趣的艺术成分，使新故事在艺术形式上显得更为生活动泼。如创作新善书，讲唱结合这一特点是应保持的，创作新故事，就不必照搬，以免破坏故事叙述风格的统一性。至于在故事中穿插一两段歌谣或顺口溜，那当然也是可以的。

我在前几年出版的那本《略谈故事创作》中，谈到新故事同传统民间故事的联系时说："新故事中，包括两类作品，一是传说，一是故事，从艺术表现上，可以明显看出，它们是从传统故事中的历史传说与生活故事发展而来。”现在看来，这个论断还不够全面。新故事不仅同劳动人民直接创作的民间故事传说存在渊源关系，还同群众喜闻乐见的善书这一类故事文学之间有着深刻联系。这不能从创作新故事的人是否听过读过善书本子来断定其影响，应从故事文学同群众文化生活的联系来进行考察。善书这种体裁，虽不是群众直接创造，却是在群众艺术欣赏习惯、趣味的推动下，逐渐形成自己的特殊形式和风格的。群众欣赏善书这类故事文学的习惯、趣味，也会同样给面向群众的新故事以积极的影响。

在我们提到的二十个善书本子中，有一半以上出在四川，它们的风格和四川的新故事就有不少相一致的地方。这种影响往往是潜移默化，然而又是相当深刻的。另外，善书和新故事都是由文人以书面形式创作而供口头发表的故事，这一共同特点也使得它们之间有着深刻的内在联系。这种联系看来比新故事同传统民间故事的联系更为明显突出。它是新故事艺术传统的一个重要方面。

善书是中国农村一种重要的、具有独特形式和风格的故事。善书的出现，反映了故事文学发展的客观趋势。研究善书的文学形式与活动形式的特点，对发展新故事创作和讲故事活动都具有重要借鉴意义。

《绿袍小将》前言[①]

我怀着喜悦的心情，把这本湖北民间童话集奉献给读者，特别是奉献给我们的小读者。

这本童话集是从一九八〇年中国民间文艺研究会湖北分会成立以来，开展民间文学搜集整理工作所编印的各地故事资料集中选编的。这里的三十多篇童话，再加上《巧媳妇》那本故事集中所收的《千鸟袍》《寻宝》《樵哥》《蛇招亲》等十多篇童话，大体代表了湖北民间童话的思想与艺术特色。

民间童话是民间口头故事中最富有教育意义和艺术魅力的一种体裁。它以现实生活中各种平凡的劳动者作为主人公，开头多是叙述主人公的贫困和不幸，但由于他们勤劳善良，获得好报；或由于他们勇敢追求，实现了自己的心愿，因而最后大都以美满幸福的结局收场。它是现实主义的，故事中广泛反映了旧时代的社会风貌和劳动人民的困苦生活处境；而它的基调却是积极浪漫主义的，故事的着重点在于表现人们对光明美好的追求，鼓舞人们乐观进取，创造美好的人生。

民间童话体现了劳动人民编织故事的高度技巧。它有大胆的幻想，又富于现实生活气息，常常在似幻非幻、似真非真的情境中展开叙述。它既有诗的优美意境和情调，又把劳动人民的生活经验和道德伦理观念以哲理的形式概括地反映出来，达到诗情和哲理的融合。它用十分单纯的结构形式把曲折丰富的故事情节展现出来，表现手法和语言又饱含文学情趣。孩子们把听童话作为一种美好的艺术享受，人们称它为“娱乐

---

① 刘守华编选：《绿袍小将》，长江文艺出版社 1985 年版。

的故事”，可是又被严肃的人生哲理所浸透。这些凝聚着千年百代劳动人民情感与智慧的故事，实在是值得我们赞赏的精美艺术品。

我在《民间童话的特征和魅力》一文里所概括的中国各族民间童话的思想与艺术特色，在我们选编的这本湖北民间童话集里，都有充分的表现。那么，湖北民间童话有没有自己的特点呢？当然是有的，它表现出湖北地区的自然环境与历史文化的特色。各地流行的“狼外婆”“熊外婆”或“老虎外婆”的故事，湖北却把其中的反面角色叫作“野人家家”。这个幻想形象就有着湖北地方特色——神农架野人之谜，至今仍吸引着科学家们不辞辛劳去考察探索，揭开奥秘。

它也表现出居住在湖北境内的汉族、苗族、土家族的民族生活与文化特色。这本书里最生动优美的童话故事多产生于鄂西地区，那里居住着我们这个民族大家庭中的苗族和土家族兄弟。由于汉族、苗族、土家族住地错杂，交往密切，许多故事已难以判明它究竟出自哪一民族，但融汇着苗族和土家族人民的艺术智慧，却是完全可以断言的。我们选录了几篇引人入胜的龙女故事，它本来就是中国苗族的传统故事之一。这类故事的雄奇瑰丽，令人注目。

对一般读者来说，他们从这本童话故事集里，可以形象地感受到世代劳动人民的优秀思想品质、淳朴道德观念和美好生活理想，其中有许多是值得我们发扬的传统美德，如勤劳朴实，勇敢乐观，乐于助人，为集体利益献身，反对自私自利、虚伪欺诈等等。但这些故事也不可避免地会沾染着某些封建意识，表现出农民阶级思想情绪上的某些局限性。把当官发财、享受荣华富贵作为美好人生的归宿就是一个明显例子。对此，我们应本着对待一般文学遗产的原则，去粗取精，区别对待，吸取有益滋养。

这本童话故事集的问世，对民间文学研究者也将有所裨益。在广大时间空间范围之内流传的童话故事，从来就是民间文艺学家感兴趣的研究对象。就本书选编的最具有代表性的这些湖北民间童话来说，大约有三分之一乃至二分之一的数量和我国属于汉藏语系，居住在中国南方和西南地区的诸兄弟民族的童话故事类同。其中还有一些是广泛流传于世界，特别是亚洲大陆的故事。对它们进行比较研究，探求我国各族民间口头文学相互影响的规律，追寻中外文化交流的历史线索，是十分有意义的课题。

在选编时，我们力求选取故事素材可靠而又整理得较好的篇目。民间童话大同小异的异文很多，限于本书体例，我们只能从许多种异文中收入较有代表性的一种或两种。民间童话是一种很优美精致的口头语言艺术创作，整理童话的难度较大，我省从事这一工作的多是刚跨进民间文学园地的年轻同志，因而有许多篇，还未能按“忠实记录，慎重整理”的要求，把民间口头文学原作的面貌，真正完美地反映出来。编辑成书时，尽力从语言文字上做了一些校改润色的工作，自然也难以令人满意，只好请读者谅解了。

这是一本民间童话集。最后选编了一组以动物为主角的幻想故事，从体裁上看，有的是童话，如《猫狗结冤仇》；大部分是寓言，它们内容与形式的精美，也是值得我们注意的。

湖北地区的民间文学搜集整理工作，正向深度和广度扩展，还会有更多优美动人的民间童话涌现出来。我们期待着将来有机会能把它的续集献给读者。

1984 年五一节

笑话艺术一得[①]

《故事会》上的“笑话”，是最受读者欢迎的栏目之一。它以短小精悍、生动活泼的形式来针砭时弊，鞭挞邪恶，既有使人愉悦身心的娱乐性，又有鲜明强烈的思想倾向性。清代《新笑林广记》和《新笑府》的作者吴趼人曾指出：“迩日学者，深悟小说具有改良社会之能力，于是竞言小说。窃谓文字一道，其所以入人者，壮词不如谐语，故笑话小说尚焉。”他们的见解对我们今天认识笑话的积极社会意义，发展笑话艺术，仍然富有启发意义。

《故事会》刊载过一些论笑话艺术的文章，发表了不少有益的见解。略嫌不足的是，对编写笑话的手法技巧谈得较多，而对笑话艺术的本质特征则较少涉及。本文想从美学角度对笑话艺术的本质特征谈一点看法。

古希腊哲学家亚里士多德认为“笑是一种丑”；英国哲学家霍布士认为“笑的情感只是在见到旁人的弱点或是自己过去的弱点时，突然想到自己的优点所引起的‘突然的光荣’”；俄国著名的革命民主主义作家车尔尼雪夫斯基认为“丑乃是滑稽的根源和本质”。他们都看到了，揭露丑恶的东西，将美好的东西与丑恶的东西相对比（包括“缺点”与“优点”的对比），可以产生滑稽可笑的效果。

但丑恶的东西是否在任何情景中出现都使人感到滑稽可笑呢？并不是。车尔尼雪夫斯基说得好，“只有当丑恶的东西装模作样，力图装成美的东西的时候，它就成为喜的东西了”[②]。笑是由那些假、恶、丑而装模

---

① 原载《故事会》1982年第5期。

② 见《马克思列宁主义美学》，中国人民大学出版社1958年版，第335页。

作样自以为真、善、美的东西所引起的，笑声产生于丑恶事物内容与形式的不协调之中。笑话所嘲讽的对象大多是具有内在缺陷和丑恶本质的腐朽事物。但在日常生活中，这种腐朽本质或者是被某种庄严神圣的外衣遮掩着；或者是淹没在五光十色的生活现象里，人们习似为常，并不觉得它滑稽可笑。笑话作者却用犀利尖刻的语言揭穿了它们外表的虚伪性，将其腐朽本质予以集中和夸张，以出人意料的手法使麒麟皮下露出马脚。于是人们便忍俊不禁地发出笑声来了。

小偷进行扒窃活动，在一般情况下只能激起人们可鄙可恨，并不感到可笑。在《我离不开你》（《故事会》1980 年第 6 期）中，一男一女在车上紧偎在一起，女方挪动座位，男方寸步不离地跟着，惹得女方骂男方耍流氓行为，这时小伙子才对众人说出："她刚才拿了我的钱包，你们看——喏，钱包在她口袋里，可钱包上的链子却仍拴在我的腰带上，你们说说，我能离开她吗?"小偷装正经，假面具被小伙子揭穿，于是激起了人们的笑声。

知识贫乏的人只要虚心好学，仍然是可敬并不可笑的。可是在《一定要今朝来》（《故事会》1980 年第 1 期）这则笑话中，一个接待外国医药代表团的高级官员，听人家提到李时珍的名字，便装腔作势地下令立即用小轿车把"李时珍同志接来"。翻译向他解释"李时珍是明朝……"，他毫不理会，大动肝火："明朝来？不行，一定要今朝来!"无知而又摆出一副自以为是、盛气凌人的架子，便显得滑稽可笑了。

商人从事投机活动，本是人们司空见惯的事。法国笑话《古董商和农民》（《故事会》1981 年第 5 期）中，一个巴黎的古董商看中了乡下农民喂猫用的古瓷碗，却故意显出不在意的样子，将猫买下，再提出想把那只"旧碗"也带去。农民说："不，从前天起，我已经靠它卖掉六只猫了。"狡诈的古董商装扮成不识古董的老实人去欺骗乡下佬，邪恶面目被机智的农民一语戳穿，人们便禁不住捧腹大笑。

丑恶的东西装模作样，就会变得荒谬可笑。用这个原理既可以说明以上三则笑话内容的积极意义，也揭示了它们艺术表现形式上的特征。编写笑话，要艺术技巧。这三则笑话就成功地运用了夸张、对比、巧合、递转等手法，使作品形象鲜明，妙趣横生。但这些手法都是围绕着深刻有力地揭示对象丑恶内容与装模作样的形式之间的矛盾而来的。如果抓不住笑话艺术选择与处理题材、开掘主题的这一根本特点，再讲究手法技巧，也仍然难以创作出内容与形式兼美的笑话来。

笑话艺术对腐朽丑恶事物的嘲讽，不能脱离一定的历史背景。当黑暗邪恶势力支配着社会生活，善良正义抬不起头来，愚昧和迷信压倒理性良知的时候，坚持真理和正义反而被旧势力所讥笑而陷入孤立，这时的历史是悲剧性的。群魔乱舞，鬼蜮横行，他们有恃无恐，无须装模作样。善良的人们对他们的种种暴行丑态，敢怒而不敢言，所激起的是深沉的悲愤，而不是蔑视敌人的笑。只有当历史的车轮滚滚向前，旧事物腐朽丑恶的本质开始暴露，他们赖以逞凶肆虐的支柱开始动摇时，嘲讽旧事物才能收到喜剧效果。马克思说，人类总是笑着同自己的过去诀别，世界历史形式的最后一个阶段是喜剧，大约就是这样的意思吧！拖辫子、缠小脚，在辛亥革命之前是天经地义的事，剪辫子被视为大逆不道，不拖辫子的洋人则成为人们讥笑的对象；没有三寸金莲的大脚女人，被当作丑八怪看待。辛亥革命起风雷，皇帝倒台，世风大变，美丑的标准重新颠倒过来，拖辫子、缠小脚就成为荒谬可笑的事了。为什么明清以来，笑话特别发达，许多笑话把讽刺的锋芒指向贪官污吏乃至昏庸帝王呢？正是封建社会开始走下坡路，农民革命的风暴和民主主义思想的萌芽，逐渐剥落了封建主义神圣外衣的结果。在“四人帮”横行霸道时，“资本主义”的帽子满天飞，人们的思想也陷入极大的混乱之中，对许多现象习以为常。粉碎“四人帮”，分清了是非美丑，才能编出《吃掉资本主义》（《故事会》1980年第6期）这样的笑话，作者把干部到社员自留地买西瓜吃叫作“吃掉资本主义”而加以嘲讽。笑话是社会生活中新旧事物矛盾斗争的反映。但它不是消极地反映现实，而是积极地推进旧事物灭亡，催促新事物诞生。笑是启发人们辨别是非美丑的重要形式。笑话所表现的虽是假、恶、丑的一面，但在欣赏笑话时，人们是站在真、善、美这一面来嘲笑对象的假、恶、丑的本质的。正因为人们懂得了该事物已被历史潮流、人类理性所否定，才觉得它的装模作样令人作呕，荒唐可笑。正如车尔尼雪夫斯基所说的，我们嘲笑丑恶的东西，是因为“我们高于它。例如，我嘲笑傻瓜时，我感觉我了解他的愚蠢，了解他为什么这样愚蠢。也了解如果他不是傻瓜，他将成为什么人，因此，在这样的情况下，我感到自己高出他许多倍”①。人们懂得李时珍是我国明朝著名的医药学家，才会觉得要“李时珍同志”来接待外国友人这件事是怎样无知可笑。腐朽丑恶的事物会进行垂死挣扎，如果它们已进入笑话领域，遭到人们普遍的嘲笑，成了“人人喊打”的“过街老鼠”，那它就到了“日薄西山，气息奄奄”的时候了。从这个意义上说，笑话艺术对于鞭挞旧时代剥削阶级遗留下来的陈规陋习、歪风邪气，发展社会主义的精神文明，是具有重要意义的。我们不能因其形体小，不登文艺的大雅之堂而小看它。

以上说的是嘲讽丑恶事物的笑话。笑话艺术是否可以用来歌颂美好事物呢？也是可以的。美好事物的内容与形式的不协调，也可以产生笑料。在日常生活中，正面人物美好的思想品质，以幼稚奇特的形式表现出来，达到出格反常的地步，也使人觉得好笑。但这是一种激起人们崇敬之情的笑。阿凡提故事中的《买油》，讲阿凡提外出回家，嘴里叨念着别人委托他办的一件事，老婆要他上街打油，油店老板在他碗里灌满了油，还剩下一点，问他往哪儿倒，他便傻乎乎地把碗翻过来，让老板往碗坑里倒，把一大碗油全泼了。回到家，老婆生气，问他为什么只买了这么一点油，他说，这边还有，又把碗翻过来，连碗坑的那点油也泼得精光。邻人听完阿凡提老婆讲完这个故事后说：“他哪里是傻哟，分明是叫别人委托他的那件事分心了。”阿凡提本来是一个极聪明的人，因惦记着帮别人办事，心不在焉地做家务，才显得傻头傻脑的。“大智若愚”，牛顿专心致志于科学研究，把手表丢在锅里当鸡蛋煮；书呆子把全部心思花在学问上，谈恋爱时手足无措。这类现象之成为笑料，和阿凡提买油的情形是一样的。人们也嘲笑他们脱离常情的傻劲，但笑过之后，并不认为他们的行为可鄙可耻，反而面对他们闪光的思想品质，油然而生

① 见《马克思列宁主义美学》，中国人民大学出版社 1958 年版，第 336 页。

敬意。这样的笑话人们也是欢迎的。大概是囿于成见，只把笑话当作嘲讽丑恶事物的文学样式，歌颂新人新事的笑话，目前很少出现。笑话要创新，在这方面是值得探讨的。

我们在编写笑话时，要善于观察社会生活中新旧事物矛盾斗争的情况，敏锐地抓住那些不甘心退出历史舞台而装模作样的旧事物的形形色色丑态，以及被一般人视为反常的新事物的各种表现形式，精心构思，提高笑话的思想深度和艺术魅力，避免追求琐屑笑料，失之油滑。

1982 年 5 月

略谈情歌的艺术性[①]

我在一篇文章里曾提出，在故事里，民间童话的艺术性最高；在民歌里，情歌的艺术性最高。如果有谁把我国各族劳动人民在情歌里的艺术创造做一番透彻的研究，完全可以写出一部不朽的“诗学”来。它对于我们写作新诗，可以提供十分宝贵的经验。这里试提出情歌的艺术表现上一二特点加以探讨。

一

赋、比、兴是前人对我国诗歌创作的艺术手法与艺术规律的总结。近几年又有人就此写过许多文章。一般是推崇比兴，而贬抑赋体。在情歌里“以彼物比此物”的比，和“先言他物以引起所咏之词”的兴，运用得很广泛，确实出现了许多佳作。但就我在南方情歌里所看到的情况，属于赋体的情歌，在艺术上并不比那些比兴体的情歌逊色。赋体民歌的特点是“敷陈其事而直言之也”，通过直接的叙述和描写来抒情写意。它们当中有写得比较铺张的，如“四季调”“五更调”“十二月调”等民歌，按四季、五更和十二个月的结构层次，反复婉转地叙事抒情，接近古典诗歌中传统的赋体，艺术上往往流于平铺直叙，失于精炼含蓄。值得我们注意的是，还有一类作品，在四句或五句短小的篇幅中，选取最富有特征性的生活片段，用精炼的白描手法表现出来，它们在艺术表现上也十分精美，显示出赋体民歌的特殊魅力。特别是那些在赋中融合比兴，

---

① 原载《十堰文艺》1985年第1期。

将赋比兴巧妙结合起来以抒情写意的短歌，就更是情景交融，神形兼备，使“味之者无极、闻之者动心”了。如：

送妹送到小桥头，手扶栏杆望水流；
桥下河水长流去，小妹一去不回头。

（云南）

写男主人公恋恋不舍地送别情人来到桥头，触景生情，由桥下一去不返的东流水，联想到和情人长时期的或许是永久的别离，使眼前的鲜明景物与内心的强烈感受自然结合，从而借景抒情，唱出了满腹的离愁，表达出使人肝肠寸断的绵绵情思。

下面这首歌也是写送别的，却另有一番情趣：

送郎送到竹子山，寻到竹子哭一餐；
别人问我哭什么，我哭竹子无心肝。

（湖南）

这里，女主人公因对男方的狠心离别怀着强烈的怨恨情绪，所以面对送别途中的竹子山，一语双关地道出了“我哭竹子无心肝”这句意味深长的话，幽默风趣地表达出内心的不满。然而在怨恨中又包含着难以割舍的爱恋，于委婉曲折中见深情。

还有一首是写情人约会的：

约郎约到月上时，
等郎等到月斜西，
不知是奴家山低月上早，
还是郎处山高月上迟？

（江苏）

约会的时刻已经到了，男方还不见影子。女主人公丝毫不埋怨情人的失约，害得她焦灼不安，却异想天开地为他辩解：也许是我这里山低月上得早，他那里山高月上得迟，才耽误了约会的时间吧！作者只是把特定环境下的自然景色以及女主人公复杂微妙的心理活动勾画出来，并没有用一个字直接点明主题，但女主人公的善良与深情，却跃然纸上，令人难忘。

这三首情歌在赋比兴三法中，很难把它归入一法之中。它是赋比兴兼而有之，在赋中融合着比兴，以白描手法勾勒出人物活动的生动画面，再用他们周围的景物作比兴材料。每一首虽只有寥寥数语，二三十个字，却有人、有事、有景、有情。人在景中活动，景从人物眼底映出。缘情写景，景中含情，使情景交融，构成深远感人的诗的意境。诗歌中的比和兴各有其特点，前人曾用“兴隐而比显，兴婉而比直”加以区别。但它们都是用侧面烘托和比喻来抒情写意，透出诗味。两行一节的陕北“信天游”和内蒙古“爬山调”基本上是比兴体，其艺术上精美，已为人所共知。可是在南方许多地区，人们似乎并不满足于运用比兴手法，借歌唱自然景物来抒情，特别喜爱有人、有事、抒情叙事结合的作品。即使在四句或五句的抒情短歌中，他们也要抓住一件事、一个场面，把人物的声音笑貌表现出来。直陈其事，运用得不好，是难以构成诗的意境的。但是民间歌手们有很高明的技巧，可以用几十个字把鲜明的人物形象，有声有色的画面，浓郁感人的诗意展现出来，巧妙自然地将比兴融合在赋体之中。《送妹送到小桥头》《送郎送到竹子山》和《约郎约到月上时》这三首情歌就是这方面的代表作。南方民歌中这种普遍存在的情况，是否反映了民间文学发展的一种趋势，即越来越注意直接描写人的性格，尚难断定。但它是情歌在艺术表现上一个为人所喜闻乐见的特色，是可以断言的。它发展了传统的赋比兴手法，表现出劳动人民惊人的艺术创造力，值得我们格外珍视。

二

“唱个山歌试妹心”“就凭山歌做媒人”，由于情歌在人们的爱情生活中具有这样实际的效用，于是民歌手们不能不竭尽心力，竞奇争巧，寻求最新颖的构思方式和最美妙的形象和语言来编织情歌，以求最有力地打动对方的心坎。“语不惊人死不休”，用来形容民歌手们在艺术上刻意追求，我以为是很合适的。鄂西有一首五句子歌唱道：“五句山歌五句奇，上得天来下得地。上天能引嫦娥来，下海能逗龙女喜，神仙听了也入迷！”这既是歌手们自夸之词，也以生动的语言概括了民歌的巨大艺术魅力。

例如青年男女在相爱过程中由于离合聚散而产生的喜怒哀乐，这是人人心中所有的一种普遍性的感情，情歌却以各自不同的新奇方式把它表达出来，“鹦哥不吃铜盆水，好汉不唱重山歌”。试以相爱要忠贞专一这种思想感情来说，就可以唱出多少优美动人的歌。

有的从正面打比方，如“竹子开花开到尾，笋子包心包到头”“藤死树生缠到死，树死藤生死也缠”。

有的人从反面打比方，如“莫学辣椒红了脸，莫学花椒黑了心”“莫学塘干鱼下滩，莫学露水一时干”。

以上是以一种具体事物作比。有的情歌施展奇思妙想，进一步以反映客观事物间复杂关系的生活情景来作比，如广西的《我俩结交永不丢》：

风吹云动天不动，水推船流岸不流，
刀切藕断丝不断，我俩结交永不丢。

它的头三句是比喻，写的是在一种外力的影响下，两种东西的反应截然不同，从而构成鲜明对比：大风刮来，云动天不动；江流滚滚，船流岸不流；利刀切藕，藕断丝不断。作者用这三种情景来比喻情侣之间在任何外力压迫下都不变心的忠贞。构思的新奇，比喻的贴切有力，不能不令人惊叹。

更有别出心裁之作，驰骋幻想，用一系列在实际生活中根本不可能出现的奇特景象来比喻自己永远不会背弃情人。如安徽的《铁树开花郎才丢》：

长江里面长河藕，风吹石滚满江游，
黄鳝长鳞蚊长角，铁树开花郎才丢。

从生活出发的飞腾的想象，给这四句诗增添了令人目眩的奇光异彩。它所表达的深情，也就感人至深了。

用赋体民歌来抒发这种忠贞不贰的感情。有的从生前写，极言威武之不能屈，如“前门挨打哭哀哀，后门摇手喊哥来”“哥拴颈子妹拴手，出了衙门手牵手”“双刀架颈都不怕，五马分尸由在它”。

有的借助丰富的想象，展现死后也不忘亲人的种种幻景，寄托刻骨铭心的深情。如“情妹死了眼不闭，挂欠我郎打单身”“离别阳间三日整，思哥言语又返魂”“我变男来再娶姐，姐变女来再嫁郎，死一双来生一双”。歌剧中刘三姐唱的那首广西情歌：

生要连来死要连，我俩结交六十年，
若还五十七岁死，奈河桥上等三年！

更是人们所熟知的例子。因为两人约定了要结交六十年，“若还五十七岁死”，也要在传说中连接阳世与阴间的奈河桥上等候三年，以实践当初相爱时的海誓山盟。生死不渝的爱恋之情，通过这奇思妙想的诗句，得到了多么有力的表现。

又如，山水风云、草木虫鱼这些人人眼前所见的景物，本来是十分平常的，然而在情歌中，民歌手们却从不同的角度来利用它们，生发联想，巧妙地表达出千种思绪，万般情怀。

面对着半边清来半边浑的河水，他们可以唱“中间流成鸳鸯水，浪打沙冲永不分”，用清水同浑水相伴来比喻两人永不分离；也可以唱“要学清水淌千里，莫学浑水过一头”，把它们作为一正一反的形象来利用；还可以唱“河中也有两样水，姐儿没确两样心”，以它作为反衬。情与景的结合都十分自然，各尽其妙。

蜘蛛结网，也是人们常见的一种自然现象，民歌手们利用“丝”与“思”的谐音，展开丰富而优美的想象，借咏唱这小小昆虫，淋漓尽致地描摹出青年男女，特别是女性复杂微妙的内心世界。“火烧芭芒心不死，蜘蛛牵丝肚里悠，二人情爱永不丢！”（鄂西）这是用蜘蛛牵丝在肚里，比喻要把情爱深藏在心底永不忘怀。下面这两首鄂西情歌也是咏蜘蛛牵丝的，却别出心裁：

郎爱蜘蛛飞上天，姐爱蜘蛛网屋檐，
蜻蜓落进蜘蛛网，千丝万缕把它缠，
要想脱身难上难。

姐在房中绣香袋，屋上掉下蜘蛛来，
情哥派它来牵丝，根根情丝出肚怀，

魂魄来了人未来。

前一首用蜘蛛以自己的千丝万缕缠裹落网的蜻蜓，比喻女主人公对情人的执着爱恋；后一首异想天开，把从天而降，“根根情丝出肚怀”的蜘蛛，想象成为情人精魄的化身，并以“魂魄来了人未来”作结，表达出强烈的思念。同是咏蜘蛛，在民歌手口中却千变万化，运用不同手法，从不同侧面选取特征，并和人们在不同环境下的思想情绪结合起来，精心构思，于是创造出了各具特色的优美诗篇。

为什么情歌的艺术性特别高，这个艺术创造的奥秘还有待于人们去深入探究。明代的冯梦龙曾用“情真”二字来解释，是远远不够的。“山歌不与诗文争名，故不屑假”，这也就是人们唱的“山歌无本句句真”，这当然是很重要的一个原因。劳动人民在爱情方面的感情丰富优美，而表达这种感情的形象和语言，又是从他们周围生动的自然与社会环境中吸取来的，格外新鲜活泼。这也是一种奥秘。还有一个特殊原因，那就是情歌直接联系着人们的爱情生活，是一种特殊形式的爱情的语言，为了最有力地打动情人的心坎，赛过自己的对手，人们总是竞奇争巧，花样翻新，呕心沥血地去追求最新最美的境界。情歌是歌唱爱情，为劳动人民的爱情生活服务的；爱情的巨大力量又推动着情歌不断向前发展，日新又新。

在情歌里，较之在民歌的其他领域，更集中地融汇着世世代代劳动人民的智慧和情感，艺术才华与创造精神。它是一个在艺术创造上最丰富生动、最新鲜活泼的领域。它对整个民歌形式的发展，艺术水平的提高，实际上起着开路先锋的作用。民间诗歌对文人诗歌的影响，也是首先从情歌上表现出来的。旧时代诗坛衰落时，往往正是一些歌唱情郎妹子的精美之作，最先引起诗人的注意，把一股清新优美的诗风吹进诗坛。

人民的爱情生活，是文学艺术永恒的主题之一。情歌是民歌中数量最多、流行最广、艺术成就最高与影响最大的一部分作品，值得写作新诗的人们好好学习借鉴，值得民间文艺学家们深入研究探讨。

1985年1月

湖北民间谜语琐谈[1]

一九五八年，在毛泽东同志的倡导下，我国曾兴起大规模的采风活动，我当时下放在宜昌地区的草埠湖农场劳动。紧张劳动之余，常和周围的农工们猜谜。我用自己家乡沔阳的谜语作引子，把他们家乡——当阳、枝江、长阳一带的谜语逗引出来，日积月累，居然在本子上记下了五百来首，一小部分是沔阳的，绝大多数是宜昌地区的。一九五九年第一期的《民间文学》上曾选刊过二十余首。为了不使这些优美的民间创作材料埋没，也为了表示对提供这些谜语的几位农民朋友——王洪贵、鲍芳祥、文家沛等的怀念，现在从中挑选了五十首交刊物发表。并就自己所得材料，谈谈对湖北民间谜语的特点及其价值的一些看法。

一

谜语和民间歌谣很接近，它具有一般民间歌谣形象鲜明、音韵和谐、抒情写意等共同特点，但又以其知识性，把自己和一般歌谣区别开来。现行《民间文学概论》中说，“谜语是民间文学中一种特殊的韵文形式作品”，也可以说就是一种特殊形式的民间诗歌。谜语主要以孩子们为对象，猜谜是孩子们十分喜爱的一种游戏。它能以极生动活泼的形式，增长他们的知识，发展他们对周围事物进行观察、比较、分析、综合等的能力，是寓知识、思想教育于娱乐活动之中的一种好形式。劳动人民的丰富智慧，在这个领域中同样有着充分的表现。

---

① 原载《屈风》1983年第1期。

谜语的主要内容不在抒情写意，而在表现有关事物的特征，传授知识。谜语分谜底和谜面两部分，谜面是提出问题，谜底是对所提问题的解答；谜面多是用比拟手法概括出有关事物的特征，谜底则是这一事物名称。从一般道理上讲，似乎各种东西都可以编成谜语，但猜谜是一种主客两方面须密切配合的活动。猜谜必须以猜者所大体熟悉的东西为范围，如果谜语表现的是人们眼耳鼻舌身完全没有接触，或者不可能直接感知的东西，那就无从猜起。所以谜语表现的知识范围是有局限性的，谜语的地方性格很突出，它的内容都是和当时当地民众生产生活密切相关的自然现象、动植物、日常用具、人体器官及生活习俗等。

荆州地区的天门、沔阳一带以荷叶、荷花、莲蓬、藕和菱角等水生植物为对象的谜语很流行，表现出水乡生活的特色。“上坡点点头，下坡滑似油，走路不找伴，洗脸不梳头——马、蛇、虎、猫”这样的谜语，则显示出宜昌地区山区风物的特点。“走路不找伴”是老虎生活习性明显特征之一，这是山区人民才有的见闻。

现在米面加工大都机械化了，谜语中的“黄土砌成墙，兵马跑四方，一声轰隆响，个个脱衣裳——砻子”以及“上也是岩，下也是岩，半天云里飞下雪花来——磨子”，却描述了过去千百年来劳动人民利用这些简陋工具，以艰苦的体力劳动加工米面的情景。

谜语中多数作品是以一种单一的事物作对象，也有不少作品把一些比较复杂的生产过程以极简明生动的语言形式展现出来。如“四四方方一块排，排在南京带回来，脱了裤子下水，穿起裤子上坡——纸帘”，以咏帘子为中心，却把手工造纸的大体过程反映出来了。关于织布机、鱼卡子等等的谜语均有这样的特点。也有反映人们的婚丧嫁娶习俗及文化娱乐生活状况的，“四四方方一座城，里扎兵马外扎人，只听里头刀剑响，未见杀死半个人——皮影戏”，就是一个很生动的例子。谜语表现的多是人们生产、生活中接触到的具体事物，较少涉及社会的阶级矛盾与阶级斗争状况，但也有不少作品，在咏物时曲折地反映出当时的世态人情以及作者对有关社会现象的褒贬爱憎。如“一人送我到孤州，我到孤州冷秋秋，日里没人送茶饭，夜里没人送灯油——茅人”；“住在盐（檐）

州盐县，挑盐一生到老，不知盐咸盐淡，不知盐轻盐重——屋檐”以及“在娘家有红有白，到婆家黄皮寡瘦，问她害的是什么病？心中有火——灯笼”，这几则谜语中就反映出劳动人民在旧社会的苦难生活，流露出深沉的悲痛和愤恨不平的情绪。关于屋檐的谜语和一首著名的江苏民谣《不平歌》中的“泥瓦匠，住草房；纺织娘，没衣裳；卖盐的老婆喝淡汤……”的词句含意是一致的，可以说是异曲同工。还有的像“红糖包白果，天下都要我，我不拜皇帝，皇帝倒拜我——蜡烛”，流露出蔑视封建社会最高统治者的豪情；“小来姓夏（下），长大姓郭（割），铁匠造反，改姓姓罗（垛）——稻子”，则保留着人们对旧时代造反者因受迫害而不得不改换姓氏的悲惨境遇的鲜明记忆；至于“弟兄七八个，围着柱子坐，说声要分家，衣服都扯破——大蒜头”，则活灵活现地勾画出旧社会因争夺家产而引起的家庭纠葛。这些作品都可以说是旧时代社会生活的一面镜子，具有一定的社会历史价值。它们的内容实际上已转移到由谜面所寄寓的具有讽刺影射作用的社会生活现象上，重点不是谜底所表示的某种具体事物了。它是一种极巧妙的借咏物以寓意之作，有着含蓄婉转，耐人寻味的特点。过去有些文人制作的咏物诗，表面上咏物，实际上是另有深刻寓意的一类作品，就是在这类民间谜语的基础上发展起来的。

由此可见谜语是一种具有多方面价值的民间口头文学，过去有人以它没有直接反映社会生活为理由，将它贬为一种“较低级的民间文学”，显然是不妥当的。

谜语能启迪儿童智慧，增长他们的知识，这是人们都认可的。随着社会主义现代化事业的发展，旧时代流传下来的和落后生产生活方式相联系的许多事物谜语，对丰富今天少年儿童的知识来说，已经逐渐失去它们的意义了。可是另一方面，它们又成了民俗学的重要材料之一。民间谜语描述了许多和特定地区在特定历史时期之内所存在的生产生活方式及习俗信仰相联系的具体事物的特征，如生产方面的水车、犁耙、连枷、磨子、砻子、罗柜、渔网、鱼卡、纺车、织布机、手工造纸等；婚丧嫁娶和文化娱乐习俗方面的花轿、棺材、灵牌、门神、皮影戏等。这些东西在其他体裁的民间文学作品中也会提到，却不会具体生动地展现它们的特征。谜语正好提供了民俗学研究所需要的这类宝贵材料。

二

谜语在艺术表现上十分精美。它的基本手法是比拟，把这一种东西比作那一种东西，如把太阳比作半夜起来跳出粉墙的美红娘，把星星比作钉在青石板上的铜钉，把人的眼睛比作嵌在黑洞里的一颗水蜜桃等。可是一般地运用比拟手法，并不能编出生动优美的谜语来。我在一九五八年曾经和几位在棉田里劳动的农工以喷雾器为对象，编过一首谜语："铜头铜尾橡皮肠，不吃饭来只喝汤，口吐烟雾散四方，害虫吃了见阎王。"把喷雾器比作一个形体特殊的人，虽也大体具备了谜语的特点，但淡而无味，意兴索然。原因何在呢？我想这是由于谜语在用拟人手法构成形象时，还有一些特殊要求：用比拟手法构成的谜面，必须切合谜底即有关事物的特征，并富有启发性。《文心雕龙》中说："谜也者，回互其辞，使昏迷也。"回互其辞，就是闪烁其词，拐弯抹角，使人产生错觉，不能轻易揭破谜底；但又要使人有线索可寻，经过一番思索联想，可以猜中。这时人们就会获得无限快慰，正如一首关于猜谜的谜语中所表示的："一时欢乐一时愁，想起千般不对头，如若想得千般到，自解忧来自解愁。"比拟过于浅露，不费思索即可轻易猜中的；或者过于生僻牵强，人们开动脑筋也很难猜中的，都算不得是富有启发性的好谜语。

谜语必须新奇有趣，富于诗的美感，除增长知识之外，还能给人以艺术的享受。

湖北民间谜语在内容上的地方特色是很鲜明的，它们在艺术表现上是否有自己的特色呢？我认为也是有的。其表现就是艺术构思新奇，特别富有诗意和艺术情趣。

以湖乡特产莲藕为对象的谜语，就有各种不同的构思方式。

> 十兄弟，骑白马，
> 旱路不走钻泥巴。

把白色的莲藕比作骑白马的人，以走路来比喻它的生长过程。骑马的人本该走旱路，而它却偏要钻泥巴，这就显得奇特而引人思索了。

爹在外头飘飘荡荡，

妈在屋里长得白白胖胖，

儿子翻皮鼓眼，

姑娘红光满面。

这也是讲莲藕一家，其构思特点是将荷叶、藕、莲蓬与荷花这四样东西的形态特征放在一起进行比较对照，把它们比作一家人中的父母子女，既有联系，又有各自不同的特点。四句话就讲了四样东西，十分生动活泼。

天晴又天阴，

下雨满天星，

水冷锅盖热，

饭熟米汤生。

“天晴又天阴”“水冷锅盖热”，指荷叶的正面和反面；“下雨满天星”指下雨时荷叶上滚动的晶莹水珠；“饭熟米汤生”，指莲蓬在水中成熟可食。它主要借用儿歌中“古怪歌”的构思方式，根据对象的特征，造成一系列不同寻常的奇特景象来作比拟，新巧动人，趣味洋溢。

有些谜语还有故事性，将人们日常生产生活的某些活动和家喻户晓的历史与传说故事联系起来，巧妙地启发猜谜者进行联想思索，如关于车水的谜语：

天晴不雨拗国公，

孔明搭台祭东风，

鲁班造下连环计，

周瑜领兵下江东。

结合猜谜，孩子们还欣赏了有关的历史与传说故事。这又是一种别出心裁的制作谜语的方法。

用谐音手法制作的谜语在湖北民间谜语中很普遍，“又甜又辣吃不得”就是一个很精巧的物谜，谜底是鞋底。“又甜又辣”，实际上是“又填又纳”，这不是妇女上鞋底的情景吗？甜而辣的东西却“吃不得”，就引导你撇开食物去开动脑筋了。

一般谜语是讲一样东西，而湖北民间谜语却有许多作最以极简短的语句构造出一种富于诗情画意的境界，借以概括好几种事物的特征，如：

山头宽，镰刀弯，
打大鼓，扯金盘，
一树栗子千千万。
天长眼，地生包，
水长骨头路接腰。

作者在广阔天空和原野上驰骋美丽的想象，用三四字就造成一种鲜明奇特的景象，用以比拟天空，星月、电闪、雷鸣和冰块、坟包、桥梁等景物，语言的简炼和构思的奇妙令人惊叹；在优美的意境中，融化着作者壮阔豪迈的胸怀，它是出色的谜语，也是优美清新的诗篇。

湖北民间谜语之所以格外富有诗情画意，最合理的解释就是：它是诗歌艺术特别发达的湖北人民将诗才贡献于谜语创作活动的结果。民间口头创作的各种体裁是互相影响的，湖北的机智人物也是诗才横溢，常用对诗的方式来长劳动人民志气，灭剥削者的威风，它同样是荆楚地区深厚诗歌艺术传统的反映。在宜昌地区的许多山歌之乡里，人们“肚里山歌万万千”“堆成山岗淌成河”，他们制作谜语时，怎能不诗情洋溢，竞奇争巧呢？

谜语是劳动人民智慧的结晶，又是启迪儿童智慧的钥匙。我们既要注意搜集传统的民间谜语，还要努力制作反映新事物的新谜语。谜语这种体裁本身就有一种追逐新奇事物的特点，过去社会上出现的新奇事物，常常是最先在谜语中得到反映。如“谜子谜，四个齿，吃猪油，屙豆屎——轧花机”，就是在旧中国随着轧花机的运用而制作出来的。现在新编的谜语由于未经群众集体智慧的锤炼，逗人喜爱的精美之作不多。认真研究和借鉴传统民间谜语的特点，对提高新编谜语的质量是大有好处的。

1983年1月

重视谜语的学术研究价值[①]

谜语是深受广大人民群众、特别是少年儿童喜爱的民间文学样式之一。它将知识性、文学性和娱乐性结合在一起，在猜谜这种活泼有趣的游戏活动中，不仅能增长人们对客观事物的知识，还可以得到智力的训练和美的享受，它是劳动人民用高度智慧创造出来的一种特殊形式的口头文学。谜语的教育价值、文学价值，人们都是一致肯定的。但关于谜语的学术价值，似乎尚未见人提起。整理发表谜语，多是着眼于它的知识教育价值。《民间文学概论》中说：“谜语同一切民间文学样式一样，同样受着社会发展的制约，一些反映旧事物和生活现象的谜语逐渐消失(如‘当物’‘轿子’‘人力车夫’)，一些表现封建落后意识的谜语被淘汰(如‘佛龛’‘门神’‘香炉’)，而反映新事物、新现象的谜语则不断产生。”这段话是说得不错的，但许多人在理解时却产生了一种片面性，以为反映新事物、新现象的谜语才有价值，而将那些反映旧事物和旧生活现象的谜语都作为无任何价值可言的东西弃置不顾，看了觉得十分可惜。

我在一九五八年的采风活动中，曾采录了五百多首湖北水乡和山区的民间谜语。近来仔细翻了一遍，觉得其中许多反映旧生活、旧事物的谜语，虽然作为谜语提供给今天的少年儿童不合时宜，但对于民俗学、社会学、历史学的研究来说，却具有不可忽视的特殊价值。

谜语的对象包罗万象，广泛反映了旧时代人民生活的各个方面。它的特点是，对于同旧时代民众生产生活及习俗信仰有关的许多事物或现象作了具体生动、切合实际的描述。这种描述在其他样式的民间文学中

---

① 原载《民间文学》1983年第11期。

是看不到的。故事、歌谣里都会提到主人公的衣食住行，但不会描述过去人们怎样用砻和碾子整米，用磨子、罗柜磨面粉，怎样用纺车纺纱，手工织布机织布等，谜语中却把这些东西活灵活现地展现在我们眼前，这不是历史科学很有用的材料么？外国的民俗学博物馆中是很注意搜求这些东西加以陈列保存，传之后世的。人民口头保存的谜语，就是一座活的博物馆。现略举数例予以说明。

1. 湖北地区是鱼米之乡，捕捞鱼虾是很普遍的一种副业，在水乡湖区，连几岁的娃娃也会动手捕鱼。谜语中描述了许多捕鱼工具和捕鱼的情形。

收拢一杆笔，
打开一张皮，
一口黑牙齿，
只想活的吃。（网）

这是单人使用，在水面撒开，然后收拢提起的渔网。

四角方方，
落在长江，
双手举起，
眼泪汪汪。（扳罾）

这也是一种渔网，它是方形的，用弓字形的两根竹篙交叉撑起，沉入河底，有支架连接，人在岸上用绳子把它拉起，捕获游进网内的鱼儿，俗称“扳罾”。它是今天仍然随处可见的南方江河岸边特有风物之一。

一条乌龙排过江，
节节里头是竹枪，
开弓来射箭，
白头公子亡。（鱼卡）

这是捕鱼的卡子。卡子用竹筋制成。系在很长的丝线上，沉入水下，封锁江河通道。游鱼饥不择食，误吞卡子，卡子在鱼嘴里突然张开，它们便再也挣脱不掉了。

进去阳光道，

转来路不通，

碰到阎大哥，

死在竹园中。（鱼豪）

这是捕鱼的豪子。它是一种编有倒须的长形篾篓子，施放在浅水中，鱼儿游进去很顺当，进去后就游不出来了，所以说它们陷入绝境，碰到了阎王大哥。

这几样捕鱼工具，都是我童年使用过的，因此对这几则谜语，有一种特殊的亲切之感。它们不但巧妙而又如实地描述了这几样东西的外形特征，还传达出了人们使用这些奇巧的渔具来捕获那些活蹦乱跳的鱼儿时的喜悦欢快心情。

2. 我国的纺织业有悠久历史，湖北农家妇女都会纺纱织布，这种家庭手工业情况在谜语中也得到了充分的反映。

一棵树，十八枒，

又打滚，又翻叉，

又牵藤，又结瓜。（纺车）

这种古老的纺车是人们所熟悉的。谜语既描述了它的结构形状，还用牵藤、结瓜的比喻，生动地表现了人们摇动纺车，将一根根棉花变成一个个线团的情景。

一群白斑鸠，

飞过屋山头，

听见竹篙响，

个个都点头。（牵布）

这里描述的是将纱锭子固定在地上，牵引到织布机的机头上来的情形。它是技术性较强的一种活路，往往要请有技术的师傅来做。

远看像座庙，

近看无神道，

脚踏天花板，

手打莲花闹。（织布机）

这就是“织女”们坐上织布机，脚蹬踏板手穿梭的情景了。前两句写人们对织布机远观近察的印象，后两句讲人们脚手动作的特征，相当生动传神。

从这些谜语中，我们可以看到旧时代手工纺纱织布的全过程，是研究中国古老纺织业发展情形的生动材料。

3．米面加工，现在农村已经普遍实行机械化了。谜语里却保留了过去人们用砻、碾子、石碓、石磨和罗柜等工具加工米面的情形。

黄土砌城墙，
兵马跑四方，
一声轰隆响，
个个脱衣裳。（砻）

关于砻，《辞海》中是这样解说的："农具名，也叫'礱子'，用于破谷取米。状如石磨，由上臼、下臼、摇臂和支座等组成。上、下臼的工作面上镶有硬木或竹齿。工作时，下齿固定不动，人力推动上臼旋转，借臼齿搓擦使稻壳裂脱。"谜语中用文学上的拟人手法，把礱子转动给稻谷脱壳的情形描述得充满生活情趣，引人入胜。

黄河一条沟，
沟里水不流，
一只船儿上孤州，
拉纤的说肚子饿了，
掌舵的说饭还没有熟。（碾米）

前两句指的是碾盘上的碾槽，后三句讲牛或驴拉着石磙子在槽里碾米的情形，牛觉得肚子饿了，人们说米还没有碾熟。这种大碾子过去南方农村每个村子都有一两个，它和北方那种小型的碾子不同，也是南方乡村特有的一种风物。

手扳四川高脚楼，
脚踏宜昌旱码头，
连夜放炮荆州响，
雪花飘飘落渔船。（柜）

关于推磨的谜语流行很广，我们就不举例了，这里的柜，是磨出面粉之后，作进一步加工的工具。木柜里吊着一个大筛，人们用脚踏板，撞动筛，筛出精粉来。做面食的铺子是一定要用上它的。其用途并不下于砻，然而连《辞海》里也找不到“柜”这个条目，在书面记载中成了空白，这一条谜语更显得珍贵。

这些东西，现在连偏僻的山村，也难以见到了。谜语中记录了过去人们用繁重的体力劳动加工米面的情形，表现了当时社会生产力发展水平的一个侧面。

4. 在其他手工业生产方面，比较新奇有趣的是这一首：

四四方方一块排，
排在南京带回来，
脱了裤子下水，
穿起裤子上坡。（纸帘）

它以咏纸帘为中心，把手工造纸的基本过程反映出来了。这种手工造纸，也是过去湖北农村的重要家庭副业之一。纸张是我国著名的四大发明之一，纸张的生产，曾遍及我国穷乡僻壤，它对人类文化的发展产生过巨大影响。关于纸张生产的古老谜语，无疑也是很珍贵的。

5. 反映各种社会文化习俗的谜语，数量更为丰富。

四四方方一座城，
八个神仙站八门，
黑脸包爷堵住路，
孔明一到就娶亲。（走马灯）
四四方方一座城，
里扎兵马外扎人，
只听里头刀枪响，
未见杀死半个人。（皮影戏）

过去农村文化生活贫乏，节日里，谁家挂出一盏有着可以转动的故事人物的走马灯，会逗引得孩子们喜笑颜开；如果村里演皮影，那更是方圆上十里的男女老少都要赶来欣赏的。现在电影、电视正逐渐取代了这些东西，然而谜语中对走马灯、皮影戏以及当时人们观赏时惊喜心情的描述，仍然能引起我们许多人亲切的回忆。

有口不出气，
有脚不落地。
白天站屋里，
夜里赶出去。（门神）

关于门神，还有一则谜语是：“秦叔宝，胡敬德，站在旁边认不得。”说他俩原本是熟人，贴在门上，却终日相对无语，也颇有情趣。但我更喜爱前面这一则，它描述了门神的特征，而又流露出一种蔑视嘲笑门神老爷的情绪，并不那么尊崇敬畏。由此可见，随着无神论思想的普及，贴门神的习俗已在向装饰方面演化，迷信色彩逐渐淡薄了。民间文艺在历史发展进程中，许多源于古老习俗信仰的形象，逐渐获得了新的美学意义。这是值得深入探讨的一个学术课题。

生在青山半壁岩，
鲁班请它下凡来，
花龙花虎头上戴，
孙子孙女抱在怀。（墓碑）

这是鄂西山区的一则谜语。讲的是石匠怎样开采石块、雕刻墓碑上的图案字迹。鄂西山区的墓碑雕刻十分精致，碑顶多是龙虎图像，栩栩如生，碑文上照例刻着墓主及建碑子孙姓名。在荒山野岭中明清时代的精美墓碑比比皆是。实物和谜语结合，是研究民间美术及墓葬习俗的好材料。

两脚两手，
四眼两口，
普天下都有得，
只有沙湖沔阳有。（吉雀子）

这首谜语所描述的“吉雀子”形象，是我的家乡沔阳所特有的一种奇异习俗信仰。我小时候不止一次地见到过，他们四人一队，戴着狰狞的面盔，着黄色大褂，一边敲锣一边疾走，在每户人家里都要转上一圈，从县城里出发，挨门挨户走遍全县。传说每年过端午节时让他们这样走一遍，就可以驱邪消灾，迎来吉祥。一个只有两手两脚的普通人，却顶着四只眼睛两张口，就是指人戴面盔。这种习俗是怎么形成的？近年沔阳县文花馆编印了一本《沔阳民间故事传说集》，其中选录了有关“吉雀子”的传说，据说原来他们是历史上在洞庭湖劫富济贫，绰号“吉祥的雀子”的一伙绿林好汉，后遭官府杀害，英魂不灭。因是沔阳人，人们便把他们请回家乡，雕像供奉。每年用人顶着他们的头像巡游全县一次，借以消灾祈福。这种习俗自然具有迷信色彩，可是将一伙被封建统治者镇压的“江洋大盗”作为地方保护神来信仰，这中间又表现出一种叛离封建礼教的革命情绪。谜语中所反映的这类奇风异俗，更将引起民俗学者们的研究兴趣。

远看一树蒿，
蒿子上头结仙桃，
有人尝了仙桃味，
万贯家财化成灰。（罂粟）

这个谜语所指的是一种植物——罂粟，它开花结果后炼制成毒害人们的鸦片。谜语不但告诉我们这种植物的性状，还反映了它在旧时代毒害人们之惨烈，以及劳动人民对它的批判态度。

以上十七例，反映了同旧时代人民经济生活、文化生活和习俗信仰有关的一些具体事物的特征，我以为于学术研究都有一定价值。这些东西，随着社会经济生活、文化生活的发展已经消失或正在消失。在社会变革中新旧事物的新陈代谢是好事情，我们不必为许多古老陈旧东西的消亡而惋惜；但历史科学却要研究过去的全部社会生活，探讨新旧事物变化发展的规律，在历史博物馆中应给这些东西以一席之地。因而除了实物本身具有保存的价值外，谜语中所描述的实物的性状、特征，反映人们在使用观赏它们时的态度情感，也具有特殊意义。作品与实物结合，相得益彰，可以借此更好地了解当时社会文明发展的水平。

谜语中以天地日月、风雨雷电等自然现象为对象，以常见瓜果菜蔬、飞禽走兽为对象以及以人的四肢五官等为对象的作品，是普遍性较强，生命力也较为永久的一部分作品；而以人们物质文化生活中的一些事物或现象为对象的谜语，则地方性比较强，只能为一时一地的人们所了解，本文所列举的有不少是这方面的例子。它们适应的范围有限，不适于在更大范围之内推广，因而公开发表的机会极少。关于“吉雀子”的谜语，外地人是怎么也猜不中的。正由于它反映了某些地区或民族生活中的特殊习俗风物，从学术活动着眼，就更值得我们去着意搜求了。

总之，在民俗学等等的研究上，我们不仅要重视利用民间诗歌、民间故事传说方面的资料，还要重视谜语的特殊价值。

我们提倡采录反映新生活新事物的谜语，以丰富人们文化娱乐生活，自然是应该的；也须注意保存那些反映旧生活、旧事物的谜语，以作学术研究的参考。在我国民间文学事业正向纵深发展的今天提出这类搜集整理和研究上的薄弱环节，开拓一些新的活动领域，我想是应该的。

1982 年 10 月

附记

在跨入新世纪以来全国强劲施行的保护非物质文化遗产文化工程中，湖北省先后涌现出丹江口市伍家沟民间故事村，丹江口市吕家河民歌村和宜都市青林寺谜语村等著名的民间文化之乡。青林寺位于湖北宜都市高坝洲镇境内，其村民擅长于制谜猜谜，痴谜成风，几乎人人能说谜语，全村男女老幼，随时随地都能相互比试自己的得意之作。据调查，掌握谜语 30 至 100 则的占全村人口的 15%，掌握 100 则以上的占该村人口的 5%。2002 年被湖北省文联命名为“湖北省青林寺谜语村”。2003 年被中国民间文艺家协会命名为“中国谜语村”。2006 年“青林寺谜语”被列入国家级非物质文化遗产保护名录之中。

2021 年 9 月

古傩遗风[①]

——对一种奇特民俗“急脚子”的解析

“急脚子会”是过去湖北沙湖沔阳（包括今天的仙桃市、洪湖市等地）流行的一种奇特习俗。我幼小时不止一次地见过这些“急脚子”，所得印象至今难以磨灭。他们四人一队，戴着狰狞面具，穿着黄布大褂，一边敲锣击鼓，一边疾走，在每户人家堂屋里都要转上一圈。从沔城出发，挨门挨户走遍全县，然后返回。据说过端午节时让他们这样走一遍，就可以驱除邪恶，送来吉祥，所以叫“吉雀子”。也有人说由于他们要快步疾走驱邪赶鬼，应该叫“急脚子”。当地人为它编了一句顺口溜：“两脚两手，四眼两口，普天下都冇得，只有沙湖沔阳有。”“四眼两口”指人戴面具。是不是“普天下都冇得”，我不敢说，在湖北或在江汉平原地区较为罕见，我想是可以肯定的。这段顺口溜常常作为一则有趣的谜语在口头流传，可是对没有见过“吉雀子”的外地人来说，却是无法破解的哑谜。

1982年汪烈九同志在沔阳县文化馆工作时，搜集编印《沔阳民间传说故事集》，其中有两篇关于“吉雀子”的传说，分别由肖作玉、符其实同志提供（现仍保留在由李辅贵同志主编，作为中国民间故事集成县卷本印出的《仙桃市民间故事集》中）[②]。我当时读了极有兴趣，便在序言里就此写了一段话，肯定它是一项有研究价值的民俗事象，却未能指明

---

① 原载方培元主编：《楚俗研究》，湖北美术出版社1993年版。

② 《吉雀子》（一），张中英讲述，流传沔城一带，肖作玉采录；《吉雀子》（二），流传仙桃一带，符其实采录。因采录于20世纪80年代初期，受当时民间文艺科学发展水平的限制，调查尚不够深入细致，作品还比较粗略，但具有宝贵价值。

它的确切性质和文化渊源。1988年《沔阳县志》成书，编者搜集了更丰富的资料，书中引清代志书道："沔俗五月节作急脚子会，三十六人蒙面具，朱碧辉煌，形状诡异，执旗鸣金，遍走城乡，仿古傩礼之遗。"前人已把"急脚子"和古代傩文化联系起来，是有见地的。近几年中国傩文化成为海内外学人研究的热点之一，有许多新的发现，本文拟对江汉平原的这一古傩遗风进行初步探讨。

一

关于"急脚子会"的情形，在前面提到的两篇传说中都有具体描述。传说之一写道：

> 沔阳城以前过端午节时，有玩"吉雀子"的风俗。就是由六个人，头顶木刻人头像，身穿黄布衫，打着蓝布裹腿，脚穿麻耳草鞋，手拿一把黄旗子，由一人敲锣，到每家每户的堂屋里转一圈就走。据说这样可以驱邪赶鬼。

传说之二描述更为生动：

> 沔阳城内城隍庙，有三十六个面盔，是木刻脸谱，用青红赤白黑和配成杂色的油漆漆好，盔后插两支野鸡毛，四把带颜色的小旗。盔不是戴在脸上面是盔面朝天，由人顶在头上。人穿黄布对襟短衣，腰间系两块黄布衩裙，脚穿草鞋，手执铜锣一面，四人一队。内中有一个手执红边白质令旗一把，旗中央写一"令"字。三十六人分作九队，到沔阳各地家家跑进去到神前拿个利市（红纸包的礼钱），绕着堂屋走一圈就出来再走第二家。据说这样可以驱厉鬼，逐病魔，人口清吉。这些盔头，有一年因为到沙湖走迟了，被沙湖扣留四个专走沙湖，沔城就只剩下32个了。

我们先撇开传说中的故事，就这里所描述的过去遍及沔阳县全境的上述民俗活动而论，可以断定它就是在中国延续达三千年之久的古代傩文化的遗存，是《论语》所载孔夫子站在家庙台阶上所见的"乡人傩"的变形。

傩是古代一种驱逐疫鬼、祈福禳灾的祭仪，源自原始宗教和原始巫术。在《论语》《周礼》《礼记》《吕氏春秋》等先秦古籍中均有记述。《周礼·夏官》载：

方相氏掌蒙熊皮，黄金四目，玄衣朱裳，执戈扬盾，率百隶而时难（傩），以索室驱疫。大丧，先柩，及墓，入圹，以戈击四隅，殴方良（魍魉）。

这里讲的是举行傩事时，由一人扮演大巫师方相氏，头戴有四只眼的金属面具，掌蒙熊皮，身穿彩衣，执戈扬盾，率领百人之众，威武雄壮地到居室驱逐疫鬼。送丧时也把他们请来开道，并进入墓穴四隅驱殴厉鬼，以便墓室主人在阴间不受侵扰。

为什么要举行傩祭，不用说同古人的鬼神信仰有关，晋代干宝所著《搜神论》依据《汉旧仪》等典籍记述道：

昔颛顼氏有三子，死而为疫鬼：一居江水，为疟鬼；一居若水，为魍魉鬼；一居人宫室，善惊人小儿，为小儿鬼。于是正岁命方相氏，帅肆傩以驱疫鬼。

古人限于他们的科学知识，把侵害人类的各种疫病，想象为与己为敌的疫鬼作祟。因小儿死亡率高，便以为有一种专门祸害小儿的鬼魅。这些疫鬼居人宫室，十分凶顽，于是人们举行傩事以武力来驱除疫鬼，求得平安吉祥。鬼神观念及其信仰活动，自然是幼稚虚妄的，可是由人来扮神驱鬼，而不是向厉鬼屈服，又透出中华先民的刚猛之气。

傩事由朝廷举行的，称为“国傩”或“大傩”；由民间举行的，称为“乡人傩”。傩事活动最初只是一种仪式，而傩祭，属于信仰民俗。在漫长岁月里和其他民间文化事象相互影响相互渗透，延续中发生变异，衍生出傩舞、傩戏以及关于傩的口头传说，由宗教型向世俗娱乐型演化，获得了丰富多彩的形态。中原地区的傩风虽已衰落，而在南方许多汉族和少数民族地区，因与当地原有的巫风结合，却仍有丰厚的遗存。它成为延续两三千年而不消泯的中华传统文化中的一个坚果，引起了海内外学人的浓厚研究兴趣。我们有充分的理由断定，沙湖沔阳州的“急脚子”不仅是中国傩文化的遗存，而且是至今较为罕见的一个特殊品种，值得很好地加以研究。

二

下面让我们对沔阳“急脚子”的特征渊源及其价值试做一些剖析。

1．“急脚子”的最大特征是戴着面具扮神驱鬼，而面具正是贯穿古今傩文化的核心因子。所谓傩，简单地说来就是假面跳神。中国自古以来鬼神信仰活动五花八门，人们就凭借有无面具，把傩和一般鬼神信仰区别开来。在原始人的心目中，面具并不是一种简单的化妆术，它是一种把人的灵魂输送到另一个世界中去的运载工具，是一种不能让人轻易接触的神物。它代表着神秘世界中某种神灵所可能具有的姿态和表情。戴上这些面具，不仅改变了行傩者的面孔，还意味着神灵附体，改变了他普通人的身份，因而有了驱除鬼魅的神通。民间传说“急脚子”原有四十四或三十六副面具，其原型有说是宋代农民英雄杨幺、宋江、方腊的，有说是关公、张飞等三国名将的。我没有完全看到它们，就我看到的几副面具来看，都是以威猛刚烈为特征。但可以肯定，都是由一些天不怕地不怕的英雄好汉的头像或头颅转化而来。如此才能使一些鬼魅震慑，足可保境安民。人们还传说有一个青面獠牙的面具，曾在乡下吓死了一个小孩，以后便将这个面具用黄包袱包起来夹在肋窝里，再不戴在头上了。由此可以看出上述面具的主要特征。

傩文化的面具深为海内外学人所珍视。它是原始宗教和原始艺术的混合物。随着社会文明的演进，面具的形态也随之趋向多样化，而担任主角的却是英雄面具，它蕴含着人们企图主宰自然、主宰自己命运、驱除一切邪恶的刚猛之气，是人类勇敢进取精神的具象化。出自乡民之手的面具自然很古朴粗糙，可是在它上面凝聚着人们丰富的想象力，它标志着人类艺术已从模仿、写实向着象征、想象方面跃进，以致许多现代艺术家为之倾倒。从事民间文化和人类文化史研究的海内外学者对傩文化中面具的重视，有助于打开我们的视野，认识“急脚子”这一民俗文化事象的宝贵价值。

2. “急脚子”的另一个特征是走村串户，巡游全县。这也是古代傩事活动中“索室驱疫”这一傩文化因子的遗存。“索室驱疫”在宫廷中的表现是由方相氏带领一帮人走遍宫廷的每个角落，足迹“遍于禁中”。在民间就是走村串户了。

行傩起于中原。对南方荆楚地区古代傩事的记述，集中在梁宗懔所著之《荆楚岁时记》中。该书告诉我们，每年阴历十二月初八即腊八日，“村人并击细腰鼓，戴胡头，及作金刚力士以逐疫”。这里讲了当时村民戴着假面具，扮成威严的金刚力士来驱逐疫鬼，已是流行习俗。还提到人们把这些行傩者叫作“逐除人”。有一位晋代文学家孙绰曾戴着假面具，混进“逐除人”的队伍到一户人家里去，被东家盘问识出。又提到“逐除人”有向人家乞讨东西的事。这些和近现代沔阳的“急脚子会”已经比较接近了。

更接近于“急脚子”活动方式的是宋代的“打夜胡”。试看《东京梦华录》的记述：

> 自入此月（腊月），即有贫者三数人为一伙，装妇人神鬼，敲锣击鼓，巡门乞钱，俗呼为“打夜胡”，亦驱祟之道也。

此事也见于《梦粱录》：

> 自入此月（腊月），街市有贫者三五人为一队，装神鬼、判官、钟馗、小妹等形，敲鼓击锣，沿门乞钱，俗称为“打夜胡”，亦驱傩之意也。

以上是开封的情形。以宋代杭州为背景的《武林旧事》所载与此大同小异：

> 市井迎傩，以锣鼓遍至人家乞求利市。

沔阳的“急脚子会”就是逐户赶鬼与沿门乞讨的混合。在我的记忆中，乡民都是以虔诚心理迎接“急脚子”的到来，事先就准备好红纸包的礼钱作为利市，没钱给的人家也可以给谷米，放在堂屋神柜上让他们取走，以示酬劳。把宋时和近现代沔阳的傩俗加以比较，可以看出“吉雀子”明显具有宋代傩事活动的古朴风貌，其渊源之久远怎不令研究者为之惊异呢？

走村串户，入室驱鬼又是我国居室民俗的一个方面。人们建造房舍，是为了抗御自然界的侵害。但有了这一屏障，并未能完全消除各种灾害特别是疾病的困扰，于是被原始思维所主宰的先民，产生了疫鬼入室作祟的幼稚想象，“索室驱疫”的傩祭便由此产生。“门神”“家神”的信仰也出现在这一背景上，且一直在民间沿袭下来。至于由乞丐一类人物来扮演方相氏执行巫师的职能，将神圣的驱邪赶鬼仪式和沿门乞讨活动合二为一，则显示出了傩风衰落的趋势。

这里我们不能不提出一个问题：唐宋以来，在傩祭、傩舞的基础上就形成了傩戏，明清时期，在包括鄂西在内的西南广大汉族和少数民族地区盛行不衰，为什么“打夜胡”这种行傩方式独独在江汉平原的沙湖沔阳州积淀了下来呢？我以为这并不是过去的沔阳特别落后，恰恰是它经济文化较为发达的结果。在原始文化社会背景上，宗教与艺术往往浑融为一体，社会文明程度越高，宗教与艺术的分离也就越发明显。西南一些地区的傩戏演出，既是民间宗教信仰活动，又具有世俗娱乐特性。而在沔阳一带，这两者却是分道扬镳。花鼓戏、皮影戏等遍及乡村城镇，能给予民众以充分的艺术享受，于是古老的傩俗得不到向世俗艺术靠拢而发生新变化的机遇，只好我行我素，停留在宋代“打夜胡”的水平上了。

三

“急脚子”这种傩俗在沔阳虽未向戏曲演化，却生发出一些传说故事来，它们是沙湖沔阳土生土长的口头文学，为其他地方所未见，颇有研究价值。传说学告诉我们，民间传说常以解说人们熟知的某种具体事物或现象之由来的方式展开叙述。这种解说就其历史性而言，往往是有虚有实，虚实掺和。有的确实记述了某种事物现象的由来而具有历史价值，有的则是随意附会的艺术虚构作品。关于傩神起源的传说大都属于后一种情况。各地流行的傩神起源的传说内容不一，具有很强的地方性。有一种说法是，一男一女两副面具所代表的傩神——傩公傩母是洪水滔天淹没世界后再造人类的伏羲和女娲。用洪水神话来解说傩的起源，表现了对傩神的尊崇。这一说法流行于南方苗族地区。湖南有一种说法，以洞庭湖为背景，称傩公傩母是宋代农民起义首领杨幺和他的妻子苏月英。故事梗概如下：

北宋年间，仁宗无道，杨幺在洞庭湖聚众造反，朝廷震惊，派牛皋围剿，因得仙人铁草鞋，踏水如履平地，一举灭了杨幺，斩其首级抛入湖中。杨妻苏月英悲愤自刎，倒入湖中。后湖水冲走他俩的头颅，漂至远乡一渔人的“转”（一种捕鱼工具）中，渔人抛弃而又复至，一连数次，便只好将其置于岸边。后被两个牧童将头颅放到岩洞中供奉起来，有求必应，影响日渐扩大。随后人头腐烂，换用木偶代替。一日皇帝母亲病重，医治无效，派人祭供这两个头颅而病竟愈，皇帝大悦，给予封赏，封二木偶为“傩爷、傩娘”，并赐给铜锣、玉鼓、金牌、朝笏、师牌、师刀等法器。从此傩坛名扬四方。①

沔阳古时就位于洞庭湖滨，沔阳流行的关于“急脚子”的传说都以洞庭湖为背景。传说之一讲的是六个从沔城出去劫富济贫的江湖好汉被官兵围困，于端午节投洞庭湖自尽，百姓将他们刻木为神加以供奉，后被在湖南做大官、经洞庭湖回家乡的清代沔城人陆建瀛带回来放置庙中，遂成为“吉雀子”。传说之二讲的是清代一位王爷巡视洞庭湖，被“凶魔”兴风作浪，阻止舟船前进，王爷派人下湖打捞起三十六个面目狰狞的盔面，把它放在沔城城隍庙里，于是兴起了玩“吉雀子”的习俗。由于这些英雄好汉投湖是在端午节这一天，打捞面具是在端午节前，沙湖沔阳玩“急脚子”便选定五月初一出发，五月十五才回县城，成为端午习俗的一部分了。

据《沔阳县志》载，沔阳也有传说岳飞擒杨幺时，弃尸湖中，化为

---

① 李子和：《信仰·生命·艺术的交响——中国傩文化研究》，贵州人民出版社 1991 年版，第 276 页。

面盔，被人捞起成为“急脚子”的。看来在洞庭湖周围，将杨幺附会为傩神的情况颇为普遍。

傩事活动古已有之，用宋以后的杨幺等英雄好汉被害，头颅显灵，引起某一位大人物的注意这类传奇故事来解释它在沔阳的发端，这只能是一种附会虚构。但这一构想自有其特殊的思想与艺术价值，除去枝节差异，以上传说的核心情节都是江洋大盗或草莽英雄被害后在洞庭湖显灵，被民众所崇奉，于是传下他们的头像（面具），成为驱邪赶鬼的傩神。我在《沔阳民间传说故事集》的序文中说，玩“吉雀子”虽是一种迷信，“但人们把封建统治者镇压的‘强盗’作为地方保护神来信仰，这又表现出一种叛离封建礼教的革命情绪”，现在看来这一论析似乎仍可成立。除了杨幺战死洞庭湖之外，沔阳渔民陈友谅也曾在洞庭湖与朱元璋激战，演出过一幕震撼神州的壮烈史剧。人们在口头传说中将他们的英灵附会为傩神，虽不能说是有意识地歌颂农民斗争英雄，却不能不承认在“信鬼而好祀”的楚人原始宗教心理中不自觉地融入了对这些英雄好汉的崇敬之情。

遍及中国南北方的古老的傩文化，究竟何时传入沔阳？《沔阳县志》引述的调查材料称，是明代成化年间的南京户部尚书傅颐（沔城人），以三国时的英雄好汉为模特儿，用桃木雕成四十五个面盔，交给一位姓蔡的秀才，由他兴起走村串户玩“急脚子”的习俗的。但民众不理会这些，仍凭借浪漫主义想象传述着寄托英雄好汉英灵的神奇面具的故事。江汉平原的民间文化中，既保留着中国传统文化的许多古朴因子，又在近现代社会大变动的背景上，孕育出一些民主的革命的成分，促使传统文化事象出现新的变异。关于“急脚子”的习俗和传说，便是一个有趣而且颇具代表性的事例。

傩文化是一种古老的民间文化，现在竟成为海内外学人文化研究的热点之一，这种情况不能不令人深思。我想它至少由如下两方面的原因所促成：一是人们在大步迈向未来的同时，也渴望更深入地了解过去，用现代科学成就揭开人类历史文化进程中的种种奥秘；二是现代文化发展的多样性，要求不断从传统文化中吸收新的营养以丰富自己，当代世界文化潮流在一定程度上显露出返朴归真的趋向就表明了这一特点。正是基于这样的文化背景，傩文化中古朴原始的面具，才在当代人的心目中又成了蕴含现代风格的艺术品，这对我们从事民间文化的研究与开发是有启发意义的。

凤凰·九头鸟·湖北佬[1]

凤凰是一种神鸟，正如汉代许慎在《说文解字》中所讲："凤，神鸟也。……出于东方君子之国，翱翔四海之外，过昆仑，饮砥柱，濯羽弱水，莫宿风穴，见则天下大安宁。"它产生在遥远的年代，作为中华民族重要的文化符号长久铭刻在亿万子孙的心头，历经千年百代依然光彩照人。

凤的演变

楚人尊凤，凤凰崇拜是楚文化重要标识之一。那么，凤凰作为图腾崇拜的神鸟形象是怎样构成的呢？近年来有一位民间文艺学家陈勤建在《中国鸟文化》一书中指出，人类对太阳的崇拜衍生出太阳鸟的形象，鸡是太阳鸟的世俗化，凤凰是太阳鸟的神圣化，风筝是太阳鸟的巫术化，颇有新义。关于凤凰之为太阳鸟，从古典文献中可以找到不少证据。如《山海经·南山经》说凤鸟出自"丹穴之山"。"丹穴"是什么地方？《尔雅·释地》云："距齐州以南，载日为丹穴。"原来这里是太阳出没之所。凤凰出自丹穴太阳之家，同太阳有着血缘关系自不待言。又《初学记》卷三十引纬书《孔演图》云："凤，火精。"《冠子·度万》第八："凤凰者，鹑火之禽，阳之精也。"还有汉画像砖上的"三足乌负日"图。这些都表明凤凰并非凡鸟，而是太阳"精灵"，太阳的鸟化，它的神圣性，正是太阳光被宇宙化育万物的威力所赋予，也是人们崇敬太阳的原始思维塑造而成。天上有日，地下有火，崇日与崇火思想是相对应的原始信仰。

① 原载《今日湖北》2002年5月号。

楚人的先祖祝融为火神，汉代《白虎通义·五行篇》载，“祝融者……其精为鸟”。这种鸟看来也就是凤凰。楚人对凤凰的崇敬，同他们崇日、崇火、崇赤，特别是同他们的祖先崇拜是融为一体的。

凤凰这一古老的神话形象在中华文化流程中几经演变，其中比较特别的是从象征男性演变为象征女性。作为楚人尊崇喜爱的神鸟，凤凰由神话形象演变成文化符号，用来指代某些才智卓越、品德高洁的个人。按生物属性，凤凰本是有雌雄之分的，雄曰凤，雌曰凰，与麒麟、龟、龙共称为“四灵”。用在个人身上，也是男称凤，女称凰。《论语》中载有楚人的《接舆歌》，首句曰：“凤兮，凤兮，何德之衰！”称孔子为凤，而加以嘲讽。汉代大文学家司马相如爱上寡妇卓文君，用凤凰琴弹奏心曲，称作“凤求凰”，成为流传千古的佳话。三国时期隐居襄阳的诸葛亮史称“卧龙”，另一隐士庞统则被喻为“凤雏”；《晋史》称嵇康“人以为龙章凤姿”；唐太宗被臣下赞颂为“鸾凤凌云”，他自己又作《威凤赋》来推崇帮助他夺取政权的舅爷长孙无忌。大约在宋代以后，进入宫廷的龙凤形象开始分化。宋代皇帝出行的国舆以龙饰为主，皇后的国舆则以凤饰为主，但还没有完全固定。在车马服饰上，把龙凤形象的性别标志固定下来，直到明朝才实现。清代就更加习以为常了。清代帝王陵前石雕，按男左女右习俗，一律是左龙右凤。独有慈禧陵前石雕与众不同，是上凤下龙，象征她生前垂帘听政，地位曾压倒小皇帝。在她家乡，还生发出其母见一凤凰从远方飞来栖息于梧桐树上而生慈禧的传说，并有“凤凰墩”地名流传后世。近代的民间口头文学和俗语中以龙凤指代皇帝及其配偶，已成为习惯。有一出演明代正德皇帝风流轶事的戏，戏名就叫作“游龙戏凤”。就这样，首先在宫廷，然后普及于民间，凤凰形象的象征性实现了由男性向女性的转移。直到今天，人们依然夸奖那些女中英杰为“金凤凰”。“凤凰”已成为约定俗成的女性标志。

凤与“九头鸟”

“天上九头鸟，地上湖北佬”，这是一则众所周知的俗谚。“九头鸟”

是传说中的怪鸟。它是怎样和湖北人联系起来并带有贬义（奸狡）的呢？其实“九头鸟”就是由凤凰形象演变而来的。

《山海经·大荒北经》载：“大荒之中，有山，名曰北极天柜，海水北注焉。有神，九首人面鸟身，名曰九凤。”这种有九头的神鸟，也就是凤凰家族的成员。九是中华古文化中的一个神秘数字，古神话中动物的“九首”，极言其生命力之旺盛，是神圣而非妖气的显现。学者认定，它就是九头鸟的原型。但魏晋之后，九头鸟就成了一种妖鸟、鬼鸟，如《本草品汇精要》所载：“鬼车，晦冥则飞鸣，能入人室，收入魂气，一名鬼鸟。此鸟昔有十首，一首为犬所噬，今犹余九首。其一常下血，滴人家则凶，夜间其飞鸣，则捩狗耳，犹言其畏狗也。一名九头鸟。”《荆楚岁时记》还说，此鸟“荆州弥多”，故民间有在正月夜家家槌打床铺、房门或者揪狗耳朵使其狂吠不止来驱赶九头鸟的习俗。

一位湖北籍的台湾学者朱介凡在考证这一俗谚时，着重讲到明代湖北人张居正为相，启用湖北籍的九位御史，以雷厉风行的手段，革除弊端，整顿朝政，“那些受到整饬的贪官污吏，对这九位御史，莫不含恨入骨，因而咒骂‘天上九头鸟，地下湖北佬’。如此说来，湖北佬比‘九头鸟’，真是鄂人一段光荣史绩，实非以后讹传那样的用意”①。他这一段评说，对我们理解“九头鸟”的文化内涵颇有启发。但对于作为神鸟的凤凰如何演化为“妖鸟”的文化心理转变，却没有谈及。近几年，陈勤建在《中国鸟文化》、陈建宪在《九头鸟：神灵还是妖怪》等著作中已解开了这一谜团。其实早在宋代著名作家欧阳修的《鬼车诗》中，就已开始从中国历史变迁中来寻求这一民俗文化心理演变的线索了。

楚人原有问鼎周室、对抗周王朝的历史。周昭王率军伐楚，最后竟溺毙于汉水之中。“昔时周公居东周，厌闻此鸟憎若仇”，由于周王憎恨作为楚人标志的神鸟九凤，便编造出由庭氏来射杀这只神鸟，使之一首滴血，给人降灾，形象狰狞丑陋，不得不昼藏夜出的传说。楚国不久败

① 朱介凡：《九头鸟传说》，见《中国谣俗论丛》，联经出版事业公司1984年版，第260页。

亡，楚文化受到压抑，而周文化依托儒家学说，长时期处于中国传统文化的正宗地位；楚人尊崇的神鸟，也就相应地备受污辱而成了九头怪鸟了。正如陈建宪所指出的：“从历史上看，中国古代文化发展的总体趋势是由北向南推进，在到近现代才变为由南向北。当楚国被来自北方的秦国于公元前223年灭亡之后，以楚文化为中心的南方文化就一直被压抑，只是作为一种亚文化而存在。这样，楚人的九头神鸟形象就不可能在全国广泛流传；取而代之的，是经北方文化逐渐改造过的九头怪鸟‘鬼车’。”①

随着楚地的历史变迁和楚文化的复兴，九头鸟的形象也被人们重新赋予凤凰神鸟的神圣光彩。早在20世纪70年代，有一位居留台湾的湖北籍人士作自豪的《九头鸟歌》写道：“明祚递传至世宗，官规不整忠良少。……只有鄂人张居正，忧君忧国心如捣。隆庆年间初入阁，有心尽把污尘扫。……为此与人结怨多，被人诅咒九头鸟。”“此鸟蛰居数百年，天下滔滔谁改造？武昌一夕鸟飞鸣，满族政权难自保。九头徽号称鄂鸟，鄂人听了不烦恼。”80年代改革开放初期，武汉的湖北企业曾以“九头鸟”做商标，由于“九头鸟”是对湖北人的贬称，当时曾有人在报上发表文章给予指责。一些湖北学者当即撰文予以辨正，呼吁给“九头鸟”恢复名誉。

金凤凰的形象随着楚文化的衰落，被异文化歪曲成为鬼鸟。当中国历史掀开新的一页，楚文化重放异彩之日，以九凤为原型的九头鸟形象之“改邪归正”，也就是理所当然的事了。近年来湖北人在北京开餐厅，已经堂而皇之将“九头鸟”的牌子挂在北京街头。这不仅是一种商业行为，更具有深长的文化意味。脚踏实地，昂首云天，“不飞则已，一飞冲天；不鸣则已，一鸣惊人”。凤凰或九头鸟的形象所蕴含的这种文化精神，激励湖北人民创造过古代楚国的辉煌历史，相信他们也会用这种精神开创家乡的美好未来！

---

① 陈建宪：《九头鸟：神灵还是妖怪》，《楚俗研究》第2集，湖北美术出版社1995年版，第298页。

愿大众笑口常开[①]

——为百字笑话大赛而作

这次由中国民间文艺家协会、湖北省民间文艺家协会和襄樊市民间文艺家协会联合举办的“金隆杯”中国百字笑话大赛，获得了丰硕成果。组委会在短短四个月内就收到了七千多篇征文，近五千名作者覆盖了各个地区、各个行业、各个年龄与文化层面。而团结在民间文艺家协会周围的广大民间文学爱好者更是踊跃应征，成为这次笑话大赛的主力。征文中精品迭出，异彩纷呈，我在评阅作品时，不断被一篇又一篇精彩的笑话所打动，情不自禁地笑出声来。这次笑话大赛能够吸引这么多人参加，而且收获到这样多的精美之作，不能不使我们感到意外的惊喜。这些年各种体裁的有奖征文活动很多，却唯独冷落了人们喜闻乐见的笑话，这就使得本次笑话大赛具有“史无前例”的首创性而格外引人注目。

中国的笑话艺术源远流长，具有注重道德教化的优良传统。先秦时期诸子散文中引用的许多小故事，如《揠苗助长》《守株待兔》等，既是富于哲理性的寓言，也有笑话幽默诙谐的特征。三国时期魏邯郸淳编撰的《笑林》，是成书最早的古代笑话集。刘勰在《文心雕龙》的《谐隐篇》中对笑话、谜语这类源于民间的文学体裁从理论上进行了总结，称它“辞浅会俗”，既可“振危释惫”，又“有益讽戒”，但须防止“空戏滑稽，德音大坏”。至明清时期，中国笑话艺术的繁荣达到高峰。在现存的百余种历代笑话集中，明清以来就有七十余种，仅明代著名通俗文学家冯梦龙，就一人编撰了三种，收录笑话三百多则，其中许多笑话，至今

① 原载《汉水》1996年第1期。

仍存活于民间口头之上。明清笑话以嘲讽官吏贪赃枉法、财主吝啬愚昧、塾师误人子弟、庸医误人性命，以及封建迷信祸害百姓为流行主题，鞭挞封建社会走向衰落腐朽过程中的种种丑恶事象，在令人捧腹大笑的叙说中达到警世醒人的目的。正如《笑得好》的编者在自叙中所表白的："予乃著笑话一部，评列警醒，令读者凡有过愆偏私、矇昧贪痴之种种，闻予之笑，悉皆惭愧悔改，俱得成良善之好人矣。"这位编撰笑话书的石成金先生，话讲得也许有些天真，但笑话艺术在移风易俗中所具有的重要功能，却是难以否认的。法国学者著有《笑的历史》一书，在对笑的艺术作世界性考察时，也谈到中国的笑话有悠久的历史，认为"西方人善于表情严肃地表达幽默，而中国人则善于以幽默的方式表示严肃的态度"；"在中国，笑话里总是含有哲理，起码不是与之相反"。

我们这次征集的百字笑话，大多取材于新的社会生活。作为笑话艺术，它们和中国的古典笑话与民间笑话的固有传统之间有割不断的联系，但又因时代变迁而生发出许多新的特点，按推陈出新的规律向前发展。

这些新笑话除少数是传统笑话如"怕老婆""迷信害人""醉汉丑态""认白字"等等的翻新之外，主要由"文革"时期的笑话和当前发展市场经济、社会处于转型时期的笑话这两部分作品构成。针砭时弊、鞭挞社会丑恶，这一贯通古今中外笑话艺术的特征自然也体现在这些新笑话中。可是内容与形式却又给人以耳目一新的感觉。如"文革"笑话《二月犁牛》，讲"四人帮"大反"二月逆流"，一直反到农村生产队小队长头上。队长不晓得什么是"二月逆流"，把它听成了"二月犁牛"，便理直气壮地在批斗大会上为自己申辩道："你们说我二月犁牛，说得对，我就是二月犁牛嘛！我要是二月不犁牛呀，种不了庄稼，叫你们这些龟孙子啃石头去！"它的表层意思是嘲笑生产队长的无知，把"逆流"领会成不相干的"犁牛"，可当时从上到下反所谓"二月逆流"这件事本身就是很荒唐的，因此生产队长阴差阳错地把这伙人作为龟孙子来骂，又正好表达了民众的心愿，在更深层面上转变成对"四人帮"的有力嘲讽了。

这些新笑话揭露和嘲讽了贪污受贿、吃喝成风、麻将度日、"水货"坑人、弄虚作假、愚昧无知等群众痛切憎恶的社会病态，继承和发扬了传统笑话寓教于乐的优良传统；然而又新鲜活泼，不落俗套。许多作品常采用对话体构成，而且借用孩子天真纯洁的心灵和眼光来鞭挞社会丑恶，使得激起的笑声格外震撼人心。试看如下例子：

父亲测验儿子的数学，问："三差一等于几?"儿子答："等于四。"

父亲反眼一瞪："胡说!"

儿子理直气壮地答："是嘛，你喊人打麻将时，总说是'三差一'，等到来了一个人才开始，这不是等于四又是什么?"

——《三差一》

四岁的小孩问他妈妈说："爸爸当的什么官呀？怎么总有人找爸爸说话呢?"

他妈妈说："你小孩子不懂，爸爸是管人的。"

那孩子眨巴着眼睛，似懂非懂地"哦"了一声，接着又问："那，爸爸受不受什么东西管呢?"

"当然有东西管啦!"

孩子想了想，嚷道："我懂了，爸爸就是受人家送来的东西管!"

——《管人与东西管》

妻子："这次出外采购有收获吗?"

丈夫："收获可真不少，得'回扣'现金六百多元，还有其他一些物品。"

妻子："哟！——孩子，你爸爸出差辛苦，快去打一盆洗脚水来。"

儿子："我不去!"

妻子："为什么不去?"

儿子："没有回扣!"

——《回扣》

传统笑话大都是由反面人物唱独角戏，自我嘲弄，这些新笑话把天真幼稚的孩子引进笑话，构造的情节既生动活泼、诙谐成趣，又含蓄有力、发人深思。显然这是笑话艺术获得新发展的标志之一。

笑话属于喜剧艺术，是叙事散文中的喜剧小品。喜爱听笑话、听相声和观看舞台演出的喜剧小品，已成为今天人们文化生活的时尚。喜剧离不开笑，爽朗的笑声可以消除疲劳，松弛神经，消愁解闷，这是人们偏爱喜剧艺术的重要原因之一。由揭露嘲讽假恶丑的社会事象而激起的笑声又有助于社会的进步。笑话艺术从表面上看，只是揭露丑恶，实际上它植根于假丑恶与真善美的对立之中。古今笑话大都出于人民大众之口，就是这次征集的新笑话，许多篇目也明显来自民间口头而由有关作者给予了艺术加工。创作这些笑话的民众，就把真善美精神渗透在笑话之中。从笑话艺术的欣赏来看，它是在深切感悟的基础上才突然爆发出笑声来的，人们对社会生活中的善恶美丑了然于心，听到有关嘲讽邪恶的笑话才能不假思索地开怀大笑，这笑声既是对邪恶的鄙弃，也是自我优越感的流露。当社会黑暗压得人们喘不过气来，面对邪恶敢怒而不敢言的时候，那是悲剧时代。只有假恶丑已在社会生活中失去存在的合理性，竭力用种种美好的外衣来掩饰自己的本质，成为人人喊打的“过街老鼠”之时，富于喜剧性的笑话才能众口传诵，不胫而走。民众在爽朗欢快的笑声中嘲讽种种社会弊端，正表现出他们对涤荡污垢、建设美好生活的巨大决心与信心。

由此，我以为这次征集的新笑话，具有重要的审美价值与社会价值，它在丰富人们文化娱乐生活，建设社会主义精神文明的过程中，将会发挥出为其他文艺形式无法替代的积极作用而受到社会的关注。

愿我们国家在笑声朗朗中前进，愿大众笑口常开！

给民间艺人一席之地[1]

前不久，我和老伴去东湖梅园，在大门内外见到两位捏面人的民间艺人，一位交了150元钱进了大门；一位舍不得交这笔钱在门外摆摊子。这两位艺人靠家传或从小学艺，能够用彩色面团捏出几十种乃至上百种人物、花鸟。我花2元钱买了一对鸟，至今还栩栩如生地停留在我的书房里。他们的巧手高艺，令人赞赏。

在跟他们的交谈中，得知他们因得不到社会的任何支持，处境很困难。“城管”不让他们上街摆摊子，他们想到江汉路步行街去做活，结果被赶了出来。到公园去，得交一大笔钱，弄得日子很艰难。管理市场秩序是应该的，但不应把这些艺人作为一般摆地摊的看待。这两位艺人担心，这些手艺恐怕不久也要像恐龙一样从地球上绝迹了。

作为一个几十年从事民间艺术研究的学人，我深为这一民间艺术面临的危机感到焦虑不安，特此呼吁，请大家珍爱民间艺术！

捏糖人、面人这种民间艺术由来已久，这是一种民间雕塑艺术。搪塑、面塑、泥塑这些民间艺术，用的材料很普通，但要把人物、鸟兽捏得活灵活现，却需要很高明的手艺，因而它是一门艺术，这些艺人也是值得我们尊敬的民间艺术家。他们捏出的传统作品，如“三怕”（青蛙、蛇、蜈蚣），《西游记》中的唐僧师徒，《三国演义》中的刘、关、张等，都富有民族文化色彩，深受广大民众的欢迎。这样的民间艺术，在我国许多地方都受到特别保护，如天津的“泥人张”，河北的“面人汤”，无锡的惠山泥人等。

---

① 原载2004年6月24日《湖北日报》。

武汉自古作为一个四通八达的商业城市，本来就缺乏文化底蕴，更应该珍惜这些民间艺术。如果让他们在江汉路步行街有一席之地，能够使海内外客人看到他们精彩的面塑技艺，再买几件具有中国和武汉风味的小玩意回家，岂不是比看那几件铜塑更富有文化情趣?

对民间艺术的保护与珍爱，已成为当今世界文化的一个重要方面。我到日本访问，在一个县里就看到民俗博物馆中，将过去民间做糖人的担子和糖人作品陈列在那里，可见人们对消失的这类民间艺术十分怀念。到泰国访问，见到许多地方都有用彩色胶泥捏成的小玩艺出售，游客争相购买，我也买了一大把，可惜没有目睹艺人的表演，留下深深的遗憾。我接待过来湖北访问的国外文化人，他们每到一地，都想买几件真正的地方手工艺品，对全国四处可见的大路货不感兴趣。有一次到五峰县去，实在找不到这类东西，后来只好从一个老太婆那里，买了几双绣花袜底带走。糖人、面人，还有用青草编成的蚱蜢等等，虽然一般人看不起眼，可是越有地方性、民族性的东西也越有国际性。加以保护和发展，肯定会成为武汉街头受海内外游客欢迎的一道文化风景。

这些艺人自然需要提高，在保持传统的同时，也要适应时代的变化，创作一些新的作品。糖塑和面塑的材料要改进，使之更为耐久。保护民间的文化财富，应该说在我国现在已成为共识，但是我们首先应该给民间艺人“一席之地”。

鄂西采风记[①]

暮春时节，在我的邀请下，四位日本教授——野村纯一、福田晃、加藤千代（女）和桥谷英子（女），前往鄂西五峰县访问了著名故事家刘德培老汉。

3 月 25 日，中日联合考察团的十几位学者乘一辆中巴从华中师范大学学术交流中心出发，冒着蒙蒙春雨，经过 15 小时的长途旅行到达五峰县宾馆。我担心两位年过花甲的日本朋友受不了，想不到一路说说笑笑，十分欢愉。车到渔阳关，《今古传奇》的主编李传锋说："这是进五峰的关口，过去日本鬼子打到这里就再也进不去了。"话语中突然冒出"日本鬼子"，大家不觉一愣。经我们略加解释，他们并不介意，反而激起一阵爽朗笑声。年纪最大的福田教授说："过去日本军队进不来的地方我们也进来了，这次考察真是机会难得!"他有冠心病，在由东京飞往上海的途中曾发作过一次，对这次进山颇有疑虑；可是在山里行车，他却十分自在，看着公路两边的重重青山，他说就像回到了自己久别的家乡一样愉快。

第二天，乘车约两小时到刘德培家去访问。刘老能讲 500 多个故事，他口头讲述的故事集《新笑府》经王作栋整理，由上海文艺出版社出版，深受国内外好评。日本民间故事研究会主办的《民间故事集刊》，于 1988 年第一期刊载了我写的介绍刘德培故事的文章，刘老成为日本学术文化界所熟悉的最著名而又健在的汉族民间故事讲述家。原来考虑到交通不便，我曾提出是否把刘老接出山来同日本学者见面，他们不赞成，一定要上门去拜访。刘老的房子坐落在一个山坳里，他和热情好客的乡

① 原载《湖北日报》1993 年 8 月 28 日。

亲们就在门前场子上接待客人。他以极愉快的心情给客人们即兴讲了《天车都车不拢》和《半头鲁》的笑话，经翻译（有两位日本学者通汉语）后迸发出阵阵笑声。日本学者一边摄像、录音，一边对那些没听明白的地方刨根问底。听故事之后接着观看当地农民即兴表演的土家跳丧舞，有的还一边看一边跟着学起来。他们对这位年逾80的口头文学家十分尊重，一个个靠拢刘老合影留念，当场送给他一个从日本带来的红茶盘，两条日本香烟，还付了500元人民币作为讲故事的报酬。刘老家里的火塘，和日本过去乡间的火塘几乎一模一样，引起日本友人的浓厚兴趣。他们坐着靠背椅，在火塘边和人们拉家常，深感中日在文化上的接近。中午由刘老用自己的家常饭菜招待日本客人，桌上的烟熏腊肉、炸土豆片、懒豆腐等几样菜，他们吃得津津有味。顿顿不离酒的刘老，频频举杯向几位极爱喝中国酒的日本客人劝酒，友好情谊亲切动人。

第三天在县里举行刘德培故事学术研讨会。本来是为了照顾日本朋友，没有要求他们提交论文和在大会上发言，他们却十分认真地要同中国学者一起参与学术讨论，结果每个人都讲了话。为首的野村纯一教授，是日本民俗学会会长，特地在这里介绍了日本从多侧面、多学科研究民间故事的方法。这几位日本教授的性格各有特点。野村先生沉默寡言，时露幽默。福田先生是火暴性子，做学问却十分认真。加藤能讲流利的汉语，可以冒充广东人，性格开朗活泼，我们叫她“凤辣子”。至于最年轻的桥谷英子，则是一位斯文腼腆的女性，表现出日本妇女的典型风度。

在离开五峰时，他们想买一点地方土特产品作纪念，在街上逛了一圈，才买到两个碾胡椒面的木筒，尽管做得很粗糙，他们还是很高兴。县里接待人员打听到城关有一位会做袜底的老太婆，他们以10元人民币一双的价格买了几双绣花袜底，花200元买了500克五峰新茶。在县城里没有合适的东西可买，使他们在购物上意犹未尽。第四天，中日学者驱车前往丹江口市访问了武当山下一个以讲述民间故事著称的伍家沟。返回武汉后，他们参观了东湖博物馆，并花几千元人民币选购了一批湖北民间工艺品。在离别归国时，他们带走了对荆楚民间故事和民间工艺品的美好印象，并嘱托笔者转达他们对五峰县及丹江口市参与接待工作的诸位朋友的深切谢意。

“寄死窑”探源①

2001年6月9日，根据我提供的信息，《湖北日报》刊出消息《武当山发现民俗遗址寄死窑》，许多媒体纷纷转述，成为轰动一时的新闻。《湖北日报》接着还刊登了在郧县五峰乡等处也有此类发现的报道，引起人们特别是民俗学家的极大兴趣。现将我自己考察发现这一民俗文化现象的见闻如实写出来，以飨读者。

从《斗鼠记》引出的线索

20世纪80年代初，湖北省民间文艺家协会在湖北省十堰市举办民间文学骨干培训班，为开展民间文学普查、编纂“民间文学三套集成”做准备。喜爱民间文学的一楠同志向我转述了一个《斗鼠记》的故事。大意是：在古代郧县这一带的“麇国”里，凡是上了60岁的老人，都要按老规矩送进“自死窑”让他们冻饿而死。有个叫杨三的农民，偷偷把老父亲藏在家里，恰好这时外国送来一只像黄牛那么大的“犀鼠”，全国上下无人能识别和制服这一怪兽，陷入惊恐不安之中。杨三将此事告知老父亲，老人家教他用一只13斤半的猫斗败了犀鼠。国王从这件事认识到智慧丰富的老人是个宝，从此就废除了将老人送进“自死窑”的古老习俗。

这是一个纯属虚构的故事，还是有一定事实依据的传说，激起了我

① 原载《民俗研究》2003年第2期。武当山一带居民俗称的“寄死窑”，因方言谐音的差异，也有写作“自死窑”或“寄尸窑”的。

浓厚的研究兴趣。从故事形态学方面去研究，我搜集到大同小异的文本20多篇，有印度、印尼、日本、朝鲜以及国内多个民族的地区异文。最著名的是出自印度佛经的《弃老国缘》，说古时印度有一个弃老国，“有老人者，皆远驱弃”，后来发生了老人为国解难题的事才废除弃老习俗。这样看来，它可能就是从佛经中脱胎而来的虚构故事了。可是当地人却说“自死窑”实有其事，还告诉我，十堰市白浪乡那儿的山腰里就有一个这样的“自死窑”，并给我拍了照片。几个民间文学爱好者还爬上山，钻进那个天然石洞里考察过，在里头并没有发现什么骸骨和遗物。当时我曾以《中国的〈斗鼠记〉与日本的〈弃老山〉》为题写过文章，但究竟有无“自死窑”，这个谜团始终搁在心里，以后几次乘车从白浪乡山下经过，都要情不自禁地睁大眼睛，从远处盯住那个漆黑的洞口陷入遐想，却找不到答案。

满怀好奇走近“寄死窑”

想不到20年后，我竟然走进与这一传说故事相关的“寄死窑”里作了一番亲身体验！

2001年5月，我去武当山下官山镇的吕家河民歌村进行考察。十堰市湖北汽车工业学院人文社科系主任屈崇丽告诉我，他们在武当山进行旅游文化资源普查时，发现了40多处“寄死窑”遗址及相关故事传说，仅吕家河村一带就有20多处。还给我看了他们实地拍摄的照片。这真是“踏破铁鞋无觅处，得来全不费功夫”！我当即决定选一处进行实地考察。5月20日这一天，天气晴和，当地著名的民间文艺家李征康先生、屈崇丽女士等陪我进山，我们选中的是官山镇西河村山坡上的一处“寄死窑”，临时又找来西河村党支部书记胡世勇作向导。西河村坐落在武当山脚下，我们乘车到吕家河后，再沿河谷步行一个多小时便到了目的地。“寄死窑”就在离居民点不远的一个山坡上，从麦地往上约有两人高。因长期荒无人迹，洞口完全被灌木丛所掩蔽。湖北汽车工业学院的学生来此看过，灌木丛才被扒开露出洞口。我抓住树枝奋力攀登，一个小伙子在上面拉，另一个人在后面推，才来到洞口，立定脚跟，眼前的情景完全是意想不到的：窑洞竟然开凿得方方正正，是如此整齐和精细！窑洞高约 80 厘米，深约 2 米，底部和石壁都很平整，刚好能躺一个人。石壁上有一个小洞，向导说是搁油灯用的。洞口石壁上有凹槽，据说原来装有木门或栅栏。洞里空荡荡的，除了一层枯枝败叶，任何遗物也没有发现。我已过花甲之年，特意在洞里蹲了一阵。本想亲身体验一下古人进入“寄死窑”辞别人世的感受，引来的却是几位同行者的一阵哄笑，只能感叹沧桑巨变，世事全非了。

离这个石洞几十米的山坡上，还有一个石洞，短一点，小一点，向导说那是给女性用的。我们就没有爬上去看了。

从山洞下来，一边走一边就有关问题同胡世勇交谈。我说在十堰市别的地方称为“自死窑”，你们这里叫什么？他说我们这儿叫“寄死窑”。老人满 60 岁后，按照老规矩都要送到这里，还要送三天饭，等老人死后再将遗体取出来另行安葬，所以这里头没有什么遗物和遗骸。由于还要办理第二次安葬，看来用“寄死窑”这个名称更合适。

返回住地时从一排排农舍前走过，我提出想找一位老人打听一下“寄死窑”的情况，胡世勇便带着我们临时来到一户人家。这家男人均已外出做活，只有孙媳妇陪着 84 岁的老奶奶在家看门。老人很高兴地接待了我们，把古时候将老人送进“寄死窑”只送三天饭的习俗讲得有鼻子有眼，还兴致勃勃地讲老人出主意同外国人“斗鼠”，取胜，因而改变了这种习俗的故事。结尾时特别强调：“老人还是有点用！”布满皱纹的脸上也随之浮现出开朗的笑容。我问她儿孙对老人是否孝敬，孙媳妇插嘴说，这一带的大人小孩都知道这个故事，对老人都很孝敬。老奶奶点头表示赞许。

从这一带有几十个这样的“寄死窑”，以及人们对相关传说家喻户晓来看，过去这里流行过将老人送进“寄死窑”的习俗看来是毋庸置疑的了。这样的事究竟发生在什么时候呢？我同胡世勇讨论此事，他听老人说这是唐朝以前的事。唐朝武则天当女皇帝，曾经把卢陵王流放在房县，这里属于古房县的范围。当地唱薅草锣鼓的歌班子，至今仍叫“唐将班子”，据说就是从卢陵王那时遗留下来的称呼。那么，这一习俗上限到什么时候呢？当地口头传说中提到“麇国”，春秋战国时代确实存在过，《左传·文公十一年》：“春，楚子伐麇。”《太平御览》称：“郧乡，古麇国也。”现在的郧县即十堰市一带，均属古麇国范围。是否这一带从春秋战国时起就流行“弃老”习俗，直到唐代卢陵王来后进行经济文化开发，才移风易俗，将“弃老”转变为“敬老”的呢？但这只不过是一种传说或推测。现在有这些人工开凿的“寄死窑”存在，只需用考古学方法加以探测，其确切年代是很容易断定的。湖北汽车工业学院人文社科系打算做进一步考察，相信此事会有水落石出的一天。

重重谜团有待破解

有关在武当山发现“寄死窑”的消息经《湖北日报》《长江日报》《北京青年报》等传媒披露后，产生了热烈反响。《湖北日报》又接连报道了在鄂西北其他地方存在此类民俗文化遗址的消息，如郧县五峰乡，那一带没有石山岩壁，人们就用青砖砌成窑洞，叫“参洞”，传说也是古时候有过这样的习俗：老人到了60岁，儿女们就要将他们送进洞里，留下三天食物，三天后将通气孔封死，让他们死在洞里，随后再正式安葬。后世人们不敢把这些砖用在房屋上，认为不吉利，便把它们拆下来用于修厕所和猪屋，至今在许多人家里还可以见到。自然也有相关的传说活在人们口头。

通过考察，证实了传说故事中的“自死窑”或“寄死窑”确有其物，似乎也确有其事。但一连串的谜团仍然摆在我们面前有待破解。

查阅人类学和民俗学资料，关于丧葬习俗，有土葬、火葬、天葬、水葬、悬棺葬等，却未见有人提到将老人送进这样的“寄死窑”让他们活活冻饿而死再行安葬的记述。唐玄奘在《大唐西域记》中，提到古印度有一种将老人“驱弃于野”的“野葬”习俗，《弃老国》的传说故事即由此而来。那么，鄂西北的“寄死窑”是不是就是这种“野葬”习俗的遗留物呢？

据西方人类学家考察，在一些原始部落中间，确有“遗弃或杀死老人”的现象存在，那不是出于他们的残忍心肠，而是恶劣的生存条件迫使群体不得不采取的措施。就中国总的情况而论，周朝就有了敬老并厚葬老人的习俗。春秋战国时期，老人的智慧谋略在众多诸侯国争霸争雄的激烈争斗中大放异彩。姜子牙 80 岁当宰相，民间至今传为佳话。到汉代，官家给年满 70 岁的老人赠送“鸠杖”以示祝贺，敬老习俗完全确立。在这样的历史文化背景下，竟然还流行过如此野蛮落后的“自死”或“寄死”习俗，很难使人相信。如果确实存在这一习俗，直到唐代才得以转变，那就只能用地区经济文化发展的不平衡来解释了。

还有一个谜团是，老人用智慧为国家破解难题的这个传奇性故事与相关习俗之间的联系究竟怎样理解？口头流传的故事如同树籽一样，随风飘落下来就可在当地生根，并开花结果。董永的故里、梁山伯与祝英台的故里在全国都有多处，人们在口头传说这些故事的同时，还不断附会生造，弄出有关的遗迹和景物来寄托自己的爱憎情感。本来在通常情况下是从遗迹生出故事，但也有反过来从故事里生出遗迹的事例。民间文学和民俗文化中存在的这类虚实杂糅的情形，须经深入考察，方能辨明真相。就上述由老人智解难题而废除弃老习俗的这一故事而论，它已是一个世界性的著名故事类型，在许多地方特别是在亚洲拥有众多的同型异文。鄂西北的《斗鼠记》，其叙事形态与之大同小异，完全可以断定是同出一源的地方异文。其源头在哪里呢？源头就是印度佛经中的《弃老国缘》。《弃老国缘》见于《杂宝藏经》，北魏时由西域僧人吉迦夜和昙曜译成汉文。佛经故事借助佛教信仰在中国广泛传播，影响深远。我很怀疑“寄死窑”这样的民俗遗址，可能是从印度佛经故事中生发而来，如同一些地方的“梁山伯墓”“董孝子坟”那样。不过这只是一种推测，它的来龙去脉究竟怎样，还有待通过更科学的检测考辨加以证实。

尽管谜底还没有找到，但“寄死窑”遗址和相关故事传说的发现之具有重要价值却是可以肯定的。这一发现的重点其实在传说故事上头。由于人们从一些重大历史事件中认识到“老人是个宝”，从此以“敬老”取代了古代的“弃老”习俗。这一对待老人的社会心理与习俗的大转变，成为人类文明进展的伟大成果之一，并给予我们现代社会生活以深刻影响。民间传说须依托于实有的人或物之上，方能具有可信性而获得有力传播，“寄死窑”就是一个活生生的“传说核”。它促使相关传说在许多地方传承不息，“老人是个宝”的理念深入人心，孝养老人的风气蔚然不衰。这样，它就成为值得我们珍视和称道的民族文化优秀传统了。

中国的《斗鼠记》与日本的《弃老山》[①]

我在1981年第2期《民间文学》上发表的《略谈中日民间故事的交流》一文中，提到日本民间故事《弃老山》系源于汉译佛经《杂宝藏经》卷一之《弃老国缘》。当时尚未发现中国民间有这类传说故事流传。1981年下半年，鄂西北武当山下十堰市一位热心搜集民间文学的文化工作者一楠，从当地郊区两位农民黄金道、全廷秀口中，记录了一篇《斗鼠记》，略加整理，刊登在《东风文艺》1982年第2期上。随后又编入十堰市民间故事集《千鸟袍》中。《斗鼠记》的大意是：在现今十堰市所在的古均州这个地方，古时某王公立了一个规矩："老人无用"，凡是上了六十岁的老人，就要送进山上的"自死窑"里，让他们活活冻饿而死。这习俗一代代往下传，没有人敢违抗。有一年，"外国黄毛子"送来一只像黄牛那么大的犀鼠，要同这个国家斗鼠。如斗败了，就得向它称臣纳贡。王公放出凶猛的老虎，也被犀鼠斗败，全国上下焦急不安。这时，有个农民杨三，不忍心让老父在"自死窑"里受罪，每天偷偷给他送饭供养。谈及斗鼠事，老人便告诉他：找十只十多斤重的猫，关在一个笼子里，不给食吃，令其互相吞噬，留下最强的那只体重刚好达到十三斤半的猫，就可斗败犀鼠。农民报告王公，照此办理，果然斗败犀鼠，保持了国威。王公奖赏农民，他说出真相，王公由此认识到"老人是个宝"，便下令废除了弃老人于"自死窑"的习俗。

这个传说所反映的弃老习俗，引起了我的浓厚兴趣。年底，在一次

① 原载《民间文学》1982年第4期。

民间文学活动中，我提及《斗鼠记》，又引得两位热心人士讲述了他们家乡的同类故事。湖北黄陂的黄安心说他小时候也听过这个故事。古时皇上规定，老人到 60 岁就要自己死掉，不死就得被活埋。一位大臣把老父偷偷养在家里。后外国进贡一物，体大如牛，形态似鼠，满朝文武不识，有辱国体。老人告诉儿子识别此物的方法。大臣找了一只八斤重的大猫置袖内，上朝时，捏猫卵，猫大声叫唤，此物即惊恐万状，威风尽失，于是断定为鼠，维护了国家的尊严。皇帝得知原委，深感老人有用，下令废除了"弃老"的恶俗。

家住山西晋城的马希良老人，说他小时候听到的传说是：古时把上了年纪的老人送进地洞，不准在家供养。这时发生了外国进贡老鼠的事。有一位大臣偷偷把年迈父亲养在家里，老父听说此事后告诉他一种斗败老鼠的方法。他找了一只尾巴上有黑白相间九节花纹的狸猫置袖内上朝，捏一捏，狸猫就叫唤一声，敌国送来的大老鼠听了就吓得缩小一点；捏九下，叫九声，大老鼠吓成了小老鼠，再放出猫来，一口就把它吞吃了。最后也是皇帝由此看到了老人的丰富智慧，下令把弃老的习俗废止了。据他说，这一传说广泛流行在晋东南、晋西南一带。

过去是不是有这样的老鼠，猫和老鼠是否在国家政治生活中起过如此重要的作用，我们不必去认真考究，这些具体情节显然出自艺术虚构。最值得我们注意的是，它反映了在丧葬习俗方面的一场重要变革。土葬、火葬、水葬，是人们所熟悉的。藏族的天葬（鸟葬），东北鄂伦春、鄂温克族的风葬（将尸体搁置树上），以及南方一些古代民族的悬棺葬，近年也有人作了介绍和研究。而斗鼠故事所反映的这种把老人弃置山野，令其自毙的习俗，在我国似乎还没有为学术界所提及。在其他国家则早已见之于文字记载。《杂宝藏经》中的《弃老国缘》，表明在古印度有过这种"驱弃老人"的习俗。玄奘取经归来撰述的《大唐西域记》中，介绍印度的丧葬习俗时说："送终殡葬，其仪有三：一曰火葬，积薪焚燎。二曰水葬，沉流漂散。三曰野葬，弃林饲兽。"我疑心这野葬的对象，就是属于"驱弃"之列的到了一定年纪的老人。"弃老"和"野葬"恐怕是一回事。日本的《弃老山》，是说在萨摩国（今鹿儿岛县），古时有一个野蛮的规矩：但凡父母到了60岁，就得由他们的儿子或孙儿带到山上去扔掉。要是不遗弃，侯爷就会处以重刑。这是我从坪田让治编的《日本民间故事》中看到的。这个故事的一种异文《年高智不衰》（见陕西人民出版社1980年出版的《亚非民间故事》），则说弃老的习俗是“西纳罗公国的大公”规定下来的。以七十岁以上的老人为驱弃对象。可见它在日本具有一定普遍性。现在，斗鼠故事的发现，说明中国古代也流行过这种野蛮习俗。这些传说的内容并不像童话故事那样出自想象，它是保存在口头文学中对过去社会历史的记忆，既有艺术虚构成分，也包含着实在的因素。“自死窑”就是一个一个的石洞，其遗址至今尚存。口头传说与实物相印证，更有力地证实了“弃老”习俗的存在是一个毋庸置疑的历史事实。印度、中国和日本的民间传说中，都把这种野蛮习俗的形成，说成是某个残暴统治者制定的法律，这不过反映了后世人们对这种习俗的憎恶情绪罢了。实际上它是世代相传的习俗，归根结底是由古代极低下的生产水平所决定的。原始社会的人们，为求得自己的生存，需作极艰苦的努力。近年发现的一位傣族诗人写于三百六十多年前的《论傣族诗歌》，引述古代传说和史诗，回顾傣族先民住在北方“冷森林”的情形说，那时“天下对他们最大的威胁，就是寒冷和饥饿”，“整天为着填饱肚子而奔波”，“十人一个洞，九人一个穴，天黑睡一处，天亮去觅食，见到食物就争抢，有时也殴斗，斗后不记仇，仍住一洞里”；“寒冬，大人小孩集聚在山洞里，老人饿着肚皮，小孩哭着要吃奶，野果已被摘完，野菜已被埋在地里，人类已无法生存，只好等着饿死冷死”①。在此情况下，只好弃老于野，把丧失劳动能力，无法养活自己的老人送进“自死窑”或驱赶到“遥远的荒岛上去”，令其自毙。这当然是很残酷野蛮的习俗，可是比起在此以前那种动物般的弱肉强食，以同类的尸体作为食物（在布依族的传说故事里就提到，当时有杀老人分吃人肉的习惯，后来有人想出用“砍牛”来代替杀父母，兴起“砍牛会”，才废除此野蛮习

① 《论傣族诗歌》，中国民间文艺出版社1981年版，第98、99页。

俗[1])，又是在人类文明的大道上跨进了一大步。当时并不认为这是有悖情理的事。经过了若干年，由于社会生产力和人类文明的发展，社会有了供养丧失生产劳动能力的老人的足够食物，人们产生了孝养父母的观念，驱弃老人便日益显出它野蛮残酷的性质了。同时，由于社会的发展，知识和经验逐渐汇集在老人身上，体力衰败，丧失了劳动能力的老人能以其丰富的智慧在社会生活中发挥积极作用，于是出现了由“老人无用”到“老人是个宝”的社会意识的转变。印度、中国和日本的古老传说，都是一致地以老人出主意克服危难，战胜敌国，来表达“年高智不衰”“老人有用”的主题，使弃老于野的陈规陋习得以改变。具体情节虽出自虚构，就其实质而言，是对一场社会习俗大变革的真实反映，也是人类文明进一步向前发展的生动写照。民间传说不着重叙说老人被驱弃于山野荒岛的悲惨情景，却以赞颂老人的智慧为中心来编织富有传奇性的故事，追述社会习俗的变革，把孝养父母的道德伦理观点传给后人。这体现了民间文学面向未来，富于积极进取精神和教育价值的特征。

丧葬习俗是社会文化的标志之一，历来为历史学家们所重视。斗鼠故事给中国古代文化史的研究提供了一个重要线索。湖北黄陂曾发掘出商代“盘龙城”的遗址，把当地的“弃老”习俗和殷商文化结合起来考察，是很有意义的。我国一些历史著作谈到古代墓葬，往往只注意到它所反映的奴隶社会的阶级压迫情况，把“被捆着双手活埋”“挨饿受冻、饥肠辘辘而死”的尸骨，均断定为“这些人无疑都是当时毫无任何社会地位的奴隶”[2]。完全没有考虑到这些对象中，是否还有按照古代“弃老”习俗，驱弃于山野地穴、强令自毙的死者。这个问题，颇值得治古史的学者注意并予以探究。

现在让我们回到中日民间故事的联系上来。印度的《弃老国》，日本的《弃老山》，中国的《斗鼠记》，其情节结构的相似，现在看来，主要

① 天鹰：《中国民间故事初探》，上海文艺出版社1981年版，第186页。

② 《夏代文化》，中华书局1980年版，第19页。

是由这些国家步入相同的社会发展阶段后，共同经历了废除“弃老”习俗这一社会变革的反映。在彼此近似的社会生活与社会心理的土壤上，是会生长出姿态相近的故事之花的。这些故事以口头和书面方式流传时，是否有过互相影响的情况呢？我以为也是有的。日本《弃老山》中关于分辨两条蛇和两块木头的雌雄这两个情节，同汉译佛经中《弃老国缘》所讲的一模一样；又日本《年高智不衰》中做灰绳子的情节，在中国苗族《阿秀王》（《阿秀王》，作家出版社1958年版）的传说中也有。另外两个情节，将丝线穿过宝石的弯曲小孔和分辨外形一致的母马子马，则出自中国关于文成公主进藏的古老传说。藏王松赞干布派遣一位聪明能干的大臣噶尔来长安求婚，唐王“五试婚使”，其中有两试就是将丝线穿过九曲明珠和辨认一百匹马的母子关系。但以上这些来自印度、中国古代民间故事中的具体情节，在日本故事中都只是作为一个“部件”借用，以象征手法来赞颂老人的智慧。就整个传说而言，其内容是和当地实际存在的习俗变革紧密联系在一起的，是人们被这一巨大变革所激起的强烈情绪的反映。这样，我原来把日本的《弃老山》完全看作是源于汉译佛经的故事，就不够确切了。

中国的“弃老”习俗流行于什么时代？日本的“弃老”习俗，与中国古代的同一习俗有没有什么联系？《斗鼠记》的整理者把故事发生的历史背景，说成是春秋战国时期，因地方志对这个地方的历史，最远也就追溯到春秋战国时为止了。作为下限，大概是可以的。成书于战国末期的《吕氏春秋·节丧》写道：“孝子之重其亲也，慈亲之爱其子也，痛于肌骨，性也。所重所爱，死而弃之沟壑，人之情不忍为也，故有葬死之义。”不仅要生养死葬，还要葬在高陵之上，“以避狐狸之患，水泉之湿”。如此讲究葬仪，显然已是废止“弃老”习俗之后许多代了。又，在周代文化中，敬畏鬼神，“对民有利益的人和物，才被尊敬为神”，其中有一类是自然物，上至日月星辰，“下至猫”（能食田鼠）①。中国几个地方关于废除“弃老”习俗的传说，都是以猫鼠相斗为中心来展开叙述，

① 范文澜：《中国通史》第1册，人民出版社1965年版，第193页。

看来与上述古老观念的流行也有关联。至于“弃老”习俗之形成，则只能上推到远古的原始社会了。近年有一些学者认为，“日本人史前时代的祖先，曾在中国大陆东海沿岸居住”[①]。这一推断如能成立，他们是否把中国大陆上古的丧葬习俗带到了日本呢？这些问题都不禁使人浮想联翩。但这已超出本文的范围，只好提出来请历史学家们作解答了。

① 《“神武天皇＝徐福”之谜》，徐秉洁摘译，《读者文摘》1981年第4期。

访问远野

——日本民话之乡[①]

日本是一个现代经济文化高度发达的国家，可是他们也十分注重保存和发展民族民间传统文化。在日本，不仅有许多学术团体和学者致力于民俗和民间文学的研究，还倡导恢复传统故事的口头讲述活动。岩手县的远野市就是这样一个注重开展民俗活动的突出典型。

远野市处于东北偏远地区，自然资源缺乏。过去振兴经济有很大困难。可这里是有名的民话之乡，研究远野故事和民俗的著名学人柳田国男先生的《远野物语》就产生在这里。东京的电视台曾来这里采访，并请人到电视台去讲故事，介绍远野昔话民间故事，结果把不少游客吸引到这里观光。当地政府受到启发，便在一些专家的指导策划下，建设了“昔话村”等许多文化设施，使远野昔话复活，以此为中心来发展旅游事业。现在每年前来观光的游客达 50 万人。收入 40 亿至 50 亿日元。1992 年在这里举办世界民话博览会，即世界民间故事节，吸引了 39 万人参加。博览会期间，日本还特意组织了由中日两国学者共同组成的学术考察团，前往远野参观考察。我也应邀参加活动，兴致勃勃地随团来到了远野。

在远野“昔话村”的讲演厅里，两位女故事家正在给一百多位观光客讲故事。眼前虽是现代舞台的场景，然而讲述者在台上席地而坐，娓娓道来，仍然保持了拉家常式讲故事的乡土风味。听者聚精会神，不时爆发出哄堂笑声。讲演厅的墙上贴着民间故事的连环画和民间故事流行地域分布情况的资料图表。有趣的是，为了吸引游客并借机推销商品，

---

① 原载《文艺报》1996 年 1 月 19 日。

这里的许多商品都打上了民间故事的印记。故事中的马头娘、天狗、河童等形象不是被制作成小纪念品，就是被用来作为食品商标，或用作包装袋的图案；就连我们住的旅馆里，毛巾和睡衣上也印着远野故事里的种种图像和文字。

从“昔话村”出来，一位业余民间文学爱好者柳田三五郎带我们到远野市的其他景点观光：有从“弃老”转向“敬老”的荒原，有水怪出没的深渊，还有古老的水车，以及研究远野故事和民俗的著名学人柳田国男、佐佐木喜善的纪念室等。柳田君带领我们一边参观，一边讲述有关的故事，兴致盎然。我们参观的远野市图书馆也围绕着民间故事做文章，尽力搜求全日本乃至其他国家的民间故事出版物，搜求柳田国男先生等人的著述原稿以丰富馆藏，吸引外地学人来此研究故事。看来他们不仅以民间故事招徕游客，还在努力把远野市建成世界民间故事研究基地。

故事的讲述人是我们这次考察的主要对象。回到住所，我们又把“昔话村”讲故事的铃木家两姐妹请来，围坐在日本式的火塘边讲故事和交谈。两姐妹讲的关于蛇媳妇的故事和中国的白娘子故事一样凄婉动人。这姐妹俩姐姐 63 岁，妹妹 60 岁，故事都是小时候从父亲那里听来的。十多年前父亲病逝后，她们应广播电台和电视台的邀请，便讲起故事来。这些故事虽然都是从一个地方听来的，可是她们讲起来却各有各的特点。

在岩手县的花卷市我们还访问了一位 82 岁的故事讲述人长坂俊雄。他的故事也是童年时代积累的。据他本人介绍说，20 世纪 30 年代以前，日本讲故事的风气还很盛行，30 年代以后就不怎么讲了。他是十多年前听人说讲民间故事没有什么意思，心里不服气，才重新恢复讲故事的。花卷市教育委员会社会教育科支持这件事，组织起一个讲故事会，吸收了 40 多人，大部分是 60 岁以下的妇女。他们每月集合起来讲两次故事，由会讲的人传讲，特别是传给最爱听故事的孩子。长坂老人经历丰富，见闻广博，讲述风格近于我国湖北的故事家刘德培。

考察期间，我们还见到了故事搜集家佐佐木德夫。佐佐木德夫 1953 年毕业于东洋大学文学部，在中学里教语言。为了研究民俗和搜集故事的方便，曾挪动了好几个学校。他从 1957 年开始从事故事采录活动，至今已出版了十多种故事集。

几天的考察使我们获益匪浅。记得《美国新闻与世界报道》曾于 1987 年 11 月 21 日发表文章，说传统的民间故事讲述活动又在美国东山再起；德国《柏林日报》也于 1992 年 6 月 27 日发表文章，认为大众传播媒介不能取代祖母讲故事。联系到日本一些地方十多年来用现代方式复活传统故事讲述活动的活生生的事实，我们确信，民间故事不仅有从多侧面进行学术研究的价值，还可以开发利用，为发展现代经济文化事业服务。不过参观中也有一些日本学者对民间故事商业化的前途表示了疑虑。他们认为日本开展讲民间故事的活动，主要是为了吸引外地游客，虽可以获得可观的经济效益，并有利于保存民族传统文化，却未能把民间故事融合到当地居民的文化生活中去。因此，它的发展前途必将受到影响。这似乎也确是一个值得进一步探讨的问题。

中外“鬼节”的奇俗异趣①

10 月 30 日，许多欧美国家将度过一年一度俗称“鬼节”的万圣节，有些中国商家近来也忙着抢抓商机。作为一项遍及东西方的民俗节日和非物质文化遗产，中国大众也有必要明其究竟，并同本民族的相关习俗进行比较，以丰富我们的文化素养。

西方的万圣节主要流行于美洲地区，我于 1998 年 10 月前往加拿大首都渥太华探亲小住时，正好遇上这个节日。节前许多天，社区居民就在门前摆放的大南瓜上画上鬼脸，还在院子里用树枝、彩纸扎出一个阴森可怖的鬼屋，以便迎接届时上门探访的不速之客。商店里更是大肆铺张，准备了许多供孩子们扮鬼相的面具、长袍等物品出售，节日气氛笼罩全城。到 10 月 30 日这天，9 岁的小孙女白天便在学校里同小伙伴一起练习装扮鬼相，她选购了一件白色长袍穿上，尽情游戏娱乐。盼到天黑夜幕笼罩，孩子们便纷纷走出室外，挨家挨户敲门拜访，只需喊一声“崔可崔”（Trick-or-Treat），意思是“要恶作剧还是给予款待”，主人便笑容可掬地抓起一把糖果扔到他们张开的袋子里。有的学生还向学校申请，领到一个专门救助世界贫困儿童的纸盒，孩子们把这纸盒拿出来，主人便向这纸盒里投掷若干硬币。居民也可以在自家门口张贴启事，因故不予接待。但绝大多数住户都是高高兴兴地开门接待这些天真活泼的孩子们，不使他们感到失望。特别是那些慈祥的老爷爷老奶奶，对一年一度前来走访的这些小客人，更觉得十分快慰。最活跃的是那些十岁上下的男女孩子，也有三五岁孩子戴上面具，画上鬼脸，由父母带着走家

① 原载《华中师大报》2015 年 10 月 30 日。

串户凑热闹的。这样一直闹到深夜，孩子们带着一袋子糖果回到家中品尝，据说当年讨得的糖果有的孩子可能吃到下一年的万圣节到来。

这种奇特的万圣节习俗是怎样形成的？一部权威的《中外民俗学词典》告诉我们，万圣节前夜点燃篝火或南瓜灯以驱鬼的习俗源于凯尔特人。至于以强制性手段讨取食物的习俗则起源于爱尔兰。“几百年前，爱尔兰农民在万圣节前夜挨家挨户讨取食物为节日做准备，对慷慨解囊者为之祝福，对吝啬者则给予恐吓和诅咒。后来爱尔兰移民把这一习俗带到美国，便流行于拉丁美洲各国了。”它的古老渊源虽与鬼神信仰有关，却蕴含着善待外来移民访客特别是喜爱儿童的美好心态，由此它便具有了长盛不衰的生命力。

从西方的万圣节，我不禁联想到中国古老的“鬼节”即中元节。当年笔者便在加拿大的华人报纸《中华导报》上发表过一篇短文《中加“鬼节”比较趣谈》，在中外文化交流互鉴更为频繁的今天，重温这个论题似乎更有意义。

中国的“鬼节”即中元节，时间在每年农历的七月十五日。按中国传统节日习俗，上元日为正月十五，中元日为七月十五，下元日为十月十五。中元节本由佛教的“盂兰盆会”演变而来，盂兰盆会原本由佛祖弟子目莲赴地狱救母的孝道故事演变而来。传说那一天地狱开放鬼门关，万千鬼魂均可自由游荡回到各自家里会见亲人，享用丰盛祭品，于是成为人鬼同乐的一个节日了。楚剧《百日缘》中孝子董永上场的第一句唱词就是“七月十五是中元，地府开放了鬼门关……”，中元节同样是中华传统中的一个重要民俗节日。在我的记忆中，最隆盛的节日活动是由和尚、道士举办“放焰口”的法事，在野外施舍酒饭并念经奏乐迎接返乡的鬼魂。特别是施放“河灯”，即由居民将油纸扎的彩灯点燃放入河湖中在水面任其漂荡，同时还有做法事的道士驾驶着鼓乐齐鸣的小船在水上巡游，使人鬼普天同庆，阴阳和谐。

从中加两国“鬼节”的比较中可以看出，中国按“人死归为鬼”的传统理念，“鬼节”所祭祀的均为逝去的亲人，因而在有关习俗活动中，渗透着浓郁的亲情。虽然随着科学文明的普及，鬼神信仰日渐淡薄，但生者与逝者的情缘却是无法了断，乃至历久弥深的。有关中元节的一些习俗，仍有其存活的价值。加拿大的“鬼节”没有中国中元节这样的内涵，可是从居民对这些上门讨取食物的不速之客的态度来看，却洋溢着对陌生移民的友善心态，不能不令人感动；尤其是居民对众多孩子们上门强讨恶要糖果的天真活泼举动不予计较反而欢迎宠爱，更值得称道。

在这里，笔者不禁记起著名学者费孝通教授关于文化自觉的一段名言：“各美其美，美人之美，美美与共，世界大同。”我们既要珍爱本民族的文化，也要理解赏识他国文化；世界各国能够共同欣赏享用那些美好文化成果的日子，就是世界大同之日。用这一理念来看待中外“鬼节”习俗，我以为十分合适。

木兰传说的构成与特色[①]

湖北黄陂的木兰山、木兰湖本是依托木兰从军的长诗和传说而构成名山胜景知名于世的。但关于木兰的传说，其构成与演变多年来却众说纷纭，莫衷一是，亟待予以梳理。华中师范大学文学院的硕士研究生张静，曾以《黄陂木兰传说研究》为题，撰写成学位论文，以优秀成绩获得通过，随后远赴加拿大攻读民俗学博士学位。她家住黄陂，从小即受到女英雄木兰形象的感染，2004 年至 2005 年在撰写硕士学位论文时，又多次赴木兰山进行田野作业，深入采访熟悉木兰传说和木兰山历史地理的各方人士，并同拥有木兰遗迹的几处外省地方人士交流过，对木兰传说做了一次十分难能可贵的系统清理，我作为指导教师之一，也有幸参与研讨。我今天主要吸纳她的研究成果略述管见。

1. 木兰传说源于《木兰诗》。木兰传说出自《木兰诗》已是国内学人的一致结论。关于《木兰诗》的作者及相关背景，自宋代以来就流行多种说法，现按《中国大百科全书》中国文学卷曹道衡教授所作解说："现代学者大多认为《木兰诗》产生于北魏，创作于民间。""它不仅反映出北方游牧民族普遍的尚武风气，更主要的是表现了北方人民憎恶长期割据战乱，渴望过和平安定生活的意愿。它对木兰的讴歌，显然也冲击了封建社会重男轻女的偏见。"本诗始见于唐代《文苑英华》，但并非唐人所作，从杜甫、元稹、白居易等人诗作中均提及木兰诗中情景，可断定此诗在中唐即已脍炙人口。木兰形象出自《木兰诗》，并无真实历史原型，而是一个艺术典型，木兰诗属无名氏的民间创作。唐宋以来关于木

① 原载《语文教学与研究》2019 年第 12 期。

兰其人及木兰诗作者的种种说法，均属猜测附会。我们研究木兰传说，应撇开历史考据方法，借用民间文艺学、民俗学、文化人类学方法来解开这一文化谜团。

2. 黄陂木兰传说的特质。《木兰诗》问世后因深受民众喜爱，经由三种途径获得进一步传播演化：一是构成新的传说故事，二是改编成小说、戏曲，三是在有关地方建庙立祀而地方化。其中地方化是关键，木兰形象的落地生根，便促成这一传说进一步深入人心了。

现今被认为木兰故里的除湖北黄陂之外，还有河南虞城，安徽亳州，河北完县（顺平）等处，这几处所传木兰事迹，除代父从军外，还有后来重现女儿身，帝欲纳她入宫，木兰遂自缢，死后被尊为“孝烈将军”等。这三地的传说大体一致，谥号均为“孝烈”，而且都以每年四月八日为木兰将军诞辰日举办祭祀活动。加之三地很接近，同属古亳州范围，可以看作是一个传说圈。

黄陂木兰传说历史悠久，早在南齐就设有木兰县，宋代乐史的《太平寰宇记》记载了黄陂的木兰山，其中提到此地建有木兰庙，并引杜牧《木兰庙》一诗为证。对此事迹作全面记述的，有清同治《黄陂县志》所载《木兰古传》：“木兰将军，黄郡西陵人也，姓朱，父寿甫，母赵氏，无子，祷于建明山。赵氏梦山神抱一女入室，……遂有娠，如期生女，是为木兰。寿九十以疾终于家，冢在木兰山后。”这个《木兰古传》的来源虽不可考，但它和明万历三十七年（1609年）张涛奉旨重建木兰庙所存奏疏的内容大体一致，可见这一说法在明代就已固定下来。

它和上面提到的亳州系统明显不同之处表现在：第一，从父母祈子，木兰出生，代父从军，到寿终正寝，这里有关于木兰完整一生的传说，和他处传说迥然有别。第二，据明人张涛重建木兰庙的奏疏记载：“湖广黄州府黄陂县木兰山，乃真武修炼之处”，这里乃是道教奉祀真武大神的圣地之一，真武庙和金顶，就是明代盛极一时的真武信仰的遗迹。这一信仰向木兰传说渗透融会，便赋予木兰形象以神圣色彩，在一定程度上将她神化了，特别是淡化或抹去了她的女性色彩。然而在近现代的口头传说和通俗小说中，人们却满怀激情地叙说她和伍登的爱情悲剧以及她同花阿珍的姐妹情，又将她还原成为一个活生生的女人。第三，民间传说的构造有两种方式。一是依据社会历史和自然界实际存在的人与物来编造故事，这种情况最为常见；再有就是对人们智慧创造的艺术典型或宗教偶像进行再创造，对之增光添彩。木兰传说属于后一种情况。它虽然没有走向全国，发育成如同四大传说那样的口头经典，但在黄陂这一带，由于既有民间口头文学的滋润，又有一代又一代通俗文学家参与创造，还有道教信仰的推波助澜，在多重文化的交织下，木兰传说在这里不仅显得根深蒂固，而且光彩焕发了。

木兰代父从军，本属古人古事，但在黄陂，这一传说似乎并未定型。因有口头传说、通俗小说和宗教信仰多重文化参与传播演化，便使得诸说并存，出现了她因被诬陷不贞或谋反而剖腹明志的情节等，对这种纷乱状况，似应进一步给予科学分析，采取适当方式进行整合。

中国正实施大规模的非物质文化遗产保护工程，我以为黄陂木兰传说完全可以列入湖北省乃至全国的非物质文化遗产保护名录之中，使木兰艺术形象传承不朽。

附记

黄陂木兰传说于 2008 年被列入第二批国家级非物质文化遗产保护名录。《名录图典》中指出：“木兰传说是中华民族优秀的文化遗产，表现了效忠国家、敬老爱亲、追求平等的观念，具有较高的历史、文学、民俗研究价值。”张静博士于 2016 年由华中师范大学出版社出版的《黄陂木兰传说与风物》一书中告知：木兰传说在中国家喻户晓，在各地都有流传。湖北木兰传说可追溯到唐朝，至少在明朝已经有了相关的民间信仰，持续至今。在黄陂的传说中，木兰生于大城潭，学艺木兰山，葬于将军坟。围绕木兰生平，演绎出大量的地方传说，同时与相关自然景观和文化遗迹相结合，形成了大量的风物传说。

2021 年 10 月 2 日

面向新世纪　开创新局面

——2001年12月12日在湖北省民协第四次会员代表大会上的报告

从1991年12月举行湖北省民协第三次会员代表大会以来，到现在已有整整10年了。我受省民协主席团的委托，代表第三届理事会向大会报告工作。请大家审议。

民间文艺事业的深入发展

20世纪90年代是我国社会主义市场经济大发展，各项建设事业突飞猛进，社会生活各个领域充满剧烈变化的一个重要历史时期。湖北省民协在党和政府关怀及文联党组的直接领导下，坚持文艺的“二为”方向和“双百”方针，在完成“民间文学三套集成”这一重大文化工程的基础上，努力探索开发民间文艺资源，为建设两个文明服务的新路子，在曲折中前进，取得了一系列重要成果。

一、“民间文学三套集成”的收尾

在普查基础上编纂“民间文学三套集成”，是全国民间文艺界八九十年代的中心任务。我省在以吕庆庚同志为首的“民间文学三套集成”领导小组的得力组织领导下，按“三驾马车”形式分工协作，到1991年三部书均已通过终审。此后经过修改完善，中南民族学院承担的《中国民间谚语集成　湖北卷》（哈经雄主编）于1994年由中央民族大学出版社出版；省文化厅、省群艺馆承担的《中国民间故事集成　湖北卷》（江云主编）即将付印；省文联、省民协承担的《中国歌谣集成　湖北卷》（辜德祥主编）经辜德祥、蔚家麟、李继尧、鄢维新等的精心编纂，书稿质量曾获得总编委会的高度评价，因经费短缺搁置至今。① 民间文学集成不仅是一项全国一盘棋的重点文化工程，而且在长达十年的工作过程中已经耗费了巨大的人力、财力，如功亏一篑，将愧对子孙万代。

1992 年以来，各地在普查所得民间文学资料的基础上，又择优编成一系列民间文学作品集，或印成资料本，或正式出版。如《鄂州民间故事集》（刘建国主编），《鄂西谚语集》（向贤荣主编），《贱三爷》（沈远义搜集整理），《蔡甸民间故事集成》（柳诗炎主编），《罗田民间故事歌谣谚语精选》（罗田民协编印），《聪明人的故事》（柯小杰编），《神医李时珍》《钱的故事》（郑伯成编），《玄岳武当传说》《武当神仙鬼怪故事》《武当情歌》（李征康编），《张三丰寻踪》（刘守华、李征康编），《伍家沟村民间歌谣集》（程培兰编），《蒲圻民间故事集》二、三集（冯金平、张海涛编），《蒲圻民间传说》《蒲圻风物传说》（张海涛主编），《张开东故事集》（龚益辉编），《广水民间传说集》（帅奠国编），《王昭君传奇故事》《昭君故里的传说故事》（冯绪旋编），《中国民间彩词集》（明德运编），《鹿门传说》（黄耕、雷明富编），《双挖提》《伍子胥故事》（柳如梅搜集整理），《中华史歌》（黎时忠搜集整理），《仙桃地名传说》（肖作玉等），《长阳地名传奇》（刘明春编），《魏国贞的故事》和《荆州三国传说》（熊永编著）等等。特别是黄石市，在这期间除编印《黄石市歌谣集成》《黄石市谚语集成》（程泰主编）之外，新近又正式出版了《黄石俗语》（柯忠主编）、《黄石歌谣》（孙辉、陈世娟主编）和《黄石传说》（柯小杰主编）。此外，龚去浮所编《黄石民间传说》和《黄石机智人物故事》也接着问世，令人不胜欣喜。合计达 40 余种。

此外，还有一批由我省民间文艺家面向全国选编的民间故事集在武汉问世：刘守华、黄永林选编的《中国民间故事精选》在华中理工大学出版社出版；陈建宪主编的《中国民间文化精品》系列丛书 6 种在湖北人民出版社出版；蔚家麟主编的《民间故事大观》4 种在长江文艺出版

---

① 《中国歌谣集成　湖北卷》延至 2009 年问世。

社出版；刘守华主编的《中国古代民间故事精选》5 种在湖北教育出版社出版。在这几种书中，湖北的民间文学作品都占有优先地位。自 80 年代中期开展普查以来，湖北积累了大量民间文学资料，在出版条件得到改善的情况下，择优整理选编出版，使之得到保存和推广，有着巨大的潜力。

二、“三家三村”的开发

对民间文学杰出传承人（歌手、故事讲述家等）和那些口头文学蕴藏特别丰富的村落的重点开发，是民间文学工作向纵深发展的标志。我省宜昌市的“三家一村”已闻名全国：这就是故事家刘德培、孙家香、刘德方和宜都市青林寺谜语村，再加上丹江口市的伍家沟故事村和武当山官山乡吕家河民歌村，就构成“三家三村”了。

刘德培的口述故事集《新笑府》和《伍家沟村民间故事集》早在 1989 年就已问世并受到好评。1992 年以来的新发展主要是扩大影响，走向世界。1993 年 3 月，由刘守华、野村纯一率领的中日民间文学联合考察团前往伍家沟村和刘德培家乡进行实地考察，考察文集《中日昔话传承之现状》日文版于 1996 年 1 月在东京出版；书中收入我省刘守华、陈建宪、李征康、王作栋的论文。按考察团的建议，中国民协和联合国教科文组织于 1994 年 10 月再次派专家采访刘德培录音录像。在 1998 年命名表彰的“中国十大民间故事家”中，将刘德培置于首位。同时被命名的还有伍家沟故事家罗成双。1995 年 11 月，联合国教科文组织又与中国民协、省民协合作，制作了关于伍家沟民间故事村的专题电视片，赠送给世界各国，唤起人们对保护民间文化遗产的重视。傅广典写作电视片剧本并参与制作全过程，此片于 1997 年 6 月获联合国教科文组织“中国优秀文化电视片”奖。几年来，协会共拍摄民间文化专题片 16 部，多部获奖。在这期间，李征康搜集整理的《伍家沟村民间故事集》第二集于 1996 年出版；还有一位在华中师范大学留学的法国国家科学研究中心社会人类学部博士生葛大卫，以“中国一个村落的民间文化传承与保护”为题，写成关于伍家沟村的博士学位论文。韩致中经过多年研究完成的《伍家沟村民俗与研究》也于 1999 年问世。

受刘德培事迹的影响，几年来长阳县和宜昌县的文化工作者对孙家香和刘德方两位故事家的故事作了零星采录，华中师范大学民间文学专业承担国家教委“九五”重点课题“民间故事类型与传承研究”后，对这两位故事家进行专题考察研究，推动地方对他们的口述故事做系统采录整理，肖国松整理的《孙家香故事集》于1998年7月由长江文艺出版社出版；由王作栋任顾问，经余贵福、黄世堂整理的刘德方故事集《野山笑林》，于1999年10月由大众文艺出版社出版。孙家香作为土家族首位杰出的女故事家，受到新闻媒体和全国少数民族文化工作会议的高度重视。宜昌县为大力开发民间文化资源，不仅在今年4月同省民协联合举办了关于刘德方故事的学术研讨会，制作了电视专题片《说唱人生》，还成立了以刘德方命名的民间艺术团，使他的多才多艺得到充分发挥。

继伍家沟故事村之后，我省近年又涌现出青林寺谜语村和吕家河民歌村。青林寺位于清江梯级开发工程高坝洲电站库区淹没地段，全村350余户，1100余人，民间口头文学蕴藏丰富，尤其是猜谜之风盛行，并拥有一批会编创谜语的高手。宜都市移民局为抢救这份宝贵文化遗产，资助农民丁开清花费3年工夫对当地谜语进行专题搜集，编成《青林寺谜语选》两集先后出版，以其独特的艺术光彩受到各方好评。

武当山官山乡吕家河民歌村是李征康于1999年春在武当山考察时发现的。吕家河共有182户，在749人中，会唱两小时以上民歌的达到85人之多，还拥有几位名声远扬的著名歌师，这里流行的民歌调子达70多种。丹江口市和官山乡热情邀请各方面专家学者前往考察研究，并于1999年11月同中国民协、省民协联合举办了关于吕家河民歌村的学术研讨会，各种新闻媒体热烈关注，仅中央电视台就报道过三次。有关学者认为它是“汉民族罕见的民歌村”，甚至是“汉族民歌第一村”。

“三家三村”的开发集中显示了我省90年代民间文艺事业的新成就。它是几方面携手合作的成果，是李征康、王作栋、肖国松等几位民间文艺骨干作出的新贡献。几个地方的党政领导和文化部门对这项工作的高度重视，还有新闻媒体的积极热情参与，都达到了前所未有的地步，使我们深受鼓舞。对上述民间文学传承人和民间文化村的继续关怀与支持，应作为各级民协的经常任务之一。

在我省对民间文学的发掘中，还有一件大型作品，就是被有关学人称为“汉民族神话史诗”的《黑暗传》。《黑暗传》的资料本于1986年问世，《人民日报》于1986年12月18日以显要位置给予报道。10多年来，胡崇峻艰苦备尝，继续搜寻它的新文本，不断有新发现。现在，他依据多种手抄本和多位歌手口述文本，以慎重态度综合整理而成的《黑暗传》，长达5000行，即将由长江文艺出版社郑重推出。原来以为《黑暗传》只在神农架地区流传，现在在鄂西南、鄂西北的广大地区，都发现有《黑暗传》的地方异文，显示出它深厚的文化根基。按照国际学术界关于“史诗”的新的定义：“史诗是表达认同的超级故事”，其“史诗”的特征与价值将受到更多学人的认同。长诗的继续发掘、整理与研究，仍值得我们继续予以关注。

三、开发民间文艺资源的初步探索

在民间文学搜集整理活动告一段落之后，怎样开发利用这部分宝贵文化资料，为建设两个文明服务，便成为一个迫切课题。李瑞环同志代表中央在给中国民协成立40周年的贺词中说得好：“民间文艺是我国各族人民劳动和智慧的结晶，她既是中华民族优秀传统文化的重要组成部分，又在当代人民文化生活中起着重要的作用。”90年代，我省在开发利用民间文艺丰富资源上积极进行探索，取得多项成果。

本时期社会经济文化发展的一个重要方面是旅游业的兴起并走向繁荣，它也使得民间文学的相关层面获得新的生机。由省旅游局主编的一部大型著作《湖北旅游景观鉴赏辞典》，要求每个景观都附有一个画龙点睛式的风物传说，全书选编风物传说200多篇。另有《山川佳话》《三峡的传说》《武当山的传说》《蒲圻风物传说》等书，均因同地方旅游资源结合深受读者欢迎。

大力抢救民间文学遗产的同时，我们也热情扶植新生态的口头创作。由中国民协、省民协和襄樊市民协于1996年初举办的“金隆杯百字笑话大赛”，在全国范围内征集到短小精悍的笑话7000余篇，许多是脍炙人口的佳作。民众在爽朗欢快的笑声中嘲讽种种社会弊端，表现出他们对涤荡污垢、建设文明美好生活的决心与信心。即使在传媒高度发达的现代社会里，民众也仍然要借助口头文学（笑话、顺口溜等）来吐露他们的心声。新生态的民间口头文学不仅存在而且表现出很强活力，在自发性中蕴含着丰富的人民性。

民间文学和作家文学既独立发展，又彼此关联。它们的交流融合往往给文学发展注入新的生机。我省王老黑长期坚持不懈地学习民歌，创作出具有浓郁水乡韵味的《水味歌谣》等，深受文学界赞赏。长阳县的肖国松，吸取民间故事叙事艺术，用近 10 年时间创作了 1000 多篇土家族寓言，成为一颗耀眼的寓言之星。还有一位出生于黄梅、现在十堰市委党校任教的严松山，用 10 年时间写成一部 6500 多行的民歌体叙事长诗《玉蜻蜓》，作家欧阳学忠读后对它的“文辞优美，意味隽永”赞不绝口。

至于民间故事传说同小说创作的关系就更为密切了。我省在 80 年代就出版过《秀才外传》（徐绪略）和《徐苟三新传》（诸葛庐）这样对民间机智人物故事进行再创作的长篇通俗小说，1996 年以来，周濯街吸取民间神话传说素材，创作通俗神话小说系列，已出版《炎帝》《妈祖》《造字之神苍颉》《鬼中豪杰钟馗》《七仙女正传》《玉皇大帝和观世音》等 10 多部长篇。这些小说取材于民间文学而又大胆超越，内容与形式别具一格，受到读者和文艺界好评。新近又有一位赤壁市的作家邱春林，借鉴《钟九闹漕》这部民间叙事诗，创作出同名长篇小说，以新的尝试吸引着读者。

这里特别值得一提的是，我省从事“故事文学”创作的人越来越多，以仙桃市为例，在《民间文学》《故事会》《古今故事报》《故事林》等报刊上刊发的故事近 3 年就达到 120 多篇。在这些报刊上常常可看到我省郑伯成、韩进林、余仕潮、袁望来、尹全生、夏德森、李洪源、潘焕新等人的作品。他们现在发表的大多不是按编纂民间文学集成要求搜集整理的口头故事，而是加工改编的传统故事和取材于现实生活的新故事。面向文化市场，进行故事文学创作，使人们找到了开发民间文学资源的新出路，前景广阔，是值得民协关注和引导的一项重要事业。

湖北的民间艺术多姿多彩，源远流长。民协的工作长时期以民间文学为重点，90 年代开始关注民间艺术资源的开发获得初步成效。1993 年南戴河全国工艺美术大展，1996 年杭州全国工艺美术大展，我省几个参展项目均获金奖。1999 年全国舞龙大赛，我省汉阳高龙队获山花奖，迎澳门回归时赴天安门广场演出，受到北京市政府表彰。1994 年湖北剪纸艺术协会成立以来，活动频繁，成绩显著，多次举办大型剪纸展览，组织会员作品参加国内外大赛并获得奖励，会员作品为 20 多个国家所收藏。武钢剪纸成为民间艺术推陈出新的一颗明珠。剪纸艺术学会现已拥有 10 个分会，会员达到 500 多名。省民协还组织推荐“三峡奇石”“沙市柚雕”“蛋壳造型”“武钢剪纸”和“宜昌县农民版画”等参加全国民间工艺展览，均获得奖励。1995 年我省还选派了 4 名民间艺术家参加在北京举办的第四届世界妇女大会，黄梅农村姑娘周桃蓉的黄梅挑花现场表演和中南民族学院教师何红一创作的民间布贴画《老鼠嫁女》，受到高度评价。1995 年，中国民协和联合国教科文组织还共同授予我省刘士标、何红一、马子遐、肖国春、张威名、高建国、来层林、刘行迈、武身龙、郑向荣等 15 人“中国民间工艺美术家”称号，从这里也显示出湖北民间艺术的巨大成就与开发潜力。

四、理论研究的丰硕成果

“加强研究”一直是民间文艺家协会的一项重要任务。进入 90 年代以来，在全国范围内的民间文学研究活动趋向低落的情况下，我省仍然有新的突破。一是 1993 年至 1999 年，协会举办了三次楚俗研讨会，论文由方培元主编，出版了《楚俗研究》三辑。它是在湖北省、湖南省与荆州市民协联合举行的三届楚俗研讨会的基础上选编而成的，共收论文约 200 篇，以我省作者为主。它对荆楚民俗的各个侧面都进行了有益探讨，其中也涉及湖北的口头文学与民间艺术，它以光耀中华的楚文化作为背景，开拓了楚文化研究的一个新领域，正如省文联主席周韶华在题词中所称道的：“筚路蓝缕开新宇，众采博纳铸楚魂。”因而受到学术界的好评，成为我省民间文化研究上的一项重要成果。

二是以高校学者为主体，出版了近 20 种民间文学理论专著。如刘守华的《道教与中国民间文学》、《民间文学导论》（与巫瑞书合编，获全国高校教材一等奖）、《比较故事学》（国家教委课题）、《中国民间故事史》（中华社科基金课题），李惠芳的《中国民间文学》（教育部新编重点教材），陈建宪的《世界民俗学》（译作）、《神祇与英雄》《神话解读》《玉皇大帝信仰》，黄永林的《郑振铎与民间文学》《中西通俗小说比较研究》，林继富的《西藏节日文化》，饶学刚的《苏东坡在黄州》，田发刚的《鄂西土家族传统情歌》，曹毅的《土家族民间文学》，龚发达的《夷水古风》，费杰成的《鄂南民俗撷论》，肖国春的《沔阳民间艺术》，韩致中的《伍家沟村民俗与研究》，冯骏祥主编的《兴山民俗》，廖康清主编的《鄂西民俗志》，冯道信的《论楚歌》等。高校会员已承担和正在进行的民间文学全国性研究课题共达 6 项，在今年举办的全国首届民间文学艺术著作山花奖评奖中，我省刘守华、李惠芳、陈建宪、韩致中、黄永林、田发刚 6 人的论著，分获一、二、三等奖。这几项指标在全国均居前列。从这里可以看出，尽管这些年民间文艺研究因遭遇种种困难而不景气，我省在这方面仍呈现深入发展态势。总起来看，湖北民间文艺事业的发展在全国仍处于先进行列之中。

从 1991 年开始省文联举办文艺明星奖以来，民协会员中先后有刘守华、王作栋、王老黑、周濯街、陈建宪、李征康 6 人因成绩显著而获得奖励。这 6 人代表着几个不同领域，显示出我省民间文艺工作者在我省文艺事业中的重要影响。

在严峻形势下开拓奋进

在这 9 年中间，我省民间文艺工作在社会转型的新形势下走过了曲折的道路。我们应当十分珍视所取得的成绩和积累的经验，同时也要面对困境，吸取教训，以积极态度求得生存发展。

我们面对的严峻形势是：作为全国一盘棋开展的编纂“民间文学三套集成”的专项任务已经结束，民间文艺在社会文化中的影响大大削弱。加上民协经费短缺，而谋求经济上自我发展的努力又由于缺乏经验、管理不善而失败。在此情况下，“巧媳妇难为无米之炊”，省民协的活动空间也就日渐缩小，举步维艰了。

但我们的事业仍然在继续，仍然在前进。其主要原因是：①作为新文化思潮一个侧面的重视民间文艺的思想在我省仍有很深影响，省民协的工作不断受到有关方面的支持。②高校保留了民间文学课程和专业，拥有一批专门人才。③一批地方民协顽强生存下来并以灵活机动的方式推进工作，取得了新成果，如宜昌市、黄石市、襄樊市、荆州市、仙桃市、罗田县民协组织。经多年培养，我省已形成一支热爱并矢志从事民间文艺事业的骨干队伍，能在困难条件下坚持这一文化事业。“三家三村”的开发，就凝聚着李征康、王作栋、肖国松等人的多年心血。此外，如神农架的胡崇峻，大冶的柯小杰，监利的柳如梅，仙桃市的肖国春，蒲圻的冯金平、张海涛，宜昌县的彭明吉、黄世堂等，他们多年坚持不懈地开掘当地民间文艺宝藏的事迹都感人至深。

今年是新世纪的开头，党的十五届五中全会为我国新世纪的各项事业做出了振奋人心的宏伟规划。中国民协于 3 月间召开了第六次全国代表大会，丁关根同志在会见代表时指出：中国民间文艺历史悠久，丰富多彩，来自人民群众，凝结群众智慧，具有鲜明的民族风格和地方特色，它是我国民族文化宝库的组成部分。他殷切希望新一届中国民协领导班子，团结全国广大民间文艺工作者，按照“三个代表”的要求，坚持“二为”方向，贯彻“双百”方针，加强团结，相互切磋，深入生活，继承创新，为繁荣民间文艺事业作出新的贡献。湖北省文联也在 11 月召开了第七次代表大会，号召全省文艺工作者解放思想，开拓进取，务实创新，扎实工作，努力开创我省文艺工作的新局面。按照党和政府的要求，联系湖北民间文艺工作实际，现在就今后事业发展提出如下初步思路和建议：

1. 加深对民间文艺作为一个具有多种样式、多种形态和多种社会功能的文化结晶体的认识，增强开发力度。

民协的工作过去实际上只是以民间文艺当中传统口头文学的采录与研究为中心，这显然是不够的。“民间文学三套集成”工作基本完成以后，就更需要扩大视野与工作范围了。民间文艺从样式、品种来看，有口头文学、民间美术、音乐、舞蹈，还有丰富多彩的民间工艺；从民间口头文学来看，又有“原生态”“再生态”及“新生态”的区别，长时期存活于乡野的原生形态的民间口头文学确实在走向衰落，而以书面形式发表出版的属于再生形态的民间文学作品，却一直是人们喜爱的文学读物畅销城乡；还有以笑话和新民谣作为载体的新的口头文学也在不断涌现。

广义的民间文艺，在新旧时代的社会生活中，不仅发挥着娱乐、教育的功能，它本身又是一项具有经济效益的特殊产业。正如袁珂先生所体会到的，民间文艺是一块多个侧面都闪现光彩的“多棱宝石”，因而我们的开发和利用有着广阔空间。对民间口头文学这一块，我们一方面要继续深入采风，抢救和保护珍贵的民间文学遗产，如李征康新近发现的武当山范氏口传文学家族，就很有价值。由于楚文化在湖北民间有着深厚积淀，这项工作还有着巨大潜力，我们可以继续在采风掘宝上发挥优势，为建设文化强省作出独特贡献。同时要大力推进对民间文学的改编与再创作，使其向书面文学和视听艺术转化，从而在社会生活中发挥更大影响。对剪纸、泥塑、木雕、草编、刺绣等手工艺，以及对舞龙、舞狮、皮影等民间表演艺术的开发扶持，则要努力迈出新的步伐。就一个人、一个地区来说，可以按照自己的特点有所侧重，不能强求一律。就全省来看，应特别注重全方位的倡导和新品种的开发尝试。

2. 关注旅游产业和民间文艺的结合。

在新世纪中，随着经济发展和人们物质文化生活水平的提高，旅游业将日趋兴旺。它既是一种新的社会需求，又是一种促进经济增长的朝阳产业。旅游业同民间文艺有着相辅相成的密切关系。众所周知，旅游资源大体由山川洞穴等自然景观、名胜古迹等人造景观和民俗风情三大块构成。中国的自然景观和人造景观，大都有优美的传说故事相伴而生，它赋予眼前景物以丰富的历史文化内涵，借助艺术想象化腐朽为神奇。正是旅游业的发展，使这部分民间口头文学大放异彩。在民俗风情旅游中，除富有地方与民族特色的婚丧嫁娶习俗表演受到人们青睐之外，唱山歌、说笑话、讲故事等活动也深受人们喜爱。

现在，地方民间文艺作为旅游文化资源的重要价值越来越引起人们的重视。“三家三村”的开发，就同地方政府积极发展旅游业的新思路有关。这里应当特别提到，位于十堰市的湖北汽车工业学院，在建设人文社科系旅游专业的过程中，对以吕家河民歌村为代表的武当民间文化的开发给予积极有效的支持，使我们深受激励和启发。在这方面，省民协不仅要推动有关地方政府、旅游部门重视民间文艺的开发以充实旅游文化资源，还要发挥自己的专业优势，给以科学指导，使之有助于保护这份人类文化遗产以利可持续发展，防止发生扭曲和破坏性的后果。联合国教科文组织正着手推行保护世界口头与非物质文化遗产的工作，我们应当将保护民间文艺遗产问题提到一个新的高度来认识和对待。

3. 把握新时代发展民间文艺事业的机遇。

新世纪使我们面临着新的机遇和挑战。经济的全球化和文化的多元化已成为不可阻挡的潮流。在彼此开放的地球村里，不同国家、民族、地区的文化，将以前所未有的规模与速度交流会通。在此背景下，一方面固然会加强人们对外来异质文化的吸取，另一方面又不可避免地会在竞争中加强人们对本土文化的珍爱，并促进本土文化的对外输出。近百年来由于中国的贫弱，有着悠久历史和辉煌成就的中华文化对世界的辐射也相应地备受阻遏和曲解；随着中国走向强盛和增强其文化辐射力，民间文艺将成为外部世界了解中国的一个重要窗口，成为中华文化最为丰富与鲜活姿态之展现。越是具有民族性的艺术越有国际性，从这个意义上说，不断增强的跨国、跨民族的文化交流，将给我们开发具有深厚文化底蕴的湖北地区的民间文学、民间艺术以有力推动。我们过去的民间文艺工作，主要是由政府文化部门来推动的，今后的驱动力将主要来自国内外的经济文化市场。我们应放眼世界，因势利导，不失时机地把握这一特点和机遇。

民协的中心工作是出成果，出人才。我省这些年工作成绩的取得，关键是 80 年代初期培训了一批骨干。但现在已呈现严重的青黄不接，各级民协均须切实注意吸引和培训年轻的民间文学人才，使这一事业后继有人。

4. 改进工作方法，迎难而上。

省民协机构由于受人力、财力的限制，独立开展活动困难较大。可是同那些具有活力的地方民协和地方文化部门协作，就可以使双方优势互补，一起把这项事业盘活。近几年的一些活动，就是用这种上下结合的方式来展开并取得成效的。省民协本来就是一个联络、服务的机构，今后应从面向地方、面向会员这方面来切实改进自己的工作。

事在人为。在困难条件下要想推进我省的民间文艺事业，关键在我们的主观努力程度，我省许多同志在这个领域默默奉献，不图名、不图利，只图把埋藏在泥土中的珍宝发掘出来，为民族文化宝库增光添彩。一些热爱民间文艺的老同志，几十年如一日，乐此不倦。我们应当发扬这种风格，为更好地服务于两个文明建设，继续推进湖北省的民间文艺事业，争取更上一层楼！

附录

有关刘守华学术成果的评论文章索引（1985—2021）

1.《我国第一部童话学专著〈中国民间童话概说〉出版》，《书刊导报》1985 年 5 月 16 日第 45 期。

2. 罗湘：《当代中国童话研究的新成果——读〈中国民间童话概说〉》，《湖北日报》1986 年 10 月 18 日。

3. 谭达先：《喜读〈中国民间童话概说〉》，香港《文汇报》1986 年 5 月 11 日。

4. 陈佩璋：《有独创性的中国民间童话专著——刘守华〈中国民间童话概说〉读后》，《黄冈师专学报》1986 年第 2 期。

5. 陶思炎：《辛勤的探索　丰硕的成果——读刘守华著〈中国民间童话概说〉》，《华中师范大学学报》1986 年第 3 期。

6. 幸辛：《〈中国民间童话概说〉受到好评》，《民间文学研究动态》1986 年第 4—5 期合刊。

7. 甘泉滋：《民间童话研究的新成果——介绍〈中国民间童话概说〉》，《读者之友》1987 年第 7 期。

8.《中国民间童话概说》，见郭大森、高帆主编：《中外童话大观》，东北师范大学出版社 1990 年版。

9. 吉平平、董晓静等：《中国文学史著版本概览——〈中国民间童话概说〉》，辽宁大学出版社 1992 年版。

10. 东山：《〈中国民间童话概说〉提要》，见《二十世纪中国学术要籍大辞典》，中共中央党校出版社 1993 年版。

11. 高丙中：《〈中国民间童话概说〉提要》，见乔默主编：《中国二十世纪文学研究论著提要》，北京大学出版社 1994 年版。

12.《陈道林、刘守华的儿童文学研究》，见张永健主编：《20 世纪中国儿童文学史》，辽宁少年儿童出版社 2006 年版。

13.《刘守华的比较故事学研究》，见乐黛云、王向远：《比较文学研究》，福建人民出版社 2006 年版。

14. 聂昌慧：《值得民间文学爱好者一读的书——〈民间文学概论十讲〉评介》，《长江日报》1986 年 7 月 10 日。

15. 贾芝：《关于民间文学的比较研究法——刘守华〈民间故事比较研究〉一书序言》，《华中师院学报》1985 年第 3 期。

16. 陈珏：《刘守华〈民间故事比较研究〉浅介》，《中国比较文学》1987 年第 4 期。

17. 黄鹤：《多侧面运用比较方法的尝试——读刘守华〈民间故事的比较研究〉》，《民间文艺季刊》1988 年第 2 期。

18. 月朗：《探索者的足音——评刘守华近年来的民间故事比较研究》，《民族文学研究》1988 年 6 月。

19. 杨育生：《走向综合的思考——评刘守华的〈民间故事的比较研究〉》，《湖北社会科学》1988 年 2 月。

20. 高丙中：《〈民间故事的比较研究〉评介》，《中国文学研究年鉴(1988)》，中国文联出版公司 1992 年版。

21.《〈民间故事的比较研究〉介绍》，韩国《比较民俗学》第 4 辑，1989 年 1 月。

22. 程文超：《世界故事圈里的探宝者——刘守华教授及其比较故事学研究》，《中国比较文学通讯》1991 年第 1 期。

23. 方佪：《比较故事学的理论建构——读〈比较故事学〉》，《书海知音》第 23 期，1995 年 11 月。

24. 覃德清：《宏观思辨与微观实证相结合的新学科建构方略——评刘守华先生的〈比较故事学〉》，《民间文学论坛》1996 年第 3 期。

25. 谭达先：《赞刘守华著〈比较故事学〉的重大成就》，《华中师范大学学报》1996 年第 5 期。

26. 周北川:《故事比较的艺术与趣味——评刘守华〈比较故事学〉》,《外国文学研究》1997 年第 3 期。

41. 陶范:《一部有鲜明特色的文化学论著》,《长江日报》1994 年 2 月 28 日。

42. 谭达先:《世界性"医圣"传说的里程碑——推荐〈神医李时珍〉》,《中国出版》1995 年第 4 期。

43. 谭达先:《喜读〈中国民间故事精选〉》,香港《文汇报》1995 年 3 月 5 日。

44.《中国民间故事史》,《民俗研究》1999 年第 3 期。

45. 刘锡诚:《民间文化学研究的新成果——评〈中国民间故事史〉》,《中国文化报》1999 年 12 月 25 日。

46. [日] 饭仓照平:《刘守华著〈中国民间故事史〉介绍》,《中国民话之会通信》56 号,2000 年 6 月。

47. 龚浩群:《民间文艺学的拓荒之作——评刘守华教授的〈中国民间故事史〉》,《华中师范大学学报》2000 年第 1 期。

48. 谭达先:《评刘守华著〈中国民间故事史〉》,台北《汉学研究》第 18 卷第 2 期,2000 年 12 月。

49. 边缘人:《拓荒性的耕作——读刘守华〈中国民间故事史〉》,《民俗研究》2000 年第 3 期。

50.《钟敬文致刘守华——评说〈中国民间故事史〉》,《长江日报》2000 年 3 月 26 日。

51. 刘旭平:《民间文化研究的新突破——学者点评〈中国民间故事史〉》,《湖北日报》2001 年 3 月 21 日。

52. 谭达先:《富有民族特色与学术个性的巨著——评刘守华著〈中国民间故事史〉》,《湖北民族学院学报》2002 年第 4 期。

53. 陈飞:《〈中国民间故事史〉提要》,《中国文学史书目提要》,大象出版社 2004 年版。

54. 过伟:《20 世纪两部中国民间故事史的首创精神与学术价值》,

《湖北民族学院学报》2004 年第 2 期。

55. 陈柏建：《〈黑暗传〉找到文献源头》，《中国文化报》2003 年 3 月。

56. 《〈中国民间故事类型研究〉出版》，《民族文学研究》2003 年第 1 期。

57. 范军：《精心打磨民间故事的“多棱宝石”——〈中国民间故事类型研究〉简评》，《中国图书评论》2003 年第 3 期。

58. 王丹：《开启民间故事世界的金钥匙》，《中国新闻出版报》2003 年 4 月 4 日。

59. 张静：《民间文艺学本体建设的奠基之作——评〈中国民间故事类型研究〉》，《中国新闻出版报》2003 年 4 月 4 日。

60. 林森：《一部原创性力作》，《中国新闻出版报》2003 年 4 月 4 日。

61. 林森：《一部原创性的力作——〈中国民间故事类型研究〉述评》，《华中师范大学学报》2003 年第 3 期。

62. 孙正国：《一部不断出新的民间文学教材——评〈民间文学教程〉》，《长江日报》2002 年 11 月 27 日。

63. 孙正国：《一个兼容人文精神与学术品格的教学平台——评刘守华先生主编的〈民间文学教程〉》，《高等函授学报》2003 年第 5 期。

64. 田茂军：《走向学科现代性——评刘守华、陈建宪主编的〈民间文学教程〉》，《西北民族研究》2003 年第 1 期。

65. 刘晓春：《增强民间文学研究的学科对话力量——评刘守华主编〈中国民间故事类型研究〉》，《广西师范学院学报》2004 年第 3 期。

66. 李朝煜、覃德清：《三十年的耕耘与收获——访民间故事学家刘守华》，《民间文学》1987 年第 3 期。

67. 《做学问首先要学会做人——访华中师大中文系教授刘守华》，《武汉晚报》1984 年 2 月 24 日。

68. 天鹰：《探索者的足迹——刘守华〈口头文学与民间文化〉序言》，《华中师范大学学报》1987 年第 2 期。

69. 杨羽：《中国民间文化宝库的辛勤开拓者——记著名民间文艺学家刘守华教授》，《武汉学刊》1992 年第 5 期。

70. 杨羽、东子：《千淘万漉虽辛苦　吹尽狂沙始得金——著名故事学家刘守华教授访谈录》，《江汉大学学报》1993 年第 5 期。

71. 汪承隆：《勤奋严谨　勇于开拓——记我国著名民间文学学者刘守华教授》，《当代老年》1994 年第 9 期。

72. 肖远平：《追寻人类文化信息　探究民间故事奥秘——刘守华先生在民间故事学上的独特贡献》，《贵州民族学院学报》2001 年第 2 期。

73. 刘晓慧：《民间文学的新收获》，《湖北日报》2001 年 8 月 8 日。

74. 乐其麟：《民间故事学界的大师——刘守华》，见《长江中游文化名人》，武汉出版社 2003 年版。

75. 《雅人雅事——刘守华印象》，《仙桃日报》2005 年 7 月 11 日。

76. 《执著献身中国民间文学的学者——记华中师大文学院教授刘守华》，《湖北老教授》2003 年第 2 期。

77. 万强：《半个世纪的“民间”守望——记华中师范大学博导刘守华》，《长江日报》2005 年 6 月 12 日。

78. 董中锋：《小学科里的大学问》，《湖北日报》2005 年 1 月 27 日，又见《文艺报》2005 年 7 月 28 日。

79. 周耀明：《民俗学家刘守华教授》，《广西民族学院学报》2002 年第 5 期。

80. 孙正国：《原创与整合：刘守华学术品格探寻》，见徐杰舜主编：《金羊毛的寻找者》，黑龙江人民出版社 2005 年版。

81. 周洁：《守望民间大舞台——与著名民间文艺学家刘守华的对话》，《楚天都市报》2006 年 7 月 30 日。

82. 《耕耘在民间文化园地——记当代著名民间文艺学家、华中师范大学刘守华教授》，见刘秋生：《江汉儿女》，武汉出版社 2008 年版。

83. 施爱东：《故事学 30 年点将录——刘守华》，《民俗研究》2008 年第 3 期。

84. 刘清海、陶然：《非物质文化遗产：我们民族的精神植被与灵魂根脉——刘守华教授与非物质文化遗产保护》，《华人世界》2008 年第 1 期。

85. 侯姝慧：《潜心研究　硕果累累——小记刘守华教授》，《家园》2008 年第 3 期。

86. 陈秋翰：《松柏精神严谨风范——从刘守华老师身上看到的学术品格》，《汉水文苑》2008 年第 1 期。

87. 万建中、李琼：《20 世纪比较故事学发展轨辙》，《民族文学研究》2009 年第 2 期。

88. 过伟：《故事学研究开拓者刘守华》，见《草根文学，快乐写作》，大众文艺出版社 2009 年版。

89. 刘锡诚：《不倦探索者的足迹——刘守华著〈民间故事的艺术世界〉序》，《湖北民族学院学报》2010 年第 1 期。

90. 《刘守华与 20 世纪中国故事学研究》，见万建中：《20 世纪中国民间故事研究史》，北京师范大学出版社 2011 年版。

91. 《刘守华的民间故事研究》，见王铁仙、王文英主编：《二十世纪中国社会科学》，上海人民出版社 2011 年版。

92. 杨雷丹：《充满故事的人生》，见黄勇主编：《星光灿烂》，中国文史出版社 2012 年版。

93. 王立：《佛经翻译文学与跨文化追寻的努力——评刘守华先生的〈佛经故事与中国民间故事演变〉》，《外国文学研究》2013 年第 1 期。

94. 张思：《刘守华与他的几位门外弟子》，《炎黄》2012 年第 3 期。

95. 董中锋：《民间文艺学家刘守华》，见《华大精神与人文底蕴——学人·学术·学养》，华中师范大学出版社 2013 年版。

96. 董中锋：《“求好运”，一个有史诗意味的中国故事》（访谈录），《中华读书报》2016 年 8 月 3 日。

97. 孔雪：《刘守华：在故事的善念中安身立命》，《新京报》书评，2016 年 8 月 6 日。

98. 龚新叶：《追故事的人》，《环球人物》第 24 期（2016 年 9 月 6 日）又转载于《作家文摘》2016 年 9 月 30 日。

99. 肖远平、孙正国：《60 载倾情于中国故事学研究——刘守华先生的治学方法》，《中国社会科学报》2014 年 6 月 16 日。

100. 黄永林：《我与恩师刘守华先生》，《湖北日报》2014 年 8 月 2 日。

101. 乐其麟：《民间故事学界的大师——刘守华》，《人文流韵——我眼中的文化名家》下篇，武汉出版社 2016 年版。

102. 黄永林：《刘守华：把中国民间故事“点石成金”》，《光明日报》2019 年 1 月 21 日。

103. 黄永林：《刘守华民间故事研究评述》，《民族文学研究》2019 年第 2 期。

104. 李丽丹：《刘守华与“故事诗学”评说》，《外国文学研究》2016 年第 5 期。

105. 莫愁：《刘守华教授微传》，《文学教育》2020 年第 1 期。

106. 梅进文：《读〈中国民间文艺学百年耕耘录〉》，《文汇读书周报》2019 年 5 月 27 日。

107. 付鑫鑫：《民俗学译本：让世界了解哲学社科中的中国》（评《中国民间故事史》外译），《文汇报》2021 年 5 月 9 日。

108. 陈菁霞：《中国民间故事学的垦荒者〈刘守华故事学文集〉出版》，《中华读书报》2021 年 5 月 12 日。

109. 梅进文：《非物质文化遗产保护和民间文学的思考——读刘守华〈非物质文化遗产保护与民间文学〉》，《贵州民族大学学报》2020 年第 6 期。

110. 漆凌云：《中国民间故事研究史论 1949—2018》，中国社会科学出版社 2019 年版。

111. 梅进文：《刘守华比较故事学思想探微》，四川大学出版社《中外文化与文论》第 48 辑（2021 年 7 月）。